金莲川藩府文人群体之文学研究

Literature Research on Jinlian Chuan Fan House Writers Group

任红敏　著

国家社科基金后期资助项目
出版说明

后期资助项目是国家社科基金设立的一类重要项目，旨在鼓励广大社科研究者潜心治学，支持基础研究多出优秀成果。它是经过严格评审，从接近完成的科研成果中遴选立项的。为扩大后期资助项目的影响，更好地推动学术发展，促进成果转化，全国哲学社会科学工作办公室按照“统一设计、统一标识、统一版式、形成系列”的总体要求，组织出版国家社科基金后期资助项目成果。

全国哲学社会科学工作办公室

序

刘嘉伟

红敏教授是我的师姐。2007 年，她考入南开大学，在查洪德先生门下读博，是老师招收的第一批博士生；而我于前一年拜在先生座前读研，是老师在南开的第一个硕士生。同门学艺三年，2010 年，师姐“下山”，入于安阳；我也在次年博士毕业，远赴彭城。转眼之间，十年光阴，用黄山谷的诗发抒感慨，真是“桃李春风一杯酒，江湖夜雨十年灯”（《寄黄几复》）。近来，有幸读到红敏师姐新作，不禁想起元人宋沂投赠廼贤之语，即“新诗句句掇琼英”（《赠马易之》）。据说，闻一多先生赏读诗歌时，常情不自禁地喊三个“好”字。不才效法先贤，也以三个“好”字略陈所思所感，缀于书前。

第一个“好”是研究对象的价值不凡。

张毅先生曾写过一本关于元代文学的通俗读物，书名就叫《大漠来风》。这个名字取得真是好！一下子概括出了元代历史文化的若干重要特点。第一，是“大”。《元史 · 地理志》载，元王朝是“北逾阴山，西极流沙，东尽辽左，南越海表”，疆域之辽阔，超迈往古。第二，是“大漠”，即蒙古草原文化渐次融入中华文化之中，成了元代多元文化的重要组成部分。第三，所谓“草上之风，必偃”（《论语 · 颜渊》），统治者的政策、喜好对于文坛走向、文脉流衍自有重要影响。第四，是元朝国祚不永。赫赫一时的元政权“风”一样地来，以武得天下，剑锋所向，灭国无数，欧洲人感慨这是“上帝的鞭子”；同时，又“风”一样地退出历史舞台，从“平宋”算起，无有百年之运。如果把元代历史文化的这几个特点结合起来看，金莲川藩府文人群体的研究对于认识元代文学与文化的延续性及特殊性就太重要了！

成吉思汗的历史功绩主要是统一蒙古部族，向西开疆拓土，彼时尚为“大蒙古国”。而谈到元史百年之中最有为的君主，自是世祖忽必烈无疑。《元史》本传言其“度量弘广，知人善任使，信用儒术，用能以夏变夷，立经陈纪，所以为一代之制者，规模宏远矣”。忽必烈能够成为一代英主，和他即位之前就长期经理漠南汉地，开府金莲川，察纳谋士雅言，有着莫大的关系。这么说来，金莲川藩府文士的重要意义不言而喻：他们的学术主张、文化主张、文学主张，直接影响了有元一代的文化政策，并深刻影响了一代文学之发展进程。遗憾的是，长期以来，金莲川藩府文人的文学创作成就没有进入研究者的视野。红敏教授的探索，发他人所未尝发，自是对于尚显薄弱的元代诗文研究多有补益，也为对元代文坛格局、发展走向进行深入探讨提供了坚实的研究基础。

史学大师陈垣先生当年写作《元西域人华化考》，称：“此书著于中国被人最看不起之时，又值有人主张全盘西化之日，故其言如此。”红敏教授的研究对象中，也有若干蒙古、色目士人，她踵武前贤，论说了这些人受到的汉文化濡染，也分析了多族士人间的多元互动、友好往来。对元代历史文化“华夷一体”的认识与论说，自然彰显了“文化自信”，这也可以说是古代文学研究的当代价值。

第二个“好”是研究视角的匠心慧眼。

从研究思路来看，本书出入文史，大开大阖。首先分析了金莲川藩府文人群体形成的历史背景、主观原因与社会时代因素，接下来又论说了这一群体文人的事功，包括政治上的经邦济国与文教上的礼乐传承。从“史”到“文”，转接自然。在“文”的论说上，又有“总”有“分”，既有总体成就的归纳概括，又对刘秉忠、许衡、郝经等“大咖”进行了鞭辟入里的论说，新见迭出。此为本书写作框架的守正之处。但想特别指出的是，其对元代文学通观性研究的尝试与“心态研究”的实践，可谓匠心慧眼。

2019 年 12 月，恩师查先生出版了新作《元代文学通论》。在该书“绪论”部分，先生直言不讳地指出“通观视野之缺失造成元代文学史的割裂”。他称：“元代文学史研究中存在的另一个问题是割裂，即元代文学各板块之间的研究，各说各话、互不关联。以不同文体论，在我们的文学史叙述中，元代的杂剧、散曲、诗文，其内容、风格、体现出的精神等等，相互之间有很大的差异。不关心也没有试图去寻找它们之间共同的东西，当然也不会把它们作为一个整体去看待。”早在十年前，先生承担了国家社科基金重点项目“元代文化精神与多民族文学整体研究”，开拓新径，打通不同文体、不同民族，对元代文学进行通观性整体研究。成如容易却艰辛，文学界“雅”与“俗”的文体研究，以及各民族作家的研究各自为战，积习已久，不可能骤然改变。作为查老师培养的第一位博士，红敏教授很好地传承了业师的学术思想。本书既注意到多民族作家的彼此涵化，也注意到金莲川文人群体文学创作中雅俗文体的融通与总体成就。专著除了大篇幅地讨论诗歌外，还在第八章论说“藩府文人经世致用之文”，研究对象除了一般散文，还涉及诏、制、敕书、序文、杂记、碑铭、墓志、行状等应用性文体，不拘于西方的文体分类观念，符合中国的文学实际。第九章论说了藩府文人的词、曲创作。阶段性成果还在“戏剧与影视学”这个一级学科的权威刊物《戏剧》上发表，足见其学术价值。

廖可斌先生曾撰文《回归生活史和心灵史的古代文学研究》（载于《文学遗产》2014 年第 2 期）。红敏教授曾赴北京大学跟随廖先生访学，看来受益颇多。本书第三章《出仕行道——兼济天下的理想》和第四章《藩府文人的金莲川情结》可谓“回归心灵史”的研究，将理性的学术考察与女性学者细密的诗心融合在一起，论说颇为精当。行文至此，忽然想到如今“文学地理学”研究方兴未艾，而集草原风光之美与一时风云之盛的“金莲川”是一个颇有意味的“文学地理空间”，如果再以此视域观照，可能还会发现新的风景。

第三个“好”是文字内容的雅俗共赏。

这是一本严谨的学术著作，内容翔实、逻辑清晰，书后还附有《金莲川藩府文人群体之文学编年》，展现了专著扎实的文献基础，也为后来者提供了方便。我们常听人感慨“象牙塔”中教授的学术著作写得佶屈聱牙，过于“小众”；而本书雅俗共赏，可读性很强。

听不少人评价过，红敏教授文笔很好，作为师弟，深以为然，且与有荣焉！书中言道：“按《金史·地理志》云，桓州曷里浒东川，更名曰金莲川，在滦河上游地区。这是一个空气明净、水草肥美的地方，气候凉爽，有山有水，柳树成荫。”接下来的文字，引用了元人周伯琦《扈从集诗》的序言：“朔漠平川如掌，天气陡凉，风物大不同矣。……而北皆刍牧之地，无树木，遍生地椒、野茴香、葱韭，芳气袭人，草多异，花五色，有名金莲者，绝似荷花而黄尤异。”看到这些，我不禁想哼唱几句蒙古民歌："美丽的草原我的家，风吹绿草遍地花。彩蝶纷飞百鸟唱，一弯碧水映晚霞。"脑海中浮现出的是审美的图景，与书中的文字进行审美的对话。我们可以想象，就在这片沃土上，各族士子指点江山、激扬文字、辅佐英主、延续文脉，更有了深读、细读的冲动。

作为南开学子，我们或多或少地都受到过叶嘉莹先生的精神感召。叶先生经常引用钟嵘《诗品序》中的"使穷贱易安，幽居靡闷，莫尚于诗矣"阐发"哀莫大于心死"，而诗歌有兴发感动的力量，能使人葆有活泼泼的心灵。我没有细读过《藏春集》，是通过红敏教授的大作领略到刘秉忠的奇人、奇诗。诸如，"几树好花风乍静，一钩新月雨初晴。此心只合长无事，莫为人间宠辱惊。"（《闲况四首》其四）"熏天富贵等浮云，流水年光梦里身。但着眼观皆外物，不开口笑是痴人。"（《守常二首》其二）红敏教授以之论说"饮之太和"的审美境界，以及"邃冲而有守，安静而无华"的人品和诗风，于我心有戚戚焉。今天，我们在微信朋友圈中常看到各式各样的"心灵鸡汤"，文学的心理治疗功能也越来越引起学界重视。其实，刘秉忠这些禅趣盎然的诗句即有解黏去缚、澡雪心灵之功。在论说刘氏月亮意象时，任教授提到"忆友时，以月寄情"，并引用了刘秉忠的《秋晚忆颜仲复》："赤心岂没新朋友，白发难忘旧弟兄。夜雨正令人百感，秋窗忽放月孤明。"我的老师张福贵先生指出："文学教育要为社会发展增加热度，也要为民族思想增加深度，如此才能丰富人类思想的容量，提升时代精神的质量。"（《文学教育实现文学生活》，载《人民日报》2017 年 2 月 27 日）读红敏教授选出的"藏春"佳句，读者自然会读出温度、读出热度，这在人情日趋冷漠的今天，无疑是一种正能量！

红敏教授的新作《金莲川藩府文人群体之文学研究》，受康震教授重大项目"中国古代都城文化与古代文学及相关文献研究"选题及成果的启发，选题富于价值，视角新颖且高论颇多，文字清新，读之令人心神爽朗，我不由得喊出三声"好"来！写到这，又想起我们负笈津门的学生时代。红敏师姐的第一学历并不出众，她当了很多年的中学老师才考取了河北大学的研究生，硕士期间发表的论文被"人大复印报刊资料"全文转载，显示出很强的科研能力。硕士毕业后，又到南开读博，真是立修齐志、读圣贤书！她读博时已是人到中年，孩子要考大学，家里的负担又异常沉重；红敏师姐硕士论文作的唐代，科研方向上也要转轨，各方面的压力可想而知。但她诚正勤朴、敬业乐群，总是勤奋地做料研和写作，乐观地面对生活！还记得红敏师姐说自己每天博士论文写三千字，这就是我的奋斗标杆。还记得师姐把我们几个喊到她的“斗室”，在宿舍违规用电，炖鸡肉吃，改善生活，并夹给我一个大大的鸡腿。美好的往事让岁月讲给你听，真诚的话语让你我感动！

南开大学的校训是“允公允能，日新月异”。毕业时，文学院沈立岩院长写的临别赠言是“劝君各勉日新志，他年共证岁寒心”。这十年来，红敏师姐黾勉以求，笔耕不辍，出版了两部专著，主持了两个国家社科基金项目、一个教育部人文社科基金项目和一个河南省社科规划项目，新作屡见于《世界宗教文化》、《民族文学研究》、《武汉大学学报》、《戏剧》、《中央民族大学学报》、《中国文化研究》、《内蒙古社会科学》、《新疆大学学报》、《晋阳学刊》等权威刊物，7次被“人大复印报刊资料”全文转载。她本人入选“河南省高等学校哲学社会科学创新人才”，现在已从安阳师范学院调到了河北大学工作。本书是在其博士论文的基础上修改而成，为国家社科基金后期资助项目成果。作为师弟，她的博士论文我是拜读过的。此书稿增删损益、大刀阔斧，改变了之前“述多论少”的面貌，大举增加了文学研究的内容。再次读来，在耳目一新的同时，真心佩服师姐日新日进、精益求精的勤勉精神。“学海无涯勤是岸，云程有路志为梯。”这幅勉学联大概是“红敏精神”的最佳写照。

新作即将付梓，红敏师姐嘱我作序，我自知年轻识浅，推脱再三而未果。只好欣然驰笔，不计工拙，拉拉杂杂写了如许文字，姑为引嗅！

2020年6月6日于彭城

目　录

绪　论

元代是中国历史上一个非常特殊的时期，是第一个由北方少数民族蒙古族建立的统一王朝，疆域空前，民族众多，文化多元。元代文学也是中国文学发展史上的重要阶段，对于元代文学的成就，早在20世纪20年代，陈垣在《元西域人华化考》一文中已经予以关注，言其“儒学文学，均盛极一时”，[①] 文学成就是很可称道的。元代文学包括五种文体，诗、文、词、小说、戏曲等，创造了中国文学史上新的辉煌。元代雅文学和俗文学均繁兴一时，雅文学和俗文学均取得了很高的成就，尤其是俗文学之杂剧、南戏繁荣一时。元欧阳玄在《罗舜美诗序》中这样评价本朝诗文：“我朝延祐以来，弥文日盛，京师诸名公，咸宗魏晋唐，一去宋金季世之弊，而趋于雅正，诗丕变而近于古。”[②] 诗歌和文章依然是元代文学的大宗，元代的诗文别集数量相当可观，清人修《四库全书》，收入元人别集171种，另有存目36种，现存元人诗文集在450种以上，散佚（含未见）425种。元代诗文数量可观，质量也相当高。

元代结社、文会、唱和、赠答等文学活动频繁，形成了众多的文学群体，其中在蒙古灭金后的北方，“成就最高、对元代学术史与诗文发展史影响最大”[③] 的一个文人群体就是忽必烈金莲川藩府文人群体。该群体不仅人数众多，来源广泛，而且活动基本贯穿整个元代前期的文学发展阶段，他们的诗文共同创造了北方诗文创作的繁荣，对元初北方文坛影响深远。

从中都沦陷、金南渡到金亡的数十年中，中原历经战乱，北方士大夫文人所受打击尤为沉重，命运同普通民众没有任何区别，四处流徙、混迹民间。前朝经过几代人积累发展起来的文化成就，以及学校和文化典籍也在战火中焚毁殆尽。广大北方士人，身逢金元易代之际，宋金政

① 陈垣：《陈垣史学论著选》，上海：上海人民出版社1981年版，第179页。

② 李修生主编《全元文》第34册，上海：凤凰出版社2004年版，第445页。

③ 查洪德：《理学背景下的元代文论与诗文》，北京：中华书局2005年版，第8页。

权不可能再给他们任何希望。在这个特殊的历史时期，士人品格中的历史使命感和忧患意识更加突出，他们充满了对天下一统的期待。

自窝阔台死后，乃马真后、贵由汗、海迷失后摄政时期，中原的统治权掌握在西域人手中，加剧了中原混乱的局面。到蒙哥汗时期，中原不治的社会现实促使忽必烈等一些开明的蒙古贵族开始关注中原治理以及任用儒士的问题。

忽必烈的母亲庄圣太后，有远见，才智超群，注意让她的儿子们接触、学习汉文化，经常邀请汉族知识分子到和林，因而，忽必烈年轻时即对汉文化比较熟悉。忽必烈幼年时，与濡染汉文化和儒学的耶律楚材父子多有交往。尤其是耶律楚材在窝阔台汗时期实施的一系列改革以及所生的社会效益，对年轻的忽必烈产生了很大影响。

1251 年，经过一番激烈的争夺，帝位终于转到托雷一系，忽必烈的兄长蒙哥登上了蒙古大汗的宝座，因“同母弟惟帝最长且贤”①，蒙哥汗将漠南汉地军国事务交忽必烈全权处理。蒙哥汗二年（1252）春，忽必烈把藩府从漠北移至漠南，在金莲川②设立了藩府。这一时期的忽必烈雄心勃勃，史载，“仁明英睿，事太后至孝，尤善抚下”③。加上他早就已经关注天下大计，追慕唐李世民的英明④，并有一统天下的志向，于是利用自己在漠南的地位，更加广泛地延揽各地区和各族经济之士、义理之士与“文学之士”，为他辉煌的帝王大业奠定基础。当时所延聘的主要是以刘秉忠等经济之士为主的邢州集团，以许衡、姚枢等人为主的理学家群体，以及由汉族世侯幕中的文人组成的旧金遗士。于是，金莲川藩府文人群体逐步形成。这个藩府谋臣侍从文人集团，对忽必烈总领漠南汉地乃至以后缔造元帝国都做出了很大贡献。

金莲川藩府文人群体的形成，有一定的主观原因和社会时代因素。一方面，忽必烈态度开明且倾向于汉文化，他能充分利用总领漠南汉地

① （明）宋濂等：《元史》卷 4《世祖本纪一》，北京：中华书局 1976 年版，第 57 页。

② 金莲川，曾经是金代皇帝避暑离宫之所在地，因夏季盛开美丽的金莲花，金世宗时易名为金莲川。位于滦河上游地区，是一个空气明净、水草肥美的地方。

③ （明）宋濂等：《元史》卷 4《世祖本纪一》，北京：中华书局 1976 年版，第 57 页。

④ 《内翰王文康公》记载：“上之在潜邸也，好访问前代帝王事迹，闻唐文皇为秦王时，广延文学四方之士，讲论治道，终致太平，喜而慕焉。”（元）苏天爵辑撰《元朝名臣事略》卷 12，北京：商务印书馆民国 25 年版。

军国事务的机会，在潜邸时期积极延揽各方面的人才。另一方面，当时的社会时代背景影响了北方汉族文人的心态，他们对天下一统怀有期待，对宋金政权失望并具有文化忧患意识，他们关心民瘼，同情人民疾苦，怀有济世救民、匡扶天下的道德情感，已经认识到空谈心性与读书吟诗的士人生活于国计民生毫无用处，他们需要一个机会来改变社会现实。面对漠北蒙古军队的冲击、中原百姓流离失所的现状，他们认识到，必须抛弃误导人心的南北旧说，摒弃夷夏之辨的观念，不以华夷、血统、辖地的位置及广狭等论正统，需要建立新的正统观和华夷观。再者，“辽金以来，以宋为正朔的观念在北方淡漠已久”①，北方地区契丹、女真、汉族长期杂居，各族文化交流融合，“华夷同风”，他们的现实政治活动常常冲破了传统的夷夏观念，并不认为少数民族入主中原就不是正统。出于对国计民生的关心、对天下一统的期待，当忽必烈广泛延揽人才之时，他们认为忽必烈是能够帮助他们实现治国安天下目标的有道之主，和汉族有为之君没有什么区别，于是乘势而动，抓住历史契机，慨然出仕，入侍藩府，借以“行道”，辅佐忽必烈以汉法治理中原，维系华夏文化。这些因素促成了一个庞大的金莲川藩府谋臣侍从集团的形成。

金莲川藩府文人，一个有着相同的政治目标和生活环境的特殊文人群体。这一文人群体不仅人数众多，民族与地域来源广泛，文化渊源和师承各异，而且各族文人经常接触，广泛交流，相互尊重理解，超越了民族的藩篱，是中国历史上前所未见的多民族文人群体。他们无论是在忽必烈潜邸做幕僚，还是之后为朝臣，或居台谏，或在经筵，或处翰苑，多处于政治的核心。他们鼓吹名教，促进儒治，直接影响帝王的观念及朝廷之政策。他们以其特殊的身份和政治地位，通过其文化与文化主张对忽必烈产生影响，影响了蒙古贵族，影响了元初的文化政策，继而也影响了整个元代的学术发展与文学发展。可以说，这一文人群体的文学创作不仅在元初成就最高，而且对元代学术史与诗文发展史影响最大。

---

① 白寿彝总主编，陈得芝主编《中国通史》第8卷，上海：上海人民出版社1997年版，第157页。

文学史上的文人群体，往往是由多种原因促成的，既有政治方面的因素，也有学术和文学方面的因素：或通过科举考试形成座主和门生的关系，或通过政治运动结成党派关系，或因为志趣和审美趣味的相互投合形成文学宗社关系。一般的文人群体大致相近的文学创作风格对文化事业的发展会有相当程度的促进作用。因为无论形式上联系是紧密还是松散的文人群体，他们的活动一般都不是孤立的个体活动，而是人与人之间群体的活动，时代风会、审美风尚、文人心态、宗教信仰以及地理环境等都会对群体成员的创作产生影响。在群体内部，能够形成风气，利于切磋借鉴，共同提高；在群体之间，则容易形成竞争，能够激发理论自觉。因而，随着文学团体意识的自觉产生，文学理论也必然得以拓展，从而推动学术和文学的繁荣。

金莲川藩府文人群体是一个特殊的文人群体，它主要是由政治因素促成的。他们通过文学创作成为元初北方文坛的中坚，居北方文坛主导地位。既有共同的风格，又各自有着独特之处，影响了一代文风与诗风；他们特殊的身份和地位也影响了整个元代学术史与文学发展史。金莲川藩府文人群体在总结前代文学、开创新朝文学方面，起到承上启下的重要作用。金莲川藩府文人群体是在特殊历史时期出现的特殊文人群体。这一文人群体有其自身的特点，主要体现在以下几方面。

第一，金莲川藩府士人，多是来自山东、山西、陕西、河北等不同地域的儒学、文学等领域的汉族精英。此外，在金莲川藩府侍从中，还有一批深受儒学影响、有着很高汉文化造诣的非汉族侍从谋臣。大多数藩府文人具有实际的行政工作能力，有治国的见识和眼界，具备一定的政治素质，许多人兼有经济之才、学者素养和诗人气质。这样，来自不同地域、具有不同学术渊源的多民族藩府文人形成了多元化的文化特色。在藩府之中，群体成员之间广泛交流，声气相通，互相影响，因而又体现出多元一体性。

第二，这里集中了当时北方具有代表性的诗文作家。如郝经，堪称金末元初北方文坛影响一代文风的名家，其文大气包举、苍浑绮丽，为“元文中之杰然者”，“其学博，其才赡，故发而为文也，汪洋滂沛，如大河东注，一泻千里；抑扬起伏，如太行诸峰，层见迭出。盖积之深而发之盛”（明陈凤梧《陵川集序》）[①]。其诗不崇华丽险怪，而追求豪迈奔放，以高华劲健之笔写沧桑之变，蕴含着一种崇高美，《元史》本传称其“诗多奇崛”。尤其是他的长篇歌行和律诗，笔力健，气势雄，造语奇隽，更有奇崛之特色。清代顾嗣立在《寒厅诗话》中说：“元诗承宋金之季，西北倡自元遗山（好问），而郝陵川（经）、刘静修（因）之徒继之，至中统、至元而大盛。”[②] 又在《元诗选》丙集袁桷小传中说：“元兴，承金宋之季，遗山元裕之以鸿朗高华之作振起于中州，而郝伯常、刘梦吉之徒继之。故北方之学，至中统、至元而大盛。”[③] 充分肯定了郝经在元代诗史上的地位。郝经是元代诗坛中承上启下的一位重要诗人。刘秉忠在元以事功称，虽然“至于裁云镂月之章，阳春白雪之曲，在公乃为余事”（阎复《藏春集序》），但其“诗章乐府，又皆脍炙人口”[④]。顾嗣立《元诗选》小传称其“以佐命元臣，寄情吟咏，其风致殊可想也”[⑤]。《元诗选》录其诗三首，评价在耶律楚材之上。查洪德教授也曾对刘秉忠的文学成就作了精辟的论述：“刘秉忠诗文词曲兼擅。由于文章留存不多，我们无法根据现存作品评价其成就和价值，但诗和词作都有相当数量，可以肯定地说，在元代诗史和词史上，其成就是不可忽视的，并且具有他自己的个性特色。”[⑥] 可以说，刘秉忠是元初北方文坛很有影响的一位文人，以其独特的魅力赢得了后世的瞩目。而许衡虽不以文章名世，但其诗文雅洁、深稳而又质实，代表了元初北方儒者之文风特色。正如《四库全书总目》所言：“其文章无意修词，而自然明白醇正。诸体诗亦具有风格，尤讲学家所难得也。”[⑦] 又据《新元史》：“北方文学自衡开之，当时名公卿多出其门。”[⑧] 总之，许衡在元初北方文坛的地位不容忽视。姚枢的品格、才华和胸襟都让人佩服，可惜诗文存之

① （元）郝经：《郝文忠公陵川文集》卷首，北京图书馆古籍珍本丛刊，影印明正德二年李翰刻本。

② （清）顾嗣立：《寒厅诗话》，《清诗话》，上海：上海古籍出版社 1978 年版，第 89 页。

③ （清）顾嗣立编《元诗选》初集（上），北京：中华书局 1987 年版，第 593 页。

④ （元）刘秉忠：《藏春集》卷 6 附录，北京图书馆古籍珍本丛刊，影印明天顺五年刻本。

⑤ （清）顾嗣立编《元诗选》初集（上），北京：中华书局 1987 年版，第 373 页。

⑥ 查洪德：《刘秉忠文学成就综论》，《文学遗产》2006 年第 4 期，第 107 页。

⑦ （清）纪昀等：《钦定四库全书总目》，北京：中华书局 1997 年版，第 2213 页。

⑧ （清）柯劭忞：《新元史》，长春：吉林人民出版社 1995 年版，第 2752 页。

不多。明何乔新在《重刊黄杨集序》中曾评道："有元一代，俗漓政厖，无足言者，而其诗矫宋季之委靡，追盛唐之雅丽，则有可取者。盖自郝伯常、姚公茂鸣于北方，而马伯庸、萨天锡诸公继作。"① 元初北方诗坛雅丽之风，实自姚枢与郝经始。王磐，元初官至翰林学士承旨，主盟文坛二十余年。言论清简，义理精谙，"辞语纵横，援引征据，众莫可屈"，其为文冲粹典雅，得体裁之正，不取尖新以为奇，不尚隐僻以为高。诗则述事遣情，闲逸豪迈，不拘一律。综上，他们不仅是蒙古政权中较早出现的一批文学家，也是元代文学的主要奠基者。这些文人无一例外，均经历了金元易代的变故，这在他们心里留下的痕迹是相当深刻的，因而带来元前期文学内容的深度。

第三，金莲川藩府文人作为一个特殊的文人群体，有着自己的行为方式和心理特征。藩府文人本着儒家修齐治平的精神关心国计民生。初时，对忽必烈藩府的征召怀着极大的热情。进入藩府后，积极用世，辅助忽必烈行汉法，借以"行道"。但忽必烈只是相较于其他蒙古统治者开明，他对流传了几千年的中原传统文化不可能完全理解，这是需要时间、需要历史的传承和积淀的。因而，金莲川藩府儒臣和他们的君主在理念和文化上始终存在着不和谐。而且，发生在中统三年（1262）的李璮之乱，对那些积极辅佐忽必烈施行汉法的金莲川藩府中的汉族旧臣来说是一个突如其来的打击，忽必烈由此对汉族儒臣开始猜忌和逐渐疏远。正如王恽《秋涧集》所言："国朝自中统元年以来，鸿儒硕德，济之为用者多矣！如张、赵、姚、商、杨、许、王之伦，盖尝忝处朝端、谋王体而断国论矣！固虽文武圣神广运于上，至于弼谐赞翼、俾之休明贞一，诸人不无效焉。今则曰：彼无所用，不足以有为也。是岂智于中统之初，愚于至元之后哉？予故曰：士之贵贱，特系夫国之重轻，用与不用之间耳。"② 忽必烈对汉人的猜忌导致儒士不被重用，赵良弼、商挺、廉希宪等曾深受信任的谋臣后来都受到不同程度的猜忌和疏远。

当汉族文臣发现"行道"的理想难以实现时，陷入了深深的苦闷之

① （明）何乔新：《椒邱文集》卷9，《景印文渊阁四库全书》第1249册，台北：商务印书馆1985年版。

② （元）王恽：《秋涧集》卷46《儒用篇》，《景印文渊阁四库全书》第1200册，台北：商务印书馆1985年版，第606页上。

中，“这苦闷来自于文化心理的隔膜带来的他们与蒙古贵族之间的互相不能理解”①。仕途上的挫折与失望让他们摇摆于仕与隐、进与退的矛盾中，他们普遍怀有宦途漂泊之感、出仕与归隐的矛盾心理。最初忽必烈藩府征召时他们怀着极大的热情，在应召途中及进入藩府之后，藩府文人纷纷题诗或写文来描绘沿途的景物风光、藩府经历，或赠诗鼓励友人入藩，这就形成了藩府文人的一个特殊心理——“金莲川情结”。金莲川藩府文人共有的心态——忧患意识与华夷观、出仕与归隐的心理矛盾与金莲川藩府情结——对他们的诗文创作也产生了深远影响。

第四，金莲川藩府文人多是出自河朔地区的原金源文人，有着深厚的北方历史文化背景，也体现了很高的文化素养，代表着金末元初北方文人的主体特色。河朔地区是金王朝前期和中期统治的中心区域以及政治文化中心，“南人得江山之秀，北人以冰霜为清”②，河朔地区特殊的地理环境和历史文化，促成了北方雄峻古朴、悲壮慷慨的审美风尚。长期藩府谋臣的生活，北方民族的粗犷豪爽性格，以及北歌的传统，为金莲川文人群体的诗词注入了不同的元素，藩府文人的诗文体现着北方文化的特色和文学传统，有着地理文化上的意义，呈现出纯朴质野、伉爽清疏、豪旷雄健的北方地域文化色彩。

第五，金莲川藩府群体的创作也具有其群体性特征。首先，藩府文人间的诗歌唱和以及大量送别诗的产生。明胡震亨说：“唐词人自禁林外，节镇幕府为盛。如高适之依哥舒翰，岑参之依高仙芝，杜甫之依严武，比比而是。中叶后尤多。盖唐制，新及第人，例就外幕，而布衣流落才士，更多因缘幕府，蹑级进身。要视其主之好文何如，然后同调萃，唱和广。”③ 而忽必烈时期的金莲川藩府文学和唐代的幕府文学不同，因忽必烈是蒙古藩王，和金莲川藩府文人有着文化上的隔膜，藩府文人不可能“视其主之好文何如，然后同调萃”。这一文人群体由北方原金源文士构成，又多以互相引荐或推举的方式进入藩府，他们相互之间交往密切，常酬唱赠答或游宴题咏。因而，藩府文人的文字之交主要体现在

① 查洪德：《理学背景下的元代文论与诗文》，北京：中华书局2005年版，第14～15页。

② （清）况周颐：《蕙风词话》卷3，上海：上海古籍出版社2009年版，第63页。

③ （明）胡震亨：《唐音癸签》卷27《谈丛三》，《景印文渊阁四库全书》第1482册，台北：商务印书馆1985年版。

诗歌唱和以及以诗赠行等。

其次，藩府文人诗展现了西北边地的奇异风光、漠南漠北的风俗人情，大大拓宽了边塞诗的表现领域，不再把边塞诗仅仅用作反映边地苦寒和边地战争，从而表现了更为深广的区域文化内涵。如郝经，在谒见忽必烈之初，于北行途中留任藩府，往来南北，亲闻亲历沿途的各样风情、各种风景，无论是朔漠风寒、高山峻岭，还是草原风光、游牧民族的特殊风情等，都为他提供了文学创作的素材，激发了他的创作欲望。诗人以浓墨重彩的大笔挥洒、勾画出博大雄浑的景物或场景，有《界墙雪》、《沙陀行》、《居庸行》、《北岭行》、《怀来醉歌》、《化城行》、《古长城吟》、《鸡鸣山行》、《白山行》、《铁堠行》、《居庸关铭》等诗。这类诗歌不仅数量多、内涵丰富，艺术地展现了北国的风光与风情，而且在继承唐代边塞诗优秀传统的基础上又有新的发展，很有李贺诗的奇崛与唐边塞诗的豪健之风，尽展雄浑壮美、豪迈的奇崛与高古沉郁之诗风特色。再如刘秉忠，从入侍忽必烈潜邸起一直就是忽必烈的重要谋臣。元立国之后，一直跟随在忽必烈身边，忽必烈两都巡幸时他都随行，有《过界墙》、《清明后一日过怀来》、《过居庸关》、《过也乎岭》、《过天井关》、《寓桓州》、《桓抚道中》、《桓州寄乡中友人》、《大碛》、《和林道中》和《宿河西沙陀》等诗。他笔下的边塞风光更有一番景致，也许是受浩瀚无垠的塞外风光和游牧民族的特殊风情熏染。刘秉忠的这类诗歌，于清雅平和之风中蕴含着一股豪放之气。

最后，在散文方面，藩府文人常常使用的文体是序、记、书、表、状等，其中一些序跋和记游类散文写得文情并茂，体现了元初的散文风貌。藩府文人普遍致力于序文、杂记的创作，多有佳作。如《秋涧集》卷一〇〇所收录的张德辉的游记《岭北纪行》（又名《边堠纪行》、《塞北纪行》），在这篇文章中详细记载了应召的经过。他笔下的岭北地区，无论景物、风土还是人文，对当时的汉地人来说都是神秘陌生的，充满了异域风情。这是一篇不可多得的较早反映蒙古草原地带风情的游记散文，山水文字在具体的描绘中展示了地域特色，也丰富了山水文字的抒情格调。书、表、状等公牍文在藩府文字中有重要地位，也在藩府散文中占有最大比例，较能体现藩府散文的特点。虽然从纯文学的角度来看，书、表、状等本身并非文学作品，而且相当程式化，但这种有特定的使用对象与应用场合的公牍文体的写作，更要求作者有深厚的文学修养与高超的写作技巧。王鹗、王磐和杨果等藩府文人在诏书、制书等公牍文体写作上功力不凡，堪称高手。

总之，金莲川藩府文人的诗文创作，是藩府文人思想情致的显现，也是时代风会所造成的儒士文人群体心态的缩影，形成了一种特殊的文化现象。可以肯定地说，无论是这一文人群体独特的心理状态，还是他们的诗文创作、文学理论，在金末元初的北方文坛影响都很大，对元代文学的创作和发展有着深远的影响，其成就是不可忽视的，所以才受到后人的瞩目。

第一章　金莲川藩府文人群体的形成

元世祖忽必烈（1215～1294），英明睿智，善于纳谏、役用众智。早在藩王时期就思“大有为于天下”，[①] 关心前代治乱之史，搜罗中原人才。“上之在潜邸也，好访问前代帝王事迹，闻唐文皇为秦王时，广延文学四方之士，讲论治道，终始太平，喜而慕焉。”[②] 蒙哥汗元年（1251），忽必烈受命总领漠南汉地军国庶事，在金莲川设置幕府，招贤纳士，积极延揽各地的儒士文人。一时间，忽必烈潜邸之中人才济济，形成了一个庞大的藩府谋臣侍从文人集团，为他日后继承汗位、成就大业打下了基础。

金莲川藩府士人群体是一个较复杂的文人群体，基本上是北方中原各个地域文化与文学领域的精英，文化渊源不同，师承各异。他们大多来自金末的山东、山西、陕西、河北等地，大致可分为四类：怀卫理学家群；邢州学派；从东平、真定、顺天三个汉族世侯幕府进入金莲川藩府的；非汉族谋臣文士。

金莲川藩府文人群体的形成有历史、社会等诸多方面的原因。首先，耶律楚材得到太宗窝阔台的信任和重用，他在保护、任用儒士，恢复发展中原文化，建立学校、尊孔，设置编集经籍的机构等方面推行了一系列措施，这些都为忽必烈信用儒士文臣及施行汉法打下了基础。其次，在当时的社会时代背景下，北方汉族文人的心态、对天下一统的期待、对宋金政权的失望以及他们的文化忧患意识，使他们关心国计民生，欲借出仕而“行道”。再者，忽必烈具有英明睿智、采用众智、善于纳谏、善于抚下的特点，加上他“思大有为于天下”的志向，这使他在潜邸时期就积极延揽人才。这些因素共同促成一个庞大的金莲川藩府谋臣侍从集团的形成。

---

① （明）宋濂等：《元史》卷4《世祖本纪一》，北京：中华书局1976年版，第57页。

② （元）苏天爵辑撰，姚景安点校《元朝名臣事略》卷12《内翰王文康王》，北京：中华书局1996年版，第238页。

第一节 金莲川藩府文人群体形成的历史背景

13 世纪初，成吉思汗和他的兄弟子侄带领蒙古铁骑像飓风一样横掠大漠，统一了漠北草原，建立了蒙古帝国，继而消灭了西夏、西辽，荡平了花剌子模、金国，对汉族聚居的南宋也虎视眈眈。善骑射、勇猛彪悍的蒙古军事贵族凭借着强大的武力优势，“在短短数十年内即摧毁和蹂躏了周围比它先进得多的文明实体，成为横跨欧亚两洲广袤地域的主宰者”。① 这是一场惨烈的武力征服，掠夺财物、扩大地域是他们征服的主要目的。

成吉思汗六年（1211），蒙古发动对金的战争。据拉施特《史集》记载，“在他（成吉思汗）攻占了（涿州）城之后，他把左右两翼军队和几个年长的儿子们以及异密们派遣了出去，自己则和托雷带着称为（豁勒）的军队……他们征服并毁掉了途中的一切城市和地区”②，只是为了满足自己人生最大的乐事，即“战胜敌人，将他们连根铲除，夺取他们所有的一切”，③ 根本不理会这样做的严重后果。对于如何统治中原地区，他们一无所知，也没有考虑。至于实行汉法，在当时更是不切实际。不过，在已经占领的中原地区，成吉思汗已开始任用汉人降将。如六年冬，围攻威宁，刘伯林降，“即以原职授之”。北还时又命刘伯林屯天成，“以本职充西京留守，兼兵马副元帅”。④ 八年（1213）七月，攻破居庸关，逼近中都（今北京）。是年，史秉直降，木华黎命其屯霸州。九年（1214），成吉思汗赐其子史天倪金符，“授马步军都统，管辖二十四万户”。⑤

成吉思汗十年（1215）金中都被蒙古人占领。蒙古人占领中都后，

---

① 徐子方：《挑战与抉择——元代文人心态史》，石家庄：河北教育出版社 2001 年版，第 3 页。

② 〔波斯〕拉施特主编，余大钧、周建奇译《史集》第 2 卷，北京：商务印书馆 1983 ~ 1985 年版，第 198 页。

③ 〔波斯〕拉施特主编，余大钧、周建奇译《史集》第 1 卷，北京：商务印书馆 1983 ~ 1985 年版，第 362 页。

④ （明）宋濂等：《元史》卷 149《刘伯林传》，北京：中华书局 1976 年版，第 3515 页。

⑤ （明）宋濂等：《元史》卷 147《史天倪传》，北京：中华书局 1976 年版，第 3479 页。

以札八儿火者、石抹明安镇守，而广大中原地区却远未占领。其后，木华黎相继攻取临潢府（今内蒙古巴林左旗）、北京路（今内蒙古宁城县），进克辽西、北京等处；脱栾扯儿必则抄掠河南、山东各地。战争依然是掠夺性的，华北、山东广大地区还未被蒙古军队占领。

成吉思汗十二年（1217），封木华黎为太师、国王，命其全权经营“太行以南”。在木华黎和孛鲁父子经略中原时期，蒙古统治者对中原地区的政策开始有所变化。

1225～1231年，河北、山东、山西等地先后被蒙古军队牢固控制，中原大部分地区开始处于蒙古人的统治之下。这一时期中原地区逐步被占领，对蒙古统治者来说，占领这些地区才是此时的主要任务，根本无暇顾及在中原地区推行汉法。耶律楚材说：“国朝开创之际，庶政方殷，而又用兵西域，未暇修文崇善。”① 但这一时期对中原地区的政策，与成吉思汗亲征时相比，还是有了许多变化。

首先，改变了惯常的秋去春来的掠夺性战争方式，注意对占领地区的经营。木华黎受命南征伊始，就“建行省于燕南，以图中原”（《太师鲁国忠武王》）②，开始依靠汉人上层“招民耕稼，为久驻之基”③。其次，在成吉思汗任用汉人降将的基础上，木华黎更加注重对汉人地主武装——汉人世侯的普遍利用，其中真定史氏、藁城董氏、顺天张柔、东平严实等均受到重用。这些汉人世侯大多“且耕且战”，在“聚其乡邻，保其险阻，示以纪律，以相守望，卒之事定而后复业”（《郭弘敬墓铭》）④的情况下，注重对其辖地的治理。如史天泽在真定“招流散，抚疮痍，披荆榛，掇瓦砾，数年间，官府民居，以次完治”（《开府仪同三司中书左丞相忠武史公家传》）⑤。藁城董俊，“为政宽明，见人善治田庐，必召与欢语，有惰者，则怒罚之，故其部完实，民惟恐其去也”。⑥ 张柔在满

① （元）耶律楚材：《西游录》，北京：中华书局1981年版，第13页。

② （元）苏天爵辑撰《元朝名臣事略》卷1，北京：商务印书馆民国25年版。

③ （元）脱脱等：《金史》，北京：中华书局1975年版，第2443页。

④ （元）刘因：《静修集》卷17，《景印文渊阁四库全书》第506册，台北：商务印书馆1985年版。

⑤ （元）王恽：《秋涧集》卷48，《景印文渊阁四库全书》第1201册，台北：商务印书馆1985年版。

⑥ （明）宋濂等：《元史》卷148《董俊传》，北京：中华书局1976年版，第3493页。

城“定列教条，劝民修治耒耜，数艺桑麻”[①]，“焚毁之后为空城者十五年”的保州城，经过他“披荆棘，立城市，完保聚”的精心治理，成为“燕南一大都会”[②]。严实在东平“辟田野，完保聚”，“以劝耕稼，以丰委积”，“辟置俊良，汰逐贪墨。颐指所及，竭蹶奉命。不三四年，由五城而南，新泰而西，行于野则知其乐岁，出于途则知其为善俗，观其政则知其为太平官府”[③]。可知，虽然北方社会处于普遍混乱之中，但在汉人世侯控制的区域社会比较稳定，辖区内的农业生产得以恢复并持续发展，人民生活相对安定。汉人世侯对辖区的治理，基本上是实行金之旧制，即以汉法治理，且卓有成效，对当时政局的稳定起了一些作用。这在一定程度上改变了蒙古统治者的认识，虽然他们未必认识到以汉法治理中原的重要性，但客观存在的治理效果必然会影响到蒙古统治者的思想认识。因此，汉人世侯以汉法治理汉地，既为蒙古贵族以后实行汉法奠定了物质基础，也为其提供了思想基础，两种文化已开始融合。

由成吉思汗亲手创建的蒙古帝国，是一个以蒙古草原为重心的游牧政权。游牧民族的特征是惯于迁徙，孔武强悍。欧阳修曾道：“胡人以鞍马为家，射猎为俗。泉甘草美无常处，鸟惊兽骇常驰逐。”（《明妃曲》）[④]蒙古游牧民族和中原的农耕民族存在生活、制度、文化上的差异与冲突。游牧民族射生饮血、逐水草而流徙的生活方式，决定了他们对农业和农耕区无所顾惜的破坏性，他们入侵中原农业区是纯掠夺性的，是对土地的占有和对资源的利用。不仅声称“虽得汉地，亦无所用，不若尽去之，使草木畅茂，以为牧地”（宋子贞《中书令耶律公神道碑》）[⑤]，而且对汉地原有的社会制度也不感兴趣，根本不了解中原农耕地区与塞外游牧地域自然与人文环境上的迥异，强硬地把游牧制度施行于中原。把游牧制

---

① （元）王磐：《张柔神道碑》，《景印文渊阁四库全书》第506册，台北：商务印书馆1985年版。

② （元）元好问：《顺天万户张公勋德第二碑》，李修生主编《全元文》第1册，南京：江苏古籍出版社1997年版，第591～592页。

③ （元）元好问：《东平行台严公神道碑》，姚奠中主编、李正民增订《元好问全集》卷26，太原：山西人民出版社2004年版，第549页。

④ 刘扬忠编选《欧阳修集》，南京：凤凰出版社2014年版，第84页。

⑤ （元）苏天爵编《元文类》卷57，北京：商务印书馆民国25年版。

度施行于封建经济高度发达的农业定居区，把落后的游牧生产方式强加给内地，根本不符合社会发展规律。而且中原北方地区经历了长期战争的残酷破坏之后，一直处在混乱和凋敝之中，社会经济明显倒退。“要能够掠夺，就要有可以掠夺的东西，因此就要有生产。而掠夺的方式本身又决定于生产的方式。”① 为了继续对征服区进行掠夺，就必须着手恢复生产，采取与之相适应的政治组织形式。“锋镝余生的汉地百姓在蒙古亲贵和色目酷吏竭泽而渔、诛求无厌的剥削下，彻底斩断了生机。”② 在这种危机下，势必要顺应历史和社会的发展进行变革，于是，在中原地区逐步推行汉法以治理汉地。

窝阔台汗即位第二年（1230）秋，就承继其父遗志出兵攻打金国，蒙古帝国战略的重心又转向中原地区。虽然蒙古帝国已经占领河北、山东、山西等中原大部分地区，但局面混乱，制度不健全，“州郡长吏，生杀任情，至孥人妻女，取货财，兼土田”③，汉人世侯又在辖区内各自为政，中央缺乏有力的控制。针对中原汉地的这种情况，耶律楚材在得到窝阔台信任和重用的条件下，开始在政治、经济、文化方面推行一系列有利于中原恢复发展的政策和措施。

徐子方称，耶律楚材为元代实行汉法的“先驱者”和“孤独者”：“在蒙古帝国建立之初，耶律楚材是最早倡导变革漠北旧俗、实行‘汉法’文治的中原士大夫。”④

耶律楚材（1190～1244），字晋卿，号湛然居士。契丹族，辽朝东丹王突欲八世孙，金朝尚书右丞耶律履之子，博学多才。据史载：“博极群书，旁通天文、地理、律历、术数及释老、医卜之说，下笔为文，若宿构者。”⑤ 金代曾为开州（今河南濮阳）同知，后为燕京行尚书省左右司员外郎。1215年夏，蒙古军队攻破燕京，1218年被成吉思汗召至帐下，

---

① 中共中央马克思恩格斯列宁斯大林著作编译局编译《马克思恩格斯选集》第12卷，北京：人民出版社2012年版，第698页。

② 萧启庆：《内北国而外中国》（蒙元史研究），北京：中华书局2007年版，第113～114页。

③ （明）宋濂等：《元史》卷146《耶律楚材传》，北京：中华书局1976年版，第3456页。

④ 徐子方：《挑战与抉择——元代文人心态史》，石家庄：河北教育出版社2001年版，第29页。

⑤ （明）宋濂等：《元史》卷146《耶律楚材传》，北京：中华书局1976年版，第3455页。

遂辟为掾。1219年夏，以“治国之匠”自居的耶律楚材①开始随成吉思汗西征。此后六七年，他并非以身为儒者的“治国之匠”来辅弼成吉思汗，而是一直以星相术士的身份跟随成吉思汗，在从征西域之时，耶律楚材取得了成吉思汗的高度信任②。成吉思汗去世时，曾对窝阔台说：“此人天赐我家。尔后军国庶政，当悉委之。”窝阔台即将即位时，“宗亲咸会，议犹未决”，耶律楚材极力促成了窝阔台继承汗位，帮助他制定君臣礼仪，因而，窝阔台对他怀有很大的感激之情，曾抚楚材曰：“真社稷臣也。”③

耶律楚材取得了蒙古最高统治者的信任，这样就为他推行汉法准备了必要的条件。

此时，蒙古军队对中原地区的征服将近二十年，已经占领了华北、山东地区，客观形势有了很大变化。因为有了多年来经略中原地区的实践，逐渐加深了对中原地区情况的了解，为了长期有效地统治中原地区，蒙古统治者内部曾展开过一场辩论。近臣中使别迭等试图将中原农业区变为牧场，这显然是对中原农耕区的摧残。对此，耶律楚材提出：“夫以天下之广，四海之富，何求而不可得，但不为耳，何名无用哉!”④ 他驳斥了中使别迭等人的主张。耶律楚材的这句话对蒙古统治者来说应该有很大的吸引力，当时蒙古因成吉思汗西征花费了大量财力、物力，“仓廪

---

① 《元史》卷146《耶律楚材传》记载：“夏人常八斤，以善造弓见知于帝，因每自矜曰：‘国家方用武，耶律儒者何用。’楚材曰：‘治弓尚须用弓匠，为天下者岂可不用治天下匠耶。’帝闻之甚喜，日见亲用。”

② 在《元史·耶律楚材传》中有很多诸如耶律楚材占卜灵验的记载。如：“己卯夏六月，帝西讨回回国。祃旗之日，雨雪三尺，帝疑之，楚材曰：‘玄冥之气，见于盛夏，克敌之征也。’庚辰冬，大雷，复问之，对曰：‘回回国主当死于野。’后皆验。西域历人奏五月望夜月当蚀，楚材曰：‘否。’卒不蚀。明年十月，楚材言月当蚀，西域人曰不蚀，至期果蚀八分。壬午八月，长星见西方，楚材曰：‘女直将易主矣。’明年，金宣宗果死。帝每征讨，必命楚材卜，帝亦自灼羊胛，以相符应。”他在诗文中也曾言道：“车盖知何处，衣冠问阿谁？自天明下诏，知我素通蓍。”（《湛然居士集·怀古一百韵寄张敏之》）他是因善于占卜而被征召，可以看出在西征时，耶律是因精通阴阳术数与符瑞卜筮受到成吉思汗的信任。

③ （明）宋濂等：《元史》卷146《耶律楚材传》，北京：中华书局1976年版，第3457页。

④ （元）宋子贞：《中书令耶律公神道碑》，（元）苏天爵编《元文类》卷57，北京：商务印书馆民国25年版。

府库无斗粟尺帛”，中央财政很不乐观。再有，窝阔台要南伐，军需物资需要补给，要解决这个问题，就需要更多的财富。所以耶律楚材继续向窝阔台提出：“诚均定中原地税、商税、盐、酒、铁冶、山泽之利，岁可得银五十万两、帛八万匹、粟四十余万石，足以供给，何谓无补哉？”如果真如耶律楚材所言，国用可绰绰有余，因此窝阔台欣然采纳，说：“卿试为朕行之。”[①]“蒙古统治者为了长期有效地统治中原被攻占地区，需要任用既为自己所熟悉、信任，又熟悉治理中原的人才。”[②] 因此耶律楚材这位“治国之匠”才有了施展抱负的机会。

耶律楚材初行汉法并非一帆风顺，可谓步履维艰，正如时人宋子贞所说：“国家承大乱之后，天纲绝，地轴折，人理灭，所谓更造夫妇、肇有父子者信有之矣。加以南北之政每每相戾，其出入用事者，又皆诸国之人，言语之不通，趣向之不同，当是之时，而公以一书生孤立于庙堂之上，而欲行其所学，戛戛乎其难哉！”[③] 不过，耶律楚材还是取得了很大的成绩，在政治、经济、文化等方面推行了一系列措施，也做出了许多贡献。

在经济方面，窝阔台汗二年（1230）冬十一月，“乃奏立燕京等十路征收课税使，凡长贰悉用士人，如陈时可、赵昉等，皆宽厚长者，极天下之选，参佐皆用省部旧人”。[④] 即立十路征收课税所，所设的使、副二员都是儒士。《元史》卷二《太宗本纪》也记载道：“始置十路征收课税使，以陈时可、赵昉使燕京，刘中、刘桓使宣德，周立和、王贞使西京，吕振、刘子振使太原，杨简、高廷英使平阳，王晋、贾从使真定，张瑜、王锐使东平，王德亨、侯显使北京，夹谷永、程泰使平州，田木西、李天翼使济南。”任用儒士为十路征收课税使，取得了明显的功效，到了窝阔台汗三年（1231）秋，窝阔台“至云中，诸路所贡课额银币及米谷簿籍，具陈于前，悉符原奏之数”。显然，耶律楚材的做法让窝阔台

① （明）宋濂等：《元史》卷146《耶律楚材传》，北京：中华书局1976年版，第3458页。

② 余大钧：《论耶律楚材对中原文化发展的贡献》，参见南京大学历史系元史研究室编《元史论集》，北京：人民出版社1984年版，第66～67页。

③ （元）宋子贞：《中书令耶律公神道碑》，（元）苏天爵编《元文类》卷57，北京：商务印书馆民国25年版。

④ （明）宋濂等：《元史》卷146《耶律楚材传》，北京：中华书局1976年版，第3458页。

很是满意，因此，他非常开心地夸奖耶律楚材："汝不去朕左右，而能使国用充足。"于是，"始立中书省，改侍从官名。以耶律楚材为中书令，粘合重山为左丞相，镇海为右丞相"。在耶律楚材拜中书令后，窝阔台"事无巨细，皆先白之"[①]。耶律楚材竭尽全力想把汉法推行下去。窝阔台汗八年（1236），耶律楚材上陈时务十策，曰："信赏罚，正名分，给俸禄，官功臣，考殿最，均科差，选工匠，务农桑，定土贡，制漕运。"对于这些措施，窝阔台"虽不能尽行，亦时择用焉"。[②] 不过，耶律楚材初行汉法还是时时碰壁，"南北之政每每相戾"，因为在一些保守的蒙古贵族看来，耶律楚材的做法有悖祖训，且限制和损害了他们的利益，耶律楚材不时遭到反对。但他在经济方面确实取得了一定成绩。在《元史·食货志》税粮、科差、钞法、盐法、酒醋课、商税、岁赐、惠民商局等项中，均较详细地记载了窝阔台时期建立的一些制度。

在政治方面，"耶律楚材既反对蒙古诸王功臣'分土裂民'，又限制割据各地的汉族武装地主所掌握的军、政、司法、经济权力，推行了一系列加强中央集权的措施，为恢复重建高度中央集权的中原封建社会上层建筑取得了初步的成果，也为忽必烈依靠汉人推行汉法建立大一统的元朝奠定了基础"。[③]

耶律楚材在保护、任用儒生，实行科举取士方面尽其所能，确实做了不少。如上所述，窝阔台汗二年，立燕京等十路征收课税使，每路正副使各两名，任用的都是儒者，陈时可、赵昉、刘中、刘桓、周立和、王贞、吕振、刘子振、杨简、高廷英、王晋、贾从、张瑜、王锐、王德亨、侯显、夹谷永、程泰、田木西、李天翼等被任用，这是"蒙古最高统治集团大批任用汉人儒者、文臣的开始，也是一部分儒者的地位和生活处境有所改善的开始"。[④] 在任用儒士担任征收课税使收到效果后，耶律楚材便借机向窝阔台申述任用儒者文臣的重要性，建议窝阔台选用儒

① （明）宋濂等：《元史》卷146《耶律楚材传》，北京：中华书局1976年版，第3458页。

② （元）宋子贞：《中书令耶律公神道碑》，参见（元）苏天爵编《元文类》卷57，北京：商务印书馆民国25年版。

③ 余大钧：《论耶律楚材对中原文化发展的贡献》，参见南京大学历史系元史研究室编《元史论集》，北京：人民出版社1984年版，第66～67页。

④ 余大钧：《论耶律楚材对中原文化发展的贡献》，参见南京大学历史系元史研究室编《元史论集》，北京：人民出版社1984年版，第69页。

者，并在战乱中保护了一批儒者。如窝阔台汗五年（1233）攻占汴梁后，耶律楚材奏请选取儒者“散居河北，官为给赡”（宋子贞《中书令耶律公神道碑》）。其后，在攻取淮、汉诸城时，也以此为定例，继续选用儒者加以优待。又如窝阔台汗七年（1235），窝阔台之子阔出带领蒙古大军攻打南宋时，姚枢、杨惟中曾随军出发，挑选了忽必烈的名臣窦默、王磐，著名经学家赵复等数十名儒者带回北方加以优待。后来，这些人中有不少在北方办学教授生徒，崇儒兴学之风大盛。耶律楚材因此高兴地写道：“天皇有意用吾儒，四海钦风尽读书；可爱风流贤太守，天山创起仲尼居。”（《周敬之修夫子庙》）①

窝阔台汗九年（1237），耶律楚材又向窝阔台奏：“制器者必用良工，守成者必用儒臣。儒臣之事业，非积数十年，殆未易成也。”（《元史》本传）窝阔台采纳了耶律楚材的建议，并命他校试。《元史》记载，窝阔台汗九年秋八月，“下诏命断事官术忽斛与山西东路课税所长官刘中，历诸路考试。以论及经义、词赋分为三科，作三日程，专治一科，能兼者听，但以不失文义为中选。其中选者，复其赋役，令与各处长官同署公事，得东平杨奂等凡若干人，皆一时名士，而当世或以为非便，事复中止。”② 这就是有名的“戊戌选”。戊戌科举取士，保护、鼓励、培育了一大批社会人才。窝阔台死后，因受到以乃马真氏为首的蒙古统治集团的排斥，这样的科举取士没能继续下去。

此外，耶律楚材在恢复发展中原文化，建立学校③，修复孔庙、尊孔④，设置编集经史典籍的机构等方面也推行了一系列措施。“求孔子后，得五十一代孙元措，奏袭封衍圣公，付以林庙地。命收太常礼乐生，及召名儒梁陟、王万庆、赵著等，使直译九经，进讲东宫。又率大臣子孙，执经解义，俾知圣人之道。置编修所于燕京、经籍所于平阳，由是

① （元）耶律楚材：《湛然居士文集》卷14，谢方点校，北京：中华书局1986年版，第311页。

② （明）宋濂等：《元史》卷81《选举志一》，北京：中华书局1976年版，第2017页。

③ 《元史》卷81《选举志一·学校》记载：“太宗六年癸巳，以冯志常为国子学总教，命侍臣子弟十八人入学。”

④ 《元史·太宗本纪》载，窝阔台汗五年癸巳（1233）冬，敕修孔子庙。八年丙申（1236）三月，复修孔子庙。

文治兴焉。”[①] 确实，当中原文化面临毁灭之际，耶律楚材独担文化救亡之任，被誉为“大有造于中国，功德塞天地”。[②]

虽然耶律楚材行汉法屡屡受到牵制，甚至在窝阔台汗十三年（1241）冬十月，窝阔台“命牙老瓦赤主管汉民公事”，把整个中原地区的统治权交给了西域人，耶律楚材所极力推行的汉法至此形同虚设；但他在政治、经济、文化方面施行的一系列措施，为忽必烈建立金莲川藩府，依靠藩府儒士推行汉法并建立大一统的元朝奠定了基础。而且，耶律楚材在保护、任用儒生、士大夫，实行科举取士方面所做的贡献，让中原儒生看到了希望，这毕竟是窝阔台曾批准的政策、措施，同时，“蒙古统治者也逐渐认识到儒士的重要性”[③]。这些都为忽必烈信用儒士文臣及实行汉法打下了基础。

窝阔台汗十三年十二月，窝阔台死后，皇后乃马真氏称制，她“撤掉了在合罕时被委以重任的异密和国家大臣，并任命了一批不学无术的人来担任他们的职位”。[④] 耶律楚材所推行的一系列措施都受到严重干扰和破坏，甚至不得不中止。1246 年，贵由继承汗位，蒙古统治者对中原地区的掠夺更加严重。《元史·定宗本纪》载：“诸王及各部又遣使于燕京迤南诸郡，征求货财、弓矢、鞍辔之物，或于西域回鹘索取珠玑，或于海东楼取鹰鹘，驿骑络绎，昼夜不绝，民力益困。”中原凋敝已极。在这种危急状况下，需要改革现状，需要一个能顺应历史发展潮流的英明之主，也要有一批能辅佐他完成大业的儒士谋臣侍从。此时，忽必烈的金莲川藩府应运而生了。在藩府谋臣侍从文人的辅佐下，“元世祖忽必烈汗扭转了这一颓势。他把蒙古游牧帝国改建成一个以中原农业地区为主干的中国式王朝。这一转变在中国历史上是极其重要的一页”。[⑤]

---

① （明）宋濂等：《元史》卷 146《耶律楚材传》，北京：中华书局 1976 年版，第 3459 页。

② （清）于敏中编纂《日下旧闻考》卷 100，北京：北京古籍出版社 1981 年版，第 1655 页。

③ 余大钧：《论耶律楚材对中原文化发展的贡献》，参见南京大学历史系元史研究室编《元史论集》，北京：人民出版社 1984 年版，第 74 页。

④ 〔波斯〕拉施特主编《史集》第 2 卷，北京：商务印书馆 2009 年版，第 215 页。（明）宋濂等：《元史》卷 2《定宗本纪》，北京：中华书局 1976 年版，第 39 ~ 40 页。

⑤ 萧启庆：《内北国而外中国》（蒙元史研究），北京：中华书局 2007 年版，第 114 页。

第二节　金莲川藩府文人群体形成的主观原因与社会时代因素

金莲川藩府文人群体的形成，有一定的主观原因和社会时代因素。

一　藩府文人形成的主观原因

金莲川藩府形成的主要因素之一，是忽必烈态度开明且倾向于汉文化。萧启庆先生说："一个人的个性，便是一个人的命运，而他的身世和他早年的环境则成为凝铸成他的个性的模型，同时也形成他生命未来的轨迹。"[①] 忽必烈深受其母庄圣太后的影响，年轻时已经接触了汉文化。耶律楚材在窝阔台汗时期的改革，也对忽必烈影响很大。据《元史·世祖本纪一》所载，他"仁明英睿，事太后至孝，尤善抚下。岁甲辰，帝在潜邸，思大有为于天下，延藩府旧臣及四方文学之士，问以治道"。[②] 苏天爵也说："上之在潜邸也，好访问前代帝王事迹，闻唐文皇为秦王时，广延文学四方之士，讲论治道，终始太平，喜而慕焉。"[③] "仁明英睿"、"尤善抚下" 的个性，加上他早就已经关注天下大计，追慕李世民的英明，对唐太宗即位前招揽房、杜等十八学士而后成就一番事业的事迹非常钦慕，以及他本身就具有的成就帝王霸业的志向，这些均促使他在潜邸时期积极延揽人才，无论汉人、蒙古人还是色目人的儒士文人，只要能为其所用，他都收揽进幕府，由此形成了一个庞大的藩府谋臣侍从集团[④]。

忽必烈深受汉文化和儒学濡染，对中原汉文化和儒学非常熟悉，他因此才有了开明的态度，认识到中原文化对于治理汉地的重要性，从而实行汉法。从以下几件事可以了解忽必烈深受汉文化和儒学影响的情况。

其一，在行军途中，听赵璧讲授儒学典籍《大学衍义》。赵璧

---

① 萧启庆：《内北国而外中国》（蒙元史研究），北京：中华书局 2007 年版，第 117 页。

② （明）宋濂等：《元史》卷 4，北京：中华书局 1976 年版，第 57 页。

③ （元）苏天爵辑撰，姚景安点校《元朝名臣事略》卷 12，北京：中华书局 1996 年版，第 238 页。

④ 据李谦《中书左丞张公神道碑》记载："世祖皇帝始居潜邸，招集天下英俊，访问治道，一时贤士大夫云合辐辏，争进所闻。"

（1220～1276），字宝臣，云中怀仁人，师从金末名士李微和兰光庭两人，儒学修养自然不错。于乃马真后元年（1242）入侍忽必烈藩府，是较早进入藩府的儒士。《元史·赵璧传》载，忽必烈“令蒙古生十人从璧受儒书。敕璧习国语，译《大学衍义》，时从马上听璧陈说，辞旨明贯，世祖嘉之”。[①] 可见忽必烈对儒家学术的倾心。

其二，呼廉希宪为“廉孟子”，由此可知忽必烈对儒家人物并不陌生。廉希宪（1231～1280），一名忻都，字善用，号野云，布鲁海牙子，畏兀儿人，是金莲川藩府中的重要谋臣之一。他自幼便受到中原文化的影响。据《元史》本传：“世祖为皇弟，希宪年十九，得入侍，见其容止议论，恩宠殊绝。”[②] 又《元朝名臣事略·平章廉文正王》载：“公于书嗜好尤笃，虽食息之顷，未尝去手。一日，方读《孟子》，闻急召，因怀以进，上问：‘何书？’对曰：‘《孟子》。’上问其说谓何，公以‘性善义利之分，爱牛之心，扩而充之，足以恩及四海’为对，上善其说，目为‘廉孟子’。”[③]

其三，据《元史》卷一三〇《不忽木传》记载：“世祖尝欲观国子所书字，不忽木年十六，独书《贞观政要》数十事以进，帝知其寓规谏意，嘉叹久之。”可知忽必烈必然熟知《贞观政要》的内容。

其四，《元史·窦默传》载：“世祖即位，召至上都，问曰：‘朕欲求如唐魏征者，有其人乎？’默对曰：‘犯颜谏诤，刚毅不屈，则许衡其人也。深识远虑，有宰相才，则史天泽其人也。’”[④] 忽必烈以唐太宗为榜样，将魏征看作理想的大臣，可知其对中国的历史文化比较熟悉，也颇有心得。

其五，他态度开明，推行中原文化，在游赏之际，还偶尔赋诗寄情。据《御选元诗》卷一载忽必烈《陟玩春山纪兴》诗：“时膺韶景陟兰峰，不惮跻攀谒粹容。花色映霞祥彩混，炉烟拂雾瑞光重。雨霑琼干岩边竹，风袭琴声岭际松。净刹玉毫瞻礼罢，回程仙驾驭苍龙。”[⑤] 可见，忽必烈

① （明）宋濂等：《元史》卷159，北京：中华书局1976年版，第3747页。

② （明）宋濂等：《元史》卷126《廉希宪传》，北京：中华书局1976年版，第3085页。

③ （元）苏天爵辑撰《元朝名臣事略》卷7，北京：商务印书馆民国25年版。

④ （明）宋濂等：《元史》卷158，北京：中华书局1976年版，第3731页。

⑤ （明）陈文修，李春龙、刘景毛校注《景泰云南图经志书校注》，昆明：云南民族出版社2002年版，第369页。

有一定的汉文化修养，能赋诗，而且有一定的水平。

忽必烈也是英明之主，对入仕藩府的儒臣他做到了礼遇有加，认真听取他们的建议，使藩府文臣看到了希望，因而，一时间各方人才纷纷而至。现引以下几例为证。

对待赵璧，“呼秀才而不名，赐三僮，给薪水，命后亲制衣赐之，视其试服不称，辄为损益，宠遇无与为比。”[①]

对于亡金状元王鹗，忽必烈不仅“遣故平章政事赵璧、今礼部尚书许国相，首聘公于保州”，而且“既至，上一见喜甚，赐之坐，呼‘状元’而不名，朝夕接见，问对非一，凡圣经所谓修身齐家、治国平天下之道，无不陈于前，上为耸动。尝谕公曰：‘我今虽未能即行，安知他日不行之耶？’”（《内翰王文康公》）[②] 忽必烈尊重他且以礼相待，虚心听取王鹗的建议。

窦默进入藩府后，因医术高超又精通儒学，且为人忠厚，很受忽必烈赏识。“一日凡三召与语，奏对皆称旨，自是敬待加礼，不令暂去左右。……俄命皇子真金从默学，赐以玉带钩，谕之曰：‘此金内府故物，汝老人，佩服为宜，且使我子见之如见我也。’”[③] 久之，窦默请南还，忽必烈命大名、顺德各给田宅，有司岁具衣物以为常，赏赐丰厚，在礼节上也非常尊重窦默。

贵由汗元年（1246）冬，刘秉忠的父亲录事刘润去世。哀闻传至和林，忽必烈温言慰谕，并赐黄金百两，于次年春天遣使将刘秉忠送回邢州赴父丧。

张德辉《岭北纪行》载：“仆自始至迨归，游于王庭者凡十阅月，每遇燕见，必以礼接之，至于供帐、衾褥、衣服、食饮、药饵，无一不致其曲，则眷顾之诚可知矣。”[④] 忽必烈对延请来的贤士文人都曲尽其能地款待，态度亲切，没有征服者的骄横与傲慢，这也不是一般中原君主所能做到的，因而张德辉不无感激地写道：“自度衰朽不才，其何以得此哉？愿王之意出于好善忘势，为吾夫子之道而设，抑欲以致天下之贤士

---

① （明）宋濂等：《元史》卷159《赵璧传》，北京：中华书局1976年版，第3747页。

② （元）苏天爵辑撰《元朝名臣事略》卷12，北京：商务印书馆民国25年版。

③ （明）宋濂等：《元史》卷158《窦默传》，北京：中华书局1976年版，第3730~3731页。

④ （元）王恽：《玉堂嘉话》卷8，北京：中华书局1985年版，第86页。

也，德辉何足以当之，后必有贤于隗者至焉。”①

姚枢来到和林，见忽必烈“聪明神圣，才不世出，虚己受言，可大有为，感以一介见信之深，见问之切，乃许捐身驱驰宣力”②。于是，一改窝阔台时期弃官归隐的态度，当忽必烈待以客礼、询及治道时，他便尽其平生所学，披肝沥胆，为书数千言进谏。

许衡在出任京兆提学之前，曾被忽必烈召见。据程钜夫《鲁斋书院记》：“世祖皇帝经营四方，日不暇给，而圣人之道，未始一日不在讲求。观兵陇山，首召河内许仲平先生衡入见，先生亦首谓圣人之道为必可行，嘉言笃论，深契上心。时自陕以西，教道久废，乃命先生提举学事。于是秦中庠序鼎兴，搢绅缝掖，川赴云流，文事翕然以起。其所成就，皆足以出长入治，由是圣人之道乍明。”③ 如此礼遇，才使得许衡决定为忽必烈所用。

郝经于蒙哥汗八年（1258）被征召为藩府侍从，忽必烈便赐第怀州，赐田河阳。《殷烈祖庙碑》载：“岁戊午，诏以怀、河阳为今上汤沐邑，于是经在藩府，得赐第怀，赐田河阳。”④ 可见，忽必烈很注意恩抚、礼遇儒臣。

综上可见，忽必烈确实是“善于抚下”，对藩府谋臣礼遇有加，虚心听取他们的意见。这让藩府文臣看到了希望，认为自己治国平天下的理想能够实现，能够施展自己的才华，于是通过互相荐引或推举的方式，各种人才纷纷入侍藩府。

忽必烈的兄长蒙哥登上蒙古大汗的宝座后，将漠南汉地军国事务交给忽必烈全权处理。二年（1252）春，忽必烈把藩府从漠北移营至漠南，在金莲川设立了藩府。这一时期的忽必烈雄心勃勃，又思“大有为于天下”，而且他所统治的地区主要是汉地，统治的民族主要是汉族。他所依靠的物质经济基础，也主要是中原地区发达的封建农业经济。他利

① （元）王恽：《玉堂嘉话》卷 8，北京：中华书局 1985 年版，第 86 页。

② （元）姚燧：《姚燧集》卷 15《中书左丞姚文献公神道碑》，查洪德编辑点校，人民文学出版社 2011 年版，第 221 页。

③ （元）程钜夫：《雪楼集》卷 13，《景印文渊阁四库全书》第 1202 册，台北：商务印书馆 1985 年版。

④ （元）郝经：《郝文忠公陵川文集》卷 33，北京图书馆古籍珍本丛刊，影印明正德二年李翰刻本。

用自己在漠南的地位，在更大范围内吸收各种人才，开始为他辉煌的事业奠定基础。于是，金莲川藩府文人群体逐步形成。这个藩府谋臣侍从集团，对忽必烈总领漠南乃至以后缔造元帝国，都产生了重大的影响。

二　藩府文人形成的社会时代背景

忽必烈金莲川藩府文人群体形成的另一个主要因素是当时的社会时代背景，即北方汉族文人对天下一统的期待和对忽必烈的认可。

正如第一节所述，在蒙古贵族入主中原之初，战乱频仍，金帛、子女、牛羊等皆被席卷而去，房庐被焚，城郭变成丘墟，破坏非常严重。中原地区大部分土地荒芜，社会混乱，盗贼横行，人们被迫背井离乡，四处流浪。以往通过读书、科举以求仕进的儒士也丧失了传统的优越地位，四处流徙、跻身民间，所受打击尤为沉重。前朝经过几代人积累发展起来的文化成就在战争中灰飞烟灭，“自经大变，学校尽废，偶脱于煨烬之余者，百不一二存焉”[①]。典籍也在战火中焚毁殆尽。苏天爵《三史质疑》记载：“中原新经大乱，文籍化为灰烬。”[②] 藩府文士中许多人遭受过战乱之苦。如：

郝经幼时，“金季乱离，父母偕之河南。偕众避兵，潜匿窟底，（蒙古）兵士侦知，燎烟于穴，熸死者百余人，母许亦预其祸。公甫九岁，暗中索得寒遗一瓿，按齿饮母，良久乃苏”。[③]

窦默在蒙古对金的战乱中，同大多数北方百姓一样辗转流徙。1215 年金迁都后，南走渡黄河。“会国兵南下，公为所俘掠，间关险阻，还走达乡井，家人辈皆已去，唯母氏存焉。惊怖之余，母子俱得时疾，僵卧困惫中，重罹母忧，扶病藁瘗。而大兵复至，遂往河南而依母党吴氏以居。”及河南破，由陈州（今河南淮阳）迁蔡州。[④] 窝阔台汗五年（1233），金

① （元）段成己：《河津县儒学记》，李修生主编《全元文》第 2 册，南京：江苏古籍出版社 1998 年版，第 215 页。

② （元）苏天爵：《滋溪文稿》卷 25，《景印文渊阁四库全书》第 1214 册，台北：商务印书馆 1986 年版。

③ （元）苏天爵辑撰《元朝名臣事略》卷 15《国信使郝文忠公》，北京：商务印书馆民国 25 年版。

④ （元）苏天爵辑撰《元朝名臣事略》卷 8《内翰窦文正公》，北京：商务印书馆民国 25 年版。

哀宗入蔡州，窦默恐兵至，由蔡州渡淮河，至德安府（今湖北安陆）。与窦默一起流落南宋的还有河南洛阳士人智迂（后也入侍忽必烈金莲川藩府）。窝阔台汗七年（1235），太子阔端南伐，诏姚枢跟从杨惟中至军中求儒、道、释、医、卜者，窦默和智迂才得以北归。

许衡，窝阔台汗四年（1232）蒙古军南下时，为游骑所得。“万夫长酗酒杀人为嬉，先生从容曲譬，卒革其暴。久，乃信其言如蓍，人赖全活者无算。万夫长南征，乃东去隐徂徕山，迁泰安东馆镇，寻迁大名。”（欧阳玄《元中书左丞集贤大学士国子祭酒赠正学垂宪佐理功臣大傅开府仪同三司上柱国追封魏国公谥文正许先生神道碑》）[①] 许衡在某万夫长手下充当占卜士，窝阔台汗七年蒙古军南下攻宋，万夫长可能在这一年随军南征，许衡才得以逃脱。

王磐，金正大四年（1227）经义进士，后入侍金莲川藩府。“及河南被兵，磐避难，转入淮、襄间。宋荆湖制置司素知其名，辟为议事官。丙申，襄阳兵变，乃北归，至洛西，会杨惟中被旨招集儒士，得磐，深礼遇之，遂寓河内。”[②] 王磐也是在战乱之中避难，辗转于淮、襄间，在窝阔台汗七年太子阔端南伐之时，因杨惟中从军中求儒、道、释、医、卜者，他才得以北归。

宋衜，潞州长子人，金兵部员外郎元吉之孙。壬辰乱后，年十七，避地襄阳，已而北归，屏居河内者十有五年，逃难走“女几（山），历嵩（山）、少（室山），涉丹（水）、淅（水），度汉沔（水），寓武当（山），抵南郡（秦汉古名，位于今湖北省荆州地区），间关险阻，百死一生”。[③]

这样的例子还有不少。伐金战争中，许多藩府文人都有过惨痛经历，虽然他们都避免谈及，但这些经历还是带给他们很深的伤害，侥幸逃脱的儒士丧失了传统的优越地位，所谓“金季丧乱，士失所业”（王恽

① （元）欧阳玄：《圭斋文集》卷9，《影印文渊阁四库全书》第1210册，上海：上海古籍出版社1987年版。

② （明）宋濂等：《元史》卷160《王磐传》，北京：中华书局1976年版，第3751页。

③ （元）宋衜：《潞州长子县法兴寺记》，李修生主编《全元文》第5册，南京：江苏古籍出版社1998年版，第171页。

《故翰林学士紫山胡公祠堂记》)①。他们的生活被彻底改变了，命运同普通民众并没有多少区别。金亡后，混乱的局面渐趋稳定。直到窝阔台汗十年（1238）戊戌选试，确立儒籍，儒士的情况才有所改变。按照规定，戊戌中选者被编入儒籍，得免差发杂役。虽然这一规定并没有被严格执行，但戊戌科举取士，保护、鼓励、培育了一大批社会人才，使部分身陷奴籍的士人得以进入儒籍，获得免役特权。这其中就包括许衡、赵良弼、张文谦等藩府儒臣，这也让儒士看到了希望，对蒙古政权产生了信心。因为身隶儒籍即可获得免役特权，并有机会出仕，自戊戌试后，“父老甫袭科场之余，率子弟以事进取，或负粮从师，阅经就友。当是之时，英豪济济”（李谦《赡学田记》)②，增强了儒士以读书为业的信心。郝经在《铁佛寺读书堂记》中记载了戊戌选试对他的影响：“壬辰之变，始居于保。岁戊戌，先君官于保之满城。是岁，经始知学，喜为诗文。适诏试天下士，第者复其家，驱者为良。遂为决科文。”③ 郝经是由原来的“喜为诗文”而“遂为决科文”。这年冬天，他的父亲因家境贫困，想让身为长子的郝经放弃学业，是母亲许氏坚持，他才能继续读书。除了郝氏一门累世为学的原因之外，恐怕未尝不是因为戊戌选试给了读书人以希望。

一方面，从窝阔台时代开始，随着耶律楚材等人的进说和起用儒士的成功，蒙古贵族接触的汉族以及汉化已久的契丹、畏兀儿、女真、回回等北方少数民族越来越多，在他们的影响下，开始对儒士和儒学逐渐有了简单、模糊的认识。另一方面，由于耶律楚材等人的努力，儒士开始在十路征收课税所、中书省、行中书省、燕京行尚书省以及其他一些机构充当僚属。戊戌选试是蒙古贵族优待儒士的开端。

乃马真后元年（1242）十二月，窝阔台死。其后，在乃马真皇后、贵由汗、斡兀立海迷失后摄政时期，蒙古统治者更多的是按照传统方式对中原进行掠夺，中原的统治权掌握在西域人手中，更加造成了中原混

---

① （元）王恽：《秋涧集》卷40，《景印文渊阁四库全书》第1200册，台北：商务印书馆1985年版。

② （清）觉罗石麟等修《山西通志》第542册，台北：商务印书馆1985年版。

③ （元）郝经：《郝文忠公陵川文集》卷25，北京图书馆古籍珍本丛刊，影印明正德二年李翰刻本。

乱的局面。因而，到蒙哥时期，中原不治的社会现实不仅促使忽必烈等一些开明的蒙古贵族开始关注中原的治理以及儒学和儒生问题，而且北方广大儒士身逢金源败亡、金元易代之际，干戈寥落，忧世伤生，充满了对天下一统的期待。在那个特殊的历史时期，受儒家“修身、齐家、治国、平天下”思想的熏染，他们继承和发扬了儒家仁政爱民的学说，关心民瘼，同情人民疾苦，怀有济世救民、匡扶天下、民胞物与的道德情感，有政治抱负，欲借出仕而“行道”，也同样需要一个机会来改变社会现实。因而，当忽必烈开府金莲川广泛延揽人才之时，他们认为忽必烈是可以让他们实现理想和抱负的明君，于是乘势而动，抓住历史的契机，慨然出仕，入侍藩府。

如元初名臣刘秉忠，是较早进入藩府的文人。他进入藩府之初曾犹豫过，后来决定留在忽必烈藩邸，帮助忽必烈完成一番事业。原因就是，他认为忽必烈是一个英明的蒙古藩王，是他可以辅佐的君主。从此，他开始以一个佛门弟子的身份留在忽必烈身边，参与谋划军政机要，成为忽必烈潜邸的重要谋士。再如姚枢，也是忽必烈金莲川藩府中的重要谋士之一。姚枢因好友窦默的推荐[①]进入忽必烈藩府。他见忽必烈“聪明神圣，才不世出，虚己受言，可大有为，感以一介见信之深、见问之切，乃许捐身驱驰宣力”（《中书左丞姚文献公神道碑》）[②]。当忽必烈待以客礼、询及治道时，他一改窝阔台时期弃官归隐的态度，慨然出仕。又如许衡，在他进入藩府之前，两位好友窦默和姚枢都已经入侍藩府，他也有仕道之意，在写给窦默和姚枢的送别诗中已流露出这种意向。据《鲁斋遗书》卷一三《考岁略》记，“雪斋赴征，先生独处苏门，便有仕道之意”。而且许衡也不是一个空谈性命的腐儒，他主张经世致用，注重“治生”：“为学者治生最为先务，苟生理不足，则于为学之道有所妨。”[③]因而，蒙哥汗四年（1254），许衡出任京兆提学，也入侍忽必烈藩府。而郝经在幼年时母亲险些丧命于蒙古军队之手，这一段经历对他来说应该是刻骨铭心的。而此时他认为自己能有机会一展抱负，于是积极入侍忽必烈藩府，后来又奉命出使南宋，被拘囚真州十六载，体现了苏武式

① 《元史》卷158《窦默传》：“世祖问今之明治道者，默荐姚枢，即召用之。”

② （元）苏天爵编《元文类》卷60，北京：商务印书馆民国25年版。

③ （元）许衡：《鲁斋遗书》卷13，北京图书馆古籍珍本丛刊，影印明万历二十四年刻本。

的高风亮节而不辱使命。能做到这些，就是因为他认为忽必烈是有道之主，值得他这样付出。

从刘秉忠、姚枢、许衡、郝经等四人进入藩府的情况来看，反映出一些普遍特征。第一，他们都认为忽必烈是有道之主，辅佐忽必烈能够成就一番事业、有一番作为，以改变中原“干戈恣烂熳，无人救时屯。中原竟失鹿，沧海变飞尘”（许衡《训子》）[①] 的社会现状；通过“仁政苏民疲”、“善政赒民饥”，可以给百姓以生路，使社会安定，以行己道。第二，藩府儒士有着共同的目标和心态。在北方中原地区，至金末各族知识分子间均已淡化了民族界限。从辽立国算起，北方中原地区经历了辽金统治，已有三百年不是汉族封建王朝的统治区了，北方汉族知识分子长期处于少数民族政权的统治之下，“以宋为正朔的观念在北方淡漠已久”[②]。他们的现实政治活动常常冲破了传统的华夷观念，并不认为少数民族入主中原就不是正统，从而也容易接受蒙古贵族的统治。他们所重视的是能否行汉法、实行王道，正如郝经所言：“今日能用士，而能行中国之道，则中国之主也。”（《与宋国两淮制置使书》）[③] 金朝于 1234 年灭亡，而南宋政权自 1127 年金朝俘虏了徽、钦二宗并占有淮河以北的广大中原地区后，便偏安于江南。显然，面对中原干戈寥落、百姓流离失所的状况，宋和金政权都不可能再给他们任何希望。金亡之后，儒士失去凭依，身处乱世，只能通过辅佐忽必烈在中原地区采行汉法，使其接受汉文化，才会给百姓以生路，使社会安定。从他们给忽必烈所上的奏疏来看，也印证了这一点。海迷失后二年（1250）夏，刘秉忠根据他在中原两年所了解的情况，向忽必烈呈上“万言策”，“献书陈时事，所宜者数十条，凡万余言，率皆尊主庇民之事”[④]。姚枢也是尽其平生所学，披肝沥胆，为书数千言，“首陈二帝三王之道，以治国平天下之大经，汇为八目，曰：修身，力学，尊贤，亲亲，畏天，爱民，好善，远佞。次及

① （元）许衡著，王成儒点校《许衡集》，北京：东方出版社 2007 年版，第 232 页。

② 白寿彝总主编，陈得芝主编《中国通史》第 8 卷，上海：上海人民出版社 2015 年版，第 981 页。

③ （元）郝经：《郝文忠公陵川文集》卷 37，北京图书馆古籍珍本丛刊，影印明正德二年李翰刻本。

④ （元）王磐：《故光禄大夫太保赠太傅仪同三司文贞刘公神道碑铭并序》，载刘秉忠《藏春集》卷 2，北京图书馆古籍珍本丛刊，影印明天顺五年刻本。

救时之弊，为条三十”。[①] 许衡于至元三年（1266）夏四月，奏陈《时务五事》，洋洋万言，大抵本之儒道，分为立国规模、中书大要、为君难六事、农桑学校、慎微等五条。郝经因看到百姓遭受蒙古官僚压迫而流离失所的悲惨景象，向忽必烈上《河东罪言》，以唤起忽必烈对下情的重视。而他的《便宜新政》纵论古今，指切时弊，极有深度。这些奏疏中的献言和建议对忽必烈实行汉法，以及之后元帝国的政治、经济产生了深远的影响。可以说，藩府文人都是出于对国计民生的关心，对天下一统的期待，对宋金政权的失望，才进入忽必烈藩府的。因为具有同样的文化忧患意识，而且目标一致，即以汉法治理汉地，让百姓安居乐业，进而保护汉文化、弘扬汉文化，辅佐忽必烈以汉法治理中原地区，所以金莲川藩府文人群体才会具有很强的凝聚力。李谦《中书左丞张公神道碑》载：“世祖皇帝始居潜邸，招集天下英俊，访问治道。一时贤士大夫，云合辐辏，争进所闻。迨中统至元之间，布列台阁，分任岳牧，蔚为一代名臣者，不可胜纪。”[②] 可见当时金莲川藩府人才云集之盛况。

中原儒士文人在金莲川藩府受到忽必烈的礼遇，忽必烈不仅安车征召，且遣使护送，又赏赐第宅、田地，使得潜邸文人感到宠遇无比，无不感激涕零，尽全力倾献自己的才智和能力。

1251 年，蒙哥即汗位，忽必烈受命总领漠南汉地军国庶事，在金莲川设立幕府，积极延揽四方才能之士。很快，在他的潜邸之中聚集了一大批北方来的，精通经济、义理、文学的各族儒士文人，形成了一个庞大的藩府谋臣侍从文人集团。其中包括怀卫理学家群——姚枢、许衡、窦默、郝经和智迂等人；邢州学派——刘秉忠、刘秉恕、张文谦、张易、王恂、赵秉温等人；从东平、真定、顺天三个汉族世侯幕府招揽的文士，其中，从东平严氏收揽了徐世隆、宋子贞、王磐、商挺、刘肃等人，从真定史氏招纳张德辉、杨果、贾居贞、张礎、周惠等人，从顺天张柔处延揽名儒王鹗；此外，还有赵璧、李简、张耕、杨惟中、宋衜、马亨、李克忠、杜思敬、周定甫、陈思济、王博文、寇元德、王利用、李德辉等其他原金源文士谋臣。金莲川藩府侍从中的文士主要分为两类：一是

① （明）宋濂等：《元史》卷 158《姚枢传》，北京：中华书局 1976 年版，第 3712 页。
② （元）苏天爵编《元文类》卷 58，北京：商务印书馆民国 25 年版。

精通儒学的汉族藩府侍从谋臣，如董文炳、董文忠、董文用、赵炳、高良弼、许国祯、许扆、谭澄、柴祯、姚天福、赵弼、崔斌等人；二是深受儒学影响、有很高的汉文化造诣的非汉族侍从谋臣，包括蒙古人阔阔、脱脱、秃忽鲁、乃燕、霸突鲁等，西域色目人孟速思、廉希宪、爱薛、也黑迭儿等，以及女真人赵良弼等。这些人对忽必烈总领漠南乃至以后缔造元帝国产生了重大的影响。

> 世祖之在潜藩也，尽收亡金诸儒学士，及一时豪杰知经术者，而顾问焉。论大定大业，厥有成宪。在位三十余年，凡大政令、大谋议，诸儒老人得以经术进言者，可考而知也。[①]

金莲川藩府文人群体以儒家治国安邦之道影响元世祖忽必烈，“礼乐尊周孔，声名慕汉唐。恢弘张治具，突兀振朝纲”（郝经《仪真馆中暑一百韵》）[②]，推行汉法，建“典章、礼乐、法度，三纲五常之教”，[③] 拯救民生，襄赞军务，尊崇孔子，修建学校……为复兴汉文化、恢复儒家文化之传统起了重要作用。

---

① （元）苏天爵：《元文类》卷41《典礼总序》，北京：商务印书馆1936年版，第547～548页。

② （元）郝经撰，秦雪清点校《郝文忠公陵川文集》，太原：山西人民出版社、山西古籍出版社2006年版，第210页。

③ （元）刘秉忠：《陈时宜所宜疏》，载陈得芝辑点《元代奏议集录》，杭州：浙江古籍出版社1998年版，第23页。

第二章　金莲川藩府文人之事功

金莲川藩府文人虽然来自汉、色目、女真、契丹、蒙古等族以及北方各地，所擅长者，或儒学，或经济，或医术，或文学，且通过各种征聘或互相推举而进入藩府，但他们有着相同的政治目标和生活环境。而且他们经常接触，增强了多民族之间广泛的学习交流，彼此尊重理解，各族文人业已超越了民族的藩篱，从而形成了中国历史上前所未见的多族文人群体，彰显出中华民族强大的凝聚力。金莲川藩府文人，在开创有元一代政治、经济、文化、教育局面上起了很大的作用。如咨谋军中，屡谏屠戮之弊；辅佐忽必烈行汉法，即以中原地区历代相沿的官仪制度和孔孟儒学的治国方略来治理汉地，以先进的中原文明帮助元代统治者制订立国规模，促进元初社会、经济、文化的恢复和发展，为元代多民族大一统中央集权制帝国的建立和巩固奠定了理论基础；在恢复发展中原文化，建立学校，推动儒学的传播和发展，修复孔庙、尊孔，编刊经籍等方面都起了很大作用。再者，金莲川藩府文人群体凭借其文学创作成为元初北方文坛的中坚力量，在金末元初北方文坛影响力很大，居主导地位，其成就不可忽视。其中，少数民族谋臣侍从文人，包括蒙古人阔阔、脱脱、秃忽鲁、乃燕、霸突鲁等，以及西域色目人孟速思、廉希宪、也黑迭儿等，他们在忽必烈潜邸做幕僚，均认同汉文化、学习汉文化，有的还深受儒家思想熏陶，和汉族儒士经常接触、广泛交流。这不仅为中华民族汉文化注入了若干新的元素，而且增强了多民族之间的学习交流、尊重理解，彰显出中华民族强大的凝聚力，对元代的文化发展同样有着重要的意义。

金莲川藩府中的蒙古族谋臣侍从，在藩府之中和汉族文人接触的机会较多，耳濡目染，自然对中原文化比较熟悉。再者，早在潜邸时期，忽必烈就已经开始督促蒙古精英子弟修习儒学了，藩府儒士王鹗、赵璧、张德辉、李德辉、姚枢、窦默、王恂等都先后奉命教授太子或蒙古贵族子弟。因而，在藩府之中，首先涌现出一批蒙古族儒者。阔阔，字子清，本属蔑里吉氏部族。早岁入侍忽必烈藩府，知礼而好学，曾先后受业于王鹗、张德辉，为“现知最早之蒙古儒者”[①]。秃忽鲁，字亲臣，康里氏，自幼入侍世祖，曾受命跟从藩府儒士、元代大儒许衡学。忽必烈一日问其所学，秃忽鲁对曰：“三代治平之法也。”[②] 忽必烈称其为“康秀才”。秃忽鲁后成为蒙古学士、客省使，佥太史院事，担任过兵部郎中、奏议大夫、吏部尚书，也是潜邸之中较早学习儒学的蒙古族侍从文人。藩府侍从乃燕，是木华黎之孙速浑察的次子，“性谦和，好学，以贤能称”。忽必烈在潜藩，常与其论事。乃燕“敷陈大义，又明习典故”[③]，有典型的士人风范，故有“薛禅”（汉语“大贤”之意）之称。藩府侍卫脱脱，为木华黎四世孙，深沉有智略，而又“喜与儒士语，每闻一善言善行，若获拱璧，终身识之不忘”。[④]“暇则好收集书法秘画，尤喜古圣贤像。名史家苏天爵为其收藏的孔子及七十二贤像作跋。当为好学崇儒之士。”[⑤] 诗文、书画是中原士人文化的主要内容，脱脱显然已经融入中原士人文化的主流。

第一节　政治、经济上的功业

金莲川藩府文人在政治、经济上的功业突出表现在辅佐忽必烈以汉法治汉地，以先进的中原文明帮助元代统治者制订立国规模，促进元初社会、经济、文化的恢复和发展，为元代多民族大一统中央集权制帝国的建立和巩固奠定基础。

金莲川藩府谋臣侍从，在忽必烈继承汗位之前，无论在政治、经济还是军事上都起过很大作用。军事上，主要是在大理、鄂州战役中以及忽必烈争夺汗位时有辅助之功。忽必烈即汗位之前，有两次大的军事行动。一是蒙哥汗二年（1252），奉命远征大理；二是蒙哥汗七年（1257）开始攻宋，有鄂州之役。两次战役都有数位儒士谋臣随行，像姚枢、刘

① 萧启庆：《内北国而外中国》（蒙元史研究），北京：中华书局2007年版，第590页。
② （明）宋濂等：《元史》卷134《秃忽鲁传》，北京：中华书局1976年版，第3251页。
③ （明）宋濂等：《元史》卷119《木华黎传》，北京：中华书局1976年版，第2941页。
④ （明）宋濂等：《元史》卷119《木华黎传》，北京：中华书局1976年版，第2944页。
⑤ 萧启庆：《内北国而外中国》（蒙元史研究），北京：中华书局2007年版，第592页。

秉忠、张文谦、张易、廉希宪、许国祯、赵秉温、董文用、董文忠等。这些从行儒士，参与机密，不离左右，或佐理军务，或备顾问，或出使，或制止战争中的杀戮，或治理当地，发挥了不小的作用。如在云南大理战役中，大理国主高祥拒命，杀使者后逃走。忽必烈大怒，要屠城。在刘秉忠、张文谦、姚枢等人的劝说下，大理才免于屠城之祸。鄂州之役时，刘秉忠、张文谦等再次以止杀进谏。蒙哥汗九年（1259）的征宋战役，以蒙哥的死亡、忽必烈与南宋右丞相贾似道在鄂州议和而告终。随后忽必烈北上，并于1260年3月在开平即汗位。在这一系列事关忽必烈命运转折的重大事件中，他身边的藩府谋臣侍从为他出谋划策、佐理军务，起了举足轻重的作用。如刘秉忠、姚枢、张易与张文谦等随行左右，参与军机；1259年，董文用发沿边蒙古、汉人诸军，理军需；郝经上《东师议》、《班师议》等，纵论时势；赵良弼参议元帅事宜兼任江淮安抚使，陈时务十二事，并只身前去察访留驻于秦、陇的蒙哥军队的情况，以了解形势，在蒙哥汗去世后，五劝忽必烈即汗位；赵璧与贾似道派来的使臣商谈议和之事，并亲自前往宋营；商挺在忽必烈北还时，建议军中当严符信，以防奸诈；当蒙哥汗去世的消息传来后，廉希宪立即建议忽必烈速返京城即汗位，并亲自去说服东道诸王中最具影响力的塔察儿，为忽必烈赢得了东道诸王的支持；而忽必烈至开平后，召商挺北上与廉希宪密赞大计；等等。正是这些藩府侍从谋臣的鼎力辅助，才使忽必烈在政治、经济、军事上赢得了胜利，顺利继承汗位，使元帝国的发展方向朝着有利于中原地区转变。

藩府文人在政治、经济上的突出功业就是辅助忽必烈以汉法治理汉地。如第一章所述，蒙哥即位前，中原地区凋敝已极。当时，刘秉忠正好丁父忧期满，从邢州回到漠北，向忽必烈上“万言书”，报告了汉地不治的情况。他指出：“天下户过百万，自忽都那演断事之后，差徭甚大，加以军马调发，使臣烦扰，官吏乞取，民不能当，是以逃窜。”[①]“今地广民微，赋敛繁重，民不聊生，何力耕耨以厚产业？”[②] 此外，他还提到高利贷、扑买课税以及官吏擅权、生杀随意等现象，较全面地指

① （明）宋濂：《元史》卷157《刘秉忠传》，北京：中华书局2006年版，第3689页。
② （明）宋濂：《元史》卷156《董文炳传》，北京：中华书局2006年版，第3670页。

出了害民最甚的几项弊政。正如许衡所说，“虐政所加，无从控告”，人民“殆将起乱”[①]。通过与汉地儒士接触，特别是刘秉忠等藩府儒士的报告，忽必烈对“汉地不治”的情况已经极为了解[②]，因而，在接受管理汉地事务的重任以后，在藩府儒士的辅助下，接连在邢州、河南、关中三地推行治理“新政”。正如他的潜藩旧臣商挺后来所说，他以蒙哥汗“介弟之亲辅政先朝，锐意太平，征聘四方宿儒俊造，宾接柄用，以更张治具。立安抚司于邢，爬梳芜秽，立经略司于汴，开斥边徼，立宣抚司于秦，保釐封国”（《尚书刘文献公》）[③]。蒙哥汗元年（1251），忽必烈先后派脱兀脱、张耕、刘肃、李简等治理邢州。第二年，又向蒙哥汗提出，把河南地区交由他试治。于是，忽必烈推荐忙哥、史天泽、杨惟中、赵璧等设河南经略司于汴京并代他治理。同年，蒙哥汗大封同姓，让忽必烈在河南、关中择一作为封地。忽必烈根据姚枢的建议，挑选了“厥土上上”、“天府陆海”的关中地区。其后，蒙哥汗又将怀孟地区加赐给他。忽必烈得到关中封地后，即任命孛兰、杨惟中、商挺、廉希宪等治理关中。

对邢州的治理主要是在刘秉忠和张文谦等邢州籍幕府谋臣的推动和主持下进行的。邢州，宋末为信德府。公元1213年，被蒙古军攻破，此后十年中，战乱频繁，烽烟四起，盗贼充斥，民不聊生。窝阔台汗对诸王功臣大封汉地食邑，邢州一万五千户封授给启昔礼、八答两位答剌罕。两人只会强取豪夺，致使民怨沸腾，又由于邢州当驿路要冲，使臣往来需索，人民逃亡，由原来的一万多户下降到五七百户。贵由汗二年（1247），邢州成为忽必烈的封邑。在邢州成为忽必烈封邑后，“郡人”邢州沙河县官吕诚和前进士马德谦“不远万里”北上到达漠北，向他们的领主投诉，又通过担任忽必烈王府书记的张文谦和刘秉忠向忽必烈陈诉。张文谦与刘秉忠向忽必烈进言：“今民生困弊，莫邢为甚。盍择人往治之，责其成效，使四方取法，则天下均受赐矣。”[④] 即建议选官治理邢

① （元）许衡：《鲁斋遗书》卷7《时务五事》，北京：北京图书馆古籍珍本丛刊，影印明万历二十四年刻本。

② （元）苏天爵《元朝名臣事略》卷7《丞相史忠武王》载：“上极知汉地不治，河南、陕西尤甚。”

③ 苏天爵辑撰《元朝名臣事略》卷10，北京：商务印书馆民国25年版。

④ 李修生主编《全元文》第9册，南京：江苏古籍出版社1998年版，第104页。

州，并以邢州为试点，以取得治理天下的经验。

《元史·世祖本纪》记载，治理邢州是在蒙哥汗元年（1251）六月，忽必烈受命总领“漠南汉地军国庶事”之后，选近侍脱兀脱、尚书刘肃、侍郎李简前往邢州。因为邢州当驿路要冲，又是刘秉忠和张文谦等人的家乡，他们一是很关心故里的状况，二来也较熟悉邢州的情况，所以他们向忽必烈举荐了三位儒士——刘肃、张耕、李简。忽必烈在邢州设立了安抚司，以脱兀脱和张耕为邢州安抚使，刘肃为商榷使，李简为副使治理邢州。刘肃等到达邢州后，一方面安抚流民，行“存恤”之政，另一方面积极开发“山林川泽之产”，“兴铁冶，及行楮币”，“劝农桑，宽民力”[①]，邢州的农业生产很快得到恢复。不到一年时间，邢州迅速得到治理，人口增加十倍，经济恢复了元气，社会安定，百姓安居乐业，“老幼熙熙，遽为乐郡。邻郡望之，如别一国土者”（宋子贞《改邢州为顺德府记》）。[②] 如此一来，忽必烈赢得了邢州的民心，“四方传其新政”[③]，忽必烈无疑在中原人民心目中树立起贤明之主的形象。邢州试治的成功，使忽必烈对以汉法治理汉地有了一个全新的认识，大大鼓舞了他治理汉地的信心。同时，忽必烈也看到了儒士的能力、在政治上的作用，从此“益重儒士，任之以政”（《中书左丞张公神道碑》）[④]。

当时，河南属于蒙古军队最新征服的地区，又与南宋王朝的疆域毗邻。姚枢曾分析过当时河南的具体情况，并提出了具体的治理办法：“太宗平金，遣二太子总大军南伐，降唐、邓、均、德安四地，拔枣阳、光化，留军戍边，襄、樊、寿、泗继亦来归。而寿、泗之民，尽于军官分有，由是降附路绝，虽岁加兵淮蜀，军将惟利剽杀，子女、玉帛悉归其家，城无居民，野皆榛莽。何若以是秋去春来之兵，分屯要地，寇至则战，寇去则耕，积谷高廪，边备既实，俟时大举，则宋可平。”[⑤] 蒙古军

---

① （明）宋濂：《元史》卷160《刘肃传》，北京：中华书局2006年版，第3764页。

② 徐韶光主编，张家华等编辑《邢台文物名胜》，石家庄：河北人民出版社1988年版，第153页。

③ （元）商挺：《尚书刘文献公》，（元）苏天爵辑撰《元朝名臣事略》卷10，北京：商务印书馆民国25年版。

④ （元）苏天爵编《元文类》卷58，北京：商务印书馆民国25年版。

⑤ （元）姚燧：《牧庵集》卷15《中书左丞姚文献公神道碑》，《景印文渊阁四库全书》第1201册，台北：商务印书馆1986年版。

队秋去春来地暴掠平民，且南部边境备御不严，南宋军队时而骚扰，民众多被杀伤掳掠。河南境内，民心不稳，“民无依恃，差役急迫，流离者多”，“城无居民，野皆榛莽”（《丞相史忠武王》）[①]，整个河南地区一片荒凉，耕地荒废。如欲以河南为后方征宋，则供需后勤无从所出。针对这种情况，姚枢提出屯田之策，要河南境内的军队“分屯要地”，且耕且战。忽必烈肩负处理漠南汉地军国庶事的重任，也认识到巩固和治理与南宋毗邻地区的重要性。刘秉忠也早就认识到这个问题，他在“万言策”中谈道：“关西、河南地广土沃，以军马之所出入，治而未丰，宜设官招抚，不数年民归土辟，以资军马之用，实国之大事。”[②]

因而，当邢州试治初见成效后，蒙哥汗二年（1252），忽必烈马上着手对河南进行治理。在得到蒙哥汗许可后，他根据姚枢的建议，正式在汴梁（今河南开封）设河南经略司，任命忙哥、史天泽、杨惟中、赵璧四人为经略使，金进士陈纪、杨果为参议。除史天泽外，其他人都是藩府侍从及儒臣。在他们的努力下，“兴利除害，政无不举，诛郡邑长贰之尤贪横者二人”[③]，“不一二年，而河南大治，行于野民安其乐郊，出于涂商免其露处”（《丞相史忠武王》）[④]。郝经曾记载史天泽、杨惟中、赵璧等人治理河南的经过：“置经略司于汴，命万户史公、行台赵公及中贵莅焉。公等既至，乃议事典，约法制，钼桀骜，去蠹贼，抚单弱，出滞淹，布屯戍，均赋输，抉索利本，掐擿弊萌，进用老诚，设施比次，井井以进。期年报政，帑有余资，庾有余粟，四鄙不警，民狎于野，风雨时顺，岁乃大穰。”[⑤] 自从河南经略司建立以来，河南地区“总兵十万，屯田千里”，大大改变了蒙、宋之间力量的对比。河南的成功治理，依然和藩府文人的努力分不开。

蒙哥汗二年（1252），蒙哥汗继窝阔台之后再次大封诸王贵戚。蒙哥让忽必烈在南京（在今河南）、关中（今关陇陕北，治今西安市）两地中自择其一。在蒙古灭金战争中，关中地区历遭兵燹，破坏尤剧，城

---

① （元）苏天爵辑撰《元朝名臣事略》卷7，北京：商务印书馆民国25年版。

② （明）宋濂：《元史》卷157《刘秉忠传》，北京：中华书局2006年版，第3690页。

③ （明）宋濂：《元史》卷155《史天泽传》，北京：中华书局2006年版，第3660页。

④ （元）苏天爵辑撰《元朝名臣事略》卷7，北京：商务印书馆民国25年版。

⑤ （元）郝经：《瑞麦颂》，《郝文忠公陵川文集》卷20，北京图书馆古籍珍本丛刊，影印明正德二年李瀚刻本。

乡凋敝不堪，人民生活极为困顿。史载，关中府“兵火之余，八州十二县，户不满万，皆惊忧无聊”。[①] 当时关中地旷人稀，由于蒙古贵族向投下征收五户丝贡赋是以户计的，民户的多寡决定了收入的多寡，因而，户口稀少的关中在蒙古贵族眼中并非理想的封地。然而，姚枢却向忽必烈献议：“南京河徙无常，土薄水浅，舄卤生之，不若关中厥田上上，古名天府陆海。”[②] 关中土地肥沃，历来是农业最发达的地区，只要治理得法，逃亡的人户自然会重新聚拢，人口会迅速增加。而且从历史的经验来看，无论是并吞六国的秦，还是极盛的汉、唐，都是从关中起步成就大一统的帝王之业，因此，据有关中还有更深一层的意义。对于这些，姚枢等汉族谋士当然懂得，于是他们建议忽必烈选择关中。忽必烈得到关中封地之后，为了发展生产，招揽人户，增加国家和自己投下的收入，就开始任用汉族儒士文臣改变关中的现状，清除弊政，打击豪强，安定民生，澄清吏治。蒙哥汗三年（1253），忽必烈驻军六盘山时，遣姚枢前往关中，设立了宣抚司，先后任命孛兰、杨惟中、商挺、廉希宪等治理关中，另外，还亲自选用杨奂、马亨等人辅助他们。杨奂是关中乾州人，金末名儒。马亨，邢州南和人，金季习为吏。孛兰、杨惟中、商挺等就职后，马上“进贤良，黜贪暴，明尊卑，出淹滞，定规程，主簿责，印楮币，颁俸禄，务农薄税，通其有无”[③]。廉希宪接替杨惟中后，进一步加强治理，引进名士儒生，兴办学校，关中的情况大为改观。

忽必烈在藩府文臣及侍从的辅佐下，在短期内迅速地改变了邢州、河南、关中这三个地区的面貌。之前汉地不治的原因，不外乎在用法、用人两端。中原地区的历代王朝积累了丰富的统治经验，形成了一整套封建的政治、经济制度，即所谓“汉法”。忽必烈听从汉族谋臣的建议，采用汉法，任用贤臣，用法、用人得当，自然会成功。邢州、河南、关中三地的成功治理，既扩大了忽必烈的势力，又提高了他的影响力和威望。正如藩府谋臣姚枢所言：“陛下天资仁圣，自昔在潜，听圣典，访老成，日讲治理。如邢州、河南、陕西皆不治之甚者，为置安抚、经略、

① （明）宋濂：《元史》卷159《宋子贞传》，北京：中华书局2006年版，第3738页。
② （元）姚燧：《牧庵集》卷15《中书左丞姚文献公神道碑》，《景印文渊阁四库全书》第1201册，台北：商务印书馆1986年版。
③ （明）宋濂：《元史》卷159《宋子贞传》，北京：中华书局2006年版，第3738页。

宣抚三司。其法：选人以居职，颁俸以养廉，去污滥以清政，劝农桑以富民。不及三年，号称大治。诸路之民，望陛下之治，已如赤子求母。"[①] 忽必烈赢得了中原百姓的尊重，受到汉地士大夫的赞誉，被尊为"贤王"。大家认为他"能用士，而能行中国之道，则中国之主也"。[②] 他也赢得了众多汉族士大夫的支持。

在藩府谋臣的辅佐下，1260年，忽必烈在开平登基，接受刘秉忠的建议，建元"中统"。元之建立，也是在众多藩府文臣的辅佐下采用汉法，建立起都邑城郭、仪文制度。据《元史·百官志》所记："世祖即位，登用老成，大新制作，立朝仪，造都邑，遂命刘秉忠、许衡酌古今之宜，定内外之官。其总政务者曰中书省，秉兵柄者曰枢密院，司黜陟者曰御史台。体统既立，其次在内者，则有寺，有监，有卫，有府；在外者，则有行省，有行台，有宣慰司，有廉访司。其牧民者，则曰路，曰府，曰州，曰县。官有常职，位有常员，其长则蒙古人为之，而汉人、南人贰焉。于是一代之制始备，百年之间，子孙有所凭藉矣。"[③] 刘秉忠和许衡等参照古今典章制度，设立元朝的中央与地方官职。这与广大藩府儒士共同的心理目标是一致的，即辅佐忽必烈行汉法，实行文治。

从刘秉忠、姚枢、郝经、许衡、张文谦等藩府儒臣的建策来看，都是出于对国计民生的关心、对天下一统的期待，他们具有同样的文化忧患意识和同样的目标，即行汉法、实行文治。刘秉忠的"万言策"是"献书陈时事，所宜者数十条，凡万余言，率皆尊主庇民之事"[④]。元之"建国号、定都邑、颁章服、立朝仪，事无巨细"，"除烦苛、定官制、颁俸秩、轻徭薄赋、制礼作乐，声明文物，粲然一新"，都是刘秉忠"上采祖宗旧典，参以古制之宜于今者"所制定的。[⑤] 张文谦"凡所陈于

---

① （元）姚燧：《牧庵集》卷15《中书左丞姚文献公神道碑》，《景印文渊阁四库全书》第1201册，台北：商务印书馆1986年版。

② （元）郝经：《郝文忠公陵川文集》卷37《与宋国两淮制置使书》，北京图书馆古籍珍本丛刊，影印明正德二年李翰刻本。

③ （明）宋濂：《元史》卷58《百官志一》，北京：中华书局2006年版，第2119～2120页。

④ （元）王磐：《故光禄大夫太保赠太傅仪同三司文贞刘公神道碑铭并序》，载（元）刘秉忠《藏春集》卷6附录，北京图书馆古籍珍本丛刊，影印明天顺五年刻本。

⑤ （元）刘秉忠：《藏春集》卷6附录，北京图书馆古籍珍本丛刊，影印明天顺五年刻本。

上前，莫非尧舜仁义之道”。[①] 姚枢也是尽其平生所学，披肝沥胆，为书数千言，“首陈二帝三王之道，以治国平天下之大经，汇为八目，曰：修身，力学，尊贤，亲亲，畏天，爱民，好善，远佞。次及救时之弊，为条三十”。[②] 许衡于至元三年（1266）所奏陈的《时务五事》，洋洋万言，本之儒道，分为立国规模、中书大要、为君难六事、农桑学校、慎微等五条。至元六年（1269），许衡与徐世隆共立朝仪，又与刘秉忠议定官制。他“历考古今分并统属之序，去其权摄增置冗长倒置者，凡省部、院台、郡县与夫后妃、储藩、百司所联属统制，定为图”。[③] 许衡为元朝所定之立国规模，促进了蒙古民族封建化的进程，也为元代多民族大一统中央集权制帝国的建立和巩固奠定了基础，被誉为“元之所以藉以立国者”[④]。

郝经的《便宜新政》纵论古今，指切时弊，“皆立政大要”，极有深度。他的《立政议》要忽必烈“下明诏，蠲苛烦，立新政，去旧污，登进茂异，举用老成，缘饰以文，附会汉法”，[⑤] 从而成就一代盛世，建立一个多民族一体化的国家，既不抛弃蒙古游牧民族文明的结晶——“国朝之成法”，也要“援唐宋之故典”——中原王朝历代积累的农耕文明的治国经验，还要“参辽金之遗制”[⑥] ——唐以后长城南北游牧民族文化变迁的重要成果，而成一代之王法。

他们的这些奏疏，内容包括整纲纪、定法度、立省部、明黜陟、改元建号，以及重农桑、宽赋税、省徭役等，都是参照古今典章制度，以先进的中原文明为基础为元代统治者制订立国规模。这些举措既为新兴的帝国奠定了政治制度的基础，促进了元初社会、经济、文化的恢复和发展，也对元代以后的政治产生了长远的影响。至元八年（1271）十一

① （明）宋濂：《元史》卷 157《张文谦传》，北京：中华书局 2006 年版，第 3697 页。

② （明）宋濂：《元史》卷 158《姚枢传》，北京：中华书局 2006 年版，第 3712 页。

③ （明）宋濂：《元史》卷 158《许衡传》，北京：中华书局 2006 年版，第 3726 页。

④ （元）许衡：《鲁斋遗书》卷 13《附录·国学事迹》，北京图书馆古籍珍本丛刊，影印明万历二十四年刻本。

⑤ （元）郝经：《郝文忠公陵川文集》卷 32，北京图书馆古籍珍本丛刊，影印明正德二年李翰刻本。

⑥ （元）郝经：《郝文忠公陵川文集》卷 32，北京图书馆古籍珍本丛刊，影印明正德二年李翰刻本。

月，忽必烈接受刘秉忠的建议，正式改国号为“大元”，完成了从游牧帝国向封建王朝的历史转变。这当然是藩府文人共同努力的结果。

第二节　藩府文人对文化、教育的贡献

金元之际，中原地区经受了严重破坏，传统的政治、经济制度和社会文化遭到摧毁。金莲川藩府中的儒士除了政治、经济、军事上的功业外，在恢复发展中原文化，建立学校，推动理学的传播和发展，修复孔庙、尊孔，编刊经籍等文化、教育方面也起了很大作用。可以说，他们不仅为元朝完成从游牧帝国向封建王朝的历史转变做出了贡献，而且在挽救当时的社会文化危机和传承汉文化方面也做出了巨大贡献。

一　理学在北方的传播

金末元初，理学在北方的传播和发展应主要归功于藩府文人姚枢、许衡、窦默和郝经等怀卫理学家群体，他们对元初北方理学的传播贡献卓著。对于他们在理学发展史上的作用，黄宗羲在《隐君赵江汉先生复》中做了充分肯定：“河北之学传自江汉先生，曰姚枢，曰窦默，曰郝经，而鲁斋其大宗也。元时实赖之。”[①] 赵复北上，开始在燕京等地传播程朱之学，完整而系统地将朱熹的理学传入北方。他在太极书院传伊洛之学，生徒百人，后又遍游河北、山东，宣扬理学，影响甚巨。虽然前人往往夸大赵复北上对北方学术的影响，但“先生以周、程而后，其书广博，学者未能贯通，乃原羲、农、尧、舜所以继天立极，孔子、颜、孟所以垂世立教，周、程、张、朱所以发明绍续者，作《传道图》，而以书目条列于后。枢退隐苏门，以传其学，由是许衡、郝经、刘因皆得其书而崇信之，学者称之曰‘江汉先生’”。[②] 姚枢、窦默、郝经等人，都是在北方学术背景下接受赵复的程朱理学，程朱理学迅速在燕京、怀卫等地传播，逐渐成为北方学术的主流。赵复北上，确实是对北方学术

---

① （清）黄宗羲著，黄百家辑，全祖望修定，王梓材等校定《宋元学案》卷90，北京：中华书局1986年版，第441页。

② （清）黄宗羲著，黄百家辑，全祖望修定，王梓材等校定《宋元学案》卷90，北京：中华书局1986年版，第440页。

的一次改造，成就了姚枢、窦默、许衡等北方第一批理学家，尤其是许衡，更是成为一代宗师。可以说，南宋理学在北方的传播，赵复确实功不可没，起了承上启下、继往开来的桥梁作用。但理学在北方的发扬光大，以至后来成为元代的官学，却主要是姚枢、许衡、窦默、郝经和杨惟中等藩府文人的功劳。因为，一种思想的盛行，首先要得到当时统治者的支持与倡导。元代理学若没有忽必烈君臣的支持与崇尚，是不可能发扬光大，从而“使天下人皆诵习程朱之书”的。忽必烈之所以崇尚并大力倡导理学，主要是他长期受到姚枢、窦默、许衡和郝经等藩府理学家影响的结果。忽必烈作为建立元朝的蒙古族帝王，为理学的广泛传播提供了政治上的可能，而藩府之中的一批儒士，特别是崇尚理学的姚枢、窦默和许衡等怀卫理学家群体，则不仅影响了忽必烈，使他成为元代理学发展史上的一个重要人物，而且为理学在北方的兴起直接地创造了条件。他们是当时北方通晓理学的著名学者，直接推广和传授理学。

第一，促进理学在北方的传播，姚枢和杨惟中两人为之做出了不少贡献。窝阔台汗七年（1235），太子阔端南伐，诏姚枢跟从杨惟中即军中求儒、道、释、医、卜者。当时蒙古军攻破德安，主将要活埋所有汉人，姚枢极力阻止，言非太宗诏书本意，他日何以向太宗复命，急忙让数人逃入竹林中，得免一死，其中就有名儒江汉先生赵复。姚枢和杨惟中尽自己所能来保护文人，对后来程朱之学的传播与发展起到积极作用。

赵复，字仁甫，宋末元初德安人，生卒年月不详。因家居江汉之上，以“江汉”自号，学者称其为“江汉先生”。姚燧于《序江汉先生事实》一文中很传神地记述了姚枢和赵复的这次交往：

> 某岁乙未，王师徇地汉上。军法：凡城邑以兵得者，悉坑之。德安由尝逆战，其斩刈首馘，动以千亿计。先公受诏：凡儒服挂俘籍者皆出之。得故江汉先生。见公戎服而髯，不以华人遇之。至帐中，见陈琴书，骇曰：“西域人知事此乎？”公为一莞。与之言，信奇士。出所为文若干篇。以九族殚残，不欲北，因与公诀，蕲死。公止共宿，实羁戒之。既觉，月色烂然，惟寝衣留故所。公遽鞍马周号于积尸间，无有也。行及水裔，见已被发脱履，仰天而祝，盖少须臾蹈水，未入也。公曰：“果天不生君，与众已同祸矣。其全

之，则上承千百年之统，而下垂千百世之绪者，将不在是身耶？徒死无义，可保君而北，无他也。”至燕，名益大著。北方经学，实赖鸣之，游其门者将百人，多达材其间。[①]

姚枢认定赵复是一个难得的人才，待之以礼，晓之以理，劝说家破人亡、一心求死的赵复活下来，赵复才勉强同意随姚枢北上。姚枢从赵复那里得到伊洛程氏及新安朱氏书，并和杨惟中一起在燕京建太极书院，贮书立祠，“凡得名士数十人，收伊、洛诸书送燕都，立宋大儒周敦颐祠，建太极书院，延儒士赵复、王粹等讲授其间，遂通圣贤学，慨然欲以道济天下”。[②] 请赵复、王粹等讲授，选后生才俊为学生，这无疑是理学在北方光大的重要一环。赵复在燕京传播程朱理学，影响了包括杨惟中、姚枢在内的一批士大夫。姚枢和杨惟中还版印了一些理学书籍：“（姚枢）自版小学书，《语》《孟》或问、《家礼》。俾杨中书（杨惟中）版《四书》，田和卿尚书版《声诗折衷》、《易程传》、《书蔡传》、《春秋胡传》，皆于燕。又以小学书流布未广，教弟子杨古为沈氏活版与《近思录》、《东莱经史论说》诸书，散之四方。”（姚燧《中书左丞姚文献公神道碑》）[③] 赵复载籍北上，讲学燕京，使二程及朱子之学在北方赖以不绝，完全是姚枢和杨惟中二人为他创造的条件。可以说，姚枢和杨惟中为保存中原文化，促进理学在北方传播，是直接地而且实实在在地做出了重大贡献。

第二，理学在元代的发扬光大，是学者的传播之功。其中功绩最为卓著的要数许衡，但姚枢和窦默也功不可没。对于理学的传播，除了许衡为国子祭酒，专门教授蒙汉生徒外，姚枢、许衡和窦默三人都曾授徒讲学。黄百家云：“有元之学者，鲁斋、静修、草庐三人耳。草庐后，至鲁斋、静修，盖元之所以藉以立国者也。二子之中，鲁斋之功甚大，数十年彬彬号称名卿士大夫者，皆其门人，于是国人始知有圣贤之学。”[④] 可见许衡（鲁斋）对有元一代影响之大。许衡被称为“朱子之后一人而

---

① （元）姚燧：《牧庵集》卷 4，《四部丛刊初编》，上海：商务印书馆 1919 年版。
② （明）宋濂：《元史》卷 146《杨惟中传》，北京：中华书局 2006 年版，第 3467 页。
③ （元）苏天爵编《元文类》卷 60，北京：商务印书馆民国 25 年版。
④ （清）黄宗羲著《宋元学案》卷 90，北京：商务印书馆 1934 年版，第 148 页。

已”，为北方理学大宗。他一生潜心研究，积极传播义理之学，成为一代大师。不过，许衡接触程朱之书缘于姚枢，学习并崇信理学也是因为姚枢。姚枢是北方儒士中最先接触赵复和程朱之书的人。赵复在战乱中被姚枢救下，并在姚枢的劝导下随其北上，献出了二程及朱子的著述八千余卷，并在姚枢和杨惟中的协助下在燕京太极书院讲学。姚枢为燕京行台郎中时，因不满当时的行台牙鲁瓦赤“惟事货赂”弃官而去，携家到河南辉州。“垦荒云门，粪田数百亩，修二水轮，诛茅为堂，城中置私庙，奉祠四世，堂龛鲁司寇容，傍垂周、两程、张、邵、司马六君子像，读书其间，衣冠庄肃，以道学自鸣。”（《中书左丞姚文献公神道碑》）[①]可以说，姚枢在北方首倡程朱理学，并且刊布诸经，以传授程朱之学为己任，实际上成了在北方传播理学的核心人物。乃马真后称制元年（1242），许衡听说姚枢在辉州传授伊洛之学，便专程造访。两人一见甚是投缘，许衡从姚枢处得伊洛程氏及新安朱氏书，回去研习授徒。从此，许衡的学术思想和治学道路发生了重大变化。海迷失后二年（1250），许衡携家来到苏门。姚枢、许衡和窦默三人一起研习伊洛性理之书及程子《易传》、朱子《论语》和《孟子》集注、《中庸》、《大学》等书，一起授徒讲学。

从许衡在理学上的建树和推广理学的贡献来看，被后世儒者称为“朱子之后一人而已”，无可厚非。虽然许衡本人的思想基本未出程朱藩篱，真正发明者不多，但他最为开明之处是提出“治生”说：“为学者治生最为先务，苟生理不足，则于为学之道有所妨”[②]。“为学者治生最为先务”之说，使“道”不再是“深求隐僻之理”，而是遵循“务实”精神的治世之用。而许衡在理学上最突出的贡献乃是其推广之功，所谓“朱子之书得行于斯世者，文正之功甚大也”（《左丞许文正公》）。[③]

蒙哥汗四年（1254），许衡出任京兆提学，入侍忽必烈藩府。“世祖出王秦中，以姚枢为劝农使，教民耕植。又思所以化秦人，乃召衡为京兆提学。”[④] 史载，当时关中百姓遭遇战乱，人心思治，欲学无师。名儒

① （元）苏天爵编《元文类》卷60，北京：商务印书馆民国25年版。

② （元）许衡：《鲁斋遗书》卷13，北京图书馆古籍珍本丛刊，影印明万历二十四年刻本。

③ （元）苏天爵辑撰《元朝名臣事略》卷8，北京：商务印书馆民国25年版。

④ （明）宋濂：《元史》卷7《世祖本纪四》，北京：中华书局2006年版，第134～135页。

许衡的到来，自然让“新脱于兵，欲学无师”的秦人“人人莫不喜幸来学。郡县皆建学校，民大化之”。[①] 这次许衡并没有在京兆提学任上待多久，忽必烈南征时，他又回到怀内。

至元八年（1271）三月，许衡以老疾辞去中书机务，出任集贤大学士，兼国子祭酒。许衡清楚地知道自己的长处是坐而论道和主持教席，所以当他辞去中书左丞，又被任命为集贤大学士、国子祭酒时，高兴地说：“此吾事也。”《元史》载：“乙酉，许衡以老疾辞中书机务，除集贤大学士、国子祭酒，衡纳还旧俸，诏别以新俸给之。命设国子学，增置司业、博士、助教各一员，选随朝百官近侍蒙古、汉人子孙及俊秀者充生徒。”[②] 许衡奉命在南城旧枢密院设国子监，教授了一批蒙古与汉族子弟，其中不乏俊杰之士，有王梓、刘季伟、韩思永、吕端善、姚燧、高凝、白栋、苏郁、姚燉、孙安、刘安中等汉族子弟，还有耶律楚材之孙契丹族的耶律有尚，以及燕真、坚童、秃忽鲁、也先铁木儿、不忽木、巙巙等蒙古、色目学生。

由此，在北方学坛，许衡的地位更加巩固。可以说，元朝国子学之置由此始，元初理学在我国北方也由此大振。《元史》本传记载：“八年，以为集贤大学士，兼国子祭酒，亲为择蒙古弟子俾教之。衡闻命，喜曰：‘此吾事也。国人子大朴未散，视听专一，若置之善类中涵养数年，将必为国用。’”[③] 乃请征其弟子“王梓、刘季伟、韩思永、耶律有尚、吕端善、姚燧、高凝、白栋、苏郁、姚燉、孙安、刘安中十二人为伴读。诏驿召之来京师，分处各斋，以为斋长”。[④] 作为元朝国子学的首任祭酒，许衡的根本任务在于培养蒙古、色目贵族子弟。许衡在教授他们时采用了伴读制，为将蒙古、色目生员置于儒家文化的大环境下，召集散处各地的门生王梓、韩思永等人为伴读，以熏陶浸润蒙古、色目子弟，“使天下人皆诵习程朱之书”，有“以夏变夷”之功。因而，许衡在教授蒙古、色目贵族子弟的事业上取得了很大成就。他殚精竭虑，为元朝统治者培养了一大批人才，其中不忽木官至中书平章政事，位列宰执，

① （明）宋濂：《元史》卷158《许衡传》，北京：中华书局2006年版，第3717页。
② （明）宋濂：《元史》卷158《许衡传》，北京：中华书局2006年版，第3717页。
③ （明）宋濂：《元史》卷158《许衡传》，北京：中华书局2006年版，第3727页。
④ （明）宋濂：《元史》卷158《许衡传》，北京：中华书局2006年版，第3727页。

为元世祖忽必烈临崩时顾命的三重臣之一。其他弟子优秀者如耶律有尚、姚燧等亦为一代名流。正如虞集所赞："圣朝（元明）道学一派，乃自先生（许衡）发之，至今学术正，人心一，不为邪论曲学所胜，先生力也。所以继往圣，开来学，功不在文公（朱熹）下。"（《左丞许文正公》）[①] 这是对许衡"学以致用，缘道出山"的最好注解。正如徐一夔《嘉兴路新建儒学记》中所记：

> 学校之设，国家风化之机在焉，非细故也。尝窃闻之：初国家起自朔漠，以威武立国，未遑学校之事。中统、至元之际，天下大定，许文正公衡用儒术为辅相，凡其谋谟皆经国大计，至于学校一事，尤切切言之。其言自国都以及州县皆设学校，使皇子以至庶人之子皆从事，日明君臣父子之道，自洒扫应对以至治国、平天下。迟以十年，则上知所以御下，下知所以事上。而上下亲睦，此诚不可拔之论。[②]

因许衡对理学的推广之功，朱熹学说取得了正统地位。他对元代的教育和理学推广功不可没，以至于在元朝延祐年间程朱之书被定为科场程式。许衡在元朝对理学官学地位的奠定功不可没，被视为"朱子之后一人"（薛瑄《许文正公遗像赞》）。他过世后，"四方学士闻讣，皆聚哭。有数千里来祭哭墓下者"。"大德元年，赠荣禄大夫，司徒，谥文正"，后"加正学垂宪佐运功臣、太傅、开府仪同三司，封魏国公"，又于"皇庆二年，诏从祀孔子庙廷"。[③]

第三，理学在元代的传播与发展，以至后来成为元代的官学，与蒙古最高统治者的崇尚和忽必烈藩府儒臣的助推也有密切关系，是在元代统治阶级的提倡下进行的。姚枢、许衡和窦默等人为之做出了重大贡献。因为他们在忽必烈潜邸做幕僚，之后为朝臣，多处于政治的核心，这样特殊的身份和政治地位很容易对忽必烈产生影响。忽必烈作为建立元朝

---

① （元）苏天爵辑撰《元朝名臣事略》卷8，北京：商务印书馆民国25年版。

② （明）徐一夔《始丰稿》卷2，《景印文渊阁四库全书》第1229册，台北：商务印书馆1986年版。

③ （明）宋濂：《元史》卷158《许衡传》，北京：中华书局2006年版，第3729页。

的蒙古族封建帝王，是一位为理学的广泛传播做出重大贡献的人物。他早期就较为全面地受到汉文化的熏陶，在他的潜邸聚集了很多学者、名儒。其中，理学家姚枢和窦默可谓对忽必烈影响最大。姚枢一直是忽必烈的重要谋士，居于忽必烈左右，辅佐其定天下。忽必烈对他极为信任，自认为对问题的考虑不及姚枢高明，凡“虑所不及者”，“动必召问”。对窦默，忽必烈更是敬重。他曾对近侍言：“朕求贤三十年，惟得窦汉卿及李俊民二人。”又曰：“如窦汉卿之心，姚公茂之才，合而为一，斯可谓全人矣。”[①] 可见忽必烈对二人的信任。且姚枢和窦默都曾做过太子真金的老师。姚枢入侍藩府之初，“世祖奇其才，动必召问，且使授世子经”。[②] 忽必烈闻窦默贤，遣使召之，“命皇子真金从默学”[③]。他们给真金论道讲学，势必会影响元初统治者忽必烈。姚枢和窦默二人，以其理学思想潜移默化地影响忽必烈。正是在忽必烈的推崇与提倡下，理学在元代得以迅猛发展。

因而，可以肯定地说，程朱理学正是由于姚枢、许衡、窦默等人的竭力倡导，才在北方学术界确立了不可动摇的地位。

二　提倡教育和礼乐

金莲川藩府儒士在提倡文教和礼乐上功不可没，他们在忽必烈身边，常常向他强调文教和礼乐对统治的重要性。如王鹗，在北行入侍藩府之前，故人马云汉以宣圣画像为赠。他到了北庭，上奏忽必烈，请求行释奠礼。忽必烈亲自参加了祭孔仪式。自此，于春秋二仲月举行释典礼，以为常例。贵由汗二年（1247），张德辉见到忽必烈。忽必烈问张德辉：“孔子殁已久，今其性安在？”张德辉答：“圣人与天地终始，无往不在。殿下能行圣人之道，性即在是矣。”次年春，张德辉行释奠礼。忽必烈又问：“孔子庙食之礼何居？”答：“孔子万代王者师，有国者尊之，则严其庙貌，修其时祀，其崇与否于圣人无所损益，但以见时君尊师重道之心何如。”他向忽必烈说明了祭孔的意义及重要性。忽必烈说：“自今而

---

① （明）宋濂：《元史》卷158《许衡传》，北京：中华书局2006年版，第3732页。
② （明）宋濂：《元史》卷158《许衡传》，北京：中华书局2006年版，第3729页。
③ （明）宋濂：《元史》卷158《窦默传》，北京：中华书局2006年版，第3730～3731页。

后，此礼勿废。”（《宣慰张公》）[①] 可以说，金莲川藩府儒士通过与忽必烈接触，慢慢向他宣传，使他逐渐熟悉文教和礼乐。

忽必烈在他们的影响下，也逐渐认识到文教和礼乐以及尊孔的意义和重要性。贵由汗二年，张德辉向忽必烈谈及真定府学毁于兵火之事，忽必烈命赵振玉和张德辉合力兴修久废于兵火和战乱的真定庙学。这一年，命张德辉提调真定学校。同年，忽必烈两下修复燕京国子学令旨。蒙哥汗四年（1254），“世祖出王秦中，以姚枢为劝农使，教民耕植。又思所以化秦人，乃召衡为京兆提学”。[②] 任命许衡为京兆提学，是为了推广教育。

刘秉忠和姚枢在海迷失后二年（1250）的上书中均谈到文教和礼乐问题。姚枢认为：“修学校，崇经术，旌节孝，以为育人才、厚风俗、美教化之基，使士不偷于文华。”[③] 刘秉忠谈到应遵循古来相承的“典章、礼乐、法度、三纲五常之教”，[④] 才能使天下久安，还应该祭孔尊儒、选贤才、开设学校。他认为郡县虽有学，但非官置，应按照中原旧制修建三学，设教授、行科举、选贤才，以经义为上，词赋、论策次之。学校中应择取开国功臣子孙接受教育，并对其中的贤才加以任用。王鹗于至元元年（1264）上疏：“唐太宗始定天下，置弘文馆学士十八人，宋太宗承太祖开创之后，设内外学士院，史册烂然，号称文治。堂堂国朝，岂无英才如唐、宋者乎！”[⑤] 忽必烈听从了他的建议，设立翰林学士院，王鹗又推荐李冶、李昶、王磐、徐世隆、高鸣为学士，接着奏立十道提举学校官。[⑥] 许衡于至元三年（1266）夏四月奏陈《时务五事》，其四主要针对“农桑学校”，认为：“自都邑而至州县，皆设学校，使皇子以下至于庶人之子弟，皆入于学，以明父子君臣之大伦，自洒扫应对以至平天下之要道，十年已后，上知所以御下，下知所以事上，上下和睦，又非今日之比矣。”张文谦和窦默于至元七年（1270）请立国子学，忽必

---

① （元）苏天爵辑撰《元朝名臣事略》卷10，北京：商务印书馆民国25年版。

② （明）宋濂：《元史》卷158《许衡传》，北京：中华书局2006年版，第3717页。

③ （明）宋濂：《元史》卷158《姚枢传》，北京：中华书局2006年版，第3712页。

④ （明）宋濂：《元史》卷157《刘秉忠传》，北京：中华书局2006年版，第3688页。

⑤ 陈得芝辑点《元代奏议集录》，杭州：浙江古籍出版社1998年版，第53页。

⑥ （明）宋濂：《元史》卷160《王鹗传》，北京：中华书局2006年版，第3757页。

烈遂“诏以许衡为国子祭酒，选贵胄子弟教育之”。[①]

在这些藩府文臣大力提倡文教以及影响、鼓动之下，元立国之后，忽必烈发布了一些兴办学校的命令。《元史·选举志一》“学校条”记载：“世祖至元八年春正月，始下诏立京师蒙古国子学，教习诸生，于随朝蒙古、汉人百官及怯薛歹官员，选子弟俊秀者入学，然未有员数。”[②]金莲川藩府儒士文臣不仅大力提倡文教，还身体力行，亲自授徒讲学，为元初教育的发展做出了很大贡献。如许衡和王恂两人，在元初推广国子学教育上做出的贡献极大。

礼乐是儒家文治的一项重要内容。“宪宗二年（1252）三月五日，命东平万户严忠济立局，制冠冕、法服、钟磬、笱虡、仪物肄习。五月十三日，召太常礼乐人赴日月山。八月七日，学士魏祥卿、徐世隆，郎中姚枢等，以乐工李明昌、许政、吴德、段楫、寇忠、杜延年、赵德等五十余人，见于行宫。帝问制作礼乐之始，世隆对曰：‘尧、舜之世，礼乐兴焉。’时明昌等各执钟、磬、笛、箫、篪、埙、巢笙，于帝前奏之，曲终，复合奏之，凡三终。十一日，始用登歌乐祀昊天上帝于日月山。祭毕，命驿送乐工还东平。”[③] 此后，忽必烈一直关心东平的礼乐事宜。史载，蒙哥汗三年（1253），“时世祖居潜邸，命勾当东平府公事宋周臣兼领大乐礼官、乐工人等，常令肄习，仍令万户严忠济依已降旨存恤。”[④] 六年（1256）夏五月，“世祖以潜邸次滦州，下教命严忠济督宋周臣以所得礼乐旧人肄习，宜如故事勉行之，毋忽。冬十有一月，敕乐工老不堪任事者，以子孙代之，不足者，以他户补之。”[⑤] 宋子贞（1185～1266），金蒙之际潞州长子（今属山西）人，字周臣。金末附宋将彭义斌，后入东平严实幕府，为详议官，兼提举学校。1235 年，为行台右司郎中，草创制度，以安定中原。严实卒，子忠济袭职，请朝廷授以参议东平路事兼提举太常礼乐。宋子贞是金莲川藩府文人，可知，自 1253 年起礼乐之事由他负责。中统元年（1260）春正月，“命宣抚廉希宪等，

---

① （明）宋濂：《元史》卷 157《张文谦传》，北京：中华书局 2006 年版，第 3697 页。
② （明）宋濂：《元史》卷 81，北京：中华书局 2006 年版，第 2027 页。
③ （明）宋濂：《元史》卷 68《礼乐二》，北京：中华书局 2006 年版，第 1691～1692 页。
④ （明）宋濂：《元史》卷 68《礼乐二》，北京：中华书局 2006 年版，第 1692 页。
⑤ （明）宋濂：《元史》卷 68《礼乐二》，北京：中华书局 2006 年版，第 1692 页。

召太常礼乐人至燕京。”中统三年（1262），徐世隆还东平，“请增宫县大乐、文武二舞，令旧工教习，以备大祀，制可。徐世隆太常卿以掌之，兼提举本路学校事。”[①] 礼乐也主要由藩府儒士廉希宪、徐世隆负责。可以说，对于礼乐，在藩府文人影响下，忽必烈自潜邸时期就已经开始关注，而礼乐之事主要由藩府文人负责，这也是藩府文人在元初儒家文治方面一项重要贡献。

三　文化上的成就

金莲川藩府文人除了在政治、经济、文教和礼乐上的贡献外，还贯通南北之学，潜心经史，涉猎农圃、医药等学，以济世用，在文学、艺术、天文、律历、数学、建筑、医学等各个方面都有贡献。

金元易代之际，出于统治者的需要，蒙古人崇信占卜，优待术士，又正逢乱世，生活极不稳定，人们对自己和国家的命运感到迷惘，这些都促使易学研究兴盛。在金莲川藩府之中，如邢州学派的刘秉忠，学兼儒、释、道，“通晓音律，精算数，仰观占候、六壬、遁甲、《易经》象数、邵氏《皇极》之书，靡不周知”。[②] 张文谦也是“蚤从秉忠，洞研术数”。[③] 刘秉忠的同学张易、张文谦及学生王恂，其学问也和他相去不远，对《易经》象数、邵氏《皇极》之书都精通。许衡在兵乱中逃难到徂徕山，“始得《易》王辅嗣说。时兵乱中，衡夜思昼诵，身体而力践之，言动必揆诸义而后发”。[④] 可见，他也通晓《周易》。除研究易学之外，藩府文人还多汇集、节用前人说法，参以己意，形成关于《易经》的著作。如性舒缓、有执守的刘肃，“尝集诸家《易》说，曰《读易备忘》”[⑤]；许衡在五十岁后作《读易私言》，后辑入《许文正公遗书》；郝经被拘囚真州期间，著《周易外传》、《太极演》等书。在经籍方面，许衡著述也颇多，他有《读易私言》、《孟子标题》、《中庸说》等，还有《孝经直说》一卷（今已不存）。王鹗著《论语集义》，郝经有《春秋外

① （明）宋濂：《元史》卷160《徐世隆传》，北京：中华书局2006年版，第3769页。
② （元）王磐：《故光禄大夫太保赠太傅仪同三司文贞刘公神道碑铭并序》，载（元）刘秉忠《藏春集》卷6附录，北京图书馆古籍珍本丛刊，影印明天顺五年刻本。
③ （明）宋濂：《元史》卷157《张文谦传》，北京：中华书局2006年版，第3697页。
④ （明）宋濂：《元史》卷158《许衡传》，北京：中华书局2006年版，第3716页。
⑤ （明）宋濂：《元史》卷160《刘肃传》，北京：中华书局2006年版，第3764页。

传》。至元三年（1266），因忽必烈留意经学，商挺与姚枢、窦默、王鹗、杨果纂《五经要语》，凡二十八类，供忽必烈阅读。

保存史事、以史为鉴，金莲川藩府文人已经注意到这个问题。在海迷失后二年（1250）夏，刘秉忠向忽必烈呈上“万言策”时已经提到修《金史》的必要性：“国灭史存，古之常道，宜撰修《金史》，令一代君臣事业不坠于后世，甚有励也。”[①] 中统二年（1261）七月，王鹗请修太祖实录与辽、金二史，上奏道：“自古帝王得失兴废可考者，以有史在也。我国家以神武定四方，天戈所临，无不臣服者，皆出太祖皇帝庙谟雄断所致，若不乘时纪录，窃恐久而遗亡，宜置局纂就实录，附修辽、金二史。”至元元年（1264），王鹗又提出置局编纂实录，附修辽、金二史。[②] 同年，商挺入拜参知政事，也建议修国史，附修辽、金二史[③]。后入国史院负责修国史的同时，也同修了辽、金二史。

郝经学兼南北，博学多才，一生著述颇丰，除文学和经学著作之外，还有《通鉴书法》、《玉衡真观》等史学著作，多不传。只有《续后汉书》九十卷存世。徐世隆在至元元年（1264）选前贤内外制可备馆阁用者，凡百卷，名《瀛洲集》。至元七年（1270），撰《选曹八议》。[④]

藩府文人中有很多通才，如许衡、刘秉忠、窦默、郝经等，在经济、史学、儒学、农艺、医药、艺术、天文、律历、数学、建筑等各个方面都有贡献。再者，金莲川藩府人才济济，各类人才都有，在艺术、天文、律历、数学等各个方面都有所成就。

如刘秉忠，精书法，天文、卜筮、算术皆有成书，无一不极其至。但多不可考。据《千顷堂书目》卷一三，有《平沙玉尺》四卷，《玉尺新镜》二卷。

窦默知识广博，在理学、医学、教育等各方面造诣很深，著作颇多，有《铜人针经密语》一卷，《标幽赋》二卷，《指迷赋》、《疮疡经验全书》十二卷。且《金文最》卷六〇《杂著附录》中存有窦默（署名窦杰）的《针经标幽赋》一文。这些均是医学著作。

① （明）宋濂：《元史》卷157《刘秉忠传》，北京：中华书局2006年版，第3691页。

② （明）宋濂：《元史》卷160《王鹗传》，北京：中华书局2006年版，第3757页。

③ （明）宋濂：《元史》卷159《商挺传》，北京：中华书局2006年版，第3740页。

④ （元）苏天爵辑撰《元朝名臣事略》卷12《太常徐公》，北京：商务印书馆民国25年版。

许国祯曾主编《癸巳新刊御药院方》一书，今存。据清杨守敬《日本访书志》记载："《御药院方》十一卷，朝鲜刊本，朝鲜国活字本。不题撰人名氏，首有高鸣序。据序称，太医提点荣禄许公所撰集，日本多纪栎窗考为元许国祯，当得其实。"[①]

杜思敬的著作今已散佚不存。《千顷堂书目》卷一五记载，他有《济生拔萃》十九卷，延祐二年（1315）编成，辑录金元时期医学著作19种（多为节本），包括张元素的《珍珠囊》，刘完素的《洁古家珍》，李杲的《脾胃论》、《兰室秘藏》，王好古的《医垒元戎》、《此事难知》、《阴证略例》，罗天益的《卫生宝鉴》，以及他自己撰集的《杂类名方》（此书是中国较早的中医丛书）等。

藩府文人还有一个重要的贡献，就是制定《授时历》。酝酿制定一部新的历法，早在藩府时期已经开始了。海迷失后二年（1250）夏，刘秉忠向忽必烈呈上"万言策"时提到制定新历法的重要性："见行辽历，日月交食颇差，闻司天台改成新历，未见施行。宜因新君即位，颁历改元。令京府州郡置更漏，使民知时"。[②] 不过，直到至元十三年（1276）才付诸实施，这项工作也主要由藩府文人主持，主要有藩府旧臣王恂、张易、许衡等，还有刘秉忠的弟子郭守敬。当时，许衡负责研究"天道"，王恂任太史令，负责推演计算，与郭守敬等人一起遍考历书四十余种，昼夜测验、创立新法，经过艰苦努力，制定出举世闻名的"授时历"。制定新历法，是为了授民以时，使百姓能够准确地掌握季节时令，适时播种、收割，促进农业生产，同时也促进了天文、数学、航运等科学技术的发展。

从文学角度来说，金莲川藩府文人群体在金末元初也很有影响力，影响了一代文风。以下我们试了解一下金莲川藩府文人的诗文创作情况。

刘秉忠在元初以事功著称，"至于裁云镂月之章，阳春白雪之曲，在公乃为余事"，但其"诗章乐府，又皆脍炙人口"（阎复《藏春集序》）[③]。《元史》本传言刘秉忠有文集十卷，见于前人书目著录的有《刘文贞公全集》三十二卷。今存《藏春集》（或名《藏春散人集》、《藏春诗集》）

---

① （清）杨守敬：《日本访书志》卷10，沈阳：辽宁教育出版社2003年版，第144页。

② （明）宋濂：《元史》卷157《刘秉忠传》，北京：中华书局2006年版，第3691页。

③ （元）刘秉忠：《藏春集》卷6附录，北京图书馆古籍珍本丛刊，影印明天顺五年刻本。

六卷，元商挺编，元刊本不存，今存为明天顺五年马伟刊本，题：“商挺孟卿类稿，马伟廷彦校正”。

许衡，《千顷堂书目》卷二九著录《鲁斋遗书》六卷，又《重辑鲁斋遗书》十四卷（明怀庆推官泾阳怡愉重辑）。又《文正公大全集》三十卷，已佚，今存十四卷本，藏国家图书馆，乃明万历二十四年（1596）怀庆府怡愉、江学诗刊本。许衡文集初刊本为元大德九年（1305）杨学文辑刊之《鲁斋遗书》六卷本，前有杨学文序及大德元年赠谥诏、内翰王文秉赞。卷一奏议；卷二、卷三无总目，自《读易私言》至《答丞相问大学明明德》凡五篇，皆论学之文；卷四杂著；卷五书简；卷六诗章、乐府、《编年歌括》。

郝经乃金末元初北方文坛影响一代文风之大家。其文大气包举、苍浑绮丽，为“元文中之杰然者”。其诗风格多样，或慷慨悲怆、含蓄苍凉，或清新绮丽、明秀清雅，或豪迈奇崛，蕴含着一种崇高美，不崇华丽、险怪而追求豪迈奔放。《元史》本传称“诗多奇崛”。著有《陵川郝先生文集》、《删注三子》、《行人志》、《皇朝古赋》，并编有《一王雅》、《原古录》。今存《陵川集》三十九卷。

王鹗为文章不事雕饰，以穷理为先，著《汝南遗事》二卷，诗文四十卷，曰《应物集》[①]。

王磐，言论清简，义理精谙，“辞语纵横，援引征据，众莫可屈”。其文冲粹典雅，得体裁之正，不取尖新以为奇，不尚隐僻以为高。诗则述事遣情，闲逸豪迈，不拘一格。元初仕至翰林学士承旨，主持文坛二十余年[②]。《元诗选》二集卷五收录其诗，《补元史·艺文志》、《元史新编·艺文志》、《元书》卷二三均载王磐有《鹿庵集》。

姚枢，“独首唱经学，阐明斯道，厥后名儒接踵而出，气运昌隆，文章尔雅，推回澜障川之功”[③]。著有《雪斋集》，原书不传，《元诗选》收诗一卷。

杨果，性聪敏，美风姿，工文章，尤长于乐府。有《西庵集》行于

① （明）宋濂：《元史》卷160《王鹗传》，北京：中华书局2006年版，第3757页。

② （元）苏天爵辑撰，姚景安点校《元朝名臣事略》卷12，北京：中华书局1996年版，第246页。

③ （清）顾嗣立编《元诗选》二集（上），北京：中华书局1987年版，第127页。

世，今已不存。作为元初曲家，《录鬼簿》列其名于“前辈名公”，《太和正音谱》评其词“如花柳芳妍”。今存小令11首、套曲5套（据《全元散曲》），四套〔仙吕·赏花时〕文句流畅典雅，是其代表作。《元诗选》二集收入杨果诗11首，题为《西庵集》。《全元文》辑录其文2篇。

宋子贞，早年就以能诗善赋闻名。德安郑梦开云：“宋君以文章名海内久矣”（元好问《鸠水集引》）[①]，对宋子贞的才学、诗赋称扬不已。但宋子贞一生忙于政事，奏疏多关系民生、国事，尤其致力于使元朝统治者接受中原传统文化，以文治国，推行汉法。有《鸠水集》，已佚。元好问《鸠水集引》云：

> 宋君起太行，其经明行修，盖故家遗俗然，且得乡先生李承旨致美、按察使简之宗盟、内翰济川、潞倅祐之父子、王孟州大用之所沾丐。住太学十年，读书绩文，动为有用之学，使之得时行道，其所成就顾岂出名卿材大夫之下哉！易代以来，佐东平幕二十年，当贤侯拥篲之敬。不动声气酬酢，台务皆迎刃而解。有用之学仆既言之矣！呜呼！文章圣心之正传，达则为经纶之业，穷则为载道之器，顾所遭何如耳。他日，人读《鸠水集》，或以文人之文求之，渠特䆉䆋子耳，非吾心相科中人也。[②]

这段话是说，宋子贞经明行修，自幼得乡先生李致美等人熏染，所学纯正。且在金太学期间，师从名门，读书绩文，均为有用之学。因而，才能在辅助东平幕二十年中，面对各种难题都能迎刃而解。他的《鸠水集》乃为经世致用之作，是“圣心之正传”、“经纶之业”、“载道之器”，而非一般文人之作。从元好问对宋子贞《鸠水集》的评价来看，他的文章应该不是那种文学色彩很浓的，而且从他所存的文章来看，也确实如此。《全元文》仅收其文五篇，又多为全真道教人物墓志及道观碑铭，反映了金元之际全真道盛行的社会风气。其中《中书令耶律公神

① （元）元好问著，姚奠中主编，李正民增订《元好问全集》，太原：山西古籍出版社2004年版，第761页。

② （元）元好问著，姚奠中主编，李正民增订《元好问全集》，太原：山西古籍出版社2004年版，第762页。

道碑》，因传主名气大，多受方家关注。他的诗存留下来的更少，只在《元诗选》癸集中保存一首《温泉》。

徐世隆，史载："仪观魁梧，襟度宏博，慈祥乐易。人忤之，无愠色。喜宾客，乐施与，明习前代典故，尤精律令，善决疑狱。"① 至于其著述情况，《元史》称："所著有《瀛洲集》百卷、文集若干卷"。② 按《太常徐公》一文所述，《瀛洲集》乃其所编前代内外制选本。《元诗选》二集选入徐世隆诗 7 首，题为《威卿集》，系顾嗣立从他书中辑出，而《威卿集》也不见于世。《全元文》录其文 14 篇。其文兼长众体，奏议典赡详悉，无迂疏之累；古文纯正明白，无奇涩之偏；歌诗则坦夷浏亮，无雕琢晦深之病；四六则骈俪亲切，无迁就支离之弊。③

宋衜有《柜山集》十卷，未见传世。《宋元诗会》卷七〇存有其 4 首诗。

陈思济著有诗集《秋冈先生集》若干卷，《元诗选》二集卷七收入其诗 10 首。虞集为之序曰："秋冈先生平生文章之出，沛如泉原之发挥，而波澜之无津。譬如风云之变化，而舒卷之无迹。"④ 其诗集由其孙广东廉访使陈允文手自校储，梓而藏之。

王博文（1223 ~ 1288），字子冕（一作子勉），号西溪，东鲁任城人，与汲县王恽、东平府学生王旭齐名，并称"三王"。⑤ 他虽早有文名，但诗文罕见流传。《全元文》存其文 8 篇，其中《白兰谷天籁集序》一文最为有名，是为白朴生平作的评传，其中关于白朴词的评价很有见地。《元诗选》癸集"癸之丙"中存其诗仅 1 首。

赵良弼在至元前期出使日本、高丽等国，对域外情况了解颇多，有《赵樊川日本纪行诗卷》行于世。张之翰《西岩集》卷九《题赵樊川日本纪行诗卷》曰："公弼御史以樊川先生《日本纪行诗》见示，三复之余，使人心移神动，如亲在其洪涛绝岛中。然叙事之工，写物之妙，皆从大手中来。苟非名节素重，忠义不屈，其于使远方，历殊俗，将危疑

① （明）宋濂：《元史》卷 160《徐世隆传》，北京：中华书局 2006 年版，第 3770 页。
② （明）宋濂：《元史》卷 160《徐世隆传》，北京：中华书局 2006 年版，第 3770 页。
③ （元）苏天爵辑撰《元朝名臣事略》卷 12，北京：商务印书馆民国 25 年版。
④ （清）顾嗣立编《元诗选》二集（上），北京：中华书局 1987 年版，第 322 页。
⑤ 《元史》卷 167《王恽传》："王恽，字仲谋，卫州汲县人……恽有材干，操履端方，好学善属文，与东鲁王博文、渤海王旭齐名。"

倥偬之不暇，又安能出此语耶？故书三绝句于后。”[①] 姚燧《牧庵集》卷三亦有《赵樊川集序》一文，介绍赵良弼文集形成的始末。虽然赵良弼从不以能诗善文知名，其文集也散佚不传，他出使日本期间写的《日本纪行诗》也未能流传至今，但元初诗人亲历异域而写下纪行诗，毕竟是文学史上的大事。

当然，在藩府文人中还有一些人虽然在现存文献中没有提到他们留有文集、著作，但他们在当时文名颇盛，对文学的繁荣也有一定贡献。如窦默的文学才华，从杨奂诗“走遍江淮鬓未华，归来重对旧生涯。论医不待肱三折，作赋曾闻手一叉”（《草亭既成招肥乡窦子声》）[②] 可以想象他的风采，文学素养应该不错。又，张易文采风流，善于作诗，刘秉忠《藏春集》卷二有《因张平章就对东坡海棠诗二首遂赋一首》，可见张易常作诗，只是存留下来的极少，现存的诗只有《送鲁斋先生南归》一首而已。还有寇元德，亡金名士寇靖次子，中山人，早以文学名于天下，以廉希宪举荐入仕忽必烈潜邸。当然，藩府文人中精通诗文者颇多，只是有些不存于世或未载于史册，无从窥其风采而已。

金莲川藩府文人在文化教育上的贡献，决不只以上几个方面所能概括的。他们在恢复发展中原文化，建立学校，推动理学的传播和发展，修复孔庙、尊孔，编刊经籍，以及农圃、医药等各个方面都有贡献。

---

① （元）张之翰：《西岩集》卷9，《景印文渊阁四库全书》第1204册，台北：商务印书馆1985年版。

② （清）顾嗣立编《元诗选》二集（上），北京：中华书局1987年版，第158页。

第三章　出仕行道——兼济天下的理想

宋理学家张载认为，士人应该“为天地立心，为生民立命，为往圣继绝学，为万世开太平”。金莲川藩府文人作为入仕以行其道的文人群体，忧世伤生，在金元易代之际，充满了对天下一统的期待。在那个特殊的历史时期，更加凸显了士人品格中强烈的历史使命感和忧患意识。

第一节　金莲川藩府文人的儒者气象

元世祖忽必烈任用的姚枢、许衡、窦默、郝经和智迂等儒士文人，也是元初北方儒学的代表人物，他们对有元一代儒学的倡导和文化的保存功不可没。“大抵北人性简直，类能倾心以听于人。故世祖既得天下，卒赖姚枢牧庵先生、许衡鲁斋先生诸贤启沃之力。及施治于天下，深仁累泽，浃于元元。惜乎王以道文统行吏道以杂之，以文案牵制，虽足以防北人恣肆之奸，而真儒之效，遂有所窒而不畅矣。”[①] 这些人实为真儒，均深受儒家思想熏陶，极重人格操守。无论为潜邸幕僚及之后为朝臣，还是日常为人处世，他们都以道德模范和儒家所追求的儒者气象自期自律，其严肃庄重、耿介忠贞的士人操守展示出理学家所追求的人格风范，也是儒者情志的体现。“情”和“志”，有诸多渊源和联系。“志”多受社会思想的影响而产生，如儒家思想对士人的熏陶，使得他们积极入世，并将这种儒家思想融入日常生活、伦理道德乃至家国天下的情怀中；而“情”则更倾向于本身的感受、本能的显现，是受到触发而自然生成的，这种情感更加富有韵味，令人体会不尽、感动至极。金莲川藩府理学家的儒者情志在其诗歌中反映出来，便形成特有的境界。

① （明）叶子奇：《草木子》卷3（上），北京：中华书局1959年版，第47页。

一　“道”的彰显

姚枢是元世祖时期著名的儒臣，时人评价他“天资含宏而仁恕，恭敏而勤俭，理生惟务本实，不事末作。未尝疑人欺己，有负其德，亦不留怨胸中。忧患之来，不见颜色。”（姚燧《中书左丞姚文献公神道碑》）[①] 他乃坦坦荡荡一君子，有着真淳的人格。许有壬评价姚枢说：“独首唱经学，阐明斯道，厥后名儒接踵而出，气运昌隆，文章尔雅，推回澜障川之功。”[②] 对儒家学术的传承，姚枢在金末元初功不可没。1241 年，他自德安北还后，在蒙古燕京行省任职，后因不满行省官长的作为，弃官迁居辉州（今河南辉县）之苏门[③]。许衡当时听说才华出众的姚枢又回到家乡，在富有学术传统的辉县苏门传授伊洛之学[④]，便前往拜访。《鲁斋遗书》记载：

> 壬寅，雪斋隐苏门，传伊洛之学于南士赵仁甫先生，即诣苏门访求之，得伊川《易传》，晦庵《论》、《孟》集注，《中庸》、《大学》章句、《或问》、《小学》等书。读之，深有默契于中，遂一一手写以还，聚学者谓之曰：“昔者授受殊孟浪也，今始闻进学之序，若必欲相从，当悉弃前日所学章句之习，从事于《小学》，洒扫应对，以为进德之基，不然当求他师。”众皆曰：“唯。”遂悉取向来简帙焚之，使无大小皆自《小学》入。先生亦旦夕讲诵不辍，笃志

---

① （元）苏天爵编《元文类》卷 60，北京：商务印书馆民国 25 年版。

② （清）顾嗣立编《元诗选》二集（上），北京：中华书局 1987 年版，第 127 页。

③ 《元史》卷 158《姚枢传》：“岁乙未（1235），南伐，诏枢从惟中即军中求儒、道、释、医、卜者。会破枣阳，主将将尽坑之，枢力辨非诏书意，他日何以复命，乃蹙数人逃入篁竹中脱死。拔德安，得名儒赵复，始得程颐、朱熹之书。辛丑，赐金符，为燕京行台郎中。时牙鲁瓦赤行台，惟事货赂，以枢幕长，分及之。枢一切拒绝，因弃官去。携家来辉州，作家庙，别为室奉孔子及宋儒周敦颐等像，刊诸经，惠学者，读书鸣琴，若将终身。”

④ 据姚燧《中书左丞姚文献公神道碑》：“（姚枢）遂携家来辉，垦荒云门，粪田数百亩，修二水轮，诛茅为堂，城中置私庙，奉祠四世，堂龛鲁司寇，容傍垂周、两程、张、邵、司马六君子像，读书其间，衣冠庄肃，以道学自鸣。佳时则鸣琴百泉之上，遁世而乐天，若将终身。……教弟子杨古为沈氏活版与《近思录》、《东莱经史论说》诸书，散之四方。时先师许魏国文正公鲁斋在魏，出入经、传、子、史，泛滥释老，下至医、卜、筮、兵刑、货殖、水利、算数靡所不究。公过魏，与窦汉卿相聚茅斋，听公言义正粹，先师遂造苏门，尽录是数书以归。”

力行，以身先之，虽隆冬盛暑不废也。诸生出入，惴栗惟谨。客至，则欢然延接，使之恻然动念，渐濡善意而后出。①

姚枢是一个成功的有能力的政治家，进入忽必烈金莲川藩府后，一直深受忽必烈信任，立国后位列三台。他虽是以政治家而不是以诗人赢得后世的瞩目，但元初北方诗坛雅丽之风，却自姚枢与郝经始。他存诗不多，从他现存的诗中仍可感受到中国文化人格的大义所在。如其次刘秉忠韵而作的《聪仲晦古意廿一首爱而和之仍次其韵》其九："夷齐顾名节，不食饿首阳。尚父应天讨，奋时清渭旁。心迹异天壤，日月同辉光。道义有如此，人惟重行藏。"② 在他心中有着一份道义的热忱，体现在他的为人处世上，就是做一个方方正正的儒臣。金莲川藩府中姚枢等理学家不仅以其人品彰显着士人的道德人格，而且他们的人格风范也体现在诗歌中，形成了其诗歌特有的境界，从他们现存的诗歌中还是能感受到他们的士人操守与风范。

许衡出身于农家，幼时生活窘迫，但天资聪敏，好学成癖。后来成为元代北方儒学宗师，一生风范，不仅笃学博识，而且敢言直谏，辨奸批逆，浩然无畏，有魏征之风，凛然不可以利禄诱、威武屈。风动四方，德望冠绝，行无愧影，天下景行。《元史》记载："幼有异质，七岁入学，授章句，问其师曰：'读书何为?'师曰：'取科第耳！'曰：'如斯而已乎?'师大奇之。每授书，又能问其旨义。久之，师谓其父母曰：'儿颖悟不凡，他日必有大过人者，吾非其师也。'遂辞去，父母强之不能止。如是者凡更三师。"③ 又据《左丞许文正公》记载，他"幼有异禀，赋性端悫，与群儿嬉，即画坐作进退周旋之节，群儿莫敢犯"。④ 许衡"嗜学如饥渴，然遭世乱，且贫无书"⑤，每听说别人家有书，即前往央求借阅，而且"刻意坟典，欲求古者为治为学之序，操心行己之方，

① （元）许衡：《鲁斋遗书》卷13《附录·考岁略》，北京图书馆古籍珍本丛刊，影印明万历二十四年刻本。

② （清）顾嗣立编《元诗选》二集（上），北京：中华书局1987年版，第129页。

③ （明）宋濂等：《元史》卷158《许衡传》，北京：中华书局1976年版，第3716页。

④ （元）苏天爵辑撰，姚景安点校《元朝名臣事略》，北京：中华书局1996年版，第166页。

⑤ （明）宋濂等：《元史》卷158《许衡传》，北京：中华书局1976年版，第3716页。

一言一行必质诸书”[①]，学问日益长进。

蒙金发生战事时期，时局不稳，他便离开家乡，东去齐鲁，隐居于山东泰安东南的岨崃山，潜心学问。窝阔台汗四年（1232），三十四岁的许衡北渡隐居大名府，即今河北大名县。他在此地讲学三年。讲学中，学者匾其斋曰鲁，人称“鲁斋先生”。窝阔台汗十年（1238）他应试中选，得入儒籍，声名渐著。当时，窦默亦居大名府，以精于针术闻名，又精通儒学。许衡在这一时期和窦默交往密切，共同研习经传、释老以及医、卜等诸子百家之说。1241 年，姚枢弃官迁居辉州之苏门，许衡到苏门后才与姚枢往来。窦默和许衡、姚枢“相与论辩，探幽析微，诣者慑伏，凡伊洛性理之书及程子、《易传》、《朱子语》、《孟子集注》、《中庸》、《大学》、《或问》、《小学》等书，言与心会”。[②] 许衡从姚枢处得伊洛程氏及新安朱氏书，非常有收获。而从交游先后来看，他应是先与窦默后与姚枢相识相交。许衡并未完全抛弃北方学术，而是在北方学术基础之上接受程朱理学，依然属于传统儒学范畴。查洪德先生曾对此进行过论述：

> 许衡是在北方之学的基础上接受赵复所传程朱理学的，他对理学接受的，主要是其伦理部分，所以他特别看中朱熹《小学》一书。他之教学，几乎言必称《小学》，对理学心性义理之说亦即其哲学部分，许衡并没有很高热情，许衡学术所关注的，依然是经世致用，是日用常行，其基本精神是重“践履”，即实践性。这一基本精神依然是属于传统儒学的，而这一精神与理学内敛的、主敬存诚、关注个人心性修养的取向是矛盾的，他注重“治生”：“为学者治生最为先务，苟生理不足，则于为学之道有所妨。”这无疑是与程朱的主张对立的。[③]

许衡一生潜心研究，积极传播义理之学，但他并非为了做学问而死读书。他关心国计民生。有诗云，“一祈仁政苏民疲，一祈善政赒民饥”

---

① （元）许衡著，王成儒点校《许衡集》，北京：东方出版社 2007 年版，第 307 页。

② （元）欧阳玄：《神道碑》，出自（元）许衡著、王成儒点校《许衡集》，北京：东方出版社 2007 年版，第 288 页。

③ 查洪德：《理学背景下的元代文论与诗文》，北京：中华书局 2005 年版，第 10 页。

(《送姚敬斋》)[①];“干戈恣烂熳,无人救时屯。中原竟失鹿,沧海变飞尘”(《训子》)[②]。由此可见其关心现实、忧世伤时之情怀。他被后人称为“不世出之臣”(欧阳玄《神道碑》),一生五仕五隐。其出仕,是本着儒家“兼济天下”的理想,主张“但当匡救生民疲”(《学题武郎中桃溪归隐图》其二)。初时,对于忽必烈藩府的征召,他怀着极大的热情[③],进入藩府后,积极用世,辅助忽必烈行汉法。在议事中书省时,所上《时务五事》等,本之儒道,洋洋万言。当“行道”遇到挫折时,他并不眷恋仕途,主张得时则行,不得时则“卷而怀之”。他淡泊自守,说“我生爱林泉,俗事常鞅掌”(《游黄华》)。他是“又爱功名又爱山”(《学题武郎中桃溪归隐图》其四)[④]。

许衡的诗篇中有对出仕“行道”的期许和盼望:“身居畎亩思致君,身在朝廷思济民。但期磊落忠信存,莫图苟且功名新。”(《训子》)[⑤] 但更多的是表现退隐时独善之乐,如“吾道真如千里重,虚名冷笑一毫轻”(《呈友人》)。在他心中,所志之“道”更为重要,他能彻底抛开追虚顾影的名士人生。“百亩桑麻负城邑,一轩花竹对烟岚。纷纷世态终休论,老作山家亦分甘。”(《偶成》)他深得孔颜之道的真精神,在平凡的生活中将“道”安放在人生自觉之上:“万物备吾身,身贫道未贫。”(《观物》其三)“人生会此意,出处皆无忧。”(《读东门行》)[⑥] 即使离开仕途,归隐山水,他内心深处的使命感、责任感与忧患意识依然存在,道济天下、悲天悯人的情怀依然时时涌现。因而,读许衡的诗,能体味到一股恬淡旷达,但于恬淡旷达中又渗出一丝苦味来。这种外冷而内热、似淡而实浓的境界,一般人很难达到。如其《别西山》:

① (元)许衡著,王成儒点校《许衡集》,北京:东方出版社2007年版,第235页。

② (元)许衡著,王成儒点校《许衡集》,北京:东方出版社2007年版,第232页。

③ 好友窦默应忽必烈所请为幕僚,从许衡写给窦默的赠行诗可以看到,他对窦默此次应聘采取了积极支持的态度:“莫厌风沙老不禁,斯民久已渴商霖。愿推往古明伦学,用沃吾君济世心。甫治看将变长治,呻吟亦复化讴吟。千年际会真难得,好要先生着意深。”(《赠窦先生行二首》其二)推崇之意、羡慕之心溢于言表。

④ (元)许衡:《鲁斋遗书》卷7,北京图书馆古籍珍本丛刊,影印明万历二十四年刻本。

⑤ (元)许衡:《鲁斋遗书》卷7,北京图书馆古籍珍本丛刊,影印明万历二十四年刻本。

⑥ (元)许衡:《鲁斋遗书》卷7,北京图书馆古籍珍本丛刊,影印明万历二十四年刻本。

我爱林虑山，不处要路津。兹焉几千古，绝彼朝市尘。我来成素交，澹澹日益亲。形骸两相忘，谁主复谁宾。充然乐我饥，怡然栖我神。朝光连暮色，佳意含余春。心境一融会，世味殊未真。奕奕草木光，熙熙禽鸟驯。众物欣有托，吾庐行亦新。诗书咏而归，况有耆德邻。[①]

诗中抒写了摆脱尘俗、忘情林泉的志趣，为追求人格的高洁而弃世绝俗。这反映出许衡的人格理想，诗中有陶渊明“采菊东篱下，悠然见南山”（《饮酒》其五）的真趣，有作者为了摆脱心灵烦恼而开辟的一方净土。看起来很安静的诗，却贯穿着诗人的心性修养与人格理想。他的这类诗歌，符合当时士大夫文化的主流，也影响了北方诗坛的风气。

郝经是一位典型的北方儒士，他的传奇人生可以媲美苏武。他身上浓厚的儒家人文思想，气质中厚重的忧患意识，都彰显着士人的操守。与郝经一同出使宋而被拘于真州的苟宗道称其：“与人结交，始终以诚。而又喜交游，好施与，乐为善事。受人之恩，必切切思报，虽小而不忘。”[②] 郝经和姚枢、许衡相比，有着更为复杂的人生经历，尤其是他出使南宋被羁留十几年，对人生有了另一种体验，胸中洒落，诗歌更具一种别样的人格魅力。

郝经秉承儒家积极入世的精神，以天下一统、生民太平、弘张纲纪为己任。他在诗歌中更多地表现出对“道”的体认，以自己的思想、人格丰富和诠释“道”，通过个人的自省自得把“道”落实到具体的人生实践中。如，“吾道本吾心，心在道即全。但使心不昧，吾道长昭然。”（《寓兴》正因为他对儒家道统有着深刻的理解，所以能自贵其生命操守、自珍自爱：“人生会有为，事物各有义。苟非吾所取，千驷不一视。峨峨君子心，磊磊丈夫志。泰山轻鸿毛，无复顾势利。”（《幽思》）也正因此，郝经有“强烈的社会责任感和对于现实的积极态度”。在他看来，“越是乱世，越是需要士人挺身而出的时候”[③]。再者，忽必烈还是有道

① （元）许衡著，王成儒点校《许衡集》，北京：东方出版社 2007 年版，第 236 页。

② （元）郝经：《郝文忠公陵川文集》卷首，北京图书馆古籍珍本丛刊，影印明正德二年李翰刻本。以下郝经的诗、词、曲作，凡出自该版本者，不一一注出。

③ 查洪德：《理学背景下的元代文论与诗文》，北京：中华书局 2005 年版，第 183 页。

明君，因而郝经慨然出仕以行其道。蒙哥汗六年（1256），他进入忽必烈潜邸，政见多被采纳。他出仕的目的是“行道”，就是孔子说的“行义以达其道”（《论语·季氏》），入世是为了救世。

中统元年（1260），忽必烈即位，郝经以翰林侍读学士充国信使使宋，以求两朝和平，却被宋奸相贾似道拘留真州十六年。至元十二年（1275），元军渡江，始得还归，不久病故。在这漫长的十六年中，他在孤馆内吟诗著书，以排遣痛苦、抒发悲愤、忍辱生存。当他两鬓斑白、形容憔悴地获得自由时，留给那个时代及后人的是数量可观的作品。他通过自己真实的生命体验理解了陶诗的真正内涵，真正懂得了陶渊明人格中的大义所在，明白陶渊明在乱世中对“道”的坚守，深悟了人生之道，超越了人生失意，又不厌弃人生。因而，郝经写下了大量和陶诗，体现了他独特的人生况味。如《停云》一诗：

> 停云蔽日，翳翳弗雨。伊余怀伤，自诒伊阻。展转拘幽，莫或念抚。瞻望中原，徙倚凝伫。停云悠悠，蒸氛蒙蒙。冲风入室，汹彼大江。崩心震魄，慨叹北窗。孰因孰极，惟道是从。服仁佩义，完节为荣。之死靡它，实余之情。寤叹弗寐，揽衣宵征。载思子卿，千载如生。无媒取妻，匪斧伐柯。乐祸深仇，焉能为和。生民无辜，遘凶既多。销兵无期，将奈之何！①

郝经一生严守儒家节义之士的道德操守，以苏武为楷模，以不辱使命为荣。这种对“道”的坚守，使郝经完成了完美人格的塑造，也成就了他苏武式的高风亮节。本是意气风发出使南宋议和却被羁押，巨大的人生落差带来深创巨痛，不成想议和失败，又自救无路，这种极度的苦闷以及长期被隔绝产生的孤寂失落时时折磨着他。这首诗把他那种心灵上的矛盾与痛苦完全展露出来，这是一个更真实的郝经。他不时地把矛盾与痛苦转化为一种异常宁静平缓的人生态度和生活方式，平缓可以修复痛楚，平静也是一种解脱。如他的《饮酒》诗：“顺适皆坦途，忘几

① （元）郝经：《郝文忠公陵川文集》，太原：山西人民出版社、山西古籍出版社2006年版，第66页。

信所之。天地与化迁，焉能独违时。酒中有深趣，真乐良在兹。痛饮忘形骸，物我两不疑。每笑苏学士，漫把空杯持。”在酒的世界里，在醉乡中，作者得到一种至乐无形的体验，如此一来，烦闷、苦闷、压抑暂时被摆脱了，以一种乐观超越的态度在精神上获得了超脱。郝经失去了做人最基本的自由，淡泊了个人的功名，但坚守了远高于个人功名的气节。郝经的生命因此发光发热，他是一个自尊自爱的文人。

综上，金莲川幕府文人群体的诗歌体现了有社会责任感的儒士特有的人格风范，也是一个时代、一个社会文学风会的体现。他们的人格情怀真正反映出中国传统文人的文化心理。

二　人性精神与人道情怀

最能体现藩府文人风范的还是他们诗篇中所表现出的人性和精神。董仲舒说：“天地之精，所以生物者，莫贵于人。”（《春秋繁露·人副天数》）[①] 人是天地间最高贵的生物，而人之生命之所以高贵，便因道德人格的价值。藩府中的理学家和诗人不仅歌咏敦实厚重、坚守道义、视道义高于一切的优秀品质，突出道德人格的高贵；而且在他们的诗篇中，我们还可以读出浓郁的人文情怀。

其一，正因为对“志士慕功业，富贵鸿毛轻。仁人怀道义，不为功业萦”（姚枢《聪仲晦古意廿一首爱而和之仍次其韵》其十一）[②] 有深切的体认，他们笔下描写的多是严肃庄重、清正耿介、坚守道义、洁身自好的士大夫，还有排忧解难、为民请命、舍身就义的侠义之士。

对于“不为五斗米折腰”的陶渊明，他们都极尊重、极喜爱，敬重他高尚而简朴的生活态度，欣赏他的闲适与朴实、感性与理性、刚硬之气与野逸之美相融合的典范人格，更能体味他不怨不尤、抱道含德的道德人生。许衡在《学题武郎中桃溪归隐图》其二中写道：“桃溪将拟武陵溪，只恐桃溪隐未宜。诗卷久怀天下咏，画图今遣俗人窥。严陵晦迹终垂钓，韩伯韬声猥学医。”[③] 既希冀超脱、渴求淡泊，又关心世事与民生，他这首诗将这种内心的矛盾完全展现出来，是将真淳的人格融于儒

---

① （清）苏舆：《春秋繁露义证》，钟哲点校，北京：中华书局 1992 年版，第 354 页。

② （清）顾嗣立编《元诗选》二集（上），北京：中华书局 1987 年版，第 130 页。

③ （元）许衡：《鲁斋遗书》卷 11，北京图书馆古籍珍本丛刊，影印明万历二十四年刻本。

家的深厚道统观念中，体现了正大、开明、闲适、清净。郝经整整两卷的《古诗·和陶》，几乎每一篇都展示出他对陶渊明的深爱与仰慕。他深深地懂得陶渊明："渊明折满把，啸傲东篱开"（《丙辰岁八月中于下漯田舍获菊》）；"陶潜避世士，手种门前柳。作传复自序，实录传永久。高风激余中，论世期尚友。何当菊花秋，共漉山中酒"（《拟古九首》其一）。陶渊明不同于流俗的志趣与襟怀，成为郝经的理想与追慕。

对于忠臣贤良，郝经也是情有独钟的，他的《比干墓》一诗赞颂比干那种与天地同在、与宇宙同存的大义大情，以砥砺士节：

> 斫胫河南比干墓，崔嵬尚是武王土。一丘直欲压太行，一死能令重千古。国亡宊兀见真纯，龙逢与君冠夏殷。无人语与魏郑公，良臣不幸为忠臣。已醢九侯纣犹怒，箕子佯狂微子去。三仁一仁独杀身，剖心庶使王心悟。王终不悟国遂亡，朝歌无人至今荒。行人只拜比干墓，有殷贤臣独不亡。

他对事君尽忠、清正耿介的比干满怀钦敬，因而，情感迸发，抒为歌咏，读后令人震撼。读者能深深感受到诗人对比干忠义精神的景仰。比干以其道德人格成为士大夫的楷模，也激励着后世忠义之士。

中国人自古有重义轻利、重感情、讲义气的美德，推崇侠义之士重然诺、轻生死的热血气质。侠义之士的形象在郝经的诗篇当中也屡屡出现，有常被历代诗人咏于笔端的荆轲、鲁仲连等古代侠义之士，还有同时代的豪侠，而其中最感人的是对民间重义轻死的普通女子的歌咏。如他的《巴陵女子行》：

> 北来诸军飞渡江，突骑一夜满岳阳。楼头火起入闾巷，曹逃偶走如牛羊。巴陵女子尚书妇，生平不识门前路。乱兵驱出势仓皇，夫婿公姑在何处。吞声掩泪行且啼，啼痕沾湿越罗衣。此身忍使人再辱，裂帛暗写临终诗。上言社稷安危事，下说投江誓天志。一回宛转一悲辛，心折魂飞不成字。诗成泪尽赴江流，蛾眉萧飒天为愁。芙蓉零乱入秋水，玉骨直葬青海头。古来烈妇才一二，谁似巴陵更

文理。名与长江万里流，丞相魏公还不死。[①]

宋元易代之际，女性遭受了前所未有的灾难，也涌现出无数节妇贞女。诗中的女子为了保全名节，宁为玉碎，不为瓦全，投江自杀。国破家亡，侮辱加身，节妇贞女选择的是以生命捍卫和守护灵魂，她们的举动不比男子差。身为柔弱女子而有刚烈的壮举，着实让诗人钦佩。正如诗人在序中所写："希孟一女子，而义烈如是。彼振缨束发、曳裾峨冠，名曰丈夫，而诵书学道以天下自任，一旦临死生之际，操履云为，必大有以异于希孟矣！"[②] 诗人不仅仅把韩希孟这个柔弱美丽的小女子当作一个贞烈巾帼来歌颂，更是作为一个可歌可泣的忠孝节义形象来称扬。所以诗篇中自然涌荡着一种怆怏而难怀之美，壮烈而慷慨，使人读后不得不为巴陵女子的人格气质所震撼。

其二，他们的诗充满了浓郁的人文情怀，其中的亲情、友情、人情等也更显珍贵。这一点在许衡身上体现得最为明显。许衡的诗总是充溢着人伦亲情的温暖，以及对朋友之间真诚友谊的怀念。许衡是一个性格朴厚的人，从他的诗篇里可以感受到这一点。他对妻儿的深情和感念，不依靠任何华丽辞藻的修饰，只任一片真情在质朴的文字中流淌。对儿子："况对汝二子，岂复知吾贫。大儿愿如古人淳，小儿愿如古人真。平生乃亲多苦辛，愿汝苦辛过乃亲。"（《训子》）[③] "但愿吾儿会读书，不妨贫苦一钱无。"（《病中杂言》）[④] 对妻子："一病连三载，孤身萃百忧。干戈良未已，妻子若为谋。"（《病卧》）[⑤] 诗中既有一个父亲对两个儿子的期待与关切，也有一个丈夫对相濡以沫的妻子的感念，体现了一家人的血脉相连。再看其《有感》：

娇儿未成人，病苦不肯退。忧伤动中怀，惨惨心欲碎。老妻情更恶，中夜泣相对。何如早还归，山阳坟陇在。平生所愿心，展转

① （清）顾嗣立编《元诗选》初集（上），北京：中华书局1987年版，第407～408页。
② （清）顾嗣立编《元诗选》初集（上），北京：中华书局1987年版，第407页。
③ （元）许衡：《鲁斋遗书》卷11，北京图书馆古籍珍本丛刊，影印明万历二十四年刻本。
④ （元）许衡：《鲁斋遗书》卷11，北京图书馆古籍珍本丛刊，影印明万历二十四年刻本。
⑤ （元）许衡：《鲁斋遗书》卷11，北京图书馆古籍珍本丛刊，影印明万历二十四年刻本。

不得遂。十年误同游，回首只多愧。病连肝肺深，因觉妻子累。悠悠故乡情，滴滴眼中泪。狐死知首丘，人生恋乡土。我心久焦劳，宿疾安能愈。所望还故乡，微骸近先祖。他事足叹嗟，西风动寰宇。①

“济世”、“行道”的理想不能实现，而政治生活的风风雨雨已让诗人灰心失望。面对情非得已的出仕，他已经不再有当初的一片雄心和满怀热情，而尽是势不可为的无奈与归去来兮的感慨。郁伊满怀的是一片乡愁，满纸离恨别情，写出了对妻儿的思念，以及对一家人相聚之不易的感怀。该诗以极简省的语言将伦常生活中的亲情抒写得淋漓尽致。

郝经带着保护百姓、安邦济世的一腔热血到南宋议和，不但没能使两国息战，反而被拘留真州不能北归，与家人两地相隔，生死两茫茫，怀乡思亲之情也更切。“劝君且莫多叹嗟，家人恨杀生离别。可怜辛苦为谁来，凋尽朱颜头半白。万绪千端都上心，一寸肝肠能几截。”（《后听角行》）② 一般人很难想象这种感情，这种在特殊背景下的思乡怀亲，直抵人性的深处，更加让人感念。郝经可谓是一堂堂伟丈夫，大义凛然，威武不屈。然而他生命之中亦有最柔弱的地方，那就是浓浓的亲情，大丈夫的儿女情怀也就更加感人。所以，读他的这些文字，更易动容。他在《命子》一诗中写道：

曷敢尤天，只自咎德。阿寿始孩，弗子去国。川途阻修，变故揆忒。教之诲之，于焉可得。不成乎终，何诞乎始。徒耀松楸，漫惊闾里。有子无子，命数定止。未能无情，与物悲喜。既已夺去，掺之弗及。亦既生存，宁必成立。不孝之罪，圣人所急。大禹荒度，亦悯呱泣。物生不齐，亦各有时。天弗私尔，勿劳尔思。

郝经育有四子，可怜有三子夭折，只留下二儿子阿寿。他出使宋朝时，

① （清）顾嗣立编《元诗选》初集（上），北京：中华书局1987年版，第435页。

② （元）许衡：《鲁斋遗书》卷12，北京图书馆古籍珍本丛刊，影印明万历二十四年刻本。

阿寿年仅四岁。写这首诗时，他在真州被拘囚已经十二年了，离家已久，没有尽到一个父亲的责任。诗人虽极力克制内心的悲慨，但那种自责自悔以及对儿子的一片深情却自然流露出来。该诗虽然是以一种极其无奈的口吻写出，感叹人命不可违、天命不可逆，但这种无奈之下的悲凉，更见出人性的深度和厚重。

而朋友之情，没有血缘的因素，纯由人来自觉选择，因而更能见出人情的真实。郝经和许衡一样都极重友情。他们诗篇中所展现的友情，无一不是深厚、真诚的，是真性情的流露，注入了真感情。

许衡对每一位朋友都很真诚，送别朋友时，是满满的牵挂与叮嘱。“我本贫贱士，多思委相寻。未得办一饭，胡为遽分襟。征鸿出远塞，西风动疏林。去去渺万里，何年酒同斟。含情望无极，白云障孤岑。”（《送窦清叔》）① 诗句如话家常，像朋友之间闲谈，对于没有置办一桌饭、捧上一杯酒为老友送行深表遗憾。叮嘱朋友此去要珍重，来年好共饮一杯。他在思念朋友时，想象和朋友促膝而谈的情形，是那样自然而真实。“何日寻先约，青灯共夜分。”（《忆贾君玉》）② 不做豪壮语，平常文字，平常话语，流泻出一片真情。因而，读许衡表现友情的诗，总感觉温暖而又情韵悠长，尽显笃如胶漆、真诚温厚的人性之美。

郝经表现友情的诗和许衡相比风格大异，与他的为人一样，慷慨豪洒，当哭则哭，当笑则笑。他与诗人元好问既是师生又是挚友，当他访问元好问的故居时，睹物思人，悲极而哽咽。男儿流泪，实是到了伤心之处。“残山绕荒城，惨淡带余雪。我来问新居，欲语还哽噎。摇摇识风旌，掩掩泪隐睫。额地升中堂，痛激肝胆裂。鼻若闻阖风，幽冥忽穿彻。空床一束书，不见文章伯。愁马喑不鸣，老仆顿欲绝。娇儿背面啼，高弟辗转说。有书未绝笔，有传未卒业。”（《获鹿新居哭元遗山》）这首诗写出了郝经的至情，故人遗迹尚在，但先生元好问已经不见，此情此景使诗人肝肠寸断、泪流满面。又如，他送别好友，不是满腹离情、挥泪而别，而是慷慨大气。如《送高圣举之关西》：“碧落心期已自通，满襟霜月又相同。斯文不坠浮云外，元气常存劫火中。太华峰头老秋色，铜

---

① （元）许衡：《鲁斋遗书》卷11，北京图书馆古籍珍本丛刊，影印明万历二十四年刻本。

② （元）许衡：《鲁斋遗书》卷11，北京图书馆古籍珍本丛刊，影印明万历二十四年刻本。

驼陌上旧春风。终当对此一樽酒，岂限秦关西与东。”大有李白的风范，热烈、奔放，正可以借用杜甫的一句“由来意气合，直取性情真”（《赠王二十四侍御契四十韵》）来概括他的风格。正因为他有至情至性，才能有动人的诗篇。

刘秉恕的诗质醇、清雅。他对朋友极重情义，如其《白云楼》：“旌旗袅袅入随州，江涨祥烟散复收。黄耳不来家信远，西风肠断白云楼。”[①] 写景中有人的活动，情景融合，从中能体味到诗人有一股深深的思乡情绪，忧愁一分一寸地逐渐向外伸展。只可惜，不见刘秉恕其他诗文，难以看到他诗文的整体风貌。

而张易是个洒脱而重情的人，他对朋友向来是一片真情，从他的赠友诗篇中可以看到。从《送鲁斋先生南归》一诗来看，并没有典型的纯朴质野、豪旷雄健的北方地域特色：

> 衮衮诸公入省闱，先生承诏独南归。道逢时否贫何病，老得身闲古亦稀。行色一杯燕市酒，春风三月故山薇。到家已及蚕生日，布谷催耕陇麦肥。[②]

诗文中有一种敦厚的情韵，没有过多的客套，短短几句情真意切，将他对鲁斋先生许衡的尊重和关心体现了出来，显得温馨而亲切。透过简朴而隽永的语言，能感觉到一种质朴在其中。但是，我们从刘秉恕和张易所存的两首诗中是不可能领略邢州学派诗歌风貌的，他们志不在此，诗词歌赋只是他们消遣怡情、尽展名士风流的工具而已。

文学是和人格相通的。正因为金莲川藩府文人拥有敦实、厚重、重义、视道义高于一切的人格风范，他们的诗篇才表现出中国文化精神，才能突出道德人性的高贵，赋予诗歌以浓郁的人道情怀。由一心而通于天下人心，由文学而关联整个人生，他们实践、高扬了儒家之道德精神，呈现出特有的人格精神和诗学境界，其诗歌具有独特的魅力。在金末元初，金莲川藩府诗人在中国诗歌领域形成了一道独特的人文风景。他们

---

① （清）顾嗣立编《元诗选》初集（上），北京：中华书局 1987 年版，第 383 页。

② （清）顾嗣立、席世臣编，吴申扬点校《元诗选》癸集，北京：中华书局 2001 年版，第 150 页。

的诗除了文字表达优美之外，还具有对生命感受的深度、广度和强度。他们在文学中表现出崇高的美感以及丰厚的思想力量，重现了中国诗学世界的天光云影。

第二节　金莲川藩府文人的忧世情怀

“修身、齐家、治国、平天下”是历代文人的普遍人生理想。面对金朝覆亡、元朝新建，这些素来以天下为己任、出仕元朝的金莲川藩府文人有着强烈的历史责任感和忧患意识，社会现实、人民疾苦、文化传播、文明保存都是他们所关心的。因而，他们更期待天下统一，百姓能安居乐业，不再因战争而流离失所。他们是满怀政治抱负和理想进入忽必烈金莲川藩府的。

在第一个阶段，在入侍藩府之初，这些文人都有过出仕与归隐的内心矛盾。一是金元易代之际，空前的社会动荡，北方中原地区人民生活环境的恶化，儒家文化的衰落，使很多藩府文人有过惨痛的经历，受到了“千古神州，一旦陆沉，高岸深谷”（白朴《石州慢》）的心灵震撼。而出仕为蒙古政权服务，是经过一番曲折和心理斗争之后才决定的。二是他们在没有搞清楚漠北的藩王忽必烈是不是他们能够依靠来改变现状的君主之前，需要鉴别和判断。忽必烈藩府的主要谋臣刘秉忠曾有过困惑，王鹗在入藩之前隐姓埋名，窦默是被屡次征召才肯入侍藩府，姚枢也曾归隐家乡授徒讲学……直到他们了解到忽必烈积极延揽四方文人，注重汉文化，“仁明英睿”、“善于抚下”，才慨然入侍藩府，欲借出仕而“行道”。

在第二个阶段，忽必烈积极延揽四方文人，注重汉文化，接受了“马上得天下，不可以马上治天下”、“帝中国当行中国事”的道理，这让金莲川藩府儒臣感到英雄有用武之地，终于遇到可以借以一展抱负的明君，可以全力以汉法治理汉地，这对汉族儒臣来说是莫大的鼓舞。因而，藩府文人进入藩府后积极从政，辅助忽必烈实施汉法。但是金莲川藩府儒臣和他们的君主在理念和文化上始终存在不和谐，尤其是发生在中统三年（1262）的李璮之乱，对那些积极辅佐忽必烈施行汉法的金莲川藩府汉族谋臣来说是一个突如其来、意想不到的打击。这是藩府文士出仕的第二个阶段的主要特征。

李璮乃割据山东的汉人军阀，是金末红袄军首领李全和杨妙真的养子。李全曾周旋于宋、金、蒙古之间，忽叛忽降，博取高官厚禄。窝阔台汗三年（1231），李全侵宋败死，李璮承袭父职，称所辖地为益都行省，成为专制一方的军阀。此后，李璮在山东擅权达三十多年之久，拥兵六七万，控制山东东部数十城。中统元年（1260），忽必烈即汗位不久，加封李璮为江淮大都督。中统三年（1262）二月，正当忽必烈忙于平定阿里不哥的战事时，李璮乘机与其岳父王文统内外勾结、互为表里，在益都发动武装叛乱。他将三州献给南宋，南宋封他为保信、宁武军节度使。忽必烈闻讯后，急召诸路蒙汉军队去济南作战，全力镇压，命诸王合必赤总督诸军。七月，李璮被围四月，城中粮尽，城破，李璮被俘，史天泽斩李璮于军前。虽然李璮之乱只局限于益都、济南一隅，起兵五月即败死，却给忽必烈带来了极大的震动：这些汉人手握兵权是否会对他不利？汉族臣子中是否还会出现李璮这样的人？这次叛乱对忽必烈时期的统治政策和当时的政局产生了深远的影响。李璮之乱后，忽必烈乘机大削汉族世侯们的兵权，杀汉臣王文统，对身边汉族儒臣开始猜忌并逐渐疏远。忽必烈为了弄清楚王文统是如何从李璮处来到他身边的，对赵良弼和商挺都曾产生过怀疑和猜忌[①]，就连谋臣中最受信任的刘秉忠、廉希宪也未能幸免。《平章廉文正王》载：

> 方逆璮未诛，平章赵璧素忌公勋名，倡言王文统一穷措大，由廉某、张易荐，遂至大用，今日岂得不坐。一日夜半，中使召公入，从容道潜邸事，良久及赵言，公曰：“向行驿驻鄂，贾似道以木栅环城，一夕而办。圣谕谓扈从诸臣曰：‘吾安得如似道者用之？’秉

① 《元史》卷159《赵良弼传》载：“蜀人费寅以私憾诬廉希宪、商挺在京兆有异志者九事，以良弼为证。帝召良弼诘问，良弼泣曰：‘二臣忠良，保无是心，愿剖臣心以明之。’帝意不释。会平李璮，得王文统交通书，益有疑二臣意，切责良弼，无所不至，至欲断其舌。良弼誓死不少变，帝意乃解，费寅卒以反诛。”又《商挺传》载：“帝召挺便殿，问曰：‘卿在关中、怀孟，两著治效，而毁言日至，岂同寅有沮卿者耶？抑位高而志怠耶？比年论王文统者甚众，卿独无一言。’挺对曰：‘臣素知文统之为人，尝与赵璧论之，想陛下犹能记也。臣在秦三年，多过，其或从权以应变者有之。若功成以归己，事败分咎于人，臣必不敢，请就戮。’”

忠、易进言：'山东有王文统，才智士也。今为李璮幕僚。'诏问臣，臣对：'亦闻之，其心固未识也。'"上曰："然，朕亦记此。"[①]

尽管廉希宪和刘秉忠并未因此事而受到牵累，但也说明忽必烈对他们并不完全信任。李璮之乱对金莲川藩府文人最大的影响，就是忽必烈态度的转变。李璮之乱前，忽必烈倚重金莲川藩府儒臣，倾向于汉法，专心文治，藩府文人也是雄心勃勃，一心辅佐忽必烈施行汉法，君臣目标是一致的，关系也是和谐融洽的。李璮之乱后，忽必烈对汉臣、汉将的态度发生了变化，从根本上改变了以往全力倚重金莲川旧僚的政策，对莲川藩府文臣也心有所忌。虽然他没有改变以汉法治理汉地的基本方针，但在用人政策和对汉官的任用上却有了更多的保留。至元二年（1265），忽必烈正式下令："以蒙古人充各路达鲁花赤，汉人充总管，回回人充同知，永为定制。"[②] 在不得不利用汉官为其办理具体事务的同时，在各路分派一名蒙古人作为正员予以监察，并配置一名权位相等的回回官员为同知进行防范和牵制。

对于那些曾经参与决策并辅佐他登上汗位，又为新王朝奠定基础的金莲川藩府旧臣，忽必烈是逐渐疏远的。金莲川藩府中的汉族儒士文臣因此开始失望，心灰意冷，他们陷入了深深的苦闷。"这苦闷来自于文化心理的隔膜带来的他们与蒙古贵族之间的互相不能理解"[③]，时政的挫折与失望使他们普遍产生了宦途漂泊之感。许衡无奈地把这种挫折归结到命运和时运上，他在与《窦先生书》中写道：

尝谓天下古今，一治一乱……世谓之治，治非一日之为也，其来有素矣……而世谓之乱，乱非一日之为也，其来有素矣。析而言之，有天焉，有人焉。究而言之，莫非命也。命之所在，时也。时之所向，势也。势不可为，时不可犯，顺而处之，则进退出处、穷达得失，莫非义也。[④]

---

① （元）苏天爵辑撰《元朝名臣事略》卷7，北京：商务印书馆民国25年版。

② （明）宋濂：《元史》卷6《世祖本纪三》，北京：中华书局2006年版，第106页。

③ 查洪德：《理学背景下的元代文论与诗文》，北京：中华书局2005年版，第14~15页。

④ （元）许衡：《鲁斋遗书》卷9，北京图书馆古籍珍本丛刊，影印明万历二十四年刻本。

蒙古帝国已经足够强大，但离治世还有很长的路要走。由于客观情势的阻碍，很多事不是个人所能左右的，正所谓“势不可为，时不可犯”，这种无奈和失望可以说是当时金莲川藩府文人的共同心态。因为“任何一个历史个人（不管其地位多么重要）的心态是他本人及其同时代人所共有的心态”①。由于受到元王朝发展的客观情势的限制，金莲川藩府文人一度的雄心勃勃变成了灰心失望。

又如其《读东门行》诗中所写：

> 贵德德乃显，尚力力为优。二者各有时，天运非人谋。举世皆好义，贫贱固可羞。天下方事强，声誉将何求。人生会此意，出处皆无忧。但恐利欲驱，由非所当由。足蹑虎狼尾，手撩虺蛇头。一触祸患机，相寻遽难休。新闻李侯子，快意复父雠。雄名与英概，一日倾九州。美事固可美，犹当究源流。掘地得深泽，积土为高邱。造端起不平，是果谁之尤。君子慎谋始，责躬重以周。弱德较强力，明知势难侔。驰马走峻坂，中间岂容收。颠越既莫救，岂得乘桴浮。君不见群雀满树急喧啾，隋侯有珠不肯投。一鸦死时一珠碎，得轻失重非良筹。友之直谅仁可辅，药之瞑眩疾易瘳。不知当日谁与乃父为交游?②

诗人同样倾吐了失望与灰心，他无奈地感慨：“弱德较强力，明知势难侔。”这不仅是许衡个人的悲剧，也是金莲川藩府儒臣群体的悲剧，以“隋侯珠”作比，大有不得其时之叹！藩府文人内心受到了前所未有的煎熬，不再对仕途存有奢望。这种挫折造成心理上的压抑感和失落感，使他们向往无功利的世界，追求隐逸生活，也就成情理之中的事了。所以他怅叹道：“何如早还归，山阳坟陇在。平生所愿心，辗转不得遂。十年误同游，回首只多愧。”（《有感二首》其一）③

---

① 〔法〕雅克·勒戈夫、皮埃尔·诺拉主编《史学研究的新问题新方法新对象》，北京：社会科学文献出版社1988年版，第268页。

② （元）许衡：《鲁斋遗书》卷11，北京图书馆古籍珍本丛刊，影印明万历二十四年刻本。

③ （清）顾嗣立编《元诗选》初集（上），北京：中华书局1987年版，第435页。

连刘秉忠这样的重臣也感到君主和臣子之间始终都是有隔膜的。刘秉忠只在写给引致自己出家的僧友颜仲复的诗中才吐露了心曲。因和颜仲复始终保持着纯真的友谊，无论是在春风满座、笑语声声的朋友聚会时，还是在夜雨潇潇、山远水长的梦境中，诗人始终“难忘旧弟兄”，因而，在《遣怀寄颜仲复二首》中他真情流露：

> 名利场中名利儿，寸心徒用恶寻思。人才自有安排处，物理宁无否泰时。纵量倾残一壶酒，畅情吟杀七言诗。诗成酒醉东风晚，月照梨花第一枝。
>
> 朱颜白发任流年，睥睨揶揄置两边。皆醉皆醒人岂尔，一鸣一息物当然。飞腾起处须从地，智力穷时便到天。惟有无生话无尽，何如缄口坐痴禅。①

诗人无奈地感慨：“人才自有安排处，物理宁无否泰时。”可见这个事件的打击对他有多大。他在这次变故面前感到无能为力，“何如缄口坐痴禅”，即闭口不言时政，可见其心情是何等的无奈！在参禅礼佛中忘怀烦恼，可真能忘却吗？如果真能忘却，就不会有“分别是非谁得正，摩挲今古自宜平”（《过天井关》）② 的感怀。诗人只能从古今倏忽、时空虚幻中去寻求安慰，这在刘秉忠的诗词中经常可以见到。

当然，金莲川藩府文人出仕与归隐的矛盾心结，自然也会影响到他们的诗词创作。为了消除精神上的烦恼痛苦，这些身居庙堂之上的金莲川藩府文人找到了一种绝佳的可以保持清操高节，亦能忘怀荣辱得失的方式，即用佛道出世和遁隐的精神解脱自己。孔子曰：“学而优则仕”。文人学有余力就可以出仕从政。从政的目的概括而言有两种，一是为了行道，一是为了干禄，而行道和干禄这两者是相辅相成、互为条件的。要想行道，必须做官从政，取得辅佐帝王的重要位置。正如杜甫诗中所言：“自谓颇挺出，立登要路津。致君尧舜上，再使风俗淳。”（《奉赠韦

---

① （元）刘秉忠：《藏春集》卷3，北京图书馆古籍珍本丛刊，影印明天顺五年刻本。以下刘秉忠的诗词作品，凡出于该版本者，只标注篇名，不再一一注明出处。

② （清）顾嗣立编《元诗选》初集（上），北京：中华书局1987年版，第378页。

左丞丈二十二韵》)[①] 只有占据“要路津”，才能具备“致君尧舜上，再使风俗淳”的条件。而且官位越高，行道的范围与可能性就越大。出仕为官，自然也就获得了俸禄。因而，行道和干禄，一个是精神追求，一个是物质保障，自然是缺一不可。而当文人行道的理想受挫时，除了退出官场之外，还要为心灵寻找一片宁静淡泊的避风港，这是中国士大夫在理想受挫、宦海浮沉、人世沧桑之际的普遍表现。而出入佛道，以自省、内敛的心态和审美趣味，注重内心情感的体验和对平淡闲适生活的追求，可以锤炼出士大夫萧散淡泊、老成达观的心理境界。很多人将退隐作为体验自由、寻求心灵解脱和淡泊澄静的一种生活方式。而且，从文学史的角度来看，易代之初也往往是隐逸文学的兴盛阶段，金末元初的文坛也不例外。在特定的隐逸精神兴盛的社会文化土壤中，藩府文人诗词创作的一个重要内容便是对隐逸情怀的抒写，他们诗词中满是“归去来兮”的吟唱。隐逸精神就成为金莲川藩府文人群体文化内容的重要构成，成为藩府文人士大夫的一种精神取向，也形成了金莲川藩府文学清疏、放旷、淡雅的审美风貌。

他们并非无意于权势富贵而仅仅追求文人生活的雅趣之乐，他们对人生价值的认定依然以政治为归依，只不过是以归隐来逃避现实中的矛盾，希望通过复返自然，在读书、吟诗、作文、田园中营造生命的和谐，以张扬文士的独立品格。正如程颐所说：“是贤人君子不偶于时而高洁自守，不累于世务者也。……不屈道以徇时，既不得施设于天下，则自善其身，尊高敦尚其事，守其志节而已。士之自高尚，亦非一道：有怀抱道德不偶于时，而高洁自守者；有知止足之道，退而自保者；有量能度分，安于不求知者；有清介自守，不屑天下之事，独洁其身者。所处虽有得失小大之殊，皆自高尚其事者也。”[②] 《周易·蛊》之上九爻辞说：“不事王侯，高尚其事。”若不为王侯做事，高尚以自守，那么可以过一种优雅自在的生活。金莲川藩府文人向往宁静的生活，回避或者忽略世俗生活，希望清心且静心、优美且平和，憧憬高雅清净的理想生活境界。他们更多追求的是一种文士的独立品格，是一种个性的张扬。

① （唐）杜甫撰，仇兆鳌详注《杜诗详注》，上海：上海古籍出版社1992年版，第73页。
② 转引自丁寿昌《读易会通》，北京：中国书店1992年版，第282～283页。

一　忧世之作

藩府文人大多经历过蒙古贵族入主中原之时的战争和动乱。当时，中原大部分地区土地荒芜，社会混乱，盗贼横行，人们被迫背井离乡，四处流散。就连那些以往通过读书、科举以仕进为生的儒士也丧失了传统的优越地位，身逢乱世，所受打击尤为严重。他们生活在那个特定的年代，总有一种时代的无力感，忧国忧民，感慨今昔，因而，在他们的诗歌中有许多涉及社会政治、国计民生以及充满激愤和兴亡之感的作品。

如杨果的《登北邙山二首》：

干戈丛里过壬辰，原上累累冢墓新。寒食清明几家哭，问来都是阵亡人。

魏家池馆姚家宅，佳卉而今采作薪。水北水南三二月，旧时多少看花人。①

从诗中可以看到战乱造成的灾难：原野上累累的新墓冢，寒食、清明哭声不绝，一片荒凉衰败的景象。第二首诗是将昔日的繁华与今日的凄凉作对比；本是一片繁华之地，花草繁茂，而如今荒草荆棘遍野；旧时是多么热闹繁华，二三月间水北水南多少看花人，可如今只剩下累累新冢。诗中寓含着无限的悲慨和凄凉，有着深刻的社会现实意义和历史厚重感。

王磐，原为金正大四年（1227）经义进士，后入侍金莲川藩府。“及河南被兵，磐避难，转入淮、襄间。宋荆湖制置司素知其名，辟为议事官。丙申，襄阳兵变，乃北归，至洛西，会杨惟中被旨招集儒士，得磐，深礼遇之，遂寓河内。”② 这是说，他在战乱之中避难，辗转于淮、襄间，在窝阔台汗七年（1235）太子阔端南伐之时，杨惟中在军中求儒者，他才得以北归。这段经历对王磐影响很大。而且他又经历了发生在中统三年（1262）的李璮之乱。对战乱生活，王磐有着很深的感触和体会，因而，他在《巨源相过话旧有感》一诗中真实地记录了他在李璮之

① （清）顾嗣立编《元诗选》二集（上），北京：中华书局 1987 年版，第 174 页。

② （明）宋濂：《元史》卷 160《王磐传》，北京：中华书局 2006 年版，第 3751 页。

乱时的经历：

> 中统三年春二月，变起青齐带吴越。鲸鲵转侧海波翻，城郭横尸野流血。我时辛苦贼中来，兵尘模糊眼不开。妻孥弃捐豺虎口，飞蓬飘转无根荄。天寒日暮齐河县，破驿荒凉绝烟爨。骑行驿马钝如蛙，官吏散地无处唤。与君此地忽相逢，行台郎中气势雄。悯我白头遭丧乱，壮我临难全孤忠。急呼驿吏具鞍马，使我厄路还亨通。明晨相随济南去，出入条侯营垒中。死生契阔不相弃，起居饮食常与同。标山华注日在眼，绵历春草及秋风。四郊斫木桑柘尽，泺源饮马波涛空。凶渠腰领膏野草，始见齐鲁收烟烽。巨源巨源君且坐，我欲高歌君可和。往事回头十五年，犹想离魂招楚些。身逢播越百忧缠，生不成名空老大。我依破砚窃恩荣，君佐雄藩收最课。流萍暂聚不多时，且喜相看颜一破。我衰无力访君难，愿君得暇频相过。①

李璮乃割据山东的汉人军阀，中统三年（1262）二月在益都发动武装叛乱。王磐本来喜爱青州的风土，买田溯河之上，题其居曰“鹿庵”，打算终老于青州。当他察觉到李璮有谋反之意，顾不上带上妻子儿女，便只身一人脱身至济南。当时多亏巨源相助，他才找到一匹驿马，奔赴开平，通过侍臣向忽必烈禀告了李璮谋反之事。李璮之乱平定后，他才携妻子儿女到东平定居。事后十五年再回忆当时的情形，想到当时把妻儿留置在乱兵之中，自己孤身一人逃脱，诗人犹是胆战心惊。这首诗以诗人的亲身经历回顾了李璮之乱这一历史事件，我们从中可以了解到在动荡社会中文人的真实经历，以及诗人关心国家和社会的情怀。

金莲川幕府文人关注时政，回顾历史，常常在盛衰兴亡的对比中昭示历史教训，以古讽今，揭示现实生活中的弊端，以寄寓忧世情怀。他们在对历史遗事、遗迹的凭吊缅怀中提炼人生哲理、抒发自我襟怀，在咏史怀古中注入了深沉的历史感慨。如商挺的《骊山怀古》：

---

① （清）顾嗣立编《元诗选》二集（上），北京：中华书局1987年版，第169～170页。

女色迷人祸更长，千年烽火化温汤。无情一片骊山月，照罢周家又到唐。[①]

这首咏史诗总结周幽王因宠幸褒姒而亡国和唐玄宗因宠幸杨贵妃而酿成战乱的历史教训，体现了传统的“女色亡国论”。褒姒风华绝代，为了博她的千金一笑，周幽王竟玩出一出“烽火戏诸侯”的闹剧，结果招致丧身灭国。而对于唐朝天宝年间的“安史之乱”，诗人自然也视杨贵妃这位绝代佳人为招致王朝衰败、倾覆的祸根，这是“女色亡国论”的又一典型例证。商挺这首咏史诗，依然未能摆脱历代文人墨客中常见的“女色亡国”成说。

宋子贞的《温泉》一诗和商挺的这首咏史诗主题基本相似：

骊山山下水粼粼，曾浴华清第一人。云窦暗通金屋暖，月波常浸玉莲春。应藏褒姒千年火，不洗渔阳万马尘。安得汤盘铭九字，明明盛德日惟新。[②]

这首咏史诗也认同“女色亡国论”。借评价周幽王为了宠幸褒姒烽火戏诸侯而亡国，唐玄宗宠幸杨贵妃于温泉宫享乐，最后招致国家的不幸，以及商汤铭刻“苟日新，日日新，又日新”于盘，提醒统治者要吸取历史教训。

而当他们要表达忧世伤时的情怀时，那些蕴含着浓重兴亡意味的前朝遗迹自然就成了他们的题材选择。如杨果的《洛阳怀古》：

洛阳云树郁崔嵬，落日行人首重回。山势忽从平野断，河声偏傍故宫哀。《五噫》拟逐梁鸿去，六印休惊季子来。惆怅青槐旧时路，年年无数野棠开。[③]

---

① （清）顾嗣立、席世臣编，吴申扬点校《元诗选》癸集，北京：中华书局2001年版，第143页。

② （清）顾嗣立、席世臣编，吴申扬点校《元诗选》癸集，北京：中华书局2001年版，第153页。

③ （清）顾嗣立编《元诗选》二集（上），北京：中华书局1987年版，第173页。

这首诗描写诗人路过洛阳时所见之景致——“云树郁崔嵬”，对于河边的故宫，语气很是平淡。但最后一句“惆怅青槐旧时路，年年无数野棠开”，却在即景抒情中注入了深沉的历史感慨，诗人的极度感伤、浓郁的忧患和深深的悲感尽现纸上。多年的战乱，隐没了昔日的繁华。

又如王磐的《题嵇侍中庙》：“十载家艰恨未消，又持手版仕昏朝。已知定乱功难就，犹幸临危节可要。忠血数斑沾藻火，英名千古迫云霄。一杯欲酹祠前土，野鹤昂藏未易招。”[1] 不仅以儒家道德伦理来评价嵇康，佩服其耿耿忠心，同情其遭遇，而且感慨其生不逢时，没有遇到明主。王磐主持文柄二十多年，其诗“入事遣情，闲逸豪迈，不拘一律”(《内翰王文忠公》)。[2] 他在怀古诗中表达的忧世之情更胜一筹，不仅在其中寄寓了深沉的历史感慨，还善于以历史教训来提醒和警诫当政者。如《昆阳怀古》一诗：

> 行役宛叶间，路入昆阳城。滍水抱城左，荡漾东南溟。川源入四顾，盘互多冈陵。城颓削悬崖，草深恶鸱鸣。嗟尔一抔土，当此百万兵。莽图十九年，聚此天为坑。王者况不死，千骑惊龙腾。汉业兆丰沛，赤符此中兴。创复两不易，山川贲雄名。东南遥相望，盘盘两神京。千年事云散，草木含威灵。野人无所知，城边事春耕。扶犁上废垒，陇亩纵复横。只应怀古士，千古怆余情。[3]

昆阳城乃东汉光武初起兵之时与王莽交战之地。千载悠悠，诗人此时从这里遥望两京，不禁感慨万千：“创复两不易，山川贲雄名”。开国艰难，守业也难，复国更难！诗人在写景怀古中表达了新颖独到的见解。我们从王磐的咏史怀古诗中不仅能读出忧世情怀，更能看到诗人的胸襟抱负与人格理想。

---

① （清）顾嗣立编《元诗选》二集（上），北京：中华书局 1987 年版，第 170 页。

② （元）苏天爵辑撰《元朝名臣事略》卷 12，北京：商务印书馆民国 25 年版。

③ （清）顾嗣立编《元诗选》二集（上），北京：中华书局 1987 年版，第 170 页。

二　咏怀之作

他们的现存诗篇中，较多的是抒情咏怀之作。他们认为，人最珍重的莫过于情，人生而有情，因此其咏怀诗主要体现了对真诚友谊的怀恋与珍重。中国人重义重情，而不少中国文人大半生的光阴在仕宦羁旅中度过，赠答酬唱的机会较多，因而表现友情的诗多在赠答诗与送别诗中体现。

徐世隆在《元诗选》中现存七首诗，其中有三首是写给好友天倪子的。在梦中，他梦到天倪子，和他一起登日观峰。梦中的好友"骨强清似鹤，步健老犹龙。方外无官府，堂中有岱宗。仙闾真福地，杖屦会相从"（《纪梦》）。[①] 送别天倪子时，他又不吝笔墨地赞颂好友的仙风道骨以及世外仙人般的生活："九十行年发未华，道人风骨饱烟霞。洞天福地二千里，神府仙闾第一家。牛膝药灵斟美酝，兔豪盏净啜芳芽。隐居自爱陶弘景，莫作山中宰相夸。"（《送天倪子还泰山》）[②] 自己有了牛膝、鹿茸等珍贵药品，也会想到年迈的天倪子，给他寄去："父居郓府有牛膝，子倅泰山无鹿茸。寄与天倪怜老病，足痿手战更头风。"（《寄天倪子》）[③] 没有惊天动地的大事，而是通过琐琐细细的小事体现了对友情的珍视，更可见徐世隆是个深于情者。

王磐的一首《送尚书柴庄卿出使安南》，则是乐观豁达，胸襟开阔，语调豪迈：

> 单车奉使柴尚书，龙潭虎穴坦如途。丹青明著使外国，不减汉朝张与苏。共山李生有志谋，乐执鞭弭同驰驱。但愿皇恩弥宇宙，不须珍异输天都。[④]

这首诗对柴祯尚书此次出使安南充满了期待与自豪，也真诚地为对方事业的成功而高兴。

---

① （清）顾嗣立编《元诗选》二集（上），北京：中华书局1987年版，第176～177页。
② （清）顾嗣立编《元诗选》二集（上），北京：中华书局1987年版，第177页。
③ （清）顾嗣立编《元诗选》二集（上），北京：中华书局1987年版，第177页。
④ （清）顾嗣立编《元诗选》二集（上），北京：中华书局1987年版，第171页。

又如陈思济的三首赠答诗：

为问张卿自别离，桃花几度发新枝。玄都宫阙连霄汉，故国山川入梦思。雪屋未忘餐豆粥，晴窗曾看理瑶丝。而今发白朱颜改，只有新诗似旧时。（《寄沁州玄都观张汉卿》）

杏桃落尽清明后，姚魏开时谷雨中。为问西湖陈处士，青梅煮酒有谁同？（《寄陈处士》）

旧时行县到金田，曾向禅窗借榻眠。别后小诗聊寄问，龛灯还有几人传。（《寄沁州史长老》）[①]

其诗亲切自然，有如书信，句句仿佛自心中流出。陈思济对朋友毫不掩饰自己的情谊，他的赠答之作真挚感人，读来触怀动情，更体现出一种旷达超迈。

借山水田园咏怀是他们诗歌中最具特色的一类。大自然的一草一木、一山一水，都与人类休戚相关。而一方田园、一片自然风光也都有自己的情趣和韵致。大自然的山山水水也激发着他们的诗情。“盱眙山色势巍然，淮泗波光接远天。好景画图收不得，都将形胜付吟篇。”（王鹗《至盱眙》）[②] 他们往往在山水田园中为心灵寻找一个平淡宁静的避风港，以表现其洒脱闲适的生活追求与萧散淡泊、老成达观的心理特质。如杨果的《村居二首》：

草堂有燕贺新成，沙渚无鸥续旧盟。满径落红风扫静，一渠春碧雨添平。

春波滟滟卷寒漪，长日萧萧静竹扉。村舍蚕催桑叶大，山田鹿食麦苗稀。[③]

又如陈思济的两首诗：

---

① （清）顾嗣立编《元诗选》二集（上），北京：中华书局1987年版，第323～324页。

② （清）顾嗣立、席世臣编，吴申扬点校《元诗选》癸集，北京：中华书局2001年版，第154页。

③ （清）顾嗣立编《元诗选》二集（上），北京：中华书局1987年版，第174页。

风波万顷一官微，羡杀田家豆粥稀。后日秋风冈上去，树腰移榻转斜晖。（《漱石亭和段超宗韵》）

湖上云烟百态新，湖边幽趣属闲身。春风杨子江头路，白首行人又问津。（《移官淮东别杭州》）①

无论是对乡村宁静恬适的风光，还是对湖上、江边美景的描写，都充盈着一种洒脱的情思、一种精神满足与心灵享受。

诗人也往往以山水景物来展示强烈的生命追求，折射出浓郁的情感特质和生命意识，抒写心灵世界与博大深沉的生命情怀。如王磐的《游黄华山》：

林虑著太行，峰峦一都会。晴岚照郛郭，朝日炫金翠。盘盘黄华山，高秀众峰内。万仞青芙蓉，屹立见根蒂。有泉不知源，滂沛落云际。初疑玉虹垂，兼讶银河溃。翻翻雪练飞，汹汹风雷沸。前年会一游，披览恨未细。今兹重经过，适与佳客萃。坐分石上苔，行并林间辔。缅怀雪溪老，远出辽海外。飞声入中华，遂占此山丽。吾家墨灶峰，卑小众所易。婆娑百本松，龙蛇护清闷。烟雨一窗书，作我幽栖地。会看此名山，永无黄华配。江山无大小，玩赏因人贵。嗟我复何人，题诗聊自戏。②

此诗以朴素清淡的白描笔法写出自己的所见所感，温醇闲静、质直古朴、自然清新，而又透出一股洒脱与放旷。“烟雨一窗书，作我幽栖地”，是何等的洒脱！

在许多山水诗中也往往流露出作者的生活情趣、价值选择和人生感悟等。如寇元德的《登岳阳楼》一诗：

城头云气压层楼，城下江声送客舟。天岳一峰青卓玉，洞庭千

---

① （清）顾嗣立编《元诗选》二集（上），北京：中华书局1987年版，第323页。

② （清）顾嗣立编《元诗选》二集（上），北京：中华书局1987年版，第168～169页。

顷远涵秋。繁华今古饶中土，形势东南有此州。我欲浮家凌浩渺，不妨吟钓伴沙鸥。[①]

岳阳楼乃“江南三大楼”之一，它远吞云梦，俯瞰洞庭。《岳阳风土记》载：“岳阳楼，城西门楼也，下瞰洞庭，景物宽阔。”从楼上可观看烟波浩渺、水天一色、气象万千的洞庭湖，而洞庭湖又是“天下壮观，自昔骚人墨客，斗丽搜奇者尤众”（《西清诗话》）[②]。刘勰云：“物色相召，人谁获安?”（《文心雕龙·物色》）登高楼，临湖水，纵目奇丽的山水风物，必然会思绪满怀：或慷慨悲歌，倾吐仕途之坎坷、家国之忧患、人世之苦辛；或豪情奔涌，纵怀古今，沉思宇宙人生；或满腹缠绵，嗟叹离别相思之苦，倾诉无家蓬飘之愁绪。因而，吟咏岳阳楼的佳作名篇层出不穷，唐代大诗人杜甫和孟浩然均有五律。在多如繁星的岳阳楼诗作中，寇元德的《登岳阳楼》一诗自然并不出众，但诗中透出的那份自然、坦荡和洒脱，也不由得让人眼前一亮。“我欲浮家凌浩渺，不妨吟钓伴沙鸥”，非心胸阔达者，不能有此语言。

又如王博文的《登琴台》：

我顷承恩命，驿骑趋尘埃。下马未及歇，径上鸣琴台。周览梁宋郊，荡荡川原开。桑麻蔚无际，衣被遍九垓。地富人又夥，守宰当抡材。翠琰壁间诗，惊是陈节斋。赞美二尹贤，宽明不苛猜。前杨与后马，名可龚黄排。我知节斋意，将欲激后来。岂知此二公，杞梓廊庙材。十年俱峨弁，鹓立白玉阶。不见今数公，前政不久乖。真契尹铎语，茧丝保障哉。我亦常典郡，吏怨民不怀。远不巫宓见，近不高李陪。怀哉成愧叹，日暮空徘徊。[③]

这首诗是诗人路过琴台时看到壁间朋友陈祐的题诗有所感而发。从客观

① （清）厉鹗：《宋诗纪事》卷51，《景印文渊阁四库全书》第1484～1485册，台北：商务印书馆1986年版。

② 陈伯海主编，查清华等编撰《历代唐诗论评选》，保定：河北大学出版社2003年版，第327页。

③ （清）顾嗣立、席世臣编，吴申扬点校《元诗选》癸集，北京：中华书局2001年版，第261～262页。

上来看，这首诗写得不是很好，缺少文采与灵气，没有华美辞藻的润饰，也没有慷慨激昂的语言，不过，诗人明白质实地写眼前景、道胸中情，这一点倒很值得称道。他承命任职，不是仕途得意，缅怀的却是历代清明官吏，并思考如何做一个为民的好官。生逢太平盛世、积极入仕而能有这种忧患意识，实属难能可贵！

王利用，幼颖悟，弱冠与魏初同学，遂齐名，获诸名公交口称誉，[①]只是诗名并不显著，不过，从他的两首山水诗来看，和王博文的风格非常相似：

> 古殿枕清漳，遥冈壮武乡。泉灵通海远，林茂接天长。民爱年年赐，神安世世香。为言贤令尹，时复到岩廊。(《偕刘县尹谒泉润祠》)[②]
>
> 按治浮山又翼城，琳宫借宿梦魂清。空山胜境连仙境，古柏卧声当水声。掾吏不眠忧润泽，宰公有政到疲氓。济时一片丹心了，白发相看话此行。(《宿天圣宫》)[③]

这两首诗不是像一般中国古代的山水诗一样，总是充满了诗人背井离乡、行役征戍以及由此产生的生命漂泊之感和对家园悠长的思念，在山水之中流露出诗人对苦闷现实的无奈，以及对人生的无限渴望，而是充满着对仁政的期待，希望能有一番作为，做一个为民的好官，能让百姓安居乐业，使社会安定。诗人背负着对国家社稷的沉重责任感，有深深的忧患意识，也有真诚的情怀及困惑。

从自然山水的题咏中可以看到诗人精神的寄托和人格的显露。而这些山水田园之作，也形成了金莲川藩府文学清疏、放旷和淡雅一脉的审美风貌。

金莲川藩府文士人数众多，风格也复杂多样。杨果的诗风飘逸洒脱、

---

① （清）邵远平：《元史类编》，扫叶山房藏版。

② （清）顾嗣立、席世臣编，吴申扬点校《元诗选》癸集，北京：中华书局2001年版，第180页。

③ （清）顾嗣立、席世臣编，吴申扬点校《元诗选》癸集，北京：中华书局2001年版，第181页。

清幽静朗，他的诗中常常带着飘逸、闲适的情调。也有不少诗句给人以鲜丽清新之感，如：“月桂不随春共老，池波直与海相通。”（《游裴公亭》）[①]“春波澹澹卷寒漪，长日萧萧静竹扉。”（《村居二首》其二）[②]如行云流水、弹丸脱手，活泼泼地写出了大自然的美，给人以艺术的享受。王磐的诗则呈现温醇闲静、质直古朴的特色，如：“济南七十二名泉，散出坡陀百里川。未似共城祠下水，千窝并出画楼前。”（《百门泉二首》[③]其一）“山中富清境，不暇相周旋。大似山阴客，望门却回船。空怀上方寺，矫首浮云颠。瀑布落晴雪，金灯开夜莲。何当重经过，岩下细留连。”（《崆峪山》）[④]很少有精巧的诗句，很平淡，但如果看整首诗，能读出诗人在平淡中寓含的温醇闲静。徐世隆、陈思济和宋衜的诗歌，意象雄奇苍劲，推崇蕴藉的风致及旷达超迈的北方地域诗风。

先看宋衜的《观出猎二首》：

金鈚染血犬衔毛，倒臂苍鹰掣锦绦。红日下山秋塞阔，齐歌野乐阵云高。

平原马首雁行齐，狡兔深藏鸟不飞。环立传觞人半醉，斜欹貂帽雪中归。[⑤]

宋衜的诗具有北方地域雄峻古朴、悲壮慷慨的审美特色。这两首诗意境雄浑、豪爽、清刚、旷达，气势浑然，人物和环境描写形成了充满审美意趣的整体，明媚的墨彩与浑然的气势巧妙融合，把诗人的奋发意气、豪迈气势以及那种英雄气概全部表现出来。

再看徐世隆的《挽文丞相》：

大元不杀文丞相，君义臣忠两得之。义似汉皇封齿日，忠如蜀将斫颜时。乾坤日月华夷见，海岭风霜草木知。只恐史官编不尽，

① 薛瑞兆、郭明志编纂《全金诗》第4册，天津：南开大学出版社1995年版，第379页。
② 薛瑞兆、郭明志编纂《全金诗》第4册，天津：南开大学出版社1995年版，第379页。
③ 薛瑞兆、郭明志编纂《全金诗》第4册，天津：南开大学出版社1995年版，第511页。
④ 薛瑞兆、郭明志编纂《全金诗》第4册，天津：南开大学出版社1995年版，第510页。
⑤（清）顾嗣立、席世臣编，吴申扬点校《元诗选》癸集，北京：中华书局2001年版，第199页。

老夫和泪写新诗。[①]

中国人自古有重义轻利和重感情、讲义气的传统，推崇侠义之士重然诺、轻生死的豪迈气概，对那些忠君爱国的侠义之士，文人从不吝笔墨。徐世隆在诗中赞颂文天祥那份与天地同在、与宇宙同存的大义大情，以砥砺士节、激励后世的忠义之士，我们从中更能深深感受到诗人对文天祥忠义精神的景仰。所以，该诗自然涌荡着一种怆怏而难怀之美，壮烈而慷慨，使人读后不禁为文天祥的人格气质所震撼！

陈思济，有诗集若干卷，为《秋冈诗集》。他的诗旷达超迈，在这一文人群体的创作中很有特色。如其《送卢处道提刑陕西》诗：

绣衣直指上长安，白简风生吏胆寒。三辅舆情应日望，九秋一鹗上霄抟。吟边嵩华云间供，画里周秦马上看。到后相逢李夫子，谓余白发已阑干。[②]

读之，只觉得诗中有一股气势，那就是旷达而洒脱，没有一般送别诗的依依惜别、万般离情难耐，也并非借山水来抒愤懑，从而拂去游子心头那浓浓的忧伤，而是有一股豪情汹涌。尤其是“九秋一鹗上霄抟”一句，更让人觉得诗人心胸之阔达。

金莲川藩府文人除郝经、刘秉忠之外存留下来的诗作微乎其微，难以见其风采，很是遗憾。他们的诗歌创作毕竟是金末元初北方诗坛的一部分，题材广泛，主题多变。他们关心社会现实，在金元易代之际，面对干戈寥落而忧世伤生，表现出历史使命感和忧患意识。从风格上来看，也复杂多变，有的描写雄奇苍劲的意象，推崇蕴藉风致及旷达超迈的北方地域诗风特色，有的飘逸洒脱、清幽静朗，还有的体现出温醇闲静、质直古朴的诗歌风格。在金末元初文学的大背景下来评价这些儒士的诗歌创作，可以说他们丰富了元初的北方文坛，对元代诗文的繁荣兴盛和风格流派的形成做出了自己的贡献，因此应该对其予以关注。

---

① （清）顾嗣立编《元诗选》二集（上），北京：中华书局1987年版，第176页。

② （清）顾嗣立编《元诗选》二集（上），北京：中华书局1987年版，第323页。

第四章　藩府文人的金莲川情结

蒙哥汗即位，忽必烈以太弟之尊开府金莲川，广延藩府旧臣与四方文学之士，形成了忽必烈金莲川藩府文人集团。金莲川，既是忽必烈经略汉地的开始，是他在藩府文人的辅佐下成就帝王之业的地方，也是藩府文人施展才学、实现治理国家人生目标的地方，因而，藩府文人一直对作为有元一代开国之基的金莲川有着特殊的情结。藩府文人或征战，或扈从，其中虽然不乏旅途的艰辛、环境的险恶，但能在济世安民的事业中成就圆满的道德人格，这使他们难以掩饰地纵情吟唱。我们深刻体会到藩府文人对金莲川特殊的情感，感受到他们的寂寞与欢娱、豪情与热情，以及历史的沧桑感与崇高的生命情感。这是在中国古代文学史上，藩府文人第一次大规模、正面积极地看待并描写北国自然风光与人文景观，是诗歌艺术题材的扩大与发展。因此，忽必烈藩府文人的金莲川情结获得了更加广泛的意义，他们在文学史上的影响也更为深远。

第一节　忽必烈开府金莲川

蒙哥汗二年（1252），忽必烈总领漠南汉地军国事务，从漠北移营至漠南，设置藩府于金莲川。《元史·世祖本纪》载：“岁壬子（1252），帝驻桓（桓州，今内蒙古正蓝旗西）、抚（抚州，今河北张北）间。”苟宗道记：“岁壬子（1252），今上（忽必烈）以皇太弟开府于金莲川。”①

按《金史·地理志》云，桓州曷里浒东川，更名曰金莲川，在滦河上游地区。这是一个空气明净、水草肥美的地方，气候凉爽，有山有水，柳树成荫。《辽史·地理志》记载，金莲山辽时称炭山、陉头，辽圣宗、辽景宗、萧后都曾到此纳凉、秋猎。《口北三厅志·古迹门》载，滦河

① （元）苟宗道：《故翰林侍读学士国信使郝公行状》，载（元）郝经《郝文忠公陵川文集》卷首，北京图书馆古籍珍本丛刊，影印明正德二年李翰刻本。

上游上都河店附近还有“萧后梳妆台”。金莲川也曾是金世宗避暑离宫所在地，“莲者连也，取其金枝王叶相连之义”[①]，有景明宫[②]，因满川盛开金莲，因而得名金莲川。在金人诗文中，有不少对金莲川的具体描绘。如蔡松年的《晚夏驿骑再之凉陉观猎山间往来十有五日因书成诗》：“山回晚宿一川花，剪金裁碧明烟沙。寒乡绝艳自开落，欲慰寂寞无流霞。……陂潮不尽水如天，清波白鸥自在眠。平时朝市手遮日，思把一竿呼钓船。驿骑回时山更好，过雨秋容净如扫。”[③] 一川的鲜花，各色各样，波潮浩荡，白鸥翔集，闲时还可荡舟垂钓，是一个很适合生存的地方。

成吉思汗十四年（1219），全真道士丘处机率弟子李志常等十八人远赴西域觐见成吉思汗。其纪行之作《长春真人西游记》记载了出居庸关以北直到金莲川草原的一段行程：

> 北过抚州，十五日，东北过盖里泊，尽丘垤咸卤地，始见人烟二十余家。南有盐池，迤逦东北去，自此无河，多凿沙井以汲。南北数千里，亦无大山，马行五日，出明昌界，以诗纪实云：“坡陀折叠路弯环，到处盐场死水湾。尽日不逢人过往，经年时有马回还。地无木植惟荒草，天产丘陵没大山。五谷不成资乳酪，皮裘毡帐亦开颜。”又行六七日，忽入大沙陀，其碛有矮榆，大者合抱。东北行千里外，无沙处绝无树木。三月朔，出沙陀，至鱼儿泺，始有人烟聚落，多以耕钓为业。时已清明，春色渺然，凝冰未泮。有诗云：“北陆祁寒自古称，沙陀三月尚凝冰。更寻若士为黄鹄，要识修鲲化大鹏。苏武北迁愁欲死，李陵南望去无凭。我今返学卢敖志，六合穷观最上乘。”三月五日，起之东北，四旁远有人烟，皆黑车白帐，

---

① （元）脱脱等：《金史》，北京：中华书局1975年版，第566页。

② 《金史》卷86《梁襄传》记载，金世宗要在金莲川建宫殿，交付有司具办相关事宜，薛王府掾梁襄上疏极力劝谏：“金莲川在重山之北，地积阴冷，五谷不殖，郡县难建，盖自古极边荒弃之壤也。气候殊异，中夏降霜，一日之间，寒暑交至，特与上京、中都不同，尤非圣躬将摄之所。”虽梁襄极力反对，但由于金莲川气候凉爽、风景迷人，金世宗还是在那儿建了避暑纳凉的行宫——景明宫。

③ （元）元好问：《中州集》卷1，《景印文渊阁四库全书》第1365册，台北：商务印书馆1986年版。

随水草放牧。①

野狐岭主要是以浪形丘和盐碱地为主，居庸关以北是山岭和草原，以南则是中原耕地，以此为界，蒙汉风俗各异。抚州地区人烟稀少，居民凿沙井饮水。金莲川数千里是茫茫无际的草原，蒙古族黑车白帐、饮食乳酪、穿着皮裘、居住毡房的生活习俗与汉族迥异。

元代陈孚的《金莲川》一诗，也对金莲川有形象的描述："茫茫金莲川，日映山色赭。天如碧油幢，万里罩平野。野中何所有，深草卧羊马。昔人建离宫，今存但古瓦。秋风吹白波，犹似哀泪洒。村女采金莲，芳香红满把。岂知步莲人，艳骨掩泉下。人生如蜉蝣，百年无坚者。安得万斛酒，浩歌对花泻。"② 虽是写金代离宫的怅古之作，但从诗中可以看到当时金莲川的风貌：牛羊卧于深草之中，秋风吹动，白波荡漾，那盛开的金莲花不时引来村女采摘，是美丽风景中美丽的点缀。对金莲川的地貌，元周伯琦的《扈从集诗》小注有过详细记载："过了沙岭，则朔漠平川如掌，天气陡凉，风物大不同矣。遂历哈扎尔至什巴尔台，其地多泥淖，以国语名，又名牛群头。其地有驿，有邮亭，有巡检司，阛阓甚盛，居者三千余家，驿路至此相合。而北皆刍牧之地，无树木，遍生地椒、野茴香、葱韭，芳气袭人，草多异，花五色，有名金莲者，绝似荷花而黄尤异。"③ 朔漠平川，野菜、鲜花杂布四野，一川的金莲，风姿瑰丽，娇艳殊绝，赏心悦目，令人心旷神怡，自有与中原不同之风物，确实是一个美丽的地方。

忽必烈藩府文人张德辉奉召北上作《岭北纪行》，记录北上所历诸地及沿途见闻。路过金莲川时他描写道：

由岭而上，则东北行，始见毳幕毡车。逐水草畜牧而已，非复中原之风土也。寻过抚州，惟荒城在焉。北入昌州。居民仅百家，中有廨舍，乃国王所建也，亦有仓廪，隶州之盐司。州之东有盐池，

① （元）李志常著，党宝海译注《长春真人西游记》，石家庄：河北人民出版社 2001 年版，第 27 页。

② （清）顾嗣立编《元诗选》二集（上），北京：中华书局 2002 年版，第 257 页。

③ （清）顾嗣立编《元诗选》初集（下），北京：中华书局 2002 年版，第 1872 页。

> 周广可百里，土人谓之狗泊。以其形似故也。州之北行百余里，有故垒隐然，连亘山谷。垒南有小废城，问之居者云，此前朝所筑堡障也。城有戍者之所居。自堡障行四驿，始入沙陀；际陀所及，无块石寸壤，远而望之，若冈陵丘阜然，既至，则皆积沙也。所宜之木，榆柳而已，又皆樗散而丛生。其水尽盐卤也。凡经六驿而出陀，复西北行一驿，过鱼儿泊。①

诗人经过抚州、昌州、鱼儿泊，途经金莲川草原，对游牧地区的地貌、生活以及路线和行程记录翔实。

金莲川的地理位置非常重要。桓州在金朝时是北部疆域沿边三十八州设兵屯守的要地之一，有榷场，皇帝利用游猎之机巡边、安抚北部边塞。《金史·梁襄传》记载："远幸金莲，至于松漠，名为坐夏打围，实欲服劳讲武。"② 可见其地理位置的重要性。忽必烈设藩邸于金莲川，这正是金莲川藩府的由来。自此，忽必烈利用自己在漠南的地位，凭借更方便的地理位置，在更大范围内广泛地招揽名士、文臣等各种人才。四方人才纷纷而至，使他在治理中原汉地、采用汉法、继承汗位的道路上向前迈进了一大步。随着金莲川藩府的壮大，藩府人才荟萃，忽必烈决定在金莲川建立一座城市，作为经营中原的根据地。"1256 年，他命僧子聪卜地于桓州东、滦水北之龙岗，营建宫城，作为藩府驻节之所在，名为开平府（今内蒙古正兰旗东五十里）。"③《元史》载："帝命秉忠相地于桓州东、滦水北，建城郭于龙冈，三年而毕，名曰开平。继升为上都，而以燕为中都。"④ 元周伯琦《扈从北行记》云，至失八尔图地多泥淖，驿路至此相合，地多异花，有名金莲花者，似荷而黄。至察罕脑儿，犹汉言白海也。历数驿始至桓州。忽必烈让刘秉忠择地而建的开平城，在桓州东、滦水北，北依南屏山，南面便是金帝避暑离宫所在地——美丽的金莲川，东西两面是广阔平坦的草原。元人杨允孚在《滦京杂咏一

---

① （元）王恽：《玉堂嘉话》卷 8，杨晓春点校，北京：中华书局 2006 年版，第 174 ~ 175 页。

② （元）脱脱等：《金史》卷 9，北京：中华书局 1975 年版。

③ 周良霄、顾菊英：《元史》卷 157，上海：上海人民出版社 2003 年版，第 239 页。

④ （明）宋濂：《元史》卷 157《刘秉忠传》，北京：中华书局 2006 年版，第 3693 页。

百首》其三十中写道："圣祖初临建国城，风飞雷动蛰龙惊。月生沧海千山白，日出扶桑万国明。"诗下有小注曰："上京大山，旧传有龙居之。"① 或许是因为有龙居之，所以精通天文、地理、律历以及六壬、遁甲之术的刘秉忠才择地于此，于是杨允孚才有了"风飞雷动蛰龙惊"的浮想。经过三年的修建，开平城建成。忽必烈藩府有了固定之所，此为忽必烈经略汉地、成就帝王之业的基础。《元史·地理志》载："上都路，唐为奚、契丹地。金平契丹，置桓州。元初为扎剌儿部、兀鲁郡王营幕地。宪宗五年，命世祖居其地，为巨镇。明年，世祖命刘秉忠相宅于桓州东、滦水北之龙冈。中统元年，为开平府。五年，以阙庭所在，加号上都，岁一幸焉。"② 中统元年（1260），忽必烈在谋臣侍从的拥护下在此登基，定都于此。1263 年改名为"上都"，人们习惯称之为"上京"或"滦京"。此地成为元代的政治中心之一，就在今内蒙古自治区锡林郭勒盟正蓝旗旗政府所在地敦达浩特镇东北约 20 公里处。

自忽必烈以太弟身份开邸于金莲川，金莲川藩府便成了一个汉族文人聚集的中心。正如郝经《入燕行》所写，"鱼龙万里入都会，澒洞合沓何扰扰"，四方英才纷纷而至。金亡之后，儒士们失去凭依，身处乱世，期待天下一统，亟待一位明主。忽必烈开府金莲川，给了他们一个发挥所学、谋求前程的时机，也促成了一个庞大的藩府谋臣侍从集团的形成。这一时期，有史可考的进入金莲川藩府的儒士主要包括赵良弼、李简、张耕、刘肃、徐世隆、寇元德、董文忠、谢仲温、刘秉恕、陈思济、高逸民、李克忠、商挺、杨惟中、陈纪、杨果、宋衜、董文炳、王恂、许衡、高觿、谭澄、赵弼、王博文、郝经、张礎、周惠等，有杜思敬、同继先、周定甫、贾居贞、王利用等原金源文士谋臣，还有精通儒学的汉族藩府侍卫，如姚天福、崔斌等，以及深受儒学影响、有着很高汉文化造诣的非汉族侍从谋臣，包括蒙古族文人脱脱、秃忽鲁、乃燕、霸突鲁等，以及西域色目文人畏兀儿人孟速思等。

金莲川，是忽必烈和藩府侍从文人共同实现人生理想和目标的地方。在这里，有一代君臣共同的理想：经略汉地，成就帝王之业，制定治国

① （清）顾嗣立编《元诗选》初集（下），北京：中华书局 2002 年版，第 1961 页。
② （明）宋濂：《元史》卷 58《地理志一》，北京：中华书局 2006 年版，第 1350 页。

大策，发挥所学，实现“治国平天下”的目标。因此，忽必烈藩府文人群体一直对金莲川有着特殊的感情，我们称之为“金莲川情结”。其后，元朝实行两都制[①]，开平升为上都，在金莲川可以保留蒙古族的生活习惯。“大率遇夏则就高寒之地，至冬则趋阳暖薪木易得之处以避之。过以往，则今日行而明日留，逐水草，便畜牧而已。”（张德辉《岭北纪行》）[②] 忽必烈大部分时间驻在“龙飞之地”开平（上都），“每年来往于燕京与开平之间，在燕京过冬，在开平度夏，而以位于草原上的开平为主要都城，以燕京为陪都。中央行政机构中书省就设在开平，而在燕京分立行中书省”。[③]

第二节 藩府文人的金莲川情结

金莲川藩府文人在应召途中或进入藩府之后，纷纷题诗或写文来描绘沿途的景物、漠南草原的旖旎风光、游牧民族的特殊风情以及进入藩府的经历；或赠诗鼓励友人入藩，表现出对“治国平天下”人生理想的热情向往；或者流露出积极的用世之意和为国效力的热切愿望，以及关心民生疾苦的忧患意识等。

一 入侍藩府的欣喜与兴奋

藩府文人对能够入仕忽必烈潜邸，能够辅助忽必烈行汉法、以汉法治理中原地区，从而改变中原汉地久不得治以及百姓流离失所的现状，感到欣喜。那种难以抑制的立国安民、建功立业的兴奋之情从文字中能够读出来。

郝经接受忽必烈藩府的征聘，在去金莲川的途中，欣喜与兴奋之情

① 中统四年（1263），升开平府为上都。五年（1264），燕京改名为中都。两都制初具雏形。1267 年，忽必烈命刘秉忠在金中都的东北新建都城。至元八年（1271），忽必烈听取刘秉忠的建议，取《易经》“大哉乾元，万物资始，乃统天”之意，建国号为“大元”。作为上都宫廷建筑标志的万安阁也于此年建成。至元九年（1272），改中都为大都。至元二十年（1283），大都基本修建完成。至元二十二年（1285），官衙与居民大举迁入大都新城。至此，以大都为冬都、以上都为夏都的两都制度正式形成。

② 李修生主编《全元文》第 22 册，南京：江苏古籍出版社 1998 年版，第 292 页。

③ 陈高华、史卫民：《元大都上都研究》，北京：中国人民大学出版社 2010 年版，第 158 页。

难以抑制，他写下了《入燕行》一诗：

南风绿尽燕南草，一桁青山翠如扫。骊珠昼擘沧海门，王气夜塞居庸道。鱼龙万里入都会，澒洞合沓何扰扰。黄金台边布衣客，拊髀激叹肝胆裂。尘埃满面人不识，肮脏偃蹇虹蜺结。九原唤起燕太子，一樽快与浇明月。英雄岂以成败论，千古志士推奇节。荆卿虽云事不就，气压咸阳与俱灭。何如石晋割燕云，呼人作父为人臣。偷生一时快一己，遂使王气南北分。天王几度作降虏，祸乱衮衮开其源。谁能倒挽析津水，与洗当时晋人耻。昆仑直上寻田畴，漠漠丹霄跨箕尾。

诗的开篇便气势不凡，突然横出，造成了一种飞动的气势。郝经对忽必烈的知遇之恩非常感激，所以他把忽必烈比作战国时期能礼贤下士的燕太子丹，自比为千古志士荆轲，要以死酬答知遇之恩。他庆幸自己能有机会施展才华，能为天下苍生做点儿事，治平之功有机会实现。“鱼龙万里入都会，澒洞合沓何扰扰”，鱼跃龙门应该是诗人对各种人才纷纷进入忽必烈藩府的比况。整首诗洋溢着一股不可遏抑的兴奋与豪情，雄浑浩大之气毕现，可谓豪情汹涌、气势冲天！这的确是郝经才力和气魄的展现。

文士李庭没有正式进入金莲川藩府，当杨奂参议京兆宣抚司事时，他曾辅助过杨奂一段时日。他对进入藩府的朋友杨奂、张德辉和道士萧辅道均有诗相赠。如他的《送杨焕然赴秦中兼简》一诗：

已为鲈鱼早退休，未容野水寄孤舟。衣冠北渡无多子，词赋东原第一流。天护汉储留角里，人瞻秦府是瀛洲。花时烂赏龙池罢，因过清门觅故侯。①

蒙哥汗二年（1252），忽必烈派人征召杨奂入藩。《元史·杨奂传》载：

① （元）李庭：《寓庵集》卷 2，《续修四库全书》第 1322 册，上海：上海古籍出版社 2002 年版。

“壬子，世祖在潜邸，驿召奂参议京兆宣抚司事，累上书，得请而归。”[①] 又据元好问为杨奂撰写的《神道碑》载，“壬子九月，王府驿召入关”。杨奂在忽必烈王府居留了一段时日，因年老请辞，于蒙哥汗三年（1253）正月自金莲川藩府归乡。杨奂参议京兆宣抚司事时，延请到一批才学之士，当时杨奂所在的京兆府，真可谓人才济济，其中就包括关陇名士李庭。在这首诗中，李庭不仅表达了对杨奂博学与才智的钦服，而且对杨奂的延请也满怀感激之情。

李庭写给太一道大师萧辅道[②]的诗，既歌颂了萧辅道的天人之仙姿，又从字里行间吐露出依依惜别之情。如《送萧炼师公弼赴北庭之召二首》其一：“谁使蒲轮下九天，希夷政自日高眠。白云来信能留住，青海情知也有缘。今代中原犹汗马，古人遗戒若烹鲜。冲风万里龙沙雪，珍重囊书上细毡。”[③] 诗人推想萧辅道此去可以领略到塞北朔漠风光，应感洒脱而新奇，但万里风沙，还是要多多珍重。对好友张德辉去漠北入侍藩府一事，他也是欣喜万分且无比自豪：“旌车走遍太行东，晚得嘉宾自幕中。莫比草茅参国论，已从橐籥补天工。四时葱岭书年雪，六月松林解愠风。久识天孙机上石，更休擎下斗牛宫。”（《送张耀卿北上》）[④] 忽必烈藩府征召张德辉如刘备三顾茅庐请诸葛亮出山，张德辉能发挥所学，有用于当时，实现人生理想，体现人生价值，也堪称橐籥之工了。诗篇气魄宏大，以饱含激情的笔墨传达出对好友入藩的自豪之感。

许衡在两位好友窦默和姚枢入侍藩府时都写诗送行。从写给两位好友的送行诗可看出，他对窦默和姚枢的应召是采取积极支持态度的。如他写给窦默的《赠窦先生行二首》：

西山山下觅幽村，水竹邻居拟卜君。岂意天书下白屋，便收行

① （明）宋濂：《元史》卷153，北京：中华书局2006年版，第3622页。

② （元）萧辅道（1191～1252），是太一道的四代祖“中和”，字公弼，号东瀛子，卫州（今河南卫辉）人，是为萧抱珍的再从孙。《新元史》记载：“世祖在潜邸闻其名，命史天泽召至和林，赐对称旨，留居宫邸。”曾入侍忽必烈潜邸。

③ （元）李庭：《寓庵集》卷2，《续修四库全书》第1322册，上海：上海古籍出版社2002年版。

④ （元）李庭：《寓庵集》卷2，《续修四库全书》第1322册，上海：上海古籍出版社2002年版。

李入青云。功名准自英贤立，得失防因去就分。万里风沙渺南北，请归消息几时闻。

莫厌风沙老不禁，斯民久已渴商霖。愿推往古明伦学，用沃吾君济世心。甫治看将变长治，呻吟亦复化讴吟。千年际会真难得，好要先生着意深。①

许衡和窦默交往已久，他在大名府收徒讲学之时就常与窦默相与讲习。面对好友窦默的应聘，他大力支持，希望窦默不要错过这千载难逢的机会一展才华。"莫厌风沙老不禁"，因为百姓早就盼望有一个太平盛世，他希望窦默此去能"推往古明伦学"，以便"用沃吾君济世心"。这说明许衡从心里是接受和认可忽必烈这位君主的，希望好友能抓住这千载难逢的机遇而大有一番作为。次年，另外一好友姚枢由窦默推荐也入侍忽必烈潜邸。许衡对姚枢此次应召也是充满了喜悦，他希望姚枢此去能有所作为，为天下苍生谋求福利。他写给姚枢的《送姚敬斋》诗说：

凛凛姚敬斋，风节天下奇。……责善善无遗，辅仁仁克推。仁善既皆有，受福将自期。我来歌吉祥，真情寄荒诗。一祈仁政苏民疲，一祈善政赒民饥。丰功伟绩镌长碑，千年万年，感激人心无了时。②

许衡出身于农家，又生于乱世，为避兵乱，长期过着流离颠沛的生活。他深知乱世中百姓之痛，尤其是战乱时期农民更是处于水深火热之中，苦楚无处诉说。他深知下层百姓生活之苦，非常希望能有一个清平盛世、太平社会，让百姓过上幸福日子。他知道好友姚枢有治理政事的才能，遇到忽必烈这样一位贤明君主，自然能施展才华、有一番作为，能帮助忽必烈施行仁政，救济天下百姓，即"仁政苏民疲"，"善政赒民饥"。

二 金莲川情结

金莲川藩府文人在应召入仕途中或在藩府中，用诗词文章描绘沿途

① （元）许衡：《鲁斋遗书》卷11，北京图书馆古籍珍本丛刊，影印明万历二十四年刻本。

② （元）许衡：《鲁斋遗书》卷11，北京图书馆古籍珍本丛刊，影印明万历二十四年刻本。

的景物，以及金莲川地区游牧民族的风俗民情。这类诗文往往洋溢着壮气勃发的豪健之气，而且非常具有地域和民族特色。其中，刘秉忠和郝经吟咏金莲川的诗篇较多。

郝经有强烈的入仕欲望，对忽必烈的征召很是兴奋。他也有很强烈的创作欲望，在谒见忽必烈之初、北行途中、留任金莲川藩府、往来南北之时，亲闻亲历了各样的民俗风情。春夏秋冬四季的风景，朔漠、草原、高山、峻岭等都给他提供了文学创作的素材，激发了他的创作欲望。他写有《界墙雪》、《沙陀行》、《居庸行》、《北岭行》、《怀来醉歌》、《化城行》、《古长城吟》、《鸡鸣山行》、《白山行》、《铁堠行》、《居庸关铭》等诗。这些诗歌不仅数量多，内涵丰富，艺术地展现了北国的风光与风情，而且在继承唐代边塞诗优秀传统的基础上又有新的发展。如《北岭行》：

> 中原南北限两岭，野狐高出大庾顶。举头冠日尾插坤，横亘一脊缭绝境。五台南望如培塿，下视九州在深井。上有太古老死冰，沙埋土食光炯炯。盘磴滑硬草无根，枯石摩天堕生矿。南人上来不敢前，扑面欲倒风色猛。坡陀白骨与山齐，惨淡万里杀气冷。岭北乾坤士马雄，雪满弓刀霜满颈。稀星如杯斗直上，太白似月人有影。寄语汉家守城将，莫向沙场浪驰骋。

奇崛豪健，有唐李贺边塞诗之风。诗篇开头以想象与夸张的手法描写野狐岭，“举头冠日尾插坤，横亘一脊缭绝境”，一派纵横万里、包举宇内之气势。之后以太古老冰，扑面欲倒的猛风、霜雪，摩天枯石等塞外特有的风光，突出空间的广袤与景物的奇崛，使诗歌呈现出雄阔壮伟、大气磅礴之美。郝经笔下的景物不是以清丽秀美取胜，而是以雄浑博大见长。他常常以饱含激情的想象夸张，使诗歌充满浓厚的浪漫气息，这足以展现他广博的胸怀和热情豪迈的性格。他的这类诗歌不仅写景奇崛，更突出的特征是多借景咏史、寓意深刻。如《居庸行》一诗：

> 惊风吹沙暮天黄，死焰燎日横天狼。巉巉铁穴六十里，塞口一喷来冰霜。导骑局脊衔尾前，毡车轣辘半侧箱。弹筝峡道水复冻，

居庸关头是羊肠。横拉恒代西太行，倒卷渤海东扶桑。幽都却在南口南，截断北陆万古疆。当时金源帝中华，建瓴形势临八方。谁知末年乱纪纲，不使崇庆如明昌。阴山火起飞蛰龙，背负斗极开洪荒。直将尺棰定天下，匹马到处皆吾疆。百年一债老虎走，室怒市色还猖狂。遽令逆血洒玉殿，六宫饮泣无天王。清夷门折黑风吼，贼臣一夜掣锁降。北王淀里骨成山，官军城上不敢望。更献监牧四十万，举国南渡尤仓皇。中原无人不足取，高歌曳落归帝乡。但留一旅时往来，不过数岁终灭亡。潼关不守国无民，便作龟兹能久长。汴梁无用筑子城，试看昌州三道墙。

诗人在北行途中看到形势险恶的居庸关，触景生情，对金朝灭亡之事不免感慨万千。想当年，金朝在中原势临八方，可蒙古大军南下，攻城陷地，势如破竹，几乎如入无人之境一般，以至于认为“中原无人不足取”。当时金朝赖以凭借的长城，面对凶猛的蒙古铁骑丝毫无用，金人举国南渡，抛弃国都和百姓，是何等仓皇。最后诗人总结道：“汴梁无用筑子城，试看昌州三道墙。”这个历史教训无比深刻。在开平城南边和北边，均有时人称之为“界墙”的金长城。据郝经《界墙雪》诗前注：“昌州北，金人所筑界墙也。”这种界墙，也称边墙，本来是金朝修筑的用以防御蒙古军队的，此时尽管金朝的界墙依然存在，不过此时已成为一个普通的遗迹。郝经在《界墙雪》中写道：

阴风簸长岭，坤倪忽轩豁。嶙蠢生铁云，黯淡死灰发。初来杂沙石，硬颗倾碎雹。旋转迸玉屑，一喷势愈恶。劲发万弩齐，激去掣箭凿。委积皆重搭，背左著点剟。遒紧不暇飞，滚滚互团捁。蟠空冻相粘，连绵浑欲阁。漫天都一片，奚计席与箔。何处觅界墙，人间无海岳。顾盼已数尺，气偃惊骇愕。慄慄寒作威，棱棱痛如斫。模糊半垂面，酸楚欲折脚。我马不得前，我仆指已落。重茧顿觉轻，透骨江纸薄。挟纩殆儿戏，丰貂亦纤弱。向晚耦陡黑，阴云肆饕虐。横空怒潮头，压地塌天角。平拉老鼠山，倒卷鸳鸯泺。刀槊走柔然，金鼓鏖卫霍。竟夜遽呼号，乾坤碎磨错。车从谷口没，人在冰底罨。黎明递相寻，堆阜各挑拔。还闻顿足歌，弯弧尽欣跃。正好射黄羊，何须待消铄。长啸蹴踏去，天沙荡寥廓。声绕霹雳弦，查牙竞禽缚。平地深虎阱，更不用矰缴。沥血嚼紫肝，流澌饮红酪。雪盛马尤肥，皇天助幽朔。资赋不畏寒，自得生处乐。可笑嬴秦初，更叹金源末。直将一抔土，欲把万里遏。隐墙日避冷，手弄不龟药。救死恐未能，奚暇更守捉。况乃天道北，斗极重旋斡。黑雪是长安，飞洒过汴洛。突兀无与强，万古入阴壑。为告党家儿，惟当守盟约。君看销金帐，岂是疆戎索。

笔墨浓重而洗练，奔腾跳跃，奇崛豪迈。那壮阔而雄奇的雪景，不是亲身经历，是决计写不出的。阴风怒吼，风雪杂着沙石，漫天一片，岂是席与箔所能形容的？这雄奇壮观的意境，让人长久地回味遐思。而旅途中的人呢？"慄慄寒作威，棱棱痛如斫。模糊半垂面，酸楚欲拆脚。"风雪中出行确实艰难，脸如被刀割一样疼，写出真实体验。这和前面所描写的风雪相呼应，突出环境的险恶。但就是在这样险恶的环境中，游牧民族骑兵依然豪放和勇敢顽强，诗人对此的描写十分鲜明、生动。生长于辽阔草原的少数民族骑兵，自幼就受到牧猎骑射风气的熏染，豪饮驰骋，有不畏严寒的天赋。在这样的环境中他们还一派乐观，"沥血嚼紫肝，流澌饮红酪"，"还闻顿足歌，弯弧尽欣跃。正好射黄羊，何须待消铄。长啸蹴踏去，天沙荡寥廓"，这几句将他们豪放勇悍的个性刻画得淋漓尽致，具有浓郁的塞外生活气息。诗人并没有停留在景物的描写与人物的刻画上，而是笔锋一转，转到对史事的抒发："可笑嬴秦初，更叹金源末。直将一抔土，欲把万里遏。"这样顽强勇猛的骑兵，岂是长城和界墙所能阻挡的？笔墨中充满了历史沧桑之感。

郝经的这类诗歌并非全都是豪情汹涌、在壮阔而雄奇的意境中去感受历史沧桑的，还有一些诗表现了塞北温婉秀丽的一面。如《怀来醉歌》："胡姬蟠头脸如玉，一撒青金腰线绿。当门举酒唤客尝，俊入双眸耸秋鹘。白云乱卷宾铁文，腊香一喷红染唇。据鞍侧鞚半淋鬣，春风满面不肯嗔。系马门前折残柳，玉液和林送官酒。二十五弦装百宝，一派冰泉落纤手。须臾高歌半酡颜，貂裘泼尽不觉寒。谁道雪花大如席，举鞭已过鸡鸣山。"诗中西域少数民族的当垆女子淳朴而富有风情，和中原女子不同。

金莲川附近的开平城，主要是由刘秉忠负责营建的，他对金莲川有着特殊的感情。从入侍忽必烈潜邸起，刘秉忠一直就是忽必烈潜邸的重要谋臣，元立国之后，又一直跟随在忽必烈身边，忽必烈两都巡幸，他都随行，因而，对金莲川他更存有特殊的感情。他有不少诗作都描绘了金莲川的风光，现存的有《过界墙》、《清明后一日过怀来》、《马上七夕二首》、《闻笳》、《四月望日途中大风》、《过居庸关》、《过也乎岭》、《过天井关》、《寓桓州》、《桓抚道中》、《桓州寄乡中友人》、《云内道中》、《大碛》、《关外感秋二首》、《和林道中》和《宿河西沙陀》等。浩瀚无垠的塞外风光，游牧民族的特殊风情，使刘秉忠吟咏金莲川的诗歌不同于他的诗词常有的清雅之风，而是有一股豪放之气蕴含其中。如以下两诗：

云冷风高天井关，太行岭上看河湾。九州占绝中原地，一壍拦回左界山。王霸分争图未卷，英雄鏖战血犹殷。华阳春草年年绿，汗马南来不放闲。(《过天井关》)

一夜阴云风鞞开，岭头凝望动吟怀。烟分雪阜相高下，日出毡车竞往来。天定更无人可胜，智衰还有力能排。中原保障长安道，西北天高控九垓。(《过也乎岭》)

意境雄浑壮阔，语言刚健有力，所描写的是一派旷远、浑朴浓郁的游牧风光和自然景观的雄奇伟迹，构成了苍茫古劲的意境，如此奇景壮语，的确不是刘秉忠一贯的清雅特色，而是以清劲为主。这类诗歌如果放在郝经的诗章之中，恐怕也难分辨。

不过，刘秉忠的这类诗歌与郝经的桀骜奇崛、豪情汹涌还是有区别的，他多是在清雅中蕴含着豪放之气。清雅与宏大相结合，可以谓之为清健。他常以疏淡的笔墨来抒发豪迈乐观的情感，自然、萧散、豪放、洒脱、清刚。如：

居庸春色限燕台，山杏凝寒花未开。驿马萧萧云日晚，一川风雨过怀来。(《清明后一日过怀来》)

地老天荒雪亦苍，车头轧轧转羊肠。短衣蓬鬓沙陀路，一岁三

番过界墙。(《过界墙》)

刘秉忠在追随忽必烈的三十多年中，足迹几乎遍及漠北、漠南的草原，沿途所见的那些自然风光，使诗人为之折腰。在他的笔下，有驿马，有春色，有清秀风景，也有艰难险恶的一面。在地老天荒、白雪苍苍的羊肠路上，诗人短衣蓬鬓地奔波，一岁三番过界墙，可依然掩抑不住胸中的那股豪情。

刘秉忠也抒写旅途中的乡思乡愁。在《桓抚道中》中，诗人惆怅满怀："老烟苍色北风寒，驿马趋程不敢闲。一寸丹心尘土里，两年尘迹抚桓间。晓看太白配残月，暮送孤云还故山。要趁新春贺正去，鬅头能不愧朝班。"驿马兼程之中，看着那太白星与一弯残月，不禁勾起诗人家山北望的愁思。他也曾"梦回枕上闻归雁，雨霁城中见远山"(《寓桓州》)。自然，刘秉忠对民生疾苦亦不能忘怀。途中，当他看到漫川砂石、土地枯干、入夏仍无雨露，人马在路途中屡屡陷于饥渴时，他不禁慨叹："安得司春生物诀，桑田也似海东湾。"(《大碛》)

三 歌咏金莲川

作为藩府文人，他们不惜笔墨歌咏金莲川，充满对刚刚建立的元朝的自豪感，歌功颂德，还有身为忽必烈藩府儒臣的欣慰。郝经在《虎文龙马赋》中写道："万里一息，建业兴王，吸绝江流，瞰视武昌。朝楚暮燕，载会衣裳，新宫法驾，金莲正香。飞龙在天，遂却走马，和銮雍雍，垂拱而治天下。"这是开平新宫初建时，对忽必烈的事业正处于上升时期的那种豪壮奋发时代精神的抒写。诗人对自己所处的时代及统治者怀着一种自豪感激的心情予以讴歌赞美。他在《开平新宫五十韵》中首先热情地歌颂蒙古兵纵横天下、统一北方的功绩："日月旋天盖，星辰合斗枢。光腾掌内铁，气绕泽中蒲。金帛羞重赐，弓刀奋一呼。真人翔灞上，天马出余吾。尺棰初开辟，群雄竞走趋。无劳为更举，乘胜即长驱。蹴踏千年雪，骁腾万里驹。长城冲忽断，弱水饮先枯。"然后笔锋一转，"治平须化日，杀伐岂良图"，说杀伐不是真正的治平之策，应该实行仁政。接着极力铺陈开平新宫的宏大与忽必烈开府以来广泛征引人才的盛况："欲成仁义俗，先定帝王都。畿甸临中国，河山拥奥区。燕云雄地势，辽碣壮天衢。峻岭蟠沙碛，重门限扼狐。侵淫冠带近，参错土风殊。翠拥和龙柳，黄飞盛乐榆。岐山鸣鷟鷟，冀野牧驹駼。风入松杉劲，霜涵水草腴。穹庐罢迁徙，区脱省勤劬。阶土遵尧典，卑宫协禹谟。既能避风雨，何用饰金朱。栋宇雄新造，城隍屹力扶。建瓴增壮观，定鼎见规模。五让登皇极，群生赐大酺。还闻却走马，即见弛威弧。简策询前代，弓旌聘老儒。恢弘回一气，徼幸绝多途。雷雨施庞泽，乾坤洗旧污。直为提赤子，遂使出洪炉。”驰骋笔墨，铺写开平新宫所处的优越地理位置，以及豪华的都城与宏伟的气象，热情歌颂忽必烈广纳贤才的开明之举，并建议忽必烈早立宏图大略，登上帝位，开创一代盛世伟业。如此，才会使百姓安居乐业。诗篇意气风发，通过浓墨重彩的挥洒，倾泻诗人致力于大一统事业的热情。这种热情，只有事业正处于上升时期的人才会有，是豪壮奋发精神的体现。开平城新宫建成之后，作为藩府儒臣，心情之欣喜与兴奋自然可见，他是以超凡之笔墨铺排描绘开平新宫。

忽必烈藩府文人在应召途中或进入藩府之后，以诗文表达了他们对入侍藩府以实现“治国平天下”人生理想的热情向往、为国效力的愿望、歌功颂德的自豪感和关心民生疾苦的忧患意识等。通过这些注入了诗人生命情感的诗文，我们深刻体会到藩府文人对作为有元一代开国之基的金莲川有着特殊的情感，即金莲川情结，感受到他们的寂寞与欢娱、豪情与细腻、历史的沧桑感与生命的热情，以及一代忧国忧民又出于道义的知识分子的良知。在中国古代文学史上，藩府文人第一次大规模、正面且积极地看待并描写北国自然风光，体现出诗歌艺术题材的扩大与发展。

正因为忽必烈藩府文人对金莲川有着特殊的情结，金莲川又是元世祖忽必烈的“龙飞之地”，因而，元上都在元代一直有着极为特殊的政治地位。忽必烈在耗费巨大的人力、物力建造大都的同时，依然保留了上都（元人诗文中又习惯称为“上京”或“滦京”）的统治中心地位，形成了元代独具特色的“两都制”统治格局。自辽金开始，草原游牧民族即有巡幸制度，“契丹族的四时纳钵制和女真族的巡幸制度，都对元朝两都巡幸制的形成有影响”。元朝统治者为了保留蒙古民族的生活习俗，确立了两都制，“它渊源于草原游牧经济，是与草原游牧民的生活方式相适应的"[①]。虽然出于统治中原和施行汉法的需要，大都的建制规模和行政机构设置均远超上都，从政治、经济、军事、文化等各个主要方面而言，上都所起的作用都无法与大都相比，上都仅作为陪都或行都，但元上都在元代极为特殊的政治作用和元代开国君臣对它特殊的感情也是不能忽略的。因而，忽必烈藩府文人的金莲川情结获得了更加广泛的意义，其影响也更为深远。

第三节　元代文人歌咏金莲川

中统四年（1263）五月，开平城正式升为上都。中统五年（1264），燕京改称中都，而后改为大都，至此"天子时巡上京，则宰执大臣，下至百司庶府，各以其职分官扈从"[②] 的两都制确立。两都巡幸制度是以大都为冬都，上都为夏都，元代皇帝，"每年四月，迤北草青，则驾幸上都以避暑，颁赐于其宗戚，马亦就水草。八月，草将枯，则驾回大都"[③]。"元代帝王兼具蒙古大汗与中原君王的双重性格，留驻大都是确定自己的权力及于中原领土，而归返上京，则是保持其对蒙古帝国的统治。"[④] 因此，元朝历代皇帝基本沿袭了两都巡幸制，每年三四月从大都出发到上都，八九月返回大都，有半年的时间在上都。且皇帝巡幸，"列圣相承，遵为典常，文武百司，扈从惟谨"，[⑤]"后宫诸闱、宗藩戚畹、宰执从僚、百司庶府，皆扈从以行"[⑥]。元统治者每年都举行大规模的巡幸，一路上"车盖连诸郡，衣冠接两都"[⑦]，场面真可谓壮观浩大。大多数文臣通过扈从皇帝的机会来到上都。

---

① 叶新民：《两都巡幸制与上都的宫廷生活》，载《元上都研究》，呼和浩特：内蒙古大学出版社 1998 年版，第 37 ~ 54 页。

② （元）黄溍：《上都翰林国史院题名记》，王颋点校《黄溍全集》上册，天津：天津古籍出版社 2008 年版，第 289 页。

③ （明）叶子奇：《草木子》，北京：中华书局 1959 年版，第 64 页。

④ 魏坚：《元上都——永保着巨大文明的废墟》，《吉林大学社会科学学报》2005 年第 11 期。

⑤ （元）虞集：《上都留守贺惠愍公庙碑》，载《道园学古录》卷 13，四部丛刊本。

⑥ （元）王袆：《上京大宴诗序》，《全元文》第 55 册，南京：凤凰出版社 2004 年版，第 292 页。

⑦ （元）傅若金：《送苏伯修侍郎分部扈跸》，（元）苏天爵：《滋溪文稿》附录三《赠答题咏》，北京：中华书局 1997 年版，第 571 页。

在上都期间，元朝皇帝与蒙古诸王藩戚保持联络，“昭等威，均福合，庆君臣之欢，通上下之情者也”。[①] 在上都举行诈马宴，颁赐蒙古诸王，并举行蒙古族传统的祭天、祭祖、忽里台大会、狩猎等活动。元上都的这些活动不仅使蒙古皇帝保持了本族传统，还有一层意义，即拉拢、震慑各部的蒙古诸王，以稳定全局。正如萧启庆所说：“忽必烈立国中原后，对各汗国宗主权的象征意义大于实质意义，但为保持其在蒙古世界中之统治合法性，忽必烈及其子孙不能仅以中国的‘皇帝’自居，立法施政必须自蒙古‘大汗’的观点着眼。”[②] 因此，元上都具有特殊的政治地位。“严格地说，元代的上都和大都，至少在政治上是同等重要的，并没有正陪主次之分。因皇帝岁时巡幸，上都和大都应该是迭为政治中心或留都的。”[③]

作为夏都，元上都的儒学教育机构也很发达，从忽必烈朝起就建立了相应的规模。至元八年（1271），忽必烈下诏成立蒙古国子学，二十四年（1287）又下令“设国子监，立国学监官”。[④] 成宗大德六年（1302），在上都设国子分学，并在上都孔庙西面建国子生庐舍，给跟从皇帝前来上都的国子生用。“诸生入宿卫者，岁从幸上都，丞相哈剌哈孙始命（尚）野分学于上都，以教诸生，仍铸印给之，上都分学自（尚）野始。”[⑤] 虞集、柳贯、陈旅、危素、吴师道、周伯琦、苏天爵、欧阳玄、程端学、辛传鼎、罗叔亨、薛汉、熊太古等著名文士都有过在上都担任国子助教的经历。“国子助教岁从幸，分学上都，佩国子学印，给驲骑公车。学正或学录一人，伴读四人：其一人兼学仪，一人兼典籍，一人兼典书，一人兼管句。弟子员或宿卫，或从父兄，无定数。”[⑥] 自成宗大德六年元上都国子分学建立始，每年皇帝巡幸上都，许多国子生和国

① （元）王恽：《大元故关西军储大使吕公神道碑铭》，《秋涧先生大全文集》卷57，四部丛刊本。

② 萧启庆：《元朝的统一与统合：以汉地、江南为中心》，载《元朝史新论》，台北：允晨文化实业公司1999年版，第17~18页。

③ 李治安：《元代上都分省考述》，载《文史》第60辑，北京：中华书局2002年版，第43页。

④ （明）宋濂：《元史》卷14《世祖本纪十一》，北京：中华书局1976年版，第294页。

⑤ （明）宋濂：《元史》卷164《尚野传》，北京：中华书局1976年版，第3861页。

⑥ （元）危素：《国子监分学题名记》，《危太朴文集》卷2，四部丛刊本。

子助教会随行来到上都国子分学。如此众多著名文士作为国子助教来上都，且大批国子生扈从，大都的儒学教育和文化随之兴盛。

另外，元代天下一统，车书混一。“灭夏金，平南宋，结束晚唐以来四百年的纷扰与对峙的局面，建立第一个兼统漠北、汉地和江南的帝国，‘索虏’‘岛夷’遂定于一尊……使元代中国成为一个前所未有、多姿多彩的社会。”① 元代到上都干谒游历者颇多，众多文臣、文人、儒生参与到元代特有的上都文化活动和文学创作中，促成了上都文化的繁荣。

从忽必烈在金莲川设置幕府，1260 年忽必烈在开平即汗位，中统四年（1263）五月升开平为上都，直到至正二十八年（1368）元朝灭亡，金莲川的文化文学活动一直非常活跃。金莲川藩府文人群体开启了上都文学，金莲川情结——元上都情结影响着元代的士大夫文人。主要是因为：第一，金莲川藩府文人群体辅佐元世祖忽必烈开创了山河一统的强大帝国，取得了实现四海混一的卓越功绩，他们继承了治国平天下的儒家思想，也希望能被君主擢拔使用，以实现自己的抱负。元上都一直是元代文人士子的心中圣地，从忽必烈潜邸文人开始，元代文人多是念兹在兹。第二，从忽必烈开府金莲川到上都被明军攻陷，百年间元上都是漠南草原地区最繁华的城市。它不仅在忽必烈夺取皇权的斗争中产生过巨大的作用，而且在其后的历史发展进程中也产生了持续的巨大影响。从元成宗即位到元文宗夺权，皆与元上都有着密切的联系。自元世祖起，元朝有六位皇帝在上都即位。元上都这种政治上的特殊性是其他城市所没有的。上都一直与大都是互为补充的两个都城，它见证了那个时代积极进取的精神、开放宽容的心态以及辉煌灿烂的文化。第三，在元上都与元大都并立的两都制统治格局中，每当元朝皇帝临幸上都，上至宰执大臣，下至百司庶府，都各以其职分官扈从。这些学士文人北上之后目睹异域风情，自然会欣然高歌。元上都也是元代文人士子们的聚集地，他们染翰挥墨描写自己所见到的上京风景。在元朝灭亡两年之后，1370 年，顺帝创作了《怀念两都之歌》，他这样描述上都：

夏季避暑的我的开平上都，

① 萧启庆：《元代史新探》，台北：新文丰出版公司 1983 年版，序言第 1 页。

我的美丽的沙拉塔拉，
未纳拉哈、伊巴呼二人之言，乃我应受的报应。
把神明所建的竹宫，
把忽必烈薛禅可汗避暑的开平上都，
统统失陷于汉家之众；
……把巡幸过夏的开平上都，
遗误而失陷于汉家之众；
流亡之恶名，加诸乌哈噶图可汗了。
把可汗国主经营的大国威仪，
把灵妙薛禅可汗所造的可爱的大都，
把普天之下供奉的锅撑宝藏之城，
尽皆攻陷于汉家之众……①

诗里满是顺帝对大元帝国的追思和怀念。

在一百多年中，众多元代文臣、文坛精英扈从帝王巡幸两都。每年的扈从人员“皆国族、大臣，及环卫有执事者”，对于汉族文臣而言，有的“仕至白首，或终身不能至其地也”②。初期，能成为巡幸两都扈从的多是在朝中地位较高的北方文臣，而地位较低的南方文臣，扈从上都的机会极为渺茫。不过，随着元朝科举制推行，一批南方文人通过科举登上政坛，成为翰苑文臣，他们也有机会扈从上都，从而成为上都文学活动的核心成员。如元文宗在位期间，开奎章阁，建学士院，延揽名儒，讲授儒学，撰《经世大典》，壮大了文臣的队伍。很多翰苑文臣一生扈从多次，如虞集，曾任国子助教、翰林编修、翰林直学士、经筵官、奎章阁侍书学士，一生扈从数十次。像虞集这样的文臣有很多，诸如张之翰、阎复、刘敏中、程钜夫、元明善、张养浩、潘景梁、李之绍、冯子振、黄溍、柳贯、胡助、廼贤、王祎、吴全节、周伯琦、袁桷、贡奎等，他们共同缔造了元上都文学的繁盛。他们在元上都的文学活动及相关文学成果，在元代文学史上意义重大。

---

① 朱风、贾敬颜译《汉译蒙古黄金史纲》，呼和浩特：内蒙古人民出版社 2006 年版，第 48～50 页。

② （元）马祖常：《上都翰林分院记》，《石田文集》卷 8，四部丛刊本。

元初期活跃在上都文坛的大多是北方文人，他们多数生长于北方草原民族契丹、女真人统治区内，对居庸关以北的两都景观乃至丰富的草原文化比较熟悉，作品更多体现了对入仕朝廷的欣喜和自豪感。

如王恽（1226～1304），字仲谋，号秋涧，卫州汲县（今河南卫辉）人。中统二年（1261）以中书省详定官扈从随驾开平。在此期间，作有三卷本《中堂事记》的直省日记，记他中统二年初至三年九月间在开平直省的经历。《中堂事记》内容丰富，王恽自序云："及阅故书，得当时直省日录，观其与诸贤聚精会神于一堂之上，所以开太平之基，播无疆之休者，班班可见。因略为修饰，题之曰《中堂事记》……异时有索野史，求史官中舍之所遗逸者，不无一得于斯焉。"[①] 总之，所记时政、两京间之交通，以及典章制度、风土人物，均可补史阙，也为元代及后世了解上都提供了较为翔实的记述。

在扈从随驾途中，王恽作有《隆福行宫》诗三首、词作《木兰花慢·居庸怀古》、《木兰花慢·帐居庸北口》等两都纪行诗词。如其诗《观光》四首：

严森弓剑拱重围，荡荡高空日月辉。先帝老臣今有几，瞻依恒敕近天威。

三秋迎驾走居庸，一道青山返照红。新店到都才九十，坐车乘马两笼东。

抱关休讶去翩翩，霜满征衣月满鞍。只为冕旒初未拜，至今眠食未能安。

红云现处拜瑶亭，皂盖归时午夜行。半醉喜乘欢劝酒，居庸关下听鸡声。[②]

这四首诗的描写，场面壮阔，车马浩浩。扈从人员虽一路辛苦劳顿，但仍然难以掩抑内心的喜悦和兴奋。

中统二年（1261）六月十四日，刘秉忠与史天泽会于开平行馆，参

① 新文丰出版公司编辑部编《元人文集珍本丛刊》第2册，台北：新文丰出版公司1985年影印本，第359页。

② （元）王恽：《秋涧先生大全集》卷32，四部丛刊本。

加宴集的还有杨果、刘秉忠、王恽等僚友，王恽作有《上太保刘公诗》。

王恽在上都期间创作了不少诗歌，除了《上太保刘公诗》之外，还有《闻诏》、《开平晚归（七月一日授翰职）》、《朝谒柳林行宫二诗并叙》、《开平夏日言怀》、《中秋吟》等，或纪事，或抒怀。如《中秋吟》：

> 二年中秋客滦阳，滦江陆海天中央。秋风吹空一万里，谁复斫桂增清光。平分秋气无少陂，但觉霜露非寻常。玉绳灭没澹鳷鹊，众宿何有争光芒。烟霄幸附应时翼，佳节共下今霄堂。凤池鸣佩有余暇，白兔捣药秋正香。故人携酒喜见过，慰我久客同一觞。谪仙杯杓思浩浩，芙蓉城阙天茫茫。眼中宾主侯与宋，胡床更对墙东王。九迁初不羡时贵，一醉径入无何乡。人生相逢贵适意，浮世聚散真参商。当时少陵客，爱国心遑遑。夜深饮散卧不寐，醉听金钥锵仓琅。夜如何其夜未艾，披衣颠倒寻封章。只今潦倒百事废，感叹岁月徒悲伤。书来索诗叙往事，盛集难再须揄扬。兴来追作固狂斐，念君久要曾不忘。郑重西楼花上月，金波重约醉秋凉。①

正值中秋佳节良辰，在异乡异土，诗人油然而生一种游子思乡怀亲之感和羁旅孤独凄然的伤感。

元中后期是上都文学活动的兴盛期，创作者以南方文人为主。在世祖朝派程钜夫到江南访贤，仁宗朝开始推行科举，文宗朝建奎章阁等大的文化政策和举措的引导和激发下，南方文人或出于寻求政治出路，或出于观风观礼，或出于仰慕名流等心态，纷纷游历两都。因此，从英宗朝到顺帝朝，元上都迎来了元朝有史以来最为壮观的游历文人队伍，出现了以南方文人为主的上都文人。这改变了之前以北方文人为主导的局面，也创造了元上都文学的辉煌。在上都，南方文人创作最多，南方扈从文臣，如虞集、周伯琦、胡助、张昱、杨允孚等创作了大量作品，辑为十余部诗集；南方游历文人，如迺贤、涂颖、韩与玉等人的文学作品，规模也颇壮观。再者，南方文人在心理和情感上对一直处于文化中心的北方地域也很向往，他们对草原文化也充满新奇感、兴奋感，对自己能

① （元）王恽：《秋涧先生大全集》卷12，四部丛刊本。

够生逢大元一统之盛世颇为自豪。因此，他们到了元上都自然感觉非同一般，这激发了他们的创作热情，活跃了元上都的文学活动。可以说，南北方文人共同创造了上都文学活动的繁荣。

受忽必烈潜邸文人金莲川情结的影响，在元代诗史上出现了大量以雄浑壮阔的草原帝都——上都（上京）为歌咏内容的诗篇，作者有郝经、刘秉忠、王恽、张养浩、王沂、张翥、袁桷、虞集、黄溍、柳贯、陈孚、柯九思、胡助、杨允孚、马祖常、萨都剌、廼贤等数十人。今存诗集有：袁桷《开平第一集》、《开平第二集》、《开平第三集》、《开平第四集》，即“开平四集”，分别收诗23、42、62、100首，总计227首；柳贯《上京纪行诗》，收诗40首；胡助《上京纪行诗》，收诗50首，今存46首；周伯琦《扈从诗》，收诗34首；许有壬《文过集》，收诗120首，今存59首；杨允浮《滦京杂咏》，收诗108首；张昱《辇下曲》，收诗102首。另有部分散佚的《上京纪行诗》总集1部，具体收诗数目不详，今存30余首。正如揭傒斯所说：“自天历、至顺，当天下文明之运，春秋扈从之臣，涵陶德化，苟能文词者，莫不抽情抒思，形之歌咏。”[①] 在这样高涨的创作热情下，上都文学活动兴盛也是一种必然。这在元诗史甚至整个中国诗史上都是一个非常独特的现象。这些作品不仅为后人留下了关于上都宫廷生活弥足珍贵的历史资料，可补史实之阙，是追忆上都的鲜活文本，而且在艺术上风格独特，描写壮观雄大，充分显示出元诗特有的异质因素，给人以耳目一新之感。他们在元上都的文学活动成果，在元代文学史上可谓意义重大。

上都不仅文学活动形式多样，而且文学创作内容丰富、题材多样、文体众多。除诗歌外，词曲赋、序跋、碑铭、祭文、纪行文与笔记等也有相当数量，大部分分散于总集、别集中。据粗略统计，刘秉忠、刘敏中、王恽、程钜夫等有词作20多首。他们还将上都特有的事物如天马、“琼芽”饮、诈马宴等作为主要歌咏对象，主要是应制、应答之作。数量居多的是天马赋。弗朗国进献天马，在上都引起极大轰动，这在元朝是一次重大的外国使节朝见元天子事件。元廷君主即令画工为图，揭傒斯等翰院大臣作赋，其他大臣也纷纷附和。今存元代歌咏天马的赋文有

① （元）揭傒斯：《跋上京纪行诗》，载（元）胡助《纯白斋类稿》卷末，丛书集成初编本。

10多篇，而在上都进献天马时所作的有5篇。

在短小精悍的笔记中，除了王恽的《中堂事记》，杨瑀的《山居新语》记录了上都风俗、自然景观、文人活动、朝廷政变、宋恭帝妃殉节、顺帝朝丞相伯颜在上都剿灭燕帖木儿手下将领的传闻等。熊太古的《冀越集记》卷下记述了蒙古族传说、上都动植物的稀有物种、开平路等。孔齐的《至正直记》对上都义雁、巡幸上都、开平建城等都有记录。这些笔记丰富了上都文学作品的内容和风格，可与诗文等作品互相补充。纪行文和笔记之类还有严光大的《祈请使行程记》、刘佶的《北巡私记》以及马可波罗的《马可波罗行记》等，都是在上都生活期间作者对自己见闻的描写。

伴随着丰硕的上都文学活动成果的出现，为诗集、作品题咏序跋的也多了起来。如吴师道、贡师泰、虞集等为黄溍《上京纪行诗十二首》组诗题跋，虞集、吕思诚、王士熙、陈旅、柳贯、吴师道、苏天爵、宋濂等为胡助的诗集《上京纪行诗》题跋，揭傒斯、王沂、欧阳玄、谢端、许有孚等为许有壬的《文过集》题跋，欧阳玄、贾祥麟、王逢等为周伯琦的《扈从集》题跋。另外，还有罗大巳为杨允孚的《滦京杂咏》作的跋、王士熙为袁桷《开平第四集》所作《奉题开平百首诗后》，泰不华于至正九年夏至日在白野泰不华观的持志斋为好友合鲁易之《金台集》所作的跋等。同时也有不少为作品写序的，如袁桷《戏题开平四集》、柳贯《上京纪行诗序》、胡助《上京纪行诗序》、周伯琦《扈从集》前后序，张昱《辇下曲》序、许有壬《文过集序》、金幼孜《滦京百咏集序》等。

上都文学活动的繁荣也体现在文人们唱和以及竞诗作赋上，其中以王继学所作《上都竹枝词十首》的唱和活动影响最大。英宗至治元年(1321)，江浙人集贤直学士袁桷，东平人翰林待制王继学，翰林学士李伯宗，都事陈景仁、潘景梁、李彦方等一同扈从上都，并积极地进行唱和雅集活动。今所存袁桷与李伯宗的唱和之作有《伯宗再次韵复叙旧》3首、《和伯宗诗》等，与李彦方的唱和之作有《李陵台次韵李彦方应奉》4首、《再次韵答李彦方》；王士熙与李伯宗的唱和之作有《上京次李学士韵》4首；袁桷与王继学的唱和之作有《次韵继学途中竹枝词》10首、《次韵继学竹枝宛转词》10首；王继学又将已作寄给正在大都的好友马祖常，又有《和王左司竹枝词十首》等。

总之，在作为元朝开国之基的元上都，在忽必烈藩府文人群体金莲川情结的影响之下，出现了中国文学史上以北方草原文化为中心的文化和文学活动的辉煌。

第五章　刘秉忠的诗歌创作

在金末元初的文坛，刘秉忠是一位特色独具的文人。虽然他为忽必烈手下的重要谋臣，但又始终“斋居蔬食，终日淡然”（《元史·刘秉忠传》）。顾嗣立《元诗选》小传称其“以佐命元臣，寄情吟咏，其风致殊可想也”。[①]《元诗选》录其诗三首，评价在耶律楚材之上。张文谦说，其“诗章乐府，又皆脍炙人口”（《故光禄大夫太保赠太傅仪同三司谥文贞刘公行状》）[②]。查洪德先生也对他的文学成就作了精辟的论述：“刘秉忠诗文词曲兼擅。由于文章留存不多，我们无法根据现存作品评价其成就和价值，但诗和词作都有相当数量，可以肯定地说，在元代诗史上，其成就是不可忽视的，并且具有他自己的个性特色。”[③] 确实，刘秉忠以他独特的魅力赢得了后世的瞩目。

第一节　刘秉忠与邢州学派

刘秉忠作为有元一代唯一位居三公的汉族名臣，尽管许多事迹史无明载，但还是赢得了后人的敬仰。在明代具有传奇色彩的僧人姚广孝撰《春日谒刘太保墓作》云：“芳时登垅谒藏春，兵后松楸化断薪。云暗平原眠石兽，雨荒深隧泣山神。残碑藓蚀文章旧，异代人传姓氏新。华表不存归鹤怨，几多行客泪沾巾。”[④] 他对刘秉忠非常之钦敬。

徐世隆所撰《祭太保刘公文》对刘秉忠一生的功业做了总结：

> 数精皇极，祸福能决，谁其似之，邵君康节。诗咏高逸，方外神游，谁其似之，碧云汤休。字画清劲，笔中法具，谁其似之，黄

---

① （清）顾嗣立编《元诗选》初集（上），北京：中华书局1987年版，第373页。

② （元）刘秉忠：《藏春集》卷6附录，北京图书馆古籍珍本丛刊，影印明天顺五年刻本。

③ 查洪德：《刘秉忠文学成就综论》，《文学遗产》2006年第4期，第107页。

④ （清）于敏中等编纂《日下旧闻考》，北京：北京古籍出版社1981年版，第656页。

山文孺。扈从王师，柔服哀牢，公于是时，蜀之韦皋。堂上出奇，鄂江飞渡，公于是时，晋之杜预。天王既尊，山人自晦，公于是时，唐之李泌。相宅卜宫，两都并雄，公于是时，周之召公。中统建元，宣抚十道，多举名儒，视草其诏。至元入省，命赞万机，暂决大议，力辞以归。上亦知公，不屑细务，止解中书，仍居保傅。官制未定，公图列之，朝仪未肃，公奏阅之。方其弘化，仪刑万方，天遽夺之，今也则亡。生平少疾，迟明歌唱，开户视之，掩书长往。天子震悼，朝臣涕洟，下至行路，靡不哀思。[①]

刘秉忠侍从忽必烈三十多年，不管是远征还是两都巡幸，他都随行，忽必烈对他非常信任。《元史·后妃传》载，四怯薛官奏割京城外近地牧马，忽必烈已经批准。察必皇后想谏止，先故意谴责太保刘秉忠："汝汉人聪明者，言则帝听，汝何为不谏？向初到定都时，若以地牧马则可，今军蘸俱分业已定，夺之可乎？"[②] 连皇后进谏都要借重于他，可见忽必烈对他的意见确实到了言听计从的程度。刘秉忠学贯释、道、儒，天文、地理、律历、佛经无所不通，尤其精于《易》及邵氏《星极经世书》，刘秉忠关于元代两都的营建布局均可证明他精通阴阳术数和符瑞卜筑。"世皇尝以钱币问太保刘文贞公秉忠。公曰：'钱用于阳，楮用于阴。华夏阳明之区，沙漠幽阴之域。今陛下龙兴朔漠，君临中夏，宜用楮币，俾子孙世守之。若用钱，四海且将不靖。'遂绝不用钱，追武宗，颇用之。不久辄罢。此虽术数谶纬之学，然验之于今，果如所言。"[③] 元朝确实通用纸币钞钱。刘秉忠在阴阳术数方面对忽必烈影响很大。《元史·李俊民传》载："时之知数者，无出刘秉忠之右。"他死后，世祖嗟悼不已，谓群臣曰："秉忠事朕三十余年，小心慎密，不避险难，事有可否，言无隐情。又其阴阳术数，占事知来，若合符契，惟朕知之，他人莫得与闻也。"[④] 李槃所作《太保刘秉忠赠谥制》说：

① （元）刘秉忠：《藏春集》卷6附录，北京图书馆古籍珍本丛刊，影印明天顺五年刻本。

② （明）宋濂：《元史》卷114《后妃传一》，北京：中华书局2006年版，第2871页。

③ （元）陶南邨：《辍耕录》（上），上海：泰东图书局1922年版，第30～31页。

④ （元）王磐：《神道碑铭》，（元）刘秉忠：《藏春集》卷6附录，北京图书馆古籍珍本丛刊，影印明天顺五年刻本。

刘秉忠学窥天人，识贯今古。邃冲而有守，安静而无华。昔侍潜藩，稔闻高论。适当三接之际，恳上万言之书。盖将举天下而措诸安，以戒为人主者果于毅。朕嗣服而伊始，卿尽力以居多。盖得卿实契于朕心，而独朕悉知于卿意。事皆有验，人匪他求。周旋三十年不避其难，剀切数百奏各中其理。共成庶政，方图任于旧人；谁谓昊天，不憖遗于一老。兴言及此，何日忘之？[①]

刘秉忠对元初政治体制、典章制度的奠定发挥了重大作用，功业卓著，名重一代。除在政坛声名赫赫外，刘秉忠诗、乐、书、画俱善，很多诗词作品都脍炙人口。他的书法效法颜真卿。“观其笔法若不作意，故飘逸如此，绝似长沙素《苔矶静钓》等帖……岂性与艺习而相近然邪？”（《跋藏春刘公东亭等帖》）[②] 他在元初文坛是一位颇具特色的人物。阎复在《藏春集序》中评论说：

太傅文贞公，学参天人，思周变通。早慕空寂，脱弃世务。一旦遭际圣主，运应风云，契同鱼水，有若留侯规画以兴汉业，召公相宅以营都邑，叔孙奉常绵蕝以定朝仪。陆贾诗书之语，贾生仁义之说，当云霾草昧之世，天开地辟，赞成文明之治。其谥曰文，不亦宜乎！至于裁云镂月之章，阳春白雪之曲，在公乃为余事。[③]

刘秉忠不以诗文创作为主，诗词文章是闲暇消遣之事。“裁云镂月之章，阳春白雪之曲，在公乃为余事”，指他并非刻意为之，诗词主要是抒写个人的胸襟怀抱，表达自己的志趣追求，应酬之作很少。他的诗“大都平正通达，无噍杀之音”。[④] 他的诗如一片灵光，流走贯注，其中饱含着他对人生的体验和对社会人事独特、敏锐的感受。顾嗣立评价说：“史称其

---

① （元）苏天爵编《元文类》卷11，北京：商务印书馆民国25年版。

② （明）刘昌编《中州名贤文表》卷28，《文津阁四库全书》，北京：商务印书馆2005年版。

③ （元）刘秉忠：《藏春集》卷6附录，北京图书馆古籍珍本丛刊，影印明天顺五年刻本。

④ （清）纪昀等：《钦定四库全书总目》，北京：中华书局1997年版，第2201页。

诗萧散闲澹，类其为人。盖以佐命元臣，寄情吟咏，其风致殊可想也。”[①] 杨镰在《元诗史》中对刘秉忠的诗歌给予了充分肯定，说他是“元初北方诗坛的有代表性的诗人之一”。[②]

刘秉忠和藩府中邢州籍文士关系非常密切，这些人多数是经他推荐而进入忽必烈藩府的。其中有他的胞弟刘秉恕，还有同窗好友张文谦、张易，学生王恂、赵秉温等。

我们先看一下邢州的概貌。邢州，位于燕赵大地，正是中原农耕文化和北方草原文化交接之处。自古戎狄就生活在太行山中北部地区，并逐渐向太行山东麓发展，而邢州恰恰处在太行山中北部山区的东麓，其西、北两面与戎狄居住地接壤。唐嘉弘先生说，在古代历史上，邢州处于一个相当重要的民族走廊的地位，是草原文化和农业文化的融汇地区，带有交接点和通道性质[③]。邢州地区历来与北方游牧民族聚居地毗邻，北方游牧民族要南下中原，这里是主要通道，故有胡汉杂糅之说。北魏末年，有二十万鲜卑兵迁到冀北、定州一带。唐安史之乱后又有突厥、奚、契丹等族战士在河北落户。盘踞幽州的安禄山是九姓胡人，史思明是突厥人。北宋时期，南北对峙，也主要在燕赵境内。之后，邢州又长期处在辽金统治之下。北方强大的游牧民族常常通过这里与中原地区保持着不同形式的联系，中原文化与北方游牧民族文化在这里交流、碰撞、融合。因而，邢州地区具有典型的燕赵地域文化特质：胡汉杂糅，勇武任侠；慷慨悲歌，民风质朴。再者，邢台古邑，文化悠久，商祖乙和后赵两度在此建都，历代均为名城重镇。

蒙古贵族入主中原之初，华北地区土地荒芜、社会混乱、盗贼横行，人们被迫背井离乡，四处迁移，位于华北地区的邢州等地长期处于大动乱之中。邢州在金朝承平时期，居民不下十万户，但到了窝阔台汗七年(1235)，窝阔台下诏统计中原户口时，仅剩一万五千户。蒙哥汗元年(1251)，在设置邢州安抚司之前，邢州九县已是千里萧条，即便在邢州郡城之中，也只剩百余户。“皆以土塞门，穴地而入，望马尘则匿之丛薄

---

① (清)顾嗣立编《元诗选》初集(上)，北京：中华书局1987年版，第373页。

② 杨镰：《元诗史》，北京：人民文学出版社2003年版，第259~260页。

③ 唐嘉弘：《邢州历史文化刍议：邢州历史文化论丛》，石家庄：河北人民出版社1990年版，第179页。

间矣，过后而敢出。为官吏者，亦昼伏夜出，以理牒诉，人谓之鬼衙，甚者或弃印而去。”[①] 可见，战争的破坏非常严重。

因长期受北方少数民族尚武精神的影响，燕赵之地颇慕古风，任侠勇武，多慷慨悲歌之士，诞生了一代又一代的千古风流人物，为天下人士所追怀、叹惋。清陈维崧路过这里，触景而歌，大发慷慨之声：“残酒忆荆高，燕赵悲歌事未休。忆昨车声寒易水，今朝，慷慨还过豫让桥。”（《南乡子・邢州道上作》）[②] 昨日的风声、水响犹在耳畔，当时的英风壮采、豪骨侠气尤使人振奋。

刘秉忠自幼受任侠勇武的燕赵古风熏染，又成长于民族走廊地区，形成了豪爽、洒脱与处事果敢的性格。正如梁启超先生所说，“燕赵多慷慨悲歌之士……长城饮马，河梁携手，北人之气概也”（《中国地理大势论》）。[③]

邢州长期处于辽、金、蒙古的统治之下，邢州学派中人从祖上起就长期生活在辽金统治下，而且多在辽金和元朝时为官。刘秉忠，“其先瑞州（治今辽宁绥中）人也，世仕辽，为官族，曾大父仕金，为邢州节度副使，因家焉，故自大父泽而下，遂为邢人”[④]。因其曾祖父在邢州为官，其家族遂举家从辽宁迁到邢州落户，成为邢州籍人。刘秉忠年幼时，邢州已处于蒙古人的统治之下，蒙古人在邢州建立了都元帅府，其父刘润“为都统……历巨鹿、内丘两县提领”[⑤]。刘秉忠被邢州节度使赏识，从十七岁到二十三岁一直担任邢州节度府令史。张文谦之父张英曾入邢州都元帅府任军资库使，同刘秉忠的父亲刘润一起共事。中山唐县人王恂的父亲王良，“金末为中山府椽”。

邢州为民族走廊地区，又长期处于辽金的统治之下，“辽金以来，以宋为正朔的观念在北方淡漠已久”[⑥]，即以汉族为正统的观念相对淡化。

---

① （元）宋子贞：《改邢州为顺德府记》，《古今图书集成》卷 117，北京：中华书局 1949 年影印本。

② 转引自艾治平《清词论说》，上海：学林出版社 1999 年版，第 260 页。

③ 梁启超著，夏晓虹编校《中国现代学术经典・梁启超卷》，石家庄：河北教育出版社 1996 年版，第 707 页。

④ （明）宋濂：《元史》卷 157《刘秉忠传》，北京：中华书局 2006 年版，第 3687 页。

⑤ （明）宋濂：《元史》卷 157《刘秉忠传》，北京：中华书局 2006 年版，第 3687 页。

⑥ 白寿彝总主编，陈得芝主编《中国通史》第 8 卷，上海：上海人民出版社 2015 年版，第 981 页。

在邢州地区，现实政治活动常常冲破了传统的夷夏观念，他们并不认为异族入主中原不是正统，因而容易接受蒙古人的统治。“如果从辽朝立国算起，已有三百年不是汉族封建王朝的统治区了……在这样一个现实基础上生活的北方汉族地主阶段知识分子，往往又不囿于华夏为正统思想来决定他们政治上的适从。换言之，他们最重视的不在于做皇帝的人是少数民族（即所谓夷）还是汉族（夏），而是能否采用‘汉法’，重用儒士。”[①] 在颇有慷慨任侠之气、为人质朴豪爽的邢州学派文士心目中，忽必烈是英明之主，和汉族有为之君没有什么区别。

刘秉忠曾在紫金山学习、讲学。紫金山位于河北邢台、武安和山西左权两省三县交界处，山体雄浑，沟壑纵横，溪河四溢，景色如画，环境幽静，远离尘嚣。从自然环境来说，紫金山是学习的理想场所。再者，紫金山位于邢州西太行山深处，是金元之际统治势力达不到的地方。而且距紫金山不远的路罗川、浆水川，土地肥沃，水源充足，适合农耕，具有优越的自然条件，因而成为当时邢州人避难的场所。史载：“时刘秉忠、张文谦、张易、王恂同学于州紫金山。”[②] 又清光绪时《畿辅通志》云：“紫金山，在县（邢台）西一百四十里，元刘秉忠、张文谦、张易、王恂尝同学于此。”[③]（道光）《邢台县志》卷一《山川》云：“紫金山，在庄儿角东南三里，五峰高峙，巅有古庙。元刘秉忠、张文谦、张易、王恂读书处。”（光绪）《畿辅通志》和（道光）《邢台县志》均未记载郭守敬就学于紫金山，而齐履谦《知太史院事郭公行状》云：“公讳守敬，字若思，……祖荣，通五经，精于算术，水利。时刘秉忠、张文谦诸人同学于紫金山，其（大）父荣使守敬往从学焉。”[④]《知太史院事郭公行状》和《元史·郭守敬传》都说郭守敬祖父郭荣让孙子跟着刘秉忠在紫金山学习。从以上记载来看，刘秉忠、张文谦、张易、王恂、郭守敬五人都在紫金山学习，郭守敬是刘秉忠的学生，二人是师生关系，而刘秉忠、张文谦、张易、王恂是同学，同时求学于紫金山。苏天爵《太史王

① 白纲：《论郝经的政治倾向》，《中国史研究》1985 年第 4 期，第 101 ~ 115 页。

② （明）宋濂：《元史》卷 164《郭守敬传》，北京：中华书局 2006 年版，第 3845 页。

③ （清）李鸿章等：（光绪）《畿辅通志》卷 64《舆地略·山川》，北京：商务印书馆民国 23 年版。又据（道光）《邢台县志》卷 1《山川》：“紫金山，在庄儿角东南三里，五峰高峙，巅有古庙。元刘秉忠、张文谦、张易、王恂读书处。”

④ 李修生主编《全元文》第 21 册，南京：江苏古籍出版社 1998 年版，第 753 页。

文肃公》引王恂的墓志材料说："岁己酉，太保刘公自邢北上，取道中山，方求一时之俊，召公与语，贤其才，欲为大就之。逮其南辕，载之来邢，复居磁之紫金山，劝为性理之学，公感太保之意，振迅奋厉，所业大进。"[①] 又《元史·王恂传》记载："岁己酉，太保刘秉忠北上，途经中山，见而奇之，及南还，从秉忠学于磁之紫金山。"[②] 从这两则材料可以看到，刘秉忠很欣赏王恂的才华，所以才收他为学生[③]。《元史·王恂传》和《元朝名臣事略·太史王文肃公》记载，刘秉忠北上初见王恂在"岁己酉"。刘秉忠的父亲病故后，他于1247年春回邢州奔父丧，6月回到邢州。1248年冬，忽必烈召刘秉忠回漠北。1249年初，刘秉忠北上途中经中山，见到王恂，认为王恂是可造之才，而忽必烈召回刘秉忠的目的就是让他进一步搜访人才。他又南下，把王恂带回紫金山进行培养。只是《元史·王恂传》把邢州紫金山误写为"磁之紫金山"了。王恂从刘秉忠学习时间并不长，刘秉忠就又返回漠北了。郭守敬师从刘秉忠，也应当是在此期间。

刘秉忠与其他邢州学派文人张文谦、张易、王恂、赵秉温等关系密切，私交很好。在元人商挺编的刘秉忠的诗文集《藏春集》中，收录了刘秉忠赠张易的诗词六首，可以看到刘秉忠与张易交情很深，可谓肝胆相照、心心相印。1253年秋，刘秉忠在《六盘会仲一饮》中盛赞张易学究礼乐诗书，诗中写道："青云自笑误归期，回首关山满别离。礼乐诗书君负苦，东西南北我成痴。碧梧一叶秋风起，银竹千林春雨垂。塞下相逢一杯酒，贵倾肝胆略无疑。"坦露了他与张易非同一般的情谊。其后，在《途中寄张平章仲一》中写道："惟君胸次明如镜，照我区区两鬓班。"诗中说张易胸怀坦荡，这是刘秉忠对他最高的评价。虽然同在忽必烈藩府，但也有离别，朋友间的情谊时时牵动着诗人的心。《寄张平章仲一》就寄寓了对张易的思念之情：

---

① （元）苏天爵辑撰，姚景安点校《元朝名臣事略》卷9，北京：中华书局1996年版，第182页。

② （明）宋濂：《元史》卷164，北京：中华书局2006年版，第3844页。

③ 《元史·王恂传》说："中统二年，擢太子赞善，时年二十八。"海迷失后元年（1249），王恂只有十五岁，刘秉忠生于公元1216年，此时已经三十四岁了，比王恂大十九岁。到1249年时，他在忽必烈藩府已整整十个年头了。一个身为忽必烈幕僚的中年人，不可能和一个十五岁的少年是"同学"，所以说王恂是刘秉忠的学生，而非同学。

春光满眼酒盈樽，难得同观易见分。秋气著人凉似水，晚山和我淡如云。清歌月影檐头转，残梦钟声枕上闻。玄鸟欲归黄鸟断，诗哦伐木正思君。

在另一首《别张平章仲一》中，他写道："穷通此际难开口，离合中年易动情。恨杀溪流与山色，天南地北送人行。"也表达了他与张易的深厚情感。从刘秉忠与张易的私交来看，确实非常好，或许远比刘秉忠与张文谦的私交为深。刘秉忠在同僚中真正可以依赖而又有共同语言的，也许只有张易。他的词作《朝中措·赠平章仲一》写道："衣冠零落暮春花。飘卷满天涯。好把中原麟凤，网来祥瑞皇家。白云丹嶂，青泉绿树，几换年华。认取随时达节，莫教系定匏瓜。"暮春时节，词人看到落花而引起伤春、惜春之情。那些花瓣随风飘零，不知飘向何处，使人睹物兴怀。"好把中原麟凤，网来祥瑞皇家"，是说怎样才能把那些中原的优秀文士引入朝廷，不让人才白白流失。只因蒙古统治者入主中原后，科举之途长期被废置，文人仕进无路、报国无门。白云丹嶂，清泉绿树，景物依然如常如旧，但人世沧桑，韶华易逝，已是几换年华。刘秉忠一生以荐贤举能为己任，看到此景，思及此事，不禁发出感慨，希望好友张易要"随时达节"求取贤士，千万不要使济世之才如匏瓜般不得其用。正因为和张易为至交，所以他才自然流露出这种用世"情结"。

刘秉忠的气质是内向而沉静的，他的兴趣，基本是儒家士人的爱好，如他在《秋夜》诗中所写："读诗怀古掩重扃，上世淳风在典刑。仪凤作歌犹有道，感麟绝笔再无经。明星堕地曾为石，腐草逢秋也化萤。殿阁参横月斜落，夜寒书舍一灯青。"读书可以摆脱烦恼、净化心灵，是充满乐趣的精神享受。

第二节　刘秉忠诗歌的文化意蕴

刘秉忠经历复杂，人生阅历丰富，曾做过节度府令史、藩府重要谋士、朝廷重臣。学术则贯通儒、释、道三家思想，"天文、地理、律历、三式六壬遁甲之属"无不精通，皆有成书。《读书》一诗写道："画饼功名抵死图，何如闲里得看书。衣冠三代凋零后，经传一秦灰烬余。梧叶打窗秋院静，松梢转月夜窗虚。又开黄卷青灯下，坐进人间驷马车。”读书可以摆脱烦恼、净化心灵，如孔子读《易》，“发愤忘食，乐以忘忧，不知老之将至”。[①] 学术涵养、人生经历等诸多因素相互影响，形成了刘秉忠独特的人格魅力，使他的诗歌内蕴丰富而深厚，淡泊悠远，平淡冲和，清莹澄鲜，飘逸通达。自然，刘秉忠诗歌内容的丰富性和多面性也为元初文坛增添了色彩。

刘秉忠诗歌的丰富蕴涵主要缘于他融合儒、释、道而归本于儒的思想。与刘秉忠同时期的徐世隆为其所撰的《祭文》称：“岩岩刘公，首出襄国，学际天人，道冠儒释。初冠章甫，潜心孔氏，又学保真，复参临济。其藏无尽，其境无涯，凿开三室，混为一家。逆知天命，早识龙颜，情好日密，话必夜阑。如鱼得水，如虎在山，易地诸葛，弥天道安。道人其形，宰相其心，谁其似之，里衣惠琳。”刘秉忠打通儒、释、道三家，融合为一。他从小受到良好的儒家教育，且“自幼好学，至老不衰”[②]。在忽必烈潜邸的闲暇时间，仍然“读《四书》，穷《易》道，讲明圣人心学之妙，无不该贯。”[③] 他有深厚的儒学素养，而对他一生影响最深的也是儒家思想。他秉持儒家的积极入世精神，心怀天下，渴望建功立业、拯世济民，为乱世之中的百姓做出自己的贡献。二十三岁时，他放弃邢台节度府令史之职，隐居于武安山，“苦形骸，甘淡泊，宅心物外，与全真道者居”[④]，受全真道教影响，超尘洒脱、不慕名利。此后不久，他在清化天宁寺剃度，成为禅宗临济宗虚照禅师的弟子。他因才学和能力深得临济宗大师印简海云器重，终生与佛门关系密切，深受佛教禅宗影响。刘秉忠出家，并非为生活穷困所迫，也不是为了逃避战乱带来的灾难，更不是受道家教义、儒家释典“蛊惑”。他的出家，完全是一种人生的追求和政治上的考虑。因为在邢州节度府令史任上连续干了六年多，虽精于吏事、干敏修洁，但继续干下去，似乎也没什么希望得到提拔升迁，这有悖于他的志趣和抱负。他认为，“奕世衣冠”的家世

① （明）张岱：《张岱全集·四书遇》，杭州：浙江古籍出版社 2017 年版，第 166 页。
② （明）宋濂等：《元史》卷 157《刘秉忠传》，北京：中华书局 1976 年版，第 3689 页。
③ （元）刘秉忠：《藏春集》卷 6 附录，北京图书馆古籍珍本丛刊，影印明天顺五年刻本。
④ （明）宋濂等：《元史》卷 157《刘秉忠传》，北京：中华书局 1976 年版，第 3688 页。

和做一名普通刀笔吏实在不相称，根本无法实现自己宏大的志向，还不如暂时隐退避世以待时机。正如陈基所言：“间关金季，处君子之所不得已，则裂冠薙发，寄迹浮图、老子法中，亦有所不顾。”①

其实，这一时期的子聪和尚并未真正做到佛门子弟的六根清净。他心怀天下，自小受的是传统的儒家教育，自然有民胞物与的情怀。此时作的《南乡子》词，是他当时心境的反映：“夜户喜凉飙，秋入关山暑气消。勾引客情缘底物，鹧鸪，落日凄清叫树梢。古寺漏长宵，一点青灯照寂寥。暮雨夜深犹未住，芭蕉。残叶萧疏不奈敲。”夜来周遭一片静寂，雨从傍晚一直下到深夜，依然没有停歇的意思，凉凉的，全然没有了白日的暑热，秋天不知不觉地来了。古寺中，伴着一盏青灯，心中一片澄明。忽然，听到鹧鸪的叫声，内心不能平静了：现如今，这乱世之中，百姓又何时能够过上太平日子？词人不觉怅然若失，不是自己难去尘缘，只是那颗安济众生之心让他心绪难安。只听见雨滴敲打芭蕉的声音，那声音仿佛敲在他的心上，一下一下，正如他的情思。通过对环境的描写，词人把既力求委命顺理地空明人欲，又难去尘缘、顾念百姓的情怀表露了出来。

身为忽必烈政权中重要的辅佐之臣，刘秉忠处在政治斗争的中心，又具有强烈的入世情怀，政治生活中的风风雨雨对他不无影响。他于纷纷扰扰的名利场中，力求作一个散诞仙，不为物情所累，能超然物外。“熏天富贵等浮云，流水年光梦里身。但着眼观皆外物，不开口笑是痴人。”（《守常二首》其二）意思是说：富贵也好，名利也罢，只不过如同过眼浮云。

唐代有一位禅师，名玄朗，他曾有一句很著名的话：“世上峥嵘，竞争人我。”即由峥嵘的尘世而走入平和澄明之境。用这句话来说明刘秉忠对功业富贵、人生沉浮的看法最恰如其分。即禅心一片，与世无争，所在皆适，一切圆融而无所滞碍。以平和为至境，如太虚，廓然荡豁，又如朗月，澄明一片。他不会游戏人生，儒士“修、齐、治、平”的职责使他关注时代的风云，以天下为己任，有着强烈的参与意识和社会责任

---

① （元）陈基：《刘文正公小像赞并序》，（元）胡助：《夷白斋稿》卷12，清抄本，北京大学图书馆。

感，对国事也有着自己的认识和思考。只不过他能跳出政治纷扰，看淡输赢，以不变之心应万变之势，无意卷入人事纷争。他虽然多年身着僧衣，却具备典型的儒家士子的人格。他善于融三教慧命而为一，如其《春晚还山》一诗："人生无计免风埃，漠北江南雁往来。万木何曾秋未老，百花争向暖俱开。未能乞食寻歌院，要想游山到啸台。明月满庭闲杖履，翠烟惹遍绿纹苔。"二程就特别提倡"春"的精神，他们说："此其肃如秋，其和如春。如秋，便是'义以方外'也。如春，观万物皆有春意。尧夫有诗云：'拍拍满怀都是春。'"[①] 心态平和，清静不拘小节，自然会达到"和风庆云"之境界。这大约是他号"藏春"之故，春就是仁，仁乃和之义。再如其《秋江渔父图》一诗："白蘋红蓼满沧洲，江上青峰倒玉楼。出没不拘同水鸭，往来无系伴沙鸥。烟波围绕几渔舍，天地横斜一钓舟。蓑笠为渠相盖管，潇潇风雨不胜秋。"这首诗恰恰就是刘秉忠此种心境的一个显现，心态平和，自然会达到"饮之太和"的审美境界，这就决定了他诗歌的特色，即淡泊悠远、平淡冲和、清雅和谐。这是典型的中国士人的文化精神，而不是一个看破尘寰的仙道或释子的情怀。因为刘秉忠的全部生命早已交付给了天下社稷和生民，他的骨血深处是满腔的"人溺已溺"的热情，所以他始终成不了一个真心皈依佛门的自了汉。他擅长以平静如水的心态看宇宙、人世之风云变幻。以下这首《醉后》可以看作体现刘秉忠诗歌风格的一个典型代表：

> 清明天气赏花时，桃李风前酒一卮。梦独不成春草句，闲多记得古人诗。倦将碎事然心火，笑被虚名恼鬓丝。惟有醉乡同大化，从他物理自参差。

这首诗体现了清净的人格境界，在醉乡中不理会人世间的种种烦恼与愁闷。

刘秉忠极其丰富的人生阅历，多样的身份，复杂的经历，以及作为忽必烈的重要谋臣，处于政权的高层，并融贯儒、释、道三家的学术涵养，影响了他的人生态度、情感方式和致思途径。还有长期的在藩府中

① 李敖主编《周子通书 张载集 二程集》，天津：天津古籍出版社2016年版，第173页。

的生活经历，草原与大漠的地理环境，北方民族粗犷豪爽的性格，以及北歌的传统，使他的诗歌更飘逸旷达、清疏豪爽。他的诗作有“稠林夹路冠依违，彪骑单行压众威”（《乌蛮道中》）的豪荡洒脱，也有“两壁云山夹行客，一川烟草看飞骝”（《和林道中》）的豪放，更有“千古周郎余事业，一时曹操漫英雄。东南几许繁华地，长在元戎指画中”（《江边晚望》）的大气，写出了豪杰气象。这些促成了他丰富而多面的人格和诗歌风格，正如马伟在《明刻藏春诗集序》中所言：“雄浑而质直，淳厚而和平，锵乎金石之音也！炳乎奎璧之光也！澹乎太羹玄酒之味也！”①

第三节　禅学与刘秉忠诗歌的清和之境

徐世隆为刘秉忠所撰《祭文》称：“岩岩刘公，首出襄国，学际天人，道冠儒释。初冠章甫，潜心孔氏，又学保真，复参临济。”② “复参临济”是说刘秉忠参学临济禅宗。临济宗素有“临济子孙遍天下”的美誉，是我国禅宗的五大分支之一，影响深远。不仅在宋朝，而且在金朝佛教中也占据了主流地位，黄龙、杨岐二派均有传人，很多临济宗禅师与金室皇族和重臣有交游往来。刘秉忠二十三岁时在清化天宁寺落发为僧，成为临济宗虚照禅师的弟子，法名子聪，为掌书记。其后，又深得临济宗大师印简海云器重。海云法师德高望重，是金末元初北方佛教临济宗的领袖，深受朝廷重视，和蒙古上层交往颇多。从法系上看，刘秉忠是海云的再传弟子，据王博文《真定十方临济慧照玄公大宗师道行碑铭》所载，“海云传可庵朗、龙宫玉、赜庵儇。可庵传太傅刘文贞公、庆寿满”。③ 乃马真后元年（1242），忽必烈请大师海云赴漠北（当时忽必烈在和林）帐下，问佛法大意。刘秉忠担任海云大师的侍者，随行到和林，选择入仕忽必烈藩府。之后二十年，刘秉忠一直以僧人身份作为忽必烈的重要谋臣。直到至元元年（1264），才奉忽必烈之命正式还俗，被赐名秉忠，授光禄大夫之职，参领中书省事。刘秉忠一生实践着禅宗“佛法中有出世法”与“世出世法的不二”的教义，在元初以僧人身份

① （元）刘秉忠：《藏春集》卷1，北京图书馆古籍珍本丛刊，影印明天顺五年刻本。

② （元）刘秉忠：《藏春集》卷1，北京图书馆古籍珍本丛刊，影印明天顺五年刻本。

③ 张伯伟释译，星云大师总监修《临济录》附录，北京：东方出版社2018年版，第268页。

参与朝政，在元朝建都城、立国号、荐良吏以及元初政治体制、典章制度的奠定中发挥了重要作用，并为恢复礼乐、复兴儒学、保护佛教做出了卓越贡献。刘秉忠虽然事功卓著，但终生与佛门关系密切，始终保持一个佛教徒的本色，不好声色，“斋居蔬食，终日淡然”，“邃冲而有守，安静而无华”[①]，追求佛家的虚静高洁、简淡洒脱、淡泊清净。

刘秉忠就是这样一个特殊的人物：身着僧衣，同时又是忽必烈政权中重要的辅佐之臣，长期处于政治中心。他不是回避社会责任而不去做事，而是在纷繁的俗世之中保持一颗平常之心。他不贪求名利富贵，认为“熏天富贵等浮云”（《守常二首》其二），一片禅心无住无念，随性随缘。如黄龙慧南禅师所言：“道不假修，但莫污染；禅不假学，贵在息心；心息故心心无虑，不修故步步道场。”（《黄龙慧南禅师语录》）[②] 面对变幻的政治风云，刘秉忠能随缘任运。

刘秉忠在《春日遣怀》一诗中写道：“盖世功名一局棋，千年城郭昔人非。分开春色花休妒，流尽年光水不知。诗酒可娱惟自得，林泉虽好几人归。长绳不系天边日，寄与东风且慢吹。”[③] 他悟出来的是风云变幻中的一种怡然自得，参出来的是看透功名利禄与对人事纷争的静观。世间的一切尘缘幻化如同梦幻泡影，对其不执着亦不留恋，恰恰实践了临济宗禅师义玄所提出的“心清净即是佛”的心性命题。此理此道，致广大而尽精微，遇事物万变都可以应对自如，且达到一种至高的人生境界，获得一种澄明清澈的人格精神。陈栎《自得楼诗序》说：“自得之趣，如人饮水，冷暖自知，非人所能与，亦非人所能窥。”[④] 虽然是以自得比喻作诗，但做人何尝不是如此？刘秉忠的这种自得，正是对禅的体悟，也正因此，才能达到随缘任运、怡然恬淡的心灵状态。“佛者，心清净是。法者，心光明是。道者，处处无碍净光是。”[⑤] 超脱现实人生的矛盾与痛苦，再无任何羁绊，才能达到真正内心的宁静与愉悦。刘秉忠内在的人格、胸怀、境界，决定了他对外在之物的感悟和接受，也决定了

① （明）宋濂：《元史》卷157《刘秉忠传》，北京：中华书局1976年版，第3694页。

② 《大正藏》卷47，台北：新文丰出版公司1983年版。

③ 杨镰主编《全元诗》第3册，北京：中华书局2013年版，第164页。

④ （元）陈栎：《陈定宇先生文集》卷1，元人文集珍本丛刊，影清康熙陈嘉基刻本。

⑤ （五代）赜藏主编集《古尊宿语录》第1卷，吕有祥等点校，北京：中华书局1994年版，第69页。

他诗词的“清和”之特色。马伟在《明刻藏春诗集序》中评价刘秉忠诗词的主要风格为“澹乎太羹玄酒之味也”,[①] 看似淡乎无味，但实则清新和雅，有味外之旨。

中国古人有以“清”为美。老子曰：“人莫鉴于流潦，而鉴于澄水，以其清且静也。”[②] 庄子说：“至道之精，窈窈冥冥；至道之极，昏昏默默。无视无听，抱神以静，形将自正。”（《在宥》）[③] “清”是中国审美文化的基本特征之一，也是一个贯穿始终的诗学命题，被历代很多文人激赏。钟嵘评诗崇尚“清雅”、“清拔”，他赞美谢灵运的诗，说“谢诗如芙蓉出水”，是那种清纯秀丽的清美。谢朓推崇“清绮”，以“清绮明丽”为其审美情趣，这是明丽天然的境界。李白提倡“清真”，倡导“垂衣贵清真”（《古风》），以“清水出芙蓉，天然去雕饰”（《经乱离后天恩流夜郎忆旧游书怀赠江夏韦太守良宰》）作为其审美理想，这种“清真”之美在于率真、自然、清纯、自由奔放。杜甫推举“清新”，并以“清新庾开府”来赞颂庾信的诗作。“清新”贵在自然，是生意盎然的天然之美。张炎推重清雅、空灵，以“清空”为最高审美境界，超越物质欲望，超越俗我，是心与自然本真融合为一的清淡、飘逸、空灵、洒脱。“清”是中国文化树上一个常青的老枝，而且不断开出新葩。关于“清”，不少文人做出过界定。元方回论“清”时列举了数个意象：

> 天无云谓之清，水无泥谓之清，风凉谓之清，月皎谓之清。一日之气夜清，四时之气秋清。空山大泽、鹤唳龙吟为清，长松茂竹、雪积露凝为清。荒迥之野笛清，寂静之室琴清。[④]

方回指出，“清”普遍存在于宇宙自然之中，这些意象普遍具有如下特征：静谧、洁净、寂寞、幽闲；也存在于艺术作品中，“而诗人之诗亦有所谓清焉”。胡应麟对“清”也做了解释：“绝涧孤峰，长松怪石，竹篱

---

① （元）刘秉忠：《藏春集》卷首，北京图书馆古籍珍本丛刊，影印明天顺五年刻本。

② （春秋）老子：《道德经全集》第6册，北京：北京联合出版公司2017年版，第2741页。

③ （清）王先谦集解《庄子集解》，上海：上海书店出版社1986年版，第65页。

④ （元）方回：《冯伯田诗集序》，载北京大学哲学系美学教研室编《中国美学史资料选编》（下），北京：中华书局1981年版，第93页。

茅舍，老鹤疏梅，一种清气，固自迥绝尘嚣……清者，超凡绝俗之谓，非专于枯寂闲淡之谓也。”① “清”，是对“浊”的升华、对“俗”的超越。

刘秉忠虽是僧人身份，但兴趣爱好和普通文人名士并无多少区别。他常常流连于山水之间，天地自然与林泉之乐触发了他对山水自然的审美、感触、观照。人与山水相往来，清远幽深之景色触发了他的林下心性，刘秉忠创作了大量情景交融、空静淡远的山水诗。他对“清”有自己的理解，在《读山谷诗》中可以看到：“清奇雅淡破工夫，句句冰霜字字珠。并举鸿方上霄汉，相忘鱼已得江湖。笔头应有神灵助，言外全无翰墨拘。酒醒梦回秋气爽，似看明月在蓬壶。”他极力赞扬山谷诗的清雅、爽朗，犹如神助，字句恰到好处。从中可以看到他的审美情趣、生活态度和诗风追求——空灵淡泊、优雅脱俗、清新自然（即清莹）。清莹是对清空、透明、美质的体认，是澄汰了一切欲念计较而与天地融合为一的那种超然。苏东坡晚年曾悟得“清”之妙，他写道：“空山无人，水流花开”（《十八大阿罗汉颂》），即青山自青山，白云自白云，落英缤纷，水流淙淙，风轻云淡。在这大千世界当中，一切都是生机吐露，刘秉忠诗词的清莹境界和苏东坡的境界有一种天然的契合。

清莹，既是刘秉忠诗词的一种人格境界，也是一种艺术境界。他笔下多描写碧潭、清溪、花光、山影、古蔓、绿竹、雪景、孤亭、浮烟、风露、野霁、渔父、棹歌等具有静谧、清幽特色的景物，形成了自己独特的审美视角和优美空静的意境。确实是淡然如太羹玄酒之味，玄酒即清酒，清而纯。刘秉忠的诗词淡泊悠远、平淡冲和，体现着他的人格魅力，具有一种天地间极自然的美质——清莹，是创作主体的人格风范与生命精神在作品中的展现，往往给人以一种超尘拔俗、冲淡质朴的审美感受。

一　山水清音

山水，乃天地之间最有灵气者。“山水清音”也是中国古代文人涵咏不尽的一个诗学命题。

① （清）吴文溥：《南野堂笔记》卷1，北平：中华国粹书社1912年版。

刘秉忠酷爱自然美景，常于闲暇之时沉浸于山水、林泉之乐。而天地自然间清远幽深的景色，滋润、陶冶着诗人高洁、闲远与爱恋自然的性情。诗人以轻扬疏朗的笔致，把山水与人的兴致、感触、情趣融成一片，创作了大量意境优美空灵、宁静淡远的山水诗，并营构了一个个冰清玉洁、清雅冲淡的审美艺术灵境。刘秉忠由心灵上的“清”而把握自然世界的“清”，从而形成了其诗词之“清”。

刘秉忠的山水诗很有宋诗的味道，宁静、清灵，不张扬。他笔下的淡水远山，平和、幽邃、洁净、高华，一切似乎都在不经意中无言地诉说着宁静而超越的世界。如他的《溪山晚兴》：

> 楚山临水适幽情，无意成诗诗自成。秋雨滴残秋草暗，晚云收尽晚风清。渔舟散去横烟霭，樵担归来踏月明。是树有枝堪架足，南飞乌鹊莫多惊。

楚山、幽水、秋雨、渔舟、晚风、烟霭、樵夫、明月等诸多具有“清”的特征的意象汇聚在一起，似画非画，宁静清远。刘秉忠为我们描绘的世界没有一点儿黏滞，也没有多少情感波澜，完全荡去了欲望的占有，使心灵似乎处于一种虚静之中。

诗人笔下的山水，多是平静澄和而又清醇明洁的。“赤羽林梢映斜日，白虹山半驾飞泉。客来总是寻僧话，猿去多应伴鹤眠。一曲清歌古松下，且依胜境谢尘缘。”（《宿山寺》）山水清幽，完全置身于一个悠远的世界。“芝兰玉树映风前，白石青泉翠霭边。”（《斋中》）芝兰玉树，白石清泉，空灵而又寂静，虽有无限生机，却又似乎飘渺无着。“桥下洄濮鸳水绿，城头突兀鹊山青。”（《二月寄乡友》）这是一个清新而梦幻般的世界。“苍山老树烟波晚，零雨疏松水墨秋。”（《答乡友》）好像一幅泼墨山水画，苍山之上的老树隐现在流荡的烟波之中，淅淅沥沥的秋雨又朦胧了老树，构成一个遥远的世界。

他笔下的水是流动的，如“碧水悠悠入东海，白云曳曳上青天”（《自然》）。悠然，无所凝滞，流水悠悠，透过水的遥想、水的灵性，似乎能感受到诗人生命中的宁静。山是飘渺的，如《雨过登楼》：“锦里春光晓望中，雨余花润草蒙茸。青山尚在浮烟里，楼上分明见几峰。”在烟雨迷蒙中能洞窥到诗人心态的平和与自由。大自然的一山一水、一草一木、一沙一石、一丘一壑，似乎与诗人有着某种默契。在诗意的氤氲中，诗人与万物相融相即。这是刘秉忠心态平和的映照，在平和心态下，自然齐物顺性、物我同一，主客体之间形成休戚与共、相通相融的关系。正像宗白华先生所说："你看一个歌咏自然的诗人，走到自然中间，看见了一枝花，觉得花能解语，遇着了一只鸟，觉得鸟亦知情，听见了泉声，以为是情调，会着了一丛小草，一片蝴蝶，觉得也能互相了解，悄悄地诉说着他们的情，他们的梦，他们的想望。"（《艺术生活与同情》）[①] 山林之想，云水之乐，其实并不在山林和云水本身，而在于人的心态。心便是一切，本心天生清净，山水自然也清净。当人扫尽俗欲，但存高远的虚静空明的心境时，人与自然之间便达成妙契，人可以自由地驾驭、吐纳自然万物，以清净高远之心去拥抱自然，实现与自然的合一、与宇宙的和谐，即"万物与我为一"，从而进入随云烟而缱绻、与流水而自适的平淡清澄的境界。刘秉忠的那首《渔父》诗可以说是这种境界的最好体现：

> 拨棹垂竿日日同，藕花丛了荻花丛。朝云暮雨闲身外，春水秋山醉眼中。十里烟波明落日，数声渔笛响西风。红尘不到孤舟上，谁得江湖伴此翁。

日暮微茫，天地一片空阔，那宇宙中最富有生命之清气的藕花发出淡淡的清香。远处数声渔笛响起，在江湖之上，有一片孤舟。渔夫拨棹垂竿，仿佛不在尘世一样。在诗人空灵的观照中，山也淡淡，水也蒙蒙，如一幅泼墨山水，只觉清气扑面而来。欧阳玄这样评价赵孟頫："嗟乾之资，唯一清气。人禀至清，乃精道艺。天朗日晶，一清所为。"（《魏国赵文敏公神道碑》）[②] 其实，刘秉忠诗歌的神髓又何尝不是如此！他以诗歌模山范水，正如宋元以降的绘画，扫净五彩，独尊水墨，以无色之色、清远之笔营构出清远幽深的审美灵境，使人洗尽尘滓，独存清幽之境。为

① 宗白华：《美与人生》，北京：北京理工大学出版社 2012 年版，第 121 页。

② （元）欧阳玄：《圭斋文集》卷 9，《影印文渊阁四库全书》第 1210 册，上海：上海古籍出版社 1987 年版。

了营构水墨画般清莹的意境，刘秉忠诗作的常见手法是：山水在云烟的笼罩之中，云烟腾挪飘荡在山水之间，云雾飘渺，山色空蒙，山便有了一种随云烟飘动的质感。再加上悠悠流水随云烟一起动荡，整幅画便有了鲜活韶秀的生命感，整个景象显得空阔悠远、清旷幽深，一种内在的生命之“清”便呈现在读者面前。

不见南山真面目，一川秋水淡林烟。(《晚眺》)
看取飘飘无系缆，烟波江上一虚舟。(《闲况四首》其三)
月照锦江翻夜色，烟波玉垒动朝晖。(《蜀先主孔明》)
烟波围绕几渔舍，天地横斜一钓舟。(《秋江渔父图》
苍山老树烟波晚，零雨疏松水墨秋。(《答乡友》)
一杯酒尽阳关曲，万迭云山入望中。(《别友》)
秋山漠漠晚烟横，牢落关河雁一声。(《过东胜》)
烟云忽锁山川好，城郭新修市井空。(《宜阳道中》)
山色隔烟无忽有，故教凝伫倚楼人。(《春望》)
青山尚在浮烟里，楼上分明见几峰。(《雨过登楼》)

一切都随云烟飘动，流溢出蓬蓬勃勃的生命感，似一泓永不断绝的清流在流淌。他的诗抛弃鲜丽的色彩，归于本真，在青山绿水之中勾出淡淡的素影，反而更有一种让人难以忘怀的美。清代笪重光在《画筌》中说：“丹青竞胜，反失山水之真容；笔墨贪奇，多造林邱之恶境。”[①]

其实，刘秉忠不仅主张清淡素朴，以清淡的色调营造宁静清远的意境，他还善于用鲜润明丽的色彩模山范水。明丽的色彩赋予景物以新鲜活跳的生命力，但并不显夸张，反而在清淡中平添一份活泼轻快，于清淡之中又呈秀媚：

时雨荒山添润泽，春风野水动波澜。(《春闲》)

棕花堆白麦苗青，山寺南头帐玉停。流水纵横成篆字，远山前后簇围屏。(《山寺》)

---

① 笪重光撰，王翚、恽格评《画筌》(影印本)，苏州：振新书社，民国间。

落笔纵横不自休，抹成小景绝清幽。碧波千里楚山晚，红叶一林荆树秋。(《秋江晚景图》)

清明空灵的山水，展露着诗人高远超尘的胸襟。情与景相生，山水与人的兴致、感触、情趣融成一片，山水有了人的感情，景物有了新鲜活跳的生命力。

二 清月皎皎

佛教以虚幻来观照万物："所有起法，犹如幻化、电光、水月、镜中之像，因缘和合，假持诸法，悉分别知，从业因起。"(《大方广佛华严经》)① 万法虚幻，心清净则能分别一切。《维摩诘所说经·善权品第二》也有类似的譬喻："一切法可知见者，如水月形，一切诸法，从意生形。"② "譬如盛满月，映蔽诸星宿。示现一切众，有增或有减。一切澄净水，月影无不现。世间群生类，皆悉对目见。"(《大方广佛华严经》)③ 这是以水月的清澄洁净来示现万物。因而，水和月备受中国历代修习佛禅的文人喜爱。苏轼在黄州所作的《念奴娇·大江东去》中有："人生如梦，一樽还酹江月。"苏轼本以风流人物自许，所谓英雄气概、儒雅风度、儿女温情，他都具备。可惜社会和时代没有给他在风华年少时建立功业的机会，他甚至屡遭打击。当苏轼看淡一切直至超脱一切之后，内心只剩下一片澄净，他从万法虚幻的角度发出生不逢时、志不获展之叹，苏轼描写水月已然达到了智慧的境界。禅宗有人的自性本来清净圆满、万法归于一心之说。方回论"清"时曾言"月皎谓之清"④。月光特有的透明与清朗，自有一份说不完的空明、晶莹。辛弃疾《念奴娇·过洞庭》词写道："洞庭青草，近中秋、更无一点风色。玉鉴琼田三万顷，著我扁舟一叶。素月分辉，明河共影，表里俱澄彻。悠然心会，妙处难与君说。"⑤。月的清美与明洁使人心领神会，让人无法抵御。

---

① 《大正藏》卷15，台北：新文丰出版公司1983年版。
② 《大正藏》卷14，台北：新文丰出版公司1983年版。
③ 《大正藏》卷34，台北：新文丰出版公司1983年版。
④ (元)方回著，阮元辑《桐江集》，南京：江苏古籍出版社1988年版，第28页。
⑤ 唐圭璋编《全宋词》第3册，北京：中华书局1965年版，第2438页。

终生与佛门关系密切的刘秉忠与大自然中明净、清澄的月有着深深的默契。他极喜爱月，读书时，有月相伴：“殿阁参横月斜落，夜寒书舍一灯青。”（《秋夜》）散步时，有月相随：“明月满庭闲杖履，翠烟惹遍绿纹苔。”（《春晚还山》）思乡时，有月入梦：“好风到枕客愁破，残月入帘归梦醒。”（《江上寄别》）弹琴时，也对着秋风明月：“横琴消尽尘中虑，一曲秋风对月弹。”（《蜗舍闲适三首》其三）。忆友时，以月寄情：“赤心岂没新朋友，白发难忘旧弟兄。夜雨正令人百感，秋窗忽放月孤明。”（《忆颜仲复》）旅途之中，也是明月相随：“晓看太白配残月，暮送孤云还故山。”（《桓抚道中》）忧伤时，面对无垠的月色，他的心也会明朗起来：“心如秋月十分朗，病逐春冰一向消。”（《寄友人四首》其一）酒醒时分，抬头所见，仍是明月：“功名果是将人误，怀抱惟除着酒宽。一枕清风醒后觉，满轩明月卧中看。”（《秋晚》）……月在他的诗词中屡屡出现，月已经融入他的生命之中，随处可见。在他笔下，月的各种形态都曾出现，有新月、旧月，明月、残月、斜月，素月、碧月，还有天上月、水中月、云中月。

他在《对月》一诗中写出了对月的独特感觉：“鹤发貂裘映月波，兔疑蟾恋竟如何。绝知诗老丹心苦，未信书生白眼多。半夜香风飘桂子，九秋寒色带姮娥。无人共竭樽中醁，独酌清光送浩歌。”一轮素月，玉洁冰清，清远幽深，顿让人感觉一片宁静、一种超越，静绝尘氛，面对此情此景，唯有浩歌一曲，自然扫尽俗欲，但存高远。在与月亮之间相互感应、相互融合的空阔虚灵的审美静观中，摄物归心，人的心灵、精神、情感就成了营造审美关系的主动者。在诗人清淳明洁的心灵里，舒卷取舍自如，可以自由地驾驭、吐纳，实现与宇宙的和谐，可以达致虚灵空洁而又幽远深邃、清雅澄澈的审美境界。

凡天下好山、好水、好月，都是刘秉忠的朋友。他善于描写月，以月来写出那种清幽、安详而宁静之境。

星珠千颗撒银汉，月镜半圆横玉台。（《宿河西沙陀》）

向晓春风暖更清，残星和月落孤城。（《晓行》）

月娥无语照吟坐，河伯有声呼醉醒。（《乌蛮江上》）

梦破小窗浮月色，漏残寒角奏梅花。（《宿中山乾明寺》）

归来小院松梢上，新月低斜玉一钩。(《晚游》)

水满青溪月满楼，客怀须赖酒消愁。(《鹧鸪天七首》其五)

残月低檐挂玉钩，东风帘幕思如秋。(《鹧鸪天七首》其七)

他与月之间仿佛有一种心灵的默契，在水满青溪、细细幽香之中，勾出月之淡淡素影，有一种令人难忘的美。习习清风，汩汩清流，朗朗清月，阵阵清香，幕幕清景，都能使人精神焕发、其乐陶陶。

宗白华先生曾把人生的超然观分为三种：一是旷达无为派，二是超世入世派，三是消闲派。显然，刘秉忠既非庄子那样的旷达无为派，也非陶渊明那种消闲派，而是属于典型的超世入世派。宗白华先生对超世入世派有过精辟的论述："超世入世派，实超然观行为之正宗。超世而不入世者，非真能超然观者也。真超然观者，无可而无不可，无为而无不为，绝非遁世，趋于寂灭，亦非热衷，堕于激进，时时救众生而以为未尝救众生，为而不恃，功成而不居，进谋世界之福，而同时知罪福皆空，故能永久进行，不因功成而色喜，不为事败而丧志，大勇猛，大无畏，其思想之高尚，精神之坚强，宗旨之正大，行为之稳健，实可为今后世界少年，永以为人生行为之标准者也。"① 刘秉忠的确躬身实践着这种超世入世的人生观。他历经世故，学问洞达，其学术融合儒、释、道而归本于儒，自然生成了对人生更为深沉的看法，而非一般儒士那样狂妄和浅薄，这使他具有旷达而超迈的独特人格魅力。他在《蜗舍闲适三首》其三中咏叹："半世劳生天地间，千金易得一安难。庭前松菊成闲趣，窗外云山得卧看。光满此宵逢好月，香来何处有幽兰。横琴消尽尘中虑，一曲秋风对月弹。"这首诗道出了诗人胸怀宽广、洞穿世事、回归自我、胸次超然的人生境界。正因为有这种心胸修养，他的诗词在清幽之中也蕴含着一种超然。

玉钩三寸月沉水，琴调数声风入松。(《因宋义甫宿香山寺》)

晚寺共携明月入，寒岩谁听雪猿啼。(《秋晚同友僧宿潞南山寺》)

---

① 宗白华：《美学与意境》，北京：人民文学出版社1987年版，第10页。

高卷毡帘对明月，秋风一曲入琴弹。(《宋义甫弹秋风》)

谪仙不饮杯中醁，闲杀花前好月明。(《期饮》)

几树好花风乍静，一钩新月雨初晴。此心只合长无事，莫为人间宠辱惊。(《闲况四首》其四)

日暮西风吹过雁，夜凉明月照惊乌。黄花离落秋香里，醉倒渊明不要扶。(《秋夜饮》)

已幸有书消永日，岂堪无酒度芳春。东风院落花梢上，午醉醒来月色新。(《醒来》)

千里家山入寸眸，碧天无际月横钩。书成得得秋风夜，一线微鸿独倚楼。(《附书》)

仍然是一贯的清淡素朴，一弯冷月高挂天空，本身就营造了清和静的氛围。而月的清凉与皎洁，这种清淡的色调与周围清幽之景共同营构出宁静清远的意境。在这份宁静与清幽之中，我们看到了作者生命深处那种永恒的宁静。在宁静中，悬隔了世界的喧闹，悬隔了物质的诱惑，悬隔了悲苦和欣喜，让人体味到本真的世界，获得了一种超越的宁静。而这种宁静又不同于凡常的寂寞。凡常的寂寞，没有安慰，无所着落，天地间一片空茫，不知道把灵魂安放何处。佛教讲求心地和谐，以寂静的智慧除净烦恼，从而获得自我的觉悟，达到和平、安闲、静谧。当刘秉忠对宇宙、社会和人生的认识更加深入，他的人生情调和生活哲学就变得更冷静、更稳妥，也更无风无波，从而能够在那个有得有失、有沉有浮、有喜有悲的乱哄哄、闹嚷嚷的世界中去实践自己的生存方式。他是以一种平常的、悠然的、圆融豁达的胸怀来看待这个世界，世界照样花开花落、云起云收，虽空空落落，却给人以绝对的平和、悠淡与宁静之感。因而在他的诗词中有一种冷静的美，能让我们看到作者人性的光辉和成熟的理智。

月，浩大永恒而光明高洁，被他用以塑造一个玉洁冰清的世界。但月在他的诗词里并非只代表清幽、平和、悠淡与宁静，还传达出多情与深情。刘秉忠虽然身披僧衣多年，但是个至情至性之人。他极重友情，与那些朋友有着真挚深厚的友谊，而且他多以月来寄托对朋友的这份深情。

明月只于圆处缺，佳期常向易中难。相思一日三千里，欲学忘情自未安。(《忆窦侍讲先生》)

悠悠离阔感中年，我辈情钟岂不然。好景与时浑易过，可人和月只难圆。(《寄友人四首》其三)

一半佳山未见分，平生行止不堪云。又逢明月当三五，满眼清光似对君。(《忆遂通长老三首》其三)

刘秉忠诗文中的月亮是多情的，传达出他对朋友的深情以及那种离别之后的常想常念，对笃如胶漆、真诚温厚的友情的怀恋随着月光婉转流注。刘秉忠是超然的，也是多情的，他是性情中人，歌咏乡关之思、朋友之情，也抒发思乡怀亲之情。古人常以月亮来寄托情感，而刘秉忠更是如此，月在他的一片思乡之情中显得格外皎洁，也更富有温厚的人情。

五载转蓬离故地，几时促席话平生。停云霭霭落春雪，明月辉辉开晚晴。(《桓州寄乡中友人》)

好风到枕客愁破，残月入帘归梦醒。梦断故山人不见，晓来江上数峰青。(《江上寄别》)

就是对别人诗文的称赏，他也借月来表达。

规矩方圆称物施，运斤风度见工师。干霄气象动高兴，际海波涛生远思。三月闻韶忘肉味，几年疑郢和巴词。骚人尽在清光里，恰似中秋月满时。(《再读杜诗》)

清奇雅淡破工夫，句句冰霜字字珠。并举鸿方上霄汉，相忘鱼已得江湖。笔头应有神灵助，言外全无翰墨拘。酒醒梦回秋气爽，似看明月在蓬壶。(《读山谷诗》)

杜甫诗歌的厚重感和高度成熟的艺术性为人们所乐道，而刘秉忠以“中秋月满”来形容自己对杜诗的感觉，不仅道出了对老杜诗歌艺术的认同，也说出了对杜甫心性境界的赞赏。黄山谷的诗歌清奇雅淡，句句冰霜、字字珠玑，他才华横溢，洒脱飘逸，正似月的明洁，这是最让刘秉忠感触和认同的，所以他用“似看明月在蓬壶”来形容。

月的恬静、和润、清远、飘逸、雅致、明洁等特质，恰恰符合刘秉忠的个人生活理想，暗合了他“太羹玄酒”般清雅恬淡的审美理想和生活方式。他对大自然中具有明净、清澄之美的月可谓情有独钟，因为有了月光所特有的透明与清宁，诗人的生命得以敞亮。也正因为有月，刘秉忠的诗词才更加宁静、清灵。那素盘一样洁白的月光，象征诗人永远不灭的魅力。

三　影与窗

刘秉忠善以一颗无尘的心去营构一种无尘的境界——洒脱风流，自由自在，雅洁鲜亮。因而，他对“影”与“窗”所代表的清雅和素朴、宁静和透亮以及那种澄澈之美特别钟情。

庄子曾说，世界原是虚幻的，人生于天地之间，只不过是一个匆匆过客，“若白驹之过隙，忽然而已”（《知北游》）[①]。高山缝隙之间透过的一缕光影，瞬间即逝，不可把握。无休止的追逐，其实没有任何意义，还是与世界同在吧，就如水一样流淌，像云一样飘渺，不执着就能自由。《维摩诘经》云：“是身如聚沫，不可撮摩；是身如泡，不得久立；是身如焰，从渴爱生；是身如芭蕉，中无有坚；是身如幻，从颠倒起；是身如梦，为虚妄见；是身如影，从业缘现；是身如响，属诸因缘；是身如浮云，须臾变灭；是身如电，念念不住。”[②] 人生如电如露，只是梦幻泡影而已，人生之要义，乃是在无相无住中、于梦与影之间把握本真。禅的色空观念，即视世界为幻象的思想，对中国文化影响深远。《诗品二十四则·形容》云：“绝伫灵素，少回清真。如觅水影，如写阳春。”[③] 要超越具象，得其神似，立灵性，求本色和清净真淳，脱超于虚而不实的“影”。宋代诗人就尚清雅平淡，发现“清”与“影”之美。张先以“三影”著称，深悟以影写清的妙处。他有“云破月来花弄影”（《天仙子》），“娇柔懒起，帘幕卷花影”（《归朝欢》），“柔柳摇摇，坠轻絮无影”（《剪牡丹》），“中庭月色正清明，无数杨花过无影”（《木兰花·乙

① （清）王先谦集解《庄子集解》，上海：上海书店出版社1987年版，第29页。

② 董国柱：《佛教十三经今译》（三），哈尔滨：黑龙江人民出版社1998年版，第74页。

③ （唐）司空图：《诗品二十四则》，北京：中华书局1985年版，第11页。

卯吴兴寒食》)。花影、月影、柳絮、杨花等意象飘渺恍惚，似有若无，如影绰绰，闪烁不定，清明而悠远。宋代苏东坡有“庭下如积水空明，水中藻、荇交横，盖竹柏影也”(《记承天寺夜游》)，描写竹柏之影，影影绰绰，在清冷的月光之下平添了一种空幻之感！受宋代人影响，刘秉忠对“清”和“影”之美非常执着，化实有为虚空，把自己清莹的感受也融了进去。

> 一枝倒影斜斜月，满树浮光细细风。(《江边梅树》)
> 江边疏影斜斜月，天外幽香细细风。(《重看江上梅花》)
> 清歌月影檐头转，残梦钟声枕上闻。(《寄张平章仲一》)
> 竹影斜斜转月辉，西风飒飒透征衣。(《秋夜有感》)
> 一泓碧玉垂天影，万丈丹梯壮地形。(《乌蛮江上》)
> 虚心立节霜秋竹，瘦影横窗月夜梅。(《岁暮有怀寄仲修宗旧三首》其二)

在刘秉忠清婉的吟唱中，我们看到梅花在月下的剪影，传来阵阵幽香，月下清媚的海棠，多了一份清幽，他通过这些描写营造了无限曼妙的意境。清歌月影，残梦钟声，一汪碧潭中幽幽隐隐的影子，月下窗间淡淡的花影等等，这样的描写，空灵飘渺，难以确定，似有若无，似淡实浓，空灵之至，飘渺之至，别有韵味，幽淡、空灵、闪烁，极尽幽微恍惚之妙。以流光幻影的眼光看自然万物，很能体味到生命的清流在流淌。江树云帆，于窗棂戏影中见之，更能得其妙。只有心胸透脱的人，才能感悟这种天地与人心共有的明洁清莹之美。

“窗”和“影”一般是很难分开的。透过窗去看世界，自然朦胧了世界，山也淡淡，水也绵绵，一切都迷离了，一切都提纯了，一切都淡化了。刘秉忠善于发现这种清美。如：“客馆萧条动客情，飞萤个个傍窗明”(《客馆》)；“梧叶打窗秋院静，松梢转月夜窗虚”(《读书》)；“梦破小窗浮月色，漏残寒角奏梅花”(《宿中山乾明寺》)；“甚喜年来得书看，小斋清洒纸窗明”(《年来》)；“梦回残影来窗上，日落清光堕马前”(《秋月》)。素雅、清幽，一个透明的世界，表达出中国文人一种典型的脱俗感，回归自然的清淳莹洁的心态，也体现了佛教的虚空美和寂静之美。

窗所蕴含的清美之于刘秉忠，绝不止于艺术与美的观照，更反映了他的心灵境界。“鸟声唤觉南窗梦，扑簌槐花堕晚风。”（《梦觉偶成》）“庭前松菊成闲趣，轩外云山得卧看。”（《蜗舍闲适三首》其三）“沽酒归来北窗下，人间如梦醉如泥。”（《回杖》）“红尘只在南窗外，收得身心一榻闲。”（《归来》）槐花飘香，松菊自动，云山悠然，烟笼雾环……在这一境界中，能看到诗人的洁净情怀、高逸人格，宁静中透出一种平静与超脱。这些句子既有诗人所体现的窗与清之美，更有诗人从经窗过滤后的景之朦胧与脱俗清纯中展现出的透脱心胸。

刘秉忠的诗淡泊悠远，平淡冲和，清莹、清朗、清亮，这正是他对“太羹玄酒”之味独特的解读。他的诗传达着他的哲学智慧和清逸的思想，佛理禅宗融契于万事万物，空花而自落，圆融而无碍。太羹玄酒，既是刘秉忠的一种人格境界，也是一种艺术境界。虽然“裁云镂月之章，阳春白雪之曲，在公乃为余事”（阎复《藏春集原序》）[①]，并非刻意为之，但是他的诗文词曲却别有一番情致，明秀清新，和他的人一样潇洒飘逸，能让人感受到一种脱俗的宁静心境。

第四节　刘秉忠诗歌的独特魅力

“邃冲而有守，安静而无华”[②] 的刘秉忠，留下了六卷本的《藏春集》，收入诗词468首，清新壮拔，蕴藉流美，寄托遥深，境界尤高。而且富于文采，笔致曲折而流转自然，又有其独特的魅力。正如黎近所言：“致吟风弄月之词，适情写景之作，咄嗟戏嘲之音，皆清新壮拔，拔落徉晃，不可窥测焉，一归于礼义。”（《明刻藏春诗集后叙》）[③] 刘秉忠诗歌的独特魅力主要体现在两个方面。

一　诗意与禅机佛理

刘秉忠精通佛理。黎近评价说：“从禅悟道，臻太极妙际真空，恍惚

① （元）刘秉忠：《藏春集》卷6附录，北京图书馆古籍珍本丛刊，影印明天顺五年刻本。

② （元）李槃：《太保刘秉忠赠谥制》，载（元）苏天爵编《元文类》卷11，上海：上海古籍出版社1993年版。

③ （元）刘秉忠：《藏春集》卷6附录，北京图书馆古籍珍本丛刊，影印明天顺五年刻本。

有无，超越万化，故能无可无不可、无为无不成欤?”（《明刻藏春诗集后叙》）他曾写《禅颂十首》，今摘引其九：“春风展叶桥头柳，腊月开花水畔梅。万事随缘真省力，何须心地冷如灰。”这正是他人生观的表达：不追求声色名利，只求心灵上的超然物外，万事随缘，性自清净，虽寓意于物而不留意于物，从而获得逍遥物外之精神自由，从此可见其对佛理禅机参悟的程度。他对事物有敏锐的感受和洞察力，善于寓禅机佛理于诗意。佛教对世界的观照方式给他一定的启发，他以禅宗所崇尚的“顿悟”思维方式来创作诗歌，这使他的认识十分明晰而深刻，在解悟万物的过程中悟出真性情。他把抽象的哲理完全寓于具体可感的形象中，赋物明理，创作出富于真性情和美感的小诗，在元初诗人中自有他独有的魅力，这当然与他的禅学修养不无关联。如《凭高》诗云：

> 凭高四顾入无穷，万物云云见此容。世事醯鸡深瓮里，人身稊米太仓中。漫漫流地海无岸，落落倚空山有峰。一个肚皮都着了，更教谁去号天公。

禅宗以明心见性为宗旨，见性成佛，直指人心，因此主张不立文字，以简为妙。刘秉忠的这首诗，语言简练平淡，新颖别致，融景、情、理于一体。诗中描写了凭高四顾所见，“世事醯鸡深瓮里，人身稊米太仓中”，登高一览，世事、人身相形之下何等渺小，更何况功名利禄、人生得失！诗人将生活见闻付诸思考，把感情和智慧融为一体，语言浅近俚俗，但诗理隽永深刻，以咏景之笔寄托了人生哲理，理趣藏于景物描写之中，景理交融，浑如一体。

袁翼《论元诗六十首》这样评价他的诗歌：“为衲为儒为宰相，却将余事作诗人。《藏春》一卷恣潇洒，尚现华严法界身。”① 确实，刘秉忠善于寓禅机佛理于诗境之中，诗意、禅趣到了他手中便得到一番精心的熔炼和铸造。他使诗情与禅趣形成水乳交融的境界，借诗情表达禅趣，将对事物的感受与哲理思考结合起来，从而上升到哲理性，显得内涵浑厚，耐人咀嚼。这类诗歌在刘诗中数量虽然不是很多，但特色却十分明

① 见郭绍虞等编《万首论诗绝句》，北京：人民文学出版社 1991 年版，第 893 页。

显，在表现生活态度、思想性情的同时，揭示出一些深刻的道理，具有浓厚的理性色彩。如《淡中》："潇潇洒洒水云乡，扰扰胶胶名利场。世味觉来真嚼蜡，澹中服过味如糖。"他把情感易动、人心难测乃至世味炎凉看得透彻，从切身体会中总结出至理，使人有醍醐灌顶之悟。如以下几首诗：

闲来长把自心平，寸地人间万事萌。好恶自先欺不得，休论暗室有神明。（《斋中》）

青春缘底忙忙去，白发无端续续生。自笑行藏多错料，却将痴坐学忘情。（《痴坐》）

聪明天赋不能求，求得聪明一世愁。留得三分不晓事，禅房深处咽馒头。（《寄温子玉》）

善无不显恶难藏，天网恢恢有弛张。牙齿落残舌尚在，谁知柔弱胜刚强。（《感兴九首》其七）

衔泥旧燕垒新巢，来往如辞曲折劳。蜗舍虽微足容尔，画梁争得几多高。（《留燕》）

这些诗句化抽象为形象，寓禅于事，既有诗的趣味，又有禅的空灵，对社会、人事有独特敏锐的感受，并将这些感受作深刻表达，从中引发禅思、论述人生，往往给人以意想不到的启示，增强了诗歌表达的深度和力度。

他善于以简洁朴实的语言表现闲淡宁静的心绪以及对事物的观照。这些诗歌的语言和一些佛家禅语的风格是一致的，现以《五灯会元》中的一些禅语为例：

野花开满路，遍地是清香。（卷二〇）

大海从鱼跃，长空任鸟飞。（卷四）

热月须摇扇，寒来旋著衣。若言空过日，大似不知时。（卷二〇）[①]

① （宋）释普济：《五灯会元》二十卷，宋刻本。

“禅”在梵语中是沉思的意思，即集中散乱的心念进行冥想，达到无我无念的境界，而刘秉忠的诗歌也往往体现这一特点。他的诗的整体意境讲究悠然超脱，如《小溪》：“小溪流水碧如油，终日忘机羡白鸥。两岸桃花春色里，可能容个钓鱼舟。”从诗里可以读出诗人那种淡泊无心的超然物外，以及自由无碍的怡悦境界。

再者，刘秉忠的诗词中多选取素淡之物，如白色的云、明洁的月、碧绿的溪水等，这也是禅宗讲求淡泊无心、平静恬然的体现。他的诗词清莹之境的形成，和这一点不无关系。因而，刘秉忠的诗歌有一种超脱的境界，禅趣、诗情俱臻佳妙。

他的诗文词曲别有一番情致，明秀清新，和他的人一样潇洒飘逸，从中可以感受到一种脱俗的宁静心境，也形成了一种轻灵透妙的心绪意境和清幽淡雅的境界氛围，这些构成了他作品的深层含义，细细品味，更觉韵味隽永。他寄情于诗，通过诗展露他的情感，诗中也饱含着他对人生的体验，对社会、人事敏锐独特的感受。值得注意的是，在刘秉忠的诗中，这些韵味隽永的精工之语并非仅仅以哲理禅意取胜，而是贯注了作者的情感，使时隐时显的哲理禅意与抑扬起伏的真挚情韵融汇在一起，是诗人心灵的传递，情理并茂，感人至深。刘秉忠在禅宗对世界观照方式的影响下，从平凡的生活之中发现并感悟到深邃的哲理，并在诗中贯注了情感，以卓绝的才情将这种深刻的理性思想表达出来，使其诗增添了耐人咀嚼的理性美。

二 雄浑质直与淳厚和平

马伟在《明刻藏春诗集序》中这样评价刘秉忠的诗文：“今观其遗文遗诗，不事雕琢以为工，不务险恢以为奇，雄浑而质直，淳厚而和平，锵乎金石之音也！炳乎奎璧之光也！滄乎太羹玄酒之味也！”[①]“雄浑而质直，淳厚而和平”，既道出了刘秉忠诗文最主要的风格特色，也说明了他的诗文风格的多样性。

长期藩府谋臣侍从的生活，以及北方各民族勇敢豪犷而又质朴直率性格的影响，造就了他的诗词刚健质朴的风格与率直奔放的表达方式。

① （元）刘秉忠：《藏春集》卷首，北京图书馆古籍珍本丛刊，影印明天顺五年刻本。

再者，刘秉忠乃邢州人，从小受到河朔地区雄峻古朴、悲壮慷慨的审美风尚的熏染，因而其诗文风格自然便有“雄浑而质直”的一面。他留下了许多雄浑、豪爽、清刚、犷达的作品，如《岭北道中》：

> 雨霁轻烟锁翠岚，五更残月照征骖。王戈定指何方去，天意仍教我辈参。霸气堂堂在西北，长庚朗朗照东南。江山如旧年年换，谁把功名入笑谈。

山峦、烟霭、残月等景物的色彩并不绚烂，犹如水墨画，但全诗昂扬着豪迈的气势。他辅助忽必烈行军征战，出谋划策，指点江山。“王戈定指何方去，天意仍教我辈参”，气势雄放，明媚的墨彩与浑然的气势巧妙融合，把诗人奋发的意气、豪迈的气势以及英雄气概全部表现出来。又如，“华夷图始岂虚传，经过分明在目前。日月照开诸国土，乾坤包著几山川。”（《乌蛮》）“赳赳一夫当入路，萧萧万马倒征鞍。已升虚邑如平地，应下诸蛮似激湍。”（《过白蛮》）以疏旷之笔写出了乌蛮与白蛮居住地的地势险峻、行军之难。虽然这类作品在他现存的诗词中并不多，但也可从中见到其风格雄浑豪爽的一面。

文学艺术的风格基本分为两种：“一是崇高雄浑，一是优美含蓄；或者换个角度说，一种是华美，一种是简朴。”① 而刘秉忠诗歌的风格更多的是把这两者调和，呈现出淳厚和平与质直自然的特点。正因为其学术贯通儒、释、道三家的思想，涵养深厚，所以刘秉忠的诗融合了儒家的中和、敦厚、内敛，道家的冲虚、体无、尚圆、大象无形，以及佛家的平静、无相、虚空，体现出朴素平淡、温厚醇和的美。

如《春闲》：

> 尽向青霄驾彩鸾，鹪鹩先得一枝安。诗书况味闲偏得，歌酒情怀醉愈宽。时雨荒山添润泽，春风野水动波澜。玄都观里桃花放，应待刘郎醒后看。

---

① 王先霈：《中国古代诗学十五讲》，北京：北京大学出版社2007年版，第92页。

诗中有浓厚的人文情调，渗透着清新明朗、自在潇洒的书生情怀。这类篇什在刘秉忠的诗词中很典型。他认为，“夺得凤池终犯手”，不如“构成蜗舍且抽头。南窗尽日消闲在，细听莘公说四休”（《蜗舍闲适三首》其一）。力求摆脱世俗羁绊，得到精神解放。他所向往的是“轩外云山得卧看”（《蜗舍闲适三首》其三）的那种清闲自在，一种摆脱了精神枷锁的心灵解放。因而刘秉忠的诗，风格冲和淡远，常在写景抒怀中流露出野逸脱俗的意趣。如《秋江晚景图》：

> 落笔纵横不自休，抹成小景绝清幽。碧波千里楚山晚，红叶一林荆树秋。古渡任分南北岸，长橹自送往来舟。十年间事漫如昨，对此依稀复旧游。

诗境清新冲淡，着墨不浓，写出了诗人那种超然尘外的洒落襟怀。清人谢启昆《论元诗绝句七十首》评刘秉忠曰：“初开草昧赞文明，镂月裁云白雪声。试听芦花溪上笛，西风吹雨水边晴。”[①] 恰是看到了刘秉忠诗歌的清新与超然洒落。

刘秉忠虽备受忽必烈青睐，但并不看重功名利禄，而是甘于淡泊。他是“不但爱诗仍爱酒，何妨栽竹更栽花”（《山家》）。他超越了世俗的忧喜：“两杯粉泼猫头笋，一碗酥烹雀舌茶。只此一朝公事毕，焚香高枕卧烟霞。”（《客中》）他追求脱俗的潇洒、淡远的闲适：“扫睡拟将茶作帚，钓诗须着酒为钩。春风吹绿山前草，尽日携壶胜处游。”（《春闲遣兴》）他更钟情于那种平实的生活，一壶酒、一瓯茶、一箧诗书、三尺琴……平常的生活小景，悠然中亦透出亲切与温情。“一箧诗书三尺琴，忘怀钟鼎是山林。”（《呈南庵友人》）“含味芳英久始真，咀回微涩得甘津。翠成海上三峰秀，夺得江南百苑春。香袭芝兰开窍气，清挥冰雪爽精神。平生尘虑消融后，余韵骎骎正可人。”（《试高丽茶》）他的诗大多读起来像是清风徐来水波不兴，有悠然之致，素净中有绚丽，华茂中又有淳厚，清澄中透着和平。如《秋夜》一诗：

---

① （清）谢启昆：《树经堂集·诗初集》卷14，《续修四库全书》第1458册，上海：上海古籍出版社2002年版。

读诗怀古掩重扃，上世淳风在典刑。仪凤作歌犹有道，感麟绝笔再无经。明星堕地曾为石，腐草逢秋也化萤。殿阁参横月斜落，夜寒书舍一灯青。

作者写景，也写出了自己的生命情调——圆融豁达。高山、秀水、绿柳，再有二顷田园、一座茅屋，有琴书相伴，闲来无事，卧看北窗之外的松竹，还有那满院秋菊散发出阵阵清香，好不自在逍遥……面对此情此景，人也淡如菊，一片宁静和温馨，要比金戈铁马的英雄生涯、比争名夺利的仕宦生活都更适合人生存。语言朴素无华，情感也是含而不露，强调人的精神意志的透脱、洒落，生命因此愈加自由。

也正因为如此，刘秉忠的诗歌才具有独特的魅力。

第六章　许衡的诗歌创作

许衡乃有元一代开国大儒，一生潜心研究、积极传播义理之学。“使国人知有圣贤之学，而朱子之书得行于斯世者，文正之功甚大矣。”[①] 至元八年（1271），许衡担任集贤大学士兼国子祭酒，教授蒙古和色目生徒。他的弟子耶律有尚、吕端善、姚燧等十二人以侍读的身份进入国子学，引导并陶冶蒙古生徒。其弟子耶律有尚儒学涵养深厚，深得许衡之学精髓，后来继为国子祭酒。如此一来，逐渐地苏门学派在元政权中的影响越来越大。“圣朝道学一脉，乃自先生（许衡）发之。”（《左丞许文正公》）[②] 苏门学派在北方流行，使得朱熹理学取得了统治地位。

许衡是一个智者，又是一个性格朴厚的人。明薛瑄《读书录》称，“其质粹，其识高，其学纯，其行笃，其教人有序，其条理精密，其规模广大，其胸次洒落，其志量弘毅，又不为浮靡无益之言，而有厌文弊、从先进之意。朱子之后一人而已”。[③] 许衡本不以文章名世，“然其古诗亦自成一家。近体时有秀句。……讽咏之余，恍然如在吟风弄月间也”。[④] 许衡虽不以文章名世，但身接金源季世，其诗文雅洁、深稳而又质实，代表了元初北方儒者之文风特色。正如《四库全书总目》所言：“其文章无意修词，而自然明白醇正。诸体诗亦具有风格，尤讲学家所难得也。”[⑤] 他虽存诗不多，不过，翻开他的诗集就会发现，探讨人生、感悟人生是他诗歌的一个重要主题。读许衡的诗，总觉得有一种独特的韵味。他的作品在元初文坛彰显了独特的魅力。

---

① （元）许衡：《鲁斋遗书》卷14《先儒议论》，北京图书馆古籍珍本丛刊，影印明万历二十四年刻本。

② （元）苏天爵辑撰《元朝名臣事略》卷8，商务印书馆民国25年版。

③ （明）薛瑄：《薛瑄全集》（下），太原：山西人民出版社1990年版，第1025页。

④ （清）顾嗣立编《元诗选》初集（上），北京：中华书局1987年版，第434页。

⑤ （清）纪昀等：《钦定四库全书总目》，北京：中华书局1997年版，第2213页。

第一节　关心民瘼与许衡诗歌中的叹逝意味

许衡出身于农家，对农村生活和农民疾苦非常了解。他生逢乱世，为避兵乱，长期流离颠沛，生活无着。在离乱之时，“家贫躬耕，粟熟则食，粟不熟则食糠麸菜茹”[①]。在这样的社会历史环境下，他又非常了解处于乱世之中的百姓的颠沛流离与生活无着之痛。因而，他坚持北方学术重治生的精神，提出“为学者治生最为先务，苟生理不足，则于为学之道有所妨”（《通鉴》）。[②] 他“慨然以道为己任”，以拯救生民为己任，“以扶人极，振人纲为心”[③]。居朝廷要职，凡“十被召旨”（《考岁略》），屡备忽必烈顾问，以其学识和才能影响了元朝的政治和文化。

一　关心民瘼

许衡入仕忽必烈藩府之后积极推行汉法。至元二年（1265），在参加中书省议事时，他强调推行汉法的重要性：“考之前代，北方之有中夏者，必行汉法乃可长久。故后魏、辽、金历年最多，他不能者，皆乱亡相继，史册具载，昭然可考。使国家而居朔漠，则无事论此也。今日之治，非此奚宜？夫陆行宜车，水行宜舟，反之则不能行；幽燕食寒，蜀汉食热，反之则必有变。以是论之，国家之当行汉法无疑也。”[④] 他指出：

> 今年劝农桑，明年减田租，恳爱如此，宜其民心得而和气应也。臣窃见前年秋孛出西方，彗出东方，去年冬彗见东方，复见西方。议者谓当除旧布新，以应天变。臣以为曷若直法文、景之恭俭爱民，为理明义正而可信也。天之树君，本为下民。故孟子谓“民为重，君为轻”，《书》亦曰“天视自我民视，天听自我民听”。以是论之，

---

① （明）宋濂：《元史》卷158（许衡传），北京：中华书局2006年版，第3717页。

② （元）许衡：《鲁斋遗书》卷13，北京图书馆古籍珍本丛刊，影印明万历二十四年刻本。

③ （元）吕端善：《祭鲁斋先生文》，（元）苏天爵编《元文类》卷48，北京：商务印书馆民国25年版。

④ （明）宋濂：《元史》卷158《许衡传》，北京：中华书局2006年版，第3718～3719页。

> 则天之道恒在于下，恒在于不足也。君人者，不求之下而求之高，不求之不足而求之有余，斯其所以召天变也。其变已生，其象已著，乖戾之几已萌，犹且因仍故习，抑其下而损其不足，谓之顺天，不亦难乎？①

他的意思是说，如若想在中原保持政权长期稳固，必须推行汉法。许衡非常巧妙地用天象的变化来震慑忽必烈，并用汉文帝建立治道的历史经验劝说忽必烈"以养民为务"。针对元朝统一整个北方中原地区之后，因长年战乱而农田荒芜、民众四散逃离的局面，他提出：

> 今国家徒知敛财之功，不知生财之由，不惟不知生财，而敛财之酷义害于生财也。徒欲防人之欺，不欲养人之善，所以防者为欺也，不欺则无事于防矣。欲其不欺，非衣食以厚其生，礼义而养其心，则亦不能也。徒思法令之难行，不患法令无可行之地，上多贤才皆知为公，下多富民皆知自爱，则令自行，禁自止。诚能自今以始，优重农民，勿使扰害，尽驱游惰之民归之南亩，岁课种树，恳谕而督行之，十年以后，当仓库之积非今日比矣。"②

他告诫元朝统治者，不能靠"敛财"而要靠"生财"巩固统治。只知敛财，则民心不服，天下不会太平，也不会长治久安。

可以说，许衡具有牢固的民本思想。他不是一个只知读圣贤书的儒生，而是重治生，重视经世致用、日用常行。他说："学以躬行为急，而不徒事乎语言文字之间；以致用为先，而不徒极乎性命之奥……虽极于弥纶参赞之功，而亦不遗乎洒扫进退之节。本末兼该，巨细毕举，盖切于民生日用，而非杳冥昏默之谓也。"③ 这一思想成为他参与元初政治活动的主要动力，也支配了他的政治行动。体现在他的诗歌创作中，就是那些关心民众、反映民瘼的诗歌。这是许衡高尚人格的体现，也是对当

① （明）宋濂：《元史》卷158《许衡传》，北京：中华书局2006年版，第3724页。

② （元）许衡：《鲁斋遗书》卷7，北京图书馆古籍珍本丛刊，影印明万历二十四年刻本。

③ （元）许衡：《鲁斋遗书》卷14"古今题咏"，北京图书馆古籍珍本丛刊，影印明万历二十四年刻本。

时社会现实的反映。

许衡深知乱世之中百姓流离之苦。他在《九日思亲》中写道："年年九日泪沾衣，往恨伤心未易支。儿望母时儿哭母，母寻儿处母啼儿。兵尘扰扰关河迥，风色萧萧草木衰。回首天涯谩凝涕，悲风千里暮云垂。"① 兵尘扰扰，风色萧萧，更让人不堪的是母子分离。这首诗将人世间的痛苦集中到一个点上，反映出由生命缺憾产生的悲怀与苦闷，让人不忍卒读。比较一下王粲的《七哀诗》："路有饥妇人，抱子弃草间。顾闻号泣声，挥涕独不还。未知身死处，何能两相完?"② 有异曲同工之妙。可见许诗继承了汉乐府民歌的叙事传统，其辞极苦，其声音极沉痛，许衡的这首诗真实地写出了当时的社会状况，具有一种感染力。许衡非常希望能有一个清平盛世、太平社会，让百姓过上幸福日子，所以当好友姚枢进入忽必烈藩府时，他满怀热情地写道，"终焉托君侯，君侯贤可知"，"责善善无遗，辅仁仁克推"。他祈求"仁政苏民疲"，"善政赒民饥"（《送姚敬斋》）。③ 许衡出身于农家，能接触到农村的生活实际，时时刻刻关心百姓的生活，这在他的诗歌中多有反映：

> 秋稼方成实，连宵雨未休。肯搂十日限，都解万民愁。天相逢奎见，云占遇甲收。西南风未起，空忆霁光浮。(《秋雨思晴》)
>
> 雨水添新涨，陂湖没旧痕。人迷堤口路，船上树头村。岁事知前误，秋耕未可论。谁怜徭役外，天亦吝深恩。(《北门观涨》)
>
> 苦雨伤秋稼，朝云忽放晴。碧空云尽卷，沧海日初升。久客天涯兴，耕夫陇上情。鸡豚并社酒，处处是欢声。(《喜秋晴》)
>
> 玉尘如糁满东风，人道天教兆岁丰。麦已埋深郊外绿，花都封却树头红。半年枯槁从今润，千里芳菲是处空。为问王孙与农叟，忧欢应见两难同。(《春雪》)

秋雨连绵时，他担心的是百姓的庄稼会不会受到影响，盼着天晴日朗。因为连续下雨，湖水也涨了，他无心观涨，关心的是秋耕，以及百姓如

---

① (元) 许衡著，王成儒点校《许衡集》，北京：东方出版社 2007 年版，第 251 ~252 页。

② 程千帆、沈祖棻注评《古诗今选》，南京：凤凰出版社 2010 年版，第 34 页。

③ (元) 许衡:《鲁斋遗书》卷 11，北京图书馆古籍珍本丛刊，影印明万历二十四年刻本。

何应付明年的赋税。天晴了，他喜笑颜开，景也美，人也乐，所见所闻到处是欢声笑语。而下春雪了，他喜的是“人道天教兆岁丰”。即使应和别人的诗歌，他首先想到的也是百姓。“默知嘉禾伤淹没，坐看积潦横穿窬。”（《吴行甫雨雹韵二首》其一）其实，文学语言背后往往可见诗人活的生命与灵魂。许衡有一颗恻隐之心，他关心民瘼，所以他写出来的不是无关痛痒、麻木不仁的诗歌，而是由文学而关联家国天下，由一人心而通于天下人心。他的关心是发自内心的，因而他的诗很真诚，没有华词丽句，和他的文章一样平易、质朴、简明、生动，总有一种温醇亲切与质实朴厚的情感在其中。

二 叹逝意味

孔子面对日夜不停奔流的河水发出喟叹：“逝者如斯夫，不舍昼夜。”（《论语·子罕》）[①] 一切过往皆如消逝的河水，时光如斯，人生亦复如斯。庄子曰：“人生天地之间，若白驹之过隙，忽然而已。”（《知北游》）[②] 时间流逝是如此之迅疾，而人生又是如此之短暂！这种对时间、对人生、对过去的叹逝，对时间之永恒与人生之有限的困惑，影响了中国千百年来的文化与文学。在古典诗歌里，这种叹逝意味的表达便成为一个永恒的话题，具有恒久的魅力。

屈原在《离骚》中不止一次感慨时光易逝、事业难成：“日月忽其不淹兮，春与秋其代序。惟草木之零落兮，恐美人之迟暮。”“老冉冉其将至兮，恐修名之不立。”“路漫漫其修远兮，吾将上下而求索。”[③] 抒写了时间的紧迫和人生的飘忽，带有永恒的、杜鹃啼血式的期待以及浓厚的感伤色彩，感染了千载之下的无数文人。曹操咏唱时间永恒与人生短暂之间的反差造成的悲哀：“对酒当歌，人生几何。譬如朝露，去日苦多。”（《短歌行》）[④] 这种叹逝，带有一种浓浓的孤独感。曹丕《大墙上蒿行》写道：“阳春无不长成，草木群类，随大风起。零落若何翩翩。

---

① （清）刘宝楠：《论语正义》卷10，高流水点校，北京：中华书局1990年版，第349页。

② （清）王先谦集解《庄子集解》，上海：上海书店出版社1987年版，第29页。

③ （宋）朱熹撰，蒋立甫校点《楚辞集注》，上海：上海古籍出版社，合肥：安徽教育出版社2001年版，第7~30页。

④ （宋）郭茂倩编撰《乐府诗集》（上），上海：上海古籍出版社2016年版，第409页。

中心独立一何茕，四时舍我驱驰。今我隐约欲何为？人生居天壤间，忽如飞鸟栖枯枝。我今隐约欲何为？”[①] 观物而兴叹，叹天地，叹人生，塑造了一个独立于渺渺天地的孤独思索者形象。陈子昂的《登幽州台歌》更为集中地表现了这种带有普遍性的困惑：“前不见古人，后不见来者。念天地之悠悠，独怆然而涕下。”放眼历史的长河，天地悠悠，时间无尽，而人生却有限，这种孤独感更加突出。刘希夷的《代悲白头翁》写道：“今年花落颜色改，明年花开复谁在。已见松柏摧为薪，更闻桑田变成海。古人无复洛城东，今人还对落花风。年年岁岁花相似，岁岁年年人不同。”[②] 也在哀叹人的生命的短促，诗人感到莫大的悲哀。

许衡诗歌中就有这种很浓的叹逝意味。面对时间的流逝，他感到无可奈何，叹道：“花谢花开，时去时来。”（《梦中》）时光的流逝永远不可挽回，而年岁已老，却一事无成，诗人心里郁闷难当。他在诗歌中屡屡表达这种心态，如《偶成》一诗：

> 屈指年华四十三，归来憔悴百无堪。远怀未得生前遂，俗事多因困后谙。百亩桑麻负城邑，一轩花竹对烟岚。纷纷世态终休论，老作山家亦分甘。[③]

诗人年华渐逝，归来时形容憔悴，可平生志向并未实现，不觉满腹惆怅。尽管有百亩桑麻、一轩花竹——这是中国人理想中的清风皓月、疏林幽谷之类的环境，可终觉无限遗憾，不免发出悲凉的感叹：人生的秋天很快就会来到，面对世态纷纷却无可奈何，还是归隐山家罢。这种理想难以实现的苦闷往往和人生苦短的感叹交织在一起，构成极大的感情反差，从而呈现出跌宕起伏的艺术效果，抒发了深深的孤独感和叹逝意味。又如《游北观》：“扶杖古城荒，飘然意可伤。道宫烟锁树，农舍雨倾墙。捕吏翻疑寇，平人却笑狂。长吁空仰首，天际正苍苍。”[④] 又是一番孤独与无奈，只能仰天长叹。“思却千思与万思，音容无复见当时。草窗夜静

---

① 殷义祥译注《三曹诗选译》，成都：巴蜀书社 1994 年版，第 95 页。

② （宋）郭茂倩编撰《乐府诗集》（上），上海：上海古籍出版社 2016 年版，第 537 页。

③ （元）许衡：《鲁斋遗书》卷 11，北京图书馆古籍珍本丛刊，影印明万历二十四年刻本。

④ （元）许衡：《鲁斋遗书》卷 11，北京图书馆古籍珍本丛刊，影印明万历二十四年刻本。

灯前教，蔬圃春深膝下嬉。将谓百年供色养，岂期一日变生离。太山为砺终磨尽，此恨绵绵未易衰。”（《七月望日思亲》）[①] 思亲之情伴随着他在外的每一个行程，总是天涯客，所以他常常感慨：“十载天涯客寄身，今年憔悴不堪论。病来与死传消息，老去无家遗子孙。故里欢游频入梦，春城凝眺独消魂。如何藉我知音力，五亩归耕沁北村。”（《病中有感》）[②] 他希望能早日重返田园，回归故里。所以说，许衡的诗歌意境常常是悲凉的。

在许衡的诗歌中，有很多抒发叹逝哲思的作品。其中以《宿卓水》五首哲理最深邃，且最有代表性：

> 腹馁衣单坐又温，可堪开口话牺文。西风更动萧萧竹，清澈先生十一分。
>
> 寒釭挑尽火重生，竹有清声月有明。一夜客窗眠不稳，却听山犬吠柴荆。
>
> 都笑谋生我最迂，我思犹恐不能愚。纷纷走入荆榛里，谁肯轻身与并驱。
>
> 水有清声竹有风，我来端欲豁尘蒙。明朝杖履西城路，怅望家山翠霭中。
>
> 山水年来满意看，只无幽竹伴幽闲。从君愿乞龙孙去，栽向西城空隙间。[③]

诗人夜宿卓水山乡，在他乡客地，夜晚异常宁静，竹林幽幽，西风吹动。梦中醒来，再也难以安眠，便挑灯坐起。寒釭、竹、水、月、山犬、柴荆、幽竹等物象，把诗人的感情或态度体现出来。情景交融，饶有意境，富有韵味，很能见出诗人的性情，显然他并非理学家“击壤体”一路。

许衡的诗中总伴着孤独和无奈，而很少看到他反映开怀展颜的诗篇。登上东城，他叹道：“步履上东城，秋风晚更清。乱云随日下，荒草过堤

① （元）许衡：《鲁斋遗书》卷11，北京图书馆古籍珍本丛刊，影印明万历二十四年刻本。
② （元）许衡：《鲁斋遗书》卷11，北京图书馆古籍珍本丛刊，影印明万历二十四年刻本。
③ （元）许衡著，王成儒点校《许衡集》，北京：东方出版社2007年版，第255页。

平。野迥宽凝伫，诗成促后生。何当常似此，慰我病中情。”（《登东城》）[①] 敏感的诗人看到秋景一片萧条，不禁悲从中来，问天、问地、问己，忧时、忧世又忧心。登天王台，他看到：“楼阁荆榛几变更，登临只见古今情。当年胜迹无人问，依旧春风草又生。”（《登天王台》）[②] 虽然是不喜不惧、听任自然，但仍可读出淡淡的无奈。这种无奈常伴着他的孤独：“薰风不解愠，凉气欲生秋。往事都成梦，离心只自愁。苍黄原上草，寂寞水边邱。却忆家山好，言归未有由。”（《登城西故台》）[③] 他虽然想返回故里、回归田园，却无可奈何。

许衡既有建功立业的理想，分外珍惜光阴，也有另外的一面，即不在意生命的有限与无限，而是以一种超然、超脱的态度对待生死。而这种超脱背后，沉淀着思想中的矛盾。如《病中杂言六首》其一：

> 人人都畏死来催，我道人生死是归。但使墙阴无隐慝，不忧心外有危机。得生本自神先宅，未死谁知鬼已依。此理分明是天命，便须相顺莫相违。[④]

纵浪大化中，好似人生之无常对他没有任何影响，但实际上是他欲求得超脱和心灵的畅达，他并未达到那种拈花微笑便惆怅顿解的境界。许衡的这种孤独来自他有用世之心而难得施展。他关心国计民生，心系天下，出仕忽必烈潜邸后，和藩府儒臣一起积极推行汉法。但是他们和君主忽必烈之间在理念和文化上始终存在着不和谐。中统三年（1262）的李璮之乱，忽必烈对他们这些积极辅佐其施行汉法的金莲川藩府汉族谋臣开始猜忌和逐渐疏远。当社会现实与人生理想产生巨大反差，坚守的信念与国家的命运脱节，自然会产生悲剧感、孤独感、幻灭感和忧患意识。当许衡发现自己希望通过辅佐蒙古君主忽必烈而实现治理国家的理想难以实现时，陷入了一种人生的苦闷与迷茫，“这苦闷来自于文化心理的隔

---

① （元）许衡：《鲁斋遗书》卷11，北京图书馆古籍珍本丛刊，影印明万历二十四年刻本。

② （元）许衡：《鲁斋遗书》卷11，北京图书馆古籍珍本丛刊，影印明万历二十四年刻本。

③ （元）许衡著，王成儒点校《许衡集》，北京：东方出版社2007年版，第241页。

④ （元）许衡：《鲁斋遗书》卷11，北京图书馆古籍珍本丛刊，影印明万历二十四年刻本。

膜带来的他们与蒙古贵族之间的互相不能理解”,[①] 是时代风会造成的儒士群体普遍心态的一个缩影。因而，许衡的诗歌总表现惜时叹逝的主题，既有对百姓、对民生的关心，也有强烈的建功立业的愿望，还有对人生苦短、理想难以实现的慨叹。盛时不再，不能及时建功立业，人生犹如朝露般易逝，这种感情基调时现在他的咏唱之中。如《别西山》：

> 大山如蹲龙，小山如踞虎。烟岚郁苍翠，远近互吞吐。我来苏门居，遨游成乐土。策杖望朝云，卷帘看暮雨。佳意豁尘腥，胜概入谈尘。使我郁陶消，使我劳瘵愈。生平鄙吝心，一洗出千古。回首声名人，何殊坐囹圄。远役非素怀，况有跋涉苦。吟鞭袅春风，迟迟如去鲁。芳菲二三月，追游盛梅坞。归来愿无违，一觞相对举。[②]

人生理想越来越不容易实现，如何调整人生理想与现实之间存在的矛盾，是一个十分重要而且非常迫切的问题。诗人把归隐看作对人生的一种宽慰和调剂，全身心地赏朝云、看暮雨，不慕声名，不企羡富贵，虔诚地执着于苏门学术，这是把积极进取的心思隐藏在老庄人生境界的达观后面。

许衡是个非常重感情的人，家园和亲人常常是他牵挂和思念的对象。“十载他乡寓，千山故国赊。如何虚度日，不肯去还家。往事知难及，余生度可涯。愿言心益地，无用苦伤嗟。”（《戏学老杜去蜀》）[③] 诗中借着恋家感伤的情怀来表达个人对时光易逝的感慨：谁能留住时光而不逝去？“秋宵初感慨，展转不成眠。老况青灯外，羁愁白发边。蹉跎嗟往事，安稳忆归年。却起开门望，霜清月满天。”（《不寐》）[④] 辗转不眠是因想到蹉跎往事，开门目睹清霜与冷月，又引起思绪纷纭：四季更替，羁旅愁思，白发渐多，不如归去！

这种对人生和生命的叹逝意味使许衡的诗歌带有一种抚今追昔、怀

---

① 查洪德：《理学背景下的元代文论与诗文》，北京：中华书局 2005 年版，第 14 ~ 15 页。

② （元）许衡著，王成儒点校《许衡集》，北京：东方出版社 2007 年版，第 255 页。

③ （元）许衡著，王成儒点校《许衡集》，北京：东方出版社 2007 年版，第 238 页。

④ （元）许衡著，王成儒点校《许衡集》，北京：东方出版社 2007 年版，第 238 页。

旧叹逝的愁思。而这种将人的命运、对生命的思考放在时光流逝中审视，从而探讨人生的价值和意义，可以说带有一定的普遍性。因为任何一个人都不会是单独存在的个体，而是处在自我与世界的关系之中，并总是透过自我来理解人生与世界。诗人更是如此，他们对自我的存在及其困境的体验比一般人更为深刻，内心常怀有极大的痛苦、郁闷与困惑，因而会通过诗句表达叹逝意味。这种凝聚着悲怆情愫的倾吐，这种对自我的深层探问与表白，往往是吸引人之处。

第二节　许衡诗歌的隐逸情怀

中国的隐逸文化可称得上历史悠久。《周易》“蛊”之上九云：“不事王侯，高尚其事。”指逃遁世事，远离仕途，可以选择隐居遁迹于林泉，甘为钓叟樵夫、农夫野老，飘然于世外。《庄子·则阳》有：“是自埋于民，自藏于畔。其声销，其志无穷。其口虽言，其心未尝言。方且与世违，而心不屑与之俱，是陆沉者也。”[①] 儒家有“有道则显、无道则隐”之古训，如“乘桴”、“散发”、“挂冠”、“解佩”、“眠云”、“林下”、“漱石枕流”等隐逸典故，孔子和弟子曾晳也探讨“风雩”之志，说“吾与点也”。自先秦开始，隐士便层出不穷。翻阅历代正史，在人物列传部分均设置了“隐逸传”或类似条目，所记的均是内容丰富、让人眼花缭乱的隐士故事。晋张翰“莼羹鲈脍”之典更为有意思。张翰在外地为官之时，一天秋风起，他想起了家乡美味的莼菜和鲈鱼，于是不再留恋仕途，决然挂冠而去。儒、释、道三家皆提到隐逸，隐逸对中国文人影响甚大，也有众多关于隐逸生活、情怀、情志的隐逸文学。自然，在儒家修齐治平思想为主流的情况之下，儒士文人多有出仕之想，希望能以所学经世济民。但即使有幸为官，出仕为官之途也不一定顺风顺水，宦海浮沉，当仕途不如意时，便会有隐逸之想、隐逸之作。

金末元初的文坛隐逸文学兴盛，许衡诗歌创作的一个重要内容便是对隐逸情怀的抒写，他的诗词中满是“归去来兮”的吟唱。许衡不是为了做学问而死读书者，他坚持北方学术重治生的精神，以拯救生民为己

---

① 若愚主编《庄子详解》，北京：北京联合出版公司2015年版，第307页。

任："一祈仁政苏民疲，一祈善政赒民饥。"（《送姚敬斋》）[①] 他关心现实，有忧世伤时之情怀。他一生五仕五隐，进入藩府后积极用世。议事中书省时，所上《时务五事》等，本之儒道，洋洋万言。但当"行道"遇到挫折时，他并不眷恋仕途。"达则兼济天下，穷则独善其身"，仕也好，隐也罢，终不离乎"道"。许衡的这种隐逸情怀，既是时代风会造成的文人心态的缩影，又是他有志于"道"的心态的显现。如《学题武郎中桃溪归隐图五首》就描摹了隐居之乐景：

> 武陵曾有避秦人，人世高跨拟慕真。不道当今异前世，枉寻幽隐伴饥民。红芳未比红衣好，绿水争如绿酒醇。营得一官裨圣政，谁能康济自家身。
>
> 桃溪将拟武陵溪，只恐桃溪隐未宜。诗卷久怀天下咏，画图今遣俗人窥。严陵晦迹终垂钓，韩伯韬声猥学医。此辈君侯休羡慕，但当匡救生民疲。
>
> 桃溪风景写横披，浑似秦人避乱时。万树春红罗锦绮，一湾晴碧卷琉璃。饮中更听琴声雅，静里初无俗事羁。他日君侯归此隐，肯容闲客日追随。
>
> 门外秋千摆翠烟，篱边鸡犬亦闲闲。更教烂熳花千树，对着萦纡水一湾。好景已凭摩诘画，他年重约长卿还。寻思此世人心别，又爱功名又爱山。
>
> 果肯归来学隐沦，闲中别有一乾坤。可人碧草自春意，入调朱弦醒醉魂。花满春风看锦浪，水明凉月话黄昏。此中意趣知多少，莫对簪缨取次论。[②]

"天下有道则见，无道则隐"，一旦忧国忧民的实践受到挫折，天下无道，当然可以"隐"。隐居田园、山林而忘忧，"隐"即乐，归隐田园，乐而忘返。隐士的形象多是渔翁和耕夫，表示孤傲、飘逸和高洁的情怀。尧帝时的隐士许由，乃当时大贤，遁耕于箕山中。据晋皇甫谧

① （元）许衡著，王成儒点校《许衡集》，北京：东方出版社2007年版，第235页。

② （元）许衡：《鲁斋遗书》卷11，北京图书馆古籍珍本丛刊，影印明万历二十四年刻本。

《高士传》记载："时其友巢父牵犊欲饮之，见由洗耳，问其故，对曰：'尧欲召我为九州岛长，恶闻其声，是故洗耳。'巢父曰：'子若处高岸深谷，人道不通，谁能见子？子故浮游，盛欲求其名，污吾犊口。'牵犊上流饮之。"[①] 巢父便是以耕夫的形象出现的。还有唐代著名隐士张志和，《新唐书·隐逸传·张志和》载："居江湖，自称烟波钓徒。"[②] 他以渔翁形象隐没于江湖之上。许衡诗中也有拟泛轻舟、严陵垂钓，还有归耕田园，是一种回归自然的真乐。烂熳花千树，萦纡水一湾，鸡鸣犬吠，男耕女织，这些都不重要，关键是那种悠闲。"饮中更听琴声雅，静里初无俗事羁"，确实是"闲中别有一乾坤"，逍遥出世，其乐融融。许衡所追求的正是中国传统的儒学理念，重视内心的充盈和满足，追求"饭疏食、饮水，曲肱而枕之，乐亦在其中矣"的内心愉悦，还有那种"浴乎沂，风乎舞雩，咏而归"（《论语·先进》）的、超越一切世俗烦恼的快乐满足。文学从某种意义上说，是个人灵魂的栖息地和虚幻的精神家园。因而，诗人在诗文中倾吐他的心曲。当诗人目睹了几许人生的沧桑变化，看清了仕途的坎坷与磨难，便进一步超越了功利目的和世俗的无奈与矛盾，他坦言："我爱林虑山，不处要路津。兹焉几千古，绝彼朝市尘。"（《别西山》）为了自己所志之道，可以慨然放弃顾影虚名："吾道真如千里重，虚名冷笑一毫轻。"（《呈友人》）他经常想着归隐田园："如何藉我知音力，五亩耕归沁北村。"（《病中有感》）[③] "蛟鼍不肯脱渊深，鸟雀还知宿茂林。笑我羁孤成蹇蹇，于今衰老复骎骎。困来未易追前事，病久犹当屈壮心。闻道西溪田可得，安栖从此有佳音。"（《用行甫韵》）[④] 他时刻希望归隐田园。不慕王侯、只爱田园，他在诗中屡屡表达自己的这种理想和愿望："老作民区百岁翁，托身终不羡陈宫。山田随分有生业，俭德养廉真古风。五亩桑麻舍前后，两行花竹路西东。幽人自爱幽居好，未肯埋身利害中。"（《用吴行甫韵》）[⑤] "拉友西溪往步联，西溪佳景丽秋天。日回林影苍烟外，风转滩声白鸟前。迅走双轮看磨巧，连

---

① （晋）皇甫谧：《高士传》，北京：中华书局1985年版，第14页。

② （宋）欧阳修、宋祁：《新唐书》卷186，北京：中华书局2003年版，第5608页。

③ 以上几首诗，均见（元）许衡《鲁斋遗书》卷11，北京图书馆古籍珍本丛刊，影印明万历二十四年刻本。

④ （元）许衡著，王成儒点校《许衡集》，北京：东方出版社2007年版，第250～251页。

⑤ （元）许衡：《鲁斋遗书》卷11，北京图书馆古籍珍本丛刊，影印明万历二十四年刻本。

安独木讶桥偏。老年活计寻幽隐，须拟冈头置一廛。”（《晚步西溪》）[①]

与唐代柳宗元仕途坎坷，无法释怀心中的落寞，从而有“孤舟蓑笠翁，独钓寒江雪”（《江雪》）诗句一样，许衡也在灵魂深处构建着一个属于自己的诗化的精神乐园。

许衡虽然选择入仕忽必烈藩府，努力辅佐忽必烈以汉法治理中原，但也深深感到种种社会现实带给当时汉族入仕文人多方面的压力。《东门行》写道：

> 贵德德乃显，尚力力为优。二者各有时，天运非人谋。举世皆好义，贫贱固可羞。天下方事强，声誉将何求。人生会此意，出处皆无忧。但恐利欲驱，由非所当由。足蹑虎狼尾，手撩虺蛇头。一触祸患机，相寻遽难休。新闻李侯子，快意复父雠。雄名与英概，一日倾九州。美事固可羡，犹当究源流。掘地得深泽，积土为高邱。造端起不平，是果谁之尤。君子慎谋始，责躬重以周。弱德较强力，明知势难侔。驰马走峻坂，中间岂容收。颠越既莫救，岂得乘桴浮。君不见群雀满树急喧啾，隋侯有珠不肯投。一鸦死时一珠碎，得轻失重非良筹。友之直谅仁可辅，药之瞑眩疾易瘳。不知当日谁与乃父为交游？[②]

自史天泽事件后，蒙古统治者对汉族文臣产生了戒备和提防，同时也造成了忽必烈藩府儒士文人的特定心态。天下有道，但仕途坎坷，对于有着济世抱负的许衡而言孤寂而落寞，他绝对有隐居之意，时常流露出出世和隐逸之思。偶尔遁迹江湖，自然会有隐居的愉悦，有追求精神修养的愉悦。许衡不是一个浪漫的人，但他笔下的《桃溪归隐图》却让人遐想：

> 溪桃种成事天子，已把行藏两途拟。如今鞍马困黄尘，袖着横披念生理。君不见太仓米，登天厨，金盘对饤如珍珠。虽能顷刻得

① （元）许衡著，王成儒点校《许衡集》，北京：东方出版社 2007 年版，第 251 页。
② （元）许衡著，王成儒点校《许衡集》，北京：东方出版社 2007 年版，第 234 页。

贵重，无复继世生民区。果欲归，归贵速，云雨人情若翻覆。虚名累不当饥寒，枉惹闲愁乱心曲。果欲归，归恐晚，镜里萧萧鬓丝短。桃花零落几春风，野鹤山猿有谁管。归去来，莫徘徊，瓦盆便拟倾新醅。脱冠一笑醉溪石，人间万事俱尘埃。①

这首诗体现了一种洒脱而旷达的心态。诗中“归去来”的呼唤是诗人此时内心世界最真实的展现。林语堂先生曾说，“中国文化的最高理想始终是一个对人生有一种建筑在明慧的悟性上的达观”，“人生有时颇感寂寞，或遇到危难之境，人之心灵，却能发出妙用，一笑置之，于是又轻松下来”。② 许衡在仕途遇到挫折后看透了俗情世间，打算去田园安顿自己的有限生命、享受现世的欢愉，这是对传统中国儒家思想主张——重视内心的充盈和满足——最好的演绎。而许衡所追求的隐逸文化具有一种淡泊宁静、任性率真的美学意趣，这一特质的产生，自然和诗人的心态与社会文化背景有极大的关系。如其《别西山》其二：“我爱林虑山，不处要路津。兹焉几千古，绝彼朝市尘。我来成素交，澹澹日益亲。形骸两相忘，谁主复谁宾。充然乐我饥，怡然栖我神。朝光连暮色，佳意含余春。心境一融会，世味殊未真。奕奕草木光，熙熙禽鸟驯。众物欣有托，吾庐行亦新。诗书咏而归，况有耆德邻。”③ 在西山时，他避居于田野和山林，生活乐而无忧。隐逸环境是林虑山，似画般美好，只有渔樵归隐之乐，而无宦海风波之患，远离政治与俗世红尘，身心得自由，超然于尘世之外。从诗中可知，在隐居生活中，以白云青山、草木佳禽为伴，怡然于读书、歌咏，这种乐趣只在心态平和、心情愉悦的隐逸岁月里才会有。他看的、听的、做的、感受的、思考的，都围绕着精神如何彻底超越世俗的羁绊。

又如《游黄华》：“我生爱林泉，俗事常鞅掌。十年若烦剧，一念愈倾仰。峰峦看画图，云烟入想像。久成心上癖，欲忍不可强。荷有敬斋公，恒以善相长。携我游黄华，一洗尘虑爽。行行叹奇绝，举目皆胜赏。镜台耸百嶮，瀑布落千丈。石苔积重痕，溪风动幽响。使我躁竞息，使

① （元）许衡：《鲁斋遗书》卷11，北京图书馆古籍珍本丛刊，影印明万历二十四年刻本。
② 林语堂：《林语堂著译人生小品集》，杭州：浙江文艺出版社1991年版，第52页。
③ （元）许衡著，王成儒点校《许衡集》，北京：东方出版社2007年版，第236页。

我心志广。恍如梦中身，翱翔千古上。回首声利场，谁能脱尘网。我老得仁心，动作皆可像。还家拟邻居，求田冀接壤。便许朴钝质，于此静中养。”① 真情流露，对世俗红尘的确已是厌倦，对清静闲适的隐居生活追求向往之心跃然纸上。如《谢梁安抚惠田》：“晚年幽兴入幽居，拟即诸侯置一区。令德久思亲慷慨，佳田今许乞膏腴。太行西对千峰玉，淇水东窥万斛珠。幸着此身于此老，愿从乐正五人俱。”② 他渴望晚年归隐田园，不为王侯，只为幽居。

许衡是有元一代大儒，以理学的传播和政治上的作为赢得后世的敬仰，他写道：“道在乾坤若水流，断焉复续仰前休。一从伊洛相承后，赖有先生世教谋。”（《鄂渚宰廷俊诗》）③ 他在诗歌创作上更有一种温醇亲切与质实朴厚的儒者风范。正如《四库全书总目》所言：“其文章无意修词，而自然明白醇正。诸体诗亦具有风格，尤讲学家所难得也。”④ 他的诗歌有自己独特的魅力，亦代表了元初北方诗坛的风气，是时代风会的体现。许衡的诗歌不多，但他的诗是其精神世界的体现，他对名利、富贵、寿夭都看得比较淡，只看重朋友间的友情与家人间的伦常亲情。许衡诗的一个最重要特点是，总是充溢着人伦亲情的温暖和对真诚友谊的怀恋。读了许衡表现亲情、友情的诗，总感觉温暖而又情韵悠长，体现出一种笃如胶漆、真诚温厚的人性之美。

---

① （元）许衡著，王成儒点校《许衡集》，北京：东方出版社 2007 年版，第 231 ~ 232 页。
② （元）许衡著，王成儒点校《许衡集》，北京：东方出版社 2007 年版，第 250 页。
③ （元）许衡：《鲁斋遗书》卷 14，北京图书馆古籍珍本丛刊，影印明万历二十四年刻本。
④ （清）纪昀等：《钦定四库全书总目》，北京：中华书局 1997 年版，第 2213 页。

第七章　郝经的各体诗歌创作

郝经（1223～1275），字伯常，谥文忠。其先潞州人，后徙泽州之陵川（今属山西）。他不仅是一位杰出的文学家、典型的北方儒士，还是一个可以媲美苏武的威武不屈的志士。文豪、志士的双重人格使他的文学创作文采与风骨兼具，在金末元初大放异彩。宋濂《国朝名臣颂·郝文忠公经》赞曰：

瞻彼郝公，上师孔颜。挺然一气，立天地间。衔命出使，仗节弗屈。十有六龄，有如一日。楗门堑垣，不翅狱庭。臣节甚重，万死实轻。吐其崛奇，见于直笔。奸雄虽亡，诛之则力。汉有苏武，啮毡海上。郝公继之，双璧相望。①

这段文字堪称对郝经生平大节、学问文章、人格品德的真实描摹。其弟子兼一同使宋的同伴苟宗道曾这样总结郝经在文学与学术上的成就：

公之一身关系两朝之兴衰，惜乎不得一见而终也。公生于丧乱之后，能嶷崿振拔，不为流俗所移，以盖世豪迈之气，坚忍不渝之志，为成己成物之学，故能深造，自得一体，用兼本末，贯万物而不遗。至于太极先天造物之机，道德性命之情之妙，与夫圣贤心传践履之实，古今开济天下之要，则尤精察洞究，粹然一出乎孔孟之正，诸子以下不屑论也。盖将唱鸣吾道，挥斥百家邪说之蠹，横圣门而御侮，高明正大，挺然一世之杰，所以能建奇功，立大节，著书传道，以大儒名天下后世。其或赋诗饮酒，邀宾接物，而英风逸气，有足以动人者，此特公游泳陶写之余事耳。其文则涵养蕴蓄之久，理足而气有余，盖有激于中，则吐而为之辞，如长江大河有源

① 罗月霞主编《宋濂全集》第1册，杭州：浙江古籍出版社1999年版，第8页。

有委。下笔数千百言，不求奇而自奇，无意于法而皆法，纯乎理性而不杂，故能自成一家之作。其诗则气韵高远，止乎礼义，得诗人中厚之意，故能摅写至理，吟咏性情，不为近体尖新切律之语，亦足以自成一家。字画则天姿高古，取众人所长以为己有，故有笔势俊逸遒劲，似其为人，无倾侧颇媚之态，亦为当代名笔。[①]

清人陶自悦说，郝经“理性得之江汉赵复，法度得之遗山元好问，而独申己见，左右逢源，固自有其文”[②]。这是说，郝经从南宋理学家赵复那里接受了程朱理学，文学上师承文学大家元好问，师承正而且又能自成一家。不过，这并不全面。实则，郝经的学术和文学是“泛取各家而不主一家”。查洪德先生对郝经的学术传承和文学特点进行过准确论述：“郝经确实从赵复那里接受了南宋朱熹之学，但是，郝经所接受的，主要是北方之学，即使仅就理学说，也不仅得自赵复，在赵复北上之前，他对于理学早已有所接触并有一定程度的吸收。接触赵复以后，他的学术思想有一些变化，但其基本的东西并未改变，他是在北方学术基础上部分地接受了赵复所传的朱熹理学，并与其原有的北方之学相结合。但是，南北之学并没有在他这里融汇，所以郝经的学术思想常常表现出相当的矛盾性。其诗文的确延元好问一脉，但由于时代与社会等因素的影响，其诗文从风格到内容也都与元好问异趣。”[③] 在金末元初南北学术汇合之际，郝经的学术和文学既深受陵川地方学术浸润，又得之于家学渊源，再加上他本人勤奋学习、博览群书，又曾师事元好问，从赵复习得朱熹性理之学，因而，其学术和文学可谓学兼南北。

陵川地方学术及郝氏家学对郝经的学术与文学有很大影响。金元时期，陵川文化繁盛一时。首先，北宋时“二程”中的程颢曾任泽州令，他在任三年兴办学校，在泽州一带传播学术，陵川、高平、平阳等地都受到很大影响。这使泽州人崇尚教育，耕读传家之风兴盛，有齐鲁之风，

① （元）苟宗道：《故翰林侍读学士国信使郝公行状》，载（元）郝经《郝文忠公陵川文集》卷首，北京图书馆古籍珍本丛刊，影印明正德二年李翰刻本。

② （元）郝经：《郝文忠公陵川文集》卷首，北京图书馆古籍珍本丛刊，影印明正德二年李翰刻本。

③ 查洪德：《理学背景下的元代文论与诗文》，北京：中华书局2005年版，第180页。

也造就了一批又一批人才，“大儒辈出，经学尤盛”。再者，“鹤鸣老人”李俊民后半生寓居陵川，使泽州之学在金代发生了变化，他在程颢理学基础上传授理学及邵氏《皇极》之学，对陵川的文化贡献也很大。郝经《宋两先生祠堂记》详细记载了程颢和李俊民对陵川地方学术的贡献：

> 明道先生令泽之晋城，为保伍，均役法，惠孤惸，革奸伪，亲乡闾，厚风化，立学校，语父老以先王之道，择秀俊而亲教导之，正其句读，明其义理，指授大学之序，使格物致知，诚意正心，修身齐家，笃于治己而不忘仕禄，视之以三代治具，观之以礼乐。未几，被儒服者数百人。达乎邻邑之高平、陵川，渐乎晋、绛，被乎太原，担簦负笈而至者日夕不绝，济济洋洋，有齐鲁之风焉。在邑三年，百姓爱之如父母，去之日哭声震野。金源氏有国，流风遗俗，日益隆茂。于是平阳一府冠诸道，岁贡士甲天下，大儒辈出，经学尤盛。虽为决科文者，六经传注皆能成诵。耕夫贩妇，亦知愧谣诼，道文理，带经而锄者，四野相望。雅而不靡，重而不佻，矜廉守介，莫不推其厚俗，犹有先生之纯焉。泰和中，鹤鸣先生俊民得先生之传，又得邵氏《皇极》之学，廷试冠多士，退而不仕，教授乡曲，故先生之学复盛。经之先世高、曾而上，亦及先生之门，以为家学。传六世至经，奉承绪余，弗敢失坠。[①]

陵川地方之学对郝经影响很大，而对郝经影响更为深远的是郝氏家学。郝经之高祖、曾祖辈都是程颢弟子。“陵川学者，郝氏称首”（《先曾叔大父东轩老人墓铭》）[②]，可以说陵川郝氏是北方儒学家族的一个典型，耕读传家，世代业儒，以治经力行为本，教授乡里。郝经称：“陵川郝氏世业儒，至先曾大父昆季七人皆治经力学，教授州闾……诸昆皆贤，而尤笃友爱。”（《棣华堂记》）[③] 这样的家庭对郝经影响很大。郝经的曾

---

① （元）郝经：《郝文忠公陵川文集》卷27，北京图书馆古籍珍本丛刊，影印明正德二年李翰刻本。

② （元）郝经：《郝文忠公陵川文集》卷36《先曾叔大父东轩老人墓铭》，北京图书馆古籍珍本丛刊，影印明正德二年李翰刻本。

③ （元）郝经：《郝文忠公陵川文集》卷26《棣华堂记》，北京图书馆古籍珍本丛刊，影印明正德二年李翰刻本。

叔祖"东轩老人"郝震，乃郝氏第一位以学问著称者，"徜徉山谷，从而学者甚众。讲劘道艺，渊汇日邃，益有高世意，而无复世味。以经旨授学者，折之以天理人情，而不专于传注，尤长于理学，赋诗多警句，晚年益趋平实淡如也"（《先曾叔大父东轩老人墓铭》）。[①] 郝震在经学、文学上显然有独特之处，在陵川传授学术，从学者甚众。祖父郝天挺，字晋卿，秉洁刚直，才学卓尔不群，融汇百家之学，尤工于诗歌，早年为京城太学生中的佼佼者。郝经在《先大父墓铭》中总结概括了其祖父"重内轻外"的教育思想："其教人以治经行己为本，莅官治人次之，决科时文则末也。故经指授者，往往有成资。"即以儒家经典为教材，以修身行己为根本。郝经自己也深受祖父"肆意经传、贯穿百家"治学思想的影响，[②] 多研习儒家经典。郝经继承先人"治经业儒"的遗业，具有浓厚的儒家人文情怀。祖父和父亲的言行和教育对他影响很大。郝经之父郝思温曾以其祖父之言告诫郝经："士不能忍穷，一事不能立。汝曹毋以浅功近利有速售之心也。慕利则败义，欲速则不达。汝能勤则功自至，汝能俭则利自来。故立身行己，在夫坚忍而已。能坚忍则能任事，历大患难，处大富贵。决若长河而不回，屹若泰山而不移，然后可谓大丈夫。"（《先父行状》）[③] 这对郝经的立身处世态度有很大影响，后来他出使南宋被拘押十六年而不改初衷，以忠节之举留名青史，应该是深受此话影响。

郝经的母亲许氏知书达礼。郝思温举家迁于保定后，因家贫，曾想让身为长子的郝经专门操持家务。许氏极力反对，她说"郝氏儒业四世矣，名士如元遗山者，我之自出。故家渊源，当益浚之，可自我而涸乎？今宗族之在河南者，皆尽矣。惟吾独在，有三子焉，岂非天也！使是子也而有成，不队家声，吾侪冻馁无憾。其或不成，亦云命矣，于吾责何有？若以利责之子而不教，是废先世也。先世之灵，照之在上，质之在傍，将于谁而责也？"郝思温听了感激而泣，为之赋诗曰："日月傥随天

① （元）郝经：《郝文忠公陵川文集》卷36，北京图书馆古籍珍本丛刊，影印明正德二年李翰刻本。

② （元）郝经：《郝文忠公陵川文集》卷36，北京图书馆古籍珍本丛刊，影印明正德二年李翰刻本。

③ （元）郝经：《郝文忠公陵川文集》卷36，北京图书馆古籍珍本丛刊，影印明正德二年李翰刻本。

地在，诗书终疗子孙贫。”（《先父行状》）[①] 郝经能够继续读书，得益于有这样一位通达的母亲，因而他倍加努力，刻苦学习，博览群书。郝经在文学和学术上的造诣，是和陵川地方学术的浸润以及深广的家学渊源分不开的。他在《与北平王子正论道学书》中提到自己的家学传承：

> 尝闻过庭之训：自六世祖某从明道程先生学，一再传至曾叔大父东轩老人，又一再传及某。其学自《易》、《诗》、《春秋》、《礼》、《乐》之经，男女、夫妇、父子、君臣之伦，大而天地，细而虫鱼，迩而心性，远而事业，无非道也。[②]

郝经在学术传承上也受赵复所传朱熹理学的影响，有“理性得之江汉赵复”的说法。不过，他是在原有的北方之学的基础上接受赵复理学的。从现有的资料来看，郝经虽然与赵复接触的时间并不多，但一直想向赵复求教。“日幸一拜，得闻高谊，望江汉之惊澜，渐伊洛之余波。”[③] 他对赵复北传理学之功推崇备至，且执弟子之礼。他说：“近岁以来，吴楚巴蜀之儒与其书浸淫而北，至于秦雍，复入于伊洛，泛入三晋、齐鲁，遂至燕云、辽海之间。而先生巍然以师道自处，学者云从景附。又为《伊洛发挥》一书，布散天下，使孔孟不传之绪，家至日见。则道之复北，虽存乎运数，其倡明指示，心传口授，则自先生始。呜呼！先生之有功于吾道，德于北方学者，抑何厚耶！而经牵制于时，不能奉杖屦备弟子之列，抑又何不幸耶！”（《与汉上赵先生论性书》）[④] 赵复与郝经接触之后，对郝经也十分赏识。苟宗道记载：“江汉赵先生爱公（郝经）文笔雄赡，练达理性，谓之曰：‘江左为学读书如伯常者甚多，然似吾伯

---

① （元）郝经：《郝文忠公陵川文集》卷 36，北京图书馆古籍珍本丛刊，影印明正德二年李翰刻本。

② （元）郝经：《郝文忠公陵川文集》卷 23，北京图书馆古籍珍本丛刊，影印明正德二年李翰刻本。

③ （元）郝经撰，秦雪清点校《郝文忠公陵川文集》，太原：山西人民出版社、山西古籍出版社 2006 年版，第 342 页。

④ （元）郝经：《郝文忠公陵川文集》卷 24，北京图书馆古籍珍本丛刊，影印明正德二年李翰刻本。

常挺然一气立于天地之间者，盖亦鲜矣。’”[①] 郝经与赵复的直接接触不一定太多，但郝经的学术和文学创作仍受到赵复一定的影响。

郝经的文学创作与文学理论，是建立在博通经史和文学基础上的，正如《四库全书总目》的评价：“其生平大节，炳耀古今，而学问文章亦具有根抵。如《太极》、《先天》诸图说，《辨微论》数十篇及《论学》诸书，皆深切著明，洞见阃奥，《周易》、《春秋》诸传，于经术尤深。”[②] 这和他的家学渊源深厚，自己博通群书，有深厚的儒学基础，后来又受赵复理学的影响是分不开的。又言：“故其文雅健雄深。无宋末肤廓之习。其诗亦神思深秀，天骨挺拔，与其师元好问可以雁行。”[③]郝经在文学上的确是深受元好问影响，但又有自己的独到之处。

郝经祖父郝天挺曾是元好问的老师，郝、元两家渊源颇深。元好问在文学上对郝经期望很高。《赠答郝经伯常伯常之大父余少日从之学科举》：“故家珠玉自成渊，重觉英灵赋余偏。文阵自怜吾已老，名场谁与子争先。撑肠正有五千卷，下笔须论二百年。莫把青春等闲了，蔡邕书籍待渠传。”[④] 元好问很是欣赏郝经的才华，并教导他写作应从大处着眼，勉励他珍惜青春、有所作为。郝经对元好问的文学才能也极为推崇：“当德陵之末，独以诗鸣。上薄风、雅，中规李、杜，粹然一出于正，直配苏、黄氏。天才清赡，邃婉高古，沉郁大和，力出意外。巧缛而不见斧凿，新丽而绝去浮靡，造微而神采粲发，杂弄金璧，糅饰丹素，奇芬异秀，洞荡心魄，看花把酒，歌谣跌宕，挟幽、并之气，高视一世。”(《遗山先生墓铭》)[⑤] 高度评价元好问的诗歌成就。其实，郝经在文学创作上很大程度上也继承了元氏的风格。清宋荦《漫堂说诗》云：“元初袭金源派，以好问为大宗。”金元之际，元好问以在野之士位居文坛宗主，这是无可怀疑的。“遗山未尝仕元，而巨手开先，冠绝于时，固不必

---

① （元）苟宗道：《故翰林侍读学士国信使郝公行状》，载（元）郝经《郝文忠公陵川文集》卷首，北京图书馆古籍珍本丛刊，影印明正德二年李翰刻本。

② （清）纪昀等：《钦定四库全书总目》，北京：中华书局 1997 年版，第 2202 页。

③ （清）纪昀等：《钦定四库全书总目》，北京：中华书局 1997 年版，第 2202 页。

④ （元）郝经撰，秦雪清点校《郝文忠公陵川文集》，太原：山西人民出版社，山西古籍出版社 2006 年版，第 550 页。

⑤ （元）郝经：《郝文忠公陵川文集》卷 35，北京图书馆古籍珍本丛刊，影印明正德二年李翰刻本。

言”（张景星《元诗别裁序》）。[①] 作为元初的文坛领袖，元好问尚壮美、重豪迈，欣赏刚健雄壮的风格，倾向于阳刚之美，反对柔靡艳冶的诗风，继承“汉魏风骨”，推崇“慷慨歌谣”，赞赏“一语天然万古新，豪华落尽见真淳”（《论诗三十首》）。[②] 他在创作上提倡创新又反对怪诞，这几乎成了北方文坛的指导思想。在元好问的影响下，郝经重视金源文化与文学，延承北方文学之特色。论文，重文之“用”，强调“质”与“实”，反对“巧”和“丽”，崇尚“高古”，提倡“道入于技”；论诗，重风雅并追摩盛唐、建安，轻晚唐，重风格而不徒尚词句之工。郝经之文风格雅健，雄深中蕴含着纡舒轻缓，立论新而不怪、奇不伤雅。明陈凤梧《陵川集序》称其文为“元文中之杰然者”，“其学博，其才赡，故发而为文也，汪洋滂沛，如大河东注，一泻千里；抑扬起伏，如太行诸峰，层见迭出。盖积之深而发之盛”。其诗，不崇华丽、险怪而追求豪迈奔放，《元史》本传称其“诗多奇崛”。尤其是他的长篇歌行和律诗，笔力健，气势雄，造语奇隽，更有奇崛之特色。只是郝经有些绝句，造诣远不如元好问，流露出拗硬之态，缺少神韵。

郝经在元初之北方，称得上是“元好问在文坛上最直接也是最重要的承继者”[③]，又是元初北方学术和诗文的开拓者，“嗣后姚氏燧、虞氏集、揭氏傒斯、戴氏表元、黄氏溍、柳氏贯、欧阳氏玄、吴氏莱，咸以其文成一家言，有名元代，非先生导其先路哉！”[④]

郝经的学术和文学，师事北方大家元好问，从南宋赵复习得朱熹性理之学，南北方主流思想与文学都对他有过影响，可谓学兼南北。此外，郝经本人受陵川地方学术浸润，又得之于郝氏家学，博通经史，有深厚的儒学修养与文学功底，再加上他所处的时代和他本人后期被羁留真州的特殊经历，在这多重影响下，他能够“独申己见，左右逢源，固自有

---

① （清）张景星、姚培谦、王永祺选编《元诗别裁集》，长春：吉林出版集团股份有限公司 2017 年版，第 1 页。

② （金）元好问：《元好问集》，太原：山西古籍出版社 2006 年版，第 155 页。

③ 查洪德：《郝经、刘因与北宗诗文》，载《郝经暨金元文化学术研讨会论文集》，太原：山西出版集团 2007 年版，第 55 页。

④ （元）陶自悦：《陵川集序》，载（元）郝经《郝文忠公陵川文集》卷首，北京图书馆古籍珍本丛刊，影印明正德二年李瀚刻本。

其文”[①]。在金末元初的北方文坛与学界，他确实有独特的魅力，因而在金莲川藩府文学群体之中也有着独特的地位和影响。

明何乔新在《重刊黄杨集序》中评道：“有元一代，俗漓政厖，无足言者，而其诗矫宋季之委靡，追盛唐之雅丽，则有可取者。盖自郝伯常、姚公茂鸣于北方，而马伯庸、萨天锡诸公继作。”[②] 元初北方诗坛雅丽之风，实自姚枢与郝经始。郝经的诗歌创作成就在元初北方文坛独树一帜，他的诗歌风格是多样的。清代顾嗣立所编《元诗选》评曰，“元诗颇病纤秾，伯常得法于遗山，苍浑奇崛，气骨特高”，其诗“笔法纵宕，不为律缚”。[③] 清人谢启昆《论元诗绝句七十首》评郝经云：“南北干戈未息肩，行人何罪系江边？霜风吹落金明雁，夜月梅花泣杜鹃。”[④] 指出郝经被羁留于宋之后诗歌呈现出感情沉郁、细腻的风格。清彭蕴章《题元人诗十二首》称：“陵川慷慨慕荆卿，忆絷真州虎口生。花月哀吟遭世变，黄金台下动豪情。”[⑤] 指出其慷慨豪洒的一面。

郝经诗歌不仅风格多变，而且各体都有。其五言古诗学汉魏六朝，晋诗味最浓。其歌行承袭宋金诗风，以笔力、气势见长，有李贺之奇崛与盛唐边塞歌行体之豪壮气势。郝经“各体诗中，成就最高的是律诗，而律诗中的大部分写于后期使宋羁留期间。这部分诗着意学杜甫，只是学杜之沉郁顿挫而成含蓄苍凉，学杜甫的精密工致而实入于晚唐之工巧”。[⑥] 郝经《陵川集》所收诗歌共689首，存于卷二至卷一五共十四卷中。卷二至卷五所收为五言古诗，共165首；卷六和卷七是古诗（和陶），共118首；卷八至十二所收乃歌诗，共131首；卷十三所收是七言律诗，共97首；卷十四收其五言律诗45首；卷十五乃是七言绝句和五言绝句，其中七言绝句124首，五言绝句9首。现仅就郝经的几种主要

① （元）陶自悦：《陵川集序》，载（元）郝经《郝文忠公陵川文集》卷首，北京图书馆古籍珍本丛刊，影印明正德二年李翰刻本。

② （明）何乔新：《椒邱文集》卷9，《景印文渊阁四库全书》第1249册，台北：商务印书馆1985年版。

③ （清）顾嗣立编《元诗选》初集（上），北京：中华书局1987年版，第384页。

④ 林东海、宋红编辑《万首论诗绝句》，北京：人民文学出版社1991年版。

⑤ （清）彭蕴章：《松风阁诗钞二十六卷归朴龛丛稿》，《清同治刻彭文敬公全集本》卷16，天津图书馆。

⑥ 查洪德：《郝经的学术与文艺》，《文学遗产》1997年第6期，第62页。

诗歌形式进行分析。

第一节　五言古诗

郝经是元初北方文坛真正致力于古体诗创作的人，十四卷诗歌中有十一卷为古体诗。他的古体诗创作，广泛吸取汉魏六朝的诗歌传统，体现了其深厚的学养与创作风格。五言古诗是郝经最常用的诗体之一，共四卷。他对历代五古做了全面的继承与发展，但晋诗味最浓。清蔡显在《闲渔闲闲录》卷六中谈到苏黄之后南宋及金元五古的发展，说：

> 南渡诸家，紫阳亦诗豪也，读《斋居》、《感兴》诸篇，实溯源伯玉，微此，则宋代五言古益寥寥矣，奈何以理学掩之？他如尤、杨、范、陆，或以清婉胜，或以深刻胜，或擅宏丽，或擅敷腴，非不各极其美。要其步武，不离熙、丰、元祐间者近是。迨其季也，赵师秀、翁灵舒辈，喜贾岛、姚合而学其清苦。江湖诗人多仿其体，然气局窘而音节促，等诸自郐而下，岂刻论哉？就宋论宋，其源流类如此。而源流于易代而后，亦有略可考者。元好问，金之隽才也，其《中州》所选如蔡松年、党怀英、周昂、吴彦高诸人，谓皆苏黄影响，则亦宋之余分闰位已耳，得其流者，意唯元与明乎？迨观松雪之规伯玉，晋卿之仿浩然，虞文靖学杜，间及六朝，揭曼硕师李，旁参三谢，终之以廉夫，洵一代诗豪而耽嗜瑰奇，沈沦绮丽，其果及宋之格调否欤？①

蔡显于金元诸家中没有提及郝经，但郝经的五古继元好问之后在金元之际是很有独特风貌的。他有意识地避免排偶声律，追求类似于汉魏古诗的风貌，继承和发展了五古的“兴寄”传统与语言自然而有风骨的优点。他的五古具有汉魏乐府“直陈其事”与古诗古朴质实的特点，时而模仿魏晋五古杂用抒情、说理、比兴之体，有时还有唐代五古之清淡、古雅，以流利之语言来抒情达意之特色，总之，风格多样。

---

① （清）蔡显：《闲渔闲闲录》卷6，1928年复印吴兴刘氏嘉业堂本。

一 以组诗寓意说理

郝经的五言古诗，多效法魏晋古风，除和陶诗外，还有《寓兴》、《幽思》两组大型组诗。风格上接近阮籍和陈子昂的咏怀诗，语言简淡、质朴，如脱口而出，多近自然，寓意说理，晋诗味较浓应该是就此而言的。但是《寓兴》、《幽思》两组诗受朱熹的《斋居感兴》组诗影响更深。今以朱熹诗与郝经诗进行对比：

> 昆仑大无外，旁薄下深广。阴阳无停机，寒暑互来往。皇牺古神圣，妙契一俯仰。不待窥马图，人文已宣朗。浑然一理贯，昭晰非象惘。珍重无极翁，为我重指掌。（朱熹《斋居感兴二十首》其一）①
>
> 弄丸观古初，洞见天地心。不外人与物，坦白无幽深。如何妄意者，肺腑戈矛森。乱凿浑沌窍，遂使天机沈。世失钟氏子，孰与传希音。欲言复无言，感动为长吟。（郝经《寓兴》其一）

《斋居感兴二十首》通常被看作朱熹的代表作。南宋岳珂《桯史》说其含意很深，“非风云月露之词”，评价极高。清初王夫之在《姜斋诗话》中称赞这些诗大振金玉，旷世一遇，乃说理诗中不可多得的杰作。但较公正地说，朱熹的这二十首诗大多是谈性说理之作，虽不能说它们都是一些押韵的“语录讲义”，但就艺术表现而言，实在并不高明，和陈子昂慷慨悲怆、兴寄无端的《感遇》诗实难相提并论。不过，其中某些诗篇伤古怀今，确有所指。从以上所引的两人诗来看，都是在谈对儒家道义的喜爱，没有深奥的内涵，谈不上高竣寥廓，不过有理趣而无理障而已。

郝经的这两组诗虽然谈不上有太高的艺术成就，但是他以其渊博的知识、开阔的视野寓兴说理，仍可看到他的思想和学术功力。

郝经受传统儒学涵濡颇深，既深受陵川地方学术浸润，又得之于家

① （宋）朱熹著，郭齐、尹波点校《朱熹集（一）》，成都：四川教育出版社 1996 年版，第 177 页。

学渊源，并从赵复习得朱熹性理之学，从而学兼南北。他的学术基础出于六经，以《易》为本，兼取诸子，泛览史籍，承继北宋《太极》、《先天》二图，将《通书》、《西铭》二书的思想融会贯通，对儒家所坚守的“道”有着一份执着的热忱。他写道：“太极出面目，伊洛开渊泉。吾道本吾心，心在道即全。但使心不昧，吾道长昭然。”（《寓兴》其三十五）他潜心学术，倾心于儒家经典。他也曾明确表示：“不学无用学，不读非圣书。”（《志箴》）[①] 他认为：“夫道贵乎用，非用无以见道也。天地之覆载，日月之照临，皆有用也；六经之垂训，圣人之立教，亦皆有用也。”（《上紫阳先生论学书》）[②] 他徜徉于六经等典籍，参悟其中儒学的真义，言道：“性天入无极，窅窅观化初。浑沦一活物，极尽都无余。乾坤藏首尾，坎离互根株。摆拉屑磨齿，出入轧户枢。遂生无量人，乃有万卷书。总萃成六经，所以为吾儒。”（《幽思》其三）他在诗中反复提到对六经和琴、书等的喜爱，这是在他精神和道义信仰中占主导地位的东西：“折衷六代典，密理参玄造。焕乎其为文，表表垂世教。岂惟得时制？万世是则效。”（《寓兴》其九）

郝经以儒家之道相期许，不失为一真儒。无论他的人生实践，还是思想和人格的发展，都是以儒家道义为主，自然也要在作品中谈论自己的世界观和人生观：

> 人生会有为，事物各有义。苟非吾所取，千驷不一视。峨峨君子心，磊磊丈夫志。泰山轻鸿毛，无复顾势利。悲哉患失徒，满目惟富贵。舐痔复尝粪，甘心同狗彘。（《幽思》其二十四）
>
> 天地无弃物，圣人无弃人。大泽生龙蛇，原田长荆榛。载质遽出疆，遑遑告时君。有教不择类，善诱皆循循。济众已所任，谋道岂谋身。至哉击磬心，中有尧舜仁。（《幽思》其三十七）

他心中装的是“大济苍生”的人生理想，抱守着儒家之道德信条，寻的

① （元）郝经：《郝文忠公陵川文集》卷21，北京图书馆古籍珍本丛刊，影印明正德二年李翰刻本。

② （元）郝经：《郝文忠公陵川文集》卷24，北京图书馆古籍珍本丛刊，影印明正德二年李翰刻本。

是经世济民之策。这些儒家道义与思想已经深深地融入郝经的骨血之中。他无论著书立说、吟诗作文，还是立身行事、衔命出使，抑或出处进退、穷通蹇达，皆以此为准则。“峨峨君子心，磊磊丈夫志”是他的人格追求。郝经对儒学经典研究颇深，这在他的诗歌创作中也有所体现。如：

> 凡物皆抱一，太极元有两。厥初无端倪，乘化互消长。何人与安排，妥帖自来往？万物尽销沉，山川空泱漭。秋水双芙蓉，玉镜花俯仰。并蒂复同根，一种谁涵养？（《幽思》其十二）

郝经深研六经，精通《易》学，探先天太极之理，穷天地生化之源，从人伦肇始之基达生死性命之途。他以此为准则，认为万物皆“一”，“一”为“道”，太极乃有道之体，体现为阴阳相乘、动静相因、刚柔相济、消长相寻、死生往来。他用非常形象的语言把其中深奥的哲理表达出来：“秋水双芙蓉，玉镜花俯仰。并蒂复同根，一种谁涵养？”可见，郝经知识渊博，融会贯通，见解独到，学术思想进入了一个新的境界。既然万物皆一，而且“吾道本吾心，心在道即全”（《寓兴》其三十五），那么就意味着道存在于心性。《朱子语类·持守》言：“自古圣贤皆以心地为本。”① 心性存养乃为心地，心地之初乃为本源。郝经认为：“反观心地初，周匝惟一诚。莫漫强作为，无本竟何成。”（《幽思》其六）心之本源乃是“诚”。存养心性乃以诚致之，切莫强作妄为、背离本道。此乃对孟子所言的“诚者，天之道也；思诚者，人之道也”（《离娄上》）② 的阐释。郝经之学乃以儒学为本，并援引释、道，因而在组诗中寓意说理而出入于儒、释、道三家学说，游刃有余。如在谈儒家的心性时，他写道：“夜窥古潭月，洞彻天心心。滉朗色界异，焜耀皆黄金。旁有蔚蓝丛，上有丹桂林。倒影下无极，湛坠入幽深。冲风飒然至，波荡不可寻。始知人间世，有动皆陆沉。”（《幽思》其五十）以潭月清湛幽深、含映万象来比喻灵源之心乃万物之本，“潭月”乃佛家喻本体之心常用的意象，这首诗与寒山的诗句“吾心似秋月，碧潭清皎洁”有异曲同工之

① （宋）黎靖德：《朱子语类》卷20《学六》，王星贤点校，北京：中华书局1994年版，第199页。

② 郑训佐、靳永译注《孟子译注》卷7，济南：齐鲁书社1970年版，第121页。

妙。这种援引释、道义理与名词以入诗的现象在组诗《幽思》中很常见，如："一念游万仞，块坐不盈尺。片席凝尘埃，顾盼竟充斥。谁知呼吸间，即是一太极。"（《幽思》其五十五）佛教有"一念三千"之说，一念之间三千大世界，彻万仞，遍九垓。块然而坐，安般守意，因定见性，性静而智照。呼吸之间，即见太极全体大用，寂然不动，寂而常照，森罗万象，感而遂通，出入自适。此处以佛教的义理来解释儒家之太极，将佛教的神机妙理兼收并蓄，亦儒亦佛，能在原意的基础上推陈出新，可见其思想通达、视野开阔，因而形成了古雅浑厚、恬淡自然的诗风。

郝经处于干戈纷扰、世变频仍的时代，他又是一个胸怀治国平天下大志，人格感、尊严感极强的文人。被拘押在真州的十六年，耗费了他人生最美好的时光，在没有自由与尊严、音信绝断的仪真馆内，他只有潜心学术以求立言之功，借古诗以抒发悲愤、支持生存。因而他很自然地发扬了魏晋古诗的传统，以简练朴拙的语言抒写他的人生理想和抱负不能实现、生命短暂的悲哀，理想幻灭的痛苦，以及孤独的体验。其中不无开启人的心智以领悟人世万物的妙理，无论是诗中理，还是身之所历、目之所见、心之所悟，都是诗人自得于社会和人生实践，诗中凝聚着诗人亲历、亲见以及彻悟的人生智慧和生活真谛。这些哲理诗也最能反映郝经的思想特色，至今仍具有鲜活的生命力，经得起岁月的淘洗：

> 天容恒青青，日月自昏晓。此心本澄净，万事空纷扰。日月不变天，万事不变心。洞观天人际，一理神几深。（《寓兴》其二十三）

这首诗造语平淡，但所概括、引申、升华的乃是一种带有普遍意义的人生哲理。"此心本澄净，万事空纷扰"是说，只要保持澄澈、明净、萧闲的恬淡心境，不管世事如何变幻，都能洞观天地人性，达到一种不为俗累的精神境界。而真正能达此境者又有几人？诗人所表达的只是一种人生的期许而已。

郝经并非总是积极昂扬的，有时也会感叹人生的无奈。人生之劳苦与无奈，生命的流逝，这些都无法阻挡。"白杨缠悲风，万象总一丘。前哭后还嗟，相送何时休？君看华堂上，几人能自留？"（《幽思》其二十九）荣华富贵、美好容颜转瞬即逝，这是所有人都不可逃避的，必须直面人生。郝经是一个十分敏感的诗人，他自然对这一切感慨颇深。人在天地之间是何等的渺小，他感叹道：“吾身眇天地，太仓一稊米。”（《幽思》其七）人的渺小是中国古代文人经常会感慨的内容，深具传统儒家文化精神的郝经也不例外，他对此也有敏锐而深刻的体会。

郝经以其渊博的知识、宽广的视野融会贯通，提出独到的见解，在组诗中寓兴说理，形成了他寓意说理五言古诗一个重要的特色和独特的魅力，即寓意深远且雅正而含蓄，很得魏晋古诗比兴寓意之体的精髓。如《寓兴》其二十二：

昂昂两飞鸟，不知何许来。结巢黄金殿，弄语登瑶台。吾民竞奔走，恍惚为惊猜。或为鲁鸡鶋，拜祀祈矜哀。或为长沙鹏，与世生殃灾。岁久卵翼繁，百千为朋侪。山水割膏腴，构宇凌天街。遂令周孔徒，冻馁缠霜埃。

这里用比兴手法把佛道两教比作两飞鸟，他们借统治者对其崇佞而建造富丽堂皇的寺宇，并利用其势力对周孔之徒进行排挤，使其处于冻馁霜埃之中。比喻非常形象，在诉诸人们的直觉和情感的同时，也使读者豁然开朗。

二 山水之作

郝经是一个极富才情的诗人，虽一生坎坷，却极尽山水之乐，在频繁出游的过程中创作了大量山水诗。他的五言古诗中比重较大的也是山水诗。他的山水诗笔力纵恣、才华富赡，将崇高的风格与自然优美的风神结合起来，呈现出纵横恣肆、雄放奇幻的奇美之风，融自然之美与个性诗才为一体，这也是他五古中最有特色的一部分。郝经的五古山水之作追求雄奇与壮丽的风格，以豪迈、奇崛取胜。如《去三汊见太行》一诗：

二年大河间，胸次汹余浪。身与天根浮，泱漭随下上。灵槎沓虚舟，颠倒泥底样。恍疑浑沌初，溟涬天水象。扬鞭得西归，瞠目为一放。举首见太行，逸翠蜚万丈。爽朗肝胆张，豁达气宇旷。真宰耸奇骨，顿觉天地壮。兹山自佳色，何乃气凋丧。吾家在椒峣，老雾横莽苍。松楸日樵采，山灵亦凄怆。何时鹤发翁，携我蹭叠嶂。虽无锦绣裹，粗著文彩状。山河表里全，自古更霸王。于今何索然，死石徒映向。在人不在山，先民语无妄。行行重行行，落日两相忘。

诗人以神奇莫测之笔凭空起势，在开头便突出了三汊河波涛汹涌的壮阔、泱漭上下的水势，又用灵槎之典突出船行之速，开篇极雄壮。瞠目所见，乃雄奇高峻、神奇瑰丽的太行山，以水势来衬托山势，更见山之高耸。诗人用大胆夸张的手法，以如椽巨笔描绘了太行山的巍峨雄拔："举首见太行，逸翠蜚万丈。爽朗肝胆张，豁达气宇旷。真宰耸奇骨，顿觉天地壮"，让人顿觉天地间一片阔大。接着宕开一笔，景物一步步变幻，写山上的老雾、松楸、山灵，最后指出太行山自古便有王霸之气，只是现在山河表里，国家没有统一，不免留下了许多遗憾。"在人不在山，先民语无妄。"

郝经笔下多写山，瑰奇、雄伟、高峻、巍峨、雄拔、幽静、奇异……各种各样、形形色色的山出现在诗人笔下，让人如醉如痴，心动神摇。泰山，奇异峭拔，山峰随着云雾的飘移时隐时现，诗人写道："岱宗西北驰，倒卷碧玉环。岳灵秘雄丽，势欲藏三山。初从谷口入，两崦争孱颜。渐疑下地底，细路深屈盘。仰视觉天窄，石井攒峰峦。"（《游灵岩寺》）白兆山，清幽而宁静："载说桃花岩，醉墨苔藓绿。每于秋月下，似有飞仙读。"（《白兆山》）跳入诗人头脑之中的场景是："安得与李白，云窗对修竹。"写浮山堰："断碛呀石蕤，长亘青迤迤。蜿蜒缭强蛇，凿咢横龋齿。淮流从天来，撇捩过一矢。气怒犹不平，直欲卷遗址。"（《浮山堰》）集中笔墨描写淮河截击浮山堰的壮观场面。而青州山，则随着诗人的行踪展现在读者面前：

日斜过云门，凌跨方半醉。垠崿乱叶滑，蹭蹬几欲坠。悬岩半遏面，绝涧黑无地。入险难遽止，眩晕不敢视。层崖宿山家，坐久犹胆悸。居民畏马嘶，游子喜犬吠。汲远终夜喧，月斜人未睡。紫关见星稀，枕石余藓腻。酒散身逾困，饥透食有味。忽闻炒椒巅，虎去失羸犊。阴森木石怪，惨冽霜露气。黎明转重崦，呀互急幽閟。缭绕天一线，陷日孤光细。嵌隙深且苍，白昼悲魍魅。过午才得水，饮漱解鞍憩。却是城西河，山间更清驶。弯环折鳗肠，诘曲乱之字。（《青州山行》）

诗人并未仅以磅礴气势和豪言壮语来抒发情志，而是非常注意结构的安排。诗人随着行踪的变换，描写高耸而险怪的青州山："悬岩半遏面，绝涧黑无地。"青州山之险、山形之伟顿时显现在读者面前。为了使读者感受得更深切一些，诗人把自己感受到的写了出来："层崖宿山家，坐久犹胆悸"，让人对青州山有一个深刻的印象。接着诗人笔势一转，写在山民家夜宿的情景：月朗星稀，酒散身困，饥食有味，把先前的紧张气氛缓和了下来。但诗人并没给你多少缓和的机会。他又写夜间在山上所闻、所见、所感——阴森的怪石，惨冽的霜露。黎明时见到一线天光，更觉山势之高之陡，山间回环诘曲的城西河，水流清冽，气氛顿时又缓了下来。错综组合，疾徐相间，给人变化万千之感，使读者耳目俱不暇给，而诗境亦因之无端倪可寻、无踪迹可察。而这正是郝经戛戛独造之境。

郝经在取景造境时，较少描绘幽寂的丘壑、宁静的林泉，而是以浓情溢采来描绘奇峰高山、飞流瀑布或亭阁台榭等壮美之景。在具体描绘时又极力夸饰，突出动感。他笔下的亭是壮美的："重岭缭郭峻，高亭下临鄂。""龙起皆云从，青山万马落。"（《压云亭》）有极强的扩展感和飞动之势。黄鹤楼虽然已在崔颢笔下尽显气势苍莽，尽展诗人的大家风范，但郝经的《黄鹤楼》诗则于凄婉苍凉中透出磅礴气势与浑然天成的伟大，突出了雄奇奔放的风格。他写道："江汉天西倾，断岸蹙寒雪。石城踊高楼，瞰临势县绝。云梦吞八九，沅湘在眉睫。层轩掩石镜，更欲压大别。千帆落山巅，万樯拥舟楫。中天卷晴岚，不与人世接。缥缈多飞仙，超摇有遗迹。"又如《云梦》诗："群山避鄢郢，霜净楚天远。秋色浮雁背，风水芦花满。陂泽通江湖，田岸藏町畽。横汇渊薮大，散漫稻畦浅。积烟晚翠重，老浪虚白卷。乾坤入涵混，鱼龙深宛转。残岭土崖断，余浸黑壤软。平岗缭中洲，阔甸负长坂。劲竹密如箦，绿粉封紫笋。忽向青枫末，半出黄榭岘。"作者以纵横恣肆的笔墨和超凡的想象力，突出了云梦的“奇”、“阔”、“大”的特征，呈现出纵横恣肆、飘缈奇幻的奇美风格。

黑格尔曾说：“最杰出的艺术本领就是艺术家的想象。”[①] 郝经作诗善于运用奇特的想象、大胆的夸张，纵横捭阖的笔法、雄奇奔放的语言，造成一种气势磅礴、咄咄逼人的气势，如同其政论文一样，有一种雄伟宏肆、浑灏流转的声势。这正是他五古山水诗最显著的特征。

三　咏怀之作

如果说郝经的山水之作，以奇特的想象、大胆的夸张，雄奇奔放的语言，雄伟宏肆、浑灏流转的气势，豪迈奇崛的风格取胜，那么他感怀、寄寓的咏怀诗则表现为感情沉郁、细腻，以高古、自然、清新的风格为主要特色。郝经的咏怀之作主要有两种形式：一是寓写襟素，直抒胸臆；二是借物怀抒，托情于江花、野草、风云、月露诸物。这主要和他后期被羁留真州的特殊经历有关。郝经才华出众，又同情人民疾苦，怀抱经世之志，欲在政治上有一番作为，对自己期许颇高。他前期的诗歌多咏史、记游、题画、酬和之作，颇具理性；后被羁留真州十六载，这一时期的诗歌多感怀、寄寓之作，他广泛吸收汉魏六朝的诗歌传统，抒写他的人生理想和抱负不能实现的痛苦，以及孤独的体验。如《中夜诵书有感》写道：

> 日月犹不死，吾道曷其昏？天地犹不坏，吾道曷隐沦？世我实相违，赘蔓徒纷纷。有道复无凤，非时亦获麟。为抱大人器，愿归大人门。长剑空倚天，安得静风尘。藜糗一鼓腹，布褐还生春。旷荡五车书，悾侗一幅巾。青钱买浊醪，置之老瓦盆。一醉南山颓，栽立元气根。

人生无常，命途多厄。郝经在历经坎坷之后，不禁对自己所坚守的道义开始有所怀疑。他衔命出使，在为俘作囚的日子里，一切美好的希望都已消失，一切顽强的寄托都开始动摇，岁月已经不可挽回地逝去。本来

① 〔德〕黑格尔：《美学》，朱光潜译，北京：商务印书馆 1979 年版，第 357 页。

深受忽必烈的垂青，可以说遇到明主，他由此希望一腔救世济民之志能实现，五车之学能有所用，可却被拘囚在真州，英雄无用武之地。他往日的乐观、自信、积极和豪迈慢慢消逝了，只好“青钱买浊醪，置之老瓦盆”，喝酒买醉，一醉解千愁。这首诗，把郝经在被羁押的日子里徘徊于生死之间，处在漫长的受折磨与煎熬之中的痛苦表达了出来。这种煎熬时时困扰着他。秋夜，他在孤馆之中，回想自己的种种经历：

> 星麾重霜露，落月窥弊裘。久客心易伤，况乃逢暮秋。谁知楚江边，即是穷海头。赤子解虎斗，先拼十二牛。太阿授楚柄，涛涂竟拘囚。昊天有肃杀，未肯休戈矛。书生本迂阔，国计无身谋。俯仰但不愧，万事从悠悠。(《秋思》其一)

暮秋时节，星麾落月，寒意薄淡，天地间只有作者孤身一人。“书生本迂阔，国计无身谋”是说，他为了弭兵息民、百姓能安居乐业而出使宋朝，不料却变成一个拘囚，楚江边竟成了苏武牧羊的穷海头。他不禁感慨：“昊天有肃杀，未肯休戈矛。”无可奈何，只求无愧于心。这首诗抒写的怨愤之情极为细腻，自首句化出，至末句已经浓到极点，言语之中有着许多无奈与凄凉。遥想当年：“燕南二十年，闭户凿混沌。先天探首尾，立志极悱愤。衣带岁不解，强勉忘怠困。落笔一万字，开卷即立论。不知世代远，但觉圣贤近。学问期有用，匡济展底蕴。征车贲丘园，蛰窟惊一奋。”(《秋思》其二）他胸怀大志，闭门苦读，终以非凡的政治才华被忽必烈赏识。身遇明主，他认为能实现自己治国救民的理想，满腹才华有机会得以施展，于是连续上奏疏，有《思治论》、《便宜新政》、《立政议》、《东师议》、《班师议》等，纵论古今，指切时弊。可谁料“援溺先堕井，计拙良可哀”(《秋思》其四)，却由使臣而成拘囚，饱读诗书却无用于国，有家却不得归。他身在孤馆，听那滔滔江声，不能安眠，不禁感慨万千：

> 江声万马来，势欲冲夜枕。志士足多感，坐起安得寝。静听风雨急，透骨寒凛凛。湖湘溱远浸，巴蜀动余浛。谁令限南北，汹怒欲相谂。落落弭兵心，于今成贝锦。荐玉期捧盘，堕甑如拾沉。樽

中有琼花，明朝且轰饮。(《秋思》其三)

冷风冷雨阵阵寒透骨，世间万物都含萧瑟之象。长江如此阔大，隔断南北，昔日弭兵之心，于今只成贝锦。诗人济世拯国的抱负不得实现的痛苦又能对谁诉说呢？樽中有酒，明日轰饮，以期麻醉这颗痛苦与飘零的心。

郝经带着保护百姓、安邦济世的一腔热血到南宋议和。他不但没能使两国息战，反而被拘留真州不能北归，煎熬在漫长的折磨与痛苦之中，心中的那份悲戚、惨厉、凄怆、苍凉之情犹如自沉前之屈子。他与家人两地相隔，生死两茫茫，怀乡思亲之情也更切："鹡鸰下空庭，飞鸣行且摇。饮啄还相呼，去去仍相招。我有弟与妹，江山郁迢遥。膝上读书时，中堂拜母朝。鹓雏绕竹花，翡翠巢兰苕。冲风吹云衢，两处声嗷嗷。"(《新馆春日书怀》其三）诗中表达了他对弟弟和妹妹的深深思念。郝经是个深于情者，他对亲人的关心、惦念，以及对亲情的重视终其一生。即使生活的遭遇使他们兄弟姐妹天各一方不能相见，他也会不时想起自己的骨肉同胞。尤其是在被幽拘真州的日子里，更加深思念家人。郝经是个铁骨铮铮的汉子，大义凛然，威武不屈，但面对亲情时则能体现他真实而感人的一面："二亲连夜梦，惨戚异平日。只应节序改，思子不忍食。觉来泪满枕，肝裂刀斧劈。爇纸死灰飞，酹酒霜阶湿。遥想坟前土，岁久深荆棘。忠孝两未尽，愧恨空饮泣。"(《新馆春日书怀》其四）此诗明白如话，倾诉了一位孝子心中沉重的遗憾。读之，让人肝肠寸断。他生命之中最柔弱的地方就是浓浓的亲情。可以说，郝经不仅有英雄志，更具有最诚挚的儿女深情，这也正是他咏怀之作感人的原因。

再者，郝经非常重视对诗歌兴象的把握，认为："诗文之至精者也，所以歌咏性情，以为风雅，故摅写襟素，托物寓怀，有言外之意、意外之味、味外之韵。凡喜怒哀乐，蕴而不尽发，托于江花野草、风云月露之中，莫非仁义礼智。喜怒哀乐之理，依违而不正言，恣睢而不迫切，若初无与于己，而读之者感叹激发，始知己之有罪焉。"(《与阚彦举论诗书》）他提倡的是"托物寓怀，有言外之意、意外之味、味外之韵"。是说托物寓怀要寓意深远、托词深厚，要有言外之意、意外之味，要含蓄而不伤感、美刺婉曲而不露。因而，他的五古多是借物怀抒之作，托情于江花、野草、风云、月露诸物，用含蓄委婉的方式表达出来，具有古朴自然的风格，这样要比直抒胸臆更有诗味。如《明月》一诗："明月不自照，漫作地上雪。不照苍天心，照我多颜色。天下一月明，美人何相隔？灵波许我浴，好花许我折。滂沱泪沾血，蹉跎望明月。"明月寄托思乡，李白"床前明月光，疑是地上霜"一句早就深深刻入每个中国人的心里。郝经这首诗明明就是写思乡怀亲，全篇只在最后一句道出"滂沱泪沾血，蹉跎望明月"，见出至深之情。又如《雁媒》诗：

云衢眇飞鸿，往来解随阳。序当夜有所，次进朝有行。瀚海天山西，卵育岁为常。八月秋风高，雍雍共南翔。水国足汀洲，江湖多稻粱。晻霭带残芦，老岸青草长。哀鸣洞庭月，乱点潇湘霜。太和开冰天，北去顽穹苍。信禽法天运，断不为炎凉。偶为篝灯误，缚足离江乡。饮啄养为媒，朋俦总相忘。嗷嗷解愁人，乃反无愁肠。弋人见冥鸿，矰缴潜施张。置媒使号呼，投网来抢攘。奄忽一举尽，羽毛皆摧戕。厌然束缚去，又向云间望。嗟嗟罔民徒，诡计不可防。被获反为用，竭力如鬼伥。有信复无智，终自为身殃。误己更误人，不悟真可伤！

雁即人，人即雁，通篇不写人，可却能从中深深感受到诗人的痛苦。那被网罗的雁，"奄忽一举尽，羽毛皆摧戕"，不正是诗人被拘留真州孤馆的写照？本是象征自由的鸿雁，却"偶为篝灯误，缚足离江乡"，读之更觉凄凉。这首诗含蓄深婉，寓意深远，托词深厚。雁是信使，郝经为国信使，因而诗中分不清讲的是雁还是诗人自己！

他笔下多出现鸡冠、牵牛、葡萄、野蓼、幽兰、野莲、荒竹、秋桐、野菊等常见的生命力极强的植物，这和诗人所处的特殊境地和经历有很大关系。如"节叶瘦且赤，靡芜交翠箸"的野蓼，让诗人持守全节的心更加坚定："仰首但有天，志节久愈著。"（《甲子岁后园秋色四首·野蓼》）生命力极强的鸡冠花，"昂藏偃膺高，突兀出群骤。还将早霞映，欲向朝日雊。月露终夜栖，风雨几回斗？再砺复自止，交退谁与救？"（《甲子岁后园秋色四首·鸡冠》），使他在为弭兵而使宋反被拘囚的阴暗日子里感到了生命的乐观与自信。面对海棠，他吟道："独有未归人，相看慰孤酌。却似海南时，坡仙政漂泊。有酒仍有花，世事且高阁。"（《仪真馆后园海棠两花于秋因为小酌赋诗》）他想起昔日被流放海南的苏轼，心有戚戚焉。他又以幽兰之“所贵香不淫，时至酷清烈”（《幽兰》）来比喻自己高洁的品格。又如《甲子岁后园秋色四首·牵牛》一诗：

野花照天星，星中花亦盛。长夏蔓草深，疏篱掩斜径。幽庭日无事，森寂澹相映。缭绕丝乱垂，默缀叶相并。金风一披拂，零露光彩竞。参差碧玉簪，绾插滑欲迸。霜丝吐冰同，容色好娟净。堂阴青锦张，墙背紫苔莹。时方鹊桥成，佳节当秋孟。织女能翦裁，天河洗尤称。女以秋为期，郎将花作证。风雨开云屏，鸾凰锵月镜。处处乞巧筵，家家喜相庆。五年江馆客，万事成堕甑。不能致龙节，空自悲虎阱。永日鏖炎蒸，中暑甘卧病。对花泪盈目，坐起不觉暝。云汉见双星，回头看斗柄。遥怜小儿女，昏嫁俱未竟。中流虞风波，相见何日更。

诗人生动地描绘牵牛花的色、形，却并未仅停留于此。又从牵牛想到织女、牛郎和乞巧节：“处处乞巧筵，家家喜相庆。”而自己身为五年江馆客，中暑卧病，和家人两地相隔，“遥怜小儿女，昏嫁俱未竟”，这是一个做父亲最遗憾和伤心的，思乡、怀亲无时无刻不牵扯着他的心。这也正是他借物抒怀诗的特点，即咏物之中蕴含着诗人复杂的感情。

无论郝经寓写襟素、直抒胸臆的咏怀之作，还是托情于江花、野草、风云、月露诸物，借物抒怀的咏怀诗，最突出的一点都是用情深。王国维言：“大家之作，其言情也必沁人心脾，其写景也必豁人耳目，其辞脱口而出，无矫揉装束之态。以其所见者真，所知者深也。持此以衡古今之作者，百不失一。”[①] 因而，这类诗歌显得感情饱满，以深挚动人。

郝经知识渊博，对民族文化遗产吸收得多、积累得深厚。他作品的精神面貌给人以耳目一新、与众不同的感觉。他的五古创作，继承和发展了五古的兴寄传统与语言自然而有风骨的特色，具有汉魏乐府“直陈其事”古朴质实的特点，在金元诸家之中是很有独特风貌的一个。

① 王国维著，滕咸惠校注《人间词话新注》，杭州：浙江文艺出版社 2006 年版，第 6 页。

第二节 和陶诗

陶潜在我国诗歌史上是一流的大诗人。他的诗歌以及他的人格是士人文化中的一座高峰。北宋理学家杨时在《龟山先生语录》中谈到陶诗的风格："陶渊明诗所不可及者，冲澹深粹，出于自然。"① 朱熹也认为："陶渊明诗平淡，出于自然。"（《清邃阁论诗》）陶诗造语平淡而寓意深远，乃中国诗学最推崇的艺术境界。

苏东坡晚年被远谪海外，政治理想成为泡影，他在历史的尘雾中重新发现了陶渊明，并引为旷古知音。其《追和陶渊明诗引》云："半生出仕，以犯世患，此所以深愧渊明，欲以晚节师范其万一也。"② 他作了百余首和陶诗，③ 带着他独特而丰富的人生阅历对陶渊明的诗歌进行了全面解读。自苏轼晚年开辟了"和陶诗"这一领域，和陶诗在历代延续不断，诗人乐此不疲地追和，成为文学史上的一道风景。宋代，苏辙有和陶诗 47 首，李纲、吴芾、王质、陈造、陈起、朱熹、赵蕃、张栻、释觉范、张镃、舒岳祥、于石等人也作了一些和陶诗。金代赵秉文和陶诗最多，其《滏水集》卷四有《和渊明拟古九首》、《和渊明归田园居送潘清容六首》，卷五有《和渊明饮酒二十首》。到元代，刘因、郝经、方回、戴良、戴表元、吴莱、王恽、谢应芳、程文海等均有和陶诗。其中，郝经的和陶诗最多，《陵川集》卷六和卷七共收 118 首。其次是刘因，其《静修集》卷二有和陶诗 76 首。郝经的和陶诗不仅数量最多，内容也较丰富。以下对其和陶诗作一客观的介绍和评价。

一 作和陶诗的缘起

郝经的和陶诗作于羁留真州期间，此时他失去人身自由已长达十二

① （宋）杨时：《龟山集》卷 10，《景印文渊阁四库全书》第 1125 册，台北：商务印书馆 1985 年版。

② （宋）苏轼著，邓立勋编校《苏东坡全集》（上），合肥：黄山书社 1997 年版，第 608 页。

③ 由苏辙所作的《追和陶渊明诗引》中载有东坡写给他的书信："古之诗人有拟古之作矣，未有追和古人者也，追和古人则始于吾。吾于诗人无所甚好，独好渊明之诗。渊明作诗不多，然其诗质而实绮，癯而实腴，自曹、刘、鲍、谢、李、杜诸人，皆莫及也。吾前后和其诗凡一百有九篇。"

年。关于作和陶诗的缘起，他在《和陶诗序》中写得非常清楚：

> 赓载以来，倡和尚矣。然而魏晋迄唐，和意而不和韵，自宋迄今，和韵而不和意，皆一时朋俦相与酬答，未有追和古人者也。独东坡先生迁谪岭海，尽和渊明诗，既和其意，复和其韵，追和之作自此始。余自庚申年使宋，馆留仪真，至辛未十二年矣，每读陶诗以自释。是岁，因复和之，得百余首。
>
> 三百篇之后，至汉苏、李，始为古诗。逮建安诸子，辞气相高，潘、陆、颜、谢，鼓吹格力，复加藻泽，而古意衰矣。陶渊明当晋宋革命之际，退归田里，浮沉杯酒，而天资高迈，思致清逸，任真委命，与物无竞。故其诗跌宕于性情之表，直与造物者游，超然属韵。《庄周》一篇，野而不俗，澹而不枯，华而不饰，放而不诞，优游而不迫切，委顺而不怨怼，忠厚岂弟，直出屈、宋之上。庶几颜氏子之乐，曾点之适，无意于诗而独得古诗之正，而古今莫及也。顾予顽钝鄙隘，踯躅世网，岂能追还高风，激扬清音，亦出于无聊而为之。去国几年，见似之者而喜，况诵其诗，读其书，宁无动于中乎？前者唱喁，而后者和讹，风非有异也，皆自然尔，又不知其孰倡孰和也。属和既毕，复书此于其端云。

我们可以清楚地看到，郝经作和陶诗主要有两个原因：既是出于佩服陶渊明的为人，更是因为喜爱陶渊明的诗歌。

陶渊明以他真淳的人格赢得了后世文人的尊重和喜爱。陶渊明四十一岁那年出任彭泽县令。在任上不到两个月，郡里派督邮来检查公务，僚佐劝他“束带见之”，陶渊明说：“吾岂能为五斗米折腰，拳拳事乡里小儿?”决然“俯仰辞世”，回归田里，开始了躬耕自资的田园生活。朱熹说：“晋宋间人物，虽曰尚清高，然个个要官职。这边一面清谈，那边一面招权纳货。陶渊明真个能不要，此所以高于晋宋人物也。”[1] 当时的士人都“贪荣禄，事豪侈，自方于古人”，而陶渊明却“夫惟忍于饥寒

① （宋）黎靖德：《朱子语类》卷34《论语十六》，北京：中华书局2011年版，第874页。

之苦，而后能存节义之闲”，[①] 是“心存忠义，身处闲逸”（陈绎曾《诗谱》）。对于陶渊明的人品，郝经是发自内心地敬佩。他说，陶渊明“当晋宋革命之际，退归田里，浮沉杯酒，而天资高迈，思致清逸，任真委命，与物无竞”。郝经对陶渊明的人格、天资、才情及处世哲学自然是高度地赞扬与认可的，而且两人都深受儒家思想的熏陶，极重政治人格操守，具有相通的人性精神，都有刚直不阿的品格，这一点更让郝经深有感触。陶渊明是“少年罕人事，游好在六经”（《饮酒》其十六）。郝经不仅“折衷六代典，密理参玄造”（《寓兴》其九），对儒家经典情有独钟，而且对儒家之“道”有着一份执着的热忱。“天地相依附，吾道同始终。经世维皇纲，一王辨华戎。圣人钟神灵，树立何豪雄。六经通四时，颢颢弘宗风。王法奠有生，大统垂无穷。本原岂多言？万理只一中。”（《拟古九首》其二）

郝经胸怀大志，青年时期闭门苦读，有经世致用之才，终以非凡的政治才华被忽必烈赏识，一心想实现自己治国救民的理想，以期满腹才华得以施展。他抱着弭兵保民的愿望使宋，却不料由使臣而成拘囚，在仪真馆内度过了漫长的十二年时光。在体验了人生理想和抱负不能实现的痛苦之后再读陶诗，他通过真实的生命体验真正理解了陶诗的含义。“每读陶诗以自释”，陶诗的精神成了他反省人生、安顿生命的最佳方式。“陶潜避世士，手种门前柳。作传复自序，实录传永久。高风激余中，论世期尚友。何当菊花秋，共漉山中酒。”（《拟古九首》其一）他懂得陶诗，言陶诗“跌宕于性情之表，直与造物者游，超然属韵”，“野而不俗，澹而不枯，华而不饰，放而不诞，优游而不迫切，委顺而不怨怼，忠厚岂弟，直出屈、宋之上。庶几颜氏子之乐，曾点之适，无意于诗而独得古诗之正，而古今莫及也”（《和陶诗序》）。这些评论非常有见地，可见他对陶渊明推崇非常。

郝经也和苏轼一样，在特殊时期和特殊心态下阐释。并重新建构了陶诗。

① （清）陶澍：《陶澍全集》（8），长沙：岳麓书院 2010 年版，第 16 页。

二　和陶诗的内容

郝经和陶诗真实地记录了自己被幽拘真州时期的种种思考，再现了当时的心灵世界。内容非常丰富，归纳起来，大致主要有以下几方面。

（一）对天命、人生的思考

郝经对入宋议和失败感到非常苦痛，本来是为了“得解两国之斗，活亿万生灵”① 而带着一腔热血到南宋议和，却不仅没能使两国息战，反而被滞留真州不能北归。于是，他不停地反思自己这次失败的原因。在《庚子岁五月中从都还阻风于规林二首》诗中他写道：

> 逼窄片天月，照我江滨居。暗然六用绝，孤影独于于。屋漏重反观，面壁复向隅。幽明无二道，得丧归一涂。康庄驭轩车，岂能适江湖。挟山以超海，过计元自疏。忧违付顺适，乐地尽有余。天运谁能逃，忿懥将何如！
>
> 南北信命绝，欲行将安之。家人歌虞虏，游子无还期。门前大江横，潮来不违时。日月相代迁，我独何在兹。细和渊明诗，载歌归来辞。知命不必忧，乐天复何疑。

诗里写出自己当时的处境——孤居江滨，面壁向隅。但更沉痛的并非眼前的处境，而是内心的自责：自己的议和主张与行动确实是非常之草率，考虑不周，就如同“驭轩车”以“适江湖”。孟子用“挟泰山以超北海”来告诉梁惠王“不能”，郝经所做的本来也是一件不能做的事，是知不能而强为之，因而失败是必然的结果。郝经在《答庞参军》中也有过类似的遗憾与感慨：“精卫岂填海，愚叟难移山。天定自胜人，还归会有年。”他把自己出使宋朝比作精卫填海、愚公移山，可见自悔、自责之意确实很深。当深入地分析了两国的具体情况，对议和事件有了深入思考和清醒认识之后，郝经陷入了深深的痛苦之中，不仅悔恨自己的轻率，也强烈地自责不能完成使命。但这种后悔和自责又有什么用？他只能感

① （元）苟宗道：《故翰林侍读学士国信使郝公行状》，载（元）郝经《郝文忠公陵川文集》卷首，北京图书馆古籍珍本丛刊，影印明正德二年李翰刻本。

慨道："忧违付顺适，乐地尽有余。天运谁能逃，忿懥将何如！"将一切归结为天命。其实何谓天命？这是人在最无奈、最无助、最失败的时候唯一的解释与安慰自己的方式。在第二首中，他进一步描写了自己的状况："南北信命绝，欲行将安之。家人歌扊扅，游子无还期。门前大江横，潮来不违时。"潮来潮去，一年年过去，自己和家人两地相隔，不知道归期是哪一年、哪一天，只能细细品味、唱和陶渊明的诗歌，在"归去来兮"的吟唱中安顿自己这颗忧伤而无奈的心。虽说"知命不必忧，乐天复何疑"，那也只是一种安慰罢了。他常常后悔自责："怅然负初心，计拙良有因。妄动希时荣，何如安贱贫？抚膺只自责，安敢复尤人。"（《与殷晋安别》）为什么当初不安于贫贱呢？安于贫贱不出仕就不会有这种失败，现在只有自责自悔，哪里还能怨天尤人！对于议和失败，他也只能说："举事本道义，不系败与成。"（《咏荆轲》）

因而，他的和陶诗中多用"天命"、"天意"、"天运"之类的词来安慰自己，他觉得冥冥之中有人力之外的力量在操纵着一切，人的力量是无法超越它的。他认为："君子有天运，俟命只自饬。"（《联句》）他不禁感慨："孰使而行，孰尼而止。排难两朝，奔命千里。终岂能必，爰契厥始。稽山涛江，觊为一游。堕甑半途，十年隐忧。岂作咄咄，只赋休休。来之坎坎，天命悠悠。"（《酬丁柴桑》）一切听从上天的安排，自己无能为力。当然，他也为上天这样对他而感到愤懑："天道本好生，伊何独予遗？"（《于王抚军坐送客》）

不过，在时运面前他也只能安命："时运代迁，既夕复朝。我来幽都，尼于江郊。侧伫风飙，载翔云霄。天泽弗流，原田槁苗。热中熬熬，孰沃孰濯？密室阴阴，孰眷孰瞩？仰视俯察，无愧则足。知命何忧，事天乃乐。"（《时运》）江边孤馆之中暑热难熬，谁又来关心？密室阴阴，谁又来眷顾和看望？虽说只求内心无愧于天地，可那种难以排遣的痛苦谁又能理解？

被幽拘真州的日子，也让郝经对人生有了新的认识。他叹道："寤寐一死生，寂然匪为思。我劳为有此，尔苦勿涕洏。请看声与响，相随复何疑。大都本无有，相赠徒费辞。"（《形赠影》），人生的一切都要归于幻灭的，心中有苦也不要哭泣，世上本无有，何须徒费言辞。可谓哀声颇浓！他只有在精神上麻醉自己，逃避现实："一醉乐有余，陶然忘毁誉。醉梦曾弗辨，町畦都削去。既不将不迎，亦何忧何惧？能逃世上名，岂有身后虑！”（《神释》）可世上之名真能逃去吗？

郝经对天命、人生的思考，体现了他复杂的思想。他把佛道两家的超脱尘世苦海之道和儒家的处逆之道结合起来。当他胸怀大志、渴望建功立业时，儒家思想占上风，一心想实现自己治国救民的理想。而被拘囚于真州时，在仪真馆内，政治上的失意、精神上的创伤、生活上的凄凉与孤独，使他不得不寻求一种心灵上的慰藉。因此，在经历震撼灵魂的重大困境和对人生磨难的深切洞悉之后，通过对天命、人生的思考，他更加亲近佛道思想，佛道思想使他在极端苦闷无助的拘囚生活中不至于窒息。他追陶、和陶，力图过一种遁世独善的生活，努力寻求思想上的达观。因此他对陶渊明有了更深的领悟，吟道：“万化一大路，去来皆茫然。……作诗本无怨，高兴浮云烟。樽酒且逍遥，衔杯称世贤。”（《怨诗楚调示庞主簿邓治中》）

（二）书写诗人的自我形象

郝经整整两卷和陶诗，更多的是自我抒发，为我们拼成了仪真馆中郝经的真实形象。

郝经对儒家所坚守的“道”有着一份执着的热忱。他一生严守儒家节义之士的道德修养和大节操守，虽然在被拘囚的日子里失去了自由，但儒家的大节操守仍是支撑他的主要力量。《停云》一诗写道：“停云蔽日，翳翳弗雨。伊余怀伤，自诒伊阻。展转拘幽，莫或念抚。瞻望中原，徙倚凝伫。停云悠悠，蒸氛濛濛。冲风入室，汹彼大江。崩心震魄，慨叹北窗。孰因孰极，惟道是从。服仁佩义，完节为荣。之死靡它，实余之情。”因而，他才能成就苏武式的高风亮节，不辱使命，用自己的生命捍卫了儒家的仁义节操。郝经虽然有铮铮傲骨、满腔仁义，但孤馆之中备受煎熬的他没有自由，和外界失去了联系，也没有希望。一个满腹才华的文人空有一腔热血和凌云壮志，只能在读书、吟诗、潜心学术中度日，所以从他的和陶诗中处处都能读出他的郁闷和无奈，以及那种欲求解脱却越陷越深、直逼骨髓的孤独和伤愁之情。如：

渴中夜尤剧，扣关汲新泉。快饮沃肺肝，四顾无与言。白发照寒月，素影亦何繁。幽窗挽衣坐，反责思尤愆。胡不蹈东海，胡不饿西山。靦然食不义，忍辱待生还。露气凄且清，别恨相萦缠。殷忧有时穷，今夕是何年。岁月肯我与，精魄随化迁。嗟哉胡不晨，天乎其偶然？（《岁暮和张常侍》）

十年不归山，衡麓皆榛荒。风雨秋草深，芜没读书堂。鸟道常矫首，天宇青茫茫。赐田在河阳，经始筑圃场。黄流经中天，太行面北卬。痛饮登平嵩，醉眼高昂昂。厄风堕江滨，欲去还无方。辱井俗死人，顾影徒自伤。（《拟古九首》其四）

和龙虮虱流，疮肤不复完。节旄久零落，破碎十年冠。片天亦愧仰，计拙只厚颜。音尘两国绝，江深掩重关。幽思摇风旌，百感来无端。亦有绝弦琴，挂壁不复弹。忍闻云间雁，只恨镜中鸾。搥坐惜日月，心死骨重寒。（《拟古九首》其五）

深夜坐起，四顾无言，只有寒月照白发。诗人挽衣独坐，还不时用“胡不蹈东海，胡不饿西山。靦然食不义，忍辱待生还”之类的道义来反思和责怪自己。虽然郝经很清楚“能逃世上名，岂有身后虑”（《神释》），但他一直坚守道义、唯道是从、服仁佩义、以完节为荣，他是用生命捍卫了儒家的仁义节操，但内心的苦闷确实是无法排遣的。所以在寻求自释的和陶诗里，更多的是那种孤独和愁苦之情，不可遏制地喷涌于纸上：“痛饮登平嵩，醉眼高昂昂。厄风堕江滨，欲去还无方。”强作潇洒亦不能。他在仪真馆内望穿双眼，“音尘两国绝，江深掩重关”。他在乎的倒不是身体的折磨——“和龙虮虱流，疮肤不复完”，而是那种内心的痛苦。他渴望自由，却不知道如何脱身，这种无助是最折磨人的，哪怕是铁骨铮铮的汉子也会痛苦、绝望。因而细读每一首和陶诗，都能体会到诗人无限的向往与哀愁，“幽思摇风旌，百感来无端”，“忍闻云间雁，只恨镜中鸾。搥坐惜日月，心死骨重寒”之句，更是让人不忍卒读。

郝经确实是孤独的。幽闭十二年，“年年见新花，永日相对闲。忘忧却生忧，所赖志义坚。夕步拾落英，丹蕤满芳田。感创复卧思，苍茫不成眠”（《戊申岁六月中遇火》）。这些句子活画出郝经此时的处境和心境：花是年年开、年年新，可人呢？离开家乡十二年了，却不知归期在几时。尤其是“忘忧却生忧，所赖志义坚”两句，更是让人感念：诗人如果不是抱定一种内心的信念，恐怕早就被这铺天盖地的忧愁吞噬了。

面对片片落花，诗人的忧愁更添加了几分，“苍茫不成眠”，等待他的又是一个不眠的夜晚。有时他也怀疑自己是否能够坚持下去，他叹道：“我亦慕高节，终能同此不？忧心重郁陶，安得驾言游。”（《酬刘柴桑》）

因而，他也就倍加怀念过去，不由自主地想起自己早岁的读书生活：“孤灯长明，终夜诵书。跻深凌高，中心自娱。载汲载薪，不遑宁居。惟梗伊蓬，托处聚庐。以道为富，以德为珍。勤以修身，孝以事亲。师心造圣，不资于人。静境神会，伊颜孔邻。穷年揭揭，日夕孜孜。力探自得，何乐如之。作为文章，畅为歌诗。声满天地，无为无思。浑沌复凿，太极再分。警觉不寐，怡然欢忻。轶起远蹈，驭风骑云。万动皆寂，博我以文。”（《答庞参军》）那时候虽然生活贫困、读书很辛苦，但生活是充实而快乐的，读圣贤书以修身养德。他在铁佛寺南堂读书五载，诗文声名远播，又以道名世，以重名赢得忽必烈的征召。在被幽拘真州之前，他活得是那么的洒脱：“早岁喜学道，自致云霄间。意欲凌八表，缥缈追飞仙。”（《连雨独饮》）这四句惟妙惟肖地刻画了诗人的生活意态，没有任何负累，洒脱而豪放，更无世俗的羁绊，而有凌云之志。谁料到此时：“折翼堕江国，闭门悲漏天。宛在厄会中，不自我后先。乾坤渍涂泥，沾湿何时还。异域岁月速，转首十二年。形神与化驰，欲辨复无言。”（《连雨独饮》）被幽拘真州之后，情形大不相同了，他如同折翼的飞鸟，不知何时归去，身处厄运中，转眼已经十二载，形神俱损，陪伴自己的只有无尽的哀愁与凄凉。

在困苦的时候，他首先想到的是酒，意图在醉乡之中忘却烦恼，得到完全的解脱。“顺适皆坦途，忘几信所之。天地与化迁，焉能独违时。酒中有深趣，真乐良在兹。痛饮忘形骸，物我两不疑。每笑苏学士，漫把空杯持。”（《饮酒》其一）酒中有“深趣”、“真乐”，可以让人轻松自由，忘却形骸，释放重负，忘掉一切烦恼。但是他这组追慕陶潜、忘情释重的饮酒诗，无论如何描写饮酒的场面、饮酒的方式、醉乡的美好，仍是难以摆脱对时光流逝、羁押生活的慨叹，以及自己所身受的重重痛苦。郝经也想努力地摆脱这种折磨，活得洒脱些，但故作洒脱反而洒脱不来。“荣名身后事，美酒樽中宝。一饮便成仙，御风凌八表。”（《饮酒》其十）美酒可以让人飘飘欲仙，不理名与利。“有梦浑未觉，独醉胜独醒。”（《饮酒》其十三）“醉乡万事和，悠悠无盛衰。有酒当共饮，献酬莫相违。”（《饮酒》其四）“我本醉乡人，弓旌招我仕。自此樽俎疏，漠然忽丧己。”（《饮酒》其十八）在酒醉中可以忘却一切烦恼，在醉乡中万事都顺遂。可是，酒真能让他摆脱烦恼，从目前的困境中走出来吗？显然不能。“强饮终无欢，忘力徒自恃。”（《饮酒》其十八）酒不过是浇愁的工具而已，借酒浇愁愁更愁，这愁苦何时是个尽头。“愁浓亦如酒，苦海浩无涘。何当大刀头，一饮醉千祀。”（《止酒》）在醉酒中，他更加清醒，对功名也就看得更淡。“欺为画饼欺，遂使肠枯槁。”（《饮酒》其十）“世上多虚名，樽中有真味。”（《饮酒》其十三）早岁追求画饼充饥般的虚名，远离美酒，枯槁诗肠，如今看来，美酒才有真味。

纪伯伦说，一个人都有两个我，一个在黑暗中醒着，一个在光明中睡着。从郝经的这些和陶诗中，我们既可以看到一个坚守道义，以成就义节的道统人格完美自己、用生命捍卫儒家的仁义节操的郝经，又能看到一个想排遣孤独、沉痛和悲愤，努力以追陶、和陶来消除内心的苦闷，故作洒脱的郝经。但更让人印象深刻的是他那种难以言表的孤独和愁苦之情。

（三）表达归隐田园的愿望

仪真馆中的郝经，孤独、沉痛和凄怆。在孤馆之中，唯一能排遣痛苦、抒发悲愤、支持生存的就是以诗书为伴。这时他流露出的感情多是思乡怀亲，以及向往还乡归隐田园，这也是支持他在孤馆内活下去的精神力量。他的和陶诗很多内容是表达归隐田园的愿望。此时的郝经已经不像入仕之前那样豪情满怀了，在真州经历了十二年的半囚半客式的生活，郝经对陶渊明有了更深的领悟。郝经笔下的田园生活是美好的、让人向往的，也是欢快的。这是郝经和陶诗中唯一充满欢情的地方，如《归园田居六首》：

> 童稚游鹿豕，野逸便深山。幽居远世尘，颢颢羲皇年。卢溪郁岩阿，缭壁涵清渊。征君始真隐，种玉开石田。幽人竞卜邻，联落崎阻间。竹木茅舍边，桑麻橘篱前。三春牡丹雨，十月梅花烟。孤云出遥岑，颓日下层巅。性与万化寂，身同天地闲。一从入絷羁，趋蹶宁复然？（其一）
>
> 雨余山色净，霜降木叶稀。南涧拾梨栗，带月吟风归。青青路

边兰，细细侵裳衣。饭饱晦亦足，物我两无违。好山无俗人，林泉有真娱。种秫足自酿，高下开荒墟。清溪侵古屋，况有高贤居。绿竹扫山色，奇木近千株。邻舍几父老，话言皆纯如。相见即痛饮，瓮盎倾无余。酒酣藉月卧，清兴欲凌虚。云谁知此乐，此乐世间无。（其三）

在诗人笔下，深山田园是恬美、宁静的，远离世尘，清溪浅浅，有竹木、茅舍、桑麻、橘篱，还有三春牡丹、十月梅花……初雨过后，山色分外净朗，路边兰草青青，直侵人衣裳。绿竹勾出淡淡的山色，奇木千株，静绝尘氛，似乎要滤尽人的现实遐思。置身于荒天迥地之间，诗人运用神思遐想来构筑理想境界。这样的境界可以让人超越悲情，获得灵魂的归依、精神的安宁，去体验超越的情致。“性与万化寂，身同天地闲”，“饭饱晦亦足，物我两无违”，“酒酣藉月卧，清兴欲凌虚”，更是怡然自得，与田夫、野老相游于山间，适性逍遥。

这种归隐山林田园的愿望，实际上一直是中国文人的传统，它早已作为一种文化意识深深地融入中国知识分子的内心深处。在当时矛盾和痛苦万分的心境下，郝经以道家的出世，齐生死、泯物我，超尘脱俗来宁静自己的内心。表面上，他寄情山林、怡然自得，其实内心深处痛苦不堪。这是诗人为了缓解自己的痛苦而选择的自我宣泄、自我拯救的超脱方式。他的两卷和陶诗，其实大多在表达一种希冀超脱、渴求心如止水的强烈愿望。

当然，郝经和陶诗的内容非常丰富，绝不是以上三类所能概括的。郝经的思想及其经历的复杂性，也导致了其诗歌内容与风格的多样性。他追和陶渊明，不仅是一种文风上的体认和实践，更是一种精神上的认同与心灵上的沟通，是借陶渊明之酒杯以浇自己胸中之块垒。与陶渊明的达观、超然、洒脱、逍遥不同，他心中存有深刻的沉痛与悲愤，以及无边的绝望感。即使是强作旷达与乐观，也渗透着深深的抑郁和凄楚。可以说，郝经的和陶诗展示了独特的魅力。

三　和陶诗的艺术特色

郝经在《和陶诗序》中说：“独东坡先生迁谪岭海，尽和渊明诗，既和其意，复和其韵，追和之作自此始。余自庚申年使宋，馆留仪真，至辛未十二年矣，每读陶诗以自释。是岁，因复和之，得百余首。”可见他追和陶渊明，既是精神上的认同和心灵的沟通，也是诗歌风格上的体认和实践，是“既和其意，复和其韵”。

陶渊明诗歌的风格可以归纳为“平淡”和“自然”。苏东坡作过很中肯的评价：“其诗质而实绮，癯而实腴。”（《追和陶渊明诗引》）[①] 陶诗在质朴、平淡的形式下蕴藏着无比丰富和意味深长的情思。南宋朱熹评陶渊明诗风：“陶渊明诗平淡，出于自然。”陶诗的“平”，是心气的平和、气质的舒缓、风格的平易；陶诗的“淡”，淡而有味，寄寓着作者深厚的思想情感和深刻的人生哲理。陶渊明的平淡是天性如此，而非刻意造作。元好问评价道：“君看陶集中，饮酒与归田。此翁岂作诗？直写胸中天。天然对雕饰，真赝殊相悬。”（《继愚轩和党承旨雪诗二首》其二）[②] 苏轼晚年有和陶诗百余首，从形式与内容两方面追陶、和陶。这些作品显示了苏轼晚年诗境的一个侧面。清刘熙载评东坡和陶诗曰：“陶诗之醇厚，东坡和之以清劲，如宫商之奏，各自为宫，其美正复不相掩也。”[③] 可以说，苏轼学陶，既学陶诗的平淡诗趣，也有自身的独特风味，是一种创造，而不是“规规于学陶”的凑数，他的诗是典型的苏诗。

而郝经的和陶诗，虽然也是借陶渊明之酒杯浇自己胸中之块垒，但显然和陶诗、苏诗又有不同。因为郝经遭遇了政治上的失意、精神上的创伤、生活上的凄凉与孤独，他心中存有一种深刻的沉痛、悲愤与凄凉，以及无边的绝望感。他与陶渊明的心气平和、气质舒缓、达观超然不同，也与苏轼的乐天逍遥不同，他追陶、和陶，是强作旷达与乐观，而其中却渗透着深深的抑郁和凄楚。郝经和陶诗主要表现为感情真挚、沉郁、细腻，兼具自然、清新、质朴的特点，在平淡的文字中蕴含着丰富而深刻的内容。具体来说，主要有两点：一是借诗咏情，排遣痛苦，在诗中流露真情；二是追求自然清新的诗风。

首先，诗是真情的流露。郝经被拘于仪真馆中，内心非常复杂，可

---

① （宋）苏轼著，李之亮笺注《苏轼文集编年笺注》，成都：巴蜀书社2011年版，第580页。

② （清）顾嗣立编《元诗选》初集（上），北京：中华书局1987年版，第23页。

③ 郭绍虞编选《清诗话续编》（四），上海：上海古籍出版社1983年版，第2432页。

以说整整两卷和陶诗，写出了一个真实的郝经，更能从中读出郝经当时真实的感情。他孑然一身于孤馆之中，春天一年一年来，花一年一年开，只催得人老发白，外界消息全部隔绝，却不知归期是何年。他在仪真馆内望穿双眼，音信皆无。细细品味郝经的和陶诗，能读出他那深深的抑郁和凄楚，忧伤和无奈。他移情于外，触目所见，万物皆悲：

> 习习和风，冽冽清霜。（《赠长沙公族祖》）
>
> 长风动江色，俛仰星一周。萧然步空庭，叶落凄其秋。（《酬刘柴桑》）
>
> 雁啼霜江清，人与卉木腓。舍馆极羁留，感秋尤思归。（《于王抚军坐送客》）
>
> 幽明澹窗星，夜气深庭芜。（《赠羊长史》）
>
> 露气凄且清，别恨相萦缠。（《岁暮和张常侍》）
>
> 老树栖惊乌，江静秋月明。顾影无匹俦，徙倚恨不平。（《辛丑岁七月赴假还江陵夜行途中》）
>
> 蔓草上阶除，委碧生恨悲。相看辨时节，梦寐荒是非。（《还旧居》）
>
> 月出蔓草寒，江声动清飔。窗户渐槭槭，凄其飘我衣。孤鸿悲遥天，寥落片影微。蟋蟀不在堂，苦傍伤根葵。（《和胡西曹示顾贼曹》）
>
> 银沙满玉河，界天清露零。孤心正耿耿，秋夜何冥冥。（《悲从弟仲德》）

郝经笔下的景都带上了他的感情。景不是静谧的、和谐的、恬适的，而是凄清的、忧伤的、沉郁的。郝经是个至情之人，从他的诗中可以读出。且从郝经的诗歌主张来看，他也推崇以诗咏性情。“《诗》者，述乎人之情者也。情由感而动，故喜怒哀乐随所感而发。”（《五经论·诗》）“尚辞以咏性情，则后世诗之至也。”（《与阚彦举论诗书》）这种文学主张渗透到他的诗歌创作中，便形成了侧重于真情流露的诗歌风格。因而，值得注意的是，进入郝诗中的景物和事物，是寄寓着诗人在当时境界下的特殊思想感情的，他是“啸歌和渊明，慨叹有余悲”（《和胡西曹示顾贼曹》)。郝经对陶渊明的体验、理解以及与之对话，正是基于他独特的人生体验进行的。

郝经的真情流露，具有震撼人心的、恒久的力量。如《和刘柴桑》一诗：

> 念母望北云，怅然忆家居。汤汤伊祁水，想见先人庐。为言我与子，南来堕幽墟。乡园入渺茫，草木荒菑畬。母氏倚门望，无为执勤劬。生男不若女，有子还如无。王事靡私盬，义别无亲疏。岳岳守一节，乾乾断百须。道在母即存，志当金石如。

思乡怀亲是一个永恒的主题，而且具有恒久的艺术感染力。从郝经的诗中我们可以看到他对伦常亲情何等看重。“母氏倚门望，无为执勤劬。生男不若女，有子还如无”，读之不觉潸然泪下。

其次，他追求自然清新的诗风。郝经在《和陶诗序》中明确表示：“顾予顽钝鄙隘，踯躅世网，岂能追还高风，激扬清音，亦出于无聊而为之。去国几年，见似之者而喜，况诵其诗，读其书，宁无动于中乎？前者唱喁，而后者和讹，风非有异也，皆自然尔，又不知其孰倡孰和也。属和既毕，复书此于其端云。”[①] 既道出了陶诗的风格特点，也道出了郝经学习陶诗的体会。虽然不能追及陶渊明之高风，做到心气平和、气质舒缓、淡泊明志、激扬清音，但郝经去国几年，反复诵其诗，也能得自然之韵，郝经的和陶诗确实有陶诗清新自然的一面。清新自然也是郝经一贯的诗学主张。他在《唐宋近体诗选序》中言：“事有至大，物有至多者。一诗四句何以毕之？所谓至简而至精华者也。故必平帖精当，切至清新，理不晦而语不滞，庶几其至矣。”[②] 因而，郝经和陶诗另一个特征便是清新自然。

这也是受当时北方诗坛诗风影响的结果。金末元初，郝经处于复古宗唐的创作氛围中，同时又深受元好问的影响，他极力反对华靡，反对

---

① （元）郝经：《郝文忠公陵川文集》卷6，北京图书馆古籍珍本丛刊，影印明正德二年李翰刻本。

② （元）郝经：《郝文忠公陵川文集》卷30，北京图书馆古籍珍本丛刊，影印明正德二年李翰刻本。

言之无情，追求豪迈清壮的诗风。而正当他仕途得意之时，突然被羁押的命运使他借诗咏情，排遣痛苦，客观事实与环境也促使他抒真情、求自然诗风的形成。和诗人的境遇变化相对应，郝经前期诗歌与后期诗歌的风格也有所变化。他前期的诗歌以豪迈、奇崛为胜，后期诗歌则表现出沉郁、细腻与质朴、平淡的诗风，这是饱经忧患的自然结果，也是他诗歌风格逐渐成熟的体现。他的和陶诗与陶渊明诗歌的相近处在于，在质朴与平淡自然的形式下蕴藏着无比丰富和深长的情意，这也是郝经和陶诗的特点。

如《丙辰岁八月中于下潠田舍获》诗云："霜菊有正色，堆积深庭隈。绿蕊粲金屑，清香动幽怀。愿言穷节士，气韵相与谐。亦有玉华凤，岂无紫冠鸡。俗死委蔓草，绕丛日百回。屈子餐落英，至今辞赋哀。渊明折满把，啸傲东篱开。余今手自种，坐俟星火颓。依风日吟哦，天道孰违乖。最怜抱露蛩，寒夜同幽栖。"从表面看来，诗歌的语言明白晓畅，但细细咀嚼才发现，很有深意。正色之霜菊在院子里散发着阵阵幽香，触动诗人幽怀，这让在困厄之中百受煎熬、准备以死来解脱的诗人想起屈原与陶渊明等高洁之士，感叹"俗死委蔓草，绕丛日百回"。俗死无益，为了自己坚守的道义，必须忍受所有的孤独、愁苦、沉痛和悲愤，还是以追和渊明来消除内心的苦闷吧。发出阵阵清香的菊，和诗人的高洁品格相呼应。虽然诗中仍然蕴含着无穷的愁思与抑郁，但诗人却是以一种舒缓而平淡的口吻写出来。在这种平淡的语言下面，我们又更能体味到他那种难以言表的孤独和愁苦之情，也看到那个力图排遣孤独而故作洒脱的郝经。

不过，郝经的平淡、自然、清新，与陶诗、苏诗又不同。陶渊明是以真率写诗，苏轼是以旷达超迈写诗，而郝经是以真情写诗。陶渊明毅然从仕途中抽身，主动选择了诗意的生活方式，在家乡风光秀丽的田园耕作中安顿自己的身体和灵魂。苏轼在三十年颠沛流离的仕宦生涯中屡遭贬斥和暗算，在年迈体衰之时被流谪岭海，政治理想化为泡影，不得不接受形同归隐的现实。所幸苏轼是个乐天旷达之人，以其独特的随缘自适的精神从现实生活中发现了诗意和美，从而获得了世俗的超拔与安适。而郝经的境遇更为特殊，他是半囚半客于他乡异地，为了缓解内心的愁思与抑郁，要以渊明为老师，以陶潜之人格及其诗歌的魅力来排遣难以言表的孤独和愁苦之情。在独特的人生阅历、灵魂追问与生存困境中，他对陶诗进行再体验，并在陶诗的文本结构召唤下重现陶渊明的诗性哲思与人格魅力。因而，他诗中的平淡、自然、清新，与陶诗、苏诗自然不同。现将他们的同题诗作简单比较，以他们的《移居二首》其二为例：

春秋多佳日，登高赋新诗。过门更相呼，有酒斟酌之。农务各自归，闲暇辄相思。相思则披衣，言笑无厌时。此理将不胜？无为忽去兹。衣食当须纪，力耕不吾欺。（陶渊明）[①]

洄潭转碕岸，我作江郊诗。今为一廛氓，此邦乃得之。葺为无邪斋，思我无所思。古观废已久，白鹤归何时。我岂丁令威，千岁复还兹。江山朝福地，古人不我欺。（苏轼）[②]

城南初定迁，高架插书诗。基构计久常，中表涂塈之。幽窗置棐几，道妙俨若思。访问复安身，作休日四时。束帛贲门闾，推挽忽在兹。进退已不详，天命岂吾欺。（郝经）

三人的诗都是浑然一体，质朴无华，总体风格是平淡自然，但内容与思想却相差较多。陶诗主要写隐居后的生活：在春秋美好的日子里登高赋诗，平日和邻里和睦相处，友好往来，一起饮酒。务农之暇，言笑晏晏，是一种心满意足的躬耕之乐。苏诗就有所不同。他一生仕宦，身居高官，晚年却被流贬惠州，“今为一廛氓”是不得已。而他能够以平常心来看待人生得失、超然物外，在诗中能洒脱地吟出：“古观废已久，白鹤归何时。我岂丁令威，千岁复还兹。”足可见其乐天旷达。郝经呢？他是想归隐而不能，而且在仪真馆连活动都受限制，因而只能在诗书中安顿自己，以“道”来解脱。“幽窗置棐几，道妙俨若思”已经是非常不错了，他只能以“进退已不详，天命岂吾欺”来安慰自己。他的确是借陶渊明之酒杯倾倒自己胸中之块垒。

① （晋）陶渊明著，逯钦立校注《陶渊明集》，孔凡礼点校，北京：中华书局 1979 年版，第 56 页。

② （宋）苏轼著，（清）王文诰辑注《苏轼诗集》第 1 册，北京：中华书局 1982 年版，第 2191 页。

郝经理解并认同陶渊明，也钦佩、追和陶渊明，对陶诗从文风上进行体认和实践，从精神上去认同与沟通。但他和陶渊明的境界不同，心性不同，处境也不同。可以说，和陶诗完全是郝诗气象，郝非是陶，陶亦不是郝，这成就了郝经和陶诗的独特魅力。

第三节　歌诗

“歌诗”一名，由来已久。最早见于《左传·襄公十六年》：“歌诗必类”，意指演唱诗歌。《墨子·公孟篇》云：“诵诗三百，弦诗三百，歌诗三百，舞诗三百。”[①] 与《左传》所指含义相同。到汉代演变成对入乐诗歌的一种通称，唐代仍沿用这种称呼。如白居易《与元九书》：“文章合为时而著，歌诗合为事而作。”[②] 柳宗元《东蛮》曰：“歌诗铙鼓间，以壮我元戎。”[③] 独孤及《奉和中书常舍人晚秋集贤院即事寄赠徐薛二侍郎》：“图籍凌群玉，歌诗冠柏梁。”[④]宋包恢《敝帚稿略》卷二《论五言所始》云：“歌诗出于虞夏商周，又不知其体格之始于谁乎？后世略不能自咏情性，自运意旨，以发越天机之妙，鼓舞天籁之鸣。”[⑤] 《课伐木诗序》：“秦少游〈诗话〉曰：曾子固文章妙天下，而有韵者辄不工。杜子美长于歌诗，而无韵者几不可读。”[⑥] 宋代的歌诗应该还指所有可以歌唱的诗歌而言。今人吴相洲在《唐代歌诗与诗歌》一文中给“歌诗”下的定义为：“这种入乐入舞的诗，我们称之为‘歌诗’。”[⑦] 又在《中国古代歌诗研究》写道：“歌诗是指可以填唱的诗歌，也包括可以入乐入舞的诗，它是整个中国古代诗歌的一部分。”[⑧] 含义更宽泛一些，指可以填唱的诗歌，其中包括入乐入舞的诗。按照这种定义，词和曲都算在歌诗

---

① 李小龙译注《墨子》，北京：中华书局 2007 年版，第 23 页。

② 朱金城笺校《白居易集笺校》，上海：上海古籍出版社 1988 年版，第 2792 页。

③ （清）彭定求等编《全唐诗》第 17 卷，北京：中华书局 1960 年版，第 179 页。

④ （清）彭定求等编《全唐诗》第 17 卷，北京：中华书局 1960 年版，第 4301 页。

⑤ （宋）包恢：《敝帚稿略》卷 2，民国南城李氏宜秋馆 1921 年版。

⑥ （清）施鸿保：《读杜诗说》，上海：上海古籍出版社 1983 年版，第 184 页。

⑦ 吴相洲：《唐代歌诗与诗歌》，北京：北京大学出版社 2000 年版，第 1 页。

⑧ 赵敏俐、吴相洲、刘怀荣等著《中国古代歌诗研究》，北京：北京大学出版社 2005 年版，第 47 页。

之内。而郑樵的定义要比他们定义的范围小，《正声序论》说：

> 古之诗曰歌行，后之诗曰古近二体。歌行主声，二体主文。诗为声也，不为文也。浩歌长啸，古人之深趣。今人既不尚啸，而又失其歌诗之旨，所以无乐事也。凡律，其辞则谓之诗，声其诗则谓之歌。作诗未有不歌者也。诗者乐章也，或形之歌咏，或散之律吕，各随所主而命。主于人之声者则有行，有曲。散歌谓之行，入乐谓之曲，主于丝竹之音者，则有引、有操、有吟、有弄，各有调以主之，摄其音谓之调，总其调亦谓之曲。凡歌、行，虽主人声，其中调者皆可以被之丝竹。凡引、操、吟、弄，虽主丝竹，其有辞者皆可以形之歌咏。盖主于人者，有声必有辞；主于丝竹者，取音而已，不必有辞，其有辞者，通可歌也。近世论歌行者，求名以义，强生分别，正犹汉儒不识风、雅、颂之声，而以义论诗也。且古有长歌行、短歌行者，谓其声歌之长短耳。①

可知，郑樵所说的“歌行”，也就是乐府歌诗。它本来就是以声为主的，既可以徒歌，也可以配乐演唱，即“歌诗”。胡应麟在《诗薮·内编三》中说：“七言古诗，概曰歌行，余漫考之：歌之名义由来远矣。《南风》、《击壤》，兴于三代之前；《易水》、《越人》，作于七雄之世。而篇什之盛，无如骚之《九歌》。皆七言古所自始也。”②

由以上材料可以确定，郝经《陵川集》卷八至卷十二所收的歌诗应该是指歌行而言。《四库全书总目》称：“其诗亦神思深秀，天骨挺拔。”③《元诗选》评其诗曰：“苍浑奇崛，气骨特高。”④ 都指其歌行。郝经的歌行承袭宋金诗风，以笔力、气势见长，风格多豪壮奇崛，最能体现郝经诗歌的特色。

---

① （宋）郑樵：《通志》卷 49《乐略》，北京：中华书局 1995 年版，第 887 页。

② 陈伯海主编，张寅彭、黄刚编撰《唐诗论评类编》（增订本），上海：上海古籍出版社 2015 年版，第 322 页。

③ （清）纪昀等：《钦定四库全书总目》，北京：中华书局 1997 年版，第 2202 页。

④ （清）顾嗣立编《元诗选》初集（上），北京：中华书局 1987 年版，第 384 页。

一 中州千古英雄气

郝经，在元初之北方，可以说是“元好问在文坛上最直接也是最重要的承继者”①。主要指的就是他的歌诗承袭了元好问“中州千古英雄气”的风格，呈豪迈奇崛、气骨特高的特色。郝经对元好问也非常推崇，他在《遗山先生墓铭》中写道：

诗自三百篇以来，极于李、杜，其后纤靡淫艳，怪诞癖涩，寖以弛弱，遂失其正。二百余年而至苏、黄，振起衰踣，益为瑰奇，复于李、杜氏。金源有国，士务决科干禄，置诗文不为。其或为之，则群聚讪笑，大以为异。委坠废绝，百有余年，而先生出焉。当德陵之末，独以诗鸣。上薄风、雅，中规李、杜，粹然一出于正，直配苏、黄氏。天才清赡，邃婉高古，沈郁大和，力出意外，巧缛而不见斧凿，新丽而绝去浮靡，造微而神采粲发，杂弄金璧，糅饰丹素，奇芬异秀，洞荡心魄，看花把酒，歌谣跌宕，挟幽并之气，高视一世。②

郝经的七言古诗和歌行，于唐宋诸家中对李、杜、苏、黄及江西诗派多有取法。其整体风格主要是追求壮美、豪迈、奇崛、高古、沉郁等，体现出“中州千古英雄气”。郝经的歌行，笔力豪放、奇崛，尤长于起句。如：

西风萧萧暮烟湿，满袖青携乱山入。枯云黯惨忽蔽空，未及黄昏陡昏黑。（《宿铁塔寺》）

惊风吹沙暮天黄，死焰燎日横天狼。巉巉铁穴六十里，塞口一喷来冰霜。（《居庸行》）

西郎峨峨秋凌空，万壑秋气丹霄通。翠蟠燕赵一千里，苍束刀

① 查洪德：《郝经、刘因与北宗诗文》，载《郝经暨金元文化学术研讨会论文集》，太原：山西出版集团2007年版，第55页。

② （元）郝经：《郝文忠公陵川文集》卷35，北京图书馆古籍珍本丛刊，影印明正德二年李翰刻本。

岩十二峰。(《西郎吟》)

一峰奇秀高插空，万马踏碎青芙蓉。桑干黑浪落绝壁，霜净天澄更觉雄。(《鸡鸣山行》)

鸳鸯泺东白石山，一峰峻前尤高寒。金莲花拥玉芙蓉，奇秀谁教在此间。(《白山行》)

轮囷太古绿玉月，半插水面不挂天。一矼一段数十丈，大业至今七百年。(《赵州石桥》)

大河奔放千里一片黄，鳌头杰观突起河中央。露华涨冷濯桂窟，氛雾洗尽豁四旁。(《三汊北城月榭玩月醉歌》)

赤云夹日腾清晖，太阴杀气缠海霓。(《灵泉行》)

作者以神奇莫测之笔凭空起势，在开头便呈现出纵横恣肆、飘缈奇幻的风格，有一种"笔落惊风雨"的感觉。笔力纵恣、才华富赡，很有李贺歌行的特色。汤显祖言："天下文章所以有生气者，全在奇士。士奇则心灵，心灵则能飞动，能飞动则下上天地，来去古今，可以屈伸长短，生灭如意，如意则可以无所不如。"[①] 郝经正可谓奇士，他放意纵笔，使其诗歌造成一种飞动的气势。郝经的奇崛宏肆、豪纵劲健之诗风，历来为人所称道。不过，他的豪纵奇崛不同于李白对人生激情的恣意挥洒、对未来生活前景热切畅想的豪放，也不同于苏轼摆脱尘世俗务牵累的旷达与豪放。他的豪放浸润着壮志未酬的感愤与牢落不平，裹挟着"中州千古英雄气"的风骨与不甘雌伏的雄心。这些不同体现出性格与文化蕴涵上的差异。

郝经歌行体沉郁、豪放、奇崛、劲健的特征，常常是通过超凡的意境来表现的。诗人善于以雄健之笔、凌厉之气、神异之想写景状物。如《宿铁塔寺》："行行暝投荒寺宿，系马阶除剑悬壁。中庭一塔揭暝色，倔强生狞半生涩。铁龙雷轰不能蛰，怒尾呀天转张磔。"极力摹写铁塔寺的怪形异状、倔强生狞。"翳云拥雾二十里，虎踞龙蟠泰山足"(《楷木杖笏行》)，直写泰山四时的变化，灵异飘渺。写龙兴阁："初疑榱桷欲

① (明)汤显祖：《汤显祖全集》，徐朔方笺校，上海：上海古籍出版社2015年版，第1535页。

飞动，复恐栋宇将腾骞。峨峨鳌头昂出六合外，地轴欲断还相连。钩心诘屈牛斗度，光景焕烂日月躔。”（《登龙兴阁观铜像》）更是让人惊心动魄。写太行山的雄壮宏阔、瑰丽奇异，融自然之美与个性诗才为一体："半天遮断连青城，参差雉堞云间横。当时十岁初渡河，舟中错愕来相迎。今年恰得到苏门，百泉亭上更峥嵘。千岩万壑入绝壁，落日倒衔山尽赤。玉立万仞礫鲸牙，金翠千层拥鳌脊。天沉影重看不足，云净烟虚晚尤碧。”（《太行望》）写塞北风光则出神入化："中原南北限两岭，野狐高出大庾顶。举头冠日尾插坤，横亘一脊缭绝境。五台南望如培塿，下视九州在深井。上有太古老死冰，沙埋土食光炯炯。盘磴滑硬草无根，枯石摩天堕生矿。南人上来不敢前，扑面欲倒风色猛。坡陀白骨与山齐，惨澹万里杀气冷。岭北乾坤士马雄，雪满弓刀霜满颈。稀星如杯斗直上，太白似月人有影。寄语汉家守城将，莫向沙场浪驰骋。”（《北岭行》）以开阔的胸襟、雄浑的笔力描摹大自然的雄奇，气势雄伟，意境开阔。诗人以咫尺万里的表现，以及对时空的吐纳涵括，把塞北的空阔、风霜，以及旧日战场的万里杀气写了出来，充分体现了歌行体在艺术结构上的鲜明特色。其结构奇突多变、大起大落，展现了诗人的思想情感复杂、急剧的流动与变化，在不断的、反复的腾挪跳跃中，为读者留下充分的想象空间与思索时间。

郝经善于使自然景观的勃勃生机与诗人的雄放气概互相映发，创造一种奇崛的诗境，使诗篇充塞着一股雄奇郁勃之美。比如《湖水来》一诗：

> 枯风怒遏长川回，两湖五月生黄埃。水晶宫碎洲渚出，昆明老火飞狂灰。鱼龙错落半生死，乾坤枯槁无云雷。海鲸怒抉海眼破，涛头一箭湖水来。新声汩汩入黑壤，寒虹矫矫收苍霾。鸥鸟静尽波不起，澄清无瑕玉镜开。浮光四动青云第，倒影半浸黄金台。何当乘兴呼太白，棹歌长入琉璃堆。满船明月露华冷，翠绡银管飞琼杯。

读之，顿觉一股雄猛之气喷薄而出，这正是诗人豪放激昂、洒脱不羁的性格在诗作中的突出表现。纵目远眺，湖水浩渺，空阔无际。枯风怒起，搅起满湖之水，湖波汹涌，涛声如万鼓齐喧。巨澜滔天，飞驰驱逐，气势阔大，可谓笔势夭矫如龙。诗人运用雄奇奔放、奇诡的想象和大胆的艺术夸张向世人展示了一个超凡的艺术境界。不仅写景如此，从写人中也可感受到诗人的凌厉之气、神异之想。如写缑子玉饮酒："黄龙飞去失新卵，壮士熟视不敢触。急呼西施南威一双婢，便擘轻金染纤玉。崆峒酒海入杯盘，快作鲸吞香满腹。齿颊戛戛秋风生，浮动霜天穿月窟。凭凌唤李白，共酹刘伶骨。从渠人间世，扰扰还碌碌。淋漓倾倒发天藏，倾尽明珠三万斛。"（《山阳橙歌赠缑子玉》）通篇运用夸张的笔法，把缑子玉那种狂放而豪宕的个性一展无余，给读者留下了深刻的印象。如果不是诗人自身拥有英雄气概，也写不出缑子玉这等英雄气。

郝经还极强调作诗的情感力度，且在《与阚彦举论诗书》中反复强调："诗之所以为诗，所以歌咏性情者，只见三百篇尔。秦汉之际，骚赋始盛，大抵怨懟烦冤、从谀侈靡之文，性情之作衰矣。"主张作诗应该以性情为体，"歌咏性情"，体现《诗经》的优秀传统，不过分追求辞藻工丽。因而，郝经并不过多注重辞藻的润饰，而是以情感取胜，兴之所至，笔落成章，任意挥洒。如《共山行》一诗：

> 吾生嗜奇能讨幽，足迹径欲穷九州。会稽未得探禹穴，太行先作共山游。是时天地方闭塞，固阴沍涸山灵愁。谁知真宰为我起蛰窟，喜气奕奕山光浮。云容烟影变态出，脉络尽露峰峦稠。宏富屹天造，峭截穷雕锼。峨峨鳌脊一翠万里壮，缩出元气直入东海头。中间膏腴甲天下，匮奇孕秀无与侔。云根涨玻璃，宝藏划不收。玉镜面寒莹，皪皪明珠流。泓澄百丈底，锦石埋黄虬。老蟾喷彩忽荡动，万山破碎翻神湫。竹间老树挂山骨，绿玉葱错风飕飗。不见孙公和，荒台等陵丘。万籁喑不鸣，邃古空悠悠。何时无名公，说破先天由。一笑碧山下，弄月凌虚舟。举手谢浮世，醉卧三千秋。卷藏神纽入化府，从渠菌蠢还蜉蝣。

放笔纵意，自由驰骋，意象繁复，充分展现了其诗歌风格中"雄"的一面。全诗以其思想特征和感情发展逻辑为主线，在语句关系上表现出大的落差、跌宕起伏、似断还续的特点，犹如长江大河，汩汩滔滔，一泻千里，大气磅礴，豪情汹涌，充分宣露了诗人独特的心灵世界。虽然是笔走龙蛇，随着感情和思想的变化而信笔挥洒，但仍然可见诗人之气魄。“一笑碧山下，弄月凌虚舟。举手谢浮世，醉卧三千秋”，足可见郝经诗中的“逸兴”！如果没有豪迈的胸襟与胆识，也不可能表现出如此之豪气与意气，更因为郝经博览群书、才思横溢，才能自由调度，任情挥洒。这种歌行体诗歌没有严格的格律约束与限制，也没有篇幅长短的限制，能让郝经自由肆意地驰骋诗思，挥洒自如，在诗中表现出诗人鲜明的自我和强烈的主体意识。郝经不仅擅长以雄劲之笔展示阔大之境，而且他作诗往往信手拈来，随意涂抹，破空而行，不甚作意。然而，却写得气酣神畅，灵动多变。“一切好诗都是强烈情感的自然流露”①，确实如此，郝经是以其才情写诗。郝经之诗，贵在笔下所展现的阔大雄奇之景，以及奔涌着的不可遏抑的豪情，处处有大气包举之势。正如沈德潜在《说诗晬语》中所言：“有第一等襟抱，第一等学识，斯有第一等真诗。”②因而才能使豪迈奇崛、气骨特高的风格特色突出，体现其“中州千古英雄气”。

郝经歌行的奇崛、章法跌宕与意象跳跃性极强，很有李贺歌行体的特色。他对李贺颇为推崇，从他的《长歌哀李长吉》诗即可看出，诗中感叹：“胸中旁魄银河涌，驱出鳣鲸嗔霜雪。逸气似与秋天杳，辞锋忽划青云裂。剸空一剑断晴霓，齐梁妖孽皆泣血。上帝俄惊久不来，恐向尘寰覆迷辙。赤虬嘶入造化窟，千丈虹光绕明月。人间不复见奇才，白玉楼头耿孤洁。自此雄文价益高，翠华灼烁紫霓掣。我生不幸不同时，安得从衡骛清绝？”郝经歌行体在叙事手法上与李贺非常接近，如《怀素青帘斗将二帖歌》一诗中，为说怀素书法的特征，连用蛟龙、戈矛、春树花、秋江鸥、兔起鹘落、云行溪水流等意象，辞藻缤纷，意象纷出：“夭矫腾蛟龙，峻利森戈矛。婀娜春树花，萧飒秋江鸥。兔起复鹘落，云行溪水流”，描写其“超凡入圣直与造化侔”的书法艺术。这使人很容易联系到李贺的诗歌。又如前文所举之《湖水来》一诗：枯风、水晶宫、昆明老火、鱼龙错落、海鲸怒抉海、涛头一箭、寒虹、苍霾、鸱鸟、

---

① 〔英〕渥兹渥斯：《抒情歌谣集·序言》，《欧美古典作家论现实主义和浪漫主义》（一），北京：中国社会科学出版社 1980 年版，第 261 页。

② （清）沈德潜：《原诗　一瓢诗话　说诗晬语》，北京：人民文学出版社 1979 年版，第 187 页。

浮光、明月、露华、翠绡、银管等诸多意象，让人目不暇接，构成一个色彩缤纷的奇幻世界。这首诗即使混于李贺歌诗之中，也难区分出来。刘克庄言："长吉歌行，新意险语，自有苍生以来所无。"[①] 而实际上，郝经的歌行很有新意险语之特色，这也是形成他豪迈奇崛风格的一个原因。

至于郝经歌行的风格，并非只有豪迈奇崛、气骨特高的"中州千古英雄气"，他的歌行风格多样。在《与阚彦举论诗书》一文中，他谈"吟咏性情以为风雅"时列举了"风雅"包含的意蕴："有沉郁顿挫之体，有清新警策之神，有震撼纵恣之力，有喷薄雄猛之气，有高壮广厚之格，有叶比调适之律，有雕锼织组之才，有纵入横出之变，有幽丽静深之姿，有纡余曲折之态，有悲忧愉佚之情，有微婉郁抑之思，有骇愕触忤之奇，有鼓舞豪宕之节。"[②] 他的诗所追求的不仅是"有震撼纵恣之力，有喷薄雄猛之气"、重豪迈的尚壮美，而且他的歌行还"有沉郁顿挫之体，有清新警策之神"，"有高壮广厚之格"，"有悲忧愉佚之情，有微婉郁抑之思"等，体现出沉郁苍浑与哀感顽艳两种风格。

二　沉郁苍浑的风格特色

钱基博在《中国文学史》也曾谈到，郝经"笔力健举，沛然出之若有余，几欲追好问而肩之"，"其文丰蔚豪宕，其诗苍凉沉郁，不安为宋，而差跻唐"。[③] 沉郁苍浑也是郝经诗的美学特征之一。如其《青城行》：

> 坏山压城杀气黑，一夜京城忽流血。弓刀合沓满掖庭，妃主喧呼总狼藉。驱出宫门不敢哭，血泪满面无人色。戴楼门外是青城，匍匐赴死谁敢停！百年涵育尽涂地，死雾不散昏青冥。英府亲贤端可怜，白首随例亦就刑。最苦爱王家两族，二十余年不曾出。朝朝点数到堂前，每向官司求米肉。男哥女妹自夫妇，觍面相看冤更酷。

① （宋）刘克庄：《后村诗话》，北京：中华书局1983年版，第243页。

② （元）郝经：《郝文忠公陵川文集》卷24，北京图书馆古籍珍本丛刊，影印明正德二年李翰刻本。

③ 钱基博：《中国文学史》，北京：中华书局1993年版，第759～760页。

一旦开门见天日，推入行间便诛戮。当时筑城为祭祀，却与皇家作东市。天兴初年靖康末，国破家亡酷相似。君取他人既如此，今朝亦是寻常事。君不见二百万家族尽赤，八十里城皆瓦砾。白骨更比青城多，遗民独向王孙泣。

《元诗选》初集卷一四《青城行》案："《陵川集》诗叙金亡事最详。"此言不差，郝经对社会历史与现实有着非常敏锐的洞察力，这首诗写的乃是亡金之痛。诗开篇一句"环山压城杀气黑，一夜京城忽流血"，造成一种凄凉恐惧的气氛，而且是满目苍凉。汴京城破，大祸降临，金朝内庭一片末日来临的恐怖，"血泪满面无人色"。诗中"男哥女妹自夫妇，觍面相看冤更酷。一旦开门见天日，推入行间便诛戮"等句，尤其让人惨不忍言。接着写到皇家亲族被驱赶到汴京城南的青城，青城原本是他们祖先的祭祀之地，今天却成了他们的断头台。诗人提醒金人："天兴初年靖康末，国破家亡酷相似。君取他人既如此，今朝亦是寻常事。"要他们从自己国破家亡的哀痛和蒙古人的残忍推想当年北宋被灭时宋人的哀痛和金人的残忍。更为难能可贵的是，诗人又进一步想到，在这战乱频仍、朝代更迭之际，所受苦难最为深重的还是广大民众。这首诗有着深刻的社会现实意义和历史厚重感，幽忧悲壮、豪迈沉雄，细读这首诗，就能体会到诗人字里行间那股浓重的沉郁之气。郝经不仅能够从自己所处的时代来评析历史事件，生动地展现金元易代之际的历史画卷，赋予其作品以深刻的现实意义，而且常常在对历史的感慨中充分体现其歌行体沉郁苍浑的风格。又如《白沟行》一诗：

西风易水长城道，老泞查牙马频倒。岸浅桥横路欲平，重向荒寒问遗老。易水南边是白沟，北人为界海东头。石郎作帝从珂败，便割燕云十六州。世宗恰得关南死，点检陈桥作天子。汉儿不复见中原，当日祸基元在此。沟上残城有遗堞，岁岁辽人来把截。酒酣踏背上马行，弯弧更射沟南月。孙男北渡不敢看，道君一向何曾还。谁知二百年冤孽，移在江淮蜀汉间。岁久河干骨仍满，流祸无穷都不管。晋家日月岂能长，当时历数从头短。日暮途穷更著鞭，百年遗恨入荒烟。九原重怨桑维翰，五季那知鲁仲连。只向河东作留守，奉诏移官亦何疚。称臣呼父古所无，石郎至今有遗臭。

这首诗很能代表他所说的“沉郁顿挫之体”、“清新警策之神”以及“高壮广厚之格”，从大处落笔，寓议论于写景、叙事之中，通过石敬瑭割燕云十六州于辽的史事，寄寓自己的思想感情。

郝经爱憎分明，又深受儒家思想传统的熏染。他入侍藩府救国，又能出使完节，就是因为他对儒家之“道”有着一份执着的热忱。因而，他对节义之士非常推崇尊敬，他歌咏敦实、厚重、坚守道义、视道义高于一切的优秀品质。那些排忧解难、为民请命、舍身就义的侠义之士，经常出现在他的诗篇之中，如常被历代诗人歌咏的荆轲、鲁仲连等古代侠义之士，以及民间重义轻死的女子。比如，他的《巴陵女子行》就歌颂了巴陵女子韩希孟这样一位可歌可泣、忠孝节义的贞烈巾帼。人之生命之所以高贵，便在于其道德人格的高尚。在歌咏这些节义之士的诗篇中，可以领略“沉郁顿挫之体”、“清新警策之神”。如其《金源十节士歌》序云：“金源氏播迁以来，至于国亡，得节义之士王刚忠公等十人，皆死事死国，有古烈士之风，可以兴起末俗，振作贪懦。其名字官阶，始终行业，自有良史；其大节之岳岳磊磊，在人耳目，虽耕夫贩妇，牛童马走，共能称道者。作歌以歌之，庶几揄扬激烈，由其音节，见其风采云。”[①] 很清楚地表明就是为了歌颂节义之士，以见其风采。因而诗中自然涌荡着一种怆快而难怀之情，壮烈而慷慨，悲壮而沉雄。读后，总为十节士的人格气质所震撼。再如《李丰亭》一首：

士为有用学，有志终有为。先生乃不幸，一第当时危。腐儒苟且皆畏避，奔走要门求内地。趑趄冀得斗升禄，觍面只为妻子计。先生守官听铨选，不避畏途羞自便。一通诰命令城父，即驾柴车出畿甸。甫能到县敌已至，意色不动即视事。排墙拔树为守御，马嘶动地人鼎沸。团兵仅得二千人，开门转战箭满身。见星鏖出据大林，人蔽一树气益振。弓折矢尽树无枝，重围百匝何所依。饮血复鼓更

① （元）郝经：《郝文忠公陵川文集》卷11，北京图书馆古籍珍本丛刊，影印明正德二年李翰刻本。

格斗，挥戈慷慨指落晖。力竭众毙付一死，以死报国真烈士。君不见，汴梁诸生不出门，手把遗经皆饿死。

李丰亭有智慧、有气节、有志向、有能力，在国家用人之际请缨受命，在守城的关键时刻，立奇功，以死报国，建不朽之功勋，可谓豪侠矣！诗人在极力渲染战斗的惨烈，描绘李丰亭人格的豪迈，无比豪迈与无比悲愤相互交融，构成了悲壮激越，其沉郁苍浑的风格直可追李贺之《雁门太守行》和屈原之《国殇》。

再者，郝经的诗风还有一个明显的转变。使宋途中他还是满怀豪情："举杯对月月浮动，酒浪摇碧金鳞生。彷徨四顾天宇豁，九州四海一月明。谁令此地限南北，哄起祸乱挐甲兵。人生大抵随所遇，南北东西无定住。今宵对月倾金樽，便可长吟嚼佳句。醉时抱月凌孤风，桂苑烟霄快高步。浩歌乱扣白玉盘，天上人惊亦何惧。不须槌碎黄鹤楼，何必翻倒鹦鹉洲。大江江头呼李白，我欲与汝蓬山游。赤城城头摇曳紫绮裘，白云云边倒卷苍玉瓯。"（《八月十五夜五河口观月》）他作品中最具魅力的，是激昂的英雄气概、靖边报国的庄严思想与壮烈行动。整首诗感情热烈奔放，不仅在诗歌形式上有震撼纵恣之力，同时还隐含着情感浪潮的汹涌澎湃，喷薄着雄猛之气、豪杰之气，奇崛宏肆，笔力健劲。但在后期，他被幽拘真州多年，过着半囚半客式的生活，先后体验了政治上的失意、精神上的创伤、生活上的凄凉与孤独，现实挫折与理想追求的大落差使他诗中存有太多的愤激和感伤。他总是触景、触物忆旧感怀，在诗中流动着一股沉郁之气，诗风渐趋凝重、悲凉、沉郁、苍浑。如《后听角行》：

燕南壮士江城客，孤馆无眠心已折。那堪夜夜闻角声，怨曲悲凉更幽咽。一喷牵残杨柳风，五更吹落梅花月。霜天裂却浮云散，雁行断尽疏星接。余音渺渺渡江去，依稀似向愁人说。劝君且莫多叹嗟，家人恨杀生离别。可怜辛苦为谁来，凋尽朱颜头半白。万绪千端都上心，一寸肝肠能几截。当时听角送南人，南人吹角不送人。不如睡着东风恶，拍枕江声总不闻。

《听角行》、《后听角行》两首诗都是写于他被拘真州期间，尤为沉郁感荡，动人肺腑。这首《后听角行》一唱三叹，悲慨幽怨的抒情之中蕴含着刚正的风骨，有强烈的悲剧性美感，真个是有屈原《离骚》的抒情韵味，回环往复、凄恻动人，既表现了诗人忠贞不渝的信念，又抒发了真挚的故国情思。此时的郝经，笔下少了一泻千里的雄猛之气，多了一份凝重、悲凉和沉郁沧桑，带有强烈的悲剧性美感。这一时期，他经常思乡怀亲："烛花相对淡横斜，江静天寒听孤雁"（《二年冬至日汤安抚送梅》）。又常常感叹英雄无用武之地："无情漫激壮士肝，中夜坐起涕泗流。"（《觱栗行》）"几年南来坐江馆，但闻江城画角声悠悠。昨宵花落啼杜鹃，月窗孤影生离忧。谁家夜把觱栗吹，一喷新声唤旧愁。"（《觱栗行》）后期的诗风与前期的感情热烈奔放、有着雄猛的英雄气概不同，转向沉郁苍凉，风格反而变得平易畅达。

三　哀感顽艳的另一面

郝经的歌行体诗歌大多体现了他豪迈奇崛、气骨特高的英雄本色，但这并不意味他的诗歌没有温婉细腻、哀感顽艳的一面，只是前者最为突出。如《楼子白莲》诗写白莲："玉楼一尺千蕊攒，绿云高拥白玉盘。真出清波绝点尘，水仙解种水牡丹。秋渚亭亭倚妍素，冰肌不受烟脂污。都将金粉抹兰膏，香尽西风一天露。洛神汉女回清顾，脉脉溶溶纵微步。"清波绝尘，冰肌玉骨，犹如洛神汉女纵凌波微步，不仅姿态惹人遐思，而且遣词用句极为华艳，感情细腻，足可见郝经的歌行并非仅有雄猛的英雄气概和沉郁苍凉的风格。除学习宋金诸家之外，他对李贺奇崛冷艳的艺术风格也有所效法。他的诗文中对女性的描写较少，不过从现有的产品仍可见其情感细腻、哀感顽艳的一面。如《怀来醉歌》：

> 胡姬蟠头脸如玉，一撒青金腰线绿。当门举酒唤客尝，俊入双眸耸秋鹘。白云乱卷宾铁文，腊香一喷红染唇。据鞍侧鞚半林鬣，春风满面不肯嗔。系马门前折残柳，玉液和林送官酒。二十五弦装百宝，一派冰泉落纤手。须臾高歌半酡颜，貂裘泼尽不觉寒。谁道雪花大如席，举鞭已过鸡鸣山。

这首诗语言明快净朗，并且富有谐婉之趣。郝经乃忽必烈的藩府文臣，他追随忽必烈于北方大漠时，定会遇到西域民族的当垆女子，她们的淳朴天然以及塞北风情使诗人情不自禁地歌咏，于是胡姬的形象在郝经笔下焕发出她本然的灵性与光彩。她是自然、质朴、率真的异族女子，充满着青春与活力。她满面春风、明媚艳丽，马奶酒如琼浆玉液，使人饮后不觉豪情万丈。在此，胡姬的形象无关艳情，纯然是诗人笔下性格鲜明的北国佳丽。

郝经诗中的女性基本无关艳情，如《宣和内人图》和《花蕊夫人词》，并不侧重艳情的描写，而是在歌咏宋徽宗宫女图和花蕊夫人时寄寓了一定的历史慨叹。如《花蕊夫人词》："花蕊夫人似花蕊，冰肌玉骨深宫里。等闲蜂蝶那得知，惜杀风流蜀天子。芙蓉开满摩诃池，月殿香来动风水。广寒却有两姮娥，鬓乱钗横飘桂子。自作宫词一百首，学得晚唐王建体。六宫宠爱浑一身，太真飞燕亲曾比。谁知一夜花开了，子规啼向汴梁邸。始知世上花蕊多，一番春去空红紫。榻上真龙方鼾睡，绝语新词不到耳。向人更诵亡国诗，争妍忘尽降王耻。十四万人皆男儿，夫人宜向蜀宫死。"浓墨重彩描写花蕊夫人是何等美貌、何等多才多艺，又曾何等受宠、风光，可仍难逃亡国命运。诗中不做任何议论，从亡国女子的命运中你能感受到诗人的思想倾向。

郝经被拘于真州之后，随着思乡情愫的增长，他的感情也变得细腻、缠绵起来。《阳春怨》四首充分展现了他儿女情长、幽思缅邈的诗性特征，内容是诗人绝少描写的闺怨情思，抒情的自我化倾向增强了，表达了诗人内心深处真挚凄婉的浓情，这也恰是郝经重感情和感触丰富细腻的体现。四首诗声韵浏亮而沉郁深婉，和前期诗歌相比，是截然不同的诗风。我们看到郝经兼有英雄豪气和儿女柔情的独特个性，又能由其刚柔相济的性格中深入发掘出诗人内心深处的沉郁之气。如其二：

> 江头怕见杨柳春，杨花飞来愁杀人。红颜落尽花片新，黄昏无人泪沾巾。旧花被迭凝春尘，梦中忽见浑未真。隔花半面春山颦，恨郎不归多怨嗔。不知两处同苦辛，同是天涯愁恨人。几年心事向谁说？花落莺啼昼掩门。

杨柳春，杨花飞，尽惹人愁绪，诗人梦中见到妻子哀怨、嗔怪的模样，太多的牵挂和太多的思念全融入这像云一样渺茫和不可捉摸的梦境。妻子和自己两地相隔不能相聚，一时百般滋味俱涌心头，千言万语，几年心事不知向谁诉说。诗人把他与妻子离别的深广悲哀全部纳入面前的虚幻中，让人不忍卒读。再看其三：

别时重约频付书，一字不到八年余。死耶生耶漫嗟吁，是耶非耶有还无。应言被郎误杀余，岂知郎在空床居。春风满帘酒满壶，落红零乱飘庭除。不言不饮愁恨俱，半睡不睡情绪无。杜鹃啼落桃花月，红烛无情泣座隅。

梦中又有令人悲愁的相聚，梦醒之后呢？是更多的苦与痛，重又陷入渺茫不见的深沉悲哀中。遥隔千里，音书隔绝，片言只字难以相递，“死耶生耶漫嗟吁，是耶非耶有还无”，真是悲痛难言！无心理会那春风满园的美景，满壶佳酿也引不起丝毫兴趣，诗人默默无言，愁绪满怀，实在无法入眠。只听那杜鹃声声、看那红烛流泪，这是一种怎样孤寂凄哀的情景啊，真令人哽咽不止！可见，郝经写及儿女情长时也颇为细腻缠绵，很有中唐李贺诗歌哀感顽艳的风格。

第四节　律诗、绝句

郝经的《陵川集》卷十三收其七言律诗 97 首，卷十四收其五言律诗 45 首，卷十五收其七言绝句和五言绝句，其中七言绝句 124 首，五言绝句 9 首。与豪迈奇崛、沉郁苍凉的歌行体诗歌相比，他的律诗和绝句风格有些不同。虽然不乏清新绮丽、明秀清雅的特点，但因这一部分诗大多写于他后期使宋羁留期间，生活的遭遇使他的诗歌选用的题材、内容和形式都受影响。所以，从主要风格来看，其基调主要是慷慨悲怆，含蓄温婉中孕育着苍凉悲伤，在诗中抒发了幽囚异地、思怀故国的情感。

一　感怀、寄寓之作是主流

这类诗反映出他被羁留真州仪真馆之后政治上的失意、精神上的创伤以及生活上的凄凉与孤独。他借诗记录和排遣种种失意、忧伤、凄凉与孤独。“半囚半客仪真馆，不死不生扬子衙”（《丙寅新馆重九》），他虽然“壮心还激烈”，但经常“泪逐催花雨，心同泼火灰。何由复龙动，百感坐中来”（《二月二十三日犹在仪真馆三首》其一）。几年下来，他已经是“头皮新起粼粼雪，鬓脚潜生短短霜”（《馆中书怀》），只好随时光一天天流逝，任凭“新年新月照愁人，白发新添愁更新”（《丁卯春日夜饮见月》）。精神上饱受折磨，处境越发悲凉：“病骨湿侵寒似水，冤肠恨入毒如刀。几回坐起椎床语，白地南来坐铁牢。”（《庚午夏至夜雨》）面对无边的愁绪，他只好借由著述、吟诗排遣：“闻说长歌犹恸哭，慰愁赖得有诗篇。”（《馆中书怀》）“屠龙心事碧云重，卧诵离骚叹我侬。”（《晓起》）诗人以自己独特的视角观察现实处境中的方方面面，抒写独特境遇中的深邃情感，展示自己的心路历程。正是这样的环境和心境，决定了他的律诗及绝句慷慨悲怆的主要风格，在含蓄温婉中透出苍凉悲伤。如《月夜感怀》一诗：

去国期星岁，无家阻万金。江山沉苦思，花月动哀吟。变故空长策，蹉跎惜此心。遥怜灯火罢，儿女夜愁深。

邓绍基评曰：“伯常奉使，实欲通南北之交，而违其本心，一诗有足可悲者。”[①] 诗中抒发幽囚异地、思乡怀亲的情感，极为深沉凄婉，特别是在月下花前，思乡更切。尤其是尾联“遥怜灯火罢，儿女夜愁深”，余韵悠悠不尽，令人吟玩不已。诗格不可谓不高，意境不可谓不深。同时，我们又感到这首诗音律谐畅、韵味悠扬、字句稳雅，而且结构谨严。又如《雨中感怀》：

舍馆年年老，江边日日阴。雨声便熟睡，花气动幽吟。树密莺愁湿，庭荒雀畏深。晚风吹鼓角，惭愧弭兵心。

在江边孤馆的拘囿之所，莺和雀都嫌弃这里冷清，不肯到这里栖息。诗

---

① 邓绍基选注《金元诗选》卷 1，北京：人民文学出版社 2005 年版，第 124 页。

人听雨声沥沥，愁思涌来，晚风中传来鼓角之声，不禁又勾起一直郁结在心中的痛苦和自责：自己怀着弭兵安民的一腔热血到南宋议和，却由于种种原因议和不成，反而滞留真州不能北归。这样，就超越了个人的乡愁，比专写离愁的作品更高一筹，也比一般的离愁深刻了许多。

随着时间的流逝、生活磨砺的增多和诗境的成熟，郝经把他的失意、忧伤、凄凉与孤独用一种含蓄温婉的方式表达出来，而在含蓄温婉中又多了一份凝重、悲凉和沉郁沧桑。如《甲子秋怀》一诗："江馆无家久似家，西风院落老天涯。黄缠薯蓣犹多叶，绿拥芙蓉尚未花。纱幕坠尘归晚燕，窖池生草窟秋蛙。枯肠欲断谁濡沫，击柝声中夜煮茶。"整体的基调是忧郁悲凉、哀婉感伤的，而且透出深深的沧桑感。其中，西风、院落、芙蓉、薯蓣、纱幕、归燕、窖池、秋蛙等诸多意象营造出了萧条凄清的氛围，也加深了诗人的愁绪，为诗人感情的抒发做了铺垫。又如《秋晚后园独步》一诗：

> 孤馆年深草自荒，愁来无语立斜阳。裂冠毁冕霜鸡紫，接屋连墙露菊黄，仰视飞鸿肠欲断，伫闻灵鹊恨尤长。中原万里家何在，江气霏霏水泼裳。

孤馆之中草木荒凉，诗人站在斜阳之中默默无语。是怀念故国，还是思念故乡的亲人？只看到鸡冠花已经衰败，屋角墙隅黄色的菊花已经绽放。在久困无望之时，仰视天上的飞鸿，不觉肝肠欲断。因归期杳杳，听到灵鹊的鸣叫，忧伤离恨又添了一层。全诗力量压在末句，前面是铺垫渲染，为后面的感情涌流有意蓄势。末句化用宋王十朋《洛阳桥》诗中的一句："北望中原万里遥，南来喜见洛阳桥。"变乐景为哀情，更觉诗人被巨大的悲怆之情所包裹。而最能代表郝经这种风格的，应该是顾嗣立《元诗选》从郝经绝句中辑出的《仪真馆中杂题五首》。兹引用如下：

> 心事悠悠逐去鸿，梦魂渺渺入西风。无边木叶无穷恨，一夜秋容满镜中。
>
> 鞍马匆匆改馆来，芙蓉开罢海棠开。梁间笑杀新来燕，去了重来尚未回。

花落深庭日正长，蜂何撩乱蝶何忙。匡床不下凝尘满，消尽年光一炷香。

持节江头久食鱼，馆人供雁意踟蹰。呼儿细看云间足，恐有中原问讯书。

只见星帘挂月钩，银河依旧隔牵牛。遥怜玉雪佳儿女，泪满西风乞巧楼。①

诗中饱含沉痛悲凉之情，在写景状物中流动着一股沉郁之气，的确是郝经诗歌中的佳作。第一首写诗人在仪真馆中满腹心事，获救的希望如同梦魂一样不可把握，他只能羡慕那自由自在飞翔的鸿雁。心中的哀伤正如那木叶一样无边无际，无时无刻不在折磨着他，一夜之间使得他憔悴了许多。读完这首诗，只感觉到诗人在痛苦中煎熬，其悲切之情涌动在字里行间。第二首略带俳体游戏的笔调，有些调侃，而调侃中又透着深深的无奈与苍凉。在仪真馆中，只见芙蓉开罢海棠又开，梁间燕去而未返，人也滞留馆中而不得北归。日子一天天熬过去了，可希望和归期又在哪里呢？第三首诗写在一个花落深庭、蜂蝶撩乱的日子里，诗人孤单一人，空屋一间，空床一个，床下满是尘埃。几个静物和蜂蝶的撩乱形成对比，使整个画面显得更加凄凉，未有一字言愁，可依然是愁绪满纸。第四首感慨苍凉、沉痛激切，可看作杜甫、元好问沉郁苍凉诗风的嗣响。诗人在江城客舍中常常吃鱼，却并不很习惯。突然有一日，馆中侍者送来一只刚射下来的大雁。面对如此美肴，他却犹豫不决、徘徊良久，终不忍食用。为何？这只大雁勾引起他心中对遥远家乡的怀念。他被久拘南国，日夜祈盼乡音，这只北方飞来的大雁或许给他带来家乡的音信和问候，他更希望大雁能把他被拘困的消息带回到忽必烈那里。于是他赶忙招呼随从，仔细察看大雁的腿上可否有来自中原的书信。这一举动看起来让人难以置信，却是诗人真实心境的显现，表达了诗人的殷切企盼。第五首更是被胡应麟誉为在元绝句中达到妙境者，实中有虚、虚中有实。诗人看到一弯明月挂在天际，银河依然隔着牛郎和织女，便不由自主地想起自己和妻子音信断绝，彼此间不知生死，两地相思，两处牵挂，也

① （清）顾嗣立编《元诗选》初集（上），北京：中华书局1987年版，第433页。

许妻子也在望着星帘月钩默默流泪，正如自己思念她一样。这首诗可以说写得深哀沉痛、催人泪下，其风格婉丽，更近李商隐。五首诗确是“深悲极怨，而出之以微婉”，既有肝腑寸断的感情，又采用理智的表达方式，平静的写景叙事中蕴含着无限的悲哀与苍凉，读之更觉满纸血泪。

二　永远挥之不去的思乡怀亲情结

郝经的《江云》一诗写道：

江云似江水，渺渺复粼粼。晻霭无穷态，纡余不尽春。遮回断行雁，望杀未归人。何日星轺路，冯高更忆亲。

在平实的语言中，通过精妙意象的使用创造出深远的、易于联想的空间：江云、江水，渺渺复粼粼，造成水云相接的苍茫与辽阔景象。而水重云复的遥远与阻隔，正是那心灵深处浩浩荡荡、无涯无际思乡之情的传神展示。水流云起，使归思更加难收。江云与江水的阻隔遮断了行雁，也望杀了未归之人。尾联“何日星轺路，冯高更忆亲”，更使一个“愁”字尽在不言中！又如《八月九日甲子夜雨》：“久旱雨亦好，还霖甲子秋。阴森当月黑，黯黮作天愁。北海汹疑落，西风浩不收。凛然寒入骨，乡思满床头。”久旱逢秋雨，月夜昏黑，人的心情也黯然不已。北海之上涛声滚滚、西风阵阵，凛凛寒意直透人骨髓，乡思已经溢满了床头。诗人触物伤怀，以景衬情，最后直抒胸臆。而思乡之时，也就更加思念母亲。他感慨道：“思子甚思母，只应泪更多。尚无归国日，其奈倚门何。江汉悲温峤，诗书愧孟轲。今朝谁献寿，庭户可张罗。”（《九月五日念母》）铁血男儿洒热泪，实在是到了伤心之处！

郝经在表达思乡怀亲之情时，不刻意构思诗歌的意境，却突出表达了用情之深，在诗中倾注了他全部的最真挚的情感，因而给人以极大的感染力。他在诗中反复咏唱对“归去”的渴望：

今岁明寒食，梨花月正圆。客愁催我老，春色向人偏。强饮稽留酒，难辞簇送筵。杜鹃休浪语，归去更何年！（《戊辰寒食》）

傍枕衾裯薄，还家梦亦难。月华终夜白，江气先秋寒。心苦天

为碎，辞穷海欲干。起来看北斗，何日见长安。(《晓起》)

棘栅今年改，庭隅展半阴。草依斜径短，苔入后墙深。岁远人空老，时危事益沈。频频问乌鹊，何日有佳音？（《薄莫二首》其二）

夜久不成寐，苍茫自咏诗。客怀三月老，春信野梅迟。喜子垂窗隙，灯花落砚池。只应有行色，失语问何时。(《不寐》)

诗人看到春色思乡，听到杜鹃的叫声感慨何时归去。还家不知何时，还家的梦也难做。起来看那北斗星，思乡的情绪重又涌上心头，何日再回长安？岁远人老，时危事沈，不禁频频问乌鹊，何日才能有回乡的佳音。诗人看见灯花、喜子，心中窃喜，该不会是能返乡了吧？不禁失语问道："何时能回乡？"满纸都是思乡怀亲，都是对"归去"的渴望！

郝经的律诗和绝句，大多写于后期使宋被羁留期间，主要抒发被幽囚异地、思怀故国的情感，这也就决定了其慷慨悲怆、含蓄苍凉的风格。但他的律诗和绝句中也不乏清新绮丽、明秀清雅之作。如《南堂即事》一诗："长夏禅房绝点埃，郁蒸襟袖迥然开。半轩流水移天去，满榻雄风送雨来。不记闲愁千万种，有时清唱两三杯。轻鸥也自知人意，浮入惊波却便回。"完全是一种优游洒脱、清新明朗、自在潇洒的书生情怀。从诗的内容和神韵来看明秀清雅，应该是他的前期作品。又如《静香亭二首》：

南风吹绿满庭槐，门巷翛然绝点埃。红玉生烟尘世隔，锦帏遮日洞天开。莺知好客飞无语，蝶为新花去复来。好酌生前无限酒，浩歌长醉乱霞堆。

小山曲槛映回廊，别有一天深处藏。人物风流还似晋，衣冠儒雅尚如唐。四围红锦香风软，满地绿阴清昼长。坐久杳然忘世味，碧云高兴欲飞扬。

风格清新绮丽，格调欢快而流畅。这两首诗是对初春景象的描写，诗句清新可人，明秀清雅。南风吹绿满庭槐树，一院之中绿意盎然，充满生机，莺飞蝶来，好像一个与尘世隔绝的世外仙境。小山曲槛映回廊，别有一番天地，来往的人物更是风流，衣冠儒雅。四围鲜花烂漫，如置身于红色锦帐之中，还有阵阵香风袭来，满地绿荫，更让人觉得清静。两首诗缘情布景，着色绚丽，字里行间洋溢着诗人醉心于自然美景的喜悦之情。而人呢？酌酒浩歌，沉醉于鲜花的锦绣堆中，“坐久杳然忘世味，碧云高兴欲飞扬”，神游于特有的清幽绝尘的境界。诗人进入了万念俱消之中，是那种于红尘中忘却世俗的清静，迥然不同于很多诗慷慨悲怆、含蓄苍凉的风格。

他还有清新活泼、充满意趣之作，如《李淑玉送醉梨》：“李氏家梨点漆光，蛰龙遗卵结冰霜。香中风味烂中得，皮里阳秋冻里藏。破酒满盘乌玉颗，醒心一掬粉红浆。燕南奇士共奇果，不独张公擅洛阳。”通过诗人对醉梨色泽、味道、形状情趣盎然的描绘，我们看到了诗人的生活情趣。又如其七绝《芙蓉小酌》：“轻纱白纻不胜单，缭乱江云作小寒。乘兴更须倾一斗，芙蓉宜向雨中看。”写出了作者的情调，带有一种自由无羁的生命灵机，表现了诗人所感受到的人情美和自然美。其中含蕴着诗人对无拘无束生活的向往之情，很值得玩味。《赠渔者二首》更是其清新活泼、自然明秀风格的代表作，兹引如下：

> 一尺新鲂绿柳穿，渔人馈我不论钱。斫开细雪银膏莹，旋折黄芦爇晚烟。
>
> 短短芦芽小小蒲，临流举网得嘉鱼。船头拨剌犹然活，试问前村有酒无。

两首诗并无华丽辞藻，没有一处用典，更无艰涩隐晦之词，句句明白清晰，完全出于自然，但又清新活泼，流丽可爱，读之使人倍感亲切，似亲眼见到诗人和渔翁亲切交谈的情景，充满了欢乐和意趣。

当然，在郝经律诗和绝句的创作中，有些也保持了他诗歌最突出的特色——豪迈奇崛的“中州千古英雄气”，虽然所占比重很小。如《大风》诗：“土囊都不辨雄雌，直把乾坤怒一吹。我欲乘时起鹏运，北溟飞去到天池。”非有超迈之气势绝写不出这等力量充沛、气势滔滔的豪放之作。又如《晚登徐州黄楼》一诗：“人物河山自古雄，郡人犹说大苏公。黄楼去后风波恶，赤壁归来文字工。戏马尚能存壮观，沐猴且莫笑重瞳。我来慷慨怀今昔，樽酒超超驻晚风。”诗歌充盈着不可抑勒的豪宕之气，还透出洒脱。这正是他英雄气的体现。再如《沙洲夜泊》：

> 一来驻泊便淹旬，洲渚人家雁鹜村。满地月明疑白昼，半帆烟影易黄昏。天连平楚无边阔，河入长淮彻底浑。夷甫诸人凭寄语，莫教石勒上东门。

诗句写景壮阔，先铺张描写，后以抒情作结。诗风豪纵遒劲，横冲直突，一股阳刚与雄健之气力透纸背。

郝经的一些送别诗和挽诗，也铿锵浏亮、情感沉挚、意境雄阔，很能表现他的这种豪迈之气。如《送王国范北上》：

> 一别恒阳下，云霄忽羽仪。耻为州郡屈，直结帝王知。岁月不我与，河山空自奇。黄尘愧先达，感慨入新诗。

融悲慨与雄浑为一炉，裹挟着“中州千古英雄气”与不甘雌伏的雄心。不足之处是，缺乏元遗山近体诗的大气包举。郝经是一个性情中人，也懂儿女情长，也有深厚真诚的友情，他诗歌中所表现的友道之心深厚真诚，这也体现在他的挽诗中。他的挽诗不仅写得深厚真诚、情感沉挚，而且雄阔豪迈。今引如下两首：

> 挟槊归来鬓未霜，便如王翦卧频阳。风云坠地空黄土，剑甲埋光惨白杨。壮节固应书北阙，英名更好刻西郎。传家有子无遗恨，珠树兰花满玉堂。（《挽乔侯》）
>
> 临危正色义巍然，曾叱三军诮武仙。赤子共知归大老，晚生独喜见先贤。凤鸾重赴丘园诏，鬼蜮潜生李郭船。高栋倾摧更谁屋，衣冠苦泪欲平天。（《哭魏先生》）

我们从中可以知道诗人的多情与深情，更可见到诗人的豪迈雄阔。《挽乔侯》一诗写出了乔侯的英明神武与节义，《哭魏先生》更是把魏璠的杰出才华与洒脱风神表现得淋漓尽致。诗中不是渲染悲伤哀悼之情，而是把哀悼之情化为对逝者形象的刻画，不愧为挽诗中很有个性的作品。

郝经在律诗和绝句创作上取得了令人瞩目的艺术成就。诗人才情富健，诗歌风格多样，这当然和他的诗歌创作主张及善于博采众家之长分不开。

先看郝经创作技巧上最成熟的七律。郝经的七律，有杜甫的苍凉抑郁，兼李商隐的清新绮丽，还有陆游的纵横豪宕之气，更吸收元遗山的沉挚悲凉、雄浑壮阔与豪杰之气，熔各家风格为一炉，的确为元初七律之冠。七律产生于初唐，当时“英华乍启，门户未开”。至杜甫开拓疆域，极力经营，兼备众妙，境界始大，感慨始深，古今独步，律诗遂为“唐之专制”，“成一代之胜”。其后，李商隐的七律对后世影响也较深。袁枚说：“七律始于盛唐，如国家缔造之初，宫室初备，故不过树立架子，创造规模，而其中之洞房曲室，纲户罘罳，尚未齐备。至中、晚而始备，至宋、元而愈变愈奇。”[①] 宋代七律写得最好的乃是陆游。“七律之多，无有过于陆务观者。”（清洪亮吉《北江诗话》卷二）陆游的七律，可谓七律发展史上的一个里程碑。清舒位在《瓶水斋诗话》中对陆游律诗的地位做过充分肯定：“尝论七律至杜少陵而始盛且备，为一变；李义山诗瓣香于杜而易其面目，为一变；至宋陆放翁专工此体而集其成，为一变。凡三变。而诸家之为是体者，不能出其范围矣。”[②] 至金末元初，元遗山的七律雄浑奔放、明朗流畅，无论炼字琢句，还是用典对仗，均臻自然之妙，而且沉痛悲慨、气势俊迈，精心锤炼却不露雕琢痕迹，“巧缛而不见斧凿，新丽而绝去浮靡”。赵翼对元好问的七律评价很高，认为遗山七律“沉挚悲凉，自成声调，唐以来律诗之可歌可泣者，少陵十数联外，绝无嗣响，遗山则往往有之”。[③] 郝经的七律取法诸家，为律诗中的翘楚，因而他的七律慷慨悲怆、律切精深，确实可谓“苍浑雄奇，气骨特高”。如《己巳三月二十六日二首》：

① （清）袁枚：《随园诗话》卷6，武汉：崇文书局2017年版，第80页。

② （清）舒位：《瓶水斋诗话》，《瓶水斋诗集》附录，丛书集成本。

③ （清）赵翼：《瓯北诗话》卷8，北京：人民文学出版社1963年版，第117页。

春来浑不见花枝，春去萧条总不知。有酒四时难有兴，无情三月竟无诗。归鸿恨别排云远，双燕嫌孤入户迟。江渴风高还欲断，鱼龙宛转亦堪悲。

梦游故国人仍独，春到空梁燕自双。云淡星疏只见斗，浪平风定不闻江。五更鼓角缠孤枕，千里关河入破窗。落尽好花春又老，依然尘土暗金釭。

这两首诗主要继承和发扬了杜甫和元好问的风格。他追摩杜甫，“只是学杜甫的沉郁顿挫而成含蓄苍凉，学杜甫的精密工致而实入于晚唐的工巧”。[①] 又深受元遗山七律沉郁悲壮、律切精深的诗风影响，但不如元遗山魄力沉雄，而主要表现为慷慨悲怆、含蓄苍凉的风格。在第一首诗中，虽有美酒，但难以引起诗人兴致，本来春天是个多有诗兴的季节，却吟不出诗句，只看那归鸿排云远去，双燕迟迟不肯入户，江风阵阵，鱼龙宛转。诗表面上很沉静，但依然能感受到诗人内心涌动的悲伤。在第二首诗中，第一层意象为梦游故国思乡的诗人，陪伴他的是云淡星疏、浪平风定，景虽不是哀景，但仍加深了诗人的愁绪。第二层意象就更加让人感觉悲凉，五更鼓角，诗人仍然难以入眠，恍惚间，似乎千里关河破窗而入，故乡恍若在眼前。虽然诗中并没有特殊的意象，也没有过分渲染悲伤的情绪，但诗人那种凄苦、忧伤的心情仍一展无遗、淋漓尽致、动人心魄。郝经的七律，确实可以说得元遗山七律的真精神，融悲慨与雄浑为一炉，即使达不到元好问诗歌那样大气包举、“沉挚悲凉，自成声调”，但也苍浑雄奇、情感沉挚、气骨特高。如“五更鼓角缠孤枕，千里关河入破窗”一联，化用杜甫“五更鼓角声悲壮，三峡星河影动摇”（《阁夜》）一句，虽然做不到杜甫的工密，不及杜诗境界雄阔，但也雄奇苍浑、自成佳句。又如《震南楼》一诗：

危楼雄尘楚氛收，缓带轻裘日燕游。赤羽万夫开虎幕，黄流一曲枕鳌头。天高树老关河暮，水落云枯泽国秋。此地谁教限南北，苍茫极目使人愁。

---

① 查洪德：《郝经的学术与文艺》，《文学遗产》1997 年第 6 期，第 62 页。

这首诗既沉挚悲凉，有杜甫、元遗山的风范，又有一种流走动荡的阔大气象，滔滔滚滚如长江大河，很有李商隐的沉博绮丽和陆游的纵横豪宕之气。郝经七律取法诸家，能博采众长，推陈出新。其“天高树老关河暮，水落云枯泽国秋”一句显然受贾岛“寥落关河暮，霜风树叶低”（《秋暮寄友人》）诗句的影响，苍浑中透着豪迈。“此地谁教限南北，苍茫极目使人愁”，又化用杜甫“是身如浮云，安可限南北”（《别赞上人》）两句，继承和发扬了杜诗沉郁顿挫的诗风，而显得沉挚悲凉。当然，一个诗人作品的风格是在诸多因素相互渗透、互相作用中形成的，师法前人、荟萃众长固然是艺术风格形成的重要因素，但并非唯一因素。形成艺术风格的原因众多，还要受作者的思想、心态、才气、学问、性格等影响。

七律和古体诗不同，受篇幅限制，要平仄协调、句式整齐、排偶对仗，要想达到“至简而至精粹”，确实不易。七律容易写得中规中矩、板滞沉闷，正如方东树所言：“七律束于八句之中，以短篇而须具纵横奇恣、开阖阴阳之势，而又必起结转折，章法规矩井然，所以为难。”[①] 要求开阖排沓、顿挫跌宕、纡徐曲折、深言喟叹、章法规矩井然，所以比较难写。郝经的才学、笔力，足以驾驭这种诗歌体裁。有时为了表达的需要，他也经常打破律体的束缚。如《题汶阳王太师彦章庙》一诗：

> 不许乾坤属李唐，孤军直与决存亡。大梁仅得延三日，匹马犹能敌五王。谁意人间有冯道，幸因身后遇欧阳。千年豹死留皮在，破冢风云绕铁枪。

诗人才力宏富，使这首诗气格超然。不过，美中不足的是，因不及杜甫功力深厚，意境虽然接近杜甫的深邃阔大，但缺乏景象的雄阔之气。郝经的七律诗汇集众美、博采众长，但和而未融，并未超过上述各家。但在金末元初的北方诗坛，郝经七律诗的出色成就还是木秀于林、压倒众

① （清）方东树著，汪绍楹校点《昭昧詹言》卷 14《通论》，北京：人民文学出版社 1961 年版，第 375 页。

芳，这是毋庸讳言的。

而郝经的五律，主要是追摩杜甫。五律的创作比七律更难，而绝句又难于律诗。郝经《唐宋近体诗选序》说："五言难于七言，四句难于八句。"因为要做到"平帖精当，切至清新"、"理不晦而语不滞"，确实不易。郝经的五律从形式和风格上都学杜甫。如五言长篇排律《仪真馆中暑一百韵》和《开平新宫五十韵》，以杜甫为楷模，驰骋才学，骈丽辞藻，写时事、发议论。

杜甫的《寄岳州贾司马六丈巴州严八使君两阁老五十韵》、《秋日夔府咏怀奉寄郑监李宾客一百曲》等格律精严、属对工整，词气豪迈而风调情深，可以说，五言排律到了杜甫手里，达到了出神入化的程度。元稹在《唐故工部员外郎杜君墓系铭并序》中称赞杜甫的排律："铺陈终始，排比声韵，大或千言，次犹数百，词气豪迈而风调清深，属对律切而脱弃凡近，则李尚不能历其藩翰，况堂奥乎?"① 长篇排律颇似汉赋，既要铺张扬厉，又要格律精严、属对工整，因而，往往会排比有余而情韵不足，极易芜碎繁冗、缺乏生气。郝经的长篇排律《仪真馆中暑一百韵》真实地记载了他使宋被羁淹真州的经历和感触，从忧虑、焦灼、百感交集到极沉痛、极悲慨地以天道命运来为自己解脱。诗歌情感真挚，极为深沉凄婉，同时，音律谐畅，属对工整，而无滞涩之感，很得杜甫五言排律之神。他写道：

> 喟叹愁仍积，吁嗟气不扬。行人竟何罪，国体岂无伤。反己私尤责，知微实愧惶。逢时当际会，援溺止怀襄。自缚悬难解，输人律否臧。恧心煨肺腹，畏景急炮煻。欲掘阴山鼠，翻思雪窖羊。履危从蹇剥，挺节不低昂。

可以说，继承和发扬了杜诗沉郁悲壮的诗风，感慨沉痛，情辞悲怆，字里行间凝结着郝经的血泪悲愤，动人心弦。这类诗，非慷慨吟咏不能尽其意，非长歌当哭不能倾其情。又如《开平新宫五十韵》有：

① 陈伯海主编《唐诗学文献集粹》(上)，上海：上海古籍出版社2016年版，第121页。

> 日月旋天盖，星辰合斗枢。光腾掌内铁，气绕泽中蒲。金帛羞重赐，弓刀奋一呼。真人翔灞上，天马出余吾。尺棰初开辟，群雄竞走趋。无劳为更举，乘胜即长驱。蹴踏千年雪，骁腾万里驹。……欲成仁义俗，先定帝王都。畿甸临中国，河山拥奥区。燕云雄地势，辽碣壮天衢。峻岭蟠沙碛，重门限扼狐。侵淫冠带近，参错土风殊。翠拥和龙柳，黄飞盛乐榆。岐山鸣鹙鹭，冀野牧驹骆。风入松杉劲，霜涵水草腴。穹庐罢迁徙，区脱省勤劬。阶土遵尧典，卑宫协禹谟。既能避风雨，何用饰金朱。栋宇雄新造，城隍屹力扶。建瓴增壮观，定鼎见规模。

开篇气势不凡，描写蒙古骑兵纵横天下并统一北方。而诗中极力铺陈开平新城所处的优越地理位置——位于美丽的金莲川，东西两面是广阔平坦的草原，以及开平新宫的雄伟、豪华……诗歌涌动着一股豪迈之气，意气风发，有藩府文人致力于大一统事业的豪情。

从这两首长篇排律可以看到郝经五律技巧的成熟。两诗不仅感情真挚、技巧纯熟，还可以看出诗人字斟句酌、熟谙格律，在思想性和艺术性上都达到一个较高境界。郝经的五律，无论咏物、抒怀、羁旅、宴游、山水还是应酬之作，多能体现他学习杜甫五律苍凉沉郁的特色。如《新馆感春四首》，兹以其四为例：

> 忆昔清明际，昏昏醉里身。吟魂半窗月，花影一帘春。岂意伤心别，空劳入梦频。漫闻乌与鹊，怅望几回嗔。

风格沉郁苍凉，很有杜甫丧乱诗之况味。

郝经所存的绝句，其中七绝 124 首，五绝 9 首，不仅数量上五绝不及七绝，而且从艺术成就上看，五绝也不如七绝。七绝一体，言短意长，语近情深。郝经的七绝既有李商隐诗之清新绮丽，又吸收了宋诗偏于说理的因素，好作议论。如《暮春二首》：

> 扬子杨花雪打门，运衙花树绿藏人。花开花落年年事，看取人间不尽春。

> 重围雨久塌苍苔，火铺喧呼著棘栽。唯有东风难禁约，隔墙吹过落花来。

风格绮丽清新，音节浏亮，很得李商隐律绝意境深邃、绮丽清新之旨。郝经的怀古咏史诗，善于融议论说理于其中，如《苏门八咏》，在写景中融入议论。又如《陈桥门》："一片黄袍著帝躬，六军谋逆尔何功。太平三百年基业，都在当时涕泣中。"仅仅二十八个字，却颇有深意：宋朝的江山基业来自哪里？背后有着孤儿寡妇的啜泣与无奈。

再有一点值得注意的是，郝经在律诗和绝句的创作中，特别注意对诗歌语言的锤炼。他在《唐宋近体诗选序》中明确表达了自己的创作观点：

> 事有至大，物有至多者，万言之文不足以尽其理。诗四句，何以毕之？所谓至简而至精粹者也。故必平帖精当，切至清新，理不晦而语不滞，庶几其至矣。五言难于七言，四句难于八句，何者？言愈简而义愈精也。譬如观山，诸山掩映，中有奇峰一二，则诸山皆美矣。若一二奇峰，平地而立，便有峭拔秀润气，非楼石、剑门、少华则不能。此绝句全篇，诗人所尤重也。

由此来看，郝经主张近体诗要"简"而"精"。"万言之文不足以尽其理"，而诗四句即能言尽，乃是因为诗具有"至简而至精粹"的特点。因此，作诗必须做到"平帖精当，切至清新，理不晦而语不滞"。且诗之句字越少越难，五言难于七言，四句难于八句，就是因为"言愈简而义愈精也"。一首诗中，当有一二警句为精华，使之如诸山掩映之奇峰，一见便使人感到全诗皆美。显然，郝经推崇的是言简意赅、辞约意深。以《落花》一诗为例：

> 彩云红雨暗长门，翡翠枝余萼绿痕。桃李东风蝴蝶梦，关山明月杜鹃魂。玉栏烟冷空千树，金谷香销漫一樽。狼籍满庭君莫扫，且留春色到黄昏。

此诗写落花及惜花，诗人为光阴虚掷而感慨春色短暂，尽力挽留也只能留到日落黄昏。词采绮丽，对仗工整，用典贴切。先看其诗句的熔炼。“彩云红雨暗长门”，显然是化用李贺《将进酒》诗中“况是青春日将暮，桃花乱落如红雨”一句。而“长门”又是活用陈皇后失宠于汉武帝，居于长门宫之典故。以女子失欢来比喻落花，化用典故，如水着盐，了无痕迹，技法高妙，非常形象地刻画出诗人的惜花之情。王文濡《历代诗评注读本》曰：“桃李一联，无人道过。”“桃李”二句化用崔涂《春夕旅怀》诗：“水落花谢两无情，送尽东风过楚城。蝴蝶梦中家万里，杜鹃枝上月三更。”“蝴蝶梦”出自《庄子·齐物论》：“昔者，庄周梦为蝴蝶，栩栩然蝴蝶也。”“杜鹃魂”的典故是，相传蜀主望帝死后，魂魄化为杜鹃鸟，于春日哀鸣。两者均比喻落花。“金谷香销漫一樽”说的是，晋石崇豪富，有金谷园在河南洛阳，是为爱妾绿珠所筑。孙秀仗着赵王伦之势索要绿珠，绿珠被逼坠楼而死。此又以绿珠比喻落花。这一句显然受杜牧《金谷园》诗影响：“日暮东风怨啼鸟，落花犹似坠楼人。”由这首诗可见，诗人不仅善于化用典故，有变化生新之妙，而且擅长化用前人诗句，博采各家，推陈出新。

正因为注意锤炼诗句，郝经的近体诗中佳句较多。今摘引如下几句，以窥其貌：

何当走马燕南道，管领东风玉烛调。(《奉和详议叔蜡梅之什》)

一帘斜日锦云晚，万里西风红露秋。(《芙蓉》)

雪坞欹斜绿叶稀，梅边竹底弄娇姿。(《山茶》)

遮回断行雁，望杀未归人。(《江云》)

遥怜灯火罢，儿女夜愁深。(《月夜感怀》)

啼落深江月，催残故国春。不堪多恨鸟，偏聒未归人。(《新馆夜闻杜鹃》

遥怜玉雪佳儿女，泪满西风乞巧楼。(《戊辰七夕》)

均可谓情韵俱佳，格调高妙。

郝经才情富健，诗的风格多样。无论是慷慨悲怆、含蓄苍凉、豪迈奇崛，还是清新绮丽、明秀清雅的风格特征，都有他独特的风神。可以说，郝经在元诗从前期过渡到中期这个过程中起了很重要的作用。后来元诗那种明秀清雅的特点，在郝经这里已经形成，只不过他的诗更为突出的是豪迈奇崛或沉郁苍浑的风格。郝经不愧是元初导北方学术和诗文先路者。

第八章　藩府文人经世致用之文

元明之际名流王祎云："有元一代之文，其亦可谓盛矣！"（《王忠文公文集》卷二十）整个元代文学的辉煌，与元初金莲川藩府文人的文学创作和推动分不开。尤其是许衡以理学引领一代文风，元代张冲《勤斋集序》有如下论述：

> 文章固天下公器，然有体裁之文，有萧散之文，大率以理胜为贵，雅健次之。上焉吐词为经、经天纬地者所不待言；下焉雕虫篆刻、夸多斗靡者所不必论。理胜由于经明，雅健由于学纯，气雄而与时上下者，有不能逃也。以近代言之，宋末金前，理昏而气衰，或病乎繁文而委靡不振，或溺于骈俪而破碎支离，体裁既失，萧散不存，古意无余矣。我元以宽仁英武混一天下，气因国雄，理缘气胜。许文正公以理学绍伊洛诸贤，潜斋杨文康公为鲁斋流亚，其倡古文，接正宗，得雅健之尤，而体自成一家者，又盛有其人。继许、杨出而从事践履，为士林楷范、后学蓍龟者，保定则有静修先生刘文靖公，临川则有草庐先生吴文正公，关辅则有勤斋先生萧贞敏公、矩庵先生同文贞侯为称首。①

时代与社会造就了一代之人才，也造就了一代之文学。金莲川藩府文人群体不仅对元初的政治、经济、教育、文化等各个方面都有很大贡献，而且作为和元代政治联系非常紧密的一个文人群体，他们的文章在元初也是以经世致用之文为主。其中，比较有代表性的有如下几位：

郝经堪称金末元初北方文坛影响一代文风的大家，其文大气包举、雅健苍浑，为"元文中之杰然者"。"其学博，其才赡，故发而为文也，

---

① （元）萧𣂏：《勤斋集》卷首，《景印文渊阁四库全书》第1206册，台北：商务印书馆1985年版。

汪洋滂沛，如大河东注，一泻千里；抑扬起伏，如太行诸峰，层见迭出。盖积之深而发之盛。”（明陈凤梧《陵川集序》）[①] 他的文章在元初文坛很有代表性。

许衡深受中原儒家文化的熏染，代表了元初北方儒者之文风特色，朴实而醇雅。正如《四库全书总目》所言：“其文章无意修词，而自然明白醇正。诸体诗亦具有风格，尤讲学家所难得也。”[②]

姚枢之文条理清晰，吐辞流畅，逻辑严密。

商挺，“具文武材，明允公亮，慷慨有大志”。[③]

王磐主持文柄二十余年，擅辩驳，精通义理之学，文章“冲粹典雅，得体裁之正”[④]。

陈思济，有诗集若干卷，为《秋冈诗集》，虞集为之序曰：“秋冈先生平生文章之出，沛如泉原之发挥，而波澜之无津；譬如风云之变化，而舒卷之无迹。”

王鹗，诗文均有时名，“在翰林十余年，凡大诰命大典册皆出公手”，且“以文章冠海内……一时学者翕然咸师尊之。”[⑤] 他是当时有名的文章家，为时人所称许：“文章四海一康公，炯炯元精贯日中。卢肇名先金榜重，欧阳仙去玉堂空。”（王恽《追挽承旨王文康公》）[⑥]

王博文，与汲县王恽、东平府学生王旭齐名，并称“三王”。

可以说，以上诸家各有特色，代表了元初北方文风的主流。金莲川藩府文人是一个颇为庞大的文学创作群体。虽然他们不像其他文学流派与文人群体一样师徒提携、相互切磋，有共同的师法渊源，但他们的文章创作，既有共同的风格特色，又有其独特之处，是金末元初北方文坛

---

① （元）郝经：《郝文忠公陵川文集》卷首，北京图书馆古籍珍本丛刊，影印明正德二年李翰刻本。

② （清）纪昀等：《钦定四库全书总目》，北京：中华书局 1997 年版，第 2213 页。

③ （元）元明善：《清河集》卷 6《参政商文定公墓碑》，《元人文集珍本丛刊》（五），台北：新文丰出版公司 1985 年版。

④ （元）苏天爵辑撰《元朝名臣事略》卷 12《内翰王文忠公》，北京：商务印书馆民国 25 年版。

⑤ （元）苏天爵辑撰《元朝名臣事略》卷 12《内翰王文康公》，北京：商务印书馆民国 25 年版。

⑥ （元）王恽：《秋涧集》卷 90，《景印文渊阁四库全书》第 1201 册，台北：商务印书馆 1985 年版。

很有代表性的一部分。从现存文章来看，他们的文章多为记体文以及碑铭、序跋、诏令等，其中一些序跋和记游类散文写得文情并茂，体现了元初文章的风貌。

第一节 雄深雅健的政论文

金莲川藩府文人重实用。藩府文人之中多经济与义理之士，且蒙古族统治者也不欣赏汉族所谓传统的高雅文化，而更注重实用，这样的用人导向也造成了元代论学论文尚实用的突出倾向。许衡学术的基本精神就是“重践履”，关注的是经世致用之学，即将儒学或说理之学应用于政治实践。正如明人何瑭《表彰文正公碑记》所说：“学以躬行为急，而不徒事乎语言文字之间；道以致用为先，而不徒极乎性命之奥。其所得者，盖纯乎正而不可加矣。”许衡并不“刻意著述，留心性命”，而是着意于“修齐治平之方，义利取舍之分”①。许衡认为文士不能治国，对此他有如下说辞：

> 唯仁者宜在高位，为政必以德。仁者心之德，谓此理得之于心也。后世以智术文才之士君国子民，此等人岂可在君长之位？纵文章如苏、黄，也服不得。不识字人有德，则万人皆服，是万人共尊者。非一艺一能，服其同类者也。②

他所关注的就是经世致用。藩府文人杨奂也是如此看法，他认为：

> 金大定中，君臣上下以淳德相尚，学校自京师达于郡国，专事经术教养，故士大夫之学，少华而多实。明昌以后，朝野无事，侈靡成风，喜歌诗，故士大夫之学，多华而少实。③

---

① （元）许衡：《鲁斋遗书》卷14，北京图书馆古籍珍本丛刊，影印明万历二十四年刻本。

② （元）许衡：《鲁斋遗书》卷2《语录下》，北京图书馆古籍珍本丛刊，影印明万历二十四年刻本。

③ （元）杨奂：《跋赵太常拟赋稿后》，阎凤梧主编《全辽金文》下册，太原：山西古籍出版社2002年版，第2785页。

杨奂喜欢经术多于歌诗，批评金代士大夫之学华而少实，在文学上也是崇尚实学。

怀卫理学家郝经也力主文章需实用，不做“逐末之文”。他致书杨奂时说：“天下已乱，生民已弊，无有为拯而药之者之士也。方相轧以辞章，相高以韵语，相夸以藻丽，不知何以尧舜其君民也。道其不行矣？伏观先生《韩子辨》、《正统例》、《还山教学志》，洋洋灏灏，若括元气而翕辟之，其事、其辞、其理皆有用者也，非世之逐末之文也。”（《上紫阳先生论学书》）[①] 赞扬杨奂的文章注重社会政治功能，有用于世。郝经在《文弊解》一文中也有如此说法：“事虚文而弃实用，弊已久矣。”特别强调文章的“质”与“实”的重要性。他明确提出：“天人之道，以实为用，有实则有文，未有文而无其实者也。”认为诗文应当有实际的内容。他批评当时文坛存在的“事虚文而弃实用”的现象，为此，坚决反对工巧而无用之文：“文章工矣，功利急矣，义理晦矣，道之所以入于无用也。嗟乎！不耕凿、不蚕缫而衣食者，谓之游食之民；不道德、不仁义而文章者，谓之逐末之士。”（《上紫阳先生论学书》）认为文章要有益于天下，不作空谈，大力推举经世致用的文章。文要有用，这在当时是颇具现实意义的，也是适应社会需要的文学理论。从当时朝廷行文来看，对实用性亦要求很严。如大德二年（1298）二月，江南诸道行御史台的治书侍御史呈送咨文，批评行台下辖的各地官员“有以己之好尚，辄使师生习于世无用之学，徒费日月，有误后人”，“又或风使学官，板无益之书，镌不急之石”[②] 等。

金莲川藩府文人从“有用”和“实用”出发，提倡经世致用的文章和文风，因此他们作文也多以典诰、碑铭等实用文章为主。他们的文章代表了元初北方文坛的重要特征，影响了元代文学重实用之风格特色，对元代文学发展也产生了深远的影响。

藩府文人的政论之文有着他们的风格特色，或雄奇奔放，或汪洋淡

---

① （元）郝经：《郝文忠公陵川文集》卷24，北京图书馆古籍珍本丛刊，影印明正德二年李翰刻本。

② （元）不著撰人：《庙学典礼》卷5“行台治书侍御史咨呈勉励学校事宜”条，杭州：浙江古籍出版社1992年版，第115页。

泊，或浑灏流转，或明白晓畅。

文学既然是社会生活的反映，就必然与政治产生密切的关系。议政也是儒士实现人生理想的一种重要方式。儒家“修身、齐家、治国、平天下”的思想涵濡着几千年来的中国文人，无论他们追求浪漫还是超脱，都与用世之志不无联系。他们总是自然地流露或表达出用世之志，总以治国平天下为人生理想，以天下为己任，慷慨激昂，豪迈奔放，引起人们心中的正义之感，时刻显示着儒士的忧患意识。因而，他们对政治格外倾注心血观察和思考，以便实现人生理想。政论文便是文学和政治联姻的产物。金莲川藩府文人继承和发扬了儒家的仁政爱民学说，关心民瘼，同情人民疾苦，怀有济世救民、匡扶天下、民胞物与的道德情感，从百姓利益考虑，又熟知民情吏治，于是乘势而动，抓住历史的契机，在元初政坛努力推行汉法，率先写出了大量言事论政的政论之文。他们的政论文不仅内容丰富，几乎涉及当时社会政治的各个方面，而且贴近社会现实，有着鲜明的现实针对性和可行性。

刘秉忠于海迷失后二年（1250）夏根据在中原两年所了解的情况，向忽必烈呈上“万言策”。正如王磐所言，“献书陈时事，所宜者数十条，凡万余言，率皆尊主庇民之事”（《故光禄大夫太保赠太傅仪同三司文贞刘公神道碑铭并序》）[①]。内容广泛，约有十几项，综其所言，主要有以下几个方面：（一）应遵循古来相承的“典章、礼乐、法度、三纲五常之教”,[②] 使天下久安；（二）国家的急务在比附古例，定百官爵禄、仪仗，使家足身贵；（三）安民固本，减少税役，差农官以劝农桑，救济鳏寡孤独；（四）设条定罪，禁止滥杀无辜；（五）选贤才，开设学校；（六）祭孔尊儒，尊照旧礼祭祀天地神；（七）广开言路，善用人才。这些建议对忽必烈实行汉法，对以后元帝国的政治建设产生了长远的影响。刘秉忠这篇文章论析透辟精深，集中吸收了中国古代传统政治文化中重农安民、轻徭薄赋的思想，从政治、经济、科技、文化、教育、法律等诸多方面提出建议，以先进的中原文明为元代统治者制订了立国规模，为元代多民族大一统中央集权制帝国的建立和巩固奠定了基础。

---

① （元）刘秉忠：《藏春集》卷26附录，北京图书馆古籍珍本丛刊，影印明天顺五年刻本。

② （明）宋濂：《元史》卷157《刘秉忠传》，北京：中华书局2006年版，第3688页。

忽必烈看后很是赞赏，说："诚如汝言，天下可不劳而治。"（徒单公履《故光禄大夫刘公墓志铭》）[①]

姚枢在藩府儒臣之中政治功业更为突出。不过，他的政论文现存只有载于《元史》本传的《论救时之弊三十条》、《请申止杀之诏》、《言大本远业疏》三篇。这三篇文章也许经过史臣的润色，写得简要明白、条理清晰、吐辞流畅，读之可见其气势。如《言大本远业疏》：

> 太祖开创，跨越前古，施治未遑。自后数朝，官盛刑滥，民困财殚。陛下天资仁圣，自昔在潜，听圣典，访老成，日讲治道。如邢州、河南、陕西，皆不治之甚者，为置安抚、经略、宣抚三使司。其法，选人以居职，颁俸以养廉，去污滥以清政，劝农桑以富民。不及三年，号称大治。诸路之民望陛下之拯己，如赤子之求母。先帝陟遐，国难并兴，天开圣人，缵承大统，即用历代遗制，内立省部，外设监司，自中统至今五六年间，外侮内叛继继不绝，然能使官离债负，民安赋役，府库粗实，仓廪粗完，钞法粗行，国用粗足，官吏迁转，政事更新，皆陛下克保祖宗之基、信用先王之法所致。
>
> 今创始治道，正宜上答天心，下结民心，睦亲族以固本，建储副以重祚，定大臣以当国，开经筵以格心，修边备以防虞，蓄粮饷以待歉，立学校以育才，劝农桑以厚生。是可以光先烈，成帝德，遗子孙，流远誉。以陛下才略，行此有余。迩者伏闻聪听日烦，朝廷政令日改月异，如木始栽而复移，屋既架而复毁。远近臣民不胜战惧，惟恐大本一废，远业难成，为陛下之后忧，国家之重害。[②]

此乃姚枢的真知灼见。该文论旨集中，论证周密，是一篇非常精彩的政论文。全文围绕"治国之本"进行论证，结合社会现实，条分缕析，举出邢州、河南、陕西三地治理成功的例子，旗帜鲜明地提出自己的观点："今创始治道，正宜上答天心，下结民心，睦亲族以固本，建储副以重祚，定大臣以当国，开经筵以格心，修边备以防虞，蓄粮饷以待歉，立

---

① （元）刘秉忠：《藏春集》卷6附录，北京图书馆古籍珍本丛刊，影印明天顺五年刻本。

② （明）宋濂：《元史》卷158《姚枢传》，北京：中华书局2006年版，第3712页。

学校以育才，劝农桑以厚生。”此文体现了一个即将出现的强大帝国的最高统治阶层及其智囊们长远的眼光和开阔的胸襟，从中也能看出姚枢执着的性格、深厚的情感、广博的知识。

再看许衡。他一生五出五隐，为官数次。他有治世之才，正如王旭《上许鲁斋先生书》所言：“先生以道鸣世，践履于平昔者，皆三才之实学；发挥于事业者，皆三才之实用。箪瓢居陋巷，浩然无一毫之不足；白衣登相府，淡然无一毫之有余。其尧舜吾君、成康吾民，盖胸中之素蕴，一谏不行，奉身而退，其出处进退，何其一于义而不苟、伸于道而不屈也！”[①] 如果其“道”不能行于世，许衡就选择躬身而退。也许正因为此，其政论文存之不多。其中为时人和后人所称者，是议中书省事所上之疏，本之儒道，洋洋万言，文章质实醇正。

现引清人蔡世远所最称道的第三条“为君难”来看许衡政论文的特色：

> 生民有欲，无主乃乱。上天眷命，作之君师，必与之聪明刚断之资，重厚包容之量，使首出庶物而表正万邦，此盖天以至难任之，非予之可安之地而娱之也。尧舜以来，圣帝明王莫不兢兢业业、小心畏慎，日中不暇，未明求衣。诚知天之所畀至难之任，初不可以易心处，知其为难而以难处，则难或可易，不知为难而以易处，则他日之难有不可为者矣。孔子谓人之言曰：“为君难，为臣不易。”则其说所由来远矣。为臣不易，臣已告之安童。至为君之难，尤陛下所当专意者，臣请举其切而要者款陈于后。
>
> 践言：人君不患出言之难，而患践言之难。知践言之难，则其出言不容不慎矣。昔刘安世见司马温公，问尽心行己之要，可以终身行之者。公曰：“其诚乎？”刘公问：“行之何先？”公曰：“自不妄语始。”刘公初甚易之，及退而自檃括，平日之所行与凡所言，自相掣肘矛盾者多矣，力行七年而后成，自此言行一致，表里相应，遇事坦然，常有余裕。臣按：刘安世一士人也，所交者一家之亲，一乡之众，同列之臣，不过数十百人而止耳，然以言行相较，犹有

① （元）苏天爵编《元文类》卷37，北京：商务印书馆民国25年版。

> 自相掣肘矛盾者。况天下之大，兆民之众，事有万变，日有万几，而人君以一身一心酬酢之，欲言之无失，岂易能哉？故有昔之所言而今日不记者，今日所命而后日自违之者，可否异同，纷更变易，纪纲不得布，法度不得立，臣下虽欲黾勉而无所持循，汩没于琐碎之中，卒于无补。况因之为弊者，又日新月盛而不可遏，在下之人疑惑惊眩，且议其无法无信，一至于此也。此无他，至难之地，不以难处而以易处之故也。苟从古者《大学》之道，以修身为本，凡一事之来，一言之发，必求其所以然与其所当然，不牵于爱，不蔽于憎，不偏于喜，不激于怒，虚心端意，熟思而审处之，虽有不中者，盖鲜矣。奈何为人上者多乐舒肆，为人臣者多事容悦。容悦本为私也，私心盛则不畏人矣；舒肆本为欲也，欲心炽则不畏天矣。以不畏天之心与不畏人之心感合无间，则其所务者皆快心事矣。快心则口欲言而言，身欲动而动，又岂肯兢兢业业，以修身为本，一言一事，熟思而审处之乎？此人君践言之难，所以又难于天下之人也。①

许衡的政论文有他的独到之处，不徐不疾，侃侃而谈，而且做到知无不言、言无不尽。此文由刘安世和司马光的谈话说开去，很自然地引出人君践言之难的种种情况，对现实政治的把握到位，理解得非常深刻。文风自然真实，不浮夸、不做作，语言亲切自然、明白晓畅，既温醇，又简切，而且善于指事析理，要言不烦。没有那种强烈抒情，只是就事而论，将自己的观点详细说来，不作耸人之言，不作愤激之语，自然温润平和，非常鲜明地表达了自己的态度，不刻意追求文风有特色，确实是一篇好文章。

言及此就会发现，很多入仕的忽必烈藩府儒臣都擅长政论文写作，而且是各有千秋，这和中国古代政论文的发展演变分不开。秦汉以后，士子们参政议政的机会增多，政论文便不断发展。到了唐代，大力推行科举制，唐代科举制度最重要的两科——进士与明经都要试时务策，就是用当时的重要时务考问士子，要求考生就有关政治问题写政论文，以

---

① （元）许衡：《鲁斋遗书》卷7，北京图书馆古籍珍本丛刊，影印明万历二十四年刻本。

此来考查士子从事政治的能力。因此，政论文写作格外受重视。宋太祖以武臣身份夺了后周政权，为防止军人夺权，而限制武将、重用文人、优遇文官，广设文职，科举考试之中曾专设“策论”一科，大量笼络读书人，鼓励他们上书言事，阐述救国救民的道理以及对时政的意见。这样，科举制度对唐宋两代文章尤其政论文的发展影响较大。再者，唐宋广开言路，这对政论文的发展也很有推动力，不仅唐初统治者鉴于隋亡的教训曾广开言路，而且宋代也继承了唐代这一传统，宋初言路比唐时更广。宋太祖建隆三年（962）立“戒碑”，其中有“不得杀士大夫及上书言事人”，而且告诫子孙后代：“子孙有渝此誓者，天必殛之。”[①] 因此，受这种特殊文化机制的强劲刺激，唐宋两代政论文高度繁荣，大多数文章名家多擅长写政论文，如唐之陈子昂、陆贽、韩愈、白居易、元稹，宋之王禹偁、欧阳修、王安石、苏洵、苏轼等在唐宋代文章史上占有重要地位的作家，有不少杰出之作。而唐宋文学家对政论文也很重视。王安石言：“治教政令，圣人之所谓文也。”（《与祖择之书》）[②] 叶适也认为：“为文不能关教事，虽工无益也！”（《赠薛子长》）[③] 这样，文章和政治有机地结合在一起，政论文繁兴一时。

金代，政论文仍是当时文人实现自己政治理想的工具，他们以此参政、论事说理，政论文虽然没有唐宋繁兴，不过也有赵秉文这样的大家。金末元初金莲川藩府文人代表着当时北方文坛创作的主流，多擅长政论文，其中怀卫理学家郝经和许衡堪称大家，尤其是郝经更为突出。而郝经的政论文更能体现他雅健雄深、汪洋恣肆、抑扬起伏、舒卷自如的文章特点。

郝经博览群书，思“大益于世”。对于金莲川藩府的第一次征召，他虽未应召而至，但向忽必烈上书，写下了洋洋两千字的《河东罪言》，以唤起忽必烈对下情的重视。从这篇《河东罪言》已经可以领略郝经政论文的才能。文章开篇就气势不凡：“窃闻：天所畀与而能奉承，是谓应

---

① （元）陶宗仪：《说郛》卷39引陆游《避暑漫钞》，《景印文渊阁四库全书》第876册，台北：商务印书馆1986年版。

② 李敖主编《王安石集·明夷待访录·信及录》，天津：天津古籍出版社2016年版，第681页。

③ （宋）叶适：《水心先生文集》卷29《赠薛子长》，北京：中华书局出版社1985年版，第384页。

天；畀与而弗之应，是谓弃天。天可弃乎？故凡有天下国家者，虽一民尺土，莫敢忽而不治，非惟应天，亦所以奉天也。国家光有天下，五十余年，包括绵长，亘数万里，尺棰所及，莫不臣服。惜乎纲纪未尽立，法度未尽举，治道未尽行，天之所与者未尽应，人之所望者未尽允也。比年以来，关右、河南，北之河朔，少见治具，而河朔之不治者，河东、河阳为尤甚。”[①] 可谓气势磅礴、咄咄逼人、夺人气魄，全用散体，一气贯注，议论滔滔。指出汉地久未治理，尤其是自己的故乡河东地区，这里本来是“帝王之都邑，豪杰之渊薮，礼乐之风土，富豪之人民”，因为蒙古贵族和地方胥吏“榜掠械系”，“诛求无艺”，苛政残害百姓，造成“荒空芜没，尽为穷山饿水，而人自相食。始则视诸道为独尊，乃今困弊之最也”。[②] 大有韩愈政论文之风，拔地倚天，气势雄放。

郝经入侍藩府，见忽必烈于沙陀，条陈经国安民之道及民间利病数十事。据荀宗道《故翰林侍读学士国信使郝公行状》记：“上问以帝王当行之事，公援引二帝三王治道以对……上复问当今急务，公举天下蠹民害政之尤者十一条上之，切中时弊。上皆以为善，虽不能即用，至中统后，凡更张制度，用公言十六七。”[③] 政论文的写作是为了对政治问题提出自己的解决办法，因此衡量政论文内容的一个重要尺度就是实践性，即能否把握当时政治上的重大问题，并提出切合实际的解决办法。从这方面来看，郝经的政论文涉及当时许多重大问题，其中多有真知灼见，表现了他非凡的政治才华。郝经在使宋之前连续上奏疏，有《思治论》、《便宜新政》、《立政议》、《东师议》、《班师议》等，纵论古今，指切时弊，极有深度。而且，对郝经绝不可以寻常书生论之，他论兵也是挥洒自如，谈古指今，颇具将风。他并非纸上空谈，而是结合实际形势，就君主取天下的方略陈述自己的见解。他认为“国家以一旅之众，奋起朔漠，斡斗极以图天下，马首所向，无不摧破。灭金源，并西夏，蹂荆、襄，克成都，平大理，躏轹诸夷，奄征西海，有天下十分之八，尽元魏、

① （元）郝经：《郝文忠公陵川文集》卷32，北京图书馆古籍珍本丛刊，影印明正德二年李瀚刻本。

② （元）郝经：《郝文忠公陵川文集》卷32，北京图书馆古籍珍本丛刊，影印明正德二年李瀚刻本。

③ （元）郝经：《郝文忠公陵川文集》卷首，北京图书馆古籍珍本丛刊，影印明正德二年李瀚刻本。

金源故地而加多，廓然莫与侔大也。”而“惟宋不下，未能混一，连兵构祸，逾二十年”，其原因主要是方略不当。他在《东师议》中分析道：

何曩时掇取之易，而今日图惟之难也？夫取天下，有可以力并，有可以术图。并之以力则不可久，久则顿弊而不可振；图之以术则不可急，急则侥幸而难成。故自汉唐以来，树立攻取，或五六年，未有逾十年者，是以其力不弊，而卒能保大定功。晋之取吴，隋之取陈，宋之取唐，皆经营比佽，十有余年，是以其术得成，而卒能混一。或久或近，要之成功，各当其可，不妄为而已。[①]

郝经认为，君主取天下分为“可以力并”和“可以术图”。然后从现实状况出发，并以史为鉴，分析时局，形成认识。一是蒙古帝国自建极开统已五十年，一直处于战争状态，历史上不曾有这么长时间的战争。要改变这种兵祸连接的状态，需“于诸国既平之后，息师抚民，致治成化，创法立制，敷布条纲，上下井井，不挠不紊，任老成为辅相，起英特为将帅，选贤能为任使，鸠智计为机衡，平赋以足用，屯农以足食，内治既举，外御亦备。如其不服，姑以文诰，拒而不从，而后伺隙观衅以正天伐”（《元史·郝经传》）。[②] 二是蒙古人的战术是“长于用奇”，蒙古灭金源、破回鹘、灭西夏、平大理“皆用奇也。夫攻其无备，出其不意”，因此久战不利。三是久战“无以挫英雄之气，服天下之心”，因为“国内空虚，易为摇荡”。郝经《东师议》这篇文章条理清晰，而且见解独到，其文雄奇奔放、汪洋恣肆，极富气势：

国家用兵，一以国俗为制，而不师古。不计师之众寡，地之险易，敌之强弱，必合围把槊，猎取之若禽兽然。聚如丘山，散如风雨，迅如雷电，捷如鹰鹘，鞭弭所属，指期约日，万里不忒，得兵家之诡道，而长于用奇。自浍河之战，乘胜下燕、云，遂遗兵而去，似无意于取者。既破回鹘，灭西夏，乃下兵关陕以败金师，然后知

---

① （元）郝经：《郝文忠公陵川文集》卷32，北京图书馆古籍珍本丛刊，影印明正德二年李翰刻本。

② （明）宋濂：《元史》卷157，北京：中华书局2006年版，第3700页。

所以深取之，是长于用奇也。既而为斡腹之举，由金、房绕出潼关之背以攻汴；为捣虚之计，自西和径入石泉、威、茂以取蜀；为示远之谋，自临洮、吐蕃穿彻西南以平大理。皆用奇也。夫攻其无备，出其不意，而后可以用奇。岂有连百万之众，首尾万余里，六飞雷动，乘舆亲出，竭天下，倒四海，腾掷宇宙，轩豁天地，大极于遐徼之土，细穷于委巷之民，撞其钟而掩其耳，啮其脐而蔽其目，如是用奇乎？是执千金之璧而投瓦石也，可不惜哉！[①]

这段文字谈古今、论兵法，博学闳肆，分析透彻，语气强烈，如空谷之巨响惊人耳目，其气势如江流奔腾一泻千里，其壮阔之美令人享受不尽。虽句式简单，不用典，晓用散句单行一路铺排下来，但文气畅通，明白易晓，并不让人觉得壅塞，铿锵的节奏自然形成一种气势，让人读来便觉得节奏急促、一气贯注，如江河决堤，滚滚滔滔，不可掩抑。行文中有非常的自信，郁勃雄劲之气贯穿全文，言辞激情澎湃，使读者从中感到崇高之美，这是郝经政论文的最大特色。这样的笔调符合郝经的性格，有韩愈文章的磅礴恣肆，也有欧阳修文章的蹈厉激扬。

在出使南宋而被拘囚的十多年里，郝经上书数十万言与宋方交涉，先后给宋理宗和贾似道等写了十余封信，倾诉弭兵息民之诚意，委婉地抗议宋朝君臣如此对待使臣。这些书信写得辞直理壮，读了令人回肠荡气。他在给宋理宗的《上宋主请区处书》中言道：

前岁三月，主上践阼，命经等奉书，告登宝位，输平继好，弭兵息民。经等草芥，固不足以奉扬明命，然亦不敢贪冒行李，昧于一来。以久闻陛下仁圣，而主上亦以仁行，窃不自揆，庶几两朝之仁，因是以达于天下，于是沛然而行，而不忌也。六月初至境上，于五河，于濠梁，于仪真，今凡九月。夫以两朝之大，两国之重，生民之事之多，敢自以为淹而私惮烦，有欲速之心乎？[②]

---

① （元）郝经：《郝文忠公陵川文集》卷32，北京图书馆古籍珍本丛刊，影印明正德二年李翰刻本。

② （元）郝经：《郝文忠公陵川文集》卷37，北京图书馆古籍珍本丛刊，影印明正德二年李翰刻本。

这段文字极言两国“输平继好，弭兵息民”的益处，反复陈述他出使之目的。指出宋主仁圣，而忽必烈也行仁政，为了黎民百姓，两国通好本应没有任何阻碍，却不知为何自己被羁。接着陈述何为仁君。他认为君主应该：“以天下为度，恢宏正大，不限中表，而有偏驳之意也；建极垂统，不颇不挠，心乎生民，不心乎夷夏，而有彼我之私也；故能奄有四海，长世隆平，包并遍覆，如天之大，使天下后世推其圣而归其仁。”只有这样的君主才是仁君。他引述宋高宗皇帝有关仁之言论：“国家兵不及汉，地不及隋，民不及唐，所以维持人心者，风俗也。”“风俗者何？仁也。仁者何？爱利而不杀，公普而不偏，犯而不校，逊而不争。不以地以道，不以力以德，不以众以礼，上下熏陶，守之如一，所以为三百余年之命脉也。”可谓步步相扣，从气势上压住对方。他说，两国遣使纳交，越国万里，天地人神皆知，此举是为了安抚百姓。但是因为气数未合、小人作梗，两国虽有信使往来，但迄今仍未定盟。这不但是两国君臣的不幸，也是百姓的不幸。又说忽必烈“资赋仁明，乐闻善道，喜衣冠，躬礼逊，乐贤下士”，即位之初，即马上遣使和好，恐迟误。却不想宋朝既接纳使臣而又拘于边郡，囚于暗室不使进退。或者宋主以为蒙古国兵乱，有隙可乘，果真如此，可谓大错特错。战端一开，宋朝便岌岌可危了。接着，郝经又历数宋朝自开国以来与辽、金通好的历史，指出如今两国都饱受战乱之苦，需要止戈息民，安定人心。他反复陈辞，晓以利害，动之以情，言之以理，不卑不亢。最后他动情地说：“经等今日之事，止是告登宝位，布弭兵息民意，其余无他蔽匿。必贵朝以为不可，必不能从，何用置经于此？……或欲与本朝校量畴昔，必决胜负，一主于战，通好使人，尤为无用。而乃仍自拘留，摈而不问，陈说不答，表请不报，差官不从，告归不许，老天长日，寝以销铄，必自毙馆下，经等之辱，固自遗臭。通好使人至于如此，亦非贵朝美事。”满腔激愤不可掩抑，喷涌而出。

郝经这份书信写得大义凛然、慷慨激昂、入情入理，以文人的人格力量构成文章的“刚气”，但贾似道均置而不答，不战不和，不杀不放。郝经在政论文写作上，和姚枢、许衡等人相比，显然成就更高，不仅在于他善于指事析理，更重要的在于他的文章总有雄豪奔放之气贯穿其中。

如《上宋主请区处书》中的一节：

> 本朝立国五十余年，天将韬戢锋锐，而底安治，故令圣德集于主上。资赋仁明，乐闻善道，喜衣冠，躬礼逊，乐贤下士，自在潜邸，已符人望。于是致之先帝，而退守藩服，聘起儒生，论讲书史，究明理学，问以治道。尝以为创法立制，乃可底平，弭兵息民，其先务也。先帝尝为大举，主上力谏，谏而不从，致有合州之役，受诏东出，至于渡江，实非本心。十余年间，遵养时晦，将以大赉于民者，今始得行。故即位之初，首命经等奔走致书，此亦旷古希阔之遇，南北二朝罕有之几也。以为扬鞭而入，挂席而出，即见二境，玉帛交驰。于是经等握其机，汲汲而来。岂意贵朝牵于疑，置而不急，必有横议以移天聪，猬起事端，各陈便利，自以为公，私而不国，荏衅种祸，因为交乱，大见鄙外，以误某等。①

本来蒙古人对南宋一直虎视眈眈，而郝经却避开这一点，理直气壮、慷慨陈词。他从忽必烈乃当世仁君谈起，在藩府时便“聘起儒生，论讲书史，究明理学，问以治道”。至于“合州之役，受诏东出，至于渡江，实非本心”，是先帝之责。忽必烈即位后马上以“弭兵息民”为先务，“首命经等奔走致书”，诚以修好。而宋廷却拘留使节，责任在谁也就不言而喻了。由此可见郝经才思之敏捷、学识之渊博，而这种气势的形成与他的个性气质、学养以及时代氛围是不无关系的。

郝经继承传统儒学经世致用的精神，关注现实，关注民生，是一个热心于功名和有志于王霸事业的人。他论文主张“内游”说：“持心御气，明正精一，游于内而不滞于内，应于外而不逐于外。常止而行，常动而静，常诚而不妄，常和而不悖。如止水，众止不能易；如明镜，众形不能逃；如平衡之权，轻重在我。无偏无倚，无污无滞，无挠无荡，每寓于物而游焉。”（《内游》）郝经推崇的是专注的心性涵茹和修养，使精神进入一种虚名的境界，不为物动，不为情牵。人格修养，关键是养

---

① （元）郝经：《郝文忠公陵川文集》卷37，北京图书馆古籍珍本丛刊，影印明正德二年李翰刻本。

气。“蕴而为德行，行而为事业，固不以文辞而已也。如是，则吾之卓尔之道、浩然之气，厥乎与天地一，固不待于江山之助也。”（《内游》）[①]他主张养气是作文之根本，应以内在的气势取胜。再者，郝经处于金元易代之际，干戈寥落，身逢板荡。在那个特殊的历史时期，社会问题、政治问题不断出现，他作为有志之士在这样的时代背景之下，更加具有忧患意识，关心民瘼，怀有济世救民、匡扶天下、民胞物与的道德情感，并有强烈的愿望去改变社会现状。这就给了他一种精神的力量和气势，因为真理在手，故他能咄咄逼人、大义凛然，无论对上还是对下、对人还是对事，他都能侃侃而谈。

金莲川藩府文人中许衡、姚枢、郝经三人的政论文，可以说是当时北方文人政论文的代表作，各有千秋：姚枢的文章指事析理，思路缜密；许衡的文章不徐不疾，侃侃而谈，明白晓畅，温醇亲切；郝经的文章条理清晰、雄奇奔放、汪洋恣肆，极其富气势，如长江大河，汩汩滔滔。凭借其雄厚的才力、深厚的学养，他们的用世之文在元初艺苑中尤显风采与活力，流惠后世而经久不衰，可以说是一个时代、一个社会文学风会的体现。

第二节 风格各异的各体杂文

除政论文之外，最能体现他们创作特色的乃是各体杂文，即论、说、辨、解、书、传、志、箴、铭、赞、颂、序、记、碑志、行状、哀辞、祭文等。许衡温醇亲切与质实朴厚的儒者风范，郝经汪洋滂沛与行云流水般的才子之风，在各体杂文写作中体现得淋漓尽致。

一 典雅严谨的诏、制、敕书等诏令类散文

诏、制、敕书都是古代以“王言”即皇帝命令为主下行的公文，带有官方命令性质，用以告示、晓谕官吏或民众的文章体裁。诏书的写作必须经过严格训练，诏书由具有高超写作技巧的文章高手写就。如两汉时代的诏书由尚书拟写。所以刘勰说：“两汉诏诰，职在尚书。”（《文心

① （元）郝经：《郝文忠公陵川文集》卷20，北京图书馆古籍珍本丛刊，影印明正德二年李翰刻本。

雕龙·诏策》）唐代的诏令则由翰林学士拟写。宋代的文章大家如欧阳修、苏轼等都起草过诏书。

金莲川藩府文人中诏书的写作高手乃是为时人称许为“文章四海一康公”的王鹗。他现存的四篇诏书，都写得典雅、纯粹。如《即位诏》：

> 朕惟祖宗肇造区宇，奄有四方，武功迭兴，文治多缺，五十余年于此矣。盖时有先后，事有缓急，天下大业，非一圣一朝所能兼备也。先皇帝即位之初，风飞雷厉，将大有为。忧国爱民之心虽切于己，尊贤使能之道未得其人。方董夔门之师，遽遗鼎湖之泣。岂期遗恨，竟勿克终。肆予冲人，渡江之后，盖将深入焉。乃闻国中重以佥军之扰，黎民惊骇，若不能一朝居者。予为此惧，驿骑驰归。目前之急虽纾，境外之兵未戢。乃会群议，以集良规。不意宗盟辄先推戴。左右万里，名王巨臣，不召而来者有之，不谋而同者皆是。咸谓国家之大统不可久旷，神人之重寄不可暂虚。求之今日，太祖嫡孙之中，先皇母弟之列，以贤以长，止予一人。虽在征伐之间，每存仁爱之念，博施济众，实可为天下主。天道助顺，人谟与能。祖训传国大典，于是乎在，孰敢不从。朕峻辞固让，至于再三，祈恳益坚，誓以死请。于是俯徇舆情，勉登大宝。自惟寡昧，属时多艰，若涉渊冰，罔知攸济。爰当临御之始，宜新宏远之规。祖述变通，正在今日。务施实德，不尚虚文。虽承平未易遽臻，而饥渴所当先务。呜呼！历数攸归，钦应上天之命；勋亲斯托，敢忘烈祖之规？建极体元，与民更始。朕所不逮，更赖我远近宗族、中外文武，同心协力，献可替否之助也。诞告多方，体予至意！故兹诏示，想宜知悉。[①]

这篇诏书既典雅庄重，又不失温厚，而且立意高远，气势充沛，语言简洁明白，句式整齐而不呆板，很符合近代文学家、文论家林纾所评之标准：“持以中正之心，出以诚挚之笔。”（《春觉斋论文》）。[②] 王鹗的诏书

---

① 李修生主编《全元文》第3册，南京：江苏古籍出版社1998年版，第263页。

② 转引自（南朝梁）刘勰著、詹瑛义证《文心雕龙义证》，上海：上海古籍出版社1989年版，第748页。

措辞醇雅、训辞深厚，且冷静客观、简洁明白。为了体现封建皇权的权威性，诏书的语言必须典雅、纯粹、规范和准确，因而，很可见作者高超的写作技巧与文学功底。又如《中统建元诏》：

> 祖宗以神武定四方，淳德御群下。朝廷草创，未遑润色之文；政事变通，渐有纲维之目。朕获缵旧服，载扩丕图，稽列圣之洪规，讲前代之定制。建元表岁，示人君万世之传；纪时书王，见天下一家之义。法《春秋》之正始，体大《易》之乾元。炳焕皇猷，权舆治道。可自庚申年五月十九日，建元为中统元年。惟即位体元之始，必立经陈纪为先。故内立都省，以总宏纲，外设总司，以平庶政。仍以兴利除害之事，补偏救弊之方，随诏以颂，申画于后。于戏！秉箓握枢，必因时而建号；施仁发政，期与物以更新。敷宣恳恻之辞，表著忧劳之意。凡在臣庶，体予至怀！①

骈散相间，既讲究对偶，又不失于雕琢，确实是弘雅、纯正、规范、准确之文。由此可见，王鹗堪称此类文体写作的大家。

再看“制”。刘勰《文心雕龙·书记篇》云：“制者，裁也，上行于下，如匠之制器也。”王磐和杨果都写过制书。王磐乃元初元老重臣，在政绩上建树颇多，而且“性刚方，凡议国政，必正言不讳，虽上前奏对，未始将顺苟容，上尝以古直称之”（《内翰王文忠公》）。② 他素有重名，主盟文坛二十余年，擅辩驳，精通义理之学，擅长书法。《内翰王文忠公》载：“言论清简，义理精诣，世之号辨博者，方其辞语纵横，援引征据众莫可屈。公徐开一言，即语塞不敢出声。为文冲粹典雅，得体裁之正，不取纤新以为奇，不取隐僻以为高”。③ 其《元世祖降封宋主为瀛国公制》一文，写得典雅纯正、情词剀切：

> 时逢屯否，岳渎分疆；运值休明，乾坤一统。眷靖康之余裔，擅吴会之奥区。远隔华风，久睽邻好。我国家诞膺景命，奄有多方。

① 李修生主编《全元文》第3册，南京：江苏古籍出版社1998年版，第266页。
② （元）苏天爵辑撰《元朝名臣事略集》卷12，北京：商务印书馆民国25年版。
③ （元）苏天爵辑撰《元朝名臣事略集》卷12，北京：商务印书馆民国25年版。

> 炎风朔雪之乡，尽修职贡；若木虞渊之地，靡不来庭。罄六合而混同，岂一方之独异。用慰徯苏之望，爰兴问罪之师。戈船飞渡而天堑无凭，铁马长驱而松关失险。宋主㬎乃能察人心之向背，识天道之推移。正大奸误国之诛，斥群小浮海之议。决谋宫禁，送款军门。奉章奏以祈哀，率亲族而入觐。是用昭示大信，度越彝章，位诸台辅之尊，爵以上公之贵，可封开府仪同三司检校司徒瀛国公。①

这篇制书既显示了元廷对宋主的宽宏大度，又表现出得胜之国的庄重尊严与权威性，典雅庄重、温厚纯粹。行文基本采用骈体，雅正典则，对仗工整，很有文采，崇文尚辞，有着一份典雅绮丽、雍容平和。

以文采映照一世的杨果，作制书更是注重辞采。王恽《玉堂嘉话》载：

> 大元中统二年秋七月，恽自中省详定官用两府，荐授翰林修撰，其宣词云："行己无忝，博学能文，顾超绝之逸材，足铺张于伟迹，宜司纶命，以赞皇猷。可特授翰林修撰、同知制诰、兼国史院编修官。当振斯文，以宣朕命。"其修撰雷膺词云："昔年《诗》、《礼》，已闻鲤过于庭前；今日丝纶，复见凤毛于池上。"二词参政杨公笔也。②

杨果文笔典重缛丽，用典出神入化，富赡而圆融，很受时人推许。

虽然从纯文学的角度来看，诏书、制书等本身并非文学作品，相当程式化，但这种要求有特定的使用场合与使用对象的公牍文体写作，更需要作者有深厚的文学修养与高超的写作技巧。由上可见，王鹗、王磐和杨果等藩府文人在诏书、制书等具有强烈的政治色彩和实用性特征的公牍文体写作上确是功力不凡，堪称此中高手。

二 序文、杂记类散文

序记类散文，兴于唐而盛于宋，包括诗文（集）序、赠序、字序、

① 李修生主编《全元文》第2册，南京：江苏古籍出版社1998年版，第244页。

② （元）王恽：《玉堂嘉话》卷1，北京：商务印书馆1929年版，第1页。

厅堂记、台楼亭阁记、山水游宴记等，在各家文集中都占到相当的比重。在柳宗元的山水游记中，永州的青山绿水和风物民情尽现笔端，永州的山山水水在柳宗元的笔下千娇百媚、姿态万端。苏轼的杂记，将叙事、抒情、议论多种手法结合得水乳交融、浑然一体，充分展现了文理自然、姿态横生、挥洒自如的风采。这类功能广泛、表达灵活，或议论或叙事或抒情或状景的文体，也是金莲川藩府文士所青睐的，他们普遍致力于序文、杂记的创作，并有名篇佳作传世。如《秋涧集》卷一〇〇收录了张德辉的游记《岭北纪行》（又名《边堠纪行》、《塞北纪行》）。在这篇文章中，不仅详细记载了应召的经过，而且他笔下的岭北地区，无论景物、风土还是人文、世情，对当时的汉地人来说都是神秘陌生的，充满了异域风情。这是一篇不可多得的、较早反映蒙古草原风貌的游记散文。他在文中写道：

> 凡经六驿而出陀，复西北行一驿，过鱼儿泊。泊有二焉，周广百余里，中有陆道，达于南北。泊之东涯有公主离宫，宫之外垣高丈余，方广二里许，中建寝殿，夹以二室，背以龟轩，旁列两庑，前峙眺楼，登之颇快目力。宫之东有民匠杂居，稍成聚落，中有一楼，榜曰“迎晖”。自泊之西北行四驿，有长城颓址，望之绵延不尽，亦前朝所筑之外堡也。自外堡行一十五驿，抵一河，深广约什滹沱之三，北语云“翕陆连”，汉言“驴驹河”也。夹岸多丛柳，其水东注，甚湍猛。居人云：“中有鱼，长可二、四尺。春夏及秋捕之，皆不能得，至冬可凿冰而捕也。”濒河之民，杂以蕃汉，稍有屋室，皆以土冒之，亦颇有种艺，麻麦而已。河之北有大山，曰“窟速吾”，汉言“黑山”也。自一舍外望之，黯然若有茂林者，迫而视之，皆苍石也。盖常有阴霭之气覆其上焉。
>
> 自黑山之阳西南行九驿，复临一河，深广加翕陆连三之一，鱼之大若水之□捕法亦如之。其水始西流，湍急不可涉，北语云“浑独剌”，汉言“兔儿”也。遵河而西行一驿，有契丹所筑故城，可方三里，背山面水，自是水北流矣。由故城西北行三驿，过毕儿纥都，乃弓匠积养之地。又经一驿，过大泽泊，周广约六七十里，水极澄澈，北语谓“吾误竭脑儿”。自泊之南而西，分道入和林城，

相去约百余里。泊之正西有小故城，亦契丹所筑也。由城四望，地甚平旷，可百里，外皆有山，山之阴多松林，濒水则青杨丛柳而已。中即和林川也。居人多事耕稼，悉引水灌之，间亦有蔬圃。时孟秋下旬，麻麦皆槁，问之，田者云："已三霜矣。"由川之西北行一驿，过马头山。居者云上有大马首，故名之。自马头山之阴转而复西南行，过忽兰赤斤，乃奉部曲民匠种艺之所，有水曰塌米河，注之东北。又经一驿，过石堠。石堠在驿道旁，高五尺许，下周四十余步，正方而隅，巍然特立于平地，形甚奇峻，遥望之，若大堠然，由是名焉。自堠之西南行三驿，过一河，曰唐古，以其源出于西夏故也。其水亦东北流。水之西有峻岭，岭之石皆铁如也。岭阴多松林，其阳帐殿在焉，乃避夏之所也。迨中秋后始启行，东由驿道过石堠子，至忽兰赤斤（山名，以其形似红耳也）。东北迤逦入陀山，自是且行且止，行不过一舍，止不过信宿。所过无名山大川，不可殚纪。

至重九日，王师麾下会于大牙帐，洒白马湩，修时祀也。其什器皆用禾桦，不以金银为饰，尚质也。十月中旬，方至一山崦间避冬，林木甚盛，水皆坚凝，人竞积薪储水以为御寒之计。其服非毳革则不可，食则以膻肉为常，粒米为珍。①

作者以雅洁之语状物写景，描摹精细，行文不徐不疾，沿途所见的漠南漠北草原的风物人情尽展笔下。此文在金末元初写景散文中堪称一绝。

台楼亭阁记在藩府文士杂记创作中是数量最多的一类，如商挺的《创修崆峒山宝庆寺记》、《增修华清宫记》，徐世隆的《岳阳重修朝元观记》、《重修东岳蒿里山神祠记》、《元创建真武庙灵异记》、《登泰山谒岳祠题记》等，王磐的《河间总管题名记》、《筠溪轩记》、《瑞云宫记》、《修尧庙记》、《龙岩寺记》等，宋子贞的《玉虚观记》、《全真观记》，王鹗的《神应王庙记》、《创建宣圣庙记》、《丹阳公祠记》、《龙门建极宫记》、《重修亳州太清宫太极殿记》等，杨果的《重修绘贤堂记》，宋衜的《潞州长子县法兴寺记》、《通玄观记》，王博文的《创建开平府祭

① 李修生主编《全元文》第22册，南京：江苏古籍出版社1998年版，第290～292页。

告济渎记》、《崇灵庙记》、《史丞相祠记》，王利用的《文庙西园嘉禾堂记》、《润德泉复出记》、《太原府学明善堂记》等文。作者往往在叙事状景的同时生发出精彩的议论，如商挺的《增修华清宫记》。华清宫是长安著名的宫殿建筑，曾遭兵火，作者感慨道："迨兵燹之余，居民播迁，所在宫观，例随灰劫，华清亦不免莽为秽区矣。"经历兵火后的华清宫，已是满目疮痍，目不忍睹。然而当作者再次经过长安时，修复后的华清宫又是另一模样：

> 岁癸丑，复过故宫，意谓荡然无复向日。及见屋宇修整，阶序廓大，为殿者八：曰三清、曰紫微、曰御容、曰四圣、曰三官、曰列祖、曰真武、曰玉女。为阁者二：曰朝元、曰冲明。为汤者二：曰九龙、曰芙蓉。钟鼓有楼，灵官有台，星坛云室，蔬圃水轮，以次而具。丹垩藻绘，灿然一新，若初未毁，而又有加焉者。①

修复后的华清宫焕然一新，比之前更为美丽壮观。惊叹之余作者追问其故，主宫者告知，原来是其先师"悯宫室之凋废，慨然以修复为事"，汇集四方道者，兴起土木之功，历时十五年，方才完工。作者又发表议论，赞叹其功，感其劳苦。其他如宋子贞的《玉虚观记》、《全真观记》，王鹗的《神应王庙记》、《创建宣圣庙记》，徐世隆的《岳阳重修朝元观记》、《重修东岳蒿里山神祠记》、《元创建真武庙灵异记》等均是这种行文风格。这类文章虽然篇数众多，但总体缺乏特点，很少有佳作。只有王磐的《筠溪轩记》，可以说是这类散文中颇具特色的一篇。文章条理井然、描绘精细、简洁自然，而且在写景状物中很有情趣，别具特色，自成一家。兹引一节：

> 共城之西八九里，有泉，不依山麓，漏出平地，名曰卓水。水之上，有故竹林，地数十亩，兵乱以来荒秽不治，鞠为樵牧之场，地主操券而鬻之，积年莫有顾者。重元子李君与其友茅君伯达，爰

① （元）商挺：《增修华清宫记》，华清池管理处编《华清池志》，西安：西安地图出版社1992年版，第321页。

> 自相台，戾止兹邑，将以选林壑之幽而卜栖隐之胜。或以水上之地告，二君欣然出钵囊中金买之。芟其荒秽，理其凋残，疏清泉以溉其根，插密棘以郛其外，於是云梢烟叶，生意粲然，若喜其遭遇知己，脱出困厄而遂有生之乐者也。越明年，新笋巉巉，凡三阅岁而丰围修干，十倍其初。……又于西堂之北斫竹为径，迤逦西北行百余步，登略彴，渡溪水，当药圃之东北隅构小轩，榜曰“筠溪”，以为游息之所，盖非佳客不能到也。轩之大仅容十人，而林壑之深邃，云烟之肃爽，鱼鸟之闲逸，木植之芳馨，每至其上，使人神情洒然，如践异境。盖亦山林之奥壤福田，晦昧秘藏之久，待二君而发之欤?①

这段文字语言修洁凝练，书卷气颇浓，但在典雅中透出灵秀之气，并不显得凝滞呆板。于平和温雅的写景叙事中，一股清幽闲静的情趣自然可见，既非波澜不惊，也非汩汩滔滔、气势磅礴，但于清朗简约的行文中很能体现作者深厚的修养。

郝经诸体文章中，最能体现其放纵自如的才子特色的便是赋体之文和各类杂文，如碑志、传状、记文等。如《秋风赋》写各种悲秋之情：

> 夫以秋风为悲者，非独子也，常情皆然。门巷萧条，良人远征。伤心砧杵，掩泪边城。庭树脩脩，鸦啼柳断。帷薄生寒，梦长人远。此怨妇之以为悲者也。弱水云沉，交河日落。风急霜清，重城击柝。令重身轻，黄云画角。十年不代，有书无衣。吞声饮泣，又下边陲。此戍役之以为悲者也。塞北游子，江东贾客。去国期年，音尘杳绝。行露沾衣，风吹晓月。草根蛩吟，唤愁啼血。四顾无人，气填心折。此羁旅之以为悲者也。囊中金尽，泪满貂裘。从横不就，报主怀雠。叶落尊空，心事悠悠。知己不见，天高雁沉。弹铗风悲，长歌短吟。白草荒山，尘埃满襟。此不遇之以为悲者也。菽粟青黄，草肥弓劲。瀚海波翻，铁山尘亘。肉饱颜酡，控弦驰竞。一喷生风，长林叶下。

① 李修生主编《全元文》第2册，南京：江苏古籍出版社1998年版，第252页。

陈合鞭鸣，骁腾万马。破屋残城，崩沙解瓦。此遗黎之以为悲者也。[①]

虽然郝经言“子以秋风为悲，余独以秋风为乐”，但他笔下各种悲愁之景之境却历历在目，让人感怀，有怨妇之悲者，有戍役之悲者，有羁旅之悲者，有不遇之悲者，有遗黎之悲者，上下纵横，有近景、远景、壮景，都是黯淡悲郁之景色。自然万物本没有多少哀痛的色彩，而在作者笔下，却成为深层感情寄托的媒介，从而有了浓厚的悲情。而且可以感受到作者所伤的并非一己之情，而是扩而广之，将人的命运、存在的价值放到时空中去审视，从而构成一种浓厚的叹逝意味。因而，郝经的文章不能用雅健雄深、豪迈奔放的风格简单概括，他的文笔极其洒脱流畅，确实可以称得上是如行云流水般的才子文章。郝经文章的风范在他的各类赋体之中体现得较为突出，尤其是他写得较随便、自由的杂记。如《临漪亭记》：

鸡水控常山而东，穴保而入，激为流，疏为渠，潴为陂，浸而为溪，析而为塘，台楼亭观雄列杰峙者岿如也。别流溯布，由千户乔侯之第园而出，出而东则亭，亭则侯之别第也。面水者三，右池而左洄，屋重而庑列，鳞渌漪然，榜曰“临漪”。茂树葱郁，异卉芬蒨，庚伏冠衣，清风戛然，迥不知暑。澄澜荡漾，帘户疏越，鱼泳而鸟翔，城市嚣嚣，而得三湘七泽之乐，可谓胜地矣！岁丁未六月朔，侯之仲子德玉者请余为记。余曰：火云燎天，山灰海沸，而是亭之上，觞豆济济，李沉瓜浮，琴间而奕危，曳绨麈麈，隐语谈笑，粲然而四列也，乐乎哉？有敌日横槊被甲而趋者矣，有负耒耜庤钱镈挥汗而喘者矣，翠波漪风，绿阴铄日，蔗浆沉水，玉榼金罂，枕压细文，侍儿发扇，乐乎哉？有负戴永途，肩高足裂，蚊蚋嘬肌者矣，有穷阎局脊，槁肠而枯腹者矣，如是而可乐哉？盖乐乎此不忘乎彼，乐乎身不忘乎人。政成而讼理，事治而日暇，燕兄弟以笃

① （元）郝经：《郝文忠公陵川文集》卷1，北京图书馆古籍珍本丛刊，影印明正德二年李翰刻本。

亲亲，交朋友以讲道业，亲贤下士以崇德誉。已乐矣，思吾民有未乐者；已安矣，思吾民有未安者；其不负于此亭矣。不然，则其有负于此亭矣。侯既没，诸子堂堂，皆有超卓之望，特立之姿，盛大之业，将张本于是亭，故不辞而为之记。[①]

文章分为三部分。先写临漪亭之美。在作者笔下，临漪亭可谓美不胜收：树木葱郁，遍布奇花异草，香气弥漫，清风习习，凉爽宜人。三面环水，“澄澜荡漾，帘户疏越，鱼泳而鸟翔，城市嚣嚣，而得三湘七泽之乐”。读到此，只觉满眼明丽、令人喜悦的景致，确实是胜地佳境。郝经很有匠意，把临漪亭的美写出来，正如清沈宗骞在《芥舟学画编》中所言：“盖天地一积灵之区，则灵气之见于山川者，或平远以绵衍，或峻拔而崒嵂，或奇峭而秀削，或穹窿而丰厚，与夫脉络之相联，体势之相称，迂回映带之间，曲折盘旋之致，动必出人意表。乃欲于笔墨之间委曲尽之，不綦难哉！原因人有是心，为天地间最灵之物。苟能无所锢蔽，将日引日生，无有穷尽，故得笔动机随，脱腕而出，一如天地灵气所成，而绝无隔碍。”[②] 显然，作者有创造之心，才能创造出美，才能展笔落墨洋洋洒洒，其万千气象随兴之所至在而于毫端毕现。

然后写临漪亭之乐。觞豆济济，李沉瓜浮，琴棋其间，玉榼金罍，枕压缃文，侍儿发扇……而作者并没停留在这儿，马上荡开一笔，谈横槊被甲而趋者，负耒耜痔钱镈挥汗而喘者，负戴永途、肩高足裂、蚊蚋嘬肌者，穷阎局脊、槁肠而枯腹者，有自然、有人事，谈别人、说自己，信手拈来，无拘无束。

最后，作者借题发挥，表达“乐乎此不忘乎彼，乐乎身不忘乎人”的旷达胸襟，以及“已乐矣，思吾民有未乐者；已安矣，思吾民有未安者”的仁人爱民思想，大有范仲淹“先天下之忧而忧，后天下之乐而乐”的儒者襟怀。因为郝经幼年饱受战乱颠沛之苦，家境贫寒，备尝生活的辛酸，对下层人民的痛苦感受颇深，情感也更加深沉。由此可见，郝经心里常常想着国家和人民的利益。文章随物赋形，因景抒情，托物

① （元）郝经：《郝文忠公陵川文集》卷25，北京图书馆古籍珍本丛刊，影印明正德二年李翰刻本。

② 剑华编著《中国古代画论类编》下册，北京：人民美术出版社2004年版，第904～905页。

言志，浑然一体，写景、议论、抒情融贯得非常巧妙，时而记叙，时而描写，时而抒情，时而议论，多姿多态，不拘一格。而且情景交融，对比鲜明，语言凝练，文辞畅达，确为古代散文的上乘之作。郝经的文章洒脱自如，如行云流水，由此可见一斑。

序文的写作在这类文体中所占比重也不小。自古以来，序文便是中国散文中非常重要的文体形式，除自己撰写外，也可应人之请、受人之托而作序，作者也往往借序阐发自己的文学主张。序文创作一直盛行不衰，且佳作不断。唐宋八大家皆有名篇传世，如韩愈《荆潭唱和诗序》提出，“和平之音淡薄，而愁思之声要妙。欢愉之辞难工，而穷苦之言易好也”[①]，见解独到，是中国文学批评史上的重要理论。又如欧阳修的《伶官传序》，通过后唐庄宗溺于伶官而亡国揭示兴衰存亡之理。文中说：“忧劳可以兴国，逸豫可以亡身，自然之理也。……夫祸患常积于忽微，而智勇多困于所溺，岂独伶人也哉？”[②] 见识非凡，流传千古。被王恽极力称扬的“文章海内元推毂，议论行间宋与俦”的徐世隆，其《遗山先生文集序》文辞峻洁，寓议论于叙事：

文之为物，何物也？造物者实靳之，不轻畀人，何哉？盖天地间灵明英秀之气萃聚之多，蕴蓄之久，挺而为人，必富于才，敏于学，精于语言，能吐天地万物之情，极其变而归之雅，故为诗、为歌、为赋、为颂、为传记、为志铭、为杂言、为乐府，兼诸家之长，颂一代之典。使斯文正派如洪河大江滚滚不断，以接夫千百世之传，为造物者岂得而轻畀之哉？窃尝评金百年以来，得文派之正而主盟一时者，大定、明昌，则承旨党公；贞祐、正大，则礼部赵公；北渡则遗山先生一人而已。自中州斵丧，文气奄奄几绝。起衰救坏，众望在遗山。遗山虽无位柄，亦自知天之所以畀付者为不轻，故力以斯文为己任。周流乎齐、鲁、燕、赵、晋、魏之间几三十年，其迹益穷，其文益富，而其名益大以肆。且性乐易，好奖进后学，春风和气，隐然眉睫间，未尝以行辈自尊。故所在士子从之如市然，

① （唐）韩愈著，马其昶校注《韩昌黎文集校注》，上海：古典文学出版社 1957 年版，第 153～154 页。

② （清）吴楚材、吴调侯编注《古文观止》，西安：三秦出版社 2017 年版，第 249 页。

号为泛爱，至于品题人物，商订古今，则丝毫不少贷，必归之公是而后已。是以学者知所指归，作为诗文，皆有法度可观，文体粹然为之一变。大较遗山诗祖李、杜，律切精深，而有豪放迈往之气；文宗韩、欧，正大明达，而无奇纤晦涩之语；乐府则清雄顿挫，闲婉浏亮，体制最备，又能用俗为雅，变故作新，得前辈不传之妙，东坡、稼轩而下，不论也。[①]

这段文字指出元好问在文学史上的地位：他是金代成就最高的诗人，北渡以来“一人而已”，“起衰救坏”，众望所在，被奉为一代宗师。郝经对元好问的诗文也给予了高度评价：元好问的诗文是众人学习的典范，元氏的诗文创作不仅法度可观，而且各种文体到元好问手里都被发扬光大，文体为之一变。元好问的诗歌效法李白、杜甫，不仅律切精深，还有豪放之气，文章以韩愈、欧阳修为宗，正大明达而无奇纤晦涩之语。元好问的词章乐府也别具一格，清雄顿挫，闲婉浏亮，体制最备，又能用俗为雅、变故作新，得前辈不传之妙，成就不在苏轼、辛弃疾之下。这可谓是对元好问文学创作较中肯的评价，为历代文论家所认可。

王博文《白兰谷天籁集序》主要是对白朴生平的评传，介绍了白朴的个性、行迹。他叙述道：

元、白为中州世契，两家子弟每举长庆故事，以诗文相往来。太素即寓斋仲子，于遗山为通家侄。甫七岁，遭壬辰之难，寓斋以事远适。明年春，京城变，遗山遂挈以北渡。自是不茹荤血，人问其故，曰：“俟见吾亲则如初。”尝罹疫，遗山昼夜抱持，凡六日，竟于臂上得汗而愈，盖视亲子弟不啻过之。读书颖悟异常儿，日亲炙遗山，声欬谈笑悉能默记。数年，寓斋北归，以诗谢遗山云：“顾我真成丧家狗，赖君曾护落巢儿。”居无何，父子卜筑于滹阳。律赋为专门之学，而太素有能声，号后进之翘楚者。遗山每过之，必问为学次第，赠之诗曰：“元白通家旧，诸郎独汝贤。”未几，生长见闻，学问博览。然自幼经丧乱，仓皇失母，便有山川满目之叹。逮

① 邓子勉编著《宋金元词话全编》（下），南京：凤凰出版社2008年版，第1879页。

> 宋亡，恒郁郁不乐，以故放浪形骸，期于适意。[①]

这段文字刻画了白朴幼年的不幸遭遇，以及元、白两家的友谊，尤其是元好问对白朴关心爱护一节，写得非常传神。若非至交好友，不可能对白朴如此了解，这是有关白朴生平的宝贵资料。文中也对白朴词进行了评价："噫，遗山之后，乐府名家者何人？残膏剩馥，化为神奇，于太素集中见之矣。然则继遗山者，不属太素而奚属哉！知音者览其所作，然后知余言之不为过。"[②] 可以说，既有文学欣赏性，又有史学价值。

许衡是一个忠厚朴实的人，他的文章正如其人，比较质朴，还透着一股温醇亲切，更有学者气息，这种风格在他的书信和序文中体现得更为明显。如他写给儿子师可的一封普通家信：

> 《小学》、四书，吾敬信如神明。自汝孩提，便令讲习，望于此有得。他书虽不治，无憾也。今殆十五年矣，尚未成诵，问其指意，亦不晓知，此吾所以深忧也。高疑来，闻汝肯自勉励，胜于前日，我心甚喜，未识其果然乎？韩遵道今在此，言论意趣，多出《小学》、四书，其《注语或问》与《先正格言》诵之甚熟。至累数万言犹未竭，此亦笃实自强，故能尔。我生平长处，在信此数书；其短处，在虚声牵制，以有今日。今日之势，可忧而不可恃也。汝当继我长处，改我短处，汝果能笃实，果能自强。我虽贵显云云，适足祸汝，万宜致思，且专读《孟子》，孟子如泰山岩岩，可以起人偷惰无耻之病也，相与辅导之。至元三年十二月二十日。[③]

这是一个慈父对儿子学业的谆谆叮咛，他告诉儿子要认真读儒家经典《小学》、四书，务以学业为重。言谈之中也吐露了自己的苦闷：行汉法路上的挫败感，使许衡常常感到自己为虚名所累，不得不在仕途上奔波，他希望儿子不要重蹈自己的覆辙，应该专心学习。许衡虽然作文讲究文道合一，写了大量说教文章，但骨子里却是一个敏感的人，其自我体验

---

① 李修生主编《全元文》第5册，南京：江苏古籍出版社1998年版，第88～89页。

② 李修生主编《全元文》第5册，南京：江苏古籍出版社1998年版，第89页。

③ （元）许衡：《鲁斋遗书》卷9，北京图书馆古籍珍本丛刊，影印明万历二十四年刻本。

极为强烈，内心充满了对命运的悲叹，从他的诗文中常可以看出他不经意的感情流露。许衡对儿子并无苛责，而是多加鼓励。“闻汝肯自勉励，胜于前日，我心甚喜，未识其果然乎?”听说儿子学习胜于以前，他是高兴万分，欣喜之情溢于言表，这就是一个做父亲的最自然的感情流露。这封书信没有摇曳之姿、纵横开阖之势，只是平平淡淡地叙述，但语言中透出一种亲切，使人能感受到许衡的人格魅力，其文不事雕琢而自有风味。在对儿子的谆谆叮咛之中又杂以论道，涉及一些学术问题，学者气息很浓，不可以寻常家书目之。许衡的散文往往不用华丽的辞藻去堆砌罗列，没有浮艳的语言，读他的散文如同回归自然一样朴实、真切而清朗，其中还有一股浓浓的书斋气息。在写给朋友的书信中，这种风格更为突出，如《与窦先生书》一文：

老病侵寻，归心急迫，思所以上请，未得其门也。迩来相从，实望见教，不意复有引荐之言，闻之踧踖，且惊且惧。邸舍中恳陈所以不可之故，至于再三，始蒙惠许。违别三数日，复虑他说间之，不终前惠，是用喋喋重陈向来恳祷之意。尝谓天下古今，一治一乱，治无常治，乱无常乱，乱之中有治焉，治之中有乱焉，乱极而入于治，治极而入于乱。乱之终，治之始也；治之终，乱之始也。治乱相循，天人交胜。天之胜，质揜文也；人之胜，文犯质也。天胜不已，则复而至于平，平则文著而行矣。故凡善恶得失之应，无妄然者，而世谓之治，治非一日之为也，其来有素也。人胜不已，则积而至于偏，偏则文没不用矣。故凡善恶得失之迹若谬焉者，而世谓之乱。乱非一日之为也，其来有素也。析而言之，有天焉，有人焉；究而言之，莫非命也。命之所在，时也；时之所向，势也。势不可为，时不可犯。顺而处之，则进退出处，穷达得丧，莫非义也。古之所谓聪明睿智者，唯能识此也；所谓神武而不杀者，唯能体此也。或者横加己意，欲先天而开之，拂时而举之，是揠苗也，是代大匠斫也。揠苗则害稼，代匠则伤手，是岂成己成物之道哉！即其违顺之多寡，乃在吉凶悔吝之多寡也。生平拙学，认此为的，信而守之，罔敢自易。今先生直欲以助长之力，挤之伤手之地，是果相知者所为耶？无益清朝，徒重后悔，岂交游之泛，不足为之虑耶？抑真以

> 樗散为可用之材也？相爱之深，未应乃尔。若夫春日池塘，秋风禾黍，夏未雨蚕老麦收，冬将寒囷盈箱积，门喧童稚，架满琴书，山色水光，诗怀酒兴，拙谋或可以辨此也。是以心思意向，日日在此，安此乐此，言亦此，书亦此，百周千折，必期得此而后已。先生不此之助，而彼之助，是不可其所可，而可其所不可也，其可哉？将爱之，实害之。万惟恕察。言不能隐括，悚息待罪。[①]

中统二年（1261），时王文统当权，窦默向忽必烈推荐许衡可以为宰相。许衡力辞，写了这封给好友窦默的书信[②]。文章条理非常清晰，大致可分三个部分。第一部分说明写信之缘由，因“老病侵寻，归心急迫，思所以上请，未得其门也”，所以才写信陈说。第二部分阐述道理、分析时势，陈述不宜出仕的理由。反复陈述天、人、时、势、进、退、出、处、穷、达、得、失，阐述所谓治乱相循、天人交胜之类，针对现实提出“凡善恶得失之应无妄然者，而世谓之治”、“凡善恶得失之迹若谬焉者，而世谓之乱”，带有典型的理学家口吻，学者气息很浓。按照许衡的理论，通常所讲的礼乐彰、法度著、文物胜等只是一种外在的表现，更根本的是治国要合乎理，而不仅仅是合乎利，要使“善恶得失之应，无妄然”，这才算是“治”。而且这是一个相当漫长的过程，“治非一日之为也”。按当时的情况来分析，蒙古帝国虽然已经很强大，但离治世还差得

---

① （元）许衡：《鲁斋遗书》卷9，北京图书馆古籍珍本丛刊，影印明万历二十四年刻本。

② （清）蔡世远《古文雅正》卷14评价许衡说：“士必有难进易退之节，而后可胜天下国家之重。先生倡绝学于南北未通之日，及被遇元世祖，为儒宗，为名世，而屡召屡辞。今观此书，中怀恬退乃尔，王文忠所谓‘或躬耕太行之麓，或判事中书之堂，钟鼎山林，盖有不加不损者在矣’。案《中统书》：己酉，窦默与王鹗面论王文统不宜在相位，荐衡代之。书疑作于此。”《鲁斋遗书》卷13《行实》载，中统二年（1261）“五月，授太子太保，力辞不受，改国子祭酒，九月以疾辞归”。第二年（1262）三月，许衡应召至上都。当时，正是王文统深受重用时期。忽必烈召窦默至上都，垂询宰相一事，欲求如魏征者。素来直言不讳的窦默马上答曰：“犯颜谏诤，刚毅不屈，则许衡其人也！”（《元史·窦默传》）在窦默的心目中，许衡乃元朝的魏征。王文统一向猜忌之心很重，“深忌雪斋诸公，先生素无因缘而无惮也。及窦公力排其学术之非，必至误国，文统始疑先生唱和其说。”（《鲁斋遗书·考岁略》）王文统怀疑一向关系非常的姚枢、窦默会联系许衡来对付他，给他带来不利，自然要耍些权术，于是许衡被授怀孟路教官，后来，又改授国子祭酒。王文统当权，许衡无心留恋政事，不久，便以病辞归。朝廷允许他回乡教授学生。在这种情况下，许衡给好友窦默写了一封言辞恳切的书信，表明自己的心迹。

很远，正如后来许衡在《时务五事》中所言：“以北方之俗，改用中国之法，非三十年不可成功。”① 至少要过三十年，才能完全适应中国之法。即使完全适应中国之法，也还不等于进入治世。他清醒地意识到文化融合和治国安民的艰难，在治乱、天人、文质关系上，许衡主张顺应时势而为，“莫非命也”，国家、文化的兴衰遵循着一种不以人的意志为转移的规律。又引用《易·系辞上》中“聪明睿智、神武而不杀”等语，许衡认为只有“顺而处之”，才能无往非宜，也表明其对时势有清醒的认识。他希望能够相机而动、顺势而为，这样就可以进退自如，而不会动辄得咎。这封书信无论从思想还是语言看，都是一篇具有时代特色的儒士之文。许衡论道绝非板起面孔说教，而是通过事实纵论古今、阐明道理，从这一点来看，许衡的文章是典型的儒者之文。第三部分表达了自己对田园生活的热切向往。在朋友面前，他真情流露，反复表达归隐之意，并描摹了归隐的美好生活：“春日池塘，秋风禾黍，夏末雨蚕老麦收，冬将寒困盈仓积，门喧童稚，架满琴书，山色水光，诗怀酒兴”，实在是让人向往。实则，许衡并非不愿为官，而是不满王文统专权才不愿出仕，才处于出仕与归隐的矛盾之中。

许衡擅于论道，即使是赠序之文也常杂以论道，如《留别谭彦清序》：

> 谭君彦清辞气温雅，自始识窃有慕焉。既又见读吾圣人书，虽馆传暮夜，手不暂释，益使人叹仰。又接其论议，则尚慕古人，以敦本抑末实学为己任，雍容乐易，大有以畏服人者。方将鞭策驽蹇，私拟窃效，未能也。将别，再三求言，正所谓借听于聋，假道于盲，其不可也。又奚疑？虽然，盛意不可虚辱，将以私拟窃效者告焉，可邪？否邪？请之勤而后言，其或亦可少恕耶？夫人患不博古，而博古者或滞于形迹而不可用于时；人患不知今，而知今者或徇于苟简而有害乎道。二者虽有，皆未也。惟学古适用，随时中理，其庶几乎？君之尚慕古人，雍容乐易，既能是矣。能是而又言之，不几

① （元）许衡：《鲁斋遗书》卷7，北京图书馆古籍珍本丛刊，影印明万历二十四年刻本。

于赘乎？盖将坚其所已至，而期其所未至，故云云。[①]

本来是临别赠语，也借机向谭彦清讲明博古与知今之间的道理。许衡为人之师已久，博学多才，是一代理学大师，道理自然讲得明白透彻。况且许衡并非板起面孔说教，而是以一种不疾不徐的口吻深入浅出地讲明道理。因而，许衡的文章平易、质朴、简明、生动，总有一种温醇亲切与质实朴厚的儒者风范。

三　碑铭、墓志、行状类散文

碑志、墓铭之体，历来被认为最易于流于形式，在各家文集中，冗长呆板的此类应用文比比皆是。现在所存的藩府中原金源文士所作的散文中，几乎少不了碑铭、墓志之类文章，而真正能推陈出新、别开生面者甚少。不过，也有一些佳作。如商挺的《甄城何氏新茔碑》，是何氏后裔何荣向作者求铭赞其祖德，商挺便在传主生平琐事上做文章以体现其贤，写出其形神风貌。其先祖“质直好义，不妄言人是非”，“性不嗜杀”，常告诫家人要积德行善。其父良善，为人宽厚，曾见人窃菜而不声张，有意放人一马，虽是细节琐事，但可见其宽仁。作者评论说：“事不必备，取其行之近乎善，碑不在丰，要其铭之，记其实，流庆及孙，其所积也厚矣。”作为碑文，称述功德当是第一要务，而该文还突出了碑主的个性，很是生动传神，可以称得上是碑文中的佳作了。宋子贞《中书令耶律公神道碑》，虽以碑主而闻名后世，但也写得较为传神，如刻画耶律楚材为成吉思汗占卜一段：

己卯夏六月，大军征西，祃旗之际，雨雪三尺，上恶之。公曰：“此克敌之象也。”庚辰冬，大雷，上以问公。公曰：“梭里檀当死中野。”已而果然。梭里檀，回鹘王称也。[②]

寥寥数语就突出了耶律楚材稳重而占卜如神的特点。不过，通观忽必烈

---

① （元）许衡：《鲁斋遗书》卷8，北京图书馆古籍珍本丛刊，影印明万历二十四年刻本。

② 李修生主编《全元文》第1册，南京：江苏古籍出版社1998年版，第170页。

藩府文士的碑志、墓铭之作，虽然数量可观，但真正写得好的确实甚少，这是他们的散文创作中最弱的一部分。

王博文为关陇名士李庭所作的《故谘议李公墓碣铭并序》在众多的碑志中较有特色，写出了碑主的性格特征与形神风貌，突出了李庭方正刚直的性格：

> 中统元年，廉相国平章、商参政左山复莅宣抚之职，即署公为讲议。事有不便，言无隐情，必至得中而后已，其知自处之分如此。左山少日常与公同研席，知其贫素，伻馈束币。谓来使曰："此赐无名，吾相有妄与之举，不肖蒙苟得之耻。与其俱失，曷若两全。"竟却之。其明于辞受之义如此。至元丙寅，有献谀于秦蜀省官，欲为立德政碑者，谓公曰："若可当笔，所润至厚，幸毋拒也。"公曰："德政有无，昭昭在人，焉可诬也！"竟峻谢之。其不为利回如此。①

这段文字抓住了三件事。其一，写李庭为讲议时，向廉希宪和商挺建言时言无隐情，但又很注意分寸，符合自己的身份。其二，李庭虽然与商挺私下交好，但无功不受禄，拒绝其钱币之资助，可见其性格的耿直。其三，虽生活比较贫寒，但毅然拒绝了为谄媚长官而肯出巨资请他写德政碑铭的人。简简单单三件事，就把李庭这样一个人物形象鲜明生动地刻画出来，李庭的耿直方刚如现眼前，这就打破了一般碑文的呆板风格，且行文语言简洁质朴而富于激情，很有特色。王博文还打破了碑志以记叙为主的程式，在文中插入议论、抒情。他写道："窃常论之，士之出处显晦者，才与命而已。半途而废，不成焉者，不论也。才而遇，则致君尧舜，脐民仁寿，建功当世，流芳无穷，亦常事也；如不遇焉，则读书乐道，教育英才，言而世为人所诵，行而世为人所法，夭寿不贰，俯仰无怍，是亦为政，奚其为为政。呜呼！公乎亦可以无憾于九原矣！"对李庭虽有才能而不遇于世感慨良多，可以看到作者对当时社会中那些怀才不遇儒生的同情。

碑志、墓铭类文章写得好的还是郝经、许衡等人。如果说许衡的文

① 李修生主编《全元文》第5册，南京：江苏古籍出版社1998年版，第105～106页。

章如湖水，广泽漫流，深奥而平静，那么郝经的文章就如江河流奔，如瀑布飞泻，滚滚滔滔，汪洋滂沛。许衡之文平静而自然，郝经之文神动而磅礴，奋发奔涌的思绪加上驰骋无拘的笔法，使人情绪激昂，体会到雄浑壮阔。郝经众多散文表现出这种美。明陈凤梧《陵川集序》称："其学博，其才赡，故发而为文也，汪洋滂沛，如大河东注，一泻千里；抑扬起伏，如太行诸峰，层见迭出。盖积之深而发之盛。"[①]《四库全书总目》称："其文雅健雄深，无宋末肤廓之习。"[②] 确实，郝经之文的确为"元文中之杰然者"，在元初北方堪称大家。他的文章各体兼备，名篇不少，为世传诵的作品也多，尤其是前文提到的几篇政论文，确实是豪迈雄浑、汪洋恣肆，特色独具。郝经的文笔是值得品味的，除文风恣肆、笔力纵横、雅健雄深之外，更有汪洋滂沛的特征，是行云流水的才子文风。

郝经博览群书，在文章创作方面有很深的造诣，乃元代杰出的文章家。郝经之文，不仅豪迈雄浑、汪洋恣肆、洒脱自如、文辞畅达、如行云流水，而且还善于刻画人物，在他的碑志、行状中，人物往往是必不可少的，都是显眼的亮点。他为众多人物作过碑志行状，从古至今，由豪杰英雄到儒士，从封疆大吏到平民百姓，均写得游刃有余。而且人物大多生动形象，从不让人感到刻意褒扬或突出强调，即使是应酬之作，虽成就不及其他，但也不是毫无价值可言。不同的人物在郝经笔下所突出的重点也各自不同。如为元好问所作《遗山先生墓铭》，即突出其文坛宗主的特点："方吾道坏烂，文曜曀昧，先生独能振而鼓之，揭光于天，俾学者归仰，识诗文之正而传其命脉，系而不绝，其有功于世又大也。"[③] 在《汉义士田畴碑》中写义士田畴，则突出其燕赵豪雄、"服义尚气"，借交报仇奋不顾死的英雄气概。而对自己的母亲，郝经则是以情取胜，以纯熟的散文技法叙述平淡琐事，在平淡之中见至情，使文章具有很强的艺术魅力。如在《先妣行状》中写道：

① （元）郝经：《郝文忠公陵川文集》卷首，北京图书馆古籍珍本丛刊，影印明正德二年李翰刻本。

② （清）纪昀等：《钦定四库全书总目》，北京：中华书局 1997 年版，第 2202 页。

③ （元）郝经：《郝文忠公陵川文集》卷 35，北京图书馆古籍珍本丛刊，影印明正德二年李翰刻本。

> 经年十有六，欲以干蛊自任。先妣谓家君曰："郝氏儒业四世矣。名士如元遗山者，我之自出。故家渊源，当益浚之，可自我而涸乎？今宗族之在河南者皆尽矣，惟吾独在，有三子焉，岂非天也。使是子也而有成，不队家声，吾侪冻馁无憾。其或不成，亦云命矣，于吾责何有。若以利责之子而不教，是废先世也。先世之灵，照之在上，质之在傍，将于谁而责也？"故家君感泣为之赋诗，有"日月傥随天地在，诗书终疗子孙贫"之句。于是命经就学，欲其先经也，乃命之曰"经"。经亦感奋，以夜继日，或冠衣不释，如是者有年。一日，鸡初鸣，经犹凭几伏诵，书帙纷纭，残灯无焰。先妣窃视之，慨叹良久，呼经语之曰："能若是，吾有望矣。勿始勤终怠，喜而自足，半涂而废，吾见进锐退速者多矣，力学而卒成者鲜也。汝自暴弃，一身小矣，先世之责之重，于汝大也。"经遂日益激励，蟠错刮磨，肆意经传，砥砻抉剔，钩昧蹈远，块乎其若痴，茫乎其若迷。①

作者笔下的事，都是生活中的小事，却是作者感受很深、历久不忘的。笔墨简洁，却言近意深、情深而意长。郝经的母亲许氏知书达礼，郝思温举家迁于保定后，因家贫，曾想让身为长子的郝经专门操持家务，许氏极力反对。许氏的一段话，郝经记忆犹新。接着叙述自己是如何勤奋读书，母亲如何寄予厚望、如何勉励他。平平淡淡的事，平平常常的话，却可见郝经对母亲至深的感情。事细而情深，成为这篇散文的一大特色，也是郝经散文的光彩所在。通过记叙日常生活和一些家庭琐事，表现母子之间的深情，感情真挚自然，语言朴素流畅，细节真实生动，有诗一般的意境。

郝经的文章风格多样，并非雅健雄深、汪洋恣肆、气势雄放所能概括，他的文章洒脱自如，如行云流水，他在散文创作方面的造诣确实引领一代风气，在元初北方文坛独领风骚。陶自悦为其作序时云："理性得

① （元）郝经：《郝文忠公陵川文集》卷36，北京图书馆古籍珍本丛刊，影印明正德二年李翰刻本。

之江汉赵复，法度得之遗山元好问，而独申己见，左右逢源，固自有其文，以之骖驿前哲何愧？嗣后姚氏燧、虞氏集、揭氏傒斯、戴氏表元、黄氏溍、柳氏贯、欧阳氏玄、吴氏莱，咸以其文成一家言，有名元代，非先生导其先路哉！”①

再看行状。一般是由门生、故旧述传主生平，或为死者请谥，或请人撰写墓志铭时用作参考。《文章辨体汇选·行状一》载：“刘勰曰：‘先贤表谥，并有行状，状之大者也。’吴讷曰：‘按行状者，门生故旧状死者行业上于史官，或求铭志于作者之词也。’”② 可见行状是一种专门用以记述死者生前行事的应用文体，要注意追述状主一生行迹的真实性，因为真实可靠是行状最基本的要求，又因行状是与先贤表谥并行，决定了对状主行迹的选取必彰美而隐恶，对史料的选择具有倾向性。而且作者身份又很特殊，一般为门生、故旧，因此行状又具有情感的真挚性。行状的语言一般雅正典则，内容往往失于浮夸，难以真实反映人物的形象和性格。比如张文谦和刘秉忠是幼时的同窗好友，意气相投，张文谦“幼聪敏，读书善记诵，自入小学与太保刘公秉忠同研席，年相若，志相得”③，二人又同在忽必烈金莲川藩府为谋臣，后同朝为官，既是同僚，又是多年的至交，他对刘秉忠的了解自然非常深刻。失去好友，他更是万分悲痛，所以他为刘秉忠写的行状既尊重史实，又极有感情，写出了刘秉忠不凡而真实的生命历程。现摘录《故光禄大夫太保赠太傅仪同三司谥文贞刘公行状》其中的一段：

> 公生而秀异，丰骨不凡，在嬉戏中，便为群儿所推长，或举之为帅，或拜之为师，居然受之不疑，随即教令挥斥之。性刚而有断，非理不屈于人。母马氏，严整有法度，凡起居饮食，必责公以正理，不为姑息之爱。八岁入学诵书，为诸生称首。年十三，以父为录事，为质于元帅府，元帅一见即云：“此儿骨格非常，他日必贵。”命僚

① （元）郝经：《郝文忠公陵川文集》卷首，北京图书馆古籍珍本丛刊，影印明正德二年李翰刻本。

② （明）贺复征：《文章辨体汇选》卷551，《景印文渊阁四库全书》第1402～1410册，台北：商务印书馆1986年版。

③ （元）苏天爵辑撰，姚景安点校《元朝名臣事略》，北京：中华书局1996年版，第143页。

佐教之文艺，不使列质子班，置之幕司。公遂立志为学，诗文字画，与日俱进，同辈生莫得窥其涯际也。年十七，节使赵公引置幕下，甚爱重之。时方在贫乏中，一介不以取诸人。好贤乐善，而居常裕如也。[①]

此段文字纯以散行叙述，通过对刘秉忠儿时与少年行为的描写，含蓄巧妙地突出少年刘秉忠的与众不同——俊朗、聪慧、刚果善断，这也正是他日后帮助忽必烈成就一番事业的原因。后来刘秉忠“遂决意逃避世事，遁居于武安之清化，迁谪水涧，苦形骸，甘淡泊，宅心物外，与全真道者居”之举，也就不足为奇。因为他素有大志，英爽豪放，那种刀笔小吏的生活不可能让他这样一个奇才安顿下来。无论是与全真道者居，还是遁入空门，刘秉忠都做不成一个自了汉，他举目时艰，直面现实，有强烈的忧患意识。无论是隐居还是出家，对刘秉忠来说都不过是创造一个读书深造和静待机遇的良好环境。后来，他从印简海云禅师北上拜见忽必烈，忽必烈见他“洒落不凡，及通阴阳、天文之书，甚喜。海云老南归，公遂见留。自是礼遇渐隆，因其顾问之际，遂辟用人之路”。对于刘秉忠后来潜赞神机，资谋军中，上“万言策”，陈尊主庇民之事，营建两都，议建国号，定都邑，颁章服，举朝仪……一生为国为民兢兢业业的所作所为，张文谦记述得很是简洁，但仍可见刘秉忠传奇式的人生。最后，作者借忽必烈之口道出了对刘秉忠功业的肯定：“朕惟秉忠，始终逾三十年，随行跋涉，虽祁寒暑雨，未尝有倦意。而又言无隐避，一皆出于忠诚。其天文卜筮之精，朕未尝求于他人也。此朕之所自知，人皆莫得与闻。今其亡也，了无遗恨。”[②] 虽然寥寥数语，但刘秉忠之形象顿时凸显。可以说，张文谦的行状写出了一个真实的、有个性的刘秉忠。

在他笔下，刘秉忠还是一个常人。母亲过世后，他“丁母忧，毁瘠骨立，疏食水饮，哀思无穷。恒衣一绵裘，昼夜不解带者三年，见之者无不感叹也”。至孝至真，让人感怀。而对于刘秉忠离世的情景，他却以极平静的口吻叙述：

---

① （元）刘秉忠：《藏春集》卷6附录，北京图书馆古籍珍本丛刊，影印明天顺五年刻本。

② （明）宋濂：《元史》卷157《刘秉忠传》，北京：中华书局2006年版，第3690页。

> 十一年夏，斋戒沐浴于南屏之静舍。秋八月壬戌夜，谓侍者："我欲静坐，不召勿来。"侍者皆退，长歌至鸡鸣乃止。迟明，侍者入御，端坐而薨，如假寐然，颜色累日不变，识者知公坐脱也，享年五十有九。

刘秉忠离世时是那样的洒脱和不凡，也是那样的平静。只有刘秉忠这样不凡的人，才有这样的超脱。如果不是以这种方式离开世界，就不是洒脱超迈的刘秉忠。张文谦是最熟悉老友刘秉忠的，所以他才以一种极平静、极超然的口吻叙述。在这种平静的叙述中，却有作者极深厚的感情，以及对好友的钦敬和怀念。也许只有至亲之人平静离世，亲朋好友才更加心安！

最后，是对刘秉忠生前功德作全面性评价。张文谦虽然怀有一种深厚的感情，但他能态度公正，没有感情用事而随意恭维一番、褒扬一番，而是避开其显赫的政绩、功业，言别人所不熟悉的学识艺业和诗文字画方面的造诣："公博学无方，明通而溥，其勋业之著见于世，昭昭然不可掩也。论艺业，则字画出鲁公笔法，草书二王三昧，发邵氏《皇极》之奥旨，改前代已差之历法，得琴阮徽外之遗音。至天文、卜筮、算数，皆有成书，无一不极其至。诗章乐府，又皆脍炙人口。"

张文谦这篇行状，既不奇险繁缛、华丽驳杂，也没有调动文学的因素来凸显气势的酣畅，而是不枝不蔓，展现了一个真实而不凡的刘秉忠。这样，就显得实、质、醇、雅，将为请谥而作的行状写得很地道，述其行而颂其德，其主观动机和客观效果得到了很好的统一。刘秉忠一生的事迹很多具有传奇色彩，或关系朝廷之秘密，正如文中忽必烈所言，"人皆莫得与闻"。即便是莫逆之交，刘秉忠也不会向其吐露，所以张文谦也只能叙述其主要事迹。再者，张文谦为人谦恭笃实、心气平和、品格高尚，自然不会过分夸大好友的功业，但我们能从作者的叙述中感受到作者极深厚的感情。

王恂学术驳杂，他曾从刘秉忠习得天文、地理、律历、三式之属，而且"早以算术名"（《元史·王恂传》）。他在儒学方面造诣很深，为国子祭酒，任太史令，与郭守敬等人一起制定出举世闻名的"授时历"，对元代科学的发展贡献很大。王士熙《太史令王恂赠谥制》对他评价很高："雅德端方，醇资渊懿。学邃天人之秘，运亲神圣之逢。"[①] 王恂是一个方方正正的儒臣，从他《答燕王守心之问》一文也可看到："尝闻许学士衡言，人心犹印板，然板本不差，虽摹千万纸，皆不差。本既差矣，摹之于纸，无不差者。"[②] 为人方正，很注意心性修养。他的一篇《镇国上将军同知忻州事赵氏昆仲忠孝碑铭》调动文学的因素，显得酣畅淋漓，感情色彩很浓。赵氏昆仲，良材、良玉二人，一忠一孝，在他笔下焕发出鲜活的生命风采，写出了事件的具体过程和人物的性格特征，与传记文学相距不远。

碑铭，是叙生平、歌功德、抒哀思的应用文体。这种文体一般随意褒美、任情称颂，很容易写成歌功颂德的文章。而王恂这篇碑铭却能跳出这种程式，把碑志这类传统应用文写成传记散文，叙事具体生动，写人如见其人，绘景如见其景。如《镇国上将军同知忻州事赵氏昆仲忠孝碑铭》写以忠勇垂范后世的良材：

> 良材，小字哲混，……生承安五年，性英迈豪侠，不拘小节，鸷勇善骑射，尤长于步射。甫冠，以任为河北总帅府所辟为百夫长。时用兵初战，便如老于行阵者。闻金鼓声，喜见于色。总帅完颜公屡呼于众曰："战有此儿，何忧□□。"自是，遇勍敌则必命御之。敌或据要地亦命夺之，往辙如意。战罢解甲，循循若书生，人益以此器之。……丙戌，北军大至。忠悯以战殁，沿山城砦无复同志。一日，赞皇君呼二子，谕以达变之事。良材率尔对曰："食人之禄，勉人之事，分也。况儿身佩符印，惟有以死报国耳。"[③]

良材英迈豪侠，不拘小节，勇猛非凡，武艺高强，擅于骑射。他虽然战功显赫，但战罢解甲，循循若书生，更让人钦服。读到此，只觉得人物形象陡然间活了起来，其性格非常鲜明，呼之欲出，如在眼前。北军至时，他毅然辞别父母平定州，奋勇杀敌，在主帅无能又外无救兵的情况下，他身先士卒，"执短兵，战愈力。腹背受敌，飞矢遍身而毙，时年二

① 李修生主编《全元文》第22册，南京：江苏古籍出版社1998年版，第154页。
② 李修生主编《全元文》第9册，南京：江苏古籍出版社1998年版，第193页。
③ 赞皇旧志整理小组整理《赞皇旧志集成》，石家庄：河北人民出版社2016年版，第437页。

十有八”。作者写其神勇，使人如见其人、如闻其声、如临其境，感受到良材之凛凛正气。描写生动，行文自然流畅，呈现了高超的语言表达能力和文学才华。文章借幸存的良材的两个手下之口向众乡亲讲述他英勇杀敌的场景：“每到乡人话及良材，至辞亲赴府、夜半破看山寨、挽缦以登城突围而求救、与夫口口之诫，必慷慨挥涕，努目叫呼，坐者奋衣起立，至有泣下沾襟者。”[①] 从侧面烘托出良材的忠勇形象。

在中国传统伦理道德中，忠孝观念无疑是价值伦理的核心。忠孝之人总能引起人们的钦佩与感念。王恂更是以叙事笔法通过一件件小事来刻画良玉的形象：“良玉小字阿海，生泰和五年。性纯质，寡言笑。早失所恃，事继母尤谨，自儿时讫成立，其于二亲无纤芥忤意事。方良材辞亲赴总帅府，留以养亲。兵馑荐臻，所在艰食，良玉与其妻唐括氏掇果菜、捕鱼虾以给之，手胼肤裂，怿如也。后闻正定稍有秋，冒险负米，未尝阙食。间以其余易酒以适其心，夫妇但食橡实野菜而已，赞皇君弗知也。里正高其行，呼孝二哥，由是名闻四远，人有自数百里来求识面者，其孝感人如此。无何，沿山大疫，不幸卒，时年三十有三。”[②] 从中可以看到作者极为复杂沉重的感情，读来令人潸然泪下，感慨万千。且人物形象具有浓厚的生活气息，也反映了那个时代的社会现实与风俗人情，是一篇很好的人物传记。

从这篇碑铭中能感受到王恂是一个充满活力、有着独特思维的儒士，碑文不仅符合执政者传播礼教、倡导忠孝的需求，也符合民众的心理。文章通过对一些细致生动的事件的描绘，把文学审美追求融入碑铭写作之中，从而使这一实用文体焕发出青春和活力，良材、良玉两兄弟的形象由此变得鲜活了，也使这篇碑志深切感人。

元代文学的辉煌与元初金莲川藩府文人的文学创作和推动分不开。他们在金末元初文坛扮演了主要角色，其文章创作自然是元代文学史上不可或缺的一部分。

---

① 赞皇旧志整理小组整理《赞皇旧志集成》，石家庄：河北人民出版社 2016 年版，第 438 页。

② 赞皇旧志整理小组整理《赞皇旧志集成》，石家庄：河北人民出版社 2016 年版，第 438 页。

第九章　藩府文人词与曲的创作

元初北方词坛主要是继承金之余续，而且文学史上历来对金代词的评价并不低。清代陈廷焯曾言："金词格律犹高，不流薄弱，虽不逮两宋，固远出元明之上。"[①] 元词由集大成的沉郁雄奇而不失深婉的遗山词开端，吴梅《词学通论》早有"大抵元词之始，实受遗山之感化"[②] 之说。金元之际的词人元好问，其《遗山乐府》现存词370余首，其数量之多、质量之高，金元两代均无人与之匹敌。即使置于两宋词坛，也当之无愧为一流词人。近代词学大师唐圭璋先生说："我国南宋时，北方先后为金元所据，作者习染词风，词亦多可观。""金元先后占据北方，词受两宋影响，亦多可观，如元好问、张翥，其最著者。"[③] 陈廷焯《云韶集》云："遗山乐府为金词之冠，足以平睨贺、周，俯视百代。""遗山词以旷逸之才驭奔腾之气，使才而不矜才，行气而不使气，骨韵铮铮，精金百炼，别于清真、白石外自成大家。"[④] 可见，金元词中首屈一指的自然是元好问。

遗山词题材广泛，咏物怀古、交游酬唱、赞美山水、感时伤世、记事言情等内容均涉及，唐圭璋、钟振振总结说："与元代特殊的政治、社会环境相对应，元人笔下的好词，大都集中在隐逸、山水、怀古这三大部类。元代的著名词家，鲜有不同时或分别在这三大部类中搴旗拔垒、登坛拜将的。"[⑤] 元词的这三大部类题材在《遗山乐府》中都有。遗山词风格独具，以大家风范融贯苏、辛词之雄奇豪放，并兼容秦、周、姜、史词之婉约。王博文评价说："乐府始于汉，著于唐，盛于宋。大概以情致为主，秦、晁、贺、晏虽得其体，然哇淫靡曼之声胜。东坡、稼轩矫

---

① （清）陈廷焯：《云韶集》卷11，同治十三年稿本。

② 孙克强、岳淑珍编著《金元明人词话》，天津：南开大学出版社2012年版，第267页。

③ 唐圭璋：《全金元词》上册，北京：中华书局1979年版，第1页。

④ （金）元好问撰，赵永源校注《遗山乐府校注》，南京：凤凰出版社2006年版，第846页。

⑤ 转引自唐圭璋主编，钟振振副主编《金元明清词鉴赏辞典》，南京：江苏古籍出版社1989年版，前言第1页。

之以雄词英气，天下之趣向始明。近时元遗山每游戏于此，掇古诗之精英，备诸家之体制，而以林下风度消融其膏粉之气。”（《天籁集序》）[①]元好问善于融合各种词风，是中国词史上独树一帜的词人。元好问是鲜卑族人，生长于北方，少数民族质朴刚健的性格特征以及北方慷慨雄健的地域风格使他的词慷慨豪健而疏宕洒脱，但又不失蕴藉婉约、婀娜秀润，“疏快之中，自饶深婉，亦可谓集两宋之大成矣”。[②] 由于元好问在金末元初文坛上的领袖地位和崇高声望，他的遗山词直接影响了元初北方词坛。其后，白朴清旷放逸的天籁词直接承嗣遗山词，堪称元词北宗之典范。元初，北方词人白朴（《天籁集》）、王恽（《秋涧乐府》）、刘敏中（《中庵乐府》）、刘因（《樵庵词》）、刘秉忠（《藏春乐府》）、魏初、郝经等人的词风均受元好问影响，尤其是白朴的词，无论内容还是风格均有遗山词之风韵。吴梅在《词学通论》中说：“大抵元词之始，实受遗山之感化。”元好问奠定了元代前期词沉郁苍凉、雄奇豪迈、爽朗清刚的基本风格，以及吟咏荆棘铜驼之慨、离黍麦秀之悲的基调，北宗词学苏、辛的路子实则是元好问开启的，与元代南方词人宗尚周、姜形成了鲜明的对照，构成了整个元代初期词坛南北不同的风格。比如，刘秉忠的藏春词“雄廓而不失之伧楚，酝藉而不流于侧媚”（王鹏运《跋藏春乐府》）。[③]

忽必烈的金莲川藩府文人在元初北方词坛占据了主要地位。虽然北方经历了长期战乱，但并未影响北方词的发展。金莲川藩府文人郝经、刘秉忠、许衡、杨果、李庭等，在元初北方词坛的创作成就和艺术成就十分可喜。金莲川藩府词人的涌现，给元初的北方词坛增添了很多亮色，他们的词作特色独具，这既是时代发展的结果，同时又是各民族文化和文人融合的结果。

而元散曲和杂剧同被称为元曲，是元代出现的新的文学形式。和元杂剧一样，散曲前期的创作中心也在北方，后期中心移到了南方。元曲极具生命力，清代曲家徐大椿在《乐府传声·元曲家门》中说：“若其体则全与诗词各别，取直而不取曲，取俚而不取文，取显而不取隐。盖此

---

① 施蛰存编《词籍序跋萃编》，北京：中国社会科学出版社 1986 年版，第 463 页。
② （清）刘熙载：《艺概》第 4 卷，上海：上海古籍出版社 1978 年版，第 113 页。
③ 孙克强、岳淑珍编著《金元明人词话》，天津：南开大学出版社 2012 年版，第 195 页。

乃述古人之语，使愚夫愚妇共见共闻，非文人学士自吟自咏之作也……总之，因人而施，口吻极似，正所谓本色之至也，此元人作曲之家门也。”[①] 指出了元曲生动活泼、通俗质朴、明白如话的一面，具有“本色”。但元曲不只有俗的一面，也有雅的一面，如元人所赞叹不已的曲子《越调·天净沙·秋思》，就具有清雅有致、雅俗共赏的特点。元曲并不缺文采，文学研究界将元曲定性为中国俗文学艺术范畴，郑振铎的《中国俗文学史》也把元曲纳入。查洪德先生说：“必须有俗趣而不失雅致，通俗而不庸俗，才是艺术。”[②] 周德卿的《中原音韵》概括元曲的特点为：“造语必俊，用字必熟，太文则迂，不文则俗；文而不文，俗而不俗。”[③] 元曲之本色即文而不迂、俗非卑俗，不同于街巷俚歌，常熔铸诗词的语言入曲，通俗中又不乏辞采。

王国维说：“元曲之佳处何在？一言以蔽之，曰：自然而已矣。古今之大文学，无不以自然胜，而莫著于元曲。……故谓元曲为中国最自然之文学，无不可也。若其文字之自然，则又为其必然之结果，抑其次也。”又说：“凡一代有一代之文学：楚之骚，汉之赋，六朝之骈语，唐之诗，宋之词，元之曲，皆所谓一代之文学，而后世莫能继焉者也。独元人之曲，为时既近，托体稍卑，故两朝史志与《四库》集部均不著录；后世硕儒，皆鄙弃不复道。”[④] 无论是“自然”还是“托体稍卑”，均指出了元曲和传统诗词风格上的不同，即率真自然、通俗质朴、活泼灵动、辛辣诙谐，全然不避俚俗，决然不同于诗词之端庄典雅。

在元朝统治中国之前，北方已经经历了辽代（907～1125）、金代（1115～1234），再加上元代（1271～1368），北方被少数民族政权一共统治了四百多年。元曲的这种率真自然的特征，自然深受北方草原游牧民族的生活习俗、文化特质以及北方的民族音乐与民歌等的影响。王世贞《曲藻序》云：“曲者，词之变。自金、元入主中国，所用胡乐，嘈

---

① 秦学人，侯作卿编著《中国古典编剧理论资料汇辑》，北京：中国戏剧出版社1984年版，第340～341页。

② 查洪德：《元代文人的赏曲之风》，《武汉大学学报》（人文科学版）2016年第4期。

③ （元）周德清：《中原音韵》“作词十法”，《中国古典戏曲论著集成》（一），北京：中国戏剧出版社1959年版，第232页。

④ 王国维：《宋元戏曲考·元剧之文章》，载《王国维戏曲论文集》，北京：中国戏剧出版社1984年版，第85页。

杂凄紧，缓急之间，词不能按，乃更为新声以媚之。”[①] 随着女真人、蒙古人等北方民族进入中原，兴起于北方的元曲必然会吸收少数民族具有通俗性、欢快性的歌谣、俚曲，如女真人的传统民歌，蒙古人的长调、英雄史诗等艺术形式的特点，使胡汉俗体合流。北曲的基本特质就是俚俗，通俗性、口语化是其特点。在蒙古族统治者那里并无对民歌、小曲、戏曲的轻视与偏见，而且北方草原游牧民族一向以豪放、粗犷、坦诚、勇毅而著称，元曲的特点正反映了草原文化那种词采豪壮、淋漓畅快、声调铿锵、遒劲朴质、率真阳刚的文化特质。忽必烈藩府作家多是以诗文创作为主，这部分人多为高官，很少有人专门从事散曲创作，仅刘秉忠、杨果等人创作了一些散曲。

第一节　金莲川藩府文人的词创作

金莲川藩府文人中有不少优秀词人。不过，他们的词作在流传过程中散佚颇多，仅刘秉忠、许衡、杨果、廉希宪、陈思济等人有词作流传，且不多。现存词最多的是刘秉忠，《全金元词》收录 81 首，多出本集 2 首。其中，《木兰花慢·混一后赋》非刘之词作。见于《历代诗余》卷九一而本集不载的《沁园春》，见于许衡《鲁斋遗书》卷一一（题《垦田东城》），又载于《元草堂诗余》，《全金元词》亦将其归到许衡名下，也可断定非刘秉忠词作。许衡存词 5 首，见于本集和《全金元词》。以文采映照一世的杨果，工文章，长于词曲，著有《西庵集》，但已经散佚不见于世，存词仅 3 首。廉希宪和陈思济均存词 1 首。我们只能根据现存作品来评价金莲川藩府文人的词作成就。他们的词作是藩府文人文学创作的一部分，有北方词的风格，表现出典型的河朔地域词风，纯朴质野、伉爽清疏、豪旷雄健。可以肯定地说，他们的词在金末元初北方词坛影响很大，对元代词的创作和发展有着深远的影响，其成就是不可忽视的。

刘秉忠、许衡、杨果、廉希宪、陈思济等金莲川藩府文臣大多来自河朔地区的原金源文士。刘秉忠，邢州（今河北邢台）人。许衡，怀州

① 隗芾、吴毓华编《古典戏曲美学资料集》，北京：文化艺术出版社 1992 年版，第 105 页。

河内（今河南沁阳）人。杨果，祁州蒲阴（今河北安国市）人。陈思济，柘城（今河南省柘城县）人。色目文臣廉希宪，其父布鲁海牙于太宗时已先后在燕京（后改称大都）、真定任职，于1231年出生的廉希宪，自然也受到河朔地区中原文化的影响。因而，从时间与空间两个维度来看，金莲川藩府词人可以说是词坛上唯一横跨金、元两个朝代的词人群体，而且具有明显的地域性。

河朔地区是金朝前期、中期统治的中心区域和政治文化中心，这里曾出现过金代词坛很有影响的河朔词人群。“南人得江山之秀，北人以冰霜为清。”[①] 河朔地区特殊的地理环境和历史文化形成了雄峻古朴、悲壮慷慨的审美风尚，使河朔词坛呈现出纯朴质野、伉爽清疏、豪旷雄健的北方地域特色。河朔词人主要继承、发扬了苏、辛的词风。金莲川藩府词人直接受金代河朔词风的影响。

金莲川藩府词人都具有很高的儒学素养，理学家许衡自不用说，刘秉忠融合儒、释、道三家，在忽必烈潜邸时，闲暇时间仍然“读《四书》，穷《易道》，讲明圣人心学之妙，无不该贯”。[②] 由此可见其深厚的儒学素养。杨果，金正大甲申进士，儒学素养自然不会差。陈思济，“幼知孝悌，出于天性，读经传，随达其理，为书气韵有法”[③]。被忽必烈称为“廉孟子”的廉希宪，幼时基本上接受的是儒家教育，家里“延明师，教之以经”，他又曾从师名儒王鹗，是一个深受儒学影响的色目文人。此外，他们有一个共同的政治目标——辅佐忽必烈以汉法治理汉地，即以中原地区历代王朝的官仪制度和孔孟儒学的治国方略来治理中原地区。

虽然金莲川藩府词人不像其他词人群体那样有着较明显的共性，但由于处于相同的地域文化环境，因此都具有深厚的儒学素养以及政治目标，这使这个较复杂的词人群体在创作上有一定的趋同性。

金莲川藩府词人从出仕做幕僚到立国后受重任，他们把自己的治世主张——无论是先王的治国之法，还是儒家的治国之“道”，抑或是阐释儒家思想的论道之作——都写到文章里，如刘秉忠所上“万言策”，

---

① （清）况周颐：《蕙风词话》卷3，上海：上海古籍出版社2009年版，第63页。

② （元）刘秉忠：《藏春集》卷6附录，北京图书馆古籍珍本丛刊，影印明天顺五年刻本。

③ （元）虞集著，王颋点校《虞集全集》，天津：天津古籍出版社2007年版，第1077页。

许衡的《时务五事》、《大学直讲》、《中庸直讲》。而他们把士大夫的逸怀浩气、宦途漂泊之感、出仕与归隐的心理矛盾写进词中。

政治环境的影响对金莲川藩府汉族儒士文臣是相同的，给他们带来同样的困惑，如出仕与归隐的矛盾与冲突。

许衡欲借出仕而“行道”于世，可时政的挫折与失望让他摇摆于仕与隐、进与退的矛盾中。他的词更多地融入了主体精神。如《满江红·别大名亲旧》：

> 河上徘徊，未分袂、孤怀先怯。中年后、此般憔悴，怎禁离别。泪苦滴成襟畔湿，愁多拥就心头结。倚东风、搔首谩无聊，情难说。　黄卷内，消白日。青镜里，增华发。念岁寒交友，故山烟月。虚道人生归去好，谁道美事难双得。计从今、佳会几何时，长相忆。[①]

词人在出仕与隐居之间内心充满矛盾，进退两难之苦尽现词中。“济世”、“行道”的理想不能实现，而政治生活的风风雨雨已让他灰心失望。面对情非得已的出仕，他已经没有了当初的一片雄心和满怀热情，尽是势不可为的无奈与归去来兮的感慨。郁伊满怀的是一片乡愁，满纸离恨别情。淡泊自守、归隐田园，虽生活清苦，但活得更踏实。“月下檐西，日出篱东，晓枕睡余。唤老妻忙起，晨餐供具，新炊藜糁，旧腌盐蔬。饱后安排，城边垦劚，要占苍烟十亩居。闲谈里，把从前荒秽，一旦驱除。”（《沁园春·垦田东城》）[②] 归耕田园，虽然生活清苦，却恬静而无俗务所累，于闲谈中心中郁结的烦闷得到排解。于是，他慨然而叹：“念老来生业，无他长技，欲期安稳，敢避崎岖。达士声名，贵家骄蹇，此好胸中一点无。欢然处，有膝前儿女，几上诗书。”可谓恬淡旷达之至。但于恬淡旷达中又渗出一丝苦味来，这种外冷而内热、似淡而实浓的境界，一般人很难达到。而词在许衡手里，也确实成为抒发士大夫情怀的陶写之具。

---

① （元）许衡：《鲁斋遗书》卷11，北京图书馆古籍珍本丛刊，影印明万历二十四年刻本。

② （元）许衡：《鲁斋遗书》卷11，北京图书馆古籍珍本丛刊，影印明万历二十四年刻本。

刘秉忠对元初政治体制、典章制度的奠定发挥了重大作用，是元初政坛一位很具特色的人物，但其内心的挫折感与困惑也是很重的。身为忽必烈的重要辅臣，他具有十分强烈的入世情怀，素以国之栋梁的“三台”自居。而在忽必烈眼里，他只是一位博古通今、精通卜筮的国师式的高级顾问。于是，在刘秉忠内心便形成了理想与现实中社会角色错位和无法回避的矛盾。这种矛盾体现在他的词作里，其抒情的主调就非功成名就后的满怀豪情，而是“功名眉上锁，富贵眼前花”之类的感慨。从他的词章里我们常可以读出他的孤独与无奈，如《三奠子》：

> 念我行藏有命，烟水无涯。嗟去雁，羡归鸦。半生形累影，一事鬓生华。东山客，西蜀道，且还家。　　壶中日月，洞里烟霞。春不老，景长嘉。功名眉上锁，富贵眼前花。三杯酒，一觉睡，一瓯茶。

如徐世隆所言，“道人其形，宰相其心”[①]。刘秉忠身上既有儒家的积极入世精神和对社会历史的责任感，又有佛家的超尘洒脱、虚静高洁、淡泊悠远和与世无争，还有道家的出世思想，因而富贵也好，名利也罢，只不过如同过眼浮云，对他不会有多少影响，自然他也不会加入对名利的争夺。“三杯酒，一觉睡，一瓯茶”，对他来说足矣。虽然从中仍可体味到他的无奈与孤独，但他不愿被消极悲观的情绪主宰，务求从中解脱，获得精神上的解放，这些都以一种自身适意的生活态度表现出来。这也正是他散淡性格的体现。

刘秉忠追求的是陶潜潇洒任性、率真自得的审美生存精神，尽可能在仕途以外的人生中寻求、创造和享受生活的诗意与自由。以其词《洞仙歌》为例，可以充分体味他对陶潜潇洒任性、率真自得与忘怀世俗精神的领悟：

> 仓陈五斗，价重珠千斛。陶令家贫苦无畜。倦折腰闾里，弃印归来，门外柳、春至无言自绿。　　山明水秀，清胜宜茅屋。二顷

① （元）刘秉忠：《藏春集》卷6附录，北京图书馆古籍珍本丛刊，影印明天顺五年刻本。

田园一生足。乐琴书雅意，无个事，卧看北窗松竹。忽清风、吹梦破鸿荒，爱满院秋香，数丛黄菊。

这首词冲和平淡又自然高致，以“陶令”自况。上片“仓陈五斗”三句写陶令贫苦之境，但即便是如此“家贫苦无畜”，陶渊明还是弃印而归，不为俗务所累，觉得所见之景分外怡人。“门外柳、春至无言自绿”，道出了随缘自适的释怀之感。下片转而描绘田园之乐，山明水秀，虽然只有茅屋一幢、田园二顷，但自适之趣可见，琴书雅意，足以使刘秉忠自得其乐、忘怀世俗。词以陶渊明自况，道出了词人安贫适意之“清淡”心境。作者写景，也写出了自己的生命情调——圆融豁达。高山、秀水、绿柳，再有二顷田园、一座茅屋，还有琴书相伴。闲来无事，卧看北窗之外的松竹，还有那满院秋菊散发出阵阵清香，好不自在逍遥……在此情此境下，人也淡如菊，一片宁静和温馨。这里要比金戈铁马的英雄生涯、比争名夺利的仕宦生活都更适合人生存。语言朴素无华，情感也是含而不露，生命却愈加自由和深邃，体现了词人精神意志的透脱、洒落。

又如《临江仙》：

同是天涯流落客，君还先到襄城。云南关险梦犹惊。记曾明月底，高枕远江声。　　年去年来人渐老，不堪苦事功名。倾开怀抱酒多情。几时同一醉，挥手谢公卿。

尽是词人的清通旷达之怀和宦途漂泊之感。刘秉忠以清疏淡远的笔调写出了对仕途的厌倦与对归隐生活的向往，以及他淡泊而恬远的人生怀抱。只有以清净之心去面对自然运化、历史变迁和人生沉浮，才能“看尽好花春睡稳，红与紫，任他开”（《江城子》），而不为物情所累，才能“任昏昏一醉，石枕藤床。名途利场。物与我，两相忘”（《望月婆罗门引》其二），做到逍遥物外。他是一个没有贪求名利富贵的杂念的人，生性淡泊，面对世间的风云变幻能超然物外，把功名鸿业看得很淡。《木兰花慢》写道：“浮云不堪攀慕，看长空、淡淡没孤鸿。今古渔樵话里，江山水墨图中。　　千年事业一朝空。春梦晓闻钟。”纷繁的时政，漫漫的古史，是渔樵闲人茶余饭后的些许谈资；万里锦绣般的大好江山，也不过如同一幅水墨图。就是因为深受佛道思想的影响，他才能放下对平生追求的事业“一朝空”的失望，在虚空的片片“浮云”、渺茫的“淡淡长空”等空幻不实之景中去寻求安慰。看似没有悲伤，但更可见生性淡泊的刘秉忠的悲伤与失望是多么沉重！只是他用不同于许衡的方式表达出来而已。这也使他的词作递升到一个人生的超然境界。

金莲川藩府文人在词中多抒发雅志逸怀，并融入词人的主体精神，“言志”功能大为增强。他们把词体作为抒写士大夫情怀的文学工具，不受拘束地尽兴流露和表现自己的主体意识。他们都具有很高的儒学素养，都深具传统儒家“善处穷通”的修养，因而在词作中多描写忘却俗世、把酒吟诗、读书会友等这类寄寓心灵、萧闲自适的活动和感受。这种文人心态的自然流露，不仅从许衡、刘秉忠和杨果等人的词中可以见到，在畏兀儿儒臣廉希宪身上也有所体现。如他的《水调歌头·读书岩》：

> 杜陵佳丽地，千古尽英游。云烟去天尺五，绣阁倚朱楼。碧草荒岩五亩，翠霭丹崖百尺，宇宙为吾留。读书名始起，万古入冥搜。　　凤池崇，金谷树，一浮鸥。彭殇尔能何许，也欲接余眸。唤起终南灵与，商略昔时名物，谁劣复谁优。白鹿庐山梦，颉颃天地秋。①

如此词作，俨然是汉族文人心态的自然流露，而且颇能显示其名士风流。碧草荒岩、翠霭丹崖，这是宇宙天地留给词人读书遣兴的环境。词人自在逍遥，于萧闲中享受诗书时光，沉浸于可以陶情冶性的诗文之中。举目所见，“凤池崇，金谷树，一浮鸥”，这些意象连缀，合成一幅意境清幽的图画，使人自然体会到词人清静、萧闲的恬淡心境。

同为忽必烈幕下的谋臣，金莲川藩府文人多是以互相援引和推荐的方式进入藩府的。他们之间互相交往必然很多，这在辞章里也多所体现。

杨果由商挺推荐而入藩府，他和商挺关系很好。在他现存的三首词中，有一首是为商挺送行而写的，即《太常引·送商参政西行》：

---

① 唐圭璋编《全金元词》，北京：中华书局1979年版，第721页。

一杯聊为送征鞍。落叶满长安。谁料一儒冠。直推上、淮阴将坛。　　西风旌旄，斜阳草树，雁影入高寒。且放酒肠宽。道蜀道、而今更难。①

没有一般送行词的悲凉。商挺本是一介儒生，此时却为领军将领，是何等的威武，所以词中是满腔豪情。满是落叶的长安，西风飒飒，旌旄飘动，斜阳里，大雁直入云霄，构成了一幅豪壮的出行图。同为藩府儒臣，词人心中充满着为朋友此去出任四川等路宣抚副使、成就一番事业的欢欣与鼓舞。商挺此次西行，是壮举，行蜀道、入西蜀，并非入穷乡绝域，但毕竟是万里跋涉，此去将备尝艰辛之苦，杨果与之依依惜别在所难免，万千感慨皆在心头。“放酒肠宽”，指这杯酒饱含词人依依惜别之情，也有着词人对朋友前路珍重的祝愿。这首词清旷飘逸，作者那浓浓的惜别之情也跃然纸上。

刘秉忠所存赠答诗较多，赠答词较少。他晚年写给好友张易的词《朝中措·赋赠平章仲一》写道：

衣冠零落暮春花。飘卷满天涯。好把中原麟凤，网来祥瑞皇家。　　白云丹嶂，青泉绿树，几换年华。认取随时达节，莫教系定匏瓜。

张易，字仲畴，一字仲一，太原交城人，是刘秉忠的同学，也是由刘秉忠引荐到金莲川藩府的。暮春时节，刘秉忠看到落花而引起伤春、惜春之情：花瓣随风飘零，不知飘向何处。他睹物思怀——“好把中原麟凤，网来祥瑞皇家”，即在想怎样才能把那些中原的优秀文士引入朝廷，不让那些人才流失。只因蒙古统治者入主中原后科举废置，文人仕进无路。“白云丹嶂，青泉绿树”，景物依然如常如旧，但人世沧桑，韶华易逝，却已经是几换年华。刘秉忠一生以荐贤举能为己任，看到此景，思及此事，不禁发出感慨，希望好友张易“随时达节”求取贤士，千万不要使济世之才如匏瓜般不得其用。这首词是刘秉忠文人心态的反映，正因为和张易为

① 唐圭璋编《全金元词》，北京：中华书局1979年版，第605页。

至交，所以在言谈中会自然流露出这种“用世”情结。

金莲川藩府文人多生长于河朔地区，其词作主要继承和发扬苏、辛词风，受淳朴质野、伉爽清疏、豪旷雄健的河朔词风影响，呈现出鲜明的河朔地域特色。

《中原音韵》卷下“中原音韵正语作词起例”说：“惟我圣朝兴，兴自北方，五十余年，言语之间，必以中原之音为正。鼓舞歌颂，治世之音，始自太保刘公、牧庵姚公、疏斋卢公辈，自成一家。”[①] 刘秉忠的词自成一家，在元代词人中评价颇高。刘秉忠词的艺术风格也是多样的，有的作品雄迈豪放，有的则飘逸旷远，明畅而不流于率直，明丽而不伤于柔艳。在金莲川藩府词人中格调较高，成就也较大。他天性英爽不羁，为人洒脱散淡，这使他的词章既有清新淡雅、晓畅自然的风格，也有清疏豪放的特色，既有“自任飞来飞去，伴他鸥鹭忘机”（《清平乐》）的洒脱，也不乏“看花酌酒且开襟。白雪浩歌真快意”（《浣溪沙》）[②] 的豪放。他那些偏于凄婉绵丽的小词，常以素月、秋水、瘦梅、疏竹等意象构成清幽、清疏之境，抒发功名虚无、人生无常的感叹，一般都写得清新淡雅、晓畅自然，富有诗情画意，笔致流转自如、活脱生新，意趣盎然。它们是刚柔相济、带有豪放因子的，因此也与传统的婉约词有所不同。就其词学传统而言，可以说刘秉忠词是典型的河朔词风，是对金源北宗词脉的直接继承。近人陈匪石的《声执》在评《中州乐府》时有一段话很精辟地道出了刘秉忠的藏春词与北宋苏轼及金源词派之间的血脉渊源：“金据中原之地，郝经所谓‘歌谣跌宕，挟幽并之气’者，迥异南方之文弱。国势新造，无禾黍麦秀之感，故与南宋之柔丽者不同，而亦无辛、刘慷慨愤懑之气。流风余韵，直至有元刘秉忠、程文海诸人，雄阔而不失之伧楚，蕴藉而不流于侧媚，卓然成自金迄元之一派，实即东坡之流衍也。”[③]

许衡本不借文章名世。《四库全书总目》谓“其文章无意修词，而

① 转引自张斌、许威汉主编，顾汉松等编写《中国古代语言学资料汇纂 音韵学分册》，福州：福建人民出版社1993年版，第395～396页。

② 唐圭璋编《全金元词》，北京：中华书局1979年版，第618页。

③ 赵维江：《金元词论稿》，北京：中国社会科学出版社2000年版，第33页。

自然明白醇正。诸体诗亦具有风格，尤讲学家所难得也”。[1] 他的词，质朴峻洁，情挚辞切，体现了元初北方儒者之文风特色，颇能代表元人词的风格。许衡将词的表现内容定位于作者自身的雅志豪情这个根本点上，侧重表现出他本人的清通旷达之怀和宦途漂泊之感。比如《沁园春·东馆路中》：

> 自笑平生，一事无成，险阻备经。记丁年去国，干戈扰攘。旧游回首，踪迹飘零，鲁道尘埃，齐封景物，旅况悠悠百恨增。斜阳里，对西风洒泪，魂断青冥。　家园未得躬耕。又十载羁栖古魏城。念拙谋难遂，丹心耿耿，韶华易失，两鬓星星。五亩桑田，一区茅舍，快兴溪山理旧盟。桥边柳，安排青眼，待我归程。[2]

通篇一气贯注，感情真挚，笔致疏荡，曲折迂回，突出了作者的思归之情，及其淡泊而恬远的人生怀抱，是典型的“士大夫之词”。他的词大多描写对仕途的厌倦与对归隐生活的向往，虽质朴峻洁，却情挚辞切，境界高旷，以北方词风为主，极似东坡之作。

杨果现存词的风格多偏向凄婉一路，其情调较为低回感伤，和他的散曲风格较为接近。如向为词家所称引的《摸鱼儿·同遗山赋雁丘》：

> 怅年年、雁飞汾水，秋风依旧兰渚。网罗惊破双栖梦，孤影乱翻波素。还碎羽。算古往今来，只有相思苦。朝朝暮暮。想塞北风沙，江南烟月，争忍自来去。　埋恨处。依约并门旧路。一丘寂寞寒雨。世间多少风流事，天也有心相妒。休说与，还却怕、有情多被无情误。一杯会举。待细读悲歌，满倾清泪，为尔酹黄土。[3]

杨果的词接近本色，清疏而不带脂粉气，但又能把语言的诗意性、雅致性融合发挥得极好。这首词以秋风汾水、塞北风沙、江南烟月、寂寞寒雨等意象构成一种高旷开阔的境界，尽情抒写自己内心的那份感伤和惆

---

① （清）纪昀等：《钦定四库全书总目》，北京：中华书局1997年版，第2213页。

② （元）许衡：《鲁斋遗书》卷11，北京图书馆古籍珍本丛刊，影印明万历二十四年刻本。

③ 唐圭璋编《全金元词》，北京：中华书局1979年版，第605页。

怅，抒情写景用语精炼、形象，极其流畅，在艺术上达到了较高的境界。又如上文所引《太常引·送商参政西行》，清旷飘逸、豪迈洒脱，表现出一种放达的人生态度。可以说，杨果词也是传承和发扬了河朔地域的词风。

刘秉忠、许衡、杨果三人的词作风格特色上有一点很相近，都是深有寄托，而且感伤凄恻的情绪颇浓，从元代无名氏的《元风林书院草堂诗余》收入三人词作也可印证这一点。《元风林书院草堂诗余》所选词以凄恻感伤为基调，皆南宋遗民词，而词集上卷却选有许衡的《满江红·书怀》、《沁园春·垦田东城》、《满江红·别大名亲旧》，刘秉忠的《木兰花慢·混一后赋》（实非其所作）和《朝中措·书怀》，杨果的两首《太常引》。况周颐对《元草堂诗余》（即《元风林书院草堂诗余》）所收作品的艺术技巧曾有所评，他说："……寄托遥深，音节激楚。故厉太鸿比诸清湘瑶瑟。秦惇夫所云：'标放言之致，则怆怏而难怀，寄独往之思，又郁伊而易感也。'"[①] 不管是否如厉鹗所言，选词者"于卷首冠以刘藏春、许鲁斋二家，厥有深意"[②]，许衡、刘秉忠、杨果之词确实和所入选的其他词作一样具有相似的词风。无论是"寄托遥深，音节激楚"、"清湘瑶瑟"的风格特色，还是所反映的文人情趣，都和其他遗民词很相似，这一点选者的眼光很准，的确看到了三人词作风格的相似之处。

而廉希宪和陈思济，词的风格相近——高亢爽朗、豁达大度，颇有风流名士之气，是典型的豪旷雄健的河朔地域特色。陈思济于弱冠之年入侍潜邸，而且"以才器闻，博闻积学，顾问进退，靡所阙遗"。[③] 现存一首《木兰花慢》词，也是写得闲适超旷，风格酷似东坡：

望西南之柱，插开翠，一峰寒。尽泄雾喷云，撑霆拄月，气压群山。神仙。旧家洞府，但金堂、玉室画中看。苔壁空留陈迹，碧

---

① （清）况周颐：《蕙风词话》卷3，唐圭璋主编《词话丛编》第5册，北京：中华书局1986年版，第4477页。

② （清）厉鹗：《元草堂诗余跋》，施蛰存主编《词集序跋萃编》，北京：中国社会科学出版社1994年版，第696页。

③ （元）虞集著，王颋点校《虞集全集》，天津：天津古籍出版社2007年版，第1077页。

> 桃何处骖鸾。　　兵余城郭半凋残。制锦古来难。喜村落风烟，桑麻雨露，依旧平安。兴亡视今犹昔，问渔樵、何处笑谈间。斜倚西风无语，夕阳烟树空闲。①

以流利自然之语抒发士大夫的超逸情怀。明晰光洁的自然山川意象群构成一种高旷开阔的抒情境界，气势豪迈。

藩府儒臣李庭（1199～1282），字显卿，号寓庵，华州奉先（今陕西蒲城）人。性颖悟，笃志儒学，十余岁已有诗名。比弱冠，两预乡荐，一赴帘试，会金末世乱，避难于商邓山中。北渡，居平阳，教授生徒，日与麻革等人游。乃马真后三年（1244），被陕右行省辟为议事官，执方守正，因不能诡道随时，未几弃归。李庭对忽必烈受京兆分地，遣王府尚书姚枢立京兆宣抚司，以孛兰和杨惟中为使、以杨奂为参议治理京兆地区很是抱有希望。所以当忽必烈请他入幕时，他欣然就命，慨然就职。一是因为他与杨奂有故交，杨奂赴秦中时，他有《送杨焕然赴召秦中兼简》诗相赠。诗中说："天护汉储留用里，人瞻秦府是瀛洲。花时烂赏龙池罢，因过清门觑故侯"② 欣喜、倾慕之情尽现。二是当时治理京兆的是一时名流姚枢、杨惟中、杨奂等人，所以他"会紫阳焕然参议宣司，尺书以招公，即应命"。③ 入长安后，与杨君美、裴子法、邳大用等名士游，学日益进。中统元年（1260），廉希宪、商挺署为陕西宣抚司讲议，事有不便，言无隐情。至元七年（1270），敕授京兆教授，以斯文为己任，凡授学者，皆有仪度可观。十年（1273），安西王开府，首以李庭咨议王府事。卒年八十四。

李庭沉潜性理之学，言无瑕玷，行不崖异。所交多魁才俊德，任学官首尾三十年，英胄贵彦、达官显仕多出其门。亦以文章名世。李庭原有《寓庵大全集》若干卷、《林群玉山集》等，今存《寓庵集》八卷。其词结为《寓庵词》一卷。《元诗选》癸集仅录其诗二首。《全元文》除

① 唐圭璋编《全金元词》，北京：中华书局1979年版，第722页。

② （元）李庭：《寓庵集》卷2，《续修四库全书》第1322册，上海：上海古籍出版社2002年版。

③ （元）李庭：《寓庵集》附录载王博文《故谘议李公墓碣铭》，《续修四库全书》第1322册，上海：上海古籍出版社2002年版。

据《寓庵集》辑录其文，并补佚文三篇。李庭现存的五首词均为贺寿而作，其中写给太一道的四代祖“中和”真人萧辅道的贺寿词《水龙吟·萧公弼生朝》很有代表性：

> 喜逢天上天人，一尊共醉梅花底。朝元已了，读书未遍，复来人世。憩鹤台边，景龙门外，十年游戏。自归来，却过赵州桥上，阅桥下，东流水。　　尽道翱翔物外，解牛刀、刃游余地。谁知别有，香山远韵、谪仙豪气。应笑蹉跎，半生书剑，今犹如此。待西风，拂口貂裘尘土，进黄公履。[①]

太一道是金初形成于河北一带的一大符箓派新道，主要流传于中原一带，创始人乃卫州（今河南卫辉）人萧抱珍。太一道在金代经历了三代掌教，当四祖萧辅道之时，正处于金末元初战乱频仍之际。萧辅道（1191～1252），字公弼，号东瀛子，卫州（今河南辉县）人，乃萧抱珍的再从孙。于大安二年（1210）嗣教。萧辅道富文学才华，素有重名，为天下士林所仰慕。王濞南撰《太一三代度师萧公墓表》，有“公弼一世伟人，所交皆天下之士，而窃幸与之游”[②] 之叹。萧辅道经常与社会各阶层人士广泛交往、诗词唱和，宣传太一道的教义，扩大其影响。因而，他在士大夫当中赢得了极高的声誉。王恽《大都宛平县京西乡创建太一集仙观记》曰：“辅道师人品洁俊，博学富才智，士论有‘山中宰相’之目。”[③] 可见其才识、学问在文人士大夫中有口皆碑。陈垣在《南宋初河北新道教考》卷四论及萧辅道时也说：“辅道之重望，在不事王侯，高尚其事，有严光、周党之风，为天下士林所倾仰，不在新朝区区之尊崇也。”随着萧辅道声誉日隆，文人士大夫与之结交者越来越多，他声名远播，引起了在潜邸时期积极延揽人才的忽必烈的重视，所以被安车征聘到藩府。

---

① 唐圭璋编《全金元词》（下），北京：中华书局1994年版，第607页。

② （元）王若虚：《滹南集》卷42，《景印文渊阁四库全书》第1190册，台北：商务印书馆1986年版。

③ （元）王恽：《秋涧集》卷40，《景印文渊阁四库全书》第1201册，台北：商务印书馆1986年版。

忽必烈与萧辅道相见之后，即以治国之道请教。萧辅道以“爱民立制，润色鸿业，用隆至孝者数事为对”（《清跸殿记》）[①]，以他超群之才华、渊博之学识，巧妙地将太一道所倡导的教义结合儒家治国安邦之法来应答，迎合了忽必烈“思大有为于天下”[②] 的雄心，为忽必烈治国平天下寻找理论依据。在当时这样一个特殊的时代，这进一步缩小了忽必烈的思想与儒家入世思想文化间的差距，萧辅道也以宗教家的济世情怀参与世事。因而，萧辅道与忽必烈初次见面就赢得了忽必烈的尊信。这次萧辅道在忽必烈潜邸应居留了不少时日，而且时常和忽必烈讲道论政。再者，萧辅道为人幽默和善，有道家随缘适性、洒脱不拘的风范，王恽《玉堂嘉话》记载：

> 中和真人在龙庭时，以瞻对无时，恒备物以充咀嚼。时一士人同在邸舍，师每与之分甘。一日，师复求之，彼辞无有，托便旋食焉。师知之，因曰：“沙漠之羊，与中土桑用略同。肉充饥，毛作毡，皮为裘，角为杯匜。此人所共知，不意近来羊尿又可以配饼食也。”闻者为大笑，彼徐悟其方己，甚有愧色。[③]

漠北草原虽然条件艰苦，但他依然是满腔热情。因而，这次和林之行，萧辅道即以高道真仙的弘衍博大与豪爽洒脱的风神以及过人的学问和人品深得忽必烈厚爱，也为太一道在元代的繁兴奠定了基础。第二年（1247），忽必烈即以其母唆鲁和帖尼的名义下懿旨，言道：“赵州太清观住持道士萧辅道，实太一一悟传教真人泉裔之曾孙，继承之四叶。才德兼茂，名实相符，清而能容，光而不耀。富文学而重气节，谨言行而知塞通，体一理而不偏，应众机而靡戾。复以阐扬法事，绍述宗风，道助邦家，泽濡幽显，是可尚也。要光前业，宜锡嘉名，用传不朽者。右赐中和仁靖真人号，传度太一法箓事萧辅道。准此。”（《太清观懿旨碑》）[④] 萧辅道赢

① （元）王恽：《秋涧集》卷38《清跸殿记》，《景印文渊阁四库全书》第1201册，台北：商务印书馆1986年版。

② （明）宋濂等：《元史》卷4《世祖本纪一》，北京：中华书局1976年版，第57页。

③ （元）王恽：《玉堂嘉话》卷7，北京：商务印书馆民国25年版。

④ 陈垣：《道家金石略》，北京：文物出版社1988年版，第840～841页。

得了忽必烈家族的信任，标志着太一道正式得到元室的承认。蒙哥汗二年(1252)，萧辅道再次应忽必烈召。据王恽的《故真靖大师卫辉路道教提点张公墓碣铭并序》记载，真靖大师于“壬子夏六月，复从中和（萧辅道）北觐岭邸”。只是这次萧辅道和忽必烈见面的具体情况不见史书记载。

李庭的这首祝寿词完全展示了萧辅道的谪仙豪气和仙风道骨。元好问曾有诗写萧辅道：“吾家阿京爱公弼，吾家泽兄敬公弼。半生梦与公弼游，岂意相逢在今日。春风和气在眉宇，玉壶冰鉴藏胸臆。人间万事君自知，未必君才人尽识。苏门水木无纤埃，闻君家近公和台。仙家近日多官府，黄帽青鞋归去来。”(《赠萧炼师公弼》)[①] 推崇、喜爱之心尽现。

综上，刘秉忠词浑成冲淡，以才情博大胜。许衡词以性情朴厚胜。廉希宪和陈思济的词高亢爽朗、豁达大度，颇有风流名士之气。杨果词是东坡体的婉美小词，富于文采，蕴藉流美。以上各家可谓各有千秋。金莲川藩府词人群体在金末元初北方词坛影响很大，为当时的词坛增添了许多光彩。举凡个人怀抱、人际交往、游赏品物、社会百相等生活的方方面面，皆可见诸词人笔下。他们的词作，在创作风格上具有纯朴质野、伉爽清疏、豪旷雄健的河朔地域特色，继承并发扬了苏、辛词风，可以肯定地说，对元代词的创作和发展有着深远的意义，其成就是不可忽视的，所以才赢得了后人的瞩目。

第二节 金莲川藩府文人的曲创作

金莲川文人群体主要由出仕文人构成，几乎没有人专门从事散曲创作。在金末元初散曲这一艺术形式已经经过文人的提炼升华，从民间进入文坛的情况下，他们写了一些曲子，多数是闲暇时间偶尔为之，不能说名家辈出，但也呈现出不同风格。

金莲川藩府文人中曲家不多，但他们对元曲的评价很高。如徐世隆这样评道：“乐府则清新顿挫，闲婉浏亮，体制最备，又能用俗为雅，变故作新，得前辈不传之妙。东坡、稼轩而下不论也。”（徐世隆《遗山先

① （金）元好问著，姚奠中主编，陈正民增订《元好问全集》，太原：山西古籍出版社2004年版，第72页。

生文华序》)[①] 这个观点直接影响了元中期的文坛大家虞集，他也有如此说法："尝论一代之兴，必有一代之绝艺足称于后世者。汉之文章，唐之律诗，宋之道学，国朝之今乐府，亦开于气数音律之盛。"（《中原音韵序》)[②] 把散曲看作和汉代的文章、唐代的律诗、宋代的道学一样，可见元曲在虞集的观念中地位之高。

元代文人对元曲非常看重，评价也高。而且自金代开始，文坛即是诗、词、曲三体并行，元代延续了金代三体并行的格局。曲虽然是新兴的文体，但文人对曲的热爱使得元曲创作出现生机勃勃的兴盛局面。元曲极具生命力，清代曲家徐大椿在《乐府传声·元曲家门》中说："若其体则全与诗词各别，取直而不取曲，取俚而不取文，取显而不取隐。盖此乃述古人之语，使愚夫愚妇共见共闻，非文人学士自吟自咏之作也。……总之，因人而施，口吻极似，正所谓本色之至也。此元人作曲之家门也。"[③] 指出了元曲生动活泼、通俗质朴、明白如话的一面。正因为元曲雅俗共赏，所以元代文人对元曲青睐有加。元代文人赏曲、写曲如同宋代文人写词、听词一样，是必不可少的生活内容。"文人需要赏曲，曲也需要文人。赏曲是文人们雅趣生活的重要内容，诗酒雅会，不能没有伎乐，一曲清词酒一杯，又可呈才较艺。这是文人生活所不可少、无可取代的。和历代文人一样，元代文人也追求雅趣生活。或竹间林下，或池馆胜处。古器瑶琴，左图右史。但无伎乐，便落寞无趣。"[④]

金莲川藩府文人之间也有雅集唱和活动，非常有名的是在大都举行的雪堂雅集、廉希宪主持的万柳堂雅集。

雪堂[⑤]雅集，主持人"雪堂上人，禅悦余暇，乐从贤士夫游，诸公亦赏其爽朗不凡，略去藩篱，与同形迹，以道义定交，文雅相接"。[⑥] 雪

---

① （金）元好问著，姚奠中主编，陈正民增订《元好问全集》，太原：山西古籍出版社2004年版，第1252页。

② （元）孔齐：《至正直记》，上海：上海古籍出版社1987年版，第96页。

③ 秦学人、侯作卿编著《中国古典编剧理论资料汇辑》，北京：中国戏剧出版社1984年版，第340～341页。

④ 查洪德：《元代文人的赏曲之风》，《武汉大学学报》（人文科学版）2016年第4期。

⑤ 雪堂是元大都天庆寺主持释普广的居室。

⑥ （元）王恽：《雪堂上人集类诸名公雅制序》，李修生主编《全元文》第6册，南京：江苏古籍出版社1999年版，第197页。

堂上人文采风流，与文士交游颇广。主要参加者是任职于翰林院和集贤院的朝廷官员[①]。据姚燧《跋雪堂雅集后》云："释统仁公见示《雪堂雅集》二帙，……去其繁复，得二十有七人：副枢左山商公讳挺，中书则平章张九思，右丞马绍、燕公楠，左丞杨镇，参政张斯立，翰林承旨则麓庵王公讳磐、董文用、徐琰、李谦、阎复、王构，学士则东轩徐公讳世隆、李槃、王恽，集贤学士则苦斋雷君膺、周砥、宋渤、张孔孙、赵孟頫，御史中丞王博文、刘宣，吏曹尚书则谷之奇、刘好礼，郎中张之翰，太子宾客宋衜，提刑使胡祇遹，廉访使崔瑄，皆咏歌其所志，喜与搢绅游者……"[②] 参加的文人都是官员，多数是当时北方的词章之士，其中商挺、王磐、董文用、李谦、徐世隆、李槃、雷君膺、王博文、宋衜等乃属金莲川幕府文人，曾辅佐忽必烈建立元朝。

忽必烈藩府重要谋臣畏兀人廉希宪也常常邀请文士集会。廉园是他们家族的产业，廉园的万柳堂是当时大都文人常聚的地点。陶宗仪《南村辍耕录》载：

> 京师城外万柳堂，亦一宴游处也。野云廉公，一日于中置酒，招疏斋卢公、松雪赵公同饮。时歌儿刘氏名解语花者，左手折荷花，右手执杯，歌《小圣乐》云："绿叶荫浓，遍池亭水阁，偏趁凉多。海榴初绽，朵朵蹙红罗。乳燕雏莺弄语，对高柳鸣蝉相和。骤雨过，似琼珠乱撒，打遍新荷。人生百年有几，念良辰美景，休放虚过。富贫前定，何用苦张罗。命友邀宾宴赏，饮芳醑，浅斟低歌。且酩酊，从教二轮，来往如梭。"既而行酒，赵公喜，即席赋诗曰："万柳堂前数亩池，平铺云锦盖涟漪。主人自有沧州趣，游女仍歌白雪词。手把荷花来劝酒，步随芳草去寻诗。谁知咫尺京城外，便有无穷万里思。"此诗，集中无。《小圣乐》乃小石调曲，元遗山先生好问所制，而名姬多歌之，俗以为"骤雨打新荷"者是也。[③]

① 参见叶爱欣《"雪堂雅集"与元初馆阁诗人文学活动考》，《平顶山学院学报》2006 年第 6 期。

② （元）姚燧：《牧庵集》卷 31，《景印文渊阁四库全书》第 1201 册，台北：商务印书馆 1986 年版。

③ （元）陶宗仪：《南村辍耕录》卷 9《万柳堂》，北京：中华书局 1959 年版，第 110 页。

元初诗文大家卢疏斋和诗、书、画兼善的赵孟頫是廉园的常客。雅集时，京城名伎顺时秀清歌助兴，文士即兴赋诗，于此可见元代文人雅集聚会中饮酒、赏曲是必要的活动。赏曲能激发创作灵感和激情，写曲能展现才艺与巧思，体现文人的价值，也会给文人带来意想不到的名声。廉希宪还常邀请忽必烈藩府的同僚姚枢、许衡、杨奂、商挺等聚会，雍正年间《陕西通志·古迹》“廉相泉园”条记载：

> 元至元中平章廉希宪行省陕右，爱秦中山水，遂于樊川杜曲林泉佳处葺治厅馆亭榭，导泉灌园，移植汉沔东洛奇花异卉，畦分棋布，松桧梅竹罗列成行，暇日同姚雪斋、许鲁斋、杨紫阳、商左山、前进士邳大用、来明之、郭周卿、张君美樽酒论文，弹琴煮茗，雅歌投壶，燕乐于此。①

与大都“廉园”雅集相似，朋友们于闲暇之日在廉希宪于秦中樊川杜曲营建的廉泉，赏奇花异草、煮酒论文。

元代文人雅集自然离不开雅俗共赏的元曲，金莲川藩府文人对元曲也是青睐有加。藩府文人中的曲家，主要有杨果、刘秉忠、商挺等。钟嗣成《录鬼簿》所说的“前辈已死”的名公和才人中就包括杨果、刘秉忠，说明他二人在元代曲家中有一定影响。

从风格上看，藩府文人中的散曲确实是消遣之作，没有多少深沉的家国之痛和慷慨激昂的济世之志，多是寄情林泉山水、追求超脱的逍遥散诞之类的内容，或是抒发人生感慨，或是描写情爱闺思等。如刘秉忠，《全元散曲》仅录其小令 12 首，多写景物，风格萧疏闲淡而隽永。如《双调·蟾宫曲》分别咏叙了春、夏、秋、冬四时景色：

> 盼和风春雨如膏，花发南枝，北岸冰销。夭桃似火，杨柳如烟，穰穰桑条。初出谷黄莺弄巧，乍衔泥燕子寻巢。宴赏东郊，杜甫游春，散诞逍遥。

① （明）赵廷瑞修，马理、吕楠纂，董健桥总校点《陕西通志》卷 73，西安：三秦出版社 2006 年版，第 591～592 页。

炎天地热如烧，散发披襟，纨扇轻摇。积雪敲冰，沉李浮瓜，不用百尺楼高。避暑凉亭静扫，树阴稠绿波池沼。流水溪桥，右军观鹅，散诞逍遥。

梧桐一叶初凋，菊绽东篱，佳节登高。金风飒飒，寒雁呀呀，促织叨叨。满目黄花衰草，一川红叶飘飘。秋景萧萧，赏菊陶潜，散诞逍遥。

朔风瑞雪飘飘，暖阁红炉，酒泛羊羔。如飞柳絮，似舞胡蝶，乱剪鹅毛。银砌就楼台殿阁，粉妆成野外荒郊。冬景寂寥，浩然踏雪，散诞逍遥。[①]

这一组曲子是以词的艺术手法和审美趣味来写一年四季之景。每首都以“散诞逍遥”作结，借景抒情，才情、才思高妙，虽不能说超绝，但意境浑融，语言清丽典雅，表达了潇洒淡泊之情、出世隐逸之志以及清高洒脱的襟怀，明显带有诗词的艺术特色。不过，刘秉忠的散曲也有趋俗的倾向，描写男女之情是其散曲内容的一个主要方面。如《南吕·干荷叶》中的三首：

夜来个，醉如酡，不记花前过。醒来呵，二更过。春衫惹定茨蘼科，绊倒花抓破。

干荷叶，水上浮，渐渐浮将去。跟将你去，随将去。你问当家中有媳妇？问着不言语。

脚儿尖，手儿纤，云髻梳儿露半边。脸儿甜，话儿粘。更宜烦恼更宜忺，直恁风流倩。[②]

其语言是北方散曲的风格，爽朗活泼，俚俗质朴而不乏文采，风格辛辣明快，描写爱情时不矫揉造作，浅近直白，很有独特的趣味。其余几首小令《南吕·干荷叶》，语言清疏爽朗，意境清幽：

① 隋树森编《全元散曲》，北京：中华书局 1964 年版，第 14～15 页。
② 隋树森编《全元散曲》，北京：中华书局 1964 年版，第 13～14 页。

干荷叶，色苍苍，老柄风摇荡。减了清香，越添黄。都因昨夜一场霜，寂寞在秋江上。

干荷叶，映着枯蒲，折柄难擎露。藕丝无，倩风扶。待擎无力不乘珠，难宿滩头鹭。

根摧折，柄欹斜，翠减清香谢。恁时节，万丝绝。红鸳白鹭不能遮，憔悴损干荷叶。

干荷叶，色无多，不奈风霜锉。贴秋波，倒枝柯。宫娃齐唱《采莲歌》，梦里繁华过。

南高峰，北高峰，惨淡烟霞洞。宋高宗，一场空。吴山依旧酒旗风，两度江南梦。①

商挺（1209～1288），字孟卿（或作梦卿），号左山老人，曹州济阴（今山东曹县西北）人。其先本姓殷，避宋讳改焉。父商衡，金时为陕西行省员外郎，以战死。商挺二十四岁时，蒙古军攻破汴京，他随难民往北逃亡，依山东冠县大族赵天锡，与元好问、杨奂交游。后赵天锡归行台东平严实，严实聘商挺为诸子师。窝阔台汗十二年（1240），严实死后，其子严忠济袭东平万户，商挺被辟为经历官，“赞忠济大兴学校”，“东州多士，公实作之”。他不仅为东平严氏延引文士出了许多力，而且协赞严忠济大兴学校，有功于东平教育。蒙哥汗三年（1253），忽必烈在潜邸受京兆分地，“闻公有经济略，左官诸侯，遣使征至盐州，召对称旨，字而不名”（《参政商文定公》）②，入侍忽必烈潜藩。商挺自入侍藩府之后，与杨惟中、廉希宪等一起治理关中，表现出非凡的才干。先为郎中，后升为宣抚副使，辅佐杨惟中进贤良、黜贪暴、薄赋税，智力非常，而且处事果断。在藩府文臣的共同努力下，陕西大治。蒙哥汗命阿蓝答儿钩考期间，会罢宣抚司，商挺又回到东平。商挺的才能得到了忽必烈的认可。蒙哥汗九年（1259），忽必烈将征鄂、汉，驻军于濮阳，马上召来商挺，咨询军事。蒙哥汗驾崩，忽必烈召张文谦与商挺商议对策，商挺建议军中当严符信，以防奸诈。忽必烈即汗位前，把商挺

① 隋树森编《全元散曲》，北京：中华书局1964年版，第12～13页。

② （元）苏天爵辑撰，姚景安点校《元朝名臣事略》卷11，北京：中华书局1996年版，第228页。

和廉希宪秘密召到开平商议大计。中统元年（1260），商挺和廉希宪宣抚陕、蜀，二人定议，擒杀叛将阿兰答儿、浑都海。升任佥行省事。二年（1261），进参知政事。至元三年（1266），入中书省，建议史事，附修辽、金二史，又与姚枢、窦默、王鹗、杨果编纂《五经要语》，共二十八类。至元九年（1272），为安西王相，进陈十策。后受赵炳屈死一案牵连，被王府女奚彻彻所诬陷，入狱。至元二十五年（1288），病卒，终年八十。追赠鲁国公，谥文定。

元明善《参政商文定公墓碑》称其为一代英杰："左山公自号左山老人，著诗千余篇，尤善隶书，时人铭其先世者，以不得公书为未孝。公具文武材，明允公亮，慷慨有大志，遭际世祖圣神之主，道同气合，获展宏略，功在社稷，德洽黎元，庆流子孙，可谓一代英杰者矣！"[①] 商挺善书法，尤长于隶书。有诗千余篇，但其集早已散佚不存。今所存之文，多为记与碑文，如《增修华清宫记》、《甄城何氏新茔碑》等。《元诗选》癸集收入其诗 4 首，《元诗纪事》卷三有断句一则，署名"商左山"。商挺散曲今存小令 19 首，均为《双调·潘妃曲》，内容以写景和闺情为主，有的如婉约词，语言典雅、含蓄委婉、情景交融，有的反映了世俗化的生活情趣，趣味盎然。商挺的曲子比刘秉忠的俚俗更多了一份泼辣和诙谐，如《双调·潘妃曲》：

绿柳青青和风荡，桃李争先放。紫燕忙，队队衔泥戏雕梁。柳丝黄，堪画在帏屏上。

闷向危楼凝眸望，翠盖红莲放。夏日长，萱草榴花竞芬芳。碧纱窗，堪画在帏屏上。

败柳残荷金风荡，寒雁声嘹亮。闲盼望，红叶皆因昨夜霜。菊金黄，堪画在帏屏上。

暖阁偏宜低低唱，共饮羊羔酿。宜醉赏，宜醉赏蜡梅香。雪飞扬，堪画在帏屏上。

小小鞋儿连根绣，缠得帮儿瘦。腰似柳，款撒金莲懒抬头。那

① （元）元明善：《清河集》卷 6，《元人文集珍本丛刊》（五），台北：新文丰出版公司 1985 年版。

孩儿见人羞，推把裙儿扣。

小小鞋儿白脚带，缠得堪人爱。疾快来，瞒着爹娘做些儿怪。你骂吃敲才，百忙里解花裙儿带。

冷冷清清人寂静，斜把鲛绡凭。和泪听，蓦听得门外地皮儿鸣。则道是多情，却原来翠竹把纱窗映。

带月披星担惊怕，久立纱窗下。等候他，蓦听得门外地皮儿踏。则道是冤家，原来风动荼蘼架。

月缺花残人憔悴，冷落了鸳鸯被。望天涯人未归，满目残霞景凄凄。塞鸿希，有信凭谁寄？

早是离愁添秋兴，那堪镜破金钗另。懒将云鬓整，哭啼啼泪盈盈。照得镜儿明，羞睹我脸上相思病。

肠断关山传情字，无限伤春事。因他憔悴死，只怕傍人问着时。口儿里强推辞，怎瞒得唐裙衽。

目断妆楼夕阳外，鬼病恹恹害。恨不该，止不过泪满旱莲腮。骂你个不良才，莫不少下你相思债？

可意娘庞儿谁曾见，脸衬桃花片。贴金钿，似月里嫦娥坠云轩。玉天仙，醉离了蟠桃宴。

闷酒将来刚刚咽，欲饮先浇奠。频祝愿：普天下心厮爱早团圆！谢神天，教俺也频频的勤相见。

金缕唐裙鸳鸯结，偏趁些娘撇。包髻金钗翠荷叶，玉梳斜，似云吐初生月。

一点青灯人千里，锦字凭谁寄？雁来稀，花落东君也憔悴。投至望君回，滴尽多少关山泪。

宝髻高盘堆云雾，钗插荆山玉。离洛浦，天仙美貌出尘俗。更通疏，没半点儿包弹处。

煞是你个冤家劳合重，今夜里效鸾凤。多情可意种，紧把纤腰贴酥胸。正是两情深，笑吟吟舌吐丁香送。

只恐怕窗间人瞧见，短命休寒贱。直恁地肐膝软，禁不过敲才厮熬煎。你且觑门前，等的无人呵旋转。①

① 隋树森编《全元散曲》，北京：中华书局1964年版，第61～65页。

写少女的偷情与私订终身，热烈奔放，也不隐晦性爱，以俚俗、生动之语写来，将文人散曲与艳俗的街市小令融合。正如钟书嗣成《录鬼簿序》所言："若夫高尚之士，性理之学，以为得罪于圣门者，吾党且啖蛤蜊，别与知味者道！"[①] 酣畅淋漓如饮烈酒的曲风让人感觉到决然不同于诗词之端庄典雅。他的这些散曲都是以女性口吻写作，用语通俗、质朴，传情大胆、直接，格调与诗词完全不同，更近于民歌俚曲。这支曲子写少妇对远方情人的思念、猜疑和抱怨，深情宛转，纯是儿女风情，哪里还管中原礼教的三从四德。商挺在写男欢女爱的香奁艳作之类曲子时，要多大胆有多大胆。总之，藩府曲家把元散曲进一步推向世俗，推动了元曲的繁荣发展。

杨果（1197～1271），字正卿，号西庵，祁州蒲阴（今河北安国市）人。早年以章句授徒为业，流寓轗轲十余年。金正大甲申（1224），登进士第，曾为偃师令，后历任蒲城、陕县县令。金亡，起为经历。蒙哥汗二年（1252），忽必烈治理河南时，任命杨果为参议，他正式入侍金莲川藩府。参议河南时，杨果出力颇多，"随宜赞画，民赖以安"。中统元年（1260），命杨果为北京宣抚使，次年拜参知政事。至元六年（1269），他出为怀孟路总管，后以年老致仕，卒于家，谥文献。杨果"性聪敏，美风姿，工文章，尤长于乐府，外若沈默，内怀智用，善谐谑，闻者绝倒"。有《西庵集》行于世，今已不存。他是元初曲家，《录鬼簿》列其名于"前辈名公"，《太和正音谱》评其词"如花柳芳妍"。今存小令11首、套曲5套，其中4套〔仙吕·赏花时〕文句流畅典雅，是其代表作。《元诗选》二集选入杨果诗11首，题为《西庵集》。《全元文》辑录其文3篇。

其散曲作品，内容多咏自然风光，曲辞华美，富于文采。如《越调·小桃红》：

碧湖湖上采芙蓉，人影随波动。凉露沾衣翠绡重，月明中，画船不载凌波梦。都来一段，红幢翠盖，香尽满城风。

---

① （元）钟嗣成著，王钢校订《校订录鬼簿三种》，郑州：中州古籍出版社1991年版，第55页。

满城烟水月微茫，人倚兰舟唱。常记相逢若耶上，隔三湘，碧云望断空惆怅。美人笑道：莲花相似，情短藕丝长。

采莲人和采莲歌，柳外兰舟过。不管鸳鸯梦惊破，夜如何？有人独上江楼卧。伤心莫唱，南朝旧曲，司马泪痕多。

碧湖湖上柳阴阴，人影澄波浸。常记年时对花饮，到如今，西风吹断回文锦。羡他一对，鸳鸯飞去，残梦蓼花深。

玉箫声断凤凰楼，憔悴人别后。留得啼痕满罗袖，去来休，楼前风景浑依旧。当初只恨，无情烟柳，不解系行舟。

芡花菱叶满秋塘，水调谁家唱？帘卷南楼日初上，采秋香，画船稳去无风浪。为郎偏爱，莲花颜色，留作镜中妆。

锦城何处是西湖？杨柳楼前路。一曲莲歌碧云暮，可怜渠，画船不载离愁去。几番曾过，鸳鸯汀下，笑煞月儿孤。

采莲湖上棹船回，风约湘裙翠。一曲琵琶数行泪，望君归，芙蓉开尽无消息。晚凉多少，红鸳白鹭，何处不双飞！①

景美、境美，语言典丽，造境优雅，句子简单，但境界透彻，入了词境。又如《越调·采莲女》：

采莲湖上采莲娇，新月凌波小。记得相逢对花酌，那妖娆，殢人一笑千金少。羞花闭月，沉鱼落雁，不恁也魂消。

采莲人唱采莲词，洛浦神仙似。若比莲花更强似，那些儿，多情解怕风流事。淡妆浓抹，轻颦微笑，端的胜西施。

采莲湖上采莲人，闷倚兰舟问。此去长安路相近，恨刘晨，自从别后无音信。人间好处，诗筹酒令，不管翠眉颦。②

起初是一幅欢快热闹的采莲图，采莲女妖娆美丽，淡妆浓抹，胜过西施，令人销魂。琵琶之声引得采莲女子思念在外的夫君，盼望夫君归来，可夫君却杳无音信，不禁悲从中来。曲子质朴自然，生动感人，活泼灵动。

① 隋树森编《全元散曲》，北京：中华书局1964年版，第6～7页。

② 隋树森编《全元散曲》，北京：中华书局1964年版，第7～8页。

杨果也有通俗诙谐之作，如套曲〔仙吕〕《翠裙腰》：

总虚脾，无实事，乔问候的言辞怎使？复别了花笺重作念，偏自家少负你相思。唱道再展放重读，读罢也无言暗切齿。沉吟了数次，骂你个负心贼堪恨，把一封寄来书都扯做纸条儿。①

用语直白，情味显豁，趣味盎然，不避俚俗，保留了民间时令小调的特色，确为俗趣散曲的典型。因而，从创作风格上来说，藩府文人所作的散曲中，既有尽得民歌俚曲俗趣的作品，雅化气息浓郁，与文人词类似，也有雅俗共赏的一些作品。

散曲经过这些曲家之手，一方面文人诗词化了，另一方面也保留了民歌俚曲的俗趣，将文人诗词之雅与民歌俚调之俗融合得自然圆融，这是散曲这一艺术形式成熟的表现。还有一点，杨果、刘秉忠、商挺等都是元初著名文臣，虽然散曲只是他们诗文创作之余事，是官场生涯的遣兴之作，但由于他们有很高的社会地位，又是所谓的"前辈名公"，散曲这种比较通俗的文学艺术形式经过他们之手，文学地位得到很大提高，成为文人创作的一种形式，这应该是他们对散曲文学的最大贡献。

① 隋树森编《全元散曲》，北京：中华书局1964年版，第11页。

第十章　藩府文人与元初北方文坛

从蒙古灭金统一北方（1234）到元世祖忽必烈逝世的至元三十年（1293），这半个多世纪是元代文学史的前期，是元代文学发展的一个重要阶段。这一时期最突出的一个文人群体便是来源广泛、人数众多的忽必烈金莲川藩府谋臣侍从文人群体，他们的文学活动基本贯穿了整个元代前期。

金莲川藩府文人群体，对开创有元一代的政治、经济、文化、教育起了很大作用，如咨谋军中，屡谏屠戮之弊；辅佐忽必烈以汉法治理汉地，以先进的中原文明帮助元代统治者制订立国规模，促进元初社会、经济、文化的恢复和发展，为元代大一统中央集权的建立和巩固奠定了基础。金莲川藩府儒士在恢复发展中原文化、建立学校、推动理学的传播和发展，以及修复孔庙、尊孔，设置编集经史典籍的机构等方面做了很多努力，对元朝完成从游牧政权向封建王朝的历史转变，挽救当时的社会、文化危机，以及传承汉文化均做出了巨大贡献。金莲川藩府文人，多是金末山东、山西、陕西、河北等不同地域、不同领域的精英，他们融合南北学术，在潜心经史之余，还涉猎农圃、医药、卜筮、星历等实学，以济世用，在文学艺术、天文、律历、数学等各个方面都有贡献，在经、史、子、集诸方面学问中均有所建树。藩府文人所取得的成就不仅开启了有元一代的学风，而且成为中国文化发展长河中颇具特色的组成部分。

第一节　金莲川藩府文人与元初北方多族士人

金元之际，中原干戈寥落，在兵荒马乱的年代，作为文化载体的儒士群体，其处境尤为艰难，朝不保夕，萍漂梗泛。为避兵燹，为谋生计，他们或直接为大蒙古国所用，如耶律楚材；或归隐林泉、遁入佛道以求全身远祸，如李俊民、刘祁、杜瑛、河汾诸老等；或依附各地崛起的汉族世侯寻求庇护。在当时普遍的社会混乱中，汉人世侯控制区内的社会秩序相对安定，受破坏程度较轻，经济、文化得以继续维持和发展。再者，为了培植势力与树立声望，一些有识见的世侯多重视文教，注意网罗人才。这样，不少儒士纷纷投靠大小世侯。金亡前后，这些世侯控制地区更成为北方文士的避难之所，因而在这些汉族世侯辖地内聚合了大大小小的文人群体。这些汉人世侯中，真定史氏、东平严氏、顺天张氏在重教崇儒、保护文人学士方面贡献最为突出，士人争归。他们在各自的势力范围内开设幕府，延纳流落于各地的士大夫文人，起用他们作为幕僚治理地方、开学养士、讲论经史、推崇治道。

由于真定史氏、东平严氏和顺天张氏重教崇儒，保护文人学士，许多亡金名士便留寓其间。关于真定史氏，王恽记载说："北渡后，名士多流寓失所，知公好贤乐善，偕来游依。若王滹南、元遗山、李敬斋、白枢判、曹南湖、刘房山、段继昌、徒单颙轩，为料其生理，宾礼甚厚。暇则与之讲究经史，推明治道。其张颐斋、陈之纲、杨西庵、张条山、孙议事，擢府荐达，至光显云。"（《开府仪同三司中书左丞相忠武史公家传》）[①] 金末文坛盟主王若虚（滹南）、元好问（遗山）都曾留寓真定。金元之际北方著名学者李冶（敬斋），金亡后也流落于河北、山西间，居真定最久，晚年隐居真定元氏封龙山下，聚徒讲学，著述以终。与元好问、张德辉一起，人称为"封龙山三老"（或"龙山三老"）。白华（寓斋）与元好问俱为著名诗人，又有通家之好，号称当世"元白"，也在真定定居。白华之子白朴，为"元曲四大家"之一，幼时鞠育于元好问家中。十多岁即随父投靠史天泽，深受器重，与史天泽结为忘年交，在其词集《天籁集》中曾多次提及自己与史天泽"欢游如平生"的深厚情谊，由此可见当时真定文士云集的情形。东平地处齐、鲁、魏文化的结合点上，文化底蕴深厚，吸引的文人也最盛。严实军旅之暇，常与文士觞咏游从，讲论经史。金亡前后，原先滞留在汴京地区的文人、士大夫，或逃亡，或被蒙古政权编管，不少人辗转流寓到东平境内，元好问亦在其中，客东平严实幕府时间很长。东平人才荟萃，王磐、耶律有尚、

---

① （元）王恽：《秋涧集》卷48，《景印文渊阁四库全书》第1200册，台北：商务印书馆1985年版。

陈赓、张澄父子、康晔、贾居贞等汇聚东平。元好问向耶律楚材上书推荐的“皆天民之秀，有用于世者”（《寄中书耶律公书》）[1]，并要求重点保护的中州五十四名士中的衍圣公孔元措、杨奂、张圣予、李世弼、徐世隆、杜仁杰、张澄、商挺、杨鸿、勾龙瀛、赵维道等十余人也汇聚东平。东平是当时的一个文化中心，史籍所谓“四方之士闻风而至，故东平一时人材多于他镇”[2]。张澄也作诗赞曰：“方今河朔藩镇雄，衣冠往往罗其中。”[3] 元袁桷谈到当时情况曾这样评说：

> 朝清望官，曰翰林，曰国子监，职诰令，授经籍，必遴选焉。始命，独东平之士什居六七。或曰：“洙泗，先圣之遗泽也，诚宜然。”又曰：“其浸汪洋渟伏，昔东诸侯阐兴文儒，飞矢交集，弦歌之声不辍于黉序，有自来矣。”桷向为翰林属，所与交，多东平，他郡仅二三焉。若南士，则犹夫稊米矣。[4]

顺天也是人才荟萃，“四方贤士，翕然来归，冠佩蔼然，有平原、稷下之盛。故好贤之誉日隆，事之利病日益闻，政化修明，人有生赖，既富而教，骎骎乎治平之世。”（《左副元帅祁阳贾侯神道碑铭》）[5] 郝经、王鹗、乐夔、敬铉等人均曾在张氏幕下。

这些文人不仅在汉族世侯辖区内形成了一个个文人群体，相互之间交往密切，常酬唱赠答或游宴题咏，而且不同辖区、处于不同地域的文人之间交游也颇为频繁密切。如元好问，徐世隆《元遗山集序》载“自中州斫丧，文气奄奄几绝，起衰救坏，时望在遗山。遗山虽无位柄，亦自知天之所以畀付者为不轻，故力以斯文为己任。周流乎齐、鲁、燕、

① （金）元好问著，姚奠中主编，李正民增订《元好问全集》，太原：山西古籍出版社2004年版，第804页。

② （明）宋濂等：《元史》卷159《宋子贞传》，北京：中华书局1976年版，第3736页。

③ （元）刘祁：《归潜志》卷14，北京：中华书局1997年版，第181页。

④ （元）袁桷：《清容居士集》卷24《送程士安官南康序》，《景印文渊阁四库全书》第1202册，台北：商务印书馆1986年版。

⑤ （元）郝经：《郝文忠公陵川文集》卷35，北京图书馆古籍珍本丛刊，影印明正德二年李翰刻本。

赵、晋、魏之间，几三十年”。[1] 从金朝灭亡起，直至蒙哥汗去世(1257)，他频繁往来于齐、鲁、燕、赵、晋、魏等地区，与各大文化圈子中的文人交游往来，诗酒留连，并培养、造就了一大批后起之秀。又如郝经，居于张柔幕下，并广泛游历燕京、东平、曲阜等地，与各地名士和世侯幕宾砥砺斯文、互相唱和，“自是声名藉甚，藩帅交辟”。(阎复《元故翰林侍读学士国信使郝公墓志铭》)[2] 这样，在金末元初文脉存亡续绝之际，金代的文风、士风借助这些汉人世侯的庇护得以延续下来。

北方的汉族世侯不仅为文化的涵育与发展提供了一片难得的绿洲，培养了大批人才，而且他们与蒙古政权联系紧密，也为忽必烈金莲川藩府提供了大量人才。这些人后来多成为元廷重臣，参与蒙古帝国及元政权的建设，对有元一代政治、文化产生了深远影响。虞集感慨道：“我国家龙兴朔方，金源氏将就亡绝。干戈蜂起，生民涂炭。中原豪杰起于齐鲁燕赵之间，据要害以御侮，立保障以生聚，以北向于王师。方是时，士大夫各趋所依以自存。……世祖皇帝建元启祚，政事文学之科，彬彬然为朝廷出者，东鲁之人居多焉。典诰之施于朝廷，文檄之行乎军旅，故实之讲乎郊庙，赫然有耀于邦家。至元大德之间，布在台阁，发言盈朝，所谓如圭如璋，令闻令望，而颙颙卬卬者焉。”(《曹文贞公文集序》)[3] 忽必烈从东平、真定、顺天三个汉族幕府招揽的文士有徐世隆、宋子贞、王磐、商挺、刘肃、张德辉、董文炳、董文忠、董文用、贾居贞、张础、周惠、王鹗等，吸纳了三个汉族幕府中的优秀分子。此外，还有赵璧、李简、张耕、杨惟中、宋衜、杨果、马亨、李克忠、杜思敬、周定甫、陈思济、王博文、寇元德、王利用、李德辉等其他原金源文士谋臣，他们均有名于当时，先后入侍金莲川藩府，在辅助忽必烈推行汉法和文治方面做出了很多贡献。这些北方世侯幕下的和金莲川藩府中的文人群体成为元初文坛和政坛的主要人才。元袁桷曾这样评说：

> 朝清望官曰翰林，曰国子监，职诰令，授经籍，必遴选焉。始命，独东平之士什居六七。或曰：“洙泗，先圣之遗泽也，诚宜

---

① 李修生主编《全元文》第2册，南京：江苏古籍出版社1997年版，第388页。

② (元)阎复：《静轩集》卷5，藕香零拾本。

③ (元)虞集：《道园学古录》卷31，四部丛刊初编本。

然。”又曰：“其浸汪洋渟伏，昔东诸侯阐兴文儒，飞矢交集，弦歌之声不辍于黉序，有自来矣。”桷向为翰林属，所与交多东平，他郡仅二三焉。若南士，则犹夫稊米矣。①

金莲川藩府文人虽然进入忽必烈潜邸，但又未脱离原来的幕府，和原来的文人圈依然保持联系，因而，他们无论在东平、真定、顺天等地，还是进入金莲川藩府之后，都保持了良好的互动关系，交往、交游，相互之间诗词唱和、赠答。可以说，元初北方文坛并不寂寥，元好问、杨奂、许衡、姚枢、郝经等金莲川藩府文人和部分遗民作家开创了元初北方文学的繁荣。在真定史氏、东平严氏、顺天张氏等汉人世侯幕府以及著名的忽必烈金莲川藩府中，聚集了许多北方的儒士文人，并聚合成大大小小的文人群体，这些文人群体与依附汉人世侯的北方文人之间又形成了这样或者那样的联系，不同地区的文人又通过他们互相交流与融合。同时，不同地区的文人互相间交流与融合，在诗文风格上便形成了许多共同之处，充分体现了金末元初的地域文风特色。在题材上，多酬唱赠答诗、题画诗与山水诗，体现其文人心态、才情闲趣与文士风流等。

其诗歌创作，体现了金末元初的地域特色，如意象雄奇苍劲，很见气势，推崇蕴藉风致及旷达超迈的诗歌风格，语言质朴，风格刚劲，颇可体现北方文化特质。这些人的诗文创作，不仅丰富了元初的北方文坛，也是研究当时这些文人群体最重要的一手资料。

第二节　金莲川藩府文人与元初北方的文学创作

金莲川藩府的文人儒臣积极复兴汉文化，促成理学的北传和兴盛，尤其是姚枢、窦默、许衡等人对程朱理学的传播和推广起到很大作用。程朱理学迅速社会化。从上层统治者、文人士大夫到下层民众，在元代大一统的背景下，理学思想实现了官学化和社会化，以理学为主的儒家政治伦理秩序建立了。这是少数民族政权统治下社会秩序稳定的主要因

① （元）袁桷：《清容居士集》卷24《送程士安官南康序》，《景印文渊阁四库全书》第1202册，台北：商务印书馆1986年版。

素，汉文化的正统地位确立了，为元代盛世奠定了重要基础。元初，北方文化是在特定地域文化滋养下的多元文化。从公元 10 世纪初到 13 世纪前期的三百余年间，契丹贵族统治的辽（907～1125）和女真贵族统治的金（1115～1234），辖域主要在江淮以北地区，这是其文化和文学的主要产生地。从 13 世纪到 14 世纪下半期，蒙古贵族先后灭了金与南宋，建立了我国历史上空前统一的多民族国家。随着南北文化的交融，元代的文学创作也出现了有别于分裂时期的新风貌。此前，北方地区已经经历了宋与辽、金的统治。辽、金分别是契丹人和女真人两个北方民族建立的政权，其文化与宋差异明显。《金史·世宗本纪》载：

> 燕人自古忠直者鲜，辽兵至则从辽，宋兵至则从宋，本朝至则从本朝，其俗诡随，有自来矣。虽屡经迁变而未尝残破者，凡以此也。南人劲挺，敢言直谏者多。前有一人见杀，后复一人谏之，甚可尚也。[①]

金世宗所言的南北地域文化差异，是当时的社会现实。南北地域的差异和民族性格的不同，造成南北文化差异明显。自然，在不同的时代，随着地域疆界的变化，以特定的自然环境及人文环境为基础的地域文化生态也会随之而发生某种变易，由此，包括文学在内的文化体系也必将进行某种新的整合并呈现出一些新征象。

元朝是少数民族建立的政权，所统治的除汉族外，尚有契丹、女真、奚、室韦、高句丽、渤海、回鹘、党项、色目等其他少数民族。多样的民族构成成分和蒙古贵族的统治地位，决定了少数民族特别是蒙古族成了文化的重要参与者和创造者。元代是我国历史上民族迁徙与交流空前活跃的时期，民族文化特色、地域特色明显，胡汉、中外文化相生相成，并由此造成了文学创作主体的多民族性特点。当时中原文化和北方少数民族文化彼此碰撞、相互吸收，为文化间的优势互补、整合发展提供了空前有利的机遇，如蒙古人、色目人、契丹人、女真人独有的文化生态的潜变与尚武精神，汉民族的农耕文化与北方少数民族的游猎文化，西

① （元）脱脱等：《金史》卷 8，北京：中华书局 1975 年版，第 184 页。

域的商业文化。

“海宇混一”是元初北方文人的共同情怀和普遍心理，这是宋金时所没有的。元朝结束了长久以来南北分裂的局面，建立了统一王朝，复现了以往的朝气与生命力，这对于怀有入世精神的士人来说终归是很大的鼓舞和振奋。姚燧豪气冲天地表达出对盛世的激情：“由书契而来至于今，唐、虞、夏、商、周五代略而不道，视秦、汉、晋、隋、唐、宋六代之一家天下者，若皆惭德于吾元，亦人生旷世所难遇者。”（《朝阳洞记》）[①] 他自豪地说道：“五帝三王以降，能一天下者，秦、汉、晋、隋、唐与宋六家，其疆理惟唐为大。今世祖天戈所加，正朔所颁，南极于阇婆，东至于倭奴，西被于日入之西夷，而北尽于人迹所不可践者，才三分有一，地不足并也。”“当至元、大德间，民庶晏然，年谷丰衍，朝野中外，号称治平。公卿大夫，咸安其职。为士者或退藏于家，优游文艺，乐以终日，而世亦高仰之。此其承平人物之美，后世不可及矣。”（《新修滕马阁记》）[②]

金莲川藩府文人群体在元初北方文坛占据了非常重要的位置。他们的文学创作对元初北方文学的影响主要体现在以下几个方面。

一 诗歌创作

金莲川藩府文人的诗歌创作，成就是很可称道的。藩府文人多能诗，其中，郝经、刘秉忠、许衡均有诗集流传，商挺、徐世隆、杨果和陈思济等人都曾有诗集，可惜，均散佚不传，难见全貌。其余藩府文人如张易、刘秉恕、姚枢、王磐、宋子贞、张礎、王鹗、宋衜、寇元德、王博文、王利用、崔斌等都有诗歌流传。藩府文人的诗歌创作，题材广泛，主题多变，风格也复杂多样。从题材内容来看，有关心社会现实，感时念乱、心怀天下的，有咏史怀古、抚今追昔的，有寓写襟素、自抒胸臆的，有酬唱赠答、表达友道情怀的，有游历山水、写景抒情的，有以田园美景以寓闲适的，还有以咏物、题画、论诗等来显示文士风流的，等

① （元）姚燧著，查洪德编辑点校《姚燧集》，北京：人民文学出版社 2011 年版，第 112 页。

② （元）姚燧著，查洪德编辑点校《姚燧集》，北京：人民文学出版社 2011 年版，第 130 页。

等。从风格上来看，也复杂多变，或豪迈奇崛、气骨特高，或意象雄奇苍劲，推崇蕴藉与风致，或旷达超迈，或清雅朴厚，或飘逸洒脱，或清幽静朗，或质直古朴等。地域文化与多民族文化融合的背景赋予了金莲川藩府文人独有的气质特征。从诗歌的艺术成就而言，金莲川藩府文人群体的诗歌创作是不能与元代中期“延祐之盛”的元诗主流相提并论的，但是又确乎有着不可替代、不可掩抑的特点，并在元代诗歌发展史上有其特殊的价值。

刘秉忠和郝经的诗歌创作都取得了较高成就。刘秉忠的诗歌不仅题材丰富——诸如遣怀吟兴、咏物抒怀、写景记游、咏史怀古，还有边塞诗、军旅诗、题画诗、赠答诗、论诗诗等，而且其诗淡泊悠远、平淡冲和，往往给人以一种超尘拔俗、冲淡质朴的审美感受。郝经承继元好问“中州千古英雄气”的风格，关注现实和民生，其前期诗风主要是追求壮美、豪迈、奇崛、高古等，后期多了一份凝重、悲凉和沉郁沧桑，有些诗深得杜甫诗的沉郁顿挫之旨，如《老马》：

> 百战归来力不任，消磨神骏老骎骎。垂头自惜千金骨，伏枥仍存万里心。岁月淹留官路杳，风尘荏苒塞垣深。短歌声断银壶缺，常记当年烈士吟。

借老马而喻人。老马的重负，老马的无可奈何，正和诗人在现实中的切身感受相吻合。而且诗歌音律谐畅，极为深沉苍凉。

许衡存诗不多，《鲁斋遗书》仅存诗一卷。其诗温雅质实、简明生动，总给人一种温醇亲切与质实朴厚的感受。其余藩府诗人中杨果、陈思济和徐世隆的诗歌也很有特色。杨果长于乐府古体诗歌，有《老牛叹》：“老牛带月原上耕，耕儿怒呼嗔不行。瘢疮满背股流血，力乏不胜空哀鸣。日暮归家羸欲倒，水冷萁枯豆颗少。半夜风霜彻骨寒，梦魂犹绕桃林道。服箱曾作千金犍，负重致远人所怜。而今弃掷非故主，饱食不如盗仓鼠。”[①] 老牛的苦难和朝不保夕的命运，使诗人找到了物象寄托。这首诗语言深沉凄婉，和郝经的《老马》诗风非常相似。陈思济诗

① 薛瑞兆、郭明志编纂《全金诗》第4册，天津：南开大学出版社1995年版，第378页。

风旷达洒脱，对他的送别诗和赠答诗所体现出的旷达诗风前文已有论述，其写景记游诗也是这种风格。如《发南康赴江州》一诗："绣斧重持白发翁，路人犹说宦情浓。一帆又下浔阳去，羡杀云间五老峰。"[①] 自然淳朴而又有一种豪情流露出。

金莲川藩府文人共同创造了元代前期北方诗坛的繁荣，是元代北方文学成熟的开端，孕育了平易正大的盛世诗风，以及之后元代诗史上最为璀璨的黄金季节。

二 词的创作

金莲川藩府文人主要来自原金源文士，因而其词的创作一开始仍沿着北宗词的方向继续发展，直至南宋灭亡、元朝统一全国，南北词风融合，才进入南北词并行的时期。藩府文人中活跃着一些词人，主要有杨果、许衡、刘秉忠、陈思济和廉希宪等。元代庐陵凤林书院所辑的《精选名儒草堂诗余》以刘秉忠、许衡的词冠其首，称他们为元词开山人，可见对其词创作的认可。尤其是刘秉忠的词作，在艺术上更为成熟，文笔练达，风格鲜明，不乏佳作名篇。许多词作把他在辅佐忽必烈行汉法时出仕与归隐的内心矛盾写了出来，深沉而切情入理。其词风格多样，既有清新淡雅、晓畅自然的风格，也有清疏豪放的特色，有的作品明丽而不伤于柔艳。他的词风被认为是"雄廓而不失之伧楚，酝藉而不流于侧媚"（王鹏运《跋藏春乐府》）[②]，颇有遗山词南北兼善之境界，艺术造诣在北方词坛中当属上乘。

从金朝灭亡开始，在很长一个时期内，北方战乱不止，经济凋敝，民不聊生。直到忽必烈即位建元，北方地区才出现了治世的迹象。藩府词人都亲历了改朝换代的沧桑之变，因此，社会、时代的因素，易代之际的战乱和动荡，个人的命运、百姓的苦难和民族的前途，以及藩府文人入侍藩府时希望建功立业的豪情壮志，仕与隐冲突的心态表达，就构成了藩府文人词作的主要内容，也影响了他们之前以闲淡萧疏和沉郁雄奇为主的词风。这段战乱经历也在他们心里留下了相当深刻的痕迹，拓

① （清）顾嗣立编《元诗选》二集（上），北京：中华书局1987年版，第322页。

② 孙克强、岳淑珍编著《金元明人词话》，天津：南开大学出版社2012年版，第195页。

展了藩府文人词作内容的深度和广度，可谓“国家不幸诗人幸”，他们的词作为北方词坛增添了活力。

三　文章创作

在藩府文人中，文章创作方面可谓人才辈出、风格多样、盛极一时，也出现了一些著名作者，不乏可读可观的文章。刘秉忠、许衡、郝经等均有文集存世。刘秉忠的文章汩汩滔滔，许衡的文章精深雅洁，郝经的文章雄浑壮阔，是藩府文人中较有特色的。刘尚宾在《书孟左司文集后》对他们文章有如下评论：

> 元有天下，文章大概三变。如刘秉忠，长江大河，规摹阔略；静修变化蝉蜕；许平仲圣贤心胸，谆谆王道；卢疏斋、姚牧庵苛核纠紧，此国初文气也。[①]

他们的文章一个很大的特色就是闲情逸致类的作品并不多见，而多为切入社会、关注政治的政论文。如许衡的《时务五事》，文风自然真实，不浮夸、不做作，语言亲切自然、明白晓畅，既温醇，又简切。郝经的《河东罪言》、《思治论》、《便宜新政》、《立政议》、《东师议》、《班师议》等，或雄奇奔放，或汪洋淡泊，或浑灏流转，或明白晓畅，很有特色。而且，郝经在文学创作理论上的很多观点是很有影响的。他提出：“法在文成之后，辞由理出，文自辞生，法以文著，相因而成。”(《答友人论文法书》)[②] 这一说法对当时及后来的散文写作有一定影响。还有，郝经持“文道合一”论，他指出：“道非文不著，文非道不生。自有天地，即有斯文，所以为道之用。”(《原古录序》)[③] 他认为文即是道、道即是文，文合于道。他说：“自书契以来，载籍所著，莫不以文称：天曰天文，人曰人文，……西伯曰文王，周公曰文公。仲尼之以道

---

① （清）黄宗羲：《明文海》卷236，《景印文渊阁四库全书》第1453册，台北：商务印书馆1996年版。

② （元）郝经：《郝文忠公陵川文集》卷23，北京图书馆古籍珍本丛刊，影印明正德二年李翰刻本。

③ （元）郝经：《郝文忠公陵川文集》卷29，北京图书馆古籍珍本丛刊，影印明正德二年李翰刻本。

自任也，曰：‘文王既没，文不在兹乎？’则道即文也。”（《原古录》序）[①]“天地有真实正大之理，变而顺，有通明纯粹不已之文，是其所以为之，非矫揉造凿而然也。唯其变，是以有文，唯其顺，是以不已，皆自然也。”（《送孟驾之》）[②] 这反映了儒家文学观念的核心部分。其余如张文谦、王恂、商挺、徐世隆、王磐、宋子贞、张德辉、王鹗、杨果、宋衜、杜思敬、王博文、王利用等均有文章流传，但总体上抒情写景的作品甚少，多是经世致用、歌功颂德的论说文字，缺乏抒发个人思想感情的作品。

四 小结

总体来看，金莲川藩府文人在诗、词、曲、散文等方面均取得了一定成就，在北方文坛居主导地位，对元代文学的发展做出了很大贡献，在文学发展史上有其特殊的价值。

活跃于元初北方文坛的主要是元好问，他才雄学赡，乃金元之际的文章大家，还有他选拔的阎复、徐琰、李谦、孟祺等人，忽必烈金莲川藩府文人，东平行台幕府文人、河北三镇文人，以及隐居田园山野的“河汾诸老”麻革、张宇、房皞、段克己、曹之谦、陈赓、陈庾，他们共同构成了元初北方文坛的主要力量。尤其是北方文坛盟主元好问，“才雄学赡，金元之际，屹然为文章大宗”（《四库全书总目提要》），对这一时期北方文学发展的贡献不可替代。如苏天爵《西林李先生诗集序》所言：

> 我国家肇定河朔，有若金进士元公好问独以文名，歌诗最其所长。及严侯兴学东方，元公为之师，齐鲁缀文之士云起风生，以词章相雄长，而阎、徐、李、孟之徒，世所谓杰然者也。诸公进用于朝，遂掌帝制，专文衡，一时新进小生争趋慕之矣。[③]

---

① （元）郝经：《郝文忠公陵川文集》卷29，北京图书馆古籍珍本丛刊，影印明正德二年李翰刻本。

② （元）郝经：《郝文忠公陵川文集》卷22，北京图书馆古籍珍本丛刊，影印明正德二年李翰刻本。

③ （元）苏天爵：《滋溪文稿》卷5，《景印文渊阁四库全书》第1214册，台北：商务印书馆1986年版。

在元好问的提携和影响下，其弟子郝经、刘因也成为元初北方诗学大家。另外，王恽、胡祗遹、张之翰等也是北方重要诗人。“元兴，承金宋之季，遗山元裕之以鸿朗高华之作振起于中州，而郝伯常、刘梦吉之徒继之，故北方之学，至中统、至元而大盛。”[①] 而且，“元初的散文，仍以元好问为宗匠”。[②] 金亡后其创作的文章更加老成浑厚。元代李冶评价道：“壬辰北还，老手浑成，又脱去前日畦畛矣。”（《遗山先生文集序》）[③] 其后，又有姚燧、元明善等人为元代文章大家：“昔宋季年，文气萎薾不振。国家既一四海，文治日兴。柳城姚公、清河元公相继以古文倡，海内之士盖有闻风而作兴者，彦栗亦其人哉。”（苏天爵《书林彦栗文稿后》）[④]

金莲川藩府文人与元好问、耶律楚材、杨弘道等元初北方文士及一部分遗民作家，共同创造了元初北方文坛的繁荣，并引领了元初北方文坛的风气。他们的文学创作反映了金末至元代前期的社会、文化、心理，影响了一代文风与诗风，既有其独有的特色，在文学发展史上也有其特殊的价值。金莲川藩府文人还以其特殊的身份和政治地位影响了元初的文学，对整个元代文学发展史来说有着更为深远的意义。

---

① （清）顾嗣立编《元诗选》初集（上），北京：中华书局2002年版，第593页。

② 郑振铎：《中国文学简史》，北京：台海出版社2018年版，第524页。

③ 转引自李正民《元好问研究论略》，北京：社会科学文献出版社1999年版，第453页。

④ （元）苏天爵：《滋溪文稿》卷28，《景印文渊阁四库全书》第1214册，台北：商务印书馆1986年版。

参考文献

一　元人文集

（元）刘秉忠：《藏春集》，北京图书馆古籍珍本丛刊，影印明天顺五年刻本。

（元）郝经：《郝文忠公陵川文集》，北京图书馆古籍珍本丛刊，影印明正德二年李翰刻本。

（元）郝经：《郝文忠公陵川文集》，曹雪清点校，张儒审校，太原：山西人民出版社、山西古籍出版社 2006 年版。

（元）戴良：《九灵山房集》，四部丛刊本。

（元）迺贤：《金台集》，海王邨古籍丛刊之元人十种诗本，北京：中国书店出版社 1990 年版。

（元）迺贤：《河朔访古记》三卷，《景印文渊阁四库全书》第 593 册，台北：商务印书馆 1985 年版。

（元）许衡：《鲁斋遗书》，北京图书馆古籍珍本丛刊，影印明万历二十四年刻本。

（元）余阙：《青阳先生文集》，四部丛刊续编影明本。

（元）许衡：《许衡集》，王成儒点校，北京：东方出版社 2007 年版。

（元）虞集：《虞集全集》，王颋点校，天津：天津古籍出版社 2007 年版。

（元）虞集：《道园学古录》，四部丛刊影明景泰翻元小字本。

（元）虞集：《道园类稿》，元人文集珍本丛刊本。

（元）虞集：《道园遗稿》六卷，《景印文渊阁四库全书》第 1207 册，台北：商务印书馆 1985 年版。

（元）李庭：《寓庵集》八卷，《续修四库全书》第 1322 册，上海：上海古籍出版社 2013 年版。

（元）王恽：《玉堂嘉话》，杨晓春点校，北京：中华书局 2006 年版。

（元）许有壬：《至正集》，北京图书馆古籍珍本丛刊，北京：书目文献出版社 1995 年版。

（元）马祖常：《石田先生文集》，北京：中华书局 1986 年版。

（元）萨都剌：《萨天锡诗集》，海王邨古籍丛刊之元人十种诗本，北京：中国书店 1990 年版。

（元）萨都剌：《天锡集外诗》，海王邨古籍丛刊之元人十种诗本，北京：中国书店 1990 年版。

（元）萨都剌：《雁门集》，殷孟伦、朱广祁标点整理，上海：上海古籍出版社 1982 年版。

（元）姚燧：《姚燧集》，查洪德编辑点校，北京：人民文学出版社 2011 年版。

（元）吴澄：《吴文正集》一百卷附年谱一卷，《景印文渊阁四库全书》第 1197 册，台北：商务印书馆 1985 年版。

（元）赵孟頫：《松雪斋集》，海王邨古籍丛刊之元人十种诗本，北京：中国书店 1990 年版。

（元）王恽：《王秋涧先生文集》，四部丛刊影明弘治本。

（元）程钜夫：《雪楼集》，丛书集成续编本。

（元）元明善：《清河集》，丛书集成续编本。

（元）欧阳玄：《圭斋集》，四部丛刊影明成化本。

（元）黄溍：《金华黄先生文集》，四部丛刊初编，上海：上海古籍出版社 1926 年版。

（元）赵汸：《东山存稿》七卷附录一卷，《景印文渊阁四库全书》第 1221 册，台北：商务印书馆 1985 年版。

（元）揭傒斯：《揭傒斯全集》，李梦生标点，上海：上海古籍出版社 1985 年版。

（元）苏天爵：《滋溪文稿》，陈高华、孟繁清点校，北京：中华书局 1997 年版。

（元）耶律楚材：《湛然居士文集》，谢方点校，北京：中华书局 1986 年版。

（元）释来复：《澹游集》，《续修四库全书》第 1622 册，上海：上海古籍出版社 2013 年版。

（元）释大䜣：《蒲室集》十五卷，《景印文渊阁四库全书》第1204册，台北：商务印书馆1985年版。

（元）王结：《文忠集》六卷，《景印文渊阁四库全书》第1206册，台北：商务印书馆1985年版。

（元）张翥：《蜕庵集》五卷，《景印文渊阁四库全书》第1215册，台北：商务印书馆1985年版。

（元）刘仁本：《羽庭集》六卷，《景印文渊阁四库全书》第1216册，台北：商务印书馆1985年版。

（元）杨维桢：《铁崖古乐府》十卷补六卷，《景印文渊阁四库全书》第1222册，台北：商务印书馆1985年版。

（元）贡师泰：《玩斋集》十卷拾遗一卷附年谱一卷，《景印文渊阁四库全书》第1215册，台北：商务印书馆1985年版。

（元）李孝光：《五峰集》十卷，《景印文渊阁四库全书》第1215册，台北：商务印书馆1985年版。

（元）戴良：《九灵山房集》，四部丛刊影明正统十年刊本。

（元）陈旅：《安雅堂集》十三卷，《景印文渊阁四库全书》第1213册，台北：商务印书馆1985年版。

（元）胡助：《纯白斋类稿》二十卷，《景印文渊阁四库全书》第1214册，台北：商务印书馆1985年版。

（元）宋褧：《燕石集》，北京图书馆古籍珍本丛刊，北京：书目文献出版社1991年版。

（元）林弼：《林登州集》，北京图书馆古籍珍本丛刊，北京：书目文献出版社1998年版。

（元）顾瑛辑《玉山名胜集》，杨镰、叶爱欣整理，北京：中华书局2008年版。

（元）顾瑛辑《草堂雅集》，杨镰、祁学明、张颐青整理，北京：中华书局2008年版。

（明）宋濂：《文宪集》三十二卷，《景印文渊阁四库全书》第1223册，台北：商务印书馆1985年版。

（明）王祎：《王忠文集》二十四卷，《景印文渊阁四库全书》第1226册，台北：商务印书馆1985年版。

（元）陈基：《夷白斋稿》，上海：上海书店出版社 1986 年版。

（清）张景星等选编《元诗别裁集》，上海：上海古籍出版社 1979 年版。

（清）顾嗣立编《元诗选》（初集、二集、三集），北京：中华书局 1987 年版。

（清）顾嗣立、席世臣辑《元诗选》癸集，北京：中华书局 2000 年版。

（清）顾嗣立编，（清）陶瀚、陶玉禾评《元诗选》，清乾隆十六年刻本。

（元）苏天爵编《元文类》，上海：上海古籍出版社 1993 年版。

（元）苏天爵辑撰《元朝名臣事略》，姚景安点校，北京：中华书局 1996 年版。

（清）曹炎校补《元人十种诗》，毛氏汲古阁本刻本，国家图书馆善本室藏。

李修生主编《全元文》，南京：江苏古籍出版社、凤凰出版社 2001～2006 年版。

杨镰主编《全元诗》，北京：中华书局 2013 年版。

唐圭璋编《全金元词》（上、下册），北京：中华书局 1979 年版。

隋树森编《全元散曲》（上、下册），北京：中华书局 1964 年版。

王季思主编《全元戏曲》（1～12 卷），北京：人民文学出版社 1999 年版。

徐征等主编《全元曲》，石家庄：河北教育出版社 1998 年版。

（元）元好问著，姚奠中主编，李正民增订《元好问全集》，太原：山西古籍出版社 2004 年版。

丁生俊编注《丁鹤年诗辑注》，天津：天津古籍出版社 1987 年版。

杨镰、胥惠民、张玉声编注《贯云石作品辑注》，乌鲁木齐：新疆人民出版社 1986 年版。

二　相关古籍

（晋）陶渊明：《陶渊明集》，逯钦立校注，北京：中华书局 1979 年版。

（晋）陆机撰，张少康集释《文赋集释》，北京：人民文学出版社

2002 年版。

（南朝梁）钟嵘撰，曹旭集注《诗品集注》，上海：上海古籍出版社 1994 年版。

（南朝梁）钟嵘撰，陈延杰注《诗品注》，北京：人民文学出版社 1961 年版。

（南朝陈）徐陵编，（清）吴兆宜注，程琰删补，穆克宏点校《玉台新咏笺注》，北京：中华书局 1985 年版。

（唐）杜甫撰，（清）仇兆鳌详注《杜诗详注》，上海：上海古籍出版社 1992 年版。

（唐）韩愈：《韩昌黎全集》，北京：中国书店 1998 年版。

（唐）司空图著，郭绍虞集解《诗品集解》；（清）袁枚著，郭绍虞辑注《续诗品注》，北京：人民文学出版社 2005 年版。

（唐）皎然撰，李壮鹰校注《诗式校注》，北京：人民文学出版社 2003 年版。

〔日〕遍照金刚：《文镜秘府论》，北京：人民文学出版社 1975 年版。

〔日〕遍照金刚撰，卢盛江考《文镜秘府论汇校汇考》，北京：中华书局 2006 年版。

（五代）赵崇祚编，华连圃注《花间集注》，北京：商务印书馆 1937 年版。

（后晋）刘昫等：《旧唐书》，北京：中华书局 1975 年版。

（宋）欧阳修、（宋）宋祁：《新唐书》，北京：中华书局 1975 年版。

（宋）程颢、（宋）程颐：《二程集》，北京：中华书局 1981 年版。

（宋）苏轼著，（清）王文诰辑注《苏轼诗集》（全八册），孔凡礼点校，北京：中华书局 1982 年版。

（宋）苏轼：《苏轼文集》，孔凡礼点校，北京：中华书局 1986 年版。

（宋）周密编纂，邓乔彬等译注《绝妙好词译注》，上海：上海古籍出版社 2000 年版。

（宋）朱熹、（宋）吕祖谦编《近思录》，查洪德注译，郑州：中州古籍出版社 2004 年版。

（宋）魏庆之编《诗人玉屑》，北京：人民文学出版社 1978 年版。

（宋）严羽撰，郭绍虞校释《沧浪诗话校释》，北京：人民文学出版社 1983 年版。

（宋）郑樵：《通志》，北京：中华书局 1995 年版。

（宋）郭茂倩编《乐府诗集》，北京：中华书局 1979 年版。

（宋）朱熹：《朱熹集》，郭齐、尹波点校，成都：四川教育出版社 1996 年版。

（元）脱脱等：《宋史》，北京：中华书局 1977 年版。

（元）脱脱等：《金史》，北京：中华书局 1975 年版。

（元）方回编，李庆甲汇评《瀛奎律髓汇评》，上海：上海古籍出版社 1986 年版。

（元）陶宗仪：《南村辍耕录》，北京：中华书局 1959 年版。

（元）马端临：《文献通考》，北京：中华书局 1986 年版。

（元）辛文房撰《唐才子传》（全三册），傅璇琮等校笺，北京：中华书局 1987 ~ 1990 年版。

〔意〕马可·波罗：《马可波罗行纪》，冯承钧译，呼和浩特：内蒙古人民出版社 2008 年版。

〔波斯〕拉施特：《史集》（全三册），余大钧、周建奇译，北京：商务印书馆 1983 ~ 1985 年版。

《蒙古秘史》（校勘本），额尔登泰、乌云达赉校勘，呼和浩特：内蒙古人民出版社 2007 年版。

（明）宋濂等：《元史》，北京：中华书局 1976 年版。

（明）孙原理辑《元音》，北京：中国书店 1989 年版。

（明）王骥德：《曲律》，陈多、叶长海注释，长沙：湖南人民出版社 1993 年版。

（明）胡应麟：《诗薮》，上海：上海古籍出版社 1979 年版。

（明）谢榛：《四溟诗话》，宛平校点，北京：人民文学出版社 1998 年版。

（明）汤显祖：《汤显祖全集》，徐朔方笺校，北京：北京古籍出版社 1999 年版。

（明）高棅编《唐诗品汇》，《景印文渊阁四库全书》第 1371 册，台北：商务印书馆 1985 年版。

（明）吴纳撰《文章辨体序说》，于北山校点；（明）徐师曾撰《文体明辨序说》，罗根泽校点，北京：人民文学出版社 1998 年版。

（明）陈霆：《渚山堂词话》，（明）杨慎：《词品》，北京：人民文学出版社 1960 年版。

（清）柯劭忞等：《新元史》，北京：中国书店 1988 年版。

（清）沈时栋编《古今词选》，康熙五十五年锄经书屋刻本。

（清）朱彝尊编，（清）汪森增订《词综》，上海：上海古籍出版社 1978 年版。

（清）况周颐：《蕙风词话·广蕙风词话》，孙克强辑考，郑州：中州古籍出版社 2003 年版。

（清）况周颐撰，屈兴国辑注《蕙风词话辑注》，南昌：江西人民出版社 2000 年版。

（清）笪重光：《画筌》，关和璋译解，北京：人民美术出版社 1987 年版。

（清）吴文溥：《南野堂笔记》，中华国粹书社 1912 年版。

（清）赵翼：《瓯北诗话》，北京：人民文学出版社 1963 年版。

（清）黄虞稷：《千顷堂书目》，瞿凤起、潘景郑整理，上海：上海古籍出版社 1990 年版。

（清）彭定求等编《全唐诗》（增订本），北京：中华书局 1999 年版。

（清）于敏中等编纂《日下旧闻考》，北京：北京古籍出版社 1981 年版。

（清）阮阅编《诗话总龟》，周本淳校点，北京：人民文学出版社 1987 年版。

（清）翁方纲：《石洲诗话》，陈迩冬校点，北京：人民文学出版社 1981 年版。

（清）永瑢等：《四库全书总目》，北京：中华书局 1963 年版。

（清）黄宗羲著，（清）黄百家辑，（清）全祖望补修，（清）王梓材等校定《宋元学案》，北京：中华书局 1986 年版。

（清）王梓材、冯云濠辑《宋元学案补遗稿本》，北京：北京图书馆出版社 2000 年版。

（清）张宗橚编，杨宝霖补正《词林纪事·词林纪事补正合编》，上海：上海古籍出版社 1998 年版。

（清）丁传靖编《宋人轶事汇编》，北京：中华书局 1981 年版。

（清）厉鹗辑《宋诗纪事》，上海：上海古籍出版社 1983 年版。

（清）马清福等编《唐宋诗醇》，艾荫范等注，沈阳：春风文艺出版社 1995 年版。

（清）刘载熙：《艺概》，上海：上海古籍出版社 1978 年版。

（清）张豫章编《御选宋金元明四朝诗》，《景印文渊阁四库全书》第 1437 册，台北：商务印书馆 1985 年版。

（清）叶燮：《原诗》，（清）薛雪：《一瓢诗话》，（清）沈德潜：《说诗晬语》，北京：人民文学出版社 1979 年版。

〔日〕今关寿麿编撰《宋元明清儒学年表》，北京：北京图书馆出版社 2002 年版。

王国维：《宋元戏曲史》，上海：上海古籍出版社 1998 年版。

王国维：《人间词话》，上海：上海古籍出版社 1998 年版。

章炳麟：《訄书》，北京：中国文史出版社 2003 年版。

三　今人著作

白寿彝主编《中国通史》，北京：人民出版社 1997 年版。

包根弟：《元诗研究》，台北：幼狮文化事业公司 1978 年版。

北京图书馆编《北京图书馆古籍善本书目》，北京：书目文献出版社 1989 年版。

北京大学哲学系美学教研室编《中国美学史资料选编》（下），北京：中华书局 1981 年版。

北京师范大学古籍所编《元代文化研究》，北京：北京师范大学出版社 2001 年版。

北京师范大学中文系文艺理论教研室编注《中国古代文论选注》，西安：陕西人民出版社 1983 年版。

曹顺庆等：《中国古代文论话语》，成都：巴蜀书社 2001 年版。

陈得芝：《蒙元史研究丛稿》，北京：人民出版社 2005 年版。

陈高华：《元史研究论稿》，北京：中华书局 1991 年版。

陈高华：《元史研究新论》，上海：上海社会科学院出版社 2005 年版。

陈西进编著《蒙元王朝征战录（公元 1162—1279 年）》，北京：昆仑出版社 2007 年版。

陈垣：《陈垣史学论著选》，上海：上海人民出版社 1981 年版。

陈垣：《道家金石略》，北京：文物出版社 1988 年版。

陈衍辑撰《元诗纪事》，李梦生点校，上海：上海古籍出版社 1987 年版。

陈植锷：《诗歌意象论》，北京：中国社会科学出版社 1990 年版。

陈尚君辑校《全唐诗补编》，北京：中华书局 1992 年版。

陈鼓应注译《庄子今注今译》，北京：中华书局 1983 年版。

陈鼓应注译《老子今注今译及评介》，北京：商务印书馆 2003 年版。

程俊英、蒋见元编《诗经注析》，北京：中华书局 1991 年版。

邓绍基主编《元代文学史》，北京：人民文学出版社 1991 年版。

邓绍基选注《金元诗选》，北京：人民文学出版社 2005 年版。

董国柱：《佛教十三经今译（三）维摩诘经》，哈尔滨：黑龙江人民出版社 1998 年版。

丁福保编《清诗话》，上海：上海古籍出版社 1999 年版。

樊美筠：《中国传统美学的当代阐释》，北京：北京大学出版社 2006 年版。

方智范等：《中国词学批评史》，北京：中国社会科学出版社 1994 年版。

费孝通：《中华民族多元一体格局》，北京：中央民族大学出版社 1989 年版。

冯友兰：《中国哲学简史》，天津：天津社会科学院出版社 2005 年版。

符海朝：《元代汉人世侯群体研究》，保定：河北大学出版社 2007 年版。

高人雄：《古代少数民族诗词曲作家研究》，北京：民族出版社 2003 年版。

高永年：《中国叙事诗研究》，南京：江苏教育出版社 2002 年版。

谷志科、宋文主编《邢州学派》，北京：中国文联出版社 2008 年版。

顾随：《驼庵诗话》，叶嘉莹笔记，顾之京整理，天津：天津人民出版社 2007 年版。

顾易生、蒋凡、刘明今：《宋金元文学批评史》，上海：上海古籍出版社 1996 年版。

郭绍虞：《中国文学批评史》，上海：上海古籍出版社 1979 年版。

郭绍虞主编《中国历代文论选》，上海：上海古籍出版社 1979 年版。

郭绍虞编《清诗话续编》，上海：上海古籍出版社 1983 年版。

郭绍虞：《杜甫戏为六绝句集解元好问论诗三十首小笺》，北京：人民文学出版社 1978 年版。

郭英德、谢思炜等：《中国古典文学研究史》，北京：中华书局 1995 年版。

郝时远、罗贤佑主编《蒙元史暨民族史论集——纪念翁独健先生诞辰一百周年》，北京：社会科学文献出版社 2006 年版。

韩儒林主编《元朝史》，北京：人民出版社 2008 年版。

贺西林、赵力：《中国美术史简编》，北京：高等教育出版社 2003 年版。

黄拔荆：《中国词史》，福州：福建人民出版社 2003 年版。

黄惇：《中国书法史·元明卷》，南京：江苏教育出版社 2002 年版。

黄中祥：《哈萨克英雄史诗与草原文化》，北京：中央编译出版社 2007 年版。

蒋寅：《古典诗学的现代诠释》，北京：中华书局 2003 年版。

金元浦主编《中国文化概论》，北京：首都师范大学出版社 1999 年版。

金开诚、董洪利、高路明校注《屈原集校注》，北京：中华书局 1996 年版。

郎樱、扎拉嘎主编《中国各民族关系研究》（上、下册），贵阳：贵州人民出版社 2005 年版。

李炳海：《民族融合与中国古代文学》，长春：东北师范大学出版社 1997 年版。

李昌集：《中国古代散曲史》，上海：华东师范大学出版社 1991 年版。

李舜臣、欧阳江琳：《“汉廷老吏”虞集》，南昌：江西高校出版社 2005 年版。

李新宇：《元代辞赋研究》，北京：中国社会科学出版社 2008 年版。

李修生、查洪德主编《辽金元文学研究》，北京：北京出版社 2001 年版。

李泽厚：《美的历程》，北京：中国社会科学出版社 1984 年版。

李治安：《忽必烈传》，北京：人民出版社 2004 年版。

李文禄、刘维治主编《古代咏花诗词鉴赏辞典》，长春：吉林大学出版社 1990 年版。

李时人主编《古今山水名胜诗词辞典》，西安：陕西人民出版社 1991 年版。

梁申威等编著《禅趣三昧丛书·禅词妙趣》，太原：山西人民出版社 2006 年版。

梁启超：《中国近三百年学术史》，北京：中国书店 1985 年版。

梁庭望、张公瑾主编《中国少数民族文学概论》，北京：中央民族大学出版社 1998 年版。

廖奔：《中国古代剧场史》，郑州：中州古籍出版社 1997 年版。

廖奔、刘彦君：《中国戏曲发展史》，太原：山西教育出版社 2000 年版。

林语堂：《林语堂著译人生小品集》，杭州：浙江文艺出版社 1991 年版。

林东海、宋红编辑《万首论诗绝句》，北京：人民文学出版社 1991 年版。

刘毓盘：《词史》，上海：上海书店 1985 年版。

刘大杰：《中国文学发展史》，上海：复旦大学出版社 2005 年版。

刘明今：《辽金元文学史案》，上海：上海古籍出版社 2004 年版。

刘正民、星汉、许征选注《西域少数民族诗选》，乌鲁木齐：新疆人民出版社 1987 年版。

逯钦立辑校《先秦汉魏晋南北朝诗》，北京：中华书局 1983 年版。

陆玉林：《传统诗词的文化阐释》，北京：中国社会科学出版社 2003 年版。

罗斯宁：《元杂剧和元代民俗文化》，广州：广东高等教育出版社 2007 年版。

马建春：《元代东迁西域人及其文化研究》，北京：民族出版社 2003

年版。

马曼丽、切排：《中国西北少数民族通史（蒙、元卷）》，北京：民族出版社 2009 年版。

缪钺：《诗词散论》，上海：上海古籍出版社 1982 年版。

么书仪：《元代文人心态》，北京：文化艺术出版社 1993 年版。

孟繁清等：《金元时期的燕赵文化人》，石家庄：河北人民出版社 2004 年版。

南京大学历史系元史研究室编《元史论集》，北京：人民出版社 1984 年版。

牛海蓉：《元初宋金遗民词人研究》，北京：中国社会科学出版社 2007 年版。

欧阳光：《宋元诗社研究丛稿》，广州：广东高等教育出版社 1996 年版。

潘清：《元代江南民族重组与文化交融》，南京：凤凰出版社 2006 年版。

潘天寿：《中国绘画史》，上海：上海美术出版社 1983 年版。

彭国忠：《元祐词坛研究》，上海：华东师范大学出版社 2002 年版。

漆邦绪主编《中国散文通史》，长春：吉林教育出版社 1996 年版。

赵仁珪、万光治、张廷银编《启功讲学录》，北京：北京师范大学出版社 2004 年版。

邱树森主编《元史辞典》，济南：山东教育出版社 2002 年版。

钱穆：《中国近三百年学术史》，北京：中华书局 1986 年版。

钱穆：《中国文化史导论》，北京：商务印书馆 1994 年版。

钱仲联等撰《元明清词鉴赏辞典》，上海：上海辞书出版社 2002 年版。

孙克强编著《唐宋人词话》，郑州：河南文艺出版社 1999 年版。

孙克强：《雅俗之辨》，香港：华文出版社 1997 年版。

上海古籍出版社编《宋元笔记小说大观》，上海：上海古籍出版社 2007 年版。

施蛰存主编《词籍序跋萃编》，北京：中国社会科学出版社 1994 年版。

施蛰存、陈如江辑录《宋元词话》，上海：上海书店出版社 1999 年版。

陶尔夫、刘敬圻：《南宋词史》，哈尔滨：黑龙江人民出版社 2005 年版。

陶然：《金元词通论》，上海：上海古籍出版社 2001 年版。

陶秋英编选，虞行校订《宋金元文论选》，北京：人民文学出版社 1984 年版。

唐圭璋编纂，王仲闻参订，孔凡礼补辑《全宋词》，北京：中华书局 1999 年版。

唐圭璋编《词话丛编》，北京：中华书局 1986 年版。

唐圭璋等校点《唐宋人选唐宋词》，上海：上海古籍出版社 2004 年版。

唐圭璋编著《宋词纪事》，上海：上海古籍出版社 1982 年版。

王明荪：《元代的士人与政治》，台北：学生书局 1995 年版。

王荣：《中国现代叙事诗史》，北京：中国社会科学出版社 2004 年版。

王叔磐、孙玉溱、张凤翔等编选《元代少数民族诗选》，呼和浩特：内蒙古人民出版社 1981 年版。

王先霈：《中国古代诗学十五讲》，北京：北京大学出版社 2007 年版。

王运熙、顾易生主编《中国文学批评通史》，上海：上海古籍出版社 1996 年版。

王德毅、李荣村、潘柏澄编《元人传记资料索引》，北京：中华书局 1987 年版。

王超等主编《古诗词轶事传说》，郑州：河南人民出版社 2002 年版。

翁独健主编《中国民族关系史纲要》，北京：中国社会科学出版社 1990 年版。

吴建伟、朱昌平主编《中国回族文学史》，银川：宁夏人民出版社 2007 年版。

吴相洲：《唐代歌诗与诗歌》，北京：北京大学出版社 2000 年版。

伍伟民、蒋见元：《道教文学三十谈》，上海：上海社会科学院出版社 1993 年版。

夏晓虹编校《中国现代学术经典·梁启超卷》，石家庄：河北教育出版社 1996 年版。

肖驰：《中国诗歌美学》，北京：北京大学出版社 1986 年版。

肖占鹏主编《隋唐五代文艺理论汇编评注》，天津：南开大学出版社 2002 年版。

萧君和主编《中华民族史》（上、下册），哈尔滨：黑龙江教育出版社 2001 年版。

萧启庆：《内北国而外中国：蒙元史研究》（上、下册），北京：中华书局 2007 年版。

徐复观：《中国艺术精神》，沈阳：春风文艺出版社 1987 年版。

徐谦：《诗词学》，北京：商务印书馆 1926 年版。

徐子方：《挑战与抉择——元代文人心态史》，石家庄：河北教育出版社 2001 年版。

杨光辉：《萨都剌生平及著作实证研究》，北京：高等教育出版社 2005 年版。

杨镰：《元代西域诗人群体研究》，乌鲁木齐：新疆人民出版社 1998 年版。

杨镰：《元诗史》，北京：人民文学出版社 2003 年版。

杨镰：《元代文学编年史》，太原：山西教育出版社 2005 年版。

杨伯峻译注《论语译注》，北京：中华书局 1980 年版。

杨伯峻译注《孟子译注》，北京：中华书局 2004 年版。

杨义：《重绘中国文学地图》，北京：中国社会科学出版社 2003 年版。

杨志玖：《元代回族史稿》，天津：南开大学出版社 2004 年版。

杨明照等校注《增订文心雕龙校注》，北京：中华书局 2000 年版。

殷义祥译注《三曹诗选译》，成都：巴蜀书社 1994 年版。

颜中其编注《苏东坡轶事汇编》，长沙：岳麓书社 1984 年版。

叶维廉：《中国诗学》，北京：生活·读书·新知三联书店 1992 年版。

易晓闻：《中国古代诗法纲要》，济南：齐鲁书社 2005 年版。

余冠英编《汉魏六朝诗选》，北京：人民文学出版社 1958 年版。

余来明主编《中国文学编年史·元代卷》，长沙：湖南人民出版社2006年版。

余来明：《元代科举与文学》，武汉：武汉大学出版社2013年版。

袁行霈：《中国诗歌艺术研究》，北京：北京大学出版社1996年版。

袁行霈主编《中国文学史》（四卷本），北京：高等教育出版社1999年版。

云峰：《元代蒙汉文学关系研究》，北京：民族出版社2005年版。

曾永义编辑《元代文学批评史资料汇编》（上、下册），台北：成文出版社1978年版。

祖保泉注解《司空图诗品解说》，合肥：安徽人民出版社1980年版。

查洪德、李军：《元代文学文献学》，北京：中国社会科学出版社2002年版。

查洪德：《理学背景下的元代文论与诗文》，北京：中华书局2005年版。

查洪德主编《中国古代诗文名著提要·金元卷》，石家庄：河北教育出版社2009年版。

查洪德：《元代诗学通论》，北京：北京大学出版社2014年版。

（南朝梁）刘勰著，詹瑛义证《文心雕龙义证》，上海：上海古籍出版社1989年版。

詹福瑞：《中古文学理论范畴》，保定：河北大学出版社1997年版。

詹石窗：《南宋金元的道教》，上海：上海古籍出版社1989年版。

詹石窗：《道教文学史》，上海：上海文艺出版社1992年版。

詹石窗：《南宋金元道教文学研究》，上海：上海文化出版社2001年版。

张伯伟：《中国古代文学批评方法研究》，北京：中华书局2002年版。

张晶：《辽金元诗歌史论》，长春：吉林教育出版社1995年版。

张少康：《中国文学理论批评史教程》，北京：北京大学出版社1999年版。

张毅：《中国文学通览·元代卷》，北京：中华书局1997年版。

张毅：《宋代文学思想史》，北京：中华书局2006年版。

张毅主编《中国古代文学发展史》，天津：南开大学出版社2003

年版。

张迎胜：《元代回族文学家》，北京：人民出版社 2004 年版。

张葆全：《诗话和词话》，上海：上海古籍出版社 1983 年版。

张璋等编纂《历代词话》（上、下册），郑州：大象出版社 2002 年版。

张璋等编纂《历代词话续编》（上、下册），郑州：大象出版社 2005 年版。

钟陵编著《金元词纪事会评》，合肥：黄山书社 1995 年版。

周振甫译注《周易译注》，北京：中华书局 1991 年版。

赵敏俐、吴相洲、刘怀荣等：《中国古代歌诗研究》，北京：北京大学出版社 2005 年版。

赵琦：《金元之际的儒士与汉文化》，北京：人民出版社 2004 年版。

赵维江：《金元词论稿》，北京：中国社会科学出版社 2000 年版。

周良霄、顾菊英：《元史》，上海：上海人民出版社 2003 年版。

中华书局编辑部：《宋元明清书目题跋丛刊》，北京：中华书局 2006 年版。

中国戏曲研究院编《中国古典戏曲论著集成》第 2 集，北京：中国戏剧出版社 1959 年版。

朱汉民等：《中国学术史 · 宋元卷》，南昌：江西教育出版社 2001 年版。

朱良志：《中国美学十五讲》，北京：北京大学出版社 2006 年版。

朱荣智：《元代文学批评之研究》，台北：联经出版事业公司 1982 年版。

朱光潜：《诗论》，合肥：安徽教育出版社 1997 年版。

朱金城笺校《白居易集笺校》，上海：上海古籍出版社 1988 年版。

宗白华：《美学与意境》，北京：人民文学出版社 1987 年版。

〔美〕刘若愚：《中国文学理论》，杜国清译，南京：江苏教育出版社 2005 年版。

《欧美古典作家论现实主义和浪漫主义》（一），北京：中国社会科学出版社 1980 年版。

苏古编选《江苏古籍序跋与书评》，南京：江苏古籍出版社 2000 年版。

周振甫：《文心雕龙今译》，北京：中华书局1986年版。

四 论文类

萧启庆：《元朝多族士人的雅集》，《中国文化研究所学报》1997年第6期。

萧启庆：《元代多族士人网络中的婚姻关系》，载郝时远、罗贤佑主编《蒙元史暨民族史论集——纪念翁独健先生诞辰一百周年》，北京：社会科学文献出版社2006年版。

萧启庆：《元代蒙古、色目士人阶层的形成与发展》，载北京大学中国传统文化研究中心编《文化的馈赠：汉学研究国际会议论文集》（史学卷），北京：北京大学出版社2000年版。

萧启庆：《元代科举中的多族师生与同年》，《中华文史论丛》2010年第1期。

李修生：《元代文化刍议》，《殷都学刊》1999年第1期。

查洪德：《元代作家队伍的雅俗分流》，《西南民族大学学报》2010年第1期、《新华文摘》2010年第8期。

查洪德：《"海宇混一"鼓舞下的元代盛世文风》，《南开学报》2008年第4期。

查洪德：《元代文学的多元丰富性》，《光明日报》2008年8月1日。

查洪德：《元代文学史研究再审视》，《陕西师范大学学报》2010年第5期。

左东岭：《元代文化与元代文学》，《郑州大学学报》1991年第1期。

左东岭：《元明之际的种族观念与文人心态及相关的文学问题》，《文学评论》2008年第5期。

杨镰：《元诗文献研究》，《文学遗产》2002年第1期。

杨镰：《元代文学的终结：最后的大都文坛》，《文学遗产》2004年第6期。

郭万金：《元代文化生态平议》，《民族文学研究》2008年第1期。

邱江宁：《奎章阁文人与元代文坛》，《文学评论》2009年第1期。

蒲宏凌：《关于元诗》，《文学评论》2010年第6期。

门岿：《元代蒙古色目诗人考辨》，《文学遗产》1988年第5期。

门岿:《论元代女真族和契丹族诗人及其创作》,《中央民族学院学报》1989 年第 4 期。

柴剑红:《〈元诗选〉癸集西域作者考略》,《文史》第 31 辑,北京:中华书局 1989 年版。

蒋寅:《古典诗学中“清”的概念》,《中国社会科学》2000 年第 1 期。

张晶:《论少数民族诗人在元代中后期诗风丕变中的作用》,《民族文学研究》1997 年第 1 期。

李治安:《元代汉人受蒙古文化影响考述》,《历史研究》2009 年第 1 期。

展龙:《试论元末汉族士大夫的民族认同意识》,《内蒙古社会科学》2008 年第 6 期。

费孝通:《人的研究在中国——个人的经历》,《读书》1990 年第 10 期。

姚大力:《中国历史上的民族关系与国家认同》,《中国学术》2002 年第 4 期。

方克立:《费孝通与“和而不同”文化观》,《中国社会科学院研究生院学报》2006 年第 6 期。

刘俐俐:《“美人之美”为宗旨的民族文学理论与方法的几个论域》,《文艺理论研究》2010 年第 1 期。

方龄贵:《关于元史研究的几个问题》,《社会科学战线》1986 年第 4 期。

山西省考古研究所:《山西运城西里庄元代壁画墓》,《文物》1988 年第 4 期。

云峰:《论蒙古民族及其文化对元杂剧繁荣兴盛之影响》,《内蒙古师范大学学报》(哲学社会科学版)2003 年第 4 期。

扎拉嘎:《北方少数民族对中国文学的贡献》,《社会科学战线》2003 年第 3 期。

任红敏:《元代科举对元代文坛格局的影响》,《齐鲁学刊》2017 年第 2 期。

任红敏:《元代宗教与元代文坛格局》,《殷都学刊》2016 年第 3 期,同年全文转载于人大复印报刊资料《中国古代、近代文学研究》第12期。

任红敏:《元代科举及对元代诗文创作的影响》,《内蒙古师范大学学报》2016年第5期。

任红敏:《忽必烈藩府文人与元代宗教政策及对文学的影响》,《世界宗教文化》2016年第4期。

任红敏:《忽必烈藩府文人与元代儒学主导地位的确立》,《典籍与文化》2016年第3期。

任红敏:《忽必烈藩府儒士群体的圣贤气象》,《晋阳学刊》2016年第2期,同年全文转载于人大复印报刊资料《中国古代、近代文学研究》第10期。

任红敏:《忽必烈藩府儒士群体的圣贤气象》,《晋阳学刊》2016年第2期。

任红敏:《忽必烈潜邸儒士与元代文学新变》,《武汉大学学报》2016年第2期。

任红敏:《北方草原文化及西域商业文化对元杂剧创作的影响》,《内蒙古社会科学》2016年第1期。

任红敏:《忽必烈幕府文人文化与信仰多元化对元杂剧创作的影响》,《戏剧》2015年第5期。

任红敏:《忽必烈幕府文人与元代教育及对文学的影响》,《殷都学刊》2015年第3期。

任红敏:《三教通融与元代禅宗僧人刘秉忠诗词的文化意蕴》,《法音》2015年第9期。

任红敏:《忽必烈幕府用人导向与元代作家队伍的雅俗分流》,《民族文学研究》2014年第6期。

任红敏:《忽必烈潜邸文人的金莲川情结》,《民族文学研究》2012年第6期。

任红敏:《文化遮蔽下的宋元遗民及其遗民文学》,《内蒙古社会科学》2012年第2期。

任红敏:《金莲川幕府儒臣诗歌所展示的儒者气象》,《民族文学研究》2011年第2期。

任红敏:《金莲川藩府文人仕与隐的冲突》,《中央民族大学学报》

2011 年第 3 期。

任红敏:《略论忽必烈潜邸少数民族谋臣侍从文人群体的历史地位及贡献》,《前沿》2011 年第 5 期。

任红敏:《萧辅道入侍忽必烈藩府及太一道在元代的发展》,《兰台世界》2011 年第 8 期。

附录一　金莲川藩府文人群体之文学编年

金莲川藩府文人群体之文学编年，以藩府文人的活动为主。在开府金莲川之前，已有许多文人陆续入侍藩府。1252 年，始建金莲川藩府，之后是藩府文人活动的主要部分，他们对开创有元一代的政治、经济、文化、教育等各个方面的新局面做出了很多贡献。忽必烈继汗位之后，藩府文人依然在元代的政治、经济、文化舞台上发挥着巨大作用。因而，文学编年分为三部分，始于藩府文人入侍藩府，以开府金莲川至忽必烈建元后藩府文人的活动为主体，终于藩府文人相继离世。

开府金莲川之前

蒙古窝阔台汗（元太宗）十年、南宋理宗嘉熙二年戊戌（1238）

冬十月，杨惟中与姚枢建太极书院，聘赵复与王粹为讲官，理学北渐。

窝阔台汗七年（1235），太子阔端南伐，姚枢跟从杨惟中即军中求儒、道、释、医、卜者。会破枣阳，主将将尽坑之。姚枢力辨非诏书意，他日何以复命，乃蹙数人逃入篁竹中脱死。拔德安，得名儒赵复，始得程朱性理之书。据《宋史纪事本末》卷一〇一《北方诸儒之学》："理宗嘉熙二年冬十月，蒙古姚枢建太极书院于燕京。"《元史》卷一四六《杨惟中传》："延儒士赵复、王粹等讲授其间。"又《陵川集》卷三四《周子祠堂碑》："今领中书相国杨公始嗜其学，乃建太极书院于燕都，立祠于院以祀。"《陵川集》卷三五《故中书令江淮京湖南北等路宣抚大使杨公神道碑铭》："克宋枣阳……立周子庙，建太极书院，俾师儒赵复等讲授。"可知，杨惟中与姚枢建太极书院应该是在 1238 年，赵复与王粹为讲官。

杨惟中（1205～1259），字彦诚，弘州（今河北阳原县）人。"金末，以孤童子事太宗，知读书，有胆略，太宗器之。年二十，奉命使西域三十余国，宣畅国威，敷布政条，俾皆籍户口属吏，乃归，帝于是有大用意。"（《元史》卷一四六《杨惟中传》）

姚枢（1203～1278），字公茂，号敬斋，又号雪斋，营州柳城（今辽宁朝阳市）人。"长力于学"，读书常"夜分不辍"。年轻时居许昌（今河南许昌），时有重名的金内翰宋九嘉"折行位与之游"（姚燧《牧庵集》卷一五《中书左丞姚文献公神道碑》），识其有王佐之略，对他很是器重。1232年，许州城破。1233年，"公闻太宗诏学士十八人，即长春宫教之，俾杨中书惟中监督，则往依焉，中书少公六年，兄称之，与偕北觐"。杨惟中与他很是投缘，相偕觐见太宗，"时龙庭无汉人士夫，帝喜其来，甚重之"（《中书左丞姚文献公神道碑》）。

蒙古乃马真后监国元年、南宋理宗淳祐元年辛丑（1241）

赵炳以勋阀之子侍忽必烈于潜邸。

赵炳（1222～1280），字彦明，惠州滦阳人。父亲赵弘有勇略，蒙古初为征行兵马都元帅。"甫弱冠，以勋阀之子侍世祖于潜邸，恪勤不怠，遂蒙眷遇。"（《元史·赵炳传》）赵炳至元十七年（1280）三月身亡，年五十九，他当于辛巳年（1222）生人，弱冠之年，乃辛丑年（1241），即入侍藩府。

高良弼以投下子弟任忽必烈藩府宿卫。

高良弼（1222～1287），字辅之，真定平山人。曾"就傅读书"，而且自幼"端重异群儿"。后以投下子弟任忽必烈藩府宿卫："既冠，宿卫世祖潜藩。"（姚燧《有元故少中大夫淮安路总管兼府尹兼管内劝农事高公神道碑》）高良弼于丁亥年二月二十有一日卒，年六十六，弱冠之年，应为辛丑年（1241）。人称其："躯干魁颀，风度凝远，望之已知其不为人下者。矧其秉德易直，刚而不竞，柔而不挠，友善日亲，恶不急去，真善应世务者。"（姚燧《牧庵集》卷二三《高公神道碑》）

蒙古乃马真后元年、南宋理宗淳祐二年壬寅（1242）

是年，刘秉忠和赵璧进入忽必烈潜邸。在去和林的途中，刘秉忠有诗《过天井关》、《过界墙》等。

忽必烈（1215～1294），全名叫孛尔只斤·忽必烈，又称奇渥温忽必烈，蒙古人，拖雷第四子，母唆鲁禾帖尼。创立元朝，庙号世祖，汉文谥号为圣德神功文武皇帝，蒙古尊号薛禅汗（Sečen Qaan）。《元史·世祖本纪》载："以乙亥岁八月乙卯生。及长，仁明英睿，事太后至孝，尤善抚下。"昱年，忽必烈请禅宗名僧印简大师海云赴漠北（当时忽必烈在和林）帐下，问佛法大意。印简此次和林之行，不仅向雄心勃勃的忽必烈成功宣扬了"安天下之法"——以儒治国，慈爱不杀，而且向忽必烈引荐了机智弘达的随行侍者子聪和尚，即以"聪书记"僧人身份在忽必烈身边谋划军政机要二十多年，后成为忽必烈佐命之臣的刘秉忠。

刘秉忠（1216～1274），邢州（今河北邢州）人。初名侃，字仲晦，后出家为僧，法名子聪，号藏春散人。刘秉忠生而风骨秀异，志气英爽不羁，而且博学多才。海云禅师途经云中，因赏识刘秉忠"博学多艺能"，约以同行至和林，并把其推荐给忽必烈。其应对称旨，遂被留至忽必烈幕府，受宠信。

这一年，有人向忽必烈推荐了中原儒生赵璧。赵璧（1220～1276），字宝臣，云中怀仁人。张之翰《大元故荣禄大夫中书平章政事赵公神道碑铭》（《西岩集》卷一九）载，他曾"从九山李微、金城兰光庭学"，而且"朝诵暮课，一日千里"。李微和兰光庭两人均为金末名士。李微，字子微，号九山居士，是元好问所荐中州五十四名士之一，后来也是耶律楚材的门下士。兰光庭，字仲文，耶律楚材曾赞誉他说："仲文才笔冠人间，工部坛前第一班"（《又和仲文二首》，《湛然居士集》卷一二）。赵璧师从名家，其儒学修养应该也不错。赵璧"年二十三，有荐闻于上，召至行宫"。按赵璧死于至元十三年（1276），享年五十七岁，则二十三岁为1242年。忽必烈对赵璧非常喜爱，"呼秀才而不名，赐三僮，给薪水，命后亲制衣赐之，视其试服不称，辄为损益，宠遇无与为比"（《元史·赵璧传》）。赵璧自到忽必烈藩邸起就开始为他征召四方名士。"首下汉境，征四方名士，自后王府事咸与焉。"（张之翰《大元故荣禄大夫中书平章政事赵公神道碑铭》）

姚枢辞官，迁居辉州苏门，传布赵复所授程朱诸书。而许衡诣枢求得程氏《易传》、朱熹《四书章句集注》、《小学》等书，手录而归。遂以此教授门徒，声名大著。

郝经于本年前后曾至燕山，后有诗《秋思》、《鬻栗行》忆当年之事。

郝经（1223～1275），字伯常，谥文忠。其先潞州人，徙泽州之陵川（今属山西）。家世业儒，祖父郝天挺为元好问师。经又曾从元好问学。金亡后，窝阔台汗六年（1234），郝经举家北渡，徙居保州。郝经《陵川集》卷四《秋思》组诗之五写道："弱冠燕市游，许与皆豪英。百匝红锦围。酒海横长鲸。醉倚蓟丘竹，长啸秋风生。有时按策坐，谈天复谈兵。划破天心胸，四座一时倾。"又卷一二《鬻栗行》写道："昔年燕都贤豪宴我百花楼，张觜合吹□绝艺，象花短管安芦头。主人捧觞初寿客，一声便作新凉州。倾侧四座皆寂默，清冽揭起嘶苍虬。"郝经 1222 年生人，弱冠之年乃 1241 年，故当于本年或稍后。

蒙古乃马真后二年、南宋理宗淳祐三年癸卯（1243）

忽必烈与刘秉忠、赵璧议论治国之术。

许国祯、许扆父子入侍藩府。

许国祯，字进之，绛州曲沃人也。祖父辈皆业医。许国祯博通经史，尤精医术。应在 1243 年以前，许国祯被征至瀚海，留守掌医药。因于甲辰年许国祯曾和赵璧受命到保州征聘王鹗，所以许国祯入藩时间必定在 1243 年之前。其子许扆也从其侍忽必烈于潜邸。

许扆字君黼，一名忽鲁火孙。进退庄重，忽必烈喜之，赐名。后曾从许衡学，入备宿卫，忠慎小心。

郝经馆于顺天守帅贾辅、张柔家，教授其诸子，博览二家藏书，作《万卷楼记》以记之。又有《西郎吟》（上左副贾侯）诗，表达了对贾辅的感激之情。

金亡后，甲午年（1234），郝经与父郝思温北渡，徙居保州。家贫好学，曾于铁佛寺苦读五年。郝经《陵川集》卷二六《铁佛寺读书堂记》载："壬辰之变，始居于保。岁戊戌，先君官于保之满城。是岁，经始知学，喜为诗文……业乃假屋于铁佛寺……岁癸卯（1243），顺天道左副元帅祁阳贾侯邀致其府，始去寺堂，居寺堂者俶末五年，凡当治之书及几数焉。"又卷二五《万卷楼记》："万卷楼顺天贾侯藏书之所也。……以书币邀致其府，于楼之侧筑堂曰'中和'，尽以楼之书见付，使肆其观览。侯则时令讲解一编。辄曰：‘吾之书有归矣。吾不为书肆矣。……’楼成于丙申之秋，经之处侯之门，则癸卯之冬，文成之日，则甲辰之春也。”郝经遍览天下群书，学问更是精进。卷八有《西郎吟》（上左副贾侯）一诗，诗中说：“老鹰黄隼正吾侪，亦赖恩灵庇黄口。”

是年，郝经有《送常山刘道济序》、《再送常山刘道济序》文以送刘渊德。有诗《癸卯岁始春怀古田舍二首》。

《陵川集》卷三〇《送常山刘道济序》曰：“岁癸卯，秋八月，道济兄南归，经为之言。”刘德渊字道济，内丘人。少师王若虚，以史学为专门之业。中统元年辟为翰林待制，后家居讲学，时人重之。

蒙古乃马真后三年、南宋理宗淳祐四年甲辰（1244）

忽必烈延召藩邸旧臣及四方文学之士，问以治道。

《元史》卷四《世祖本纪一》载：“岁甲辰，帝在潜邸，思大有为于天下，延藩府旧臣及四方文学之士，问以治道。”

八月，郝经编成《唐宋近体诗选》。

《陵川集》卷三〇《唐宋近体诗选序》：“事有至大，物有至多者，万言之文不足以尽其理，诗四句，何以毕之？所谓至简而至精粹者也，故必平帖精当，切至清新，理不晦而语不滞，庶几其至矣。……今集唐宋诸贤绝句全篇之可为矜式者，与夫杰辞丽句之可以警动精神者，条例而次第之，为订愚发蒙之具。虽末学，亦穷理之一事也。学者其无惑。岁甲辰八月二十五日，陵川郝经题。”可以看到，郝经非常重视对诗歌语言的锤炼。

秋，王鹗入藩。到达汗廷，恰逢秋丁（农历八月上旬丁日）祭孔日，遂请求举行释典礼。

王鹗（1190～1273），字百一，曹州东明（今山东东明县南）人。“幼聪悟，日诵千余言，长工词赋。”（《元史》本传）金哀宗正大元年（1224），中状元，授应奉翰林文字。窝阔台汗六年（1234）正月，金亡，王鹗被蒙古军俘于蔡州，万户张柔闻其名，救之，纳为幕僚，馆于保州。甲辰，忽必烈在藩邸，访求遗逸之士，“遣故平章政事赵璧，今礼部尚书许国相（许国祯）首聘公于保州”（苏天爵《元朝名臣事略》卷一二《内翰王文康公》）。及至，使者数辈迎劳，召对。进讲《孝经》、

《书》、《易》，及齐家治国之道，古今事物之变，每夜分乃罢。忽必烈曰："我虽未能即行汝言，安知异日不能行之耶!"他受到忽必烈的热情招待。

王鹗北行之时，"故人马云汉以宣圣画像为赠，既至北庭，适值秋仲，奏行释奠礼。上悦，即命办其事。公为祝文，行三献礼，礼毕，进胙于上。上既饮福，熟其胙。上下均之，其崇敬如此"（苏天爵《元朝名臣事略》卷一二《内翰王文康公》）。忽必烈亲自参加了祭孔仪式。自此，于春秋二仲举行释典礼，以为常例。

赵璧受命教授蒙古子弟儒家书籍，并以蒙古语翻译《大学衍义》一书。

忽必烈"令蒙古生十人从璧受儒书。敕璧习国语，译《大学衍义》。时从马上听璧陈说，辞旨明贯，世祖嘉之"（《元史》卷一五九《赵璧传》）。

蒙古乃马真后四年、南宋理宗淳祐五年乙巳（1245）

郝经于弱冠之年曾至燕山，与燕中文士来往或互致书信。此年，有《答高雄飞书》、《醉经记》、《邻野堂记》等文。有诗《乙巳岁三月为建威参军使都经钱溪》。

《陵川集》卷二三有《答高雄飞书》："经拜，手复书雄飞兄……生今二十有三年矣。"高鸣，字雄飞，《元史》卷一六〇有传。高鸣在这一年正好二十三岁，因而郝经《答高雄飞书》应是作于这一年。卷六《醉经记》言："经也者，圣人之所尽心，醇乎义理而为言者也。知义理之所醇，嗜而醉之，夫岂有差哉！人受天地之中，得至善之性，其心所同然者义理也。苟蔽于物而惑于私，则性之善者，心之所同者，皆亡也。圣人先得人心之所同，乃立教以修道，布之方策，使人人得以自新，其哀我人也亦至矣，则人可以自暴自弃乎？必当明圣人之经，以践其迹，以求其心。"阐述了醉心于经书与义理之学的道理。其文末署"乙巳秋八月记"，可知当写于是年。

《陵川集》卷二五《邻野堂记》："乙巳秋，鲁伯自燕来，以孝纯张君之书示余，云云……"又《元遗山诗集笺注》卷一〇："《学古录·田氏先友翰墨序》云：'张朴，字孝纯。'《陵川集·邻野堂记》：'乙巳秋，鲁伯自燕来，以孝纯张君之书示予。'" 可知，郝经为张朴所作的《邻野堂记》当作于这一年。

蒙古贵由汗（元定宗）元年、南宋理宗淳祐六年丙午（1246）

贵由即蒙古大汗位。

王鹗在漠北忽必烈藩邸约停留二载，忽必烈命近侍阔阔、柴祯、廉希宪等五人从之学。

"上留公漠北二载，恐年老不可再历冬寒"（苏天爵《元朝名臣事略》卷一二《内翰王文康公》），王鹗返回故里。忽必烈"赐以马，仍命近侍阔阔、柴祯等五人从之学。继命徙居大都，赐宅一所"（《元史》卷一六〇《王鹗传》）。王鹗尝拜见忽必烈，请曰："天兵克蔡，金主（金哀宗）自缢，其奉御绛山焚葬汝水之傍，礼为旧君有服，愿往葬祭。"忽必烈义而许之。至则为河水所没，设具牲酒，为位而哭。

阔阔，字子清，本属蔑里吉氏部族，世居不里罕哈里敦之地。其俗骁勇，善骑射，诸族惮之。国初举族内附。忽必烈居潜邸时，选阔阔为近侍。1244 年，征聘王鹗到藩邸，命阔阔、廉希宪、柴祯等五人从之学。阔阔知礼而好学，成为较早的蒙古族儒者。据本传载："既而阔阔出使于外，追还，而鹗已行，思慕号泣，不食者累日，世祖闻而异之。岁庚戌，宪宗复召鹗至和林，仍命阔阔从之游。每旦起，盛饰其冠服，鹗让之……阔阔深自悔悟。明日衣纯素以进，鹗乃悦。"（《元史》卷一三四《阔阔传》）

其年冬，刘秉忠父录事公去世，哀闻传至和林。

郝经仍馆于顺天守帅贾辅、张柔家，教授其诸子，作《浑沌砚赋》。后又为乔惟忠撰写行状，又有诗挽之。

郝经《陵川集》卷一《浑沌砚赋》序云："贾侯有砚，端之异石也。温润坚洁，浑然天成，而不镃匠凿之力，余嘉其能全于朴而致于用也，故名之曰'浑沌'而赋之辞。"郝经此时仍然在贾辅家、张柔家，因而此赋应该作于这一时期。且末有跋："张、贾二侯方事佛老，故以是讽焉。"

卷三六《乔千户行状》："丙午夏，寝疾，五月二十七日薨于第，春秋五十有五。"千户乃乔惟忠。卷一三又有诗《挽乔侯》："挟槊归来鬓未霜，便如王翦卧频阳。风云坠地空黄土，剑甲埋光惨白杨。壮节固应书北阙，英名更好刻西郎。传家有子无遗恨，珠树兰花满玉堂。”

蒙古贵由汗二年、南宋理宗淳祐七年丁未（1247）

忽必烈赐以黄金百两，遣使送刘秉忠还赴父丧。六月至邢州。刘秉忠从和林出发，行至乾明寺，有词《点绛唇》（古寺萧条）与诗《寄中山乾明寺主》、《宿中山乾明寺》。

据袁冀《元太保藏春散人刘秉忠评述》记载，刘秉忠于贵由汗二年（1247）“三月五日后，发自和林。道出中山，宿乾明寺”。诗《寄中山乾明寺主》写道：“十年朔漠走风尘，今日乾明伴水云。长老周旋待宾客，僧中也有孟尝君。”其中，“十年朔漠”和词《点绛唇》中“古寺萧条，十年再到经行路”所说“十年”相符，而“古寺”也应指“乾明寺”而言。

《宿中山乾明寺》：“人辞故里凡三载，……天明又上滹阳道，鸳水归程渐有涯。”也是言思乡归家的急切心情。

回到阔别已久的故乡，他写下了诗《丁未始还邢台三首》及词《点绛唇》（十载风霜）。

在词作《点绛唇》中“十载风霜，玉关紫塞都游遍”与《寄中山乾明寺主》诗中“十年朔漠到乡城”之句相合。刘秉忠自窝阔台汗十一年（1239）北觐忽必烈，至贵由汗二年（1247）回乡居丧，前后大约十年。这期间，他两次往返于邢州与和林之间。

冬十月，刘秉忠葬祖父母及父母于邢台之贾村。是年，他向忽必烈推荐了好友张文谦，张文谦进入忽必烈藩府。

张文谦（1216～1283），邢州沙河人，是刘秉忠幼时的同学。“公幼聪敏，读书善记诵，自入小学与太保刘公秉忠同研席，年相若，志相得。”“其后太保祝发为僧，先侍世祖于潜邸，荐公才可用。”岁丁未（1247），“驿召北上，入见，占对称旨，擢置侍从之列，命司王府教令、笺奏，日见信任”（李谦《中书左丞张公神道碑》）。

刘秉忠的好友张易大约在丁未年之前进入藩府。

张易是金莲川幕府中邢州集团的重要成员，也是元初政治舞台上的风云人物。张易（约1215～1282），原名鲁社住，太原交城人。后被张孔目收为养子，改名张易，字仲俦，一字仲一，号启元。

张易和刘秉忠是同窗好友。王袆记："郭守敬，字若思，顺德邢州人也。……祖荣号驾水翁，通五经，精于算数、水利之学。时刘秉忠、张文谦、张易、王恂皆同学州西紫金山。"（《明文海》卷四一五）张易也曾为僧，具体时间虽不可考，但可以断定是在入侍忽必烈之前。张易于丁未年（1247）以前被刘秉忠引荐到金莲川藩府[①]，同刘秉忠、张文谦一道辅佐忽必烈成就大业，并一同跟随忽必烈南征，在军事决策方面提出过不少建议，多为忽必烈采纳。

张德辉于丁未年（1247）五月，以真定府参佐身份应召北上觐见忽必烈（《遗山集》卷三二《令旨重修真定庙学记》）。

张德辉（1195～1274），字耀卿，冀宁路交城县人。少力学，数举于乡。金亡，北渡。史天泽开府真定，辟为经历官。在他的《纪行》中详细记载了这次应召的经过："岁丁未（1247）夏六月初吉赴召北上。……仆自始至迨归，游于王庭者凡十阅月。每遇燕见，必以礼接之。至于供帐、衾褥、衣服、饮食、药饵，无一不致其曲，则眷顾之诚可知矣。自度衰朽不才，其何以得此哉！原王之意，出于好善而忘势，为吾夫子之道衰而设，抑欲以致天下之贤士也！德辉何足以当，之后必有贤于隗者至焉！因记行李之本末，故备志之。戊申（1248）夏六月望日，太原张德辉谨志。"（王恽《秋涧集》卷一〇〇）此次觐见，张德辉受到忽必烈的礼遇，也感受到了忽必烈的热情，感念之情溢于言表。他和忽必烈探讨了尊孔崇儒、任用儒士贤才、治理中原等问题，对忽必烈影响很大。而且此次张德辉向忽必烈推荐了一批真定名士，苏天爵《元朝名臣事略》卷一〇《宣慰张公》记载："其年夏，公得告将还，因荐白文举……赵元德、李进之、高鸣、李盘、李涛数人。"又《元史》卷一六三《张德辉传》载："德辉举魏璠、元裕、李冶等二十余人。"

是年，李德辉进入忽必烈藩府。

姚燧《中书左丞李忠宣公行状》载："岁丁未，用故太傅刘文贞公秉忠荐，征至潜藩，俾侍今皇太子讲读。"（《元文类》卷四九）

---

① 白钢在《张易事迹考》一文中考证，张易被刘秉忠援引入金莲川藩府的时间当为"岁丁未"，即1247年。参见邢台市政协文史资料委员会主编《邢台历史名人》，北京：中国文联出版社2006年版，第291～305页。

李德辉（1218～1280），字仲实，通州潞县人。“天性孝悌，操履清慎，既就外傅，嗜读书。年十六，监酒丰州，禄食充足，甘旨有余，则市笔札录书，夜诵不休。”（《元史》卷一六三《李德辉传》）“绝少年辈不游召，其所亲与，率一时名公硕儒。”（《元朝名臣事略·左丞李忠宣公》）他在当时已享有声誉。据本传载：“时世祖在潜藩，用刘秉忠荐，使侍裕宗讲读，乃与窦默等皆就辟。”实际上，李德辉要比窦默等早些入侍潜藩，而且是他推荐了窦默和智迂。

郝经遇汉上先生赵复，作诗《听角行》、文《送仁甫丈还燕》及《送汉上赵先生序》。其后又作诗《后听角行》和文《与汉上赵先生论书》、《太极书院记》。

郝经《陵川集》卷一二《后听角行序》：“丁未冬十有一月，汉上赵先生仁甫宿于余家之蜩壳庵，霜清月冷，角声寥亮，乃作《听角行》以赠其行。近在仪真，每闻角声，因思向来卒章四句：‘江上旧梅花，今夜落谁家。楼头有恨知何事，牵住青空几缕霞。’便有江城羁留之兆，故作《后听角行》，以自释云。”又苟宗道《故翰林侍读学士国信使郝公行状》：“江汉先生爱公文笔雄赡，练达性理，谓之曰：‘江左为学，读书如伯常者甚多，然视吾伯常挺然一气，立于天地之间者，盖亦鲜矣。’自是而名益重焉。”“汉上赵先生”乃指赵复。赵复，字仁甫，德安人，南宋重要理学家。可知，其年冬十一月，赵复过保州，宿于郝经家的蜩壳庵，郝经作《听角行》（赠汉上赵丈仁甫）一诗以赠之，此诗收入《陵川集》卷八。后来郝经被拘于仪真馆时，想起其中诗句，又作《后听角行》。《陵川集》集卷三〇《送汉上赵先生序》与卷一三《送仁甫丈还燕》一诗，大约都作于送赵复离开保州之时。《送仁甫丈还燕》写道：“一鞭天地起孤愁，高戴南冠赋远游。济渎醉探窥海眼，岱宗阔步望吴头。唐虞问学传千古，伊洛波澜浸九州岛。七十余君皆不遇，却携汉月渡卢沟。”对赵复很是推崇。

郝经撰有《手植桧复萌文》（《陵川集》卷二〇）、《种德园记》（卷二五）、《临漪亭记》（卷二五）、《含元殿瓦砚记》（卷二五）、《送太原史子桓序》（卷三〇）等文。

蒙古贵由汗三年、南宋理宗淳祐八年戊申（1248）

春，张德辉行释奠礼，并致胙于忽必烈。六月，作《岭北纪行》。

据《元史·张德辉传》记载："世祖曰：'孔子庙食之礼何如？'对曰：'孔子为万代王者师，有国者尊之，则严其庙貌，修其时祀，其崇与否，于圣人无所损益，但以此见时君崇儒重道之意何如耳。'世祖曰：'今而后，此礼勿废。'"从张德辉与忽必烈讨论尊孔崇儒问题，可以看到汉族儒臣对忽必烈的影响。

《秋涧集》卷一〇〇收录张德辉之《岭北纪行》（又名《边堠纪行》、《塞北纪行》），该文曾被收入《说郛》等丛书。张德辉笔下的岭北地区，无论景物、风土还是人文，对当时的汉地人来说都是神秘陌生的。这是一篇较早反映蒙古草原地带风貌的散文。

冬十二月，忽必烈遣使召刘秉忠还。

是年春三月，贵由崩，海迷失后称制。拔都召集诸王贵族会议，推举蒙哥为大汗，窝阔台、察合台两系诸王反对。

郝经在保州，乡人宋某来访，郝经作《送乡先生宋君还燕序》以赠之，又为杨春卿作《庸斋记》，九月游中山，作《题芙蓉盆》诗。撰诗《戊申岁六月中遇火》。

郝经《陵川集》卷三〇《送乡先生宋君还燕序》记："乡先生宋君，经自垂髫识于保下，……戊申秋，复一拜于保下，而气若是，言若是，行与文若是，不少变焉。由此观之，先生之所养亦可知已。于其还也，而为之序。"宋君乃他的童年好友，只是姓名不可考。《陵川集》卷二五《庸斋记》载："玉田杨君春卿，'庸'名其斋……戊申春三月十五日，陵川郝经记。"可知，此文乃为杨春卿所作。

《陵川集》卷一五《题芙蓉盆》序："戊申秋，道士李师于中山治所后堂故基，得东坡先生'雪堂图书'，青玉润莹，隶法锷截，四面各五分，方停无纽，盖先生帅定武时所遗也。九月五日观于芙蓉盆雪浪碑下，因书一绝，以寓感云。"可知，是年秋，郝经曾游中山。中山金时为定州，元时为中山府，在今河北省定县。

自许衡从姚枢得伊洛程氏及新安朱氏书，学术思想和治学道路发生了重大变化，这一年八月，著《读易私言》成。

许衡（1209～1281），字仲平，号鲁斋，谥文正，怀庆河内（今河南沁阳市）人。许衡乃元代开国大儒，被称为"朱子之后一人"。他一生潜心研究、积极传播义理之学，不仅笃学博识，为一代大师，且积极用世，在辅助忽必烈采行汉法之时，善于从实际出发，重视理学与实用、实行的结合。许衡敢言直谏，辨奸批逆，浩然无畏，有魏征之风，凛然不可以利禄诱、威武屈。于有元一代风动四方、德望冠绝，正如明薛瑄《读书录》所言："其质粹，其识高，其学纯，其行笃。其教人有序，其条理精密，其规模广大，其胸次洒落，其志量弘毅。又不为浮靡无益之言，而有厌文弊、从先进之意。朱子之后，一人而已！"可谓行无愧影，天下景行。许衡本不借文章名世，但身接金源季世，其诗文质朴峻洁，代表了元初北方儒者之文风特色。《四库全书总目》谓："其文章无意修词，而自然明白醇正。诸体诗亦具有风格，尤讲学家所难得也。"

许衡1242年从姚枢处求得程氏《易传》、朱熹《四书章句集注》、《小学》等书，手录而归，学术思想和治学道路由此发生了重大变化，他在北方之学的基础上接受赵复所传的程朱理学。这一年，他著成《读易私言》一书。《鲁斋遗书》卷六《读易私言》记："戊申八月庚辰，识于家塾，用验他日学之进否云。"又《鲁斋遗书》卷一三《考岁略》："己酉（1249），先生年四十一，自得伊洛之学，冰释理顺，美如刍豢。尝谓：'终夜以思，不知手之舞之足之蹈之。'是岁，有《读易私言》，先生于《书》于《易》尤多致力，然每学者请问，则必从事于《小学》，卒未尝以此语也。"许衡的《读易私言》一文应作于戊申年（1248），而《考岁略》的记载有误。

蒙古海迷失后元年、南宋理宗淳祐九年己酉（1249）

春，刘秉忠还至王府。

是年，窦默、智迂进入忽必烈藩府，许衡有诗相赠——《赠窦先生行二首》、《送窦清叔》。

姚燧《中书左丞李忠宣公行状》载："岁丁未，用故太傅刘文贞公秉忠荐，征至潜藩，俾侍今皇太子讲读。荐故翰林侍读学士窦默，故宣抚司参议智迂贤，皆就征。"可知，在1247年李德辉被召之后，他推荐了窦默、智迂两人。又苏天爵《元朝名臣事略》卷八《内翰窦文正公》载，忽必烈在潜邸，闻窦默之名，遣使召之，是在己酉年。因而，窦默和智迂两人入藩的时间应在这一年。

窦默（1196～1280），字子声。初名杰，字汉卿。广平肥乡（今河北肥乡）人。幼知读书，毅然立志。窦默在蒙古对金的战乱中同大多数北方百姓一样辗转流徙，岁乙未（1235），太子阔端南伐，诏杨惟中即军中求儒、道、释、医、卜者。窦默才得以北归，“隐于大名，与姚枢、许衡朝暮讲习，至忘寝食。继还肥乡，以经术教授，由是知名”（王磐《窦公神道碑》，《嘉靖广平府志》卷八）。进入藩府后，窦默很受忽必烈赏识。“一日凡三召与语，奏对皆称旨，自是敬待加礼，不令暂去左右”（《元史·窦默传》），忽必烈命皇子真金从默学，赐以玉带钩。

许衡和窦默交往已久，他在大名府授徒讲学时，就常与窦默相与讲习，两人关系自然非同一般。许衡对窦默的应聘积极支持。由他的《赠窦先生行二首》诗中可以看到其推崇之意、羡慕之心：“西山山下觅幽村，水竹邻居拟卜君。岂意天书下白屋，便收行李入青云。功名准自英贤立，得失防因去就分。万里风沙渺南北，请归消息几时闻。”“莫厌风沙老不禁，斯民久已渴商霖。愿推往古明伦学，用沃吾君济世心。甫治看将变长治，呻吟亦复化讴吟。千年际会真难得，好要先生着意深。”

从另一首诗《送窦清叔》又可看到他对窦默的深情厚谊：“初来识君面，此行见君心。匡时有长策，虑远忧且深。俗亲取近效，雅意入幽沉。人生贵所依，所依贵知音。知音得长布，身将比黄金。我本贫贱士，多思委相寻。未得办一饭，胡为遽分襟。征鸿出远塞，西风动疏林。去去渺万里，何年酒同斟。含情望无极，白云障孤岑。”

智迂，字仲可，洛阳人。少与窦默流落汉上。窝阔台汗八年（1236），杨惟中奉旨召集儒、道、释、医、卜之士，乃与窦默北归。智迂“深明易学，屏居一室，焚香鼓琴，世务纷华翛然不足以动其心”。“世皇在潜邸，闻其名，遣近侍持书及窦公同被召。”（苏天爵《题诸公与智参议先生书启》，《滋溪文稿》卷三〇）入见，首陈王道。上问：“方今有如周公者乎？”先生对曰：“主上身其道，迹其事，心其心，非周公而何是？”

廉希宪入侍藩府。

廉希宪（1231~1280），一名忻都，字善用，号野云，布鲁海牙子，畏兀儿[①]人。其父布鲁海牙于成吉思汗兴起时随高昌亦都护巴而术阿而忒的斤投附蒙古，窝阔台汗时，在燕京（后改称大都）、真定任职。廉

① 畏兀儿，又称畏吾儿、卫吾、回鹘等，是西域诸色目之一，即今之维吾尔族。

希宪自幼便受到中原文化的影响。据《元史》本传："世祖为皇弟，希宪年十九，得入侍，见其容止议论，恩宠殊绝。"廉希宪十九岁，即1249年入侍忽必烈藩邸。据苏天爵《元朝名臣事略》卷七《平章廉文正王》载，公于书嗜好尤笃，虽食息之顷，未尝去手。一日，方读《孟子》，闻急召，因怀以进。上问："何书?"对曰："《孟子》。"上问其说谓何，公以"性善义利之分，爱牛之心，扩而充之，足以恩及四海"为对。上善其说，目为"廉孟子"。廉希宪幼时基本上接受的是儒家教育，是一个深受儒学影响的色目文人。

赵秉温入侍藩府。

赵秉温（1222～1293），元蔚州飞狐（今河北蔚县南）人，字行直。其父赵瑨为武将出身，官至河南道提刑按察使。赵秉温自幼受到良好的教育，曾从金代进士冯巽亨学习。苏天爵评价说："当是时，世禄之家以侈靡相高，独公能敬让以礼，侃侃自持，滋久愈谨，华闻弥著。"（《故昭文馆大学士中奉大夫知太史院侍仪事赵文昭公行状》，《滋溪文稿》卷二二）又言："岁己酉，帝在和林西，公入见，仪观修整，应对详明。帝异之，命侍左右。"赵秉温入侍潜邸应是在这一年。他学养深厚，气质儒雅，又是名将赵瑨之子，所以进入藩府之后很受忽必烈赏识，得以随侍左右。忽必烈征吐蕃、云南大理和伐宋之时，赵秉温都随行。进入金莲川藩府之后，赵秉温便跟随刘秉忠学习。刘秉忠学识渊博，于书无所不读、于学无所不通，因而赵秉温学业突飞猛进。在忽必烈任命刘秉忠营建"两都"——上都和大都之时，赵秉温都曾协助刘，包括城址的选择、城市和宫殿的规划设计。

是年，郝经作《原古上元学士》（《陵川集》卷二），与元好问论作诗作文之法。撰《汉义勇武安王庙碑》、《涿郡汉昭烈皇帝庙碑》、《汉丞相诸葛忠武侯庙碑》（卷三三），《怒雨赋》（卷一），《许郑总管赵侯述先碑铭》（卷三五），作诗《己酉岁九月九日（黄葵）》（卷六）。

《陵川集》卷二《原古上元学士》写道："作噩建子月，投我以照乘。蔀屋惊见斗，寒焰忽蟠亘。经也生已晚，弗及拜先正。穷阎一束书，十载成堕甑。学问苟有归，贫屡安足病。今乃得溟渤，问津有龟镜。挈我登龙门，绠我出虎井。摇摇风中旌，兹始见依凭。"《遗山先生文集》卷四〇《毛氏家训后跋语》记："己酉冬，某自燕还，幕府馆客勤甚。

公夫人，予姨也。获观世德名氏，敢以芜辞继于王内翰之后。”幕府乃张柔之帅府，可知，这一年元好问曾到顺天保州。而郝经诗中“作噩”乃十二支中“酉”的别称，因而《原古上元学士》这一诗应该作于本年。

蒙古海迷失后二年、南宋理宗淳祐十年庚戌（1250）

夏，刘秉忠向忽必烈上“万言策”，提出“治乱之道，系乎天而由乎人”，“以马上取天下，不可以马上治”。所陈数十条，皆尊主蔽民之事。

刘秉忠主张改革当时的弊政、建立制度，如定百官爵禄，减赋税差役，劝农桑、兴学校等。他的主张对忽必烈采用汉法起了有力的推动作用。

春，王鹗和魏璠被征至和林[①]。他们的友人杨云鹏作《送王魏二学士应聘》一诗。

诗中写道：“三十年来只用兵，蒲轮才始聘英贤。已将药石除危疾，政要文章致太平。天子飞龙方启运，华阳归马岂无程。会须先下山东诏，癃老思观德化成。”表达了对政要文章能致天下太平，即实现汉法的期待。

同年，许衡移居苏门，经常同姚枢、窦默一起讲习。

据姚燧《中书左丞姚文献公神道碑》（《元文类》卷六〇）：“岁庚戌，（许衡）尽室来辉，相依以居。”又《鲁斋遗书》卷一三《考岁略》：“庚戌春，先生力疾还乡里，过卫，闻怀之政犹苛虐，遂止苏门，与雪斋相比，以便讲习，且为还乡之渐。”又欧阳玄为许衡所撰《神道碑》载：“在魏，友窦默，苏门，友姚枢，相与论辨，探幽析微，诣者慑伏。既得伊洛性理之书，及程子《易传》，朱子《论》、《孟》集注，《中庸》、《大学》章句、《或问》、《小学》等书，言与心会。”

姚枢由好友窦默推荐，入侍忽必烈藩府。许衡有诗《送姚敬斋》赠。

辛丑（1241），姚枢被赐金符，为燕京行台郎中。当时牙鲁瓦赤为

① 苏天爵《元朝名臣事略》卷12《内翰王文康公》载：“庚戌春，宪宗遣故参知政事李舜咨以安车来征，公同玉峰、魏璠应召，访及军国大计。”王鹗和魏璠这次应召，应是忽必烈派人请。李舜咨已入侍忽必烈藩府，乃藩府儒臣。

行台，“惟事货赂”。姚枢拒绝货赂，因此弃官而去。携家来辉州，作家庙，别为室奉孔子及宋儒周敦颐等像，刊诸经，惠学者，读书鸣琴，若将终身。自乙未年，姚枢从南宋理学大家赵复处得程颐、朱熹之书，便专心研读，在北方首倡程朱理学。1250 年，许衡携家来到苏门。于是，姚枢、许衡和窦默三人一起研习伊洛性理之书及程子《易传》、朱子《论语》和《孟子》集注、《中庸》、《大学》、《小学》等书，一起授徒讲学。

《元史·窦默传》载：“世祖问今之明治道者，默荐姚枢，即召用之。”忽必烈在潜邸，“遣托克托、故平章赵璧驿至彰德”（姚燧《中书左丞姚文献公神道碑》），征姚枢至和林。姚枢见忽必烈“聪明神圣，才不世出，虚己受言，可大有为”，于是一改窝阔台时期弃官归隐的态度。当忽必烈待以客礼、询及治道时，他为书数千言，首陈二帝三王之道，以治国平天下之大经汇为八目，曰修身、力学、尊贤、亲亲、畏天、爱民、好善、远佞。次及救时之弊，为条三十。

许衡《送姚敬斋》，对姚枢此次应召入侍忽必烈藩府很高兴。虽然不舍得一个相知相识的朋友，但他希望姚枢此去能有所作为，充满了对仁政的期待：“凛凛姚敬斋，风节天下奇。终焉托君侯，君侯贤可知。……责善善无遗，辅仁仁克推。仁善既皆有，受福将自期。我来歌吉祥，真情寄荒诗。一祈仁政苏民疲，一祈善政赒民饥。丰功伟绩镌长碑，千年万年，感激人心无了时。”

董文用随其兄董文炳到和林谒见庄圣太后，然后入侍忽必烈潜藩。

虞集《翰林学士承旨董公（文用）行状》载：“时以真定藁城奉庄圣太后汤沐，岁庚戌（1250），太后使择邑中子弟来上，公始从忠献公（董文忠）谒太后和林城。”忽必烈“命文用主文书，讲说帐中，常见许重”。董文炳在此次觐见后返回真定。

董文用（1224～1297），字彦材，董俊第三子。“文用学问早成，弱冠试词赋中选。”“公内承家训，而外受学侍其先生轴，弱冠以词赋试中真定。”他的文学素养很不错。董文用为忽必烈招纳、搜揽贤才，做出了很大贡献。虞集《翰林学士承旨董公（文用）行状》记述：“为使召遗老于四方，而太师窦公默、左丞姚公枢、鹤鸣李公俊民、敬斋李公治、玉峰魏公璠偕至。于是王府得人为盛。”他先后受忽必烈命，召遗老多人。

刘秉忠向忽必烈推荐同乡马亨，马亨进入藩府。

马亨（1207～1277），字大用，邢州南和人。世业农，以赀雄乡里。《元史》卷一六三《马亨传》载："少孤，事母孝，金季习为吏。"窝阔台汗二年（1230），窝阔台始建十路征收课税所，河北东西路使王晋任用马亨为府掾，马亨以才干而著称。次年，王晋向中书令耶律楚材推荐了他，耶律楚材授其转运司知事，寻升为经历，又擢转运司副使。海迷失后二年（1250），刘秉忠向忽必烈推荐了同乡马亨，马亨进入潜邸，很受忽必烈器重。蒙哥汗三年（1253）为京兆榷课所长官。在治理京兆时，马亨很快就显露出才干。《元史》本传载："京兆，藩邸分地也，亨以宽简治之，不事掊克，凡五年，民安而课裕。"

刘祈卒，郝经为作《浑源刘先生哀辞》。

刘祈（1203～1250），金浑源人，字京叔，号神川遁士，作《归潜志》以记金末史事。与郝经交游较早。1240年两人已经相识。刘祈卒，郝经为哀辞。《陵川集》卷二〇《浑源刘先生哀辞并引》："岁庚子，经甫逾童，获拜先生于馆舍，而遽南轫。阔越八九载，己酉春，先生往来燕赵间，始得奉杖履。格言义训，虽屡得闻，而顽钝椎鲁之资，杆棘而不入，是以尘心槁思，渴而未沃也。庚戌春，方负笈南迈，以遂抠衣之问，而凶讣掩至。继而其弟文季来，以先生易箦时所付一书四十篇曰《处言》见示。经再拜雪泣读之。"

冬，郝经与杨奂论学，有《上紫阳先生论学书》。

《陵川集》卷二四《上紫阳先生论学书》："十二月五日，陵川郝经斋沐拜书大使先生：经生今二十有八年矣……"按，郝经生于金元光元年（1222），生二十有八年则是二十九岁。这一年，郝经仍在顺天张柔府中，杨奂这一年为河南课税所长官。

是年，郝经撰《皇极道院记》（《陵川集》卷二五），《送柴梓材序》、《括囊图说序》（卷三〇），诗《虚白庵》（卷二）和《庚戌岁九月中于西田获早稻（芙蓉）》（卷六）。

《遗山集》卷三八《皇极道院铭序》载："虚白处士赵君，已入全真道，而以服膺儒教为业。发源《语》、《孟》，渐于伊洛之学，方且探三圣书而问津焉。……奉被恩旨，发泉公帑，筑馆迎祥观之故基，是为皇极道院。年月日，某实叙而铭之。处士名素，字才卿，河中人，虚白其赐号云。”可知，虚白庵即皇极道院，因而此诗也应作于这一年。

《皇极道院记》：“庚戌秋，请余为记。处士之事业，筑院之始末，皇极之蕴奥，有遗山之铭在，故不书。姑赘数语，为之推本，以为天下建极者之倡云。八月日，陵川郝经记。”此文作于这一年八月。

蒙古蒙哥汗（元宪宗）元年、南宋理宗淳祐十一年辛亥（1251）

魏璠卒，郝经作文《祭魏先生文》（《陵川集》卷二一）、诗《哭魏先生》（卷一三）。

《祭魏先生文》：“岁舍辛亥，正月壬戌朔，越三日甲子，陵川郝经谨以清酌之奠致祭于故征君魏先生之灵。”魏璠（1181～1250），字邦彦，号玉峰，弘州顺圣人。金贞祐三年（1215）进士，补尚书省令史。金亡，璠无所归，乃北还乡里。“庚戌（1250）岁，世祖居潜邸，闻璠名，征至和林，访以当世之务。璠条陈便宜三十余事，举名士六十余人以对，世祖嘉纳，后多采用焉。以疾卒于和林，年七十，赐谥靖肃。”（《元史·魏初传》）他向忽必烈举荐了“有才干者、有文章者、秀才者、承应者、其余出身者”等中州名士六七十人，其中就有郝经。魏璠过世后郝经作文与诗以怀之。

许衡作《偶成》一诗，表达功业无成、年岁已老的叹逝意味。

《鲁斋遗书》卷一一《偶成》：“屈指年华四十三，归来憔悴百无堪。远怀未得生前遂，俗事多因困后谙。百亩桑麻负城邑，一轩花竹对烟岚。纷纷世态终休论，老作山家亦分甘。”诗人年华已老，归来时形容憔悴，可平生志向并未实现，不觉满腹惆怅！这种归隐带有很多无奈。

六月，蒙哥即大汗位，命忽必烈总领漠南汉地军国重事，统军南征。忽必烈派人治理邢州，赵良弼、李简、张耕、刘肃等入藩府。

对邢州的治理主要是在邢州籍幕府谋臣侍从的推动和主持下进行的。1247年，邢州成为忽必烈的封地。李谦《中书左丞张公神道碑》记载，“会郡人赴诉王府，公（张文谦）与太保（刘秉忠）实为先容，合辞言于世祖曰：……”当时，刘秉忠和张文谦都在忽必烈藩府。在邢州成为忽必烈封邑后，邢州沙河县官吕诚和前进士马德谦不远万里北行到漠北，通过张文谦和刘秉忠的关系向忽必烈投诉。张文谦与刘秉忠言于忽必烈曰："今民生困弊，莫邢为甚。盍择人往治之，责其成效，使四方取法，则天下均受赐矣。"（《元史·张文谦传》）六月，蒙哥汗即位，忽必烈受命领漠南汉地军国庶事之后，"乃选近侍脱兀脱、尚书刘肃、侍郎李简往。三人至邢，协心为治，洗涤蠹敝，革去贪暴，流亡复归，不期月，户增十倍"（《元史·世祖本纪》）。徒单公履所撰《故光禄大夫太保刘公墓志铭》也有记载："上遣本朝宿望之臣同刘肃才卿、李简子敬行，专以存恤为务。"《元史·刘秉忠传》又言："邢州旧万余户，兵兴以来不满数百，凋坏日甚，得良牧守如真定张耕、洺水刘肃者治之，犹可完复。"因为邢州当驿路要冲，又是刘秉忠和张文谦等邢州籍藩邸谋臣侍从的家乡，他们一来很关心故里的情况，二来也较熟悉邢州的情况，所以他们向忽必烈举荐了三位儒士——刘肃、张耕、李简。不到一年，邢州迅速得到治理，经济恢复元气，百姓安居乐业，大大鼓舞了忽必烈治理汉地的信心。

李简，又名李惟简，字子敬，唐山人。1251 年，以行总六部同仪官被忽必烈任命为邢州安抚使，同刘肃、张耕等一起被派往邢州，由河间课税所经历官至河东陕西道提刑按察使。

张耕，字耘夫，真定灵寿人。蒙哥汗三年（1253）授其邢州安抚使，中统二年（1261）改授吏部尚书，后卒于官。张耕为邢州安抚使直至癸亥年（1263）告老，诏以其子张鹏翼代之。时人对张耕的评价颇高，刘秉忠常谓："天下长吏如邢之张耕、怀孟之谭澄，何忧不治？"（《新元史·谭澄传》）

刘肃（1188～1263），字才卿，威州洺水（今河北威县北）人。金兴定二年（1218）词赋进士，尝为尚书省令史。金亡，依东平严实，被辟为行尚书省左司员外郎，又改行军万户府经历。刘肃"在东平二十年，赞画为多"（苏天爵《元朝名臣事略》卷一〇《尚书刘文献公》）。刘肃于岁壬子（1252）"奉召北上，授邢州安抚使"。《元史·刘肃传》载："壬子，世祖居潜邸，以肃为邢州安抚使，肃兴铁冶及行楮币，公私赖焉。"刘肃应是在 1252 年为忽必烈招募。"圣上初在潜邸，以介弟之亲辅政先朝，锐意太平，征聘四方宿儒俊造，宾接柄用，以更张治具。立安抚司于邢，爬疏芜秽，立经略司于汴，开斥边徼，立宣抚司于秦，保厘封国，公首应邢州选。"在治理邢州时，刘肃可谓首功之臣。邢州当时

“自金干戈扰攘，土豪崛起，惟知聚敛，孰为法度程式”。当刘肃到任时，邢州“公私阙乏，日不能给”。在这种情况下，刘肃“遂兴铁冶，以足公用，造楮幣，以通民货，车编甲乙，受雇而传，马给圉户，恒养而驿，官舍既修，宾馆有所，川梁仓庚，簿书期会，群吏法守惟谨，四方传其新政焉”（苏天爵《元朝名臣事略》卷一〇《尚书刘文献公》）。刘秉恕受《易》于刘肃，因而刘肃应该为刘秉忠所知，由其举荐给忽必烈。

是年，赵良弼进入藩府。

赵良弼（1216～1286），字辅之，女真人。本姓术要甲，音讹为赵家，因以赵为氏。父赵悫，金威胜军节度使，谥忠闵。赵良弼明敏，多智略，初举进士，教授赵州。《元史·赵良弼传》载：“世祖在潜藩，召见，占对称旨，会立邢州安抚司，擢良弼为幕长。”又苏天爵《元朝名臣事略》卷一一《枢密赵文正公》载：“岁辛亥，召居王邸。”可知，赵良弼应是在这一年进入藩府的。

十月，杨果作《鹤鸣堂记》。

杨果（1197～1271），字正卿，号西庵，祁州蒲阴（河北安国市）人。幼失怙恃，自宋迁亳，复徙居许昌，以章句授徒为业，流寓辘轲十余年。“性聪敏，美风姿，工文章，尤长于乐府，外若沉默，内怀智用，善谐谑，闻者绝倒。”（《元史·杨果传》）金正大甲申年（1224），登进士第。曾为偃师令。为政以廉。

《凤台县志》卷一九记：“《元鹤鸣堂记》，金进士义丰杨果撰。称：‘段泽州正卿今之贤诸侯也，师事李用章先生，以鹤鸣名其堂。鹤鸣，先生所自号，用章其字也。中以鹤鸣喻俊民文品之高。后记：岁次辛亥十月中浣日。”“鹤鸣先生”乃金源名士李俊民。李俊民，自用章，号鹤鸣。谥庄靖，泽州晋城人。

秋，郝经秋与友人出游，登黄金台，写《四贤祠碑》。又作《送道士申正之序》、《儒行序》（《陵川集》卷三〇）。

《陵川集》卷三三《四贤祠碑》：“四贤者何？燕贤臣郭隗、乐毅、剧辛、邹衍也。辛亥之秋，过督亢，至易水，投文酌酒，吊太子丹。……遂作思贤之诗以遗易州守郭公，俾刻诸石。仍大署‘四贤’字俾榜诸祠以识之。其诗曰：督亢之坡，易水之浒。台平树古，昔贤何许？”

开府金莲川之后

蒙古蒙哥汗二年、南宋理宗淳祐十二年壬子（1252）

秋七月，蒙哥命忽必烈征大理国，姚枢、刘秉忠、张文谦等从征。八月，忽必烈次临洮，欲为取蜀。刘秉忠有诗《西蕃道中》、《满坦北边》、《九日满坦山》、《峡西》、《山寺》、《大理途中寄窦侍讲先生二首》等。

同年，奉忽必烈命访求人才的张德辉偕元好问北觐，尊忽必烈为“儒教大宗师”。

苏天爵《元朝名臣事略》卷一〇《宣慰张公》记：“壬子，公与元好问北觐，奉启请王为儒教大宗师。王悦而受之。继启：累朝有旨，蠲免儒户兵赋，乞令有司遵行。王为降旨，仍命公提举真定学校行状。”忽必烈悦而受之。张德辉又乞令有司免除儒户兵赋，忽必烈听从，并任命张德辉提调真定学校。

徐世隆应征到漠北觐见忽必烈于日月山。

徐世隆（1206～1285），字威卿，陈州西华人。弱冠，登金正大四年（1227）进士第，被辟为县令。窝阔台汗五年（1233），他奉母北渡河，被严实招致东平幕府，任掌书记。徐世隆劝严实收养寒素，一时名士多归之。严忠济嗣位后，署为详议，以师礼相待。蒙哥汗即位，任命他为拘榷燕京路课税官，世隆固辞。

苏天爵《元朝名臣事略》卷一二《太常徐公》引《墓志》：“上（忽必烈）在潜邸，独喜儒士，凡天下鸿才硕学，往往延聘，以备顾问。壬子岁，自漠北遣使来征公，见于日月山之帐殿。上方治兵征云南，因问：‘此行如何？’……”《元史·世祖本纪》载，壬子年，“夏六月，入觐宪宗于曲先恼儿之地，奉命帅师征云南。秋七月丙午，祃牙西行。”当时宪宗驻地在都城哈剌和林城，“曲先恼儿”即《史集》所载的和林附近蒙古可汗的秋季行宫所在地。就是说，壬子岁，忽必烈从漠南金莲川驻地北上朝觐蒙哥，受命出征大理。而徐世隆应征到漠北觐见忽必烈在日月山。日月山为蒙古大汗祭天祭祖之处，屡见记载，当在克鲁伦河上游肯特山前。因而可以推知，徐世隆觐见忽必烈应在壬子岁（1252）六七月间忽必烈南征前夕。

是年，陈思济入藩府。

陈思济（1232～1301），字济民，柘城人。幼读书，通晓大义，以才器见称于时辈间。“幼知孝弟，出于天性，读经传，随达其理，为书气韵有法。”（《元史·陈思济传》）忽必烈在潜邸，闻其名，召之以备顾问。虞集《通议大夫签河南江北等处行中书省事赠正议大夫吏部尚书上轻车都尉追封颍川郡侯谥文肃陈公神道碑》载：“弱冠事世祖潜藩邸，以才器闻，博闻积学，顾问进退，靡所阙遗。”陈思济二十岁入侍潜邸，他是1232年生人，应是在1252年前后即入侍潜邸。“既即位，始建省部，俾掌敷奏。世祖以京兆为国重镇，命廉希宪等行中书省于陕西。思济实与偕行，多所赞画。”

董文忠入侍潜邸。

董文忠（1231～1281），字彦诚，董俊第八子。据《元史·董文忠传》记载，他于岁壬子（1252）入侍忽必烈潜邸。姚燧《牧庵集》卷一五《董文忠神道碑》曰：“壬子年，二十有二，始入侍世祖潜藩。”他深受忽必烈器重，“尝呼董八而不名”。“文忠不为容悦，随事献纳，中禁事秘，外多不闻。”（《元史·董文忠传》）

谢仲温入备宿卫。

谢仲温（1223～1302），字君玉，丰州丰县人。为世家子弟。“丰颐广颡，声音洪亮，略涉书史。”（《元史·谢仲温传》）又本传载：“壬子岁，见世祖于野狐岭，命备宿卫，凡所行幸，必在左右。”可知，谢仲温是在这一年开始充任忽必烈王府宿卫的。

刘秉恕约于这一年入侍藩府。

刘秉恕（1231～1290），刘秉忠之弟，字长卿，先名德元，“后以其兄光禄大夫太保赠太傅仪同三司文贞公侃承命改名秉忠，故公亦改今名”（《刘秉忠墓志》）。

关于刘秉恕入侍忽必烈藩府的时间和他入侍后的情况，史料中很少记载。在《刘秉恕墓志》中，则有这样的记载：“录事公亦卒，时太保已侍藩府。公持丧如礼，上方赐黄金千两给葬。时太保与国谋，然不肯苟禄。上尝谓君：‘有弟可来。’遂召见，命从征大理西南诸城。”1246

年，刘秉忠的父亲录事公刘润去世，次年春天忽必烈遣使将刘秉忠送回邢州奔父丧。刘秉忠六月回到邢州，有《丁未始还邢台三首》。十月，他把祖父母及父母葬于邢州之贾村。贵由汗三年（1248）冬十二月，忽必烈派人急忙召回在邢州的刘秉忠。海迷失后元年（1249）春，刘秉忠回到王府。由此可知，刘秉恕入侍忽必烈藩府的时间，当在其回邢守孝复于1249年被召回和林之后，忽必烈于1253年率军征大理之前。刘秉恕进入忽必烈藩府后，就随其兄刘秉忠及张文谦、王鹗等人一起参加了忽必烈征大理、西南诸夷的战争。

蒙古蒙哥汗三年、南宋理宗宝祐元年癸丑（1253）

陕西京兆地区为忽必烈封地，他在京兆等地设立宣抚司，置宣抚使、副使、参议、郎中等官。孛兰、杨惟中、赵璧、廉希宪、商挺先后担任正、副使，赵良弼、杨奂等担任参议。

1252年，忽必烈奉命帅师征云南，1253年宪宗奖励忽必烈，把陕西京兆地区赐给忽必烈。

其年五月，忽必烈派近侍阔阔安车驰召已经七十八岁的金源名士李俊民。

《元史》本传记："世祖在潜藩，以安车召之，延访无虚日。"又杨奂《还山遗稿》卷上《李状元事略》载："会皇弟经营西南夷，闻其贤，安车驰召，不得已起而应之，延访无虚日。遽乞还山，世祖重违其意，遣中贵人护送之。"《凤台县志》卷一九辑录："元令旨五道石刻，在学宫，盖世祖忽必烈潜邸示李俊民令旨也。第一道：'遣阔阔子清驰驿召李状元……'"可知李俊民在此年五月应召，由忽必烈的近侍阔阔延请到忽必烈的藩邸。

董文炳入侍藩府。

董文炳、董文用兄弟到和林谒见庄圣太后，董文用入侍潜藩，董文炳返回真定。在忽必烈征云南时，董文炳开始追随忽必烈，成为忽必烈的藩邸侍从。于是，藁城董氏昆仲先后入侍潜藩。

《元史·董文炳传》载："世祖在潜藩，癸丑（1253）秋，受命宪宗征南诏。文炳率义士四十六骑从行，人马道死殆尽，及至吐番，止两人能从。两人者挟文炳徒行，踯躅道路，取死马肉续食，日行不能三二十里，然志益厉，期必至军。会使者过，遇文炳，还言其状。时文炳弟文忠先从世祖军，世祖即命文忠解尚厩五马载糗粮迎文炳。既至，世祖壮其忠，且闵其劳，赐赉甚厚。”又程钜夫《平云南碑》记载：“岁在壬子（1252），我世祖……以介弟亲王之重授钺专征。明年（1253）……八月，绝洮[①]，逾吐蕃，分军为三道。”[②]（《元文类》卷二三）可知，董文炳追上忽必烈应是在此年八月以后。

杨惟中入侍藩府辅佐忽必烈，为河南经略使，赵璧为副使，陈纪、杨果为参议，河南大治。杨惟中、陈纪、杨果入侍藩府。

杨惟中，知书，有胆略，精通蒙、汉两种语言，会蒙、汉两种文字，从事翻译，有“通事”之称。年二十，奉命出使西域三十余国。1233年，负责蒙古贵族子弟在燕京国子学就学之事。1235年，皇子阔出伐宋，命杨惟中于军前行中书省事。克宋枣阳、光化等军，光、随、郢、复等州，及襄阳、德安府，得名士数十人。收伊洛诸书送燕都，立宋大儒周敦颐祠，建太极书院，延儒士赵复、王粹等讲授其间，遂通圣贤学，慨然欲以道济天下。

郝经《故中书令江淮南北等路宣抚大使杨公神道碑铭》记载：“宪宗即位，世祖以太弟镇金莲川，得开府，专封拜。乃立河南道经略司于汴梁，奏惟中等为使，俾屯田唐、邓、申、裕、嵩、汝、蔡、息、亳、颍诸州。……河南大治。”可知其入侍忽必烈藩府的时间为这一年。

金亡，岁已丑，杨奂征河南课税，任用杨果为经历。《元朝名臣事略》卷一〇《参政杨文献公》：“岁已丑，杨公奂征收河南课税，起公为经历官，继而万户史侯经略河南，复为参议，公于革创之际，俱称办事。”又张之翰《大元故荣禄大夫中书平章政事赵公神道碑铭》记：“史公为河南经略使，河南甫罹兵乱，民不聊生，辟前进士杨果、陈纪为之佐。杨后参大政，西庵公也。”史天泽为河南经略使是在1253年，《元史》卷一五五《史天泽传》记载，壬子，“世祖时在藩邸，极知汉地不治，河南尤甚，请以天泽为经略使。”那么，杨果入侍藩府的时间应该是这一年。“时兵革之余，法度草创，果随宜赞画，民赖以安。”杨果出力

① 洮指洮水，《元史·世祖本纪》作“师次临洮”。

② 《元史·世祖本纪》：“九月壬寅，师次忒剌，分三道以进。”

颇多。

赵璧经略河南之初，闻潞州人宋衜之名，礼聘之，宋衜进入藩府。

宋衜（？～1286），字弘道，潞州长子人，金兵部员外郎元吉之孙。善记诵，年十七，避地襄阳，已而北归，屏居河内者十有五年。其后大兵守襄阳，赵璧行元帅府事，宋衜随从，军中多所咨访（《明一统志》卷六〇）。

忽必烈征云南，刘秉忠、张易随行。刘秉忠有诗《过盐州》、《四月望日途中大风》与《六盘会仲一饮》（赠好友张易），后又写了《途中寄张平章仲一》。

程钜夫《平云南碑》："岁在壬子（1252），我世祖……以介弟亲王之重授钺专征……（1253年）春，历盐（盐州，今陕西定边）、夏（夏州，今内蒙古乌审旗南白城子）；夏四月，出萧关（今宁夏同心县南），驻六盘（今宁夏隆德县北）……"（《元文类》卷二三）可知，刘秉忠随军曾过盐州、出萧关，驻扎在六盘的时间是在此年夏四月。《过盐州》诗写："山川纡曲际遐荒，万国华夷入混茫。草木不生枯燥地，风云长惨战争场。雨余千嶂添秋色，尘定孤城下夕阳。感慨征人太辛苦，东山诗就鬓毛苍。"写的是军旅途中之景。有《四月望日途中大风》："惨淡乾坤震鼓鼙，飞沙转石卷云霓。山川道路俱难辨，南北东西一向迷。声浩浩时霾雨落，色苍苍处玉蟾低。四更力少犹吹荡，催上征鞍骤马蹄。""征鞍"乃军中意象，"飞沙转石卷云霓"为北方关外景象，故将此诗系于征云南途中之所作。

他在《六盘会仲一饮》中盛赞张易学究礼、乐、诗、书，表达了他与张易肝胆相照的情谊。诗中写道："青云自笑误归期，回首关山满别离。礼乐诗书君负苦，东西南北我成痴。碧梧一叶秋风起，银竹千林春雨垂。塞下相逢一杯酒，贵倾肝胆略无疑。"坦露了他与张易心心相印的情谊。其后，他在《途中寄张平章仲一》中写道："惟君胸次明如镜，照我区区两鬓班。"（《藏春集》卷二）张易胸怀坦荡，这是刘秉忠对他最高的评语。

高逸民入侍藩府辅佐忽必烈。

蒙哥汗封周亲，割京兆等地为忽必烈潜藩，忽必烈"择廷臣可理赋者，使调军食"。李德辉"从宜使，辟故真州总管高逸民自佐"（《元史》

卷一六三《李德辉传》)。

杨惟中宣抚陕右，召李克忠为给事官，李克忠为藩府臣僚。

李克忠（1215～1276），京兆人，秀慧警敏，九岁中金童子科。金亡后四处流徙。后迁徙河中，籍名学官。据同恕《扶风县尹李君墓志铭》(《榘庵集》卷七）记载：“岁癸丑，忠肃杨公宣抚陕右，道出境上，君贽以诗，忠肃大异之，及设礼官，首召君给事官。”同恕言其“嗜学，老而益力”，而且“作诗清婉可爱”。

忽必烈受封京兆后，廉希宪、商挺等人宣抚京兆，商挺进入金莲川藩府。

商挺（1209～1289)，字孟卿，又作梦卿，晚年号左山老人，曹州济阴（今山东菏泽）人。父商衡，金陕西行省员外郎，以战死。商挺二十四时，蒙古军攻破汴京，北走，依山东冠县大族赵天锡，与元好问、杨奂游。后赵天锡归行台东平严实，被严实聘为诸子师。1240年，严实卒，其子忠济袭东平万户、管民长官、开府布政，商挺被辟为经历，“赞忠济大兴学校”，“东州多士，公实作之”，为东平严氏延引文士出了许多力。癸丑（1253)，忽必烈在潜邸，受京兆分地，“闻公有经济略，左官诸侯，遣使征至盐州，召对称旨，字而不名。”（苏天爵《元朝名臣事略》卷一一《参政商文定公》)。始入侍忽必烈潜藩。

廉希宪“荐智仲可参综府事”，“辟先生参议其幕，立经陈纪，兴利除弊画赞为多”（苏天爵《题诸公与智参议先生书启》，《滋溪文稿》卷三〇)。智迂也多所赞画。

忽必烈征云南大理，分兵三道以进。冬十二月，大理平。姚枢、刘秉忠、张文谦、张易等从征。刘秉忠有诗《灭高国主》、《玷食山前》、《乌蛮道中》、《乌蛮》等。

刘秉忠的弟子王恂此年入侍藩府。

王恂（1235～1281)，字敬甫，中山唐县人。父王良，金末为中山府掾，潜心伊洛之学及天文、律历，无不精究，年九十二卒。王恂性颖悟，“六岁就学，十三学九数，辄造其极”。岁己酉（1249)，刘秉忠北上，“途经中山，见而奇之，及南还，从秉忠学于磁之紫金山”（《元史·王恂传》)。癸丑（1253)，刘秉忠把他推荐给忽必烈，召见于六盘山，命辅导太子真金，为太子伴读。又程钜夫《平云南碑》载，忽必烈驻六盘

（今宁夏隆德县北）的时间为此年四月，王恂拜见忽必烈就是在忽必烈出征云南驻扎在六盘山期间。

姚天福大约于此年入侍藩府。

姚天福（1229～1302），字君祥，绛州稷山人。年轻时为怀仁县吏，见同列所为，耻之。从儒者受《春秋》学，能知大义。《新元史·姚天福传》言："世祖以皇太弟驻白登，县令使天福进葡萄酒于行帐，应对敏洽，帝奇之，留直宿卫。至元初，授怀仁县丞。"又《元史新编》卷三四《姚天福传》："世祖在潜邸时，过白登，天福以童子献蒲萄酒，世祖喜其仪止，留备宿卫。"姚天福大德六年（1302）卒，年七十三（《历代名人生卒录》卷六辽至元）。此时他是童子，忽必烈作为皇太弟路过白登，应该是在出征云南之时，姚天福入侍藩府应在这一年或稍后。

是年，郝经撰《琼花岛赋》、《恒斋记》、《休复亭记》。

《陵川集》卷一《琼花岛赋》序："岁癸丑夏，经入于燕，五月初吉，由万宁故宫登琼花岛。徜徉延伫，临风肆瞩，想见大定之治，与有金百年之盛，慨然有怀，乃作赋焉。"可知，这一年夏郝经有燕山之行，登琼花岛，作此赋。《陵川集》卷二五《恒斋记》："癸丑夏，经入于燕，激水王君良臣，一见如故交。"应该是同一时期，为王良辰作此文。

《陵川集》卷二五《休复亭记》："贾君仲明，先正左丞襄献公之孙也。今参行台幕，以仁存心，介然有守，声闻四驰，蔼如也。癸丑春，作亭于新居，乃取《复》之六二'休复'名亭，将于退食之暇，思所以复者。"按，"左丞襄献公"谓贾益谦，金朝宰相。贾仲明修建新亭，乃请郝经作文以记之。

宋子贞入侍藩府。

据史载，蒙哥汗三年（1253），"时世祖居潜邸，命勾当东平府公事宋周臣兼领大乐礼官、乐工人等，常令肄习，仍令万户严忠济依已降旨存恤。"六年（1256）夏五月，"世祖以潜邸次滦州，下教命严忠济督宋周臣以所得礼乐旧人肄习，宜如故事勉行之，毋忽。冬十有一月，敕乐工老不堪任事者，以子孙代之，不足者，以他户补之。"宋子贞（1185～1266），潞州长子（今属山西）人，字周臣。金末附宋将彭义斌，后入东平严实幕府，为详议官，兼提举学校。1235年，为行台右司郎中，草创制度，以安定中原。严实卒，子忠济袭职，请朝廷授以参议东平路事兼提举太常礼乐。据此可知，宋子贞应是于这一年入侍藩府，典礼乐。

蒙古蒙哥汗四年、南宋理宗宝祐二年甲寅（1254）

二月，姚枢和刘秉忠随忽必烈出征，在吐蕃城互相唱和。

姚枢次刘秉忠韵而作《聪仲晦古意廿一首爱而和之仍次其韵》，诗后有姚枢自书的跋，言道："甲寅春，二月廿有七日，书于吐蕃满底城东北二百里荒山行帐中，为子益恳求故也。敬斋姚枢识。"只是刘秉忠所作诗文今已不存，《藏春集》中只有七言近体，没有五言诗，但卷一有两首七律——《满坦北边》和《九日满坦山》，其中所谓"满坦北边"就是姚枢所言"吐蕃满底城东北二百里荒山行帐"所在地。由此可见金莲川藩府文人互相唱和的情景。

是年，许衡入侍金莲川藩府。

《元史·许衡传》"世祖出王秦中，以姚枢为劝农使，教民耕植。乃召衡为京兆提学，以化秦人。"据程钜夫《鲁斋书院记》："世祖皇帝经营四方，日不暇给，而圣人之道，未始一日不在讲求。观兵陇山，首召河内许仲平先生衡入见，先生亦首谓圣人之道为必可行。嘉言笃论，深契上心。时自陕以西，教道久废，乃命先生提举学事，于是秦中庠序鼎兴，搢绅缝掖川赴云流，文事翕然以起。其所成就，皆足以出长入治，由是圣人之道乍明。"（《雪楼集》卷一三）可知，许衡在出任京兆提学之前就曾被忽必烈召见，应该是许衡之名远播，早就闻于忽必烈。再者，其好友窦默和姚枢早已入侍藩府，他们想必也会在忽必烈面前荐举许衡。许衡陈述圣人之道必可行，而且"嘉言笃论，深契上心"，赢得了忽必烈的好感，被任命为京兆提学。名儒许衡的到来，自然使"新脱于兵，欲学无师"的秦人"人人莫不喜幸来学。郡县皆建学校，民大化之"（《宋元学案·鲁斋学案》）。

高觽在这一年或之前入侍藩府。

高觽（1238～1290），字彦解，女真人，家居渤海。父高守忠，国初为千户，窝阔台汗九年（1259）死于攻宋战争中。高觽事忽必烈，备宿卫，颇见亲幸。据《高鲁公神道碑》载："幼颖异，不好弄。稍长，读书兼习国语及西域语。风仪耸然，魁杰人也。事世祖皇帝潜藩，以慎密受知。"又"岁甲寅，世祖城上都，公董役，有中帑金币之赐"。可知，在1254年之前，高觿应该已经入侍藩府。

谭澄入侍藩府。

谭澄（1213～1271），字彦清，德兴府怀来人。“好读书，又习国语，为监县，多善政。”忽必烈在潜邸时，“澄入见，世祖嘉其容止安详，留居藩府，称其官而不名”。《新元史·谭澄传》载：“世祖平大理还，澄上谒，帝嘉其容止，留居藩府，以其弟山阜代为交城令。”据《世祖本纪》，“岁甲寅（1254），秋八月，至自大理，驻桓、抚间，复立抚州。冬，驻瓜忽都之地”。那么，谭澄入侍忽必烈潜藩就是在本年八月之后。中统元年，制书褒美，以为怀孟路总管。

是年，刘秉忠从征云南，有诗《过白蛮》、《云南北谷》、《如鹤州》、《鹤州南川》、《寄友人四首》，词《南乡子》（游子绕天涯）、《小重山》（漠北云南路九千）等。

陆国赋、钟振振《历代小令词精华》言：“刘氏离阔中年所作《寄友人》诗云：‘漠北云南空浪走，今春又负杏花天’，大约诗词都是从忽必烈征云南时作。”据史实，蒙哥汗四年（1254）五月，忽必烈还自云南，冬驻金莲川，也即《南乡子》（游子绕天涯）词中所写的“才离蛮烟又塞沙”。

《小重山》（漠北云南路九千）词云：“漠北云南路九千。旧年鞍马上、又新年。玉梅寂寞老江边。东风软，杨柳得春先。斜月照吟鞭。可人难似月、缺还圆。桃花流水杏花天。欢娱地，谁斗酒樽前。”《寄友人四首》其二云：“亲朋离阔往还稀，十载天边一雁飞。北阙书人俱自献，南山诗客与谁归。”其三云：“可人和月只难圆。五更残梦鸡声里，千里归心雁影前。漠北云南空浪走，今春又负杏花天。”与《小重山》（漠北云南路九千）词用语、情调相仿，似作于同时，当为征云南时作。

冬，忽必烈自大理还，留兀良合台攻诸夷之未附者。

冬，郝经游河南，在杞县，继游怀卫，与王恽相识。作诗《苏门八咏》（《百泉》、《涌金》、《梅溪》、《卓水》、《啸台》、《仙人迹》、《安乐窝》、《月台》）、《三台怀古》二首、《太行望》等。

《陵川集》卷三五《须城县令孟君墓铭》：“甲寅冬十有一月，大雨雪。经在杞，戍人方警……而经亦北辕。”可知，这一年冬，郝经曾到河南杞县（在开封东南）。郝经由杞县往北，又游怀卫。《秋涧集》卷六四

《祭郝奉使墓文》："呜呼！甲寅之冬，仲月之尾，公自杞来，道出鄘邶。始觌清扬，重于夙契。把酒论交，笑谈游艺。顾睐回翔，吾子可诲。临别之语，一何勉慰。"郝经在怀卫写下了《苏门八咏》、《三台怀古》等诗。

顺天贾辅卒，郝经为诗吊之。

《陵川集》卷三五《左副元帅祁阳贾侯神道碑铭并序》："岁甲寅，诸侯会于朔庭，上必欲相侯，而侯得疾不起，内医中使问视相望。冬十月戊戌，薨于会，享年六十有三。"可知，贾辅于这一年冬十月病故，郝经作诗哭之。《陵川集》卷一三有《哭祁阳贾侯》诗。

是年，郝经撰《删注刑统赋序》（《陵川集》卷三〇）、《瑞麦颂》（《陵川集》卷二〇）两文。

蒙古蒙哥汗五年、南宋理宗宝祐三年乙卯（1255）

春，忽必烈自大理还时，途中驻奉圣州北，刘秉忠有词《鹧鸪天》（清夜哦诗对月明）与诗《鸡鸣山》。

路过圣州北，要途经羊河、鸡鸣山。《鹧鸪天》（清夜哦诗对月明）云："欲成小梦还惊破，无奈洋河聒枕声……风沙扑面过鸡鸣。漯阳川里鱼龙混，四海青山拱一城。"有地名洋河、鸡鸣（山）、漯阳川等。《鸡鸣山》诗云："俯瞰漯阳小洛城，一川山色万家屏。翠环有茀云初合，碧玉无瑕雨乍晴。岩穴直通天地气，峰峦平揖斗牛星。野僧不管人间事，卧听洋河聒耳声。"其所绘之景也有漯阳（川）、洋河、鸡鸣山，因而这两首诗词当作于同时。

稍后，又作词《江城子》（松苍竹翠岁寒天）。

《江城子》词云："雁山前，凤城边，回首燕南，一别又三年。""燕南"，当指刘秉忠的家乡邢台。刘秉忠于蒙哥汗三年（1253）随忽必烈征大理，师驻邢台，后又经两年战事，前后大致"三年"。"竹翠"则又为征大理及途经四川时所见之景，而在邢台以北地区则不可能见到。词中"长爱故人心似月，人不见，月还圆"体现了秉忠思念家乡、故人之情思。故将该词系于是时。

赵弼入侍藩府。

赵弼（1244～1301），字元辅，云阳人。"公年十二，入侍世祖"

（萧𣂏《勤斋集》卷二《元故荣禄大夫平章政事议陕西等处行中书省事赵公墓志铭》），所以他应是在这一年入藩。

忽必烈南征时，许衡力辞京兆提学之职，又回到河南怀内，其《辞免京兆提学状》、《与仲晦仲一》（《鲁斋遗书》卷九）当作于这一年。

《元史·许衡传》："秦人新脱于兵，欲学无师，闻衡来，人人莫不喜幸来学。郡县皆建学校，民大化之。世祖南征，乃还怀，学者攀留之不得，从送之临潼而归。"又《鲁斋遗书》卷一三《附录·考岁略》："乙卯，廉公希宪宣抚关中，奏拟授先生京兆提学，仍月俸。力辞不受，往返凡六七，不能强也。"可知，许衡力辞京兆提学之职应在这一年。其文集中《辞免京兆提学状》、《与仲晦仲一》两文当作于这一年。从《与仲晦仲一》可知，许衡和仲晦（刘秉忠）、仲一（张易）两人关系很好："仲一过京兆，以稠人中不克款附所怀。继荷仲晦公特书慰勉，使某宽而居，安而待。"

是年，刘秉忠有诗《别张平章仲一》，送好友张易。

诗中写道："四旬未老头先白，可笑区区纸上名。张翰且休归故里，谢安应不负苍生。穷通此际难开口，离合中年易动情。恨杀溪流与山色，天南地北送人行。"这一年，刘秉忠恰好四十岁。而且从诗中看，也符合他的人生经历。此诗表达了他与张易依依惜别的深情。

九月，杨奂卒，享年七十岁。商挺为撰行状，李庭有诗吊之。

元好问《河南路课税所长官兼廉访使杨公神道碑》曰："丙辰冬十月，予闲居西山之鹿泉。员生自奉天东来，持京兆宣抚使商挺孟卿所撰行状，以墓碑为请。"可知，商挺曾为杨奂撰写行状。

李庭《寓庵集》卷二有《吊紫阳先生》："乱来人物久凋零，一代文章独老成。谩说著书穷造化，可怜无位到公卿。清风爽气还灵岳，剩馥残膏丐后生。谁割囊金刻遗稿，坐令千载见高名。"

春，郝经入燕，作《时中斋记》。八月至东平，曾与严忠济同猎，作《灵泉行》二诗。九月至曲阜，作组诗《曲阜怀古》，诗《手植桧孔子像》、《楷木杖笏行》，文《去鲁记》。继登泰山，作诗《封松行》、《乙卯秋月十九日登泰山太平顶》、《太平顶读秦碑》，文《日观铭》、《泰山赋》。下山后游灵岩寺，有诗《游灵岩寺》。

《陵川集》卷二五《时中斋记》："王子惇甫既考室名之'时中'，

经之人燕。而请曰……乙卯春二月日，陵川郝经记。”由此可知郝经入燕的时间。

《陵川集》卷二六《去鲁记》：“乙卯秋，始得东行，由赵、魏以适鲁，八月入于东原。九月由东原而东济汶、泗，越十有三日，丙午自鹿门入于曲阜。”可知，郝经于本年秋东行，八月到了东原（指东平府）。又《陵川集》卷一一《灵泉行》：“乙卯秋八月，及行台严公猎于东山，遂会于凤山之灵泉，故赋二诗。”“行台严公”指严实之子严忠济，承袭父职为东平路行军万户，郝经在东平曾与严忠济同猎于东山。

到了曲阜，郝经拜谒了孔庙。《陵川集》卷三《曲阜怀古》组诗包括《孔林》、《杏坛》、《颜巷》、《周庙》、《子思墓》、《奎文阁》等六首。诗《手植桧孔子像》与《楷木杖笏行》（《陵川集》卷一〇）也是作于此时。《楷木杖笏行》序载：“乙卯秋九月，经拜谒坟林，家长翁以笏杖各十相贻，故为赋此。”可知拜谒孔林的时间。

《陵川集》卷一〇《封松行》序：“始皇登泰山，风雨暴至，避于五松下。已，乃爵松为五大夫，今其处犹有稚松存焉。乃为赋此。”五大夫松位于上山途中。卷一〇又有长诗《乙卯秋月十九日登泰山太平顶》。卷一二长诗《太平顶读秦碑》详细记录了在山顶观览的经历：“天门高咏来清风，乃知山灵不相负。夜宿天边不忍去，醉倚云窗重回顾。”可知，郝经夜宿于太平顶，次日登日观峰。卷二一《日观铭》序：“岁乙卯秋九月癸丑（二十），自奉符登岳，拜谒绝顶神祠。遂登日观。”可知九月二十日登日观。卷一有《泰山赋》。

《陵川集》卷三《游灵岩寺》诗序：“乙卯秋九月十九日登泰山。二十二日下太平顶，遂游灵岩寺。”灵岩寺在今济南市长清区方山。

九月，忽必烈遣使来征召郝经，郝经并未应召，他给忽必烈写了奏议《河东罪言》。十月，郝经往益都拜谒李璮，作诗《青州山行》、文《齐太公庙碑》。

苟仲道《翰林侍读学士国信使郝公行状》载：“壬子，上以皇太弟开府金莲川，征天下名士而用之，故府下诸公累荐公于上。乙卯秋九月，上遣使召公，不起。十月，召使复至。”对于第一次征召，郝经并未应召而至。不过，他写下了洋洋两千字的《河东罪言》（《陵川集》卷三二），《河东罪言》曰：“此非布衣所当言……干冒鈇钺，仅附使者以闻。”自称布衣，当作于谒见之初。

《陵川集》卷三《青州山行》："薄游东诸侯，致敬多拥篲。讫无安巢木，岁晏复反辔。"东诸侯乃指李璮，青州即益都，当时李璮为行台。由该诗可知，此行本有择木之意。又刘敏中《中庵集》卷九《敕赐保定郭氏先茔碑铭》："父希泰，字仲伟，……中统前，青寇璮驰书币招陵川，陵川谋于公。公曰：'世所重，名与利耳。若利，先生学术道德倾一世，奚利为？若名，名在朝廷，山东奚取也？'陵川遂辞之。岁未几，璮叛，其远识如此。"可见，当年李璮确实聘请过郝经，只是郝经推拒而已。到益州后，郝经应李璮之请为其作《齐太公庙碑》（《陵川集》卷三三），其碑文曰："今大行台李公总统山东淮南道，开府于益都。东海、西河、穆陵、无棣四履尽在统内，遂于临淄复立姜齐太公庙，请碑其事。"

冬十月，忽必烈再次遣使征召，郝经才决定北上入见。此月中，郝经到齐州（今山东历城）访杨宏道，做《素庵记》。

《陵川集》卷二六《素庵记》："素庵，淄川先生书室也。先生自济州迁益都，既定迁，以'素其位而行之'之义字其室。经之东游也，而请记之曰：'吾生平连蹇，今老矣，将一听于遇，而莫之忤焉。'经应之云云。……"济州乃山东济宁，杨宏道（字叔能，号素庵，又号默翁、坚白子，人称"淄川先生"）未尝居于此，疑乃"齐州"之误。齐州即山东历城。郝经于本年八月往东平，拜严忠济，谒孔庙，登泰山，十月至益都。

是年，郝经作《须城县令孟君墓铭》（《陵川集》卷三五）、《祭顺天贾侯文》（《陵川集》卷二一）。

《祭顺天贾侯文》："岁舍乙卯正月十一日，门下士郝经等谨以清酌庶馐之奠致祭于故左副元帅贾公之灵。"可知，祭文写于这一年。

蒙古蒙哥汗六年、南宋理宗宝祐四年丙辰（1256）

忽必烈命刘秉忠相地于桓州东、滦水北，建城郭于龙岗，名曰开平。贾居贞被召用，任监筑之职，入侍潜邸。谢仲温为工部提领，掌管工役。

贾居贞，字仲明，真定获鹿人。"世祖在潜邸，知其贤，召用之，俾监筑上都城。讫事，以母丧归。"（《元史·贾居贞传》）可知，贾居贞入侍潜邸为忽必烈服务应在1256年左右。忽必烈即位，中统元年（1260），授其中书省左右司郎中。贾居贞从帝北征，每陈说《资治通鉴》，虽在军中，未尝废书。

忽必烈任命谢仲温为工部提领，掌管工役，还亲口叮嘱他："汝但执梃，虽百千人，宁不惧汝耶!"

刘秉忠有《寓桓州》、《桓抚道中》、《桓州寄乡中友人》等诗。

王博文与郝经同奉召，入侍潜藩。

王博文（1223～1288），字子冕（子勉），号西溪，东鲁任城人。闻望四达，被士大夫期以远大。1243年，自山东迁居彰德，在卫州州学学习，与汲县王恽、东平府学生王旭齐名。王博文与郝经同奉召入侍潜藩。魏初《青崖集》卷五《西溪王公真赞并序》曰："与陵川郝君伯常同奉召，逮主上龙飞，即被擢用。"即当时虽未任官职，但忽必烈即位后马上被任用。

蒙哥汗五年（1255）九月至十月，忽必烈连续遣使征召郝经，苟仲道《故翰林侍读学士国信使郝公行状》载："壬子，上以皇太弟开府金莲川，征天下名士而用之，故府下诸公累荐公于上。乙卯秋九月，上遣使召公，不起。十月，召使复至。"郝经《陵川集》卷二六《铁佛寺读书堂记》亦云："岁乙卯，被征。"蒙哥汗六年（1256）正月，受召北见忽必烈于沙陀，条陈经国远图及民间利病数十事，被留于忽必烈幕府。据苟仲道所记："上问以帝王当行之事，公援引二帝三王治道以对，……上复问当今急务，公举天下蠹民害政之尤者十一条上之，切中时弊，上皆以为善。虽不能即用，至中统后，凡更张制度，用公言十六七。"其文集中《思治论》应该作于此时。

郝经北行途中，有《界雪墙》、《沙陀行》、《居庸行》、《北岭行》、《怀来醉歌》、《化城行》、《古长城吟》、《鸡鸣山行》、《白山行》等诗（《陵川集》卷一〇）。

是年，郝经撰文《横翠楼记》、《积庆堂记》（《陵川集》卷二六），《程先生墓铭》、《广威将军潞州录事毛君墓志铭》（《陵川集》卷三五），诗《丙辰岁八月中于下濮田舍获菊》（《陵川集》卷六）。

廉希宪向忽必烈推荐张礎，张礎进入潜邸。

张礎（1232～1294），字可用，其先渤海人，金末，曾祖琛徙燕之通州。祖伯达，从忽都忽那颜略地燕、蓟，金守蒲察七斤以城降。忽都忽承制以伯达为通州节度判官，遂知通州。其父张范，为真定劝农官，因家焉。张础业儒，本年由平章廉希宪推荐给忽必烈，入侍潜邸。《元史》卷一六七本传载："丙辰岁，平章廉希宪荐于世祖潜邸。"己未，从忽必烈伐宋，凡征发军旅文檄悉出其手。

蒙古蒙哥汗七年、南宋理宗宝祐五年丁巳（1257）

郝经春入燕，与侠士晋古交，有《义士》诗。夏四月，筑北风亭，作《北风亭记》。张汉臣来过，作《送张汉臣序》（《陵川集》卷三〇）以赠之。

《陵川集》卷二《义士》诗序："燕赵古多豪士，其借交报仇、排难解纷、以义相许，固其俗也。丁巳春，余入燕，得义士人一焉，曰'晋古'。跌宕于搢绅间，声名藉甚，故得其为人尤详。初以早失怙恃，著道士服，杖屦去家，观览山川，交识名右。王内翰、白枢判、魏靖肃、元遗山，一时名流，皆尝为之先后。尤喜周急援难，凡孤弱顿踬，莫能自致，往往赖之以济。一日，挈壶酒踵余门而求诗。"

《陵川集》卷二六《北风亭记》："壬辰春，北首渡河，居于保，凡十一年僦庐而徙者十，最后徙南里。自甲辰至于丁巳，凡十有四年，于居为最久。夏四月，以正阳郁悠，崇土为址，斫木为楹，虚其北而不置户焉，命之曰'北风'。既塈以茨，乃偃息其下。"

九月，元好问卒于获鹿，郝经赴丧，作《遗山先生墓铭》、《祭遗山先生文》。

《陵川集》卷三五《遗山先生墓铭》："岁丁巳秋九月四日，遗山先生卒于获鹿寓舍。十日，讣至，经走常山三百里，已马舁归葬，爇文酹酒，哭于画像之前而已。"又卷二一有《祭遗山先生文》："先生雅言之高古，杂言之豪宕，足以继坡、谷。古文之有体，金石之有例，足以肩蔡、党。乐章之雄丽，情致之幽婉，足以追稼轩。其笼罩宇宙之气，撼摇天地之笔，囚锁造化之才，穴洞古今之学，则又不可胜言。人得其偏，先生得其全，天不假之年。呜呼哀哉！先生虽死，文或不死，是谓亡而不死。先生虽可哀，吾徒无所仰，尤为可哀也。"敬仰之情，历历可见。

是年，郝经为刘伯熙撰墓铭，并作诗《挽刘房山》。撰《心庵先生阴符经集解序》。

《陵川集》卷三五《房山先生墓铭》："先生讳伯熙，字善甫，汉中山靖王之后。……岁丙辰，复如汴，卒于旅次，年七十四，寓殡于苏门。丁巳春，其子某改葬于燕京梨园。"刘伯熙，字善甫，卒于丙辰年（1256），丁巳年改葬。其子请郝经撰写碑铭。又卷一三有《挽刘房山》诗，当作于同一时期。

《陵川集》卷三〇《心庵先生〈阴符经集解〉序》载，"常识先生于常山皇极道院"，"先生姓赵氏，名素，字才卿，尝被征，赐号'虚白处士'云。丁巳元日陵川郝经序"。指的是虚白处士赵素。1250年，郝经曾撰《皇极道院记》（《陵川集》卷二五），就是应赵素之请。

周惠入侍藩府。

周惠，字德甫，晋州隰县人，性慷慨。宪宗二年（1252），被授江淮都转运使，置司于胙州。在1257年，传忽必烈令旨给李俊民，说明他在此年之前已经供职于忽必烈藩邸。

十二月，忽必烈觐见蒙哥汗，商议分道攻宋。

蒙古蒙哥汗八年、南宋理宗宝祐六年戊午（1258）

春，郝经在燕中，为金莲川藩府侍从，有《戊午清明日大城[①]南读金太祖睿德神功碑》（《陵川集》卷一〇）。忽必烈赐第怀州，赐田河阳。

《陵川集》卷三四《殷烈祖庙碑》："岁戊午，诏以怀、河阳为今上汤沐邑，于是经在藩府，得赐第怀，赐田河阳。"

秋九月，与易州总管何世麟登黄金台，作《汉义士田畴碑》一文。同年，又撰《殷烈祖庙碑》、《顺天府孔子新庙碑》（《陵川集》卷三六）。

《陵川集》卷三四《汉义士田畴碑》："岁戊午，经及易州总管何侯世麟越易京，登黄金台，瞰临督亢，慷慨怀古，因论燕赵义士以畴为首。"

是年，刘秉忠从忽必烈伐宋，途经西蜀时，写下词《三奠子》（念我行藏有命）。

《元史·宪宗本纪》载，忽必烈于蒙哥汗八年伐宋，由西蜀以入。《三奠子》（念我行藏有命）有"东山客，西蜀道"一语，当为征云南后

① 大城，指金时燕京城。

伐宋时所作。

是年，刘秉忠奉忽必烈命所建新城建成，定名开平（忽必烈称帝后改为“上都”）。并于开平城建成龙光华严寺，聘请他在邢州时的少年好友也是藩府谋臣至温禅师为第一代住持。

忽必烈率军南下进攻鄂州。许衡去职返回怀内。

蒙古蒙哥汗九年、南宋理宗开庆元年己未（1259）

杨惟中建太极书院于燕京，立周子祠。郝经撰写《周子祠堂碑》。

《日下旧闻考》卷四九载：“原中书杨忠肃公惟中立周子祠，建太极书院。俾师儒赵复等讲授。”郝经撰写了《周子祠堂碑》（《陵川集》卷三四）。

夏，郝经与外伯父牛君会于曹州南，作《棣华堂记》一文，及诗《东坡先生画像》、《温公画像》、《闲闲画像》。

《陵川集》卷二六《棣华堂记》：“己未夏，外伯父牛君视经于曹南。”曹南即曹州南。卷一〇《东坡先生画像》序：“曹州教授王安仁所藏，己未六月一日敬题。”同卷《温公画像》、《闲闲画像》（均为王安仁藏），皆作于曹州。

秋七月，杨惟中、郝经宣抚江淮。郝经作诗《渡江书所见》、《渡江书事》（《陵川集》卷四）。其《新野光武皇帝庙碑》一文也是作于这一年。

《陵川集》卷四《渡江书所见》诗序：“己未秋，奉命宣抚江淮。自邓南入新野，蹈宋北鄙，渡泌河，及湖阳，入于舂陵。陂塘联络，畎浍萦属，村墟蓊翳，荒空不可行。佳木修竹，奇花异卉，栉比林莽间，怃然有感于中，而取野莲、荒竹、秋桐、野菊四者，姑以寓感焉。”组诗包括《野莲》、《荒竹》、《秋桐》、《野菊》四首。

秋，六军渡江，姚枢、张文谦、张易、刘秉忠、郝经等从伐南宋。九月，忽必烈进围鄂州，见贾似道备御有方，表示愿意搜罗这样的人才。刘秉忠、张易等推荐王文统，称他为“才智之士”。

刘秉忠有诗《江边梅树》、《重看江上梅花》、《江边晚望》、《江上寄别》、《春兴》、《闲况四首》，以及词《望月婆罗门引》（午眠正美）、《木兰花慢》（既天生万物）、《临江仙》（堂上箫韶人不奏）、《小重山》

（一片残阳树上明）、《江月晃重山》（芳草洲前道路）、《鹧鸪天》（残月低檐挂玉钩）、《踏莎行》（碧水东流）、《点绛唇·梅》。

诗《春兴》、《闲况四首》与词《望月婆罗门引》（午眠正美）大约都是作于南征之时。《望月婆罗门引》（午眠正美）中有"大夫骨朽，算空把，汨罗投"，当为伐宋之时，途经屈原殉国的汨罗江，刘秉忠有感而赋。他的《春兴》组诗也提到汨罗江："剑光空射斗牛星。待船客子思同济，沽酒人家冤独醒。一曲沧浪洗烟雨，汨罗江上楚山青。"《闲况四首》亦云："汨罗江上独醒客，空感秋风撼白苹。"都曾提到汨罗江，且《春兴》诗有"剑光"这个军中意象，故系于南征伐宋之时。

《木兰花慢》（既天生万物）有"战马频投北望，宾鸿又自南来"句，战马北望、宾鸿南来，显系南征之时所作。《临江仙》（堂上箫韶人不奏）有："黄尘扰扰马纵横。谁能知乐毅，志不在齐城。后辈谩搜前辈错，到头义重功轻。海隅四面尽苍生。"写战事，引用乐毅息兵之典，当为南征之时劝谏戒杀戮之作。

《小重山》（一片残阳树上明）："归舟远，渔笛两三声。烟草逐人行。前山青未了、后山横。山川人物斗峥嵘。黄尘路，鞍马笑平生。"也是征旅之词，而且从"舟远"、"渔笛"看，当为南征时作。从《江月晃重山》（芳草洲前道路）中"碧云何处望归鞍。从军客，耽乐不思还"几句来看，也应为南征时作。

《鹧鸪天》（残月低檐挂玉钩）词中有："红叱拨，翠骅骝。青山隐隐水悠悠。行人更在青山外，不许朝朝不上楼。"从景物描写来看，应该是写行军之旅的情况，当为南征时作。

《踏莎行》（碧水东流）："碧水东流，白云西去。旌旗卷尽西山雨。淡烟寒露黄昏，伤怀又是别来处。双眼增明，青山如故。故人怪我来何暮。征鼙声震五更风，梦魂惊散无踪绪。"词中有"旌旗"、"征鼙"等军旅意象，故当为南征时作。

《点绛唇·梅》也是这一时期所写，与《重看江上梅花》一诗意境、意象均相仿。诗中有"万里纵横戈戟中"与"无才不得西湖句，空对冰容驻玉骢"之句，可知应为南征时所作，《点绛唇·梅》亦是。

郝经上《东师议》。宪宗崩，又上《班师议》。

忽必烈攻荆鄂，遣使召郝经至。据苟宗道《故翰林侍读学士国信使郝公行状》："岁己未，宪宗皇帝帅天下兵大举伐宋，自西川入。今上总兵直趋荆鄂，遁使召从行，上驻跸于濮。"《元史·郝经传》言："经闻宪宗在蜀，师久无功，进《东师议》。"《故翰林侍读学士国信使郝公行状》又载："继而闻西师果以万乘之威，缀于一寨，数月不拔，死伤甚众。公急上奏，曰《东师议》，大略以为'且当按兵观衅，以全东师，所以防祸于未然'者，周至恳到，上称善者久之。"《陵川集》卷三二有《班师议》奏疏，所论乃蒙哥汗死后国内围绕汗位的争夺，主张忽必烈应立即回军，据燕山以南而北争汗位。

冬十月，许衡为金代国医吴敏修所著的《吴氏伤寒辨疑论》作序成。

《鲁斋遗书》卷八《吴氏伤寒辨疑论序》："先朝国医吴敏修著《伤寒辨疑论》，寔得仲景伤寒之要。……己未冬十月戊戌河内许某序。"

是年，忽必烈令张易向李俊民请教祯祥。李俊民有《赠张仲一》一诗。

《秋涧集》卷八二《中堂事记》下："己未间，圣上在潜，令张仲一问以祯祥，优礼有加。"李俊民《庄靖集》中有《赠张仲一》诗："丹凤衔书下九霄，山城和气动民谣。久潜龙虎声相应，未戮鲸鲵气尚娇。万里江山归一统，百年人事见清朝。天教老眼观新化，白发那堪不轻饶。"

十二月，杨惟中卒于蔡州，年五十五。中统二年（1261），追谥曰忠肃公。

杨惟中诗文存之不多，《元诗选》癸集选有其诗三首，从中也能看到其才情、学养、气度。

寇元德大约于其年入侍藩府。

寇元德，亡金名士寇靖次子，中山人，早以文学名天下。以廉希宪举荐入忽必烈潜邸，入侍潜藩具体年代不可考。但据刘因《处士寇君墓表》，他入侍潜藩后曾"从（世祖）征江南"，可知应在1259年之前。

忽必烈即汗位直至藩府文人离世

忽必烈中统元年、南宋理宗景定元年庚申（1260）

忽必烈即大汗位于开平，改元中统。兵讨阿里不哥。

四月，立中书省。以王文统为平章政事，张文谦为左丞。以八春、

廉希宪、商挺为陕西、四川等路宣抚使，赵良弼参议司事，粘合南合、张启元（张易）为西京等处宣抚使，杨果为北京宣抚使。其中，张文谦、廉希宪、商挺、赵良弼、张启元（张易）、杨果等皆藩府旧臣。

六月乙未，立十路宣抚司：以赛典赤、李德辉为燕京路宣抚使，徐世隆副之；宋子贞为益都济南等路宣抚使，王磐副之；河南路经略使史天泽为河南宣抚使；杨果为北京等路宣抚使，赵炳副之；张德辉为平阳太原路宣抚使，谢瑄副之；孛鲁海牙、刘肃并为真定路宣抚使；姚枢为东平路宣抚使，张肃副之；中书左丞张文谦为大名彰德等路宣抚使，游显副之；粘合南合为西京路宣抚使，崔巨济副之；廉希宪为京兆等路宣抚使。几乎每一路宣抚使都由藩府旧臣担任。

郝经为贾辅、张柔夫人毛氏、何伯祥撰写墓志铭。郝经为杨惟中撰写墓志铭。大约在这一年，郝经作《与阚彦举论诗书》，与友人阚举探讨诗学。

《陵川集》卷三五有《左副元帅祁阳贾侯神道碑铭并序》："岁甲寅，诸侯会于朔庭，上必欲相侯，而侯得疾不起，内医中使问视相望。冬十月戊戌，薨于会，享年六十有三。""岁庚申，经宣抚江淮，至自武昌，嗣侯某请碑诸神游之道，某应之。"可知，碑铭当作于这一年。同卷还有《公夫人毛氏墓铭》："岁庚申，经宣抚江淮，至自武昌，则公夫人已薨矣。乃为文奠哭，而其子某等致辞请铭，经何敢辞。""公"谓顺天、河南等路军民万户、宋亳道行军总管张柔，张柔夫人毛氏卒于上一年，郝经作墓铭及《公夫人毛氏挽章》（《陵川集》卷一三）都是在这一年。

五月，作《留城留侯庙碑》（《陵川集》卷三四）。

《陵川集》卷三五有《故易州等处军民总管何侯神道碑铭有序》。何伯祥，字世麟，易州涞水人。为张柔部将，定河朔有功，官至易州行军万户兼军民总管。卒谥忠毅。《元史》卷一五〇有传。岁戊午（1258），郝经曾和何世麟登黄金台，游督亢。

同卷有《故中书令江淮京湖南北等路宣抚大使杨公神道碑铭》。杨惟中于蒙哥汗九年（1259）卒，葬于十二月某日，因而郝经为其撰写墓志铭应在本年出使宋之前。

《陵川集》卷二四有《与阚彦举论诗书》。

阚举，字彦举，号函谷道人，陕西人。据王恽《秋涧集》卷四九《员先生传》："少为里啬夫，初不解文字。一日，忽能作诗，吐语怪奇。……中元冬，见余于燕市酒楼中，殊寒素，浮大白数行，径出步垆间，嘤嘤然……"王恽于中统元年冬曾在燕都与阚举有过交往。郝经于本年四月出使南宋，据此推知与阚举论诗应在此年或稍前。郝经与阚举论诗，乃是针对当时风行的粗豪诗风痛下针砭，指出"磨切锱铢，偶韵较律，斗饤排比而以为工，惊吓喝喊而以为豪"都是认识上的误区，和魏晋唐宋的"辞胜之诗"决然不同。

四月，郝经为国信使，至南宋谈议和之事。郝经在奉召奔赴开平的途中，作《居庸关铭》一文。临行之时，郝经面奏忽必烈《便宜新政》、《备御奏目》。六月，道出宿州，作诗《宿州夜雨》(《陵川集》卷一三)、文《冠军楼赋》。七月，至五河口。八月渡淮，作《立政议》和《祭淮渎文》，诗《八月十五日夜五河口观月》、《以三弟庸将别忆二弟彝》。九月至真州，被拘于忠勇军营，郝经致书于宋两淮制置使、宰相贾似道、宋朝皇帝，皆不报。

郝经在奔赴开平的途中作《居庸关铭》一文。荀宗道《故翰林侍读学士国信使郝公行状》："明年庚申三月，上即皇帝位于开平。四月，遣使召公，欲令使宋。……夏四月，见于开平。"又《陵川集》卷二一《居庸关铭》序："中统元年皇帝即位于开平，则驻跸之南门，又将定都于燕。"

《元史·世祖本纪》："中统元年四月丁未（初十）以翰林侍读学士郝经为国信使，翰林待制何源礼、部郎中刘人杰副之，使于宋。"又荀宗道《故翰林侍读学士国信使郝公行状》载，庚申夏四月，"以公为翰林侍读学士，赐佩金虎符，充国信大使，赍国书入宋，告登宝位，布通好弭兵息民意。仍诏沿边诸将，毋得出境侵抄。……将出，帝赐蒲萄酒三爵，且命公曰：'朕初即位，凡事草创。卿今远行，所当言者可亟上之。'公乃具草，言帝临御之初，当大有为，以定万世之业。皆佐王经世之略，凡十六条。其言备御西王、罢诸道世袭，尤为切至，帝皆节次行之。"（这十六条见于《陵川集》卷三〇二《便宜新政》和《备御奏目》。)《立政议》言："中统元年八月，附报入宋，奏目上进。"此应该作于八月。

荀宗道《故翰林侍读学士国信使郝公行状》言："六月，至宿州。"又《陵川集》卷一《冠军楼赋》序曰："中统元年庚申夏六月，奉命使宋，道出宿州，潦路霖雨，蒸厉作恶，遂为稽留。时东平严侯之弟开府于是，一日，置燕于冠军楼，在城北隅，西望平远，尽得东南之胜，乃为赋之。”可知，《冠军楼赋》作于宿州。

苟宗道《故翰林侍读学士国信使郝公行状》：“七月，进至五河口。宋人遣扬州制置司干官朱宝臣，遥授陈州通判秦之才来接伴。八月，复遣怀远军招抚司参谋潘拱伯来馆伴，仍请登舟而南。”《陵川集》卷一二《八月十五夜五河口观月》：“去年燕南醉明月，黄金台上秋风发。……今年又作江南行，五河河口浇雄鳢。”[①] 满腔豪气。而作于同时期的《以三弟庸将别忆二弟彝》（《陵川集》卷一三）写道：“西风木叶下湘潭，乡思离愁两不堪。二弟分襟向河朔，一身持节使江南。断鸿噎噎吹秋别，疏雨零零梗夜谈。莫为他乡重怀忆，要将忠义塵烟岚。”又见兄弟情深。《陵川集》卷二一《祭淮渎文》：“中统元年夏四月，天子遣臣经奉书使宋，告登宝位，布弭兵息民意。秋八月二十四日，启行渡淮，谨以清酌之奠，致告于淮渎之神。”可知，郝经于八月二十四日渡淮。

苟宗道《故翰林侍读学士国信使郝公行状》：“九月，至真州，馆于忠勇军营，宋人规模布置已成囚所矣。”又“十月，宋遣吉州刺史、两淮制置司谘议官卫司愈来传宣抚问云：‘蒙国遣使通好，实出美意，为李松寿一再犯边，故且馆留仪真。’……自后，公等移文制置司，请入见，不报，请归国，亦不报。乃牒宋三省枢密院，致书平章贾似道，上书宋主阙下，反复辨论古今南北战和利害，并今次遣使，止是告登宝位，布通好弭兵息民意。前后凡数十万言，皆不报。”《陵川集》卷三七《宿州与宋国三省枢密院书》、《宿州再与三省枢密院书》、《与宋国两淮制置使书》、《再与宋国两淮制置使书》、《上宋主请区处书》、《与宋国丞相书》，卷三八《再与宋国丞相书》、《复与宋国丞相论本朝兵乱书》、《过总管回降与贾丞相书》、《与贾丞相书》，卷三九《上宋主陈请归国万言书》等文，都是当时论辩的文字。

许衡应召至上都开平，入见。

这次，许衡和忽必烈有一段谈话。“入见，问所学，曰：‘孔子。’

---

① 五河口：即五河河口，以淮、濠、绘、沱、潼五河合流处得名。在今安徽省五河县南。自淮河入运河必经此，宋朝于五河口置关隘。

问所长，曰：‘虚名无实，误达圣听。’问所能，曰：‘勤力农务，教授童蒙。’问科举何如，曰：‘不能。’上曰：‘卿言务实，科举虚诞，朕所不取’。”（《鲁斋遗书》卷一三《附录·考岁略》）许衡谦恭朴厚、不张扬，他和忽必烈的这次谈话，应该给忽必烈留下了深刻的印象。这次，许衡也没停留多久便还于燕。

忽必烈称帝后，命刘秉忠制定各项制度，如立中书省为最高行政机构、建元中统等。

忽必烈中统二年、南宋理宗景定二年辛酉（1261）

五月，忽必烈遣使入宋，访问郝经等所在。

《元史》卷四《世祖本纪一》载，中统二年五月，“遣崔明道、李全义为详问官，诣宋淮东制司，访问国信使郝经等所在，仍以稽留信使、侵扰疆场诘之”。

八月，以许衡为国子祭酒，姚枢为大司农，窦默仍为翰林侍讲学士。九月，许衡得告南还。召许衡即其家教怀孟生徒。

张易任中书右丞、行中书省于平阳、太原等路[①]**。**

是年，郝经撰《琼花赋》、《秋风赋》（《陵川集》卷一），为荀宗道之父荀士忠撰《河阳遁士荀君墓铭》（《陵川集》卷三五）。

许衡被授怀孟路教官，不久又改授国子祭酒，后许衡以疾辞归，《与窦先生书》作于此时。

据《鲁斋遗书》卷一三《行实》，中统二年，“五月，授太子太保，力辞不受，改国子祭酒，九月以疾辞归。”第二年（1262）三月，许衡应召至上都。当时，正是王文统深受重用时期。忽必烈召窦默至上都，垂询宰相一事，欲求如魏征者：“朕欲求如唐魏征者，有其人乎？”素来直言不讳的窦默马上答曰：“犯颜谏诤，刚毅不屈，则许衡其人也！”（《元史》卷一五八《窦默传》）窦默将许衡比作元朝的魏征。王文统一向猜忌之心很重，“深忌雪斋诸公，以先生素无因缘而弗惮也。及窦公力排其学术之非，必至误国，文统始疑先生唱和其说”（《鲁斋遗书》卷一

---

① 参见台湾学者袁冀《试拟元史张易传略》的分析考证，载《元史研究论集》，台北：商务印书馆股份有限公司1974年版。

三《附录·考岁略》)。王文统怀疑一向关系非常的姚枢、窦默会联系许衡来对付他，给他带来不利，自然要耍些权术。于是，许衡被授予怀孟路教官，后又改授国子祭酒。王文统当权，许衡不再留恋政事，不久便以病辞归。许衡“奉旨教授怀孟路子弟”。在这种情况下，许衡给好友窦默写了一封言辞恳切的书信，表明自己的心迹：“老病侵寻，归心急迫，思所以上请，未得其门也。迩来相从，实望见教，不意复有引荐之言，闻之踧踖，且惊且惧。邸舍中，恳陈所以不可之故，至于再三，始蒙惠许，违别三数日，复虑他说间之，不终前惠，是用喋喋，重陈向来恳祷之意。”由此可知，此信应该作于此时。许衡《与窦先生书》，无论从思想还是语言看，都是一篇具有时代特色的儒士之文。文中许衡反复流露归隐之意，而所描摹的归隐后的美满生活“春日池塘，秋风禾黍，夏末雨蚕老麦收，冬将寒困盈仓积，门喧童稚，架满琴书，山色水光，诗怀酒兴”更是让人向往。实则，许衡是不满王文统专权，不愿为官。许衡在出仕与入仕间一直处于矛盾之中。

是年，王恂任太子赞善。

《元史》卷一六四《王恂传》载：“中统二年，（王恂）擢太子赞善，时年二十八。”

忽必烈中统三年、南宋理宗景定三年壬戌（1262）

二月，益都李璮反。七月败死，李璮妻父王文统亦以同谋罪被处死。

是年，刘秉忠门人郭守敬（1231～1316），受左丞张文谦推荐，受忽必烈召见，面陈水利建议六条，被任命为提举诸路河渠。

九月，许衡应召北上。至燕，以病未能至上都，居大都道庵中，和好友姚枢、窦默、中书左丞张文谦相交密切。

忽必烈中统四年、南宋理宗景定四年癸亥（1263）

二月，忽必烈复遣使使于宋，诘其稽留郝经之故。

《元史》卷五《世祖本纪二》载，中统四年二月，“以王德素充国信使，刘公谅副之，使于宋，致书宋主，诘其稽留郝经之故”。

四月，召窦默、许衡乘驿赴上都。

刘肃卒，年七十六。谥文献。

《元史》卷一六〇《刘肃传》："二年，授左三部尚书，官曹典宪，多所议定。未几，兼商议中书省事。三年，致仕，给半俸。四年，卒，年七十六。……后累赠推忠赞治功臣、荣禄大夫、上柱国、大司徒、邢国公，谥文献。""肃性舒缓，有执守。尝集诸家《易》说，曰《读易备忘》。"《读易备忘》今已不存，而刘肃应该能诗善画，由元好问的七绝《题刘才卿湖石扇头》可知："幽涧云凝雨未干，曲池疏竹共荒寒。扇头唤起西园梦，好似熙春阁下看。"苏天爵《元朝名臣事略》卷一〇有《尚书刘文献公》："公喜论天下事，军国之大计、米盐之细务，罔不周知。辞闲理顺，未尝疾言遽色，惟善是欲，不滞于一己之私。"《元史·刘肃传》："肃性舒缓，有执守。"可知其为人。

郝经著《一王雅》。

《陵川集》卷二八《一王雅序》："乃以素所记忆者，取韩杜诸贤义例，皆以吾言，断自汉高帝，终于陈希夷，绝笔于五季之末……得二百二十一人，共二百五十篇，小者十余韵，大者六七十韵，名之曰《一王雅》。……始于三年秋闰九月十有九日，终于四年春二月十有三日。越十有五日陵川郝经序。"可知，《一王雅》乃咏史诗集，从中统三年（1262）秋九月开始写，于中统四年（1263）春二月完稿。

忽必烈至元元年、南宋理宗景定五年甲子（1264）

正月，许衡恳辞还乡，自燕返怀州。

是年，郝经在真州，著《春秋制作本原》。

《春秋制作本原序》（《陵川集》卷二八）曰："《春秋》以一字为义，一句为法，杂于数十国之众，绵历数百年之远，而其所书虽加笔削，不离乎史氏纪事之策，而无他辞说，是以圣人制作之意，难为究竟。学者往往以私意观圣人，因其所书而为之说，其说愈肆，其意愈远，其例愈繁，其法愈乱，卒使大经大典昧没而不明。盖不求其本原，而徒用力于支流也。……共三十一篇，始为升天之阶，望道之门尔。中统五年岁舍甲子三月晦，陵川郝经书于仪真馆。"

夏六月，郝经作《镜芗亭记》、《退飞堂记》、《芦台记》、《窖池记》、《江石子记》（《陵川集》卷二七）等文，作《幽愬赋》（《陵川集》卷一）、《长星行》（甲子岁七月一日始见九月十六日没）、《甲子岁后园

秋色四首》、《闻雁》、《甲子秋怀》、《寿刘详议》等诗。

《陵川集》卷一二《长星行》（甲子岁七月一日始见九月十六日没）中有“五年江馆戴片天”句。郝经稽留真州，自庚申至于甲子正好五年。

《陵川集》卷一五《闻雁》：“触处关心总可伤，五年束手坐空堂。江深月黑风雨急，一雁飞鸣有底忙。”卷一三《甲子秋怀》：“江馆无家久似家，西风院落老天涯。黄缠薯蓣犹多叶，绿拥芙蓉尚未花。纱幕坠尘归晚燕，窨池生草窟秋蛙。枯肠欲断谁濡沫，击柝声中夜煮茶。”一种思乡怀亲、凄凉寂寞的感情历历在目。又卷四《甲子岁后园秋色四首》（包括《鸡冠》、《牵牛》、《葡萄》、《野蓼》等），所咏都乃常见之景物，生命力强、不娇贵，也可见诗人当时的心态。

《陵川集》卷一四《寿刘详议》：“甲子数盈亥，神强志不衰。共知怜绛老，谁与问锺仪。萍梗三朝梦，乾坤两鬓丝。得年万事足，烂醉复何辞。”刘详议即和郝经一起使宋的刘人杰。据《元史·世祖本纪》：“中统元年四月丁未（初十）以翰林侍读学士郝经为国信使，翰林待制何源礼、部郎中刘人杰副之，使于宋。”

秋七月，商挺与王鹗请修辽金二史，忽必烈应允，命王鹗、李治、徐世隆、高鸣、胡祗遹、周砥等修史，这是元朝第一次修史。

《元史·商挺传》载：“至元元年，入拜参知政事。建议史事，附修辽、金二史，宜令王鹗、李治、徐世隆、高鸣、胡祗遹、周砥等为之，甚合帝意。”又《元史·王鹗传》：“至元元年，加资善大夫。上奏：‘自古帝王得失兴废可考者，以有史在也。我国家以神武定四方，天戈所临，无不臣服者，皆出太祖皇帝庙谟雄断所致，若不乘时纪录，窃恐久而遗亡。宜置局纂就实录，附修辽、金二史。’又言：‘唐太宗始定天下，置弘文馆学士十八人，宋太宗承太祖开创之后，设内外学士院，史册烂然，号称文治。堂堂国朝，岂无英才如唐、宋者乎！’皆从之，始立翰林学士院，鹗遂荐李冶、李昶、王磐、徐世隆、高鸣为学士。”可知，元朝第一次修史在这一年。

七月，阿里不哥降。

八月，由王鹗奏，刘秉忠受命还俗，复其姓刘氏，易名秉忠。授光禄大夫，位太保，参领中书省事。赐第于奉先坊，给少府。刘秉忠斋居

疏食，终日澹然，与平昔略不少异。有诗《禅颂十首》。其词《鹧鸪天·酒》与《太常引》（衲衣藤杖是吾缘）约作于此时或稍后。

《鹧鸪天·酒》：“酒酌花开对月明。醒中醉了醉中醒。无花无酒仍无月，愁杀耽诗杜少陵。三品贵，一时名。众人争处不须争。流行坎止何忧喜，笑泣穿途阮步兵。”词中所写乃文人士大夫的典型生活场景，从“三品贵，一时名。众人争处不须争”来看，这首词当为刘秉忠位居高官后所作。

《太常引》（衲衣藤杖是吾缘）词中的“衲衣藤杖”，乃指佛教徒的生活，而“是吾缘”指该词是词人还俗之后所作，故系于此时或稍后。

忽必烈至元二年、南宋度宗咸淳元年乙丑（1265）

是年，郝经作诗《圣节》与文《是是堂记》，表明其奉命持节、讲信修睦、不改初衷之耿耿忠心。

《陵川集》卷一四《圣节》：“六年瞻北阙，八月拜西风。冰雪天王圣，河山帝业雄。但令旄节在，焉问酒樽空。属国归何晚，浮江有阿童。”卷二七《是是堂记》：“故居家、事亲、从师、交友，尽其在我，一身之是非人自见之也。事君莅官，为政服勤，尽其在我，一国之是非人自见之也。奉命持节，讲信修睦，尽其在我，两国之是非人自见之也。著书立言，公善公恶，尽其在我，万世之是非人自见之也。”均可见其忠贞耿直之气节。

郝经著《春秋外传》，内含《春秋章句音义》、《春秋比类条目》、《春秋三传折衷》、《春秋制作本原》，卷首复冠以《三传序论》和《列国序论》。

《陵川集》卷二八《春秋外传序》：“甲子春，宗道请传《春秋》之学且志其说，而无书以为据。乃以故所记忆者为《春秋外传》，盖自三传之外而为是，不敢自同于三传也。以《春秋》正经多不同，乃为论次，作《章句音义》八卷。求圣人之意者，必探其本以为纲，乃作《制作本原》三十一篇，十卷。《春秋》一书，义在于事，必比事而观，其义可见，乃为《比类条目》一百三十篇，十二卷。三传之说不同，故圣经之旨不一，乃为《三传折衷》，俾经之大义定于一。凡五十卷，卷首又著《三传序论》、《列国序论》一卷。……中统六年春二月十三日，陵川郝经书于仪真馆。”又同卷有《春秋三传折衷序》。卷二七《是是堂记》：“中统六年春二月十有三日癸丑，作《春秋外传》毕。”以上各书在郝经卒后并未刊行于世。

郝经初编别集，曰《甲子集》。

《陵川集》卷二九《甲子集序》：“中统五年岁舍甲子，秋七月，有星孛于东方。经时犹在宋之仪真馆，仰而叹曰：‘我生之初，是星没焉，金源氏灭而为本朝。今四十有二年矣，星复出焉，而越在他国，其能久于此乎？’遂束载警备，于行橐中得弟彝、庸、军史赵文享、书状官苟宗道等所录杂稿数帙，惕焉有感于中，……遂畀宗道，令整顿缀缉。其《诗传》、《春秋集传》、《外传》、《原古录》、《通鉴书法》、《三国条例》等，各自为一书，其诸史文杂著，则类别为编，为诗、赋、论、说、辨、解、书、传、志、箴、铭、赞、颂、序、记、碑志、行状、哀辞、祭文、杂著录、宏辞、表奏、使宋文移等类，总为一集。以其集于是年，故以其年数命之，曰《甲子集》云。……六年夏五月，陵川郝经序。”“自是集之外，随年增入者，皆系之甲子云。”此为郝经第一次编集。“且甲者，甲坼也，物生之始也；子者，滋也，气生之始也。余今处于绝地，天穷而人厄焉。穷则变，变则通，将如天地解而雷雨作，百果草木皆甲坼，回一气于地中，鼓万物于天下，虽《明夷》之暗，不失箕子之贞。扑灭彗孛，掐长庚之光焰，以光旭日，庶几终至于万丈云。”以甲子名集，除有纪年之义外，尚有于穷绝之中寄寓转机、希望之义，表明其对时势及个人命运充满信心，要在穷厄中以坚贞之志等待光明。此集编成，距郝经北归尚有十年，距其去世则有十一年，后之所作，“随年增入”者自然不少，故今见之《陵川集》，决非郝经自编之《甲子集》。

许衡被任命为中书左丞，以辅佐安童。

《元史》卷一五八《许衡传》载，至元二年，“帝以安童为右丞相，欲衡辅之，复召至京师，命议事中书省”。《鲁斋遗书》卷一三《考岁略》：“二年十月，召至大都，即陈雷震不宜入见，上不许，十二月奉旨入省议事，先生以疾辞丞相。安童素闻先生名，心慕之，乃就访于行馆，及还，心悦诚服，念念不释者累日，谓左右：‘若辈自谓相去几何？盖什百而千万也，是岂缯缴之可及耶？’翼日，先生与丞相答礼。”许衡对这次征召还是有所顾忌的。

忽必烈至元三年、南宋度宗咸淳二年丙寅（1266）

春，郝经的《原古录》完成。三月，三节人斗殴，郝经逾墙得脱。其从人成玉死，郝经作《祭成玉文》。从人魏斌拼力相救，郝经为其作《入奏行赠千户魏斌》及《赠魏斌》两首诗，叙述当时魏斌舍命相救的情形及对魏斌的感激之情。丙寅之变后，郝经与幕僚苟宗道等六人别居于新馆，作诗《新馆感春四首》、《新馆夜闻杜鹃二首》（《陵川集》卷一四），《新馆秋怀赠正甫书状》、《新馆八月三日雨》、《新馆春日书怀》（《陵川集》卷四），《新馆春日书怀》（《陵川集》卷五），《丙寅新馆重九》（《陵川集》卷一三），作文《密斋记》（《陵川集》卷二七）。

《陵川集》卷二九《原古录序》曰："中统七年春王正月，犹在宋之仪真馆，十五日己未，《原古录》成。"

苟宗道《故翰林侍读学士国信使郝公行状》："岁丙寅春，三节人有因斗殴相杀死者，公曰：'若辈拘囚岁久，殆无生意，不可共与久处此困厄也。恐别生事端，玷吾大节。'乃与幕僚苟宗道等六人，别居于外之新馆者又九年。"又《陵川集》卷二一《祭成玉文》："汝尝言吾，此辈宜备。吾不汝然，竟堕贼计。日入匽作，声汹气粗。阶下尸残，石之纷如。贼遂登门，索吾于室。乘黑吾出，蔽树而匿，贼乃抽戈，吾遽逾墙。不知数仞，形势仓皇。伴使来救，汝死吾脱。"三节人斗殴之情形大致可见。卷一二《入奏行赠千户魏斌》："七年奸凶缄髓骨，故作狼跄期一扑。朦人救死趋夜发，群起先尸帐下督。拔栅登门强斩关，直入卧内杀长官。汹涌逆气喷信函，模糊生血撼帐竿。魏斌慷慨掉臂入，举头为城令避贼。抱书登墉性命存，黑风卷地飞沙石。贼徒骇乱各散走，馆吏严兵拥前后。仓皇国士几委地，再活还因此人手。"可见当时形势非常危急，郝经蒙魏斌相救，方得脱险。卷一三、卷一四各有《赠魏斌》诗一首，其中："我解屠龙推第一，君能射虎说无双。乾坤磊落心何愧，岁月蹉跎义不降。白刃斩祛离旧馆，黑风吹血破寒江。竞将康瓠欺神鼎，正赖孤忠力与扛。"魏斌勇猛忠义，让诗人感念不已。丙寅之变，三节人中马德璘、孔晋随郝经移居新馆。卷二十《叙书》记："中统元年使宋，宋人馆留仪真，三节人马德璘、孔晋，初不知书，资颖异可教，积六七年，皆能通书传，作字便有楷法。及被劫杀，至新馆，惟二子事余甚谨。"

由《密斋记》可知其在丙寅之变后别居于新馆的生活："丙寅之变，出居于仪真新馆，位于东斋。国事梗而无成，介左叛而无与，馆吏绝而无交，骨肉远而无亲，仆御逃而无倚。仰视榱栋，块坐屋漏，所偶皆丧，有丰屋蔀家无人自藏之象焉。自三食一寝日用之事，惟是凝尘危坐，爇香读《易》而已。"

夏四月，许衡上《时务五事》（见《历代名臣奏议》卷六六）。十二月，著《阴阳消长论》一文。十二月二十九日，写给儿子一封书信《与子师可》（《鲁斋遗书》卷九），叮嘱儿子如何学习。

忽必烈任命安童为右丞相，希望许衡能辅助他，故召许衡到京城，管理中书省的事务。二月，召至檀州后山，忽必烈亲自对许衡说明自己的想法："安童尚幼，未更事，善辅导之，汝有嘉谟，当先告之，以达朕，朕将择焉。"（《元史》卷一二六《安童传》）可谓语重心长，对许衡期望很高。许衡不再有所顾虑，直接把自己的想法说了出来："圣人之道，至大至远，而学者所得有浅深，臣平生虽读其书，所得甚浅，然既叨特命，愿罄所知者言之，所不知者亦不能强也。安童聪明，且有执持，告以古人言语，悉能领解，臣所知者尽告之，但虑中有人间之则难行，外用势力纳入其间则难行，臣入省之日浅，浅见如此，未知是否。"（《鲁斋遗书》卷一三《附录·考岁略》）许衡于这年五次上疏，就时事、政务的管理提出自己的看法，指出："北方之有中夏者，必行汉法乃可长久。"他认为治理国家的根本在于用人、立法，知人善任、人法相维，方能上安下顺；作为皇帝，最难的是言出必行，故人君当以修身为本，言行赏罚都为天下人着想。他在奏疏中还论述了国家财政政策和教育制度的重要性，提出发展教育的主张。他的文章论证精辟、说理透彻，得到忽必烈的欣然采纳。眉山杨学文《许鲁斋遗书序》评价许衡这篇奏疏曰："鲁斋许公以布衣儒生上结主知，于是罄其所学，吐露忠赤，作为奏议五篇，规模宏远，言辞正直，条陈利害，展布经纶。肯綮中节，如庖丁之于刀；音奏和谐，如稽阮之于琴。矢不虚发，如由基之于弓；步武驰驱，如驷马驾车。王良、造父为之后先也。使人读之，金声玉振，尚可想见。"

《鲁斋遗书》卷六《阴阳消长》记："至元三年十二月二十有一日谨记，时寓燕京崇天观中。"

是年，商挺、姚枢、窦默、王鹗等纂《五经要语》上忽必烈。

《元史·商挺传》载："（至元）三年，帝留意经学，挺与姚枢、窦默、王鹗、杨果纂《五经要语》凡二十八类以进。"而日人今关寿麿编撰的《宋元明清儒学年表》记载："壬寅年，蒙古商挺（字孟卿，曹州济阴人）与姚枢、窦默（字子声，广平肥乡人）、王鹗（字百一，曹州东明人）等纂《五经要语》上忽必烈。""壬寅"当为"丙寅"之误，因为壬寅年（1242）商挺、姚枢、窦默、王鹗等人还未入侍忽必烈藩府。

忽必烈至元四年、南宋度宗咸淳三年丁卯（1267）

刘秉忠承命在原燕京城东北设计建造一座新的都城。新城规模宏伟、工程浩大，在刘秉忠和张柔、段祯等主持下进展很快。

同年五月，敕于上都重建孔子庙。

是年，郝经作《丁卯岁元日》、《丁卯新馆寒食无花四首》（《陵川集》卷一五），《丁卯孟春新馆望南极》（《陵川集》卷五），《丁卯冬十二月二十八日修〈易外传〉毕记梦》、《阳春怨》（《陵川集》卷一二），《丁卯春日夜饮见月》、《修〈易外传〉〈太极演〉》（《陵川集》卷一三），《传易有感》（《陵川集》卷一四），《丁卯夏六月大雨震电》、《八月九日甲子夜雨》、《九月五日念母》（《陵川集》卷一四）等诗。著《太极演》、《周易外传》等。

《陵川集》卷一二《阳春怨》中有："几年心事向谁说？花落莺啼昼掩门。别时重约频付书，一字不到八年余。死耶生耶漫嗟吁，是耶非耶有还无。"可知，此诗作于稽留真州第八年，抒发思乡念亲之情。

卷二九有《太极演总叙》。同卷有《周易外传序》："中统元年，诏经持节使宋，宋人馆于仪真，留而不遣五六年间，颇得肆意经传。及被劫杀，出居别室，益旷寂无事，……以为《易》之事业，穷源极委，致诸道、易、神之本然，以为一经之纲领，疑而不可固必者，则存而弗论，以俟能者。积成八十卷。旁搜远蹈，创图立说，为《太极演》二十卷，申明列圣及诸儒余意，共为一百卷。"又卷一二《丁卯冬十二月二十八日修〈易外传〉毕记梦》、卷一三《修〈易外传〉〈太极演〉》两诗互为印证。卷二二《先天图赞》亦当为治《易》时撰。

忽必烈至元五年、南宋度宗咸淳四年戊辰（1268）

十月，刘秉忠辞领中书省事，只保留太保的荣衔。

《鹧鸪天》（水满青溪月满楼）应作于这一时期。词中有“客怀须赖酒消愁”之句，是对仕宦生活的感慨。而“乘槎欲把仙乡问，也似浮生有白头”的反问之句，似为晚年时感慨流光易逝。

《太常引》（长安三唱晓鸡声）词中所写：“谁不被，利名惊。揽镜照星星。都老却、当年后生。”写为“利名”所趋，奔波劳顿，且有“当年后生”今已“老却”之感慨，还有对归隐的思慕：“几时得、沧浪水清”。这首词大约作于其晚年功成名就之后。

是年，郝经作《戊辰新馆守岁赠正甫书状》（《陵川集》卷一三）、《戊辰寒食》（《陵川集》卷一四）、《戊辰七夕》《戊午岁作一贯图戊辰冬十月晦始成》（《陵川集》卷一五）等诗。《周易外传序》（《陵川集》卷二九）作于此年正月立春日。作《一贯图》成。

《戊午岁作一贯图戊辰冬十月晦始成》：“十载方成一贯图，恍然才见未生初。仲尼没后遗言绝，且读遗书莫著书。”可知，戊辰冬十月《一贯图》成。又《陵川集》卷一六有《一贯图说》一文。

宋子贞为耶律楚材撰写神道碑。

宋子贞《中书令耶律公神道碑》（《元文类》卷五七）乃是在耶律楚材安葬［中统二年（1261）十月］七年后，依据进士赵衍撰写的行状所作。宋子贞所作诗文多已散佚，唯此文因传主而流传，成为研究耶律楚材的重要资料，也是元人碑传的典范。

忽必烈至元六年、南宋度宗咸淳五年己巳（1269）

正月十四日（庚申），杨果以参知政事出任怀孟路总管。

《元史·世祖本纪》载，中统六年（1265）正月庚申（十四日）“以参知政事杨果为怀孟路总管”。

二月，颁行八思巴字。

许衡、刘秉忠、徐世隆受命订立朝仪、服色。

是年，郝经作《己巳三月二十六日二首》诗（《陵川集》卷一四）。

忽必烈至元七年、南宋度宗咸淳六年庚午（1270）

忽必烈从诸臣之请，遣礼部侍郎赵秉温礼择翰林侍讲学士窦默之次女以配刘秉忠。窦氏贤而有文，御下以宽。

赵良弼授以秘书监之职出使日本。

《元史》卷一五九《赵良弼传》："至元七年，以良弼为经略使，领高丽屯田。良弼言屯田不便，固辞，遂以良弼奉使日本。先是，至元初，数遣使通日本，卒不得要领，于是良弼请行。帝悯其老，不许，良弼固请，乃授秘书监以行。良弼奏：'臣父兄四人，死事于金，乞命翰林臣文其碑，臣虽死绝域，无憾矣。'帝从其请。给兵三千以从，良弼辞，独与书状官二十四人俱。"又《元史》卷七《世祖本纪四》载，至元七年十二月，"赵良弼为秘书监，充国信使，使日本"。

是年，郝经作《庚午夏至夜雨》（《陵川集》卷一四）。

元世祖至元八年、南宋度宗咸淳七年辛未（1271）

刘秉忠奏建国号"元"。十一月，蒙古正式改国号为"大元"。

刘秉忠取《易》"大哉乾元"之意："元也者，大也。大不足以尽之，而谓之元者，大之至也。"（《元文类》卷四〇《经世大典叙录·帝号》）同时，采纳刘秉忠、王磐、徒善公履等人的建言："元正、朝会、诏敕及百官宣敕，具公服迎拜行礼。"禁行金《泰和律》。正因为元朝"舆图之广，历古所无"，像汉唐那样以初起之地或始封之邑为名不足以显示其统治疆域之广大，于是取《易》"乾元"之意，建国号为"大元"。这是蒙古"进入"中国正史体系的关键性步骤：统一全中国，更改国号，同时避免出现体现少数民族特征的标志，而体现儒学的内涵，表明是中国的统治者。

三月，许衡以老疾辞去中书机务，出任集贤大学士兼国子祭酒。

《元史》卷七《世祖本纪四》："乙酉，许衡以老疾辞中书机务，除集贤大学士、国子祭酒，衡纳还旧俸，诏别以新俸给之。命设国子学，增置司业、博士、助教各一员，选随朝百官近侍蒙古、汉人子孙及俊秀者充生徒。"在国子监，许衡教授了一批蒙古、色目与汉族子弟，其中不乏俊杰之士。因而，在北方学坛，许衡的地位更加巩固。

郝经作和陶诗百余首。

《陵川集》卷六《和陶诗序》："余自庚申年使宋，馆留仪真，至辛未十二年矣。每读陶诗以自释，是岁因复和之，得百余首。"这些诗收于《陵川集》卷六和卷七。

杨果卒，年七十五，谥文献。

《元朝名臣事略》卷一〇《参政杨文献公》载："至元六年，出为怀孟路总管，其年薨，年七十三。"《元史》本传载："果性聪敏，美风姿，工文章，尤长于乐府，外若沉默，内怀智用，善谐谑，闻者绝倒。"《秋涧集》卷五九说："文彩风流，照映一世。"杨果是元初较著名的曲家，现存小令11首、套数5套，风格偏于典雅。《录鬼簿》列他于"前辈名公"之中，《太和正间谱》评其词"如花柳芳妍"，贯云石《阳春白雪序》以"平熟"评价杨果散曲的艺术风格。杨果以文采映照一世，《千顷堂书目》卷二九录："杨果，《西庵集》。"《西庵集》今已不传。《元诗选》二集卷五《杨总管果》选有其诗11首。

郝经《陵川集》卷一三有《追挽杨文献公二首》："九龙犹未复金源，柱石儒臣不假年。社稷陨灵兴废定，圭璋无玷死生全。笔头黼黻能华国，掌上星辰解补天。景略格言今在耳，空令有识泪如泉。""晚进无由拜缙绅，空将行录问前津。身兼达德智仁勇，学贯三才天地人。月落丹山嗟凤鸟，风悲大野哭麒麟。文章从此无公论，安得余波洒后尘。"对杨果的才学及人品很是推崇。王恽《秋涧集》卷一七有诗《参政杨公挽章》。

元世祖至元九年、南宋度宗咸淳八年壬申（1272）

正月，并尚书省入中书省。二月，改中都为大都，定为都城，建大圣寿万安寺。

是年，许衡任国子祭酒时，为了教授蒙古、色目与汉族子弟，编成《编年歌括》，使教学更加简明。

《鲁斋遗书》卷一三《附录·通鉴》载："（许衡）又欲令蒙古生习学算术，乃自唐尧戊辰距至元壬申，凡三千六百五年，编其世代历年为一书，令诸生诵其年数而加减之。"

郝经在仪真馆，撰成《后汉书》一百三十卷。作诗《壬申二月四日

二首》。

《陵川集》卷二九《续后汉书序》："经尝闻缙绅先生余论，谓寿书必当改作，窃有志焉。及先人临终，复者遗命，断欲为之。……十三年冬十月，书成。年表一卷，帝纪二卷，列传七十九卷，录八卷，共九十卷，别为一百三十卷，号曰《续后汉书》。"中统十三年即至元九年。此书延祐年间由官府刊行，明时被采入《永乐大典》。清朝编纂《四库全书》时，馆臣从《永乐大典》中辑出，但《年表》一卷、《刑法录》一卷已经全佚，存者亦有残缺。

《壬申二月四日二首》（《陵川集》卷一五）其二："戍鼓晚来急，春潮夜有声。烛花侵坐落，梅影上窗横。小酌欢尤洽。孤吟兴愈清。最怜星散后，一枕故山情。"思乡之情更切。

赵良弼再次出使日本。作《日本纪行诗》，这是较早把视野扩展到域外的纪行作品。

《元史》卷二〇八《外夷一·日本》："十年六月，赵良弼复使日本，至太宰府而还。"王恽《秋涧集》卷第四十《况海小录》："至元九年，上遣秘书监赵良弼通好。"《元史》卷七《世祖本纪四》："九年二月庚寅朔，奉使日本赵良弼遣书状官张铎同日本二十六人，至京师求见。"

赵良弼于至元八年（1271）曾出使日本，在日本滞留一年。其间一再受到南宋、高丽、耽罗等国使臣的干扰，几经不测，具体可参见《元史》卷一五九《赵良弼传》所载。可以说，赵良弼历尽艰险。他作为元前期出使日本、高丽等国有名的使臣，对域外情况了解颇多，因而写下了《日本纪行诗》多首，后人结集为《樊川集》。

张之翰《西岩集》卷九《题赵樊川日本纪行诗卷》："公弼御史以樊川先生《日本纪行诗》见示，三复之余，使人心移神动，如亲在其洪涛绝岛中。然叙事之工，写物之妙，皆从大手中来。苟非名节素重，忠义不屈，其于使远方，历殊俗，将危疑倥偬之不暇，又安能出此语耶？故书三绝句于后。"又姚燧《牧庵集》卷三《赵樊川集序》："樊川，宥密公长安别业也。其地得姓，……唐则韦、杜二家专之，皆宅北山之曲，韦西而杜东，以故中舍杜牧名其集为《樊川》。公居二曲之间，余少之时，屡至焉。其地先甚荒弃，由为公有，岁新而月盛之。泉石、岩洞、池塘、林木，出没窈窕，魁奇繁荟，凡可娱心而骇目者，悉甲其邻人，亦目公樊川。中统之初，京师诸贵诗其图者，惟大参杨公西庵为绝，倡云：‘一赋阿房万古传，而今还有赵樊川。谢公墩上王公住，异代风流各自贤。’公平生精练世故，每自负其沉几先识，算无遗策，国家亦以是期之。初未知其文，公没十有八年，中子饶总管通议君训，始摭遗稿百数十首为集而板之。”再者，虞集《道园学古录》卷一一《题赵樊川与张侯手书》也曾对此作过记载：“故枢密樊川赵公手书七纸，皆至元十五年间与柳城张侯者也。”且《元诗纪事》卷二有杨果《题赵辅之樊川图》，又知赵良弼字辅之，因而可以断定《赵樊川集》应指赵良弼的文集。赵良弼从不以能诗知名，其文集也散佚不传，他出使日本期间写的《日本纪行诗》也未流传至今，但元初诗人亲历异域而写下纪行诗，毕竟是文学史上的大事。

元世祖至元十年、南宋度宗咸淳九年癸酉（1273）

五月，赵良弼自日本还。

诸生廪饩不继，权臣屡毁汉法，许衡遂萌生去意。四月，应召赴上都议事，面请还乡里。七月，以迁葬辞归。九月，刘秉忠、姚枢、王磐、窦默、单公履等上言：“许衡疾归，若以太子赞善王恂主国学，庶几衡之规模不致废坠”。又请增置生员，并从之。

《元史》卷一五八《许衡传》载：“十年，权臣屡毁汉法，诸生廪食或不继，衡请还怀。帝以问翰林学士王磐，磐对曰：‘衡教人有法，诸生行可从政，此国之大体，宜勿听其去。’帝命诸老臣议其去留，窦默为衡恳请之，乃听衡还，以赞善王恂摄学事。刘秉忠等奏，乞以衡弟子耶律有尚、苏郁、白栋为助教，以守衡规矩，从之。”当时权臣阿合马当权，他对许衡是又嫉又怕，因而就限制许衡所授国子监诸生的廪食，许衡以疾辞归乡，刘秉忠、姚枢、王磐、窦默、单公履请奏，让王恂继任其职。

是年，郝经撰成《玉衡真观》十二卷，又著《变异事应》，作《癸酉闰六月十三日夜病中闻笛二首》、《病中即事》两诗（《陵川集》卷一五）。

《陵川集》卷二九《玉衡真观序》：“今上即位之元年，诏经持节使宋，告登宝位，通好弭兵。宋人馆留仪真，积年不遣，旷寂无聊，乃改修陈承祚《三国志》，至为八录，……为《历象录》，具述历代星历，传之以理。既成，书状官荀宗道为之音注，请别为一书，乃更论次，复加损益，益之以图象、细行历、变异、事应等类，凡十二卷，名曰《玉衡真观》。……中统十四年癸酉六月十五日丙申，具位陵川郝经序。”同卷《变异事应序》：“托始于周幽王，据《史记》、二《汉书》、《三国志》、《晋书》，终于晋恭帝、宋高祖之篡。上记其变，下列其事，各别为章，凡一千一百六十九年，君臣父子之间，中国外域之际，兵戎之起，诛杀之行，崩薨之象，篡弑之端，僭叛之由，割裂之势，专擅之故，乱亡之本，自王而霸，自霸而杂，日流日下，兆变于上，应之于下者，亦已备极，姑为占候之案。”

《癸酉闰六月十三日夜病中闻笛二首》：“怨曲人多感，离肠恨易生。病中催坐起，倾侧若为情。……那堪更三弄，老泪已如泉。”《病中即事》：“久客难堪病，衰颜倍觉秋。”诗人年老体病，于孤馆哀吟，让人倍觉凄凉。

八月，王鹗卒，年八十六。谥文康。

《元史》卷一六〇《王鹗传》：“十年卒，年八十四，谥文康。鹗性乐易，为文章不事雕饰。尝曰：‘学者当以穷理为先，分章析句乃经生举子之业，非为己之学也。’著《论语集义》一卷，《汝南遗事》二卷，诗文四十卷，曰《应物集》。”《千顷堂书目》卷三：“王鹗《论语集义》一卷。”

苏天爵《元朝名臣事略》卷一二《内翰王文康公》：“公恺悌乐易，无城府崖岸，爱交游，喜施舍。家酿美酒，客至辄留饮，谈笑终日，气不少衰。在翰林十余年，凡大诰命、大典册皆出公手。以文章冠海内，而未尝谈文章。尝谓门人曰：‘分章称句，乃经生举子之业，求之于致知格物之理，则懵如也。为己之学，当以穷理为先。’故一时学者翕然咸师尊之。如中书左丞库库子清，右三部尚书柴祯辈，皆出公门。”可谓有一代学者风范。王恽《秋涧集》卷一九《追挽承旨王文康公》：“文章四海一康公，炯炯元精贯自中。卢肇名先金榜重，欧阳仙去玉堂空。道由实学明真用，义不忘君见至忠。惆怅当年门下士，断云低处望曹东。”

元世祖至元十一年、南宋度宗咸淳十年甲戌（1274）

刘秉忠扈从至上都，寓于南屏之静舍。享年五十九岁，赠太傅、赵

国公，谥文贞。成宗时改谥文正，赠太师。

秋八月壬戌夜，刘秉忠谓侍者："我欲静坐，不召勿来。"侍者皆退，长歌至鸡鸣乃止。迟明侍者入御，端坐而薨，如假寐然。享年五十有九，刘秉忠无子，刘秉恕之子兰璋嗣焉。上遣礼部侍郎知侍仪司事兼秘书少监赵秉温择以冬十月壬申葬于大都之西南，凡所营葬之资一出于内帑。

《元史》本传言刘秉忠有文集十卷。见于前人书目著录的则有《刘文贞公全集》三十二卷。今存《藏春集》（或名《藏春散人集》、《藏春诗集》）六卷，商挺编，元刊本不存，今存为明天顺五年马伟刊本，题："商挺孟卿类稿，马伟廷彦校正"。至元十一年九月，姚枢为其撰《祭文》，从中可见其一生功业。

南征宋，七月，大军起行。

九月，郝经以帛书系一雁足，纵之北去，为汴京百姓射下。第二年三月闻于当朝。朝廷又遣使至杭州，问以执行人之故，宋人惧，遂礼而归之。

苟宗道《故翰林侍读学士国信使郝公行状》："至元十一年甲戌，大丞相伯颜将兵伐宋。既渡江，帝命兵部尚书廉希贤洎公之弟行枢密院都事郝庸等，赍诏赴杭州，问以执行人之故，宋人惧，遂礼而归公焉。"

王逢《梧溪集》卷一《读国信大使郝公帛书》序曰："'霜落风高恣所如，归期回首是春初。上林天子援弓缴，穷海累臣有帛书。中统十五年九月一日放雁，获者勿杀。国信大使郝经书于真州忠勇军营新馆书。'盖如此……公羁旅日，有以雁四十饷公。内一雁体质稍异，命畜之。于后雁见公，辄张翮引吭而鸣。公感悟，择日率从者三十七人，具香北拜，二人舁雁跽其前，手书尺帛亲系雁足，且致祝曰：'累臣某敢烦雁卿通信朝廷，雁其保重！'欲再拜，雁奋身入云而去。未几虞人获之苑中，以所系帛书托近侍以闻。上恻然曰：'四十骑留江南，曾无一人雁比乎？'遂进师南伐，越二年宋亡。"

张德辉去世，享年八十。

苏天爵《元朝名臣事略》卷一〇《宣慰张公》载："至元十一年卒，年八十。"又言："公天资刚直，博学，有经济器，容色毅然不可犯，望之，知人为端正士。遇事风生，果于断决，庭议剀切，矫矫然有三代遗直。其扶善良，疾奸恶，革弊政，美风化，要以济时行道，尽忠所事。”王恽《秋涧集》卷四十一《故翰林学士河东南北路宣抚使张公挽诗序》：“公资刚严，有经济器业，遇事风生，果于断划。其庭议剀切，矫矫有长孺志节，至扶善良，嫉奸恶，又似夫王义方对仗时辞气。生平素蕴，在河东展也尽至。今三晋间爱仰如神明。乃以霹雳手目焉。”又《挽张签省》：“汉庭冠剑拥群雄，曾违嘉谋沃帝聪。白笔刚棱惊柱后，绣衣风彩照河东。鹏来近舍魄先褫，麟出昌时道未穷。一掬西州门外泪，不应悲绝独羊公。”可知张德辉之为人。张德辉有碑文《张宣慰登泰山记》，碑刻于至元二年（1265），原立于泰山岱庙延禧殿，清乾隆年间外移，1977年又迁回岱庙，额题“东平府路宣慰张公登泰山记”。

元世祖至元十二年、南宋恭帝德祐元年乙亥（1275）

春，张文谦为好友刘秉忠撰写行状《故光禄大夫太保赠太傅仪同三司谥文贞刘公行状》（《藏春集》卷六附录）。

四月，郝经归京，七月病卒。享年五十四岁。赠昭文馆大学士、资善大夫，谥号文忠。

《元史》卷八《世祖本纪五》：“（至元十二年八月）宋贾似道至扬州，始遣总管段佑送国信使郝经、刘人杰等来归。敕枢密院迎经等由水路赴阙。”苟宗道《故翰林侍读学士国信使郝公行状》：“明年三月，帝知公至，且病，遣近侍太医迓公者相次于道，所过郡邑，不远数百里来观者如市。父老见公全节不屈，龙钟皓首而归，往往有泣下者。夏四月，至京师，入见，帝嗟慰，劳来恳至。”“无何，宿疾复发，秋七月十有六日疾卒。……春秋五十有三。”

郝经一生著述颇丰，有《周易外传》、《春秋外传》、《通鉴书法》、《玉衡真观》、《太极演》、《原古录》、《一王雅》等，多不传，今存《续后汉书》九十卷及《陵川集》三十九卷。郝经的诗文在元初之北方成就颇高。《四库全书总目》称：“其文雅健雄深，无宋末肤廓之习。其诗亦神思深秀，天骨挺拔，与其师元好问可以雁行。”清顾嗣立等人所编的《元诗选》评其诗云：“元诗颇病纤秾，伯常得法于遗山，苍浑奇崛，气骨特高。”《元史》本传称：“其文丰蔚豪宕，善议论，诗多奇崛。”明陈凤梧《陵川集序》称其文为“元文中之杰然者”，谓“其学博，其才赡，故发而为文也，汪洋滂沛，如大河东注，一泻千里；抑扬起伏，如太行诸峰，层见迭出。盖积之深而发之盛”。苟宗道《故翰林侍读学士国信使郝公行状》：“其文则涵养蕴蓄之久，理足而气有余，盖有激于中则吐而为之辞，如长江大河有源有委，下笔数千百言，不求奇而自奇，无意于法而皆法，纯乎理性而不杂，故能自成一家之作。其诗则气韵高远，止乎礼义，得诗人中厚之意，故能摅写至理，吟咏性情，不为近体尖新切律之语，亦足以自成一家。字画则天姿高古，取众人所长以为己有，故有笔势俊逸遒劲，似其为人，无倾侧颇媚之态，亦为当代名笔。”

元世祖至元十三年、南宋端宗景炎元年丙子（1276）

忽必烈根据刘秉忠生前的建议，命张文谦、张易等主持修订新历。郭守敬与王恂受命率南北日官进行实测，许衡也受命参与其事。六月，诏许衡赴京师，修《授时历》。七月，至大都。

姚枢出任翰林学士承旨。

《元文类》卷六十姚燧《中书左丞姚文献公神道碑》：“十三年罢昭文馆，拜翰林学士承旨，仍详定礼仪。”

元世祖至元十四年、南宋端宗景炎二年丁丑（1277）

马亨卒，年七十一。

《新元史》卷一六七《马亨传》：“十四年卒，年七十一。”

陈思济出知沁州，调绍兴路同知，转两浙都转运司。

元世祖至元十五年、南宋帝昺祥兴元年戊寅（1278）

崔斌出任江淮省左丞。因触及阿合马的利益，被害身亡，年五十六。至大初，赠推忠保节功臣、太傅、开府仪同三司，追封郑国公，谥忠毅。

崔斌（1223～1278），字仲文，一名燕帖木儿，马邑人。“性警敏，多智虑，魁岸雄伟，善骑射，尤攻文学，而达政术。”（《元史·崔斌传》）《元诗纪事》卷二《庶斋老学丛谈》：“左丞崔公仲文斌，弘州人，资兼文武，重道崇儒。”忽必烈在潜邸召见崔斌，见其应对称旨，命佐卜怜吉带，将游骑戍淮南。斌负才略，卜怜吉带甚敬礼之。后袭授金符，为总管。中统元年，改西京参议宣慰司事。崔斌乃藩府旧臣，只是他进入藩府的具体时间不可考。他早年精于文学，传世作品不多，但颇具特点。《元诗纪事》卷二存其诗两首。《元诗选》癸集选其《吊李肯斋》、《金山》两诗。

二月，许衡以集贤大学士兼国子祭酒领太史院事。

元世祖至元十六年、南宋帝昺祥兴二年己卯（1279）

姚天福授嘉议大夫、淮西道按察使。

元世祖至元十七年庚辰（1280）

廉希宪去世，年五十，赠忠清粹德功臣、太傅、开府仪同三司，追封魏国公，谥文正。

《元史》卷一二六《廉希宪传》："十七年十一月十九夜，有大星陨于正寝之旁，流光照地，久之方灭。是夕，希宪卒，年五十。大德八年，赠忠清粹德功臣、太傅、开府仪同三司，追封魏国公，谥文正。加赠推忠佐理翊运功臣、太师、开府仪同三司、上柱国、恒阳王，谥如故。"

廉希宪虽是少数民族文人，但他有很高的儒学素养，常与汉族文士交往酬答，"从名儒许衡、姚枢辈，资访治道"，经常与"诸儒讲求事君立身大义，评品古今人物是非得失"，在自家的万柳堂置酒招客，和名士文人浅斟低歌。沈雄《古今词话·词辨卷下》载："都城外万柳堂，廉野云（廉希宪）置酒招卢疏斋（卢挚）、赵松雪（赵孟頫）同饮时，歌妓解语花者，左手折荷花，右手执杯，行酒歌《小圣乐》。"又《日下旧闻考》："元廉希宪万柳堂在今右安门外草桥相近。"只可惜其诗词存留下来的不多，只有《水调歌头·读书岩》一首词，但也可以看到其文采。他和汉族士大夫无异，也常以诗文与汉族士大夫赠答。从姚燧《牧庵集》卷三六《满江红·廉野云左揆求赋南园》可知他和同僚诗文赠答的情形。廉希宪无论在元初的政治还是文化上贡献都很大。《元文类》卷一二有元明善的《平章廉希宪赠谥制》："故荣禄大夫、中书平章政事、赠清忠粹德功臣、太傅、开府仪同三司，追封魏国公，谥文正廉希宪，清忠粹德，文武元臣，早以门阀之贤入膺，寄托之重，非《诗》、《书》不陈于上前，非仁义不行于天下，忧国忘家，爱民如己。西靖秦蜀，东极青齐，北清辽碣，南镇荆湖。在中书者，曾几何年，而能立大法、销大患、进大儒、摧大奸。耻身弗及伊周，耻君未迈尧舜。言昔贤之所难，为人臣之不敢。”

正因廉希宪之为人，人们对他很是敬仰。李庭《寓庵集》卷五《廉泉记》曰：“廉泉者，陕西大行台平章政事廉公樊川别墅所有之泉也。曷为名之？惟公有卓然异绩于民，去已久，而民犹思之，遂取公之姓以名其泉，示不忘也。”侯克中《艮斋诗集》卷六有《挽廉平章》：“烈似秋霜暖似春，明于皎日正于神。千年海岳英灵气，一代乾坤柱石臣。宾客填门惟慕德，诗书满架不知贫。致君尧舜平生事，天命胡为只五旬。”

姚枢去世。享年七十八岁，谥文献。

许有壬曾这样评价姚枢：“独首唱经学，阐明斯道，厥后名儒接踵而出，气运昌隆，文章尔雅，推回澜障川之功。”（顾嗣立《元诗选》二集上）在对儒家学术的传承方面，他在金末元初功不可没。进入金莲川藩府后，一直深受忽必烈信任，立国后位列三台。他虽是以政治家而不是以诗人赢得后世的瞩目，但元初北方诗坛雅丽之风却自姚枢与郝经始。明何乔新在《椒邱文集》卷九《重刊黄杨集序》中评道：“有元一代，俗漓政庬，无足言者，而其诗矫宋季之委靡，追盛唐之雅丽，则有可取者。盖自郝伯常、姚公茂鸣于北方，而马伯庸、萨天锡诸公继作。”

侯克中《艮斋诗集》卷六《挽姚左辖雪斋》：“深探理窟得心传，洞彻先天与后天。事去一身还太极，物来终日体纯乾。流行坎止道常在，玉润兰馨理不偏。千载斯文一抔土，诗成不觉泪潸然。”对姚枢评价很高。

二月，《授时历》成。八月，许衡致仕归乡。

三月，赵炳被陷害而亡，年五十九。六月，诏雪冤屈，特赠中书左丞，谥忠愍。

窦默卒，年八十五，赠太师，封魏国公，谥文正。

《元史》卷一五八《窦默传》：“默为人乐易，平居未尝评品人物，与人居，温然儒者也。至论国家大计，面折廷诤，人谓汲黯无以过之。帝尝谓侍臣曰：‘朕求贤三十年，惟得窦汉卿及李俊民二人！’又曰：‘如窦汉卿之心，姚公茂之才，合而为一，斯可谓全人矣！’”窦默很得忽必烈器重。

元世祖至元十八年辛巳（1281）

王恂去世。享年四十九岁，谥号文肃。

王恂，生前历任太子伴读、中书令、国子祭酒、太史令等职。因编制《授时历》有功，去世后被追赠推忠守正功臣、光禄大夫、司徒、上柱国、定国公，谥号文肃。王恂学术比较驳杂，他从刘秉忠习得天文、地理、律历、三式之属，而且“早以算术名”（《元史・王恂传》）。他对算数非常重视，在辅佐太子裕宗时，裕宗问王恂算数有何用。王恂回答说：“算数，六艺之一，定国家，安人民，乃大事也。”后来受命编制《授时历》。再者，王恂还笃信理学，他“每侍左右，必发明三纲五常，为学之道，及历代治忽兴亡之所以然”（《元史・王恂传》）。

三月初二，许衡卒。享年七十三岁，谥文正。

许衡乃元代大儒，虽不借文章名世，但诗文卓有成就。其杂著及诗词等，质朴峻洁，情挚辞切，晓畅醇正，代表了元初北方儒者的文风特色。著作除《鲁斋遗书》外，有《小学大义》、《读易私言》、《孟子标题》、《四箴说》、《中庸说》、《语录》、《心法》等。《四库全书总目》谓“其文章无意修词，而自然明白醇正。诸体诗亦具有风格，尤讲学家所难得也”。明薛瑄《读书录》称：“其质粹，其识高，其学纯，其行笃，其教人有序，其条理精密，其规模广大，其胸次洒落，其志量弘毅，又不为浮靡无益之言，而有厌文弊、从先进之意。朱子之后一人而已。”皇庆二年（1313），诏与宋儒周、二程、张、邵、司马、朱、张、吕九人从祀夫子庙庭。

元世祖至元十九年壬午（1282）

张易因受王著锤杀阿合马事件牵连而被杀身亡。

张易于丁未年（1247）之前被刘秉忠引荐到金莲川藩府，同刘秉忠、张文谦一道辅佐忽必烈成就霸业，并一同跟随忽必烈南征，在军事决策方面提出过不少建议，多为忽必烈采纳。自中统元年（1260）迄至元十九年（1282）二十二年间，他任参知政事两年、中书右丞两年、平章政事七年、枢密副使六年。张易为政二十余年，一直未出朝廷，位在宰相之列，是忽必烈朝廷举足轻重的汉臣之一，居津踞显。有元一代汉人中，除史天泽、赵璧外，政治地位之隆，无出其右者。至元十九年，权相阿合马擅权，人心愤怒，张易因受王著锤杀阿合马事件牵连而伏诛，故记载其勋业的元人碑版文字留存后世者甚少，其亦乏著作遗留后世，史多无征，所以无法知道他的具体功绩和事迹。诗文存留下来也只有《送鲁斋先生南归》诗一首。

元世祖至元二十年癸未（1283）

姚天福出任山北道按察使。

《元史》卷一六八《姚天福传》："二十年，迁山北道按察使，其民鲜知稼穑，天福教以树艺，皆致蕃富，民为建祠，而刻石以纪之。"在按察使任上，姚天福审理了一桩曲折离奇的杀夫案，这个案子后来成为公案小说、戏曲反复取资的题材。虞集《姚忠肃公神道碑》（《山右石刻丛编》卷三四），以及孛术鲁翀为其所写的"神道碑"（《元文类》卷六八）都载有此事，陶宗仪《南村辍耕录》卷五"勘钉"一节也有记载。

藩府旧臣、年已八十二高龄的王磐致仕。

王磐（1202～1293），字文炳，号鹿庵。今广平永年（河北邯郸）人，世业农，岁得麦万石，乡人号"万石王家"。王磐方冠之年，从金代学者麻九畴学于郾城。于金正大四年（1227）被擢为经义进士。"大肆力于经史百氏，文辞宏放，浩无涯涘。"（《元史》卷一六〇《王磐传》）金末动乱，避乱于南宋，窝阔台汗九年（1237）襄阳兵变时乃北归。东平总管严实兴学养士，迎磐为师，受业者常数百人，后多为名士。但他具体进入金莲川藩府之年不可考。中统元年（1260），任益都等路宣抚副使，不久以病辞去。又拜翰林直学士，同修国史，为真定、顺德等路宣慰使，迁太常少卿。屡求致仕，皆未获准。八十二岁才以资德大夫致仕，朝廷仍给其半俸终身。行之日，公卿百官皆设宴以饯。终年九十二岁，谥号文忠。王之纲《翰林承旨王磐赠官制》（《元文类》卷一一）言其"志大以刚，识明而远"。《元诗选》二集卷五《王内翰磐》记："文炳人品高迈，气概一世，尝曰：文章以自得不蹈袭前人一言为贵。又曰：为学务要精熟，当镕成汁，泻成锭，团成块，按成饼。故其文词波澜宏放，浩无津涯。李野斋称其为文冲粹典雅，得体裁之正，不取尖新以为奇，不尚隐僻以为高。诗则述事遣情，闲逸豪迈，不拘一律。其居翰林也，持文柄者余二十年，天下学士大夫想闻风采，得从容晋接，终身为荣。元初开国诸公，未有出其右者。”对王磐评价甚高。只可惜其诗存之不多，《元诗选》二集选有11首。

藩府老臣张文谦卒，年六十八。累赠推诚同德佐运功臣、太师、开府仪同三司、上柱国，追封魏国公，谥忠宣。

张文谦于至元元年（1264）以中书左丞行省西夏中兴等路。七年（1270），拜大司农卿，奏立诸道劝农司，巡行劝课，请开籍田，行祭先农、先蚕等礼，与窦默请立国子学。十三年（1276），迁御史中丞，世祖命许衡等造新历，授张文谦昭文馆大学士，领太史院，以总其事。十九年（1282），拜枢密副使。岁余，以疾薨于位，年六十八。

《元史》卷一五七《张文谦传》：“文谦蚤从刘秉忠，洞究术数；晚交许衡，尤粹于义理之学。为人刚明简重，凡所陈于上前，莫非尧、舜仁义之道。数忤权幸，而是非得丧，一不以经意。家惟藏书数万卷。尤以引荐人材为己任，时论益以是多之。”张文谦厚道、朴实、慈祥，乐与人交往，不立崖岸。遇僚属规劝，从不计较其言辞是否激切，乐于接受，勇于改过。晚年时，“笃于义理之学，抠衣鲁斋，求是正之，有自得之趣”，心胸更加坦荡。张文谦无其他嗜好，平常起居如同一介寒士，只是收藏了数万卷书而已。又笃于义理之学，在元代可谓功业卓著，其严肃庄重、耿介忠贞的士人操守为人所敬仰，是一个坦坦荡荡、方方正正的儒臣。

元世祖至元二十二年乙酉（1285）

徐世隆卒，享年八十。

《元史》卷一六〇《徐世隆传》：“二十二年，安童再入相，奏世隆虽老，尚可用。遣使召之，仍以老病辞，附奏便宜九事。赐田十顷。时年八十，卒。所著有《瀛洲集》百卷、文集若干卷。”《千顷堂书目》卷二九：“徐世隆，《瀛洲集》一百卷。”所著《瀛洲集》百卷、文集若干卷均不传于世，今《元诗选》二集卷五《徐按察世隆》仅存其诗七首。王恽《秋涧集》卷一九《大卿徐先生挽章》：“壮岁巍科擢上游，如公乐易更风流。文章海内元推毂，议论行间宋与俦。乡校功存东鲁盛，炬莲恩在北门优。自怜狂斐惭提奖，争遣鳣堂一拜休。（至元廿一年，予按部东平，拜公于私第之前堂时，公已在病，眷眷于予者甚款，既而卒于家。)”对徐世隆过世前的情况有所记载。《元史》本传评：“世隆仪观魁梧，襟度宏博，慈祥乐易，人忤之无愠色。喜宾客，乐施与。明习前代典故，尤精律令，善决疑狱。”

元世祖至元二十三年丙戌（1286）

赵良弼卒，年七十。赠推忠翊运功臣、太保、仪同三司，追封韩国公，谥文正。

《元史》卷一五九《赵良弼传》：“二十三年卒，年七十。赠推忠翊运功臣、太保、仪同三司，追封韩国公，谥文正。”赵良弼明敏、多智略，对元初的政治与外交贡献很大，而且为人端正，很受乡人的称扬。(隆庆)《赵州志》卷七：“自奉淡薄，志切育贤，出私帑，市田亩，分赵州赞皇之学，成就人才甚多，卒赠太保，谥文正。立祠祀之。”元明善《清河集》卷二《枢密赵良弼赠谥制》：“资善大夫、陕西等处行中书省参知政事赵训父佥书枢密院事良弼，才周庶务，而洞察其机；学贯三才，而不滞于用。既输诚于佐陕，亦尽瘁于行东。撤蓬戍之藩篱，净纤氛于云栈。易卉裳而冠带，渺一介于沧溟。凡危冲和煦之突来，必大义纯诚而自处。故平生之伟绩，恒简在于宸衷。宥密八年，险夷一致。谦谦素履，具见于典刑；婉婉良筹，每资于匡翼。赐第之留未久，引年之请弥坚。虽房乔不忘秦府之游，而李泌雅志嵩阳之隐。在今日孰堪倚重？顾旧臣宁复如卿。”

是年，陈思济再次来到江南，任同知浙东道宣慰司事。

“二十三年，加少中大夫、同知浙东道宣慰司事。”(《元史·陈思济传》)后历任两淮都转运使，岭北湖南道肃政廉访使，改池州路总管、江南廉访使。陈思济两次来到江南，历仕各地，并和江南文人互相唱和。在《元诗选》二集卷七《陈思济秋冈先生集》中有《湖中醉呈崔郎中》、《寄沁州玄都观张汉卿》、《漱石亭和段超宗韵》、《移官淮东别杭州》、《发南康赴江州》、《寄陈处士》等10首诗，可以说，陈思济是较早为江南文坛接受的北方文人。

《元史艺文志》卷四：“陈思济，《秋冈先生集》。”注曰：“字济民，柘城人，佥河南江北行省事，追封颍川郡侯，谥文肃。”诗集《秋冈先生集》今已不存。“有诗集若干卷，虞伯生为之，序曰：秋冈先生平生文章之出，沛如泉原之发挥，而波澜之无津；譬如风云之变化，而舒卷之无迹。”（《除佥事思济》，《元诗集》二集）《御定题画诗一百二十卷》卷三四“故实类”有陈思济《题商山四皓》一首。

藩府旧臣、太子宾客宋衜卒，有《秬山集》十卷行于世。

《新元史》卷一九一《宋衜传》：“二十三年卒，有《秬山集》十卷行于世。”今已不传，仅《元诗选》癸集存诗三首。

是年，王博文迁江南道行御史台中丞。二月二十八日，登单父琴台，作《登单父琴台古诗兼简州尹吉甫诸公》。

元世祖至元二十四年丁亥（1287）

二月，王博文与故交白朴在江东相逢，为其《天籁集》作序。

王博文《白兰谷天籁集序》不仅记载了白朴的生平，还有关于白朴词的评价。若非至交好友，不可能对白朴如此了解，这也是有关白朴生平的宝贵资料。

元世祖至元二十五年戊子（1288）

八月，王博文卒于维扬客舍，年六十六，赠鲁国公。

王博文的文章流传下来的有序文、祠记、碑文、墓志铭等。他对至元间文学、政事影响都不小，尤其是任南台御史中丞期间，颇得江南人士好评。其诗《登单父琴台古诗兼简州尹吉甫诸公》时名颇大。

元世祖元至元二十六年己丑（1289）

十二月，商挺卒，年八十。延祐初，赠推诚协谋佐运功臣、太师、开府仪同三司、上柱国、鲁国公，谥文定。

《元史》卷一五九《商挺传》：“有诗千余篇，尤善隶书。”商挺工山水墨竹，以博古名世。他能诗，写诗千首，今不传。《元诗选》评曰：“元初，西北钜公如杨西庵之蕴藉，姚雪斋之才鉴，王鹿庵之品洁一世，商左山之凝重朝右，皆为词林所宗。惜全集散亡，未窥全豹，而左山诗流传更少，特列诸卷首，俾读者知元朝文章气韵之盛，皆开国诸公有以启之也。”《元诗选》癸集选有其诗 4 首。《全元散曲》现存其小令

19 首。

《秋涧集》卷一九有《商左山哀辞》："商孙肤敏矫犹龙，千载流芳见此公。佐鲁谋猷原克壮，定秦功力更沉雄。城门被爇池鱼涸，臣罪当诛圣主聪。老泪不缘知己痛，麒麟台上又秋风。"元明善《参政商挺赠谥制》："时则有若正奉大夫、中书参知政事商挺，以王佐之才，济经世之学。越自侯服，召列潜藩，迨临宝祚，蔚为谋臣。四镇秦蜀，而销急变、靖大乱、武文迭效；再入中书枢密，而弘帝业、固邦本，启沃寀深。凡中统名臣，率备饰终之典，矧尔断国十有七谟，遗敕在耳，朕曷敢私?"（苏天爵编《元文类》卷一二）

附录二　部分前期研究成果

1. 忽必烈藩府文人与元代宗教政策及对文学的影响
2. 金莲川藩府文人仕与隐的冲突
3. 忽必烈幕府文人与元代教育及对文学的影响
4. 忽必烈潜邸儒士与元代文学新变
5. 忽必烈幕府用人导向与元代作家队伍的雅俗分流
6. 忽必烈潜邸文人的金莲川情结
7. 忽必烈幕府文人文化与信仰多元化对元杂剧创作的影响
8. 道教文化对刘秉忠诗词的影响
9. 金莲川藩府词人群体及其创作
10. 忽必烈藩府文人与元代儒学主导地位的确立
11. 三教通融与元代禅宗僧人刘秉忠诗词的文化意蕴
12. 略论忽必烈潜邸少数民族谋臣侍从文人群体的历史地位及贡献
13. 萧辅道入侍忽必烈藩府及太一道在元代的发展
14. 刘秉忠诗词的太羹玄酒之味
15. 三教通融与刘秉忠诗词的文化意蕴
16. 忽必烈潜邸方外人士考
17. 南宋后期文人生存状况与文坛之格局
18. “西北子弟”与元代文坛格局
19. 元代宗教与元代文坛格局
20. 元曲的雅俗融合及其转换
21. 论“词衰于元”与元词风貌
22. 元代科举与元代文学发展
23. 元代特殊的政治文化环境与元代文学发展
24. 元词走向及其异质特征
25. 元代科举对元代文坛格局的影响
26. 北方草原文化及西域商业文化对元杂剧创作的影响
27. 北方幕府文人与元初北方文坛

图书在版编目(CIP)数据

金莲川藩府文人群体之文学研究 / 任红敏著. -- 北京 : 社会科学文献出版社, 2020.8
国家社科基金后期资助项目
ISBN 978 - 7 - 5201 - 7070 - 3

Ⅰ.①金… Ⅱ.①任… Ⅲ.①中国文学 - 古典文学研究 - 元代 Ⅳ.①I206.47

中国版本图书馆 CIP 数据核字(2020)第 146489 号

国家社科基金后期资助项目
金莲川藩府文人群体之文学研究

著　　者 / 任红敏

出 版 人 / 谢寿光
组稿编辑 / 任文武
责任编辑 / 赵晶华

出　　版 / 社会科学文献出版社 · 城市和绿色发展分社 (010) 59367143
地址: 北京市北三环中路甲 29 号院华龙大厦　邮编: 100029
网址: www.ssap.com.cn
发　　行 / 市场营销中心 (010) 59367081　59367083
印　　装 / 三河市龙林印务有限公司

规　　格 / 开 本: 787mm × 1092mm　1/16
印 张: 25　字 数: 395 千字
版　　次 / 2020 年 8 月第 1 版　2020 年 8 月第 1 次印刷
书　　号 / ISBN 978 - 7 - 5201 - 7070 - 3
定　　价 / 98.00 元

本书如有印装质量问题, 请与读者服务中心 (010 - 59367028) 联系